大
方
sight

Abraham Verghese

［美］亚伯拉罕·维基斯 著 | 吕玉婵 译

Cutting for Stone
双生石

中信出版集团 | 北京

图书在版编目（CIP）数据

双生石 /（美）亚伯拉罕·维基斯著；吕玉婵译. -- 北京：中信出版社，2024.4
书名原文：Cutting for Stone
ISBN 978-7-5217-5583-1

Ⅰ.①双… Ⅱ.①亚…②吕… Ⅲ.①长篇小说－美国－现代 Ⅳ.①I712.45

中国国家版本馆CIP数据核字（2023）第078667号

CUTTING FOR STONE
Copyright © 2019 by Abraham Verghese
Published in agreement with Mary Evans Inc., through The Grayhawk Agency Ltd.
Simplified Chinese translation copyright © 2024 by CITIC Press Corporation
ALL RIGHTS RESERVED
本书中文翻译由台湾皇冠文化集团授权使用。

双生石
著者：　　［美］亚伯拉罕·维基斯
译者：　　吕玉婵
出版发行：中信出版集团股份有限公司
　　　　　（北京市朝阳区东三环北路27号嘉铭中心　邮编　100020）
承印者：　北京盛通印刷股份有限公司

开本：880mm×1230mm　1/32　　印张：19.75　　字数：495千字
版次：2024年4月第1版　　　　　印次：2024年4月第1次印刷
京权图字：01-2024-1967　　　　书号：ISBN 978-7-5217-5583-1
定价：88.00元

版权所有·侵权必究
如有印刷、装订问题，本公司负责调换。
服务热线：400-600-8099
投稿邮箱：author@citicpub.com

此书献给乔治·维基斯与其妻子玛莲[1]

Scribere jussit amor.

（拉丁语：爱让我执笔而书。[2]）

而由于我爱今生

我明了我也将爱死亡

母亲拿开右乳

孩儿啼哭起来

却迅即又自左乳得到了安慰

——出自泰戈尔《吉檀迦利》

Contents
目录

序幕 · 到来	1
第一部	9
第二部	118
第三部	197
第四部	421
谢辞	608
附录 · 注释	617

序幕·到来

在母亲子宫晦蒙处度过八个月之后，弟弟湿婆与我，在公元一九五四年九月二十日的傍晚，来到了人世间。于海拔两千四百米的高度，我们吸入第一口空气，吸进了埃塞俄比亚首都亚的斯亚贝巴的稀薄空气。

我们出世的奇迹发生在失迷医院的三号开刀房，那正是母亲玛莉·约瑟夫·普雷斯修女多数工作时间的地点，也是她最能发挥才能的地方。

我们的母亲是修女，隶属马德拉斯市主教管区的圣衣会。在那个九月的上午，当她不期然开始阵痛，埃塞俄比亚的豪雨停歇，失迷医院铁皮浪板屋顶的喋喋雨打戛然而止，好像饶舌的人话才讲到一半便打住。在阒静无声中，十字架雏菊在一夜间怒放，将亚的斯亚贝巴的山坡染为金黄。在失迷医院四周的草地，莎草克服了烂泥，如灿然的毯，一路摊展到医院的水泥门槛前，带来了比打板球、槌球或羽毛球更实在之活动的希望。

失迷医院位于翠绿的山丘上，单层与双层的石灰建筑群集错落，仿佛在造就恩托托山脉的地质活动闷响中，与山峦一同自地表隆起。槽型花圃由屋顶檐槽满溢的流水浇灌，如护城河环绕低矮房舍。赫斯特院长的蔷薇攀上了墙，绯红的花沿着每道窗框，蔓生延及至屋顶。由于土壤肥沃，院长（也就是医院睿智又明理的领袖）警告我们别光着脚踩上去，免得新的脚趾头会冒出来。

五条小径夹在肩头高的灌木丛中间，如轮辐自医院主建筑散开，通往五间几乎被杂木、树篱、野生桉树与松树掩藏的平房。这是院长的意图,她希望失迷医院像座植物园,或伦敦肯辛顿公园的一角(来非洲之前,身为年轻修女的她常在那里散步),或者人类堕落前的伊甸园。

失迷医院(Missing)其实是布道传教的使命医院(Mission Hospital),埃塞俄比亚人的舌头念这几个字会带嘶声,因此听起来像是"失迷"。卫生署一位才高中毕业的职员在执照上打了"失迷医院",对他来说,这才是发音正确的拼法。由于一位《埃塞俄比亚先锋报》记者,拼错的用语继续沿用下去。当赫斯特院长跑去找卫生署职员修正时,他拿出原本的打字文件说:"女士,您自己看看吧!Quod erat demon strandum(拉丁语:证明完毕),是失迷医院没错。"那口气仿佛他证实了毕达哥拉斯的定理,太阳就是位居太阳系中心,地球正是球体[3],还有,证明了失迷医院在想象中的地球精准位置。于是乎,它叫失迷医院。

在酿成剧变的临盆阵痛过程中,玛莉·普雷斯修女没有进出哭声,也不曾发出呻吟。三号开刀房隔壁的旋转门后方,有苏黎世路德教会捐赠的特大号压力锅,滚烫的蒸汽消毒了即将用在母亲身上的手术器械与毛巾,同时低声怒吼为她悲叹流泪,毕竟母亲的庇护所就在压力锅间的一角。在我们狂暴抵达之前,母亲在失迷医院待了七年,并且在不锈钢巨兽旁为自己布置了避难处,靠墙的连桌椅是从停办的教会学校抢救来的,上面有许多学生失意时的凿痕。白色开襟羊毛衫搭在椅背上,有人告诉我,她在手术与手术之间常把毛衣披在肩上。

在课桌上方的灰泥上,母亲用图钉钉了张日历图片,是贝里尼[4]著名的雕塑:亚维拉的圣泰瑞莎。圣泰瑞莎宛如昏厥,体态软绵无力,嘴唇因销魂而张启,眼神失焦,眼皮微掩。在左右两侧,各有一群合唱团员从祈祷台俯瞰窥探。一名男童天使隐约带笑,耸立

3

于虔诚而纵欲的修女旁，健壮的身躯与年少的脸庞相违。他以左手手指撩起遮掩她胸脯的衣缘，右手拎着箭，优雅得犹如小提琴手提着弓。

为什么放这张图片？妈妈，为什么是圣泰瑞莎呢？

四岁的我偷偷躲入无窗的房内研究图像。只凭胆量，是无法让我通过那扇重门的，只是我觉得她在里面，一心一意地想认识身为母亲的那位修女，于是产生了力气。我坐在压力锅旁，它像清醒的龙，低沉咕哝，嘶嘶作声，仿佛我咚咚的心跳唤醒了这只野兽。我坐在母亲的桌前，心情一点一滴地平静下来，感觉好像与她在沟通交流。后来我才知道，没人敢把开襟羊毛衫自椅子披挂处拿走，它是圣物。不过，对一名四岁孩童而言，样样事物都既神圣又普通。衣服有抗菌肥皂的气味，我把它拉到肩头，还用指甲绕着干涸的墨水瓶，追寻她手指曾经走过的路。如同她坐在无窗房间中一定会做的事情，我仰头凝望日历图片，那图像怔住了我。几年后，我得知圣泰瑞莎重复看见天使的幻觉被称为"穿心神迹"[5]，字典说是灵魂因上帝之爱而"激烈燃烧"，心脏遭神的爱"穿刺"；她这份信仰的隐喻同样也被当作医学的暗喻。在四岁的年纪，我不需要"穿心神迹"这样的字眼，就可感受到图像所引发的崇敬。我没有母亲的照片可寻，情不自禁地想象着图片中的女子就是她；她受了胁迫，挥舞尖矛的男童天使即将让她心神荡漾。我总是问："妈妈，你什么时候会来呢？"冰冷砖瓦传回我微弱声音的回声。你什么时候会来呢？

我低声回答："上帝，让她来吧！"那句话是我唯一拥有的凭借。当我第一次闲荡到这里时，戈什医生前来找我，越过我的肩膀注视着圣泰瑞莎的图片，说出了这句断言；他用强壮的臂膀抬起我，用他那与压力锅势均力敌的嗓音说："来了，上帝让她来了！"

自我呱呱落地之后，四十六又四年过去了，奇迹似的，我有机会回到那间房。我发现自己体型庞大，坐不进那张椅，开襟羊毛衫挂在肩头会像祭司的花边白麻围肩。然而，椅子、开襟羊毛衫、穿心神迹的日历图片都还存在，我——马里恩·斯通已然不同了，而其他的改变并不多。身在依然如旧的房内，时光与记忆快速往回翻动。贝里尼的圣泰瑞莎雕塑图片没有褪色，母亲以图钉固定的纸片现在装了框，存放在玻璃底下。这张图片好像提出了请求，我不得不理出生命事件的顺序，说它是从这里开始的；又因为它从这里开始，所以有了那样的一段故事，而结局就这么又衔接到了开端。于是，我在这里。

　　我们擅自来到这人世，别忘了，饥饿、苦难、早夭是普遍的命运；侥幸的话，或许能超脱命运，找到目的。我长大了，我找到了我的目的，我的目的是要成为医生，与其说是要拯救世人，我的意图其实是要自我治疗。没有几个医生会这样承认，年轻一辈绝对是不会的，不过进入了这一行，我们潜意识中一定相信照料他人能治疗自己的创伤。的确可以，不过也能加深伤口。

　　院长是我童年与青春期中坚定不变的身影，我为了她，选择了外科专业。在我前半生最灰暗的日子中，我去找她寻求忠告。她问："如果你尽力而为，什么是你所能做到最困难的事情？"

　　我局促不安。院长轻而易举便探测出追寻抱负和苟且偷安之间的距离。"为什么我非要做最困难的事情？"

　　"因为你是上帝的乐器，马里恩，不要让乐器留在盒子里，孩子，演奏它！好好利用乐器的每一部分，你能演奏《荣耀颂》的话，何必安于童谣《三盲鼠》呢？"

　　太不公平了，院长竟然提起那首昂扬的圣歌，每每听到这首曲子，我便觉得自己愣愣呆呆，与所有凡人一同站着仰望天空。我不成熟的个性，她都明白。

"可是，院长，我无法幻想我能演奏巴哈的《荣耀颂》……"我压着嗓子说。我从没弹奏过弦乐器或管乐器，我看不懂乐谱。

"马里恩，我不是这个意思。"她说。温柔的凝视迎来，一双饱经风霜的粗糙手心摩挲着我的脸颊。"不是巴哈的《荣耀颂》，而是你的，存在你心里的《荣耀颂》！不去找出它，忽视上帝赋予你的可能能力，那是至深的罪恶啊！"

从性情来说，我更适合走认知相关学门，从事深入探究的领域，例如内科或精神病学。一想到手术房的景象，我便汗如雨下，想到手持手术刀，肚子就揪成一团（至今还是如此）——手术是我能想象得到最困难的事情。

于是乎，我成了外科医生。

三十年后，我不是以速度、胆大或手艺才能而出名。说我从容、说我埋头苦干、说我采用适合病人与特定情况的做法与技术，那么，我会把这些话当成重要的赞美。同事自己必须挨刀时会来找我，这一点让我信心大增，他们知道，无论是术前、术中或术后，马里恩·斯通都同样地投入时间与关注；他们知道，我不喜欢"有疑问就切除"或"能动刀就不等"之类的外科箴言，这些言论只会确实地揭露我们领域中最肤浅的人才。我的父亲拥有我最敬佩的外科医术，他说："手术结果最为成功的，是你决定不动刀的那一项手术。"我知道何时不该开刀、何时能力不及、何时该寻求拥有父亲水平能力的外科医生协助——那样的天赋、那样的"才华"，都是自己始料未及的。

有一回病人病情危急，我求父亲动刀。他默默地站在床边，测好心跳数后，手指还在病人的脉搏上流连不去，久久不肯放开，好像需要摸着肌肤，感受动脉血管纤弱的讯号，才能归纳出结论。从他紧绷的表情中，我注意到百分百的专注，我想见他脑中的齿轮转动，幻想看到他眼中泪光闪烁。他小心翼翼地权衡不同选择的利弊，最后摇了摇头，转身走开。

我跟上前去。"斯通医生。"我用他的头衔喊他，纵然内心渴望呼喊一声"爸爸"。我说："手术是他唯一的机会。"我心底明白，机会微乎其微，麻醉药才喷一下，或许就扼杀了他的性命。父亲把手放在我的肩头，口吻温和，就像对资浅同事而非儿子说话。"马里恩，不要忘记第十一戒，"他说，"不要在病患大限之日动刀。"

在埃塞俄比亚首都亚的斯亚贝巴，满月时分，刀光闪耀，石头与子弹纷飞，我感觉好像站在屠宰场，而不是三号开刀房，皮肤沾了一点点的碎骨与生人的血。在这样的时分，我想起他的话。我没有忘记，可是开刀之前不见得都知道答案，开刀当下只能专注于开刀一事上。事后，在我们称之为"死亡及并发症研讨会"的闹剧上，那些妙语如珠或成为媒体名嘴的会议召集人，随随便便就能大放马后炮，宣告你的决定是对或错。生命同样也是如此，你往前走，回头才了解它，唯有驻足回首才发现卡在你车轮下的尸首。

而今，我五十岁了，见到开膛剖腹，依然一股敬意油然而生。人类彼此残害、亵渎人体的能力令我汗颜，可是这样的能力让我明白玄奥的和谐，心脏从肺脏后方窥探而出，肝脏与脾脏在横膈膜的穿窿底下彼此协商——这些让我惊讶得无言以对。我的手指"在肠道滑走"，寻找刀身或子弹造成的洞孔，闪烁微光的肠道一圈又一圈，那近乎六十厘米的长度紧密收拢在这般窄隘的空间内。在非洲的夜晚，如此这般从我指缝中滑过的肠子，至今累积的长度可能得以延展至好望角，而我还看不到这条长蛇的头在哪里。不过，我能查看藏于肌肤肋骨肌肉底下的平凡奇迹，目睹身体对主人所隐瞒的景象，人间岂有比此更为崇高的殊荣？

在这样的时刻，我不忘感谢我的孪生弟弟湿婆——湿婆·普雷斯·斯通医生。我寻寻觅觅，在两间开刀房之间的玻璃隔板上寻找他的倒影，然后点头致上谢意，因为是他让我成为今日的我，一名外科医生。

对湿婆而言，生命终究是在修补破洞。湿婆讲话不用隐喻，他要说的，就是"修补破洞"这四个字，不过，这个隐喻用在我们这一行恰如其分。然而，还有一种破洞，就是让家庭分裂的伤口。这种伤口，有在出生之际产生的，也有日后才出现的。我们都在弥补裂伤，这是毕生的任务，而许多的未竟，则留给下一代。

生于非洲，离乡背井来到美国生活，最后又重返非洲，我是"地理即命运"的实证。命运将我带回到出生的地点，不偏不倚，就在我出生的那一间手术房。我戴上手套的双手在三号开刀房的手术台上方活动，母亲与父亲的双手，也曾在这同一个空间。

有些夜晚，蟋蟀唧唧地叫，成千上万只的叫声压过了山腰上土狼的咳声和哼鸣。但霎时，天地万籁俱寂，犹似点名时间结束，时候到了，蟋蟀在阒黑中找到配偶，撤退离开。接踵而来的寂静真空中，我听见星星尖锐的嗡鸣，欣喜若狂，为自己在银河中低渺的地位感到欣慰。就是这样的时刻，我觉得自己承受了湿婆的恩惠。

身为孪生兄弟，我们同睡一张床直到十几岁，头颅相倚，两腿躯干往不同方向偏转。长大后，我们不再那样亲密，然而我依然渴望，渴望亲近他的头。当我醒来，收到又一个日出作为礼物，头一个念头是想唤醒他，告诉他：多亏有你，我才得以见到晨光。

而我亏欠湿婆最深的，是把故事说出来。这是我母亲玛莉·普雷斯修女未曾揭露的故事，是我胆大的父亲托马斯·斯通所逃避的故事，是我必须一片一片拼凑而得的故事。唯有讲述，才能愈合弟弟与我之间的裂痕。的确，对于外科手艺，我有无穷的信心，但没有哪个外科医生能修复两兄弟的分歧。精彩的故事于此出现，就从故事起头的地方开始说吧……

第一部

对病患的关心,是照顾病患的秘诀。

——知名内科医生皮巴底(Francis W. Peabody)

一九二五年十月二十一日

第一章·再论伤寒症

在我们出生的七年前,玛莉·约瑟夫·普雷斯修女从印度来到失迷医院。她与安洁莉修女是马德拉斯市[6]圣衣会的第一代见习修女,皆在马德拉斯市立综合医院读完艰难的护理文凭课程。毕业当天,母亲与安洁莉获得护士别针,就在那一晚,两人立下了最终的誓约,要安贫、守贞与服从。她们不再回应"实习护士"(在医院)与"见习修女"(在教会)的称呼,在两处都被称为"修女"。修道院院长薛喜·基瓦鲁吉年高德劭,被人昵称为"圣嬷嬷",她立刻给予两位年轻护士修女祝福,以及一件意外的任务:非洲。

她们准备出航的那天,所有见习修女从修道院出发,搭了一队人力三轮车,来到海港与两位姊妹送别。在我的想象中,见习修女沿码头排列,一面闲聊,一面颤抖,流露出兴奋与激动的情绪,白色神职服在微风中飘动,海鸥在她们穿了凉鞋的脚边跳跃。

母亲与安洁莉修女当年都才十九岁,在印度土地上走了最后的几步路,然后登上"卡兰古号"。我常常在想,这时母亲心里在想什么呢?她走上舷梯,应该听到了后方传来的吞声饮泣与"上帝与你同在"。她畏惧吗?她想改变心意吗?她进入修道院前,曾经咬紧牙关,永远离开位于科钦的原生家庭,然后搭了一天一夜的火车,搬到马德拉斯市。对她双亲而言,这无疑与她分离了半个世界远,因为他们再也见不到她了。在马德拉斯市待了三年之后,现在她则要忍痛离开她信仰的家,而且这次要横渡一片海洋,再也没有回头路可走。

在坐下来写这段文字的前几年,我到马德拉斯市寻找母亲的故事。在圣衣会的档案文件中,找不到与她有关的只言片语,反而在圣嬷嬷的日记里发现她所记载的过去。当"卡兰古号"从泊船处缓缓驶远时,圣嬷嬷像交通警察般举起手,"以旁人说掩藏年纪的说教口吻"吟诵:"为我之故,你要离开本地。"因为《创世记》是她最爱的书。圣嬷嬷仔细想过这次的传教使命。的确,印度的需求深不见底,然而那是改变不了的事实,也不能作为借口。她的两位年轻修女是最聪慧、最美丽的,她们将成为先驱,成为把基督的爱带入混冥非洲的印度人,这是她崇高的抱负。她在日记中揭露内心的想法:正如英国传祭司来到印度时的发现,要传达基督的爱,最好是透过热敷、药膏、擦剂、包扎、清洗与安抚,难道有比治疗更好的职务吗?她的两位年轻修女将要渡海,马德拉斯市圣衣会的非洲传道使命即将展开。

善良的院长望着船上两个挥手的人影缩成小白点,难过得揪起心来,假如她们由于盲目服从她的崇高计划,而注定要面对可怕的命运,那该如何是好?"英国传道团有万能的帝国撑腰……而我的女孩们呢?"她描写海鸥尖声争吵,鸟粪四处泼溅,破坏了她拟想的感人送行画面。鱼肉腐烂,木材腐朽,臭不可当,加上打赤膊的工人见了她带领的一群处女,那槟榔染红的嘴巴开始垂涎,露出染指的意图,害她的心思无法专注。

"天上的父,我们托付你保护我们的姊妹。"圣嬷嬷这么一说,职责就转由上帝来承担。她停止挥手,将手藏到衣袖内。"圣衣会这次要扩展服务的对象,我们恳求你的慈悲,你的守护……"

当时是一九四七年,英国人终于要撤离印度,"退出印度运动"[7]让不可能的梦想化成事实。圣嬷嬷徐徐吐出肺里的空气。一个崭新的世界需要胆大的行动，起码她是如此相信着。

自封为"船"的，不过是一艘黑、红两色，尚可漂浮的破烂邮船，冒着蒸气横越印度洋，朝着目的地也门的亚丁港驶去。"卡兰古号"的货舱里摆着条板箱，一箱叠着一箱，里面是棉纱、稻米、绸布、哥德里奇牌置物柜、塔塔牌档案柜，还有皇家艾菲尔德公司出产的子弹型摩托车，共三十一辆，引擎还以油布包着。照理说，它不是客船，不过希腊籍的船长照样提供"付钱客人"的住宿空间。愿意搭乘货船俭省旅费的人不少，而他这一方则愿意提供协助，同时减少船员的数量。于是，这艘船载了两位马德拉斯市的修女、三位科钦来的犹太人、一户来自西印度古吉拉特的人家、三名形迹可疑的马来人、寥寥几名欧洲客，到了亚丁港，还有两位法籍水手将上船会合。

"卡兰古号"的甲板宽敞，没有人料想得到，海洋上还能有这么大片的地面。甲板一头有幢船楼，犹如大鲸鱼身上的小虾米，三层高，提供船员与旅客的住宿空间，最上层是驾驶舱。

我的母亲玛莉·普雷斯修女是喀拉拉邦科钦市的马拉雅利人（Malayali）。马拉雅利基督徒的信仰可追溯回公元五十二年，当时圣多马从大马士革抵达印度。远早于圣彼得抵达罗马，这位"多疑的圣多马"[8]便在喀拉拉邦盖了第一批教堂。母亲信仰虔诚，常上教堂，高中时，有位迷人济贫的圣衣会修女深深影响了她。母亲的故乡由五座如珠宝排成一串的岛屿组成，面向阿拉伯海。数百年来，香料商乘船来到科钦购买豆蔻与丁香，其中包括一四九八年绕过好望角抵达印度的达伽马。这位葡萄牙人在果亚设立殖民中心，往四面八方扩张势力，以残酷手法逼迫印度教徒改信天主教。天主教神父与修女最后来到了喀拉拉邦，仿佛并不知道圣多马在他们抵达前的一千年，便将基督尚未腐烂的幻影带来此地。母亲成了天主教圣衣会修女，弃绝圣多马的叙利亚基督传统，改而皈依（从她双亲的角度）崇拜教皇的新来异端教派。她的双亲非常苦恼，假如她改信伊斯兰教、印度教，他们的失望也不过是如此之深。幸好，双亲不知道她更是护士，在他们眼中，这份工作等同她如贱民般弄污了自己的双手。

母亲在海岸边长大，看着老旧的中国渔网从长竹竿吊下来，宛如偌大的蜘蛛网垂于水面之上。众所皆知，海洋是她族人的"面包篮"，供应明虾和渔获。然而站在"卡兰古号"的甲板上，视线边缘少了科钦的海岸线，她竟认不出这只面包篮来。她好想知道，海洋中央是否长年如此烟波浩渺，险象环生又动荡不安。由于海洋的折磨，"卡兰古号"摇摆颠簸，偏离航道，以迟缓的速度前进。这片海洋最大的欲求是一口气将整艘船吞没。

她与安洁莉修女躲在客舱里，闩上门，不许男人与海洋靠过来。安洁莉蓦然开口祈祷，母亲听了心里不觉一震。安洁莉提议按照仪式阅读《路加福音》，她说这样能赋予灵魂翅膀，提供身体纪律。每一字母，每一字汇，每一词组，皆引领两位修女经受 dilatatio、elevatio 与 excessus 等历程——思忖而后升华，进而达到神人合一的超脱境界。面对漫长无尽的渡海旅程，圣维多的理查[9]倡导的古老苦行原来是有所助益的。到了第二晚，经过十个小时的研读与沉思，玛莉·普雷斯修女忽然觉得印刷字体与纸页消失，上帝与自我之间的界线瓦解了。读经有了成果，她在喜悦中将身体交由神圣永恒的无边力量摆布。

她们决定了，无论如何都要按照修道院的常规行事。在第六夜的晚祷中，她们唱了赞美诗、两首圣歌，又一同轮唱诗歌，然后吟唱颂歌。正当唱着《圣母赞歌》时，一阵尖厉、破碎的声音把她们带回了尘世。她们抓起救生衣往外冲去，劈面而来的是一座金字塔，原来有一截甲板隆起了。在玛莉·普雷斯修女眼中，"卡兰古号"简直像是瓦楞纸板搭成的。船长的烟斗始终点燃着，皮笑肉不笑的神情暗示乘客反应过度了。

到了第九天晚上，除了一名船员，十六位旅客中有四位也发烧病倒，发烧到了隔天，皮肤更出现玫瑰斑，胸腹的斑纹仿佛中国字谜。安洁莉修女疼痛难忍，皮肤摸起来像在燃烧。发病第二天，她因为发烧而胡言乱语，激动难安。

在"卡兰古号"的乘客中有名年轻外科医生，他是英国人，目光如鹰隼般锐利，他正要离开印度医疗服务团，前往更有需求的地方服务。他身形高大，相貌粗犷，使他一脸饥肠辘辘的模样，可是他却避去餐室。航行第二天，玛莉·普雷斯修女与他偶遇，更正确的说法是，她撞上了他。当时，她爬上从客舱通往公共休息室的阶梯，在潮湿的金属梯上失足，而那名英国男子就在后方，从能使力之处抓住她，结果抓到了她的尾骨与左边的肋骨。男子将修女扶正，好像她是个孩子。当修女结结巴巴地言谢时，他满脸通红，面对这样突如其来的亲昵接触，他比她更加惶恐不安。修女感觉适才被他的手抓住的肌肤出现淤青，她不在乎身体的痛，反而觉得那里有种特别的感觉。其后数日，她并没有再见到这名英国人。

而今，为了寻求医疗协助，玛莉·普雷斯修女鼓起勇气敲了敲他的客舱门。一丝虚弱的声音请她入内，迎接她的则是胆汁般的丙酮味道。"是我，"她大喊，"我是玛莉·约瑟夫·普雷斯修女。"医生侧躺在床铺上，肤色与身上的卡其色短衬裤同样颜色，紧闭着双眼。"医生，"她吞吞吐吐地问，"你也发烧了吗？"

他想看看她，眼珠子却像倾盘上的弹珠溜溜翻转。他翻身准备朝消防水桶呕吐，却没对准，无所谓，桶子里的秽物早已满到桶边了。玛莉·普雷斯修女赶忙冲向前探探他的额头，湿湿冷冷，完全没有发烧。他的脸颊凹陷，身体好像配合狭小的客舱萎缩了。没有乘客不晕船的，可是这名英国男子的痛苦非常严重。

"医生，我要向你报告，有五名病人染了热病，他们出疹子、畏寒、盗汗、脉搏迟缓、胃口欠佳。每个人的情况都还算稳定，只有安洁莉修女除外，医生，我非常担心安洁莉……"

积压的担忧总算一吐为快，纵使这名英国人其实也只是回应一句呻吟。她的目光落在一截肠线上，这条线绕在靠近他两手的床栏上，一个结打了又连着一个结，一共是十个记号。由于线结如此之多，肠线像多瘤的旗杆般竖直起来。这是他记录时间或记载呕吐次数的方式。

她把水桶冲洗干净，放回他伸手可及的地方，又拿毛巾把地板的污秽擦去，然后将毛巾洗净，挂起来晾干。她把水拿至他身旁，一面退出房间，一面怀疑他多久没进食了。

到了晚上，他的情况加剧。玛莉·普雷斯修女抱着床单、毛巾过来，还端上清汤，跪在地上想喂他，没想到食物气味反而令他开始干呕。他的眼珠已经陷入眼窝，皱缩的舌头如鹦鹉舌头。房内有种果香，她认定是饥饿的气味。她捏起他手臂后的一团肉，放开之后，他的手臂上依然隆起帐篷状的肉块，就像隆起的甲板。水桶内有半桶的清澄液体，他含糊说着什么"绿野"的，没有意识到她在身边。她怀疑晕船是否会要人命，抑或他也染上了跟安洁莉修女同样的热病，只是仅出现部分病征？她对医学还有许多不了解，在病患围绕的海洋中央，她感觉到无知的压力。

不过她会照顾病患，又会祷告。于是她一面祈祷，一面将沾了胆汁唾液而僵挺的衬衫轻轻脱下，又小心翼翼地褪下短裤，替床上的他擦洗身体。她显得忸忸怩怩，因为她从未照料过白人男子，也没照顾过医生。擦巾一碰，那肌肤便泛起一波鸡皮疙瘩，不过他并没有起红疹。在发烧病倒的四名旅客与客舱服务员身上，她倒是发现了红疹。他发达的手臂肌肉在肩膀处紧缩，直到此刻她才注意到，原来他的左胸比右胸小，左侧锁骨上方的凹陷足以容纳半杯水，右边的凹陷处则只有一茶匙的容量。而在左边乳头后方一直延伸到腋窝的这一带，她发现他的肌肉深深消下去，消陷处的表面肌肤缩拢而具光泽，她伸手去摸，手指居然陷了下去，她倒抽一口气，因为她摸不着骨头的抵抗，事实上，好像有两根，甚至三根相连的肋骨不见了。在那凹窝中，他的心脏紧贴着她的手指轻轻跳动，中间仅有薄薄一层皮肤相隔。她撤回手指，还能看到他的心室贴着肌肤一下又一下地推动。

他胸口、腹部的毛发纤细，半透着光，仿佛是从耻骨的茂密处漂荡而来。她不动感情地清洁他未割包皮的阴茎，然后将之放到一侧，护理下方看似虚弱、遍布皱褶的阴囊。她清洗他的双脚，然后将之擦干，同时无可避免地想着她亲爱的天主，还有祂与门徒在人间的最后一晚。

在床底下的行李箱中，她找到与手术相关的书籍。在页面空白处上，他写了名字与日期，直到后来她才想通，那是病人的名字，有印度人，也有英国人，这些是备忘录，记载他在皮某某或克某某身上首次发现的某种疾病。有的名字旁画有十字，她想是患者病亡的记号。她又找出十一本笔记本，里面写满了简约的笔迹，一撇一捺笔劲充沛，文字在线格间飞舞，直到页缘才打住。以一个外表寡言的男子而言，他的笔书居然反映出健谈的个性。

最后她翻出干净的内衣与短衬裤。一个男人的衣物比书本还少，这代表什么？她将他翻过身来，然后又翻过身去，先替换底下的床单，接着为他穿上衣服。

她知道他叫作托马斯·斯通，因为放在床边的手术教科书内页写着这个名字。在书中，她找到寥寥数行与发疹热病有关的文字，上面却没有提到晕船。

那一夜，玛莉·普雷斯修女在起伏不定的通道上辛苦地来回奔波，穿梭在两张病榻之间。甲板上隆起的小丘仿佛披上寿衣的身影，她不去看它。有一回,她目睹如山的黑色波浪打来,有数层楼之高,"卡兰古号"看似准备要堕入洞穴。滂沱的海水在船首碎开,传来的声响比眼前的情景更加骇人。

在乱腾腾的海洋上,缺乏睡眠的她步履蹒跚,加以面对严重的医疗危机,她把周遭的一切简化,只分成发烧、晕船、无恙这几种人。不过,这些区别恐怕根本不重要,因为他们可能在转眼间便全溺毙身亡。

她在安洁莉身旁醒来,应该是待在那里时不小心睡着了。她又醒过来,以为才过没多久,这次却身在英国人的客舱。她在他身旁跪着睡觉,头懒洋洋偎在他的胸膛,而他的手臂则倚在她的肩头。当她还没弄清楚状况,人又睡着了,待到黎明醒来,发现自己竟然躺在床上,不过是贴着托马斯·斯通睡在床铺边缘。她三步并作两步回到安洁莉身边,发现她的病况加剧,那急切的呼吸宛如叹气一般。安洁莉的皮肤上还出现了大块相连的紫斑。

不曾阖眼的船员面露焦虑,还有个男人跪在她面前说:"修女,请宽恕我的罪!"于是她了解,船还没脱离险境。船员们对她的求助不理不睬。

玛莉·普雷斯修女思绪慌乱,心灰意冷。她到休息室拆下一张吊床,因为在半梦半醒的神游状态中,她看到一幅景象。她把吊床挂在医生客舱的舷窗与床柱之间。

斯通医生出奇地沉重,唯有向圣女凯萨琳祈求着,她才有力量将他从床铺拖到地上,然后一次抬放一部分的身体,将他慢慢移至吊床内。虽然船只摇晃,但吊床由于地心引力的牵引而维持水平。她跪在他的身旁祷告,把整颗心掏出来给基督,唱完甲板隆起那夜被打断的《圣母赞歌》。

最早重现血色的是斯通的脖子,然后是两颊。她以茶匙一匙匙喂他喝水。一个小时后,他不再吐出清汤,眼睛睁开了,也恢复了光芒，眼珠追随她每一个动作移转。接着，当她把汤匙送上前，那强健的手指一把握住她的手腕，将食物带到自己的嘴巴前。她想起自己不久前唱的诗文："叫饥饿的得饱美食，叫富足的空手回去。[10]"

上帝听见了她的祈祷。

脸色苍白的托马斯·斯通脚步摇摆，随着玛莉·普雷斯修女，来到安洁莉修女躺卧之处。见到瞪大眼睛、满口谵语的修女，他倒抽一口气。安洁莉的脸庞憔悴，脸色焦虑，鼻子如笔尖锐，鼻孔随每一次呼吸撑开，看似清醒，却又全然不觉访客的到来。

他跪在安洁莉修女身旁，安洁莉呆滞的目光径直穿透他。玛莉·普雷斯修女看着他熟练地拉下安洁莉的眼皮检查结膜，然后在瞳孔前摇晃手电筒。他用平稳流畅的手法将安洁莉的头朝着胸口扳起，检查脖子的僵硬程度，又触摸淋巴结，活动她的四肢，再利用弯折的手指代替反射锤轻敲膝盖腱。之前玛莉·普雷斯将他看成乘客，再当作病人，那时感觉他手脚笨拙，这时却再也不那么觉得了。

他剥去安洁莉的衣物，平心静气地检查病患的后背、大腿与臀部，没有注意到玛莉·普雷斯修女在一旁协助。他在安洁莉的腹部探找脾脏、肝脏，纤美的手指仿佛是为了此目的而创造，玛莉·普雷斯修女无法想象这双手去做其他的工作。他没有听诊器，直接将耳朵贴近安洁莉修女的心脏，又移到腹部，接着让她侧躺，将耳朵紧贴在她的肋骨倾听肺脏的声音。他反思评估之后，喃喃道："呼吸听起来好像右边的音量变小……腮腺变大……她有颈腺——为什么？……脉动虚快——"

"刚开始发烧时，脉动缓慢。"玛莉·普雷斯修女主动说。

"你先前提到过。"他猛然说："多慢？"他的眼睛没有抬起来。

"四十五到五十，医生。"

她感觉医生忘了自己的不适，忘了自己根本处于船上。他和安洁莉修女的身体合而为一，修女的身体是他的《圣经》文字，他敲打她的身体，检查体内的敌人。有他在身旁，玛莉·普雷斯修女信心大增，安洁莉造成的忧虑也消失了。她满心欢喜地跪在他身旁，犹如此刻才成为成熟的护士，因为这是她头一回遇上像他这样的医生。她强忍着不说话，因为她好想好想把这些话统统告诉他，还有好多好多话想告诉他。

"这叫'醒状昏迷'。"医生说。玛莉·普雷斯修女假设他是在教导她。"注意看看她的眼睛，一直转动，好像在等待什么。这是病危的征兆。再看看她怎么撕扯床单，这叫作摸空症，小肌肉的抽搐是肌腱痉挛。这是'伤寒症'，在很多类型的血液中毒晚期都会发现这样的症状，不只有伤寒而已……不过请注意——"这时他抬眼看她，虽然含笑，接下来要说的话却让人失望。"我是外科医生，不是内科，内科我懂什么？我只知道这不是用开刀就能治疗的疾病。"

他的存在，不只安抚了玛莉·普雷斯修女，也让海洋镇定下来。躲藏多时的太阳乍然从他们身后露脸。船员醉醺醺地庆祝，代表几个小时前的险境已经过了。

尽管玛莉·普雷斯修女不想相信，然而斯通能替安洁莉修女所做的事情少之又少，总之，他无能为力。厨房的急救箱中有只脱水的蟑螂，箱里原本的物品在前一个港口被某位船员拿去典当了。药箱被船长拿去自己的舱房当椅子，而且模样像是从中古黑暗时代留下来的遗物。华美的箱匣内，仅得剪刀、骨刀、粗陋的钳子各一可供使用。湿敷膏药也好，装在小瓶里的苦艾、百里香、山艾也好，像斯通这样的外科医生能怎么将就使用呢？斯通对着某个写着"oleum philosophorum"的标签哈哈笑（这是玛莉·普雷斯修女头一回听到那样欢喜的声音，虽然逐渐消失的回音中夹有几分讽刺的意味）。"你听，"他照着念出来："'内含陈旧砖石与砖片，可治慢性便秘！'"念毕，他奋力一举，把箱匣丢到船外，只取出钝器和琥珀瓶装的鸦片酊。安洁莉修女服下一匙古老的疗药，严重的气喘似乎缓和下来，斯通对玛莉·普雷斯修女解释，这种做法能"让她的肺脏与大脑分离"。

不曾阖眼的船长走来，七窍生烟，一面喷着唾液与白兰地，一面说："你好大的狗胆，竟然把船上的财产给扔了？"

斯通倏地跳起来，那一瞬间，玛莉·普雷斯修女想到了急于打架的男同学。斯通横眉怒目地看着船长，船长只得忍下这口气，往后退了一步。"扔了那个箱子，对人类只有好，就可惜害了鱼群。你再说半个字，我就检举你，说你载客却没有准备任何医疗用品。"

"你捡了便宜还敢说。"

"而你赚了好大一笔钱还害死人。"斯通指着安洁莉说。

船长的脸庞失去盔甲，眉毛、眼睑、鼻子、嘴唇，统统像瀑布一样唰地一齐垮下。

于是托马斯·斯通接手掌管。他暂且睡在安洁莉的床边，而且不顾船上人员同意与否，冒险检查每一个人的情况。他将发烧的人隔离，不许未发烧的人接触他们。他写了不计其数的笔记，画出"卡兰古号"舱房的地图，将每一起发烧病例的发生位置画上×。他坚持烟熏每一间客舱，看他到处指挥健康船员与乘客的模样，愠怒的船长火冒三丈。不过，就算托马斯·斯通察觉到船长的感受，也不以为意。在接下来的二十四小时中，他不眠不休，一会儿再度检查安洁莉修女的病况，一会儿检查其他的人，通宵不眠。还有一对大叔和大婶也病得不轻。玛莉·普雷斯修女始终未曾离开他身边半步。

他们从科钦出航两周后，"卡兰古号"拖拖拉拉地抵达了亚丁港。希腊籍船长让马达加斯加舵手升起葡萄牙国旗，因为这艘船在该国注册。只是不管有没有葡萄牙国旗，由于船上出现了热病，"卡兰古号"一船人立刻被隔离。船在远处下锚停泊，犹似遭到驱赶放逐的麻风患者，只能凝视港都。苏格兰籍的港口主管乘船靠过来，斯通威胁这名主管，假使他不送上医生工具箱、乳酸林格氏液点滴瓶、磺胺制剂,那么他——托马斯·斯通——要他对船上所有大英国协公民之死负责。这番心直口快的话听得玛莉·普雷斯啧啧称奇,然而斯通是为她而发言,他好似取代了安洁莉的地位,成了她在这趟命运多舛的旅途中唯一的同盟与友人。

药品送达,斯通首先救治安洁莉修女。他将就使用极简的方法消毒,持解剖刀划开一刀,找出行经安洁莉修女足踝内侧的大隐静脉,将针穿入血管,原本应有铅笔宽的血管萎陷了。他再以接扎线固定好针,一个结连着一个结打,两手沾满了血污。安洁莉虽然经点滴施打乳酸林格氏液和磺胺制剂,却连一滴尿液也未曾排出,也没有显露恢复生机的征兆。她在当晚最后一次病情加重,咽下最后一口气。还有两个人也死了,一名老翁与一名老妇人在短短几个小时内接连走了。看在玛莉·普雷斯修女的眼中,死亡不仅令人惊叹,而且在预料之外。原本当托马斯·斯通起身查看安洁莉时,她感受到一股幸福,因而看不清楚真相。她无法自已地打起寒战。

在夕照下,玛莉·普雷斯修女与托马斯·斯通将布裹的尸体从扶栏后扔下,迷信的船员不肯协助,甚至朝他们看一看也不愿意。

玛莉·普雷斯修女伤心不已,随着友人的尸首溅落水中,她故作勇敢的外表也粉碎了。斯通立在她的身侧,失去了自信,他未能挽救安洁莉的性命,脸色因愤怒与愧疚而沉了下来。

"我好羡慕她。"最后,玛莉·普雷斯修女哽咽着说。疲倦加上无眠,使她说话少了顾忌。"她与我们的天主同在,那里一定比这里还要美好。"

斯通忍住笑,对他而言,这样的感伤预告精神错乱即将发生。他抓起玛莉·普雷斯修女的手臂,带她返回他的房间,让她躺在床上,以医生嘱咐的口吻交代她休息。他坐在吊床上,看着修女进入生命唯一的赐福——睡眠,接着他快步离去,再次检查船员与每一位乘客。担任外科医生时的托马斯·斯通无须睡眠。

两天后，没有新的发烧病例再出现，他们终于得以自"卡兰古号"登岸。下船前，托马斯·斯通跑去找玛莉·普雷斯修女，在她与安洁莉修女同住的客舱，发现她红着眼，脸庞与紧攥的念珠皆湿了。斯通心头一震，才注意到过去不曾发现的事情：她出奇的美丽，眼睛大而灵动，仿佛能道尽千言万语。他的脸逐渐加温，舌头无法离开口腔底壁。他的目光移到地板，落在她的旅行袋上。终于，他挤出话来，那句话竟是："斑疹伤寒。"他翻阅过带来的书籍，仔细思索整个病情脉络。见她一脸迷惘，他又说："一定是斑疹伤寒。"他本以为自己的诊断结论这几个字能让修女心情好起来，谁知惹得她又热泪盈眶。"应该是斑疹伤寒，做血清测试一定能确认。"他支支吾吾地说。

他脚步左右移动，两手交握又解开。"修女，我不知道你要上哪里去，不过我要到亚的斯亚贝巴……在埃塞俄比亚。"他抿着嘴对着自己的下巴说话，"到一间医院去……如果你来的话，那里能借重你的专业。"他朝修女看去，脸又红了，因为他对要去的医院根本一无所知，也不确定那里是否需要她的服务，也因为他感觉她深色的蒙蒙双眼看穿了他每一个念头。

玛莉·普雷斯修女之所以沉默不语，是因为沉浸在自己的思绪中。她想起自己为他、为安洁莉祷告，而上帝只应许了她一项祈祷。斯通一如拉撒路[11]般复活，然后竭尽全力去挖掘热病的原因。他硬闯船员的房间，无情地冲撞船长，还出言威迫恐吓。玛莉·普雷斯修女目睹这一切，他以错误的行为追求正当的目的。她没有料到他竟然如此激愤。她在马德拉斯市医学院附设医院接受护理训练，那里担任公职的外科医生（当时多半是英国人）举止从容，性情沉稳，与病患保持距离，后面跟着一行小鸭子似的助理医师、资历深浅不一的住院医师（一概是印度人）。她往往觉得他们一双眼睛只看见疾病，病人与病人的精神苦痛是次要的工作。托马斯·斯通则不然。

她相信，这份与他同往埃塞俄比亚的邀约是脱口而出的，他还来不及咽下，话已经从舌尖溜出来了。她该怎么做？圣嬷嬷已经确认了，有位比利时修女与教会脱离关系，在也门的亚丁港建立起摇摇欲坠的服务据点，由于这位修女孱弱的身体，此据点恐怕难保。圣嬷嬷计划让安洁莉修女与玛莉·普雷斯修女从该处着手，暂且留在非洲大陆北部，向比利时修女尽量学习在不友善气氛中工作的通盘经验。然后，与圣嬷嬷再次通信联络后，两位修女姊妹将南行。她们不去刚果（那里已经有法国人与比利时人了），不去肯尼亚、坦干依喀、乌干达或尼日利亚（圣公会已经接触那里的灵魂，不喜欢他人来竞争），西非的加纳或喀麦隆也许可以。玛莉·普雷斯修女不知道圣嬷嬷对埃塞俄比亚会有什么样的看法。

圣嬷嬷将传播福音的任务托付给她们，这份瞻望现在如白日梦一场，玛莉·普雷斯修女羞于将如此孤陋无知的计划告诉托马斯·斯通，反而以断然绝望的口吻说："医生，我在亚丁港有职务要完成，还是谢谢你了，谢谢你为安洁莉姊妹所做的一切。"他则坚持自己什么都没有做。

"你做得比任何人能够做到的都还要多。"修女说。她以双手执起他的手，直视他的眼眸。"愿上帝与你同在，愿祂保佑你。"

他感觉念珠还缠绕在她的指间，感受到她肌肤的柔软、泪水的濡湿。他想起她的双手碰触他的身体，为他洗身、为他更衣，当他反胃时，还捧住他的头。在记忆中，她昂首望天，一面歌颂，一面祈求他的复原。他的脖子越来越烫，知道脸色第三度背叛了自己。她露出痛楚的眼神，两唇迸出一声呼喊，这时他才发现自己紧握着她的双手，硬生生将念珠对着手指关节压下去。他当下松手，嘴巴张开，却一句话也没说，就这么唐突地走远了。

玛莉·普雷斯修女僵在原地，发现一双手红通通的，开始阵阵抽痛。痛，像是礼物，一份可触的祝福，从她的前手臂一路延伸到胸口。而她无法忍受的是，他走远时，自己竟感觉某样重要的东西从胸口被连根拔起。她想抓着他不放，大声求他不要走。她曾经以为，此生在对主的服务中已然圆满，现在她却懂了，她的生命中竟有自己不曾知道的存在的缺憾。

步下"卡兰古号"、踏上也门土壤的那一刻，玛莉·普雷斯修女多希望她根本没有下船。太荒谬了，在这段被隔离的长时间中，她居然会渴望上岸。亚丁港，亚丁港，亚丁港——行前，她对这里一无所知，即使在这当下，这也不过是个异乡的地名。根据从"卡兰古号"船员口中听来的信息，她猜想除非在亚丁港停留，否则谁也没有能力前往世界的任何角落。港口位置有利，曾受英国控制，而今免税政策让此港成了购物与寻找下一艘船只的好地方。非洲是通往欧洲的门户，而亚丁港是通往非洲的门户，在玛莉·普雷斯修女的心中，这却像是通往地狱的入口。

这座港都死气沉沉，同时又连续不断在活跃，仿佛一层厚厚的蛆让腐烂的尸体多了生命。暑气晒得人麻木起来，她逃开大街，躲进窄巷小路的阴凉处。建筑仿佛是火山石劈砍出来的，手推车堆得如山高，香蕉、砖块、甜瓜，还有一台手推车居然推着两个麻风病人迂回穿梭于行人间。蒙面纱的佝偻老妪走过，头顶着一盅焖烧的炭炉，没有人瞥这奇异景象一眼，反而对走在其中的褐肤修女投以注目的眼光。她露出的脸庞让她觉得自己一丝不挂。

玛莉·普雷斯觉得肌肤像是烤箱中的面团逐渐膨胀。如此这般过了一个小时，经人指路往东朝西之后，她来到一条极其狭长的通道底，站到一道小门前。石墙上有灰白的痕迹，有块招牌才拿下不久。她默默祷告，深深吸了口气，然后敲敲门。一个男人用粗哑的声音叫嚷着，玛莉·普雷斯修女猜想他说："请进。"

她见到一名打赤膊的阿拉伯人，这人坐在光亮秤盘旁的地板上，身边堆着高达天花板的大捆树叶。

温室般的气味让她呼吸困难,她没闻过这种气味,那是削除若干草叶的阿拉伯茶[12]的味道,不过还有更辛辣的气味。

那阿拉伯人的胡子用指甲花染得红透,她还以为他的血流到了胡子上。男人的眼睛学女人描了眼线,令她想起阻止十字军占领圣地的悍将撒拉丁[13]。白头巾箍着年轻的脸庞,头巾底下的眼光落在修女手中的旅行提包上,他的身体鼓起,镶金的齿间迸出下流的嘲笑。他发现修女快要昏倒了,才戛然止住笑声,让她坐下,并找人送上茶水,再以手语混搭蹩脚的英语,向她说明原本住在此处的比利时修女已经暴毙了。听到这番叙述,玛莉·普雷斯又开始打寒噤,深深感到不祥的预兆,仿佛听到死神就在那温室里,脚步踩得草叶窸窣作响。她的《圣经》中夹带了碧翠丝修女的照片,她幻想记忆中的那张脸变形成死亡面具,然后又变成安洁莉的脸庞。她强迫自己直视那男人的目光,质疑他适才所言。怎么死的?在亚丁港谁会问"怎么死的"?今天你活得好好的,债也还了,大、小老婆都开心,赞美真主,隔天染上热病,这么多年来皮肤在这么热的环境下都没事,热病竟然让皮肤裂了、破了,你就死了。怎么死的?重要吗?皮肤烂了!染了瘟疫!换句话说,运气背。

这栋屋子是他的。说话的同时,阿拉伯茶的绿色叶梗在他嘴里闪现。他仰望着天花板说原来那位修女的上帝救不活她,手还指着上方,仿佛"祂"还蹲伏在那里。玛莉·普雷斯修女的眼睛不由自主地追随他的目光看去,发现自己的行为才赶紧收回来。而在此期间,那人混浊的目光从天花板落下,落到她的脸、她的唇、她的胸上。

对于母亲的旅程能知道这么多,是因为它出自她的嘴,传至别人的耳,然后又流入了我的耳朵。不过,她的故事在亚丁港中断,就在那间闷热的屋子戛然中断。

毫无疑问地,启程时,她坚信上帝既然赞许她到海外传教,理当提供她的所需与保护,在亚丁港,她却有了一番遭遇,没有人知道究竟发生了什么事情,不过她在那里明白她信仰的上帝也有复仇心重与严酷的一面,与祂忠诚可靠的一面不相上下。撒旦现身在安洁莉修女扭曲的紫色遗容,上帝竟然允许那种事情发生。她认为亚丁港是邪恶之城,上帝利用撒旦向她证明:世界不堪一击,支离破碎,善恶只有一线之隔,她的信念既天真又幼稚。她的父亲常说:"如果你想逗上帝笑,把你的计划告诉祂。"她同情圣嬷嬷,圣嬷嬷为非洲点亮明灯的理想是一场空,还赔上了安洁莉的性命。

在无尽的岁月之中,我只知道以下的故事:我的母亲,年仅十九岁,经过数月或甚至一年之久情况未明的日子后,终究逃离了也门,然后横渡亚丁湾,再经由陆路,可能来到埃塞俄比亚位于城垣内的古都哈勒尔,或者去了吉布提,自该地乘火车,取道迪里达瓦进入埃塞俄比亚,然后继续前往亚的斯亚贝巴。

我知道她乍到失迷医院的故事:有人敲打院长办公室的门,停顿后又敲,共三声。"请进。"院长说。由于这两个字,失迷医院走上了谁也料想不出的道路。此时雨季刚刚揭幕,淫雨绵绵的亚的斯亚贝巴气氛昏闷无力,经历数小时、数日的水声雨景,民众开始起了幻听、有了幻觉,院长怀疑她因此见到了这幅景象:一名褐肤的秀丽修女站在门口,随时就会倒下来。

这名年轻女子的褐色双眼凹陷,眨也不眨,目光像温暖的手落在院长的脸庞。可是,她的瞳孔放大,院长后来认为这是因为她对于旅途的恐怖还余悸犹存。她的下唇化脓,仿佛一碰就要胀破。头巾带系在下巴,五官囚在椭圆形中,然而任何布块也拦不了那张脸的热切,藏不住她的痛、她的迷惘。灰褐色的修女服一定曾经是洁白的。当院长的目光顺着身影往下游移,发现两腿交合处有刚刚沾染的血渍。

这一纸薄怯怯的幻影尽管摇摆着，却是决然果断，它能言语，它更像是奇迹，它以充溢着疲倦与伤悲的口吻说："上帝在子民之中透过子民传递信息，我欲开始辨识诸灵，我欲开始聆听上帝，我请求您的祈祷，让我一辈子与神圣临现同在，让我的灵魂准备迎接新娘与新郎结合的大日子。"

院长知道这是请求加入圣职的祷文，多年前她自己也曾讲述同一番话。正如当年女修道院长的反应，院长当下回答："请进入主的喜乐世界吧！"

直到这名陌生女子突然朝着门柱倒下，院长才回过神来，赶忙绕过办公桌去搀扶她。饥饿？心力衰竭？月经出血？这是怎么回事？玛莉·普雷斯修女在院长的臂弯中轻飘飘的。他们将陌生人扶上床，在修女头包巾与修女服底下，他们看见了纤细如柳篮的胸膛、凹陷的腹部。是个少女！还是个未长成女人的少女，哎呀！不过是个刚与童年告别的女孩。她的头发不像多数修女剪短，反而留得又长又密，（他们怎么没发现？）这是个乳房早熟的女孩。

院长的母性本能全部活跃起来，她整夜不眠地守候在侧，小修女在夜里醒来时惊疑不定，一明白自己安全无虞，便恋着院长不放。"孩子，孩子，你出了什么事情？喏喏，没事了，没事，你现在安全了。"院长以软语安抚她，如此过了一周时间，小修女才能独自入眠，又过了一周，她的脸色才恢复了血气。

当雨季结束后，太阳在城市露脸，仿佛对这城市又是亲吻又想弥补，说它终究是自己最爱的城市，应该拥有喜悦的光线、无云的晴空。院长带着玛莉·普雷斯修女走到户外，准备将她介绍给医院人员认识。两人第一次走进三号开刀房，她新来的外科医生托马斯·斯通看见玛莉·普雷斯修女时，那不苟言笑的表情居然消失无踪，反而露出近乎愉悦的神色。院长看了惊愕不已。斯通红着脸，牵起小修女的手紧紧一握,直到小修女的眼底迸泪他才松手。

母亲想必早已明了,她将永远留在亚的斯亚贝巴、留在失迷医院、留在这位外科医师的眼前,为他工作、为他的病患工作,做他熟练的助理——这样的志向已然足矣,一个谦虚而自律的志向,如果是天意,她将会认真地做好这份工作。经由亚丁港返回印度的旅程难如登天,已经无法再想。

接下来的七年,她的生活与工作都在失迷医院。玛莉·普雷斯修女难得提到她的旅程,更从不说起在亚丁港的日子。"每当我提起亚丁港,"院长说,"你母亲便撇过头去,好像亚丁港或凡是她所舍弃的过去都追赶上她,她脸上的畏惧和惊骇让我不愿再问。我就直说吧!看了她的神情我会怕,而她只说:'我到这里是上帝的旨意,院长,我们不知道祂的理由。'听着,那样的回答并不失礼,她相信她有责任为上帝让自己的生命变得美好,是祂带领她来到医院的。"

她的故事留下了这样一页关键的空白,更何况她的人生如此短暂,要人不去特别注意也难。无论身为立传者或是儿子,我定会追根究底。也许她早明白这番苦苦追寻将带来的副作用:我会学医,或者我会寻找托马斯·斯通。

玛莉·普雷斯修女进入三号开刀房后,担下了余生的任务,她刷手、戴手套、披上手术袍,隔着手术台站在斯通医生对面,担任他的第一助手。他需要扳开组织,她用力拉开小型牵开器。他将缝线线头递过去,她一刀剪断。她预先为他冲洗或抽吸液体的要求做好准备。几周后,刷手护士无法在场,母亲便补了她的空缺,并继续身兼第一助手。斯通想要锐利的解剖刀,纱布缠到了他的手指,谁最清楚?当然是第一助手。她的大脑仿佛分为两半,半边是刷手护士,在托盘与医生手指之间来回移动器械,另外半边担任斯通的第三只手,吊起肝脏,拉开网膜(保护肠道的油脂层),或以指尖按下水肿的组织，让斯通看清楚针头该往哪里扎。

　　院长习惯偷偷探头旁观。"马里恩小乖乖，完全像在跳芭蕾，天造地设的一对，不用说一句话，"院长说："不开口讨工具，也不用说'擦''剪''吸'等，她和斯通……绝对见不到比他们更利落的手法，我还怀疑是我们害得他们动作变慢了，因为我们把病人抬上搬下手术台的动作不够快。"

　　在七年的时间里，斯通和玛莉·普雷斯修女过着同样的日子。他若动刀至夜深、至天明，她便留在他对面的位置，比他自己的影子还忠诚；她尽忠职守，不出怨言，从来未曾缺席过。唯一的例外，是弟弟和我宣布我们存在她子宫的那一天，该日我们亟欲舍弃胎盘供给的营养，换取她胸脯所提供的滋养。

第二章·缺指

医院众人皆知,托马斯·斯通外表寡言,可是深具热忱,神秘莫测。不过,医院内科专家兼万事通的戈什医生对"神秘莫测"质疑,说:"当这个人连自己也不了解,怎么能说他神秘莫测呢?"同事知道别花太多心思揣测斯通的举动,陌生人也许觉得他个性乖戾,实际上他只是异常害羞。在三号开刀房外面,他茫然又笨拙,在开刀房内则专注而灵巧,仿佛只有在开刀房身心才能合一,大脑的活动才能配合脑部以外的环境。

身为外科医生,斯通以速度、勇气、胆大、创造力、动作精省与处变不惊而著名。他曾在印度短暂行医,然后又到埃塞俄比亚,治疗信任他而又不出怨语的民众,从中磨炼出上述的技巧。不过,当担任他七年之久助理的玛莉·普雷斯修女分娩时,这些本领全都荡然无存。

我们诞生的那一日,托马斯·斯通站在一名小男孩身旁,准备剖开他的肚子。他掌心翻开伸出去,手指展开准备接下手术刀,那恒常不变的姿态,永远是他担任外科医生岁月时缓慢而庄严的舞步。没想到,在他摊开手指的瞬间,钢制品居然不是啪地放到他的手掌上,这是七年来的头一遭。事实上,那怯懦的轻触告诉他,站在他对面的并不是玛莉·普雷斯修女,而是另有他人。有个痛悔的声音解释玛莉·普雷斯修女身体不适,他听了之后答道:"怎么可能。"在过去这七年,只要他站在这里,她就一定会在场。由于她的缺席,他一面手术,一面心慌意乱,仿佛汗珠就快落入眼中。

斯通头抬也没抬,下刀划开一个小切口。皮肤,脂肪,筋膜,然后切开肌肉,再以器械做钝式组织分离。当闪耀光芒的腹膜露出时,他对着腹膜再划一刀,手指从此处切口探入腹腔寻找阑尾。然而,每进行一个步骤,他就必须停顿瞬间,或者挥开别人递上的器械,等候另一件器械送上来。他牵挂着玛莉·普雷斯修女,不过他不明白自己的挂心,也或许只是不愿意承认。

他把那个神经兮兮、厄立特里亚裔的实习小护士找来,叫她去找玛莉·普雷斯修女,提醒她医护人员没有享受生病的奢侈权利。"叫她——"诚惶诚恐的实习护士嘴唇一面蠕动,一面努力牢记他的口信。"请问问她……"他的双眼能够自由望着实习护士,因为他的手指在小男孩的肚里试探,手指比眼睛还好用。"……问她记不记得,我动刀切除自己手指后的隔日,就回到开刀房?"

那件事发生在五年前,是斯通生命中的重大事件。他正在处理充满脓汁的腹腔时,手上的弯头持针钳划伤了右手食指,他立即脱下手套,拿起皮下注射器,往方向偏差的细针所割破的小伤口施打消毒剂,啶黄素溶剂稀释到浓度千分之二,精准无误地注射了一毫升。接着,他也将溶剂注射到周遭的组织,橘色染料将手指变成特大号的棒棒糖。尽管采取了这样的应变措施,但在不到几个小时后,缓缓扩散的红潮从指尖往下延伸到手掌的腱鞘,于是他又口服了磺胺嘧啶。后来,在戈什的坚持下,他自臀部注射宝贵的盘尼西林,结果手腕竟出现猩红色斑纹,那是受到链球菌感染的病征,而手肘后方的滑车上淋巴结也肿得如高尔夫球般大。他直打寒战,牙齿格格作响,床铺亦跟着摇摇晃晃(后来这成了他的著名教科书中的格言,读者称为"石氏学说":"如果牙齿格格响,这是寒战;如果床铺晃动,这是严重的寒战。")。他当机立断,决定趁着感染继续扩张之前切除手指，而且要亲自操刀。

实习护士还等着他把口信说完。这时，斯通把虫子似的阑尾从切口拉出，身子打得直挺挺的，就像转动线轮准备将渔获拉上船板的渔夫。他用止血钳把几个出血处夹紧，像神枪手射击忽然出现的鸭子，同时也钳紧连接到阑尾的血管。他满手污迹，用羊肠线把这些地方一一打结，最后移除所有悬摆止血钳。

斯通举起右手让实习护士好好看一看。手指切除五年了，乍看之下，这只手跟正常的手没有两样，而仔细一瞧，才发现原来食指不见了。手术之后，他的手还是很漂亮，关键在于他将掌骨头（也就是切除的食指的关节）一并切除，因此大拇指与中指之间的虎口看不见残留的指干，反而像是手指刚好往凹口旁挪了一挪，特制的四指手套更让人误以为他的手指正常。少了食指并没有造成他的困扰，反而让手掌更能顺利通过他人无法自由进出的切口与组织面，中指也培养出食指的灵巧度，再加上中指实际上比原本的食指更长，于是他能够在盲肠（大肠起点）后方的隐秘处找出阑尾，手法比现今任何外科医生都更加厉害。光凭手指，他便可以确认肝脏最深处的硬块位置，其他医生则得求助于持针钳。日后，他去了波士顿，大家都知道，他常常比出晋升到食指地位的"前"中指，对手下的实习医生谆谆告诫："Semper per rectum, per anum salutem.（拉丁语：永远从直肠进去找，把手指放进病人的肛门里去。）手指不伸进去，你就准备搬砖砸脚吧！"

斯通训练出来的人，绝对不敢忽视病人的直肠检查，一来是因为斯通灌输给他们一个观念：多数结肠癌发生在直肠或乙状结肠，大多可由手指查探发现；二来是因为如果他们犯了这个疏失，就准备走路了。多年后，美国流传着某个斯通学生的故事。有个名叫天恩的男医师在急诊室替醉汉看诊，把该处理的部分处理好，便回去值班室。准备休眠之际，他想起还没检查直肠，心生内疚，也担心顶头上司发现他的疏失，于是下床，离开医院，在三更半夜里寻找病人的踪影。天恩在酒吧找到了病人，病人愿意以一杯啤酒的代价，脱下裤子让他用手指检查，这时候年轻医师才觉得无愧于良心。后来大家说这件事蒙受了"天恩"。

玛莉·普雷斯修女分娩、我们诞生的该日，在三号开刀房的实习护士是个样貌清秀——不对，是个模样标致的厄立特里亚裔小姑娘，可惜的是，她个性严肃，用功向学，使得旁人忽略了她的青春与美貌。

实习护士并没有停下来问问她要带给玛莉·普雷斯修女的口信是否得当，反而快步走开，前去寻找我的母亲。斯通自然想都没想过，这段口信恐会伤到人。戈什医生说他是"社交低能儿"；不过，与腼腆的天才一样，斯通在社交方面的冒失往往会得到他人的谅解。在攸关性命的肠道手术过程中，要是与这种个性的人之间出现沟通的鸿沟，大家会宽容以待，这种鸿沟并不会阻碍斯通，只是会激怒他人。

我们出生时，实习护士未满十八。她往往顾着把字写漂亮，病历写得工工整整的（因而讨好到院长），以为这就是对病患的实质照顾。

失迷医院护校有五名实习护士，属她最为资深，她因此得意扬扬，在多数时候设法忽略一项事实：她资深，原因只有一个，因为她重读了一年。戈什医生说得妙，说这是因为她"参加长期培训计划"。

因为天花，实习护士自幼便成了孤儿，两颊也留下若隐若现的月球表面。她在阿斯马拉的孤儿院由非洲尼基西亚修女会抚养长大，自我意识甚高，自小笃志好学，意大利修女也鼓励她多多读书。年纪轻轻的实习护士发愤苦读，那样子看起来用功不只是她的优点，还是上帝恩赐的礼物,就像是长了美人痣或多生了根脚趾头。头几年,她看似前途一片光明,在阿斯马拉教会学校求学顺利,除了跳级,还讲一口讲究的意大利语(跟多数埃塞俄比亚人从酒吧、电影院学来的意大利文不同,他们一概省略介系词和代名词),连十九乘法表[14]也背得出来。

  实习护士人在医院,可说是历史造就的一桩意外。她的故乡是厄立特里亚的首都阿斯马拉,厄立特里亚这个国家打从一八八五年就是意大利的殖民地。一九三五年,在墨索里尼的指挥下,意大利人从厄立特里亚出兵入侵埃塞俄比亚,各国列强却不愿居间调解。墨索里尼因为与希特勒合作,奠定了日后的命运,到了一九四一年,英国温盖特上校率领的基甸部队打败意大利人,解放了埃塞俄比亚。同盟国赠送埃国塞拉西皇帝一件非比寻常的礼物:他们让刚解放的埃塞俄比亚将意大利殖民已久的厄立特里亚收为保护国。皇帝先前大力游说疏通,就为了得到这份礼物,好让他的内陆国家能拥有海港马萨瓦,美丽的城市阿斯马拉更是不在话下。英国或许希望惩罚厄立特里亚人,或者惩治他们长久与意大利人合作,因为成千上万的厄立特里亚步兵加入了意大利军队,与黑皮肤的邻国人民作战,战死在白皮肤的长官身旁。

  对于厄立特里亚的人民而言,把国土交给埃塞俄比亚,那是难以想象的创伤,犹如将解放的法国交给英国治理,只因为两国人民都是白皮肤,都吃卷心菜。短短几年后,皇帝并吞了厄立特里亚的领土,民众立刻为自由而打起游击战。

  厄立特里亚成为埃塞俄比亚的一部分,却也是有好处的。这位实习护士得到奖学金,前来亚的斯亚贝巴就读埃塞俄比亚唯一的护校:失迷医院护理学校,更是第一位荣获此项殊荣的厄裔人。她的求学历程至此成绩出色、史无前例,足以成为所有年轻学子的楷模,也因此招致命运之神伸出脚来绊倒她。

不过，开始从事临床工作后，使实习护士陷入困境的不是命运，也不是她阿姆哈拉语[15]或英语讲得结结巴巴，事实上她很快便克服了语言障碍，对答流利。她发现死读书（院长说是"用'心'去背"）对临床工作一点帮助也没有，她要辛辛苦苦才能分辨出什么是芝麻绿豆的小事，什么是与性命攸关的威胁。是啊，她能像朗诵祈祷文一样，背出脑神经的名称来稳定情绪。她可以快速背出医治消化不良的祛风剂的成分（一克小苏打，卤精与豆蔻酊各两毫升，生姜六毫升，氯仿酒精一毫升，以薄荷水调制到三十毫升）。可是，她就是无法培养出院长认为她所欠缺的能力——良好的护理判断能力。看见其他的实习护士驾轻就熟，她苦恼不已。在教科书中，唯一提到这一点的那段话深奥难解，熟背之后，更显艰涩，于是她开始相信那段话放在书中是为了与她作对：

良好的护理判断能力比知识更为重要，而知识则能提升护理判断能力。良好的护理判断能力是无法明确解释的特质，这样的能力是无价之宝，缺乏这种能力则必须加以注意。将现代医学之父威廉·奥斯勒之语换句话说，一名护士拥有书本知识，却缺乏良好的护理判断能力，如同海上水手搭乘禁得起风浪的船只，却苦无地图、六分仪或罗盘。（当然，没有书本知识的护士根本不该出海！）

实习护士相信她起码已经出海了，而且下定决心证明她也有地图与罗盘，因此将每一项交代下来的任务当作技能考验，视为展现良好护理判断能力的机会（起码能掩饰缺乏该能力的事实）。

她一路奔跑，仿佛有精灵在后面追赶，跑过了连接手术房与医院其他区域、为病患提供方便的穿堂。病患与该日开刀病人的家属在通道两旁，有蹲着的，也有盘腿坐着的。有个男人打着赤脚，与妻子及两名幼子合吃一份餐点,把手指往碗里浸,扁豆咖喱就倒在排在碗内的酸面饼上,整个人藏在母亲传统夏玛薄棉布里的婴儿则吸着母亲的胸脯。她跑过去,这一家人全露出警觉的神色,让她觉得自己很重要。在院子另一头,她看见披着夏玛白薄棉布、绑着大红橘色头巾的妇人挤在门诊病患坐的长凳上,从这距离看去,像是鸡舍里的母鸡。

到了护士宿舍,她匆匆上楼朝我母亲的房间跑去。她敲敲门,没有人回应,不过门没上锁。在幽暗的房内,她发现玛莉·普雷斯修女躺在棉被下,脸面向墙壁。"修女?"实习护士轻轻呼唤她。母亲发出呻吟,实习护士听了认为她是醒着的。"斯通医生派我来告诉你……"还好,整段口信都还记得,她松了一口气,然后等候修女的回应。母亲没有主动应答,实习护士还以为母亲可能对她不高兴。"因为斯通医生要我来,所以我才来的,对不起打扰了你,我希望你身体赶快好起来,需要什么东西吗?"她尽职地等候着,过了一会儿才小心翼翼地走出房间。由于没有回话要带给斯通医生,她小儿科护理课的上课时间也快到了,她便没有回去三号开刀房。

斯通医生直到中午过后才上护士宿舍。他完成了阑尾切除手术,又替两位溃疡患者做了胃空肠造口吻合术,接着替三名疝气病人开刀,然后是积水、甲状腺部分切除手术、皮肤移植等三起手术。不过根据他的标准,今天的手术过程慢慢腾腾,简直折磨死人了。他紧蹙着眉毛登上楼梯。他明白一件事情,他的开刀动作敏捷,深深仰赖着玛莉·普雷斯修女的技术,仰赖的程度之深,则是他未曾想过的……他为什么得想这些事情呢?她人在哪里才是重点,还有,她什么时候才会回到开刀房?

他敲门,没人回应。修女住在二楼的边间,药剂师的妻子冲了过来,大声嚷嚷居然有男人胆敢擅自闯入。医院里只有院长与玛莉两位修女，而药剂师的妻子却表现得好像有人不让她遵守虔诚的天职。她前额缠着布带，还戴着与左轮手枪一样大小的十字架，看起来就像个修女。她自认是护士宿舍的半个舍监，是医院童女的守护者，而且具有敏锐的第六感，能预知男人的脚步声与领土的入侵者。不过，看清楚来者是谁之后，她就退下了。

斯通从没来过玛莉·普雷斯修女的房间，如果她要打字或替他的手稿画插图，她会去他的住处，或是到与门诊中心相连的办公室。

他转动门把，嘴里呼唤着："修女？修女！"一股熟悉而令人忧心的瘴气当下迎面袭来，他却没有发现。

他摸黑寻找电灯开关，找不着，骂了几句脏话，然后跌跌撞撞地往窗户走去，结果撞上了衣柜。他把玻璃窗拉开，再将百叶木窗往外推开，阳光倾泻到斗室里。

衣柜上方，一只厚重的宽口玻璃瓶吸收了光线的辐射，瓶内琥珀色的液体一路满到了蜡封的厚实瓶盖。一开始，他以为那瓶子装着某种圣物、什么圣像，然而鸡皮疙瘩由上而下布满了手臂，就好像大脑还没发现，身体就已经认出来那件物品了。在那里，悬浮在液体中的，是他的手指，脆弱的指甲抵着玻璃瓶底转动，像是踮脚的芭蕾舞者。指甲底的皮肤如古老羊皮纸的质地，受到感染的指腹则出现紫污。他的右手手掌感到一波热望、一股空虚、一丝搔痒，独有截断的那根手指能够解除这些感受。

"我不知道——"说着，他掉头朝床铺看去，结果眼前的景象让他忘了本来要说的话。

玛莉·普雷斯修女痛苦地躺在窄小的帆布床上，嘴唇发青，毫无光彩的眼睛盯着他脸庞后方看。她犹如死灰般惨白。斯通伸手探探她的脉搏——急促而微弱，七年前搭乘"卡兰古号"的可怕记忆如潮水涌上，他想起了发烧不止、昏睡不醒的安洁莉修女。冰冷的感觉从他的腹部扩散到胸腔，一种难得体会的情绪让身为医生的他手脚发软——他觉得恐惧。

双腿再也无法支撑他。

他跪倒在她的床畔，呼唤她："玛莉？"他什么也不能做，只能重复呼唤她的名字。玛莉·普雷斯修女的名字从他嘴巴吐出，一开始的口气像是在询问，然后充满了柔情蜜意，接着这两个字吐露了爱的告白。玛莉？玛莉，玛莉！……她没有回应，她无法回应。

他伸出犹如瘫痪老人的双手，触摸她的脸颊，亲吻她的额头。在这个稀罕而无法停止的行为中，他明白了一件事情（由于傲慢还感到刺心），原来他爱她，原来托马斯·斯通不是没有爱人的能力，原来他已经爱她爱了七年了。假如他未曾察觉自己的爱意，也许是因为它发生得太快，在那滑溜的阶梯上，他就对她一见钟情了。她在"卡兰古号"上照顾他，帮他洗澡，努力让他恢复精神，就在那时候，爱苗已经滋长了。她抱着他，用尽全身的力量，把他沉重的身躯拖到吊床上，然后喂食他生命的活力，就在那时候，他便已经爱上她了。他们伏在安洁莉修女身旁时，他就已经爱上她了。当玛莉·普雷斯修女来到埃塞俄比亚与他一起工作，这份爱已经到了最高点，从来不曾动摇。浓烈的爱，没有起落，没有顶峰深谷之分，甚至没有任何波动，因而七年来他完全不知道这份爱的存在，反而将它视为天经地义，看作大脑以外万物秩序的一部分。

玛莉爱他吗？爱，他确信她是爱他的。她爱他，不过听从他的暗示，永远听从他的暗示，所以一句话也不曾说过。而这么多年来他做了什么？只把她的存在当成是理所当然的。玛莉，玛莉，玛莉。即使是喊出她的名字，也为他揭发了真相，因为他除了喊她修女之外，不曾用过其他方式呼唤过她。他呜呜抽噎，害怕将要失去她，这种心情让他发现自己的自私，更再度证明他需要她。他有机会弥补吗？人竟然能愚蠢到这种程度？

玛莉·普雷斯修女几乎没有感觉到他的碰触，火辣辣的脸颊贴着他的脸庞。斯通掀起被单，发现她的腹部隆起了好大一团。

他有句格言：妇女的肚子若是隆起，除非证明是其他病况外，否则都要当作是怀孕。他的心却推翻那个意见，不愿去深思究竟，再怎么说，对方是修女啊！他反而匆匆断定这是肠阻塞……或是腹腔有游离液体……或出血性胰脏炎……某种腹部重症……

他设法通过门框，尽量不让她的脚撞上栏杆，哭泣声变成了出力时的唧唧哼哼。他将修女从宿舍抱出来，穿过小径往开刀房走去。斯通觉得她不该如此沉重。

当年在爱丁堡通过笔试之后，他到皇家外科医师学会接受面试，主考官提出一个问题："病人休克时，怎么从耳朵进行急救？"他以一句："说几句安慰的话！"顺利通过考试。可是这个时候斯通反而扯开嗓子呼喊求助，没有出言鼓舞安抚病人，忘了以人性的方式协助她放松心情。

童女守护者也跟着他开始大呼小叫，惊动了所有人，连门房加布鲁也从前门跑来看，咕啾噜与另外两条无名小狗跟在他的后面。

看见玛莉·普雷斯修女严重的病情，院长心头一惊，而眼前哽咽无助的斯通让她同样震骇。

老天，他又来了——这是院长头一个想法。

这是一个鲜为人知的秘密，斯通自从来到医院之后，曾有三四次喝酒喝到酩酊大醉。他难得喝酒，热爱工作，觉得睡眠会让人分心，只有经人提醒才会上床。像这样一个男人会有这样的举动，令人相当不解。这些意外事件如流感般突然，似着魔般恐怖。上午开刀名单上的第一位病患已经躺上了手术台，准备接受麻醉，但就是不见斯通的踪影。他们第一次出去找他时，在他家找到一个衣冠不整、口齿不清的白人正在来回踱步。发生这种事情的时候，他不阖眼、不进食，三更半夜溜出门补充兰姆酒的存货。最后一次，这家伙爬到他房间窗外的树上，在上面待了几个小时，像杂种鸡一样唧啢咕咕。万一从那高度跌下来，脑袋大概会开花吧！院长看见那双猫鼬般的充血眼睛从上往下盯着她瞧，马上逃离现场，留下玛莉·普雷斯修女与戈什通宵守候，设法说服他下来，让他吃些东西，别再喝酒了。

他这着魔的状况来得快，去得也快，只要两天，最多不超过三天，就没事了。斯通睡了长长的一觉后，就能回到工作岗位，仿佛什么都没发生过，也从来不曾提起他对医院造成的麻烦，将那段记忆抹得一干二净。此外，也不会有人对他提起，因为另一个斯通——几乎滴酒不沾的斯通——听到这样的询问或指责，大概会心灵受伤，觉得受到羞辱。另一个斯通的工作成果可抵三个全职外科医生，因此这样的意外事件只是不足挂齿的代价。

院长靠上前去。斯通的眼睛没有充血，身上也没有散发酒精的恶臭，原来他是因为玛莉·普雷斯修女的健康状况才心神失常，这是理所当然的。院长的注意力从斯通转到玛莉·普雷斯修女身上，心底还隐隐约约地感到满意：起码这人流露了灵魂，为他的助手流露了情感。

院长不管斯通语无伦次地说着什么肠扭结、肠阻塞、胰脏炎、结核性腹膜炎等，"到开刀房去。"她说。进去之后，她又说："让她躺到手术台上。"

斯通把修女放下，院长看见了七年前她曾经见过的一幕：鲜血浸湿了玛莉·普雷斯修女耻骨一带的衣服。院长的心思急转回到玛莉·普雷斯修女从亚丁港刚抵达失迷医院的时候，修女袍上的血污也引起类似的牵挂，院长未曾直截了当地询问那个十九岁的女孩，是什么造成了她的流血，那时不规则的血迹还吸引了目击者解读形状的意义。院长发挥了想象力，编出无数的故事情节解释那团谜题，其后的几年，记忆已经将不解之谜变成了神秘之事。

因此，院长趁着斯通把玛莉·普雷斯修女放下时，赶紧看了一眼她的手掌与胸口，好像有几分期待见到与基督身上的钉伤类似的流血伤口，仿佛第一次的神秘事件已经发展出第二桩。不对，流血的部位只限于阴部，除了大量出血，还有深色的血块。鲜红色的细细血流从大腿淌下，血滴到地板上，这时院长已经确定了，这次的流血与宗教无关。

院长在玛莉·普雷斯修女的两腿间坐下，眼光还刻意回避前方腹部隐约的隆起。修女的私处充血发青，院长戴上手套，手指轻轻探进去，发现子宫颈竟然完全张开了。

血流如注。院长拿起纱布擦拭轻拍，扳开阴道后壁好看得清楚些。当病人肺腔吐出凄惨的叹息，院长手上的窥腔器险些掉落下去。她的胸口扑通扑通，两手颤颤巍巍。她往前靠过去，再次歪头往阴道内凝视，里面有个东西像泥穴底的岩石，有颗心一般的硬石，那是一个婴儿的头颅。

当院长总算恢复说话能力时，她说："天啊，她——"她倒抽一口气，那亵渎神祇的字眼好像要噎着她，却又无法留在她嘴里。"怀孕了。"

后来与我谈过话的每一名旁观者，都记得在三号开刀房的那一刻，当时空气凝滞，手术台对面响亮的时钟冻结，随后是冗长而无声的停顿。

"怎么可能？！"斯通说。这是那天他第二次惊呼这四个字——虽然这句话不当，也不该说出口——但是大伙听了，又能开始呼吸了。

院长却明了自己说得并没有错。

她必须自己接生这个婴孩，因为赫玛夏医生（大家唤她赫玛）此时休假，不在医院。

院长接生过不知凡几的婴儿，她提醒自己这一点，尽量别惊慌失措。

只是现在她不光要推开忧惧，还要挡住困惑，她的基督新娘居然怀孕了！不可思议，她的心思不肯把这一点好好想清楚，可是证据就在眼前，一个婴儿的头颅冒出来了。

同样的念头让刷手护士、光脚的护理员与麻醉护理师雅斯嘉修女心思狂乱，在手术台四周手忙脚乱，绊倒了对方，撞翻了点滴架。只有实习护士没有停下来狐疑玛莉·普雷斯修女是怎么怀孕的，反而因为上午探望她时未发现她病情危急而觉得惭愧。

院长一颗心急得仿佛要从胸口蹦出来。"主啊！你能创造更恶劣的生产情况吗？这样的怀孕是不赦之罪，即将为人母的她就像我的亲生女儿，这么大量的流血，死灰的脸色……"在这种危急情况下，失迷医院唯一的妇科医生赫玛居然不在，她不光是埃塞俄比亚的第一把交椅，更是院长所见过能力最好的。

中央广场那里的巴伽利最起码还能接生婴孩，不过此人在下午两点以后就靠不住了，他要是拿"出诊"做借口外出，他那厄裔的情妇就要疑神疑鬼。尚恩·崔恩住在政府社区，是法越混血，什么都会来一点，总是挂着微笑。不过就算能联络上他们，不管谁来，都还要等上一阵子。

不行，院长必须自己来。她必须把修女怀孕所暗示的事情抛到脑后，她必须深呼吸，集中精神。她必须正常接生小孩。

不过在那个午后与夜晚，没有一件事情是正常的。

斯通张着嘴站在一旁，看着院长，等她的指示。此时，院长面对阴部坐着，等候婴儿落下来。斯通一会儿把手臂交叉抱在胸前，一会儿垂到身侧。他发现玛莉·普雷斯修女的脸色越来越苍白，雅斯嘉护士用恐慌的口吻大喊血压，"收缩八十，摸得到。"斯通摇摇晃晃，好像快要昏倒了。

院长触摸玛莉·普雷斯修女的肚皮、观察她扭曲的表情，知道子宫正在收缩，子宫颈也全开了，可是孩子完全没有动静。婴儿的头颅在产道上方，子宫颈像垫圈平贴着头，这样的画面向来会令院长想起主教剃去毛发的头皮，可是这个主教留在原处不动，同时血还是一直流！手术台上已经积了一摊深色的脏水，阴道汩汩流出一波波的血涡。血之于产房与开刀房，就如同渣滓之于内脏加工厂，尽管如此，院长觉得这里简直血流成河了。

"斯通医生。"院长呼喊着，她的嘴唇在颤抖。斯通困惑不解，不明白她为什么呼叫他。

"斯通医生。"她又喊了一声。对院长而言，具备良好的护理判断能力，表示这位护士了解自己的极限何在，我的老天，她需要剖腹生产，不过她没有把这句话说出来，因为怕说了会对斯通产生负面的影响。她反而放低声音垂下头，压着自己的大腿撑起身子站起来，让出玛莉·普雷斯修女两腿间的位置。

"斯通医生，这是你的病人。"她对人人都相信是我父亲的男人说，不但把他选择疼爱的女人的性命交到他的手中，也把他选择憎恶的两条生命托付给他——我与弟弟的生命。

第三章·泪珠之门

当玛莉·普雷斯修女感到产前阵痛时,我后来称之为"母亲"的女子卡帕娜·赫玛夏医生远在五百里外、十万尺高的地方。在飞机右舷机翼后方,赫玛见到曼德海峡如诗如画的景观,这道狭隘海峡的一侧是非洲与也门,另一侧是阿拉伯半岛,数不尽的船只在此遇难,因此这里被称为"泪珠之门"。从这般高度眺望,只看到埃塞俄比亚、吉布提与索马里三国组成的非洲之角。赫玛的视线沿着泪珠之门移动,它从门缝似的水道扩展成红海,朝北延展到地平线。

赫玛在印度马德拉斯读书,上地理课时,她必须在英属群岛的地图上把出产煤矿与羊毛的地点标示出来。在教科书上,非洲是葡、英、法等国的游乐场,大卫·李文斯顿[16]在此发现了壮观瀑布,将其命名为维多利亚女王瀑布,接着史丹利找到了他。日后,弟弟湿婆、我与赫玛一同旅行,她将自学而得的实际地理知识告诉我们,指着红海说:"想想看,那带状的水域像裙子的裂缝往上流,把沙特阿拉伯与苏丹分开,然后再往上让约旦与埃及分离。我想上帝是特意让阿拉伯半岛脱离非洲,为什么不呢?这一边的人民与另一边的人民有什么共同点吗?"

就在这条长缝的最顶端,有道褊窄的地狭,那是西奈半岛。它阻挠上帝的旨意,让埃及与以色列相连,而人工打造的苏伊士运河则劈开最后一刀,让红海与地中海相连,船只免去绕行好望角的漫长航途。赫玛日后常常告诉我们，就是在泪珠之门上空，她经历了改变一生的觉醒。"我在飞机上听到呼喊，现在想想，我知道那是你们的呼喊。"半空中格格作响的机舱，怎样想也不像是她能经历神秘顿悟之处。

这是一架DC-3型飞机，菱纹机舱两侧各有一条长板凳，赫玛坐在座位上，不晓得就在此时此刻，她这八年来工作的失迷医院亟须她的专业能力。双引擎隆隆的响声持续不止，飞机飞行半个小时后，她觉得那股声潮已经占领她的身体。长椅硬邦邦的，加上起伏不定的飞行，她的臀部开始冒出水泡。她只要闭上眼睛，就感觉好像坐在牛车后面，让牛拉她走过遍布轮辙压痕的路面。

在这班自亚丁港飞往亚的斯亚贝巴的班机上，同行的旅客有古吉拉特人、马拉雅利人、法国人、亚美尼亚人、希腊人、也门人，还有少数几位无法根据打扮言谈判断出身的乘客。至于她自己，她穿着白棉纱丽、灰白色无袖短衫，左鼻孔嵌了颗钻石。中分的头发以夹子拢在后脑勺，拖了条蓬松的辫子在下面。

她侧坐往外看，发现下方有道灰色的箭影，是飞机在海洋上的影子。她想象有条巨鱼在海面巡游，与她以同样速度前进。海水看似沁凉迷人，与DC-3飞机内舱相反，里面少了蒸气，杂成的乘客气味依然浓重。阿拉伯人散发出地下谷仓干燥霉旧的气味，亚洲人提供了姜、蒜两味，白人则是传出渍奶围兜的味道。

透过半开半掩的帘幕，她看见驾驶舱里的飞行员身影。每当他扭头瞄一眼货物，瓶樽绿的太阳眼镜就像要吞下他整张脸，只有鼻子挺出来。赫玛登机时，那副眼镜卡在他的额头上，她注意到他的眼睛与啮齿动物一样红，口气中的杜松子凸显他对琴酒的喜爱，她对此人的反感油然而生，更何况他后来开口赶乘客上飞机，冲着他们厉声说："Allez!"（法语："上去！"）仿佛他们不配做人。当时她隐忍不言，因为这不是别人，这是要带他们升空的男人。

一张脸配上招风大耳，让他看似孩童在廉价图画纸上涂抹的蜡笔人像，不过这样的细节是孩童能力所不及的：脸颊上精密交错的血管，似鞋油般黝黑的络腮胡，瞳孔周边一圈乳白的老化环，灰眉戳破他佯装年少的欺瞒。她觉得奇怪，怎么有人照镜子也看不出自己外表的荒诞之处呢？

她审视自己在舷窗上的倒影，也是一张圆脸，两眼生得开，鼻子如洋娃娃般俏丽，眉心一点朱砂尤其惹眼。底下钴蓝的海水映上脸颊，让她增添了战神似的神情，使那眸子的碧绿（印度人少见的眼睛颜色）更为明显。"你的眼神吸引了所有男人，稀松平常的一眼，也让人觉得亲密撩人。"戈什医生曾经这么对她说："你似乎光靠眼神就能使我销魂！"戈什爱开玩笑，话一说出口就忘得一干二净，可是他这番话在她心中缭绕不去。想起戈什毛茸茸的手脚，她起了一阵战栗。她不喜欢跟体毛亲密接触，起码她是这样以为，也知道这是印度女人要命的成见。他的毛发像大猩猩，胸毛从背心扎出，也从衬衫衣领偷偷跑出。"销魂？想得美，你这个色鬼。"她这时含笑骂了一句，仿佛戈什就坐在对面。

她不得不如此待他，假如她对男人凝目略微过久，会引来她不想要的过度注意，她戴金属框大眼镜多少也是这个原因，因为她认为眼镜能缩小眼距。她喜欢自己上嘴唇明显的唇线，不喜欢两颊，觉得太圆润了。能怎样呢？她身形魁梧，不胖，但是个头高大……嗳，也许有点胖吧！她在印度绝对胖了一公斤，或者两三公斤。只是面对母亲出色的厨艺，她又能怎么办呢？她告诉自己，还好身高够，不显胖，而且穿纱丽一定也能遮掩。

她哼了一声，想起戈什医生为她所创的专门形容词："放大"。几年之后，印度电影与电影里的歌舞风靡非洲，在亚的斯亚贝巴的病房，小男孩喊她"印度妈妈"，那不是嘲弄，而是表达同名电影的尊敬。"印度妈妈"由女演员纳吉斯主演，感人肺腑，赚人热泪，在帝国戏院连续上演三个月，然后改到阿多瓦电影院继续播映，同样没有字幕帮助观众了解剧情，大家却会听到病院男童唱着"Duniya Mein Hum Aaye Hain"（"我们来到这个世间"），尽管他们半句印度斯坦语也不懂。

她说："如果说我是放大好了，那我们要用什么字眼来形容你？"她继续假想对话，从头到脚审视老友。从一般角度而言，他的长相不算好看。"'异类'如何？戈什，我可是把这两个字当作赞美，我用'异类'，因为你缺乏自觉，不注意自己的外表，对别人反而具有一种诱惑力。异类也能英俊潇洒，我这么对你说，是因为你不在这里，有些人乍看之下并不觉得有什么自信，事实上是有自信的，这种人就很有魅力。"

奇妙的是，戈什的名字在假期中不断在她与母亲的对话中冒出来。虽然赫玛对婚姻并不感兴趣，她的母亲依旧害怕女儿最后会与非出身婆罗门[17]的人在一起，例如戈什那样的人。然而，赫玛即将步入三十大关，她的母亲开始觉得，什么样的丈夫都好过没有丈夫。

"妈，他皮肤白……比我还白，眼睛是咖啡色的，有孟加拉国和波斯血统吧！谁知道还有什么影响到眼睛的颜色。"

"他是什么出身？"

"他说自己是高级马德拉斯杂种。"她傻笑说。

母亲额头一蹙，作势威胁要吞下她的鼻子，赫玛便换了话题。

对从未见过戈什的人，实在也难以说明他的形象。她可以这么形容他：他的头发梳得服帖，中分，看起来油亮光滑又整齐，顶多能在上午维持十分钟，之后的一头乱发犹如喧闹的孩童。她也可以说，在一天的任何时候，就算才剃过胡须，他的下巴便冒出黑色的胡茬。她也可以说，他的头型像波罗蜜果，往下压得连脖子都看不见了。她可以说，他只是看起来矮，因为他走路时习惯身子后倾左右摆动，原本瘦瘦的肚子反而显得大起来，更让视线焦点偏离垂直的角度。还有他的声音，那惊人的大嗓门，好像音量旋钮固定在最高音量。这一切加在一起，不但不令他显得难看，反而奇妙地让他成了好看的男人。而她哪有办法让母亲了解这一点呢？

他的手臂上有疹子（其实是烫伤），手指却性感非常。疹子是那台老旧的凯利考特牌X光机造成的，只要想起那架"烤机"，赫玛就气得火冒三丈。在一九〇九年，孟尼里克皇帝听说电椅能有效铲除异己，便从国外引进一台，当他发现原来需要用电，就将它当作宝座。同样地，在二十世纪三十年代，热心的美国传祭司带了庞大的凯利考特机器前来，接着随即明白一件事情，尽管亚的斯亚贝巴已有电力，但电力时有时无，电压不足以启动这台敏感的大怪物。传教的使命失败，尚未开箱的珍贵机器就这么留了下来。失迷医院缺少X光机，于是戈什将机器组好，另外加装了适当的变压器。

除了戈什以外，没有人敢碰这台"烤机"。电缆从大型整流器延伸到X光管，X光管则架在横木上，可以往左移，也可以往右放。他研究标度盘与电压杆，研究到火花在两个铜导体之间穿梭跳跃，蹦出一声霹雳。这场恐怖的演出害得一名瘫痪病人跳下担架逃之夭夭，戈什说那是"爆破压力疗法"。这架烤机由他负责维修，当制造商破产三十年后，这架烤机还能使用。他靠着荧光屏，有时仔细检查跳动的心脏，有时精准找出肺脏的空洞。他压压肚子，就能确定肿瘤是固定在肠道，还是紧邻着脾脏。早年他使用机器时，不管是套上衬铅手套或系上含铅围裙都嫌麻烦，于是在探索病情的过程中，灵巧双手的皮肤便付出了肉眼可见的代价。

赫玛想象戈什怎么对他的家人形容她。她二十九岁，对，我们是马德拉斯医学院的同班同学，不过她小我几岁。我不知道她到底为了什么还没结婚，我们直到在败血症病房实习时才熟了起来。她是妇产科医生，出身名门，对，是马德拉斯人，移居国外，这八年来都在埃塞俄比亚生活、工作。这些是定义赫玛的标签，然而仅透露极少的讯息，说了等于什么都没说。她想，旅者的过去总是在迢远的地方。

赫玛坐在飞机上，阖眼想象自己学生时代的模样：梳着两条马尾，一袭白长裙，紫色半身纱丽底下是白短衫。在麦拉波区扈德女士中学，所有女学生都得披挂这种半身式的纱丽，实际上不过就是拿张四方布料往裙子上缠绕一圈，然后别在肩头固定。她讨厌这身装扮，穿上去不像小孩，也不像大人，像女人，也不像女人。老师都穿全身式的纱丽，可敬可佩的扈德校长则穿裙子。赫玛提出抗议，激得父亲训了她一顿：你难道不知道，能够念一所英国校长管理的学校，你已经很幸运了？你知不知道有几百个人想要进去，拿出了十倍的钱，"呜的女尸"还是拒绝他们，她只看学生成绩。还是你比较想去念马德拉斯市立学校？于是她每天乖乖穿上讨厌的制服，感觉自己只穿了半身的衣服，觉得自己出卖了部分的灵魂。

伟鲁是邻居的儿子，本来跟她最要好，到了十岁时，居然变得讨厌死了，就爱坐在两家之间的隔墙上嘲笑她：

呜的女尸的小姑娘，啪哩啪哩呜？
呜的女尸的小姑娘，啪哩啪哩呜？
呜的女尸的小姑娘，
还没长大变女人，
叮咚叮咚，啪哩啪哩呜！

她不理他。伟鲁肤色深，而她肤色浅，他便说："啧啧，皮肤白就了不起啊？小心哦！猴子咬你的嫩肉，以为那是波罗蜜树上的波罗蜜果！"当时她十一岁，准备出门上学，站在拉斐脚踏车旁显得个头矮小。她与伟鲁一来一往针锋相对。她以流苏背带将书本背在肩上，带子刚好卡在胸部中间，那个姿势，那种从容的踩踏动作，已经暗示出她个性里某种程度的恒定不变。

原本又高又危险的脚踏车，转眼就在她的身体底下缩小。她的胸部从流苏带的两侧隆起，两腿间的毛发长出（假如伟鲁说她没有变成女人是这个意思，她证明了他是错的）。她成绩优异，在篮网球队[18]担任队长，也是高年级的级长，婆罗多舞[19]也跳得出色，只看过一次，就能重复跳出错综复杂的舞步，发现了自己的天赋。

她觉得没有必要跟大家混在一起，也不曾冲动想特立独行。一个亲近的朋友告诉她，说她看来总像在发脾气，她听了心头一震，同时也有几分的兴奋，原来她可以成功哄瞒他人。上了医学院（穿全身纱丽，并且改搭公交车），这样的个性特质更为显著，她不是乖戾，而是格外显得独立，造成他人的错误印象。有些同学认为她傲慢，因为她会吸引别人像跟班跟在身边，最后跟班却发现她并不要人陪。男生喜欢顺从自己的女性朋友，她则无法为了他们忸怩作态或佯装愚昧。图书馆里，有情侣躲在大本解剖图集后面依偎，喁喁细语，谈情说爱，她看了总觉得有趣。

我对这样的蠢事没兴趣。不过她却有时间阅读以城堡和乡间别墅为背景的无聊小说，里面的女主角居然还叫作柏娜黛特。她幻想寒森、锁林与节松丛里的潇洒男子，那是她当时的烦恼，她要的爱情比在图书馆中展示的更伟大。不过，她也一心想追求与爱情无关的野心，无以名状的野心，她究竟要什么呢？她的野心不让她争取或追求别人同样想要的东西。

在马德拉斯医学院求学时，赫玛在不知不觉中欣赏起治疗学的教授。印度已经独立，在一个全职教授多为英籍的学校，这名印度教授显得形单影只。无形之中，他的慈爱、他对学门的专精感动了她（面对现实吧！赫玛，这是迷恋）。当她发现自己希望走上跟他一样的研究领域，而教授也有所鼓励，她便刻意选择了另一条路。她讨厌赋予任何人那样的权力，她没有选择他的领域，反而挑了产科、妇科与内科。如果说这位教授的领域是无限的，需要渊博的知识，从心脏衰竭到小儿麻痹症都要了解，中间还有各式各样的疑难杂症，她则选了具若干界线且须手艺（即开刀）的领域，其中所需的本领不多：剖腹生产、子宫切除术、子宫脱垂修复手术。

她发现自己具产科的巧手与天资，擅长推测婴儿为何在骨盆内迟迟不肯落地。别的妇产科医生所恐惧的，也许正是她所喜爱的，就算蒙着眼，她也能分辨左右产钳，睡了也能操作。她能想象每位病患子宫曲线的几何图形，在产钳悄悄伸入的同时，将子宫曲线与婴儿头骨的曲度相互配合，接着将两只把柄拉拢，自信满满地将婴儿用力拉出。

由于一时兴起，她来到异乡，然而离开马德拉斯依旧令她心碎。有些夜晚，她想象双亲坐在户外椅上，在炙热而沉闷无比的日子，等着海风在薄暮中吹来，想着想着，她落下了泪水。她之所以离开，原因在于妇科依然是男人的天下，起码在马德拉斯是如此。事实上，在印度独立的前夕，那是英国人的天下，所以她完全没有机会在公立教学医院担任公职。她、戈什、斯通、玛莉·普雷斯修女，都曾经在某段时间于马德拉斯市立综合医院受训或服务，这件事情说来很奇妙，她想到便觉得心里甜甜的。一千五百床的病人，床底与床间还有两倍之多的病患，医院本身就是座城市。玛莉·普雷斯修女曾经是那里新进的见习修女兼实习护士，或许她们曾经擦身而过。难以置信地，托马斯·斯通也在市立综合医院短暂任职，不过妇产科在独立的楼层，斯通与赫玛大概未曾有过错身的机会。

她离开马德拉斯，撕下种姓制度的标签，来到"婆罗门"一词没有意义的天涯海角。在埃塞俄比亚工作期间，她尽量每三年或四年回家一趟，此时她才自第二次的返乡之旅回来。坐在嘈杂的飞机上,她不由自主地重新思索自己的选择。在过去的两三年,她几乎能指明是什么样的无名野心,将自己推到了如此遥远的地方:不惜代价地避开逆来顺受的人生。

初来乍到时,失迷医院让她有种亲切感,它与位于印度的市立综合医院一样,只是规模小了许多。民众同样排列等候,家属同样在树下野营等候,除了等候外,几乎别无选择,因此他们拥有无穷的耐性。从第一天起,她就忙个不停。坦白说,她私下享受紧急事故,在心脏蹦到喉头的情况下,在分秒必争的情况下,在母体性命垂危的情况下,在子宫内胎儿缺氧需要大胆抢救的情况下,她乐在其中。在那样的时刻,她不再对存在心存疑虑,生命的焦距清楚起来,就在她不去思考意义时,生命有了意义,那些为人母、人妻、人女者突然失去身份,浓聚凝定成岌岌可危的一个个体,而赫玛化身为拯救她们的必要工具。

不过近来她有种感觉,非洲的医界与以英、美为首的科学医疗新领域间有鸿沟。就在那年,明尼苏达州的里拉海开创了心脏手术的新纪元,找出心脏停止时输送血液之道。小儿麻痹症疫苗也已问世,只是尚未传入非洲。在麻州的哈佛大学,乔瑟夫·墨雷医生顺利完成第一起人类手足肾脏移植手术,在《时代》杂志的照片中,他是个长相平凡、神色谦逊的男子,赫玛看到这张照片吃了一惊,因而想象这样的伟大发现是每一个医生能力所及的,是她能力所及的。

她向来喜欢巴斯德发现细菌或李斯特试验消菌法的故事,每一个印度学童皆渴望跟拉曼一样,以简单的光学实验赢得诺贝尔奖。可是,她现在居住的国家,没有几个人能在地图上找得出来。(她总是这样解释:"位于非洲角上半边的东岸,就是看起来像犀牛头的那一块,面朝印度。")知道塞拉西皇帝的人更少,就算他们记得他是一九三五年《时代》杂志年度风云人物,也想不起他是为了哪个国家的诉讼案在国际联盟上抗辩。

如果有人问起,赫玛会这样回答:没错,我从事的正是我想从事的工作,我很满足。否则还能怎么说呢?每一期《手术与妇产科》月刊出刊数周后,会以海运寄到,牛皮纸包装已经破烂又肮脏,她觉得里面的创新手法读起来像是小说,让人兴奋又泄气,因为这已经是旧闻了。她告诉自己,她的工作、她在非洲辛勤的贡献,以某种角度来说,和《手术与妇产科》里描述的发展有关,只是她内心知道这不是真相。

咯咯咯,新的声响传来,是木头在金属上刮擦的声音。机尾有两大箱条板箱,还有成叠的方形箱,体积较小,用锡带捆着,里面是茶叶,外头印了"龙来斯产业,南印度"等字样。结网勾在细竿上,防止货物砸到乘客,却阻止不了货物滑来滑去。赫玛与同机乘客把脚搁在膨胀的黄麻布袋上。地板与银色机舱上印刷的军徽颜色逐渐褪去,驻北非的美国军队曾经坐在这里盘算自己的命运,带队的巴顿将军也许搭过这架飞机,这也可能是法国在索马里或吉布提殖民地留下来的老东西。这条新开的航线利用现成的老飞机,又由高龄的机师来负责,大概是临时才决定要载客吧!她看见机师对着麦克风争辩,打打手势,停下来收听回答,然后又发怒斥喝。靠近驾驶座舱的乘客皱起眉头。

赫玛再次引颈,看看能否见到自己那箱装了根德牌收音机的条板箱。每每想到自己放肆采购,她心里就一阵罪恶感,但是就是因为买下了这台兼具录音功能的收音机,她才能勉强度过在亚丁港的那一晚。在休火山口打造的城市,如人间炼狱,那就是亚丁港,不过起码那里免税。噢,还有,诗人韩波曾在那里住过,而且从此笔下不曾再写出诗句。

她已经想好要将收音机放在客厅里的什么地方,应该放在甘地纺棉那张装框黑白图片下方,她得替圣雄甘地找个更静谧的地方。

她想象戈什啜饮白兰地,院长、托马斯·斯通与玛莉·普雷斯修女则饮用雪利酒或咖啡。她假想爵士乐《搭乘A号列车》的迷醉曲调从收音机流泻而出,戈什一听倏地站起身。接着放肆的歌声传来了,你完全料想不到世上竟有如此难解的曲调,然而那最初的旋律……在心底绕梁不去,她千方百计想驱走它们!印度人只会欣赏外来的事物,她对同胞盲目的热诚感到深恶痛绝,可是却在梦里听到这些音律,于沐浴时不知不觉地哼哼唱唱。现在,她也在机上听见了这些旋律,奇异的刺耳音符丢在一块,缺乏音律的和谐,却莫名描述了美国与科学,表达出一切与美国有关的事物,大胆的、冒失的、无畏的、刺激的(起码在她的想象中,美国具有这些特质)。音符从一个黑人脑袋中倾注而出,他的名字叫比利·史崔洪(Billy Strayhorn),strayhorn,这名字直译的话就变成了"走失的……喇叭"!

她在戈什介绍下开始听爵士乐,也是因为他才知道《搭乘A号列车》这首歌。当她头一回听到和弦之后的合音,戈什说:"等等……注意听!有没有?你一定会笑,你无法不笑的!"结果他是对的,旋律如此悦耳顺口,活泼开朗,那曲调带领她首度接触严肃的西方音乐,这真是太幸运了。不过,她开始把这首曲子看成是自己的歌、自己的发明,想到其实是戈什介绍给自己认识的,她就觉得气恼。她多想讨厌戈什,没想到反而如此喜欢他,其中的不可思议让她笑了起来。

然而就在那一刻,就在她想着这些事情,盼望抵达亚的斯亚贝巴……她顿然忍不住呼唤湿婆神的尊号,因为这架DC-3飞机,这架在边陲天空值得信赖的驼色飞机,仿佛严重受损般开始震动起来。

她往外一看,在她这一侧的螺旋桨急促转动了几下,然后停止运转，厚肥的引擎罩喷出一阵烟。

飞机猛然往右舷倾倒，她不由自主地贴着窗户，身边的乘客——放声尖叫，一只保温瓶从舱壁弹开，哗啦哗啦泼出茶来。她四下摸找可以抓手的地方，接着飞机扳正，好像停在半空中，而后开始急剧下降。不对，不是下降，她的胃部告诉她正确答案，是坠机。地心引力伸出触手，抓住圆柱状银色飞机悬凸的两翼，看来是要在水面上降落了。也许应该这么说，既然飞机有的是轮子，不是浮筒，看来是要坠海了。机师大声嚷嚷，不是出于慌恐，而是因为愤怒。赫玛没有时间思考这情况有多么诡异。

多年后，她回想改变的这一刻，从亲身经历客观分析（她的教授说得好："一点一滴挖掘历史！究竟是什么时候开始的？究竟是怎么开始的？初始代表一切！诊断结果就在病历中！"），发现自己其实在过去好几个月已经开始转变了。不过，直到自曼德海峡上方的天空坠落，她才明白改变已经发生了。

一个印度男童摔到她的怀抱中，是飞机上唯一一对马拉雅利人的儿子，这对夫妻想必在埃塞俄比亚教书，她看一眼就知道了。膝盖外翻的小孩有五岁大吧，也许是六岁，穿了条过大的短裤，从上飞机开始，手里便抓着一架木制飞机，对它百般保护，好像那是黄金打造的。他的脚卡进两包黄麻布袋间，当飞机恢复正常水平，人便跌到赫玛身上。

她抱住小男孩。男孩迷惘的面容忽然迸出泪水，露出痛苦的神色。赫玛发现他的小腿呈弧形——他的骨头太年轻，就像弯折的嫩枝，所以不会啪的一声干净利落地断成两截。她的身体知道他们正在下坠，高度越来越低，纵然情况如此紧急，她依然看出了这孩子的问题。

还好，一名亚美尼亚裔的年轻人采取实际行动，在慌乱中把男童的腿拔出来。真不敢相信,这个亚美尼亚人脸上还挂着笑容,嘴里对她说着什么,大概是安抚一类的话吧!她大受震惊,当四面八方传来的乘客惊呼让情况更显恶化,居然有人的态度比她还冷静。

她把小男孩抱到大腿上,脑里的思绪清楚却不连贯。男童的腿变直了,然而一定已经骨折了,而飞机正在下坠。她把手掌伸得远远地,阻止男童受到惊吓的父母过来,又捂住他号哭的母亲的嘴巴。她习惯以冷静面对紧急情况,可是心底明白这份熟悉感是假的,因为她自己也处于生死关头。

"我来抱他。"说着,她把手从那妇人的脸上拿开。"相信我,我是医生。"

"我们知道。"男童的父亲说。

他们挤进赫玛身旁的长椅上,男童没有大哭,只是呜呜咽咽。他的脸色苍白,还惊魂未定,紧紧靠着赫玛,脸颊贴在她的胸口。

相信我,我是医生。她觉得很讽刺,这句话将是她的遗言。

透过舷窗,赫玛看到白色的浪峰越来越靠近,越来越不像是蓝布上的蕾丝。她一直以为自己有很长的时间来挖掘生命的意义,这下看来只剩几秒的时间了,就在明白这一点时,她有了一番彻底的顿悟。

她俯身偎近这孩子时,了解到死亡的悲剧完全在于未竟的理想。她惭愧极了,这么些年来居然看不穿如此简单的道理。让自己的生命变得美好,这不就是玛莉·普雷斯修女奉行的格言吗?赫玛的第二个念头是,她接生过无数的婴儿,她拒绝父母希望她走入的那种婚姻,她觉得世界上孩子过多,所以不急于增加那个数字。这样的她首次明白一个道理,原来拥有孩子可以躲避死亡,门即将关上了,孩子伸出脚卡在门底,带来了渺渺茫茫的希望:经由投胎转世,还能前往某个人家,做狗、做老鼠,做活在人体上的跳蚤也可以啊!假定院长与玛莉·普雷斯修女的信仰为真,人死后会复活,那么孩子铁定能看见双亲苏醒，当然，前提是这孩子没有跟着你一块坠机身亡。

让自己的生命变得美好。这个抽噎的小家伙眼睛亮晶晶，眉毛长长的，头偏大，乱发有小狗狗的气息……人类几乎制造不出比他还美好的事物。

同机的乘客看样子和她一样惊恐，只有那个亚美尼亚人微笑着对她摇头，像是说：不是你想的那样。

赫玛心想：好一个大白痴。

另一个年纪较大的亚美尼亚人可能是他的父亲，无动于衷，眼睛直勾勾地看向前方。登机时，他的脸色阴郁，这时心情没有转好，也没有变差。赫玛忍不住惊讶，在这样的时刻，她竟然留心起此等琐碎的俗事，她不该分析他人的面孔，该要做好撞海那瞬间的准备才是。

腾腾海浪打高，准备迎接飞机，这时戈什浮现在她的脑海，满腔的柔情蜜意朝心头涌现，她心头震了一震，犹如是他快坠机身亡，犹如是他在医界的大冒险与悠哉生活即将终止，而完成他最大心愿的机会也将随之化为乌有，那个心愿是——与赫玛结婚。

第四章·五F守则

"你的病人,斯通医生。"院长又说了一次,同时让出了玛莉·普雷斯修女两腿间的凳子。她望着斯通的脸庞,怀疑他是否准备要扔出什么东西。

托马斯·斯通偶尔会乱抛器械,只是从不曾在院长面前做过。玛莉·普雷斯拿错误工具给他的情况几乎不曾发生过,不过有时候止血钳因为轻微的反向压力而没有松开,有时候下手时没有对准组织剪的尖端剪下去,遇到这种情况,斯通就会乱抛东西。他有个明确的投掷目标,通常是三号开刀房墙上的那块污渍,就在电灯开关上方,由于那里离玻璃器械柜不远,看了真让人捏一把冷汗。

这种事情只有玛莉·普雷斯修女会放在心上,纵然把器具放进压力锅前,她都会事先一一做过测试,斯通的举动还是让她灰心气馁。院长坚持扔东西是好事。"偶尔给他一把没有棘齿的止血钳,"她对玛莉·普雷斯修女说,"否则他会憋到怒气从耳朵流出来,那么我们就有罪受了。"

电灯开关上方的灰泥有放射状的凹陷刮痕,仿佛让鞭炮给炸过,墙上的爆炸会发生在他说出"完全"二字之后、"没用"二字之前。这种事情久久一次,有时候是病人意识过浅,有时候反而是病人被施打过多的箭毒,当他完成腹腔手术后,腹部肌肉会像老虎钳夹住他的手腕,他便对负责麻醉的雅斯嘉护士发飙。不止一次,以乙醚麻醉的病人在惊骇中醒来,听见斯通暴跳如雷地说:"你要是不让下面的人放松,我就要拿尖锄对付你!"

而就在此时此刻,玛莉·普雷斯修女嘴唇发白,呼吸浅弱,朝他飘来的眼神茫然,身体则血流不止,加上院长让他指挥大局,斯通一时之间竟说不出话来。他感受到病患亲属必然的无助感,而他完完全全不喜欢这样的心情。他颤抖着嘴唇,感到相当羞愧,因为濡湿的脸庞透露了他的心绪。可是他的恐惧感胜过羞愧心,因为他想到一个令自己更加无地自容的念头,一个让他错愕麻痹的念头。

当他总算说得出话来,声音是颤抖的:"赫玛夏在哪里?为什么还没回来?我们需要她!"谦逊,不是他的个性。

他举起前臂外侧抹抹眼睛,好一个孩子气的动作。院长无法置信地看着他,他没有坐在她让出的凳子上,反而退却了。斯通走到带有他愤怒标记的墙壁前,拿头往灰泥墙面撞去,像头山羊用头顶撞前方。他双腿摇晃,两手抓着玻璃柜不放。院长存着一丝渺茫的希望,希望他这激烈动作是有意义的,因而更觉得此刻不低声说句"完全没用"不行,万万不可因为少了这通常随之出现的四字真言,而让他这个动作变得无效。

的确,斯通可以为她剖腹接生,可是相当奇妙,他虽然身为热带地区的外科医生,这居然是他少数未曾做过的手术之一。"看一次,做一次,可以教人了",这是他编写的教科书《随机应变的外科医生:热带地区的手术精要》中某章节的标题。然而读者不明白,他厌恶与妇科有关的一切(更不用说与产科有关的事物),这一点我也是多年后才知情。这项好恶源自他在医学院的最后一年,当时他做了一个骇人听闻的举动——他与同学共用一具大体老师学习解剖学,成绩不错,结果他为了精益求精,日后又自掏腰包再买一具。在一年级的解剖课上,那具出自救济院的男子标本年代久远,萎缩的肌腱惨不忍睹,是爱丁堡大学解剖室常见的供应品,他与另外五名学生共享。不过，在最后一年，他走运地买到一具丰腴中年妇人的大体，她的身材让他联想起苏格兰伐夫郡的油布工厂。斯通动手解剖大体的手掌，他让中指只看得见肌腱腱鞘，而无名指腱鞘的切口则划得更大，让看似吊桥金属线的屈指肌肌腱露了出来，深肌的肌腱则从其间穿过。由于他的手法精湛，解剖学教授因而将这具大体保存下来，留给一年级学生看。托马斯·斯通埋头研究大体几周时间，除了母亲之外，他还不曾在任何女性身上投注如此多的时间，与她共处，他觉得心情轻松，由于熟知她的私密，动作也跟着流畅起来。他把一边脸庞的颊肉片开，颊肉翻开后，利用缝合线将其固定在外面，从中通过的腮腺与面部神经于是露出来，腺体神经像鹅蹼展开，因此这里称之为"鹅足"。在另一边的脸，他将所有皮下组织及脂肪移除，展现出大量的颜面表情肌肉，此区肌肉的联合牵动曾经传达此女人生中的喜怒哀乐种种情绪。他不认为她是一个人，只是经过防腐处理后以人体呈现的具体知识。每天晚上，他把肌肉叠回去，再将只与大体剩下一线连接的垂荡皮层盖回去，最后将浸过福尔马林的碎布在她身上摊开，将她收入袋中。偶尔，他以橡胶布紧紧包住她，布边一一往内塞妥，这动作令他想起母亲哄他上床的习惯。返回房间后，他的孤绝、他的寂寞，永远更加鲜明而深刻。

一日，他移开肠道，准备让主动脉与肾脏露出来，结果却发现了她的子宫。他本想会见到一团缩皱的囊状物陷入骨盆凹处，反而见到子宫从骨盆边缘上方探出。几天后，他又重新面对骨盆，同时将《康氏实用解剖手册》摊开到不曾拜读过的章节。他按部就班，按照书本指示去皮剥肉，同时赞叹该书作者的天才。《康氏实用解剖手册》命令手术者从子宫正面垂直切下薄片，然后轻轻将子宫撬开。他照办，结果竟然掉出一个胚胎，它的头颅比葡萄大不了多少，眼睛紧闭，四肢像昆虫交叠合拢。它吊在脐带上，像是猎人头的野蛮人系绑在腰带上的邪恶护身符。他看到那母亲的子宫颈，子宫颈由于感染或是坏疽的蹂躏而颜色变黑。这名女子所遭遇的劫难在福尔马林药水中受到纪念。

斯通趁着晚餐还没吐出来,勉勉强强冲到水槽前。他觉得遭受背叛,仿佛有人暗中窥探他,在这段时间,他始终以为自己与她是独处的。他无法继续下去,他甚至无法看她一眼,就是把皮肉放回去或拿什么盖住她也办不到。隔天,他请求一脸迷惑的医务员移除大体,不管子宫的解剖只进行到一半,而下半身则连碰都还没开始碰。托马斯·斯通的解剖故事到此结束。

失迷医院由于有赫玛在,斯通始终不必前往女性生殖器官领域冒险,那一块,他让给了她(而他不是会让步的那种人)。

在开刀房外,他与赫玛之间维持彬彬有礼的同事关系,甚至还有几分友情可言,毕竟医院只有三名医生:赫玛、斯通和戈什,要是他们处不来,气氛可尴尬了。可是在三号开刀房内,赫玛和斯通总是设法挑衅彼此。赫玛的手法精准小心,院长认为这就是为什么应该有更多女性成为外科医师的原因,赫玛正是活生生的典范。院长注意她在门诊中心替病人看病的情况,有时相信她总是先听取病情再思考,而不会设法同时进行两件事情。别的外科医生也许打三个结缝就满意了,赫玛则会打上四个。除非麻醉过的病人醒来,否则她绝对不会走出开刀房半步。她的开刀部位干净整齐,犹如人体结构实物展示会;她会细心辨明脆弱的组织结构,将该部位移放到安全的地方,并且极为仔细地控制出血点。对院长来说,这样的开刀部位像是静态画面,却又充满了生气,仿佛意大利艺术家提香或达文西的画作。"除非手术医生知道她去过哪里,"赫玛嘴里常常这么说,"否则哪知道她现在的状况怎么来的?"

而对斯通来说,越少移动组织越好,而且他才没空搞什么开刀部位的美学品位。他曾经说:"赫玛,假如你要求干净好看,那就去解剖大体。"赫玛则回答:"斯通,假如你想要血淋淋的画面,那就去当屠夫吧！"斯通将丰富的实务经验运用到开刀技术上，他的九根手指能在血淋淋的部位之中找到路径，而对别人来说，这样的部位完全没有指标可寻。他的动作精省确切，手术结果极为成功。

如果有女人被送进医院，脚上还有刚沾上的田里烂泥，身上被牛角抵穿的伤口延伸到骨盆，或者某个酒吧女郎进医院来，子宫附近有处刀伤或者枪伤。在这种极为难得发生的情况下，赫玛和斯通会刷手消毒，两人一同替病患的腹部开刀，嘴里唧唧喳喳抱怨对方，两颗头撞来撞去，更不时拿起止血钳的把柄敲打对方的指头关节。院长说，关于上次联手开刀时哪个医生站在右侧，她都有记录在案，而且她会确定两人能轮流站到属于主治大夫的位置。当赫玛一丝不苟地切除子宫或修补膀胱破洞时，五音不全的斯通便会以口哨吹出《天佑女皇》的曲调，故意惹赫玛不快。假如斯通先动刀，赫玛总会谈论往昔的知名外科大夫，例如库柏、贺斯提、库欣等，又说什么好丢人，在热带地区的外科医生身上，都看不见这些伟大外科医生流传下来的特质。

斯通不相信什么推崇外科医生或手术。"开刀就是开刀就是开刀。"这句话他常常挂在嘴边，根据这种信念，他对神经外科医生与足部专科医生一视同仁，甚至在教科书的手稿上写着："优秀的外科医生需要胆量，要有胆量，一对好的睾丸[20]必不可少。"他清清楚楚在英国的编辑会删掉这句话，可是在纸张上写下这几个字带给他很大的快乐。斯通作文时侃侃而谈，语气好斗而有力，这是他在言语中所未表现的。"胆量？你写'胆量'是什么意思？"赫玛问："你赌的是你的命吗？"

严格来说，剖腹生产还在斯通的能力范围之内，只是在那关键的一日，拿起手术刀往玛莉·普雷斯修女的身体划下去，他想到这一层便恐慌不已。那可是他开刀房的助手，是他最亲密的红颜知己，是他的打字员，是他的缪斯女神，是他发现他深爱的女人啊！她的病情已经如此骇人，面无血色，湿湿冷冷，脉搏恍若游丝，他相信任何动作都会把她推下绝壁的边缘。面对陌生人，他大概能断然尝试剖腹生产。他明白"治疗自己的医生是傻瓜"这句格言是真理，那么对挚爱执行不熟悉手术的医生呢？有没有与这点相关的格言呢？

由于斯通出版了教科书，因此他越来越喜欢引用其中的文字，仿佛他亲笔撰写的文字比他尚未出版（因而尚未脱口而出）的观点更正当、合理。他是这么写的："治疗自己的医生是傻瓜，然而总有无人求助的情况……"接下来，他记述自己以射线切除手指的故事。他怎么阻断右手肘的神经，在玛莉·普雷斯修女的"协助"之下，往自己的皮肉划下一刀，他以左手负责若干工作，而玛莉·普雷斯修女则代替他的右手。他看着修女削骨的动作，了解到一件事：假使她愿意的话，她能做的工作不光只限于协助而已。这桩截断手指过程中的趣闻，连同他放在教科书卷首的照片，以及在下巴前塑成尖塔状的手指（共九根），一同造成了这本书成功畅销。市面上的手术教科书多不胜数，《随机应变的外科医生》一书（有些国家叫作《手术精要》）的热卖，实在出人意料之外。这么一本谈论热带地区手术的书籍，多半是在非热带国家售出，也许是因为书里千奇百怪的例子，也许是因为书中刻薄的语气，还有，因为常常出现无心插柳柳成荫的辛辣幽默。他仅采用亲身体验，若是使用他人的经验，则会小心翼翼地加以诠释。读者把他想象成革命分子，只是他替穷人开刀，而非鼓吹土地改革。学生寄来崇拜的信函，他出于责任感回了信（玛莉·普雷斯修女代笔），语气不若来函的语调那般真情流露与充满告白时，惹得来信者大为不快。教科书中的插图（全由玛莉·普雷斯修女绘制与写下图说）简单明了，仿佛画在餐巾上，不刻意考虑比例或角度正确与否，然而清楚地展示了所要表达的意涵。这本书翻译成了葡萄牙语、西班牙语和法语。

于非洲最黑暗的地区执行大胆的手术，这是出版社在封底对这本书的描述。读者对于"黑暗大陆"一无所知，他们弥补了知识的空白，想象斯通身在帐篷内，只有非洲蛮人的一盏煤油灯提供光线，帐篷外，大象咚咚顿足而过，而这位优秀的医生一面朗诵西塞罗的诗句，一面割去自己的器官，快活得仿佛正从另一人的身体内取出结石。他亲手切除自己的手指一事，其中有多少程度的英勇气概，就有多少程度的自负傲慢；然而，无论是读者或斯通，都不可能承认这一点。

"斯通医生，你的病人。"院长第三次说。

斯通坐到院长让出的位子，坐到玛莉·普雷斯修女的两腿中间，不过院长似乎不乐于让他走过去，仿佛她也跟他一样不愿意见他坐到那里去。这不是斯通习惯的有利位置，起码面对女性病患而言，这角度并不对。面对男性病患，他会坐在这里修补水肿阴囊，也可能坐下来替无论何种性别的病人切除脓疮，或缝绑、割除痔疮或肛门瘘管。除此之外，他可是难得坐下来从事外科手术。

斯通笨手笨脚地拨开阴唇，流出了大量鲜血。他调整鹅颈灯，活动一下脖子，以便能细看产道。

他努力回想学生时代学到的"柑橘守则"，是怎么说的？莱姆、柠檬、橘子、葡萄柚，分别对应子宫颈扩张的大小，两指、三指、四指、五指。还是一指、两指、三指、四指才对？守则中有葡萄或梅子吗？

眼前所见吓得他血色尽失：子宫颈已经比葡萄柚还大，就快变成甜瓜大小了。还有，在一汪血泉底，竟然有颗婴儿的头颅，头上长出的潮湿黑色细发反射出开刀房的光线。

在那一刻，仿佛换了某个原本蛰伏于斯通体内的人做主。

即使斯通与这可怜的婴孩之间有所联系，那也是他无法领悟的事情。见到那颗头颅，他反而激动起来，愤恨驱走了恐惧，而这份恐惧居然提出反常的论据：这闯入的家伙太没礼貌了，竟害得玛莉的性命岌岌可危！他就像发现了攻击玛莉身体的鼹鼠，而唯一能解除玛莉痛苦的方式，是将这个会挖地道的动物尸体用力抽出来。见到那发亮的头皮，托马斯·斯通并没有感到一阵温柔，只有强烈的嫌恶。于是他想到了个法子。

"找出敌人，交锋制胜"是他的格言。

他找到敌人了。

"胀气（Flatus）、积水（Fluid）、粪便（Feces）、异物（Foreign Body）与胎儿（Fetus），取至体外比留在体内好。"他大声说，仿佛适才才发明了这句话。在他的书中，称之为"五F守则"。他督促自己赶紧做出这个可怕的决定，而不采取剖腹接生，拿玛莉·普雷斯修女的身体做实验，因为他既不熟悉这项手术，又害怕对虚弱的她动刀会夺走她的生命。这敌人不是胎儿，是异物，是恶性肿瘤，这个生物无疑已经咽气了。没错，他要敲叩头颅，把内容物清空，用碾碎膀胱结石的方法将之碾碎，然后把困在骨盆内的扁平脑袋拉出来。有必要的话，他要用剪刀应付它的锁骨，用手术刀处理它的肋骨。不管是胎儿的哪一部分阻碍了分娩，他要用抓的、用砍的、用切的、用粉碎的方式排除障碍，唯有取出它，玛莉才能不再痛苦，不再淌血。没错，就是这样，取至体外比留在体内好。

在他不理性的逻辑领域中，却有个理智的判断：玛莉·普雷斯修女应该会这么说："做错误的事情就是做正确的事情。"

院长又惊又惧，这个坐在玛莉·普雷斯修女两腿间的男人，不像是他们那个狂暴、害羞却极度能干的托马斯·斯通。托马斯·斯通是英国皇家外科医师学会会员，是《随机应变的外科医生》的作者，这个男人跟他毫无共通点。斯通的位置被这个孤注一掷、心潮澎湃的家伙占去了，他不像皇家外科医师学会会员（Fellow of the Royal College of Surgeons，FRCS），反而像是"在乡下地区吹牛的郎中"（"Farting Round the Country-Side"），戈什医生经常声称FRCS

是这个意思才对。

在使命感的鼓舞下,斯通这时生气勃勃,将克尔的《产科手术学》一书像食谱摊开,架到玛莉·普雷斯修女隆起的腹部斜面上。"妈的!赫玛,你挑了这种见鬼的时间点不在!"他大声骂道,觉得勇气又回来了。

院长发现他口出秽言,而且讲了两次,遂压着嗓子咕哝着:"管好你的嘴巴。"她摸摸自己的脉搏,尽管对主有信心,但她担心去年意外发生过的心脏痉挛状况又会出现。她的心脏时跳时停,人觉得头晕无力。

斯通要求奇怪的器械,院长从老旧的器材柜里翻出,可是斯通怎么拿也拿不顺手。"戈什死到哪里去了?"他破口大喊,因为戈什常常卖力协助赫玛进行堕胎与输卵管结扎手术,虽然研究不深,但他会的东西很多,比起斯通,他对女性的生殖系统结构的经验更丰富。院长再次派人跑去戈什的小屋,她对戈什回来与否没有信心,这个指示主要是想安抚斯通。也许她应该叫女佣到蓝色尼罗河酒吧问问看才对,或者到酒吧附近看看有没有人见到这个banya(阿姆哈拉语:印度人)医生。即使戈什喝得烂醉,也能劝劝斯通,告诉他,他要做的不是随机应变的医生会做的事情,而是愚蠢的大夫才干的行为;告诉他,他的决定错了,他的思维欠缺逻辑。院长觉得这次的怀孕、这次的生产,从某种角度来说是她的错,是她的疏忽才导致这种事情发生。不过,面对决堤般的出血,她也假设那孩子老早夭折了。倘若她有片刻相信那孩子还活着(她完全不知道是双胞胎),她早就插手了。

斯通的头一下偏左边,一下歪右边,努力要把克尔书中的器械插图(梅氏胎儿颅骨剪、布氏碎颅器、贾氏碾颅钳)与手中乱拿的物件相配。他的工具看似书里绘图的远亲,不过显然是为了同样邪恶的目的所设计。

他用两把锐角钳夹住弟弟椭圆的头皮。"我看到你在最里面了，钻地洞的家伙！你这混账东西，这样折磨玛莉。"他嘴里嘀嘀咕咕，接着拿起剪刀，剪破两把钳子间的皮肤，让这个闯入的混账头一次知道什么叫痛苦。

下一个动作，他打算利用碎颅钳处理那颗头。这个奇怪的老式器械有三个独立的零件，中央的矛状部位应该是要深深插入脑袋，在头皮上划出一道大开口，情况也确实如此。两旁的镊形结构是用来钳住头骨外侧。三样零件放在正确位置后，柄杆会交扣形成单一的把柄，把柄上有方便手指卡放的凹槽，斯通可以用力一压，把头骨夹紧，不让它溜开。这么一来，闯入的混账就会出来了。

开刀房的温度凉爽，他额头的汗珠却徐徐流入眼中，濡湿了口罩。

他想把矛柄推进去。

（那孩子，我弟弟湿婆，受了八个月的庇护，已经因为头皮的剪刀划伤而感到疼痛，在子宫中放声喊叫。当矛柄从头骨滑过时，我把他拉至安全处。）

斯通决定换个更简单的做法，先利用碎颅钳外侧的片状结构把头颅拉到工具可及的范围，再将矛柄插进去。在这尴尬的空间中，他无法灵活运用双手。他把两个零件皆塞到比耳朵更里面的位置，最后牢牢夹住了头骨；至少他是如此以为。院长打起哆嗦，因为她想到他对玛莉·普雷斯修女的身体与胎儿可能造成的伤害。

院长濒于昏倒的边缘。"护士的责任就是协助医生的每个需求，事先为他做好准备。"这句话不是她自己对诸位实习护士的谆谆教诲吗？可是完全不对，完全不对，她不知道怎么让事情倒转回去。她后悔极了，居然把那些器具翻出来。某个慈悲的产科医生发明这些工具，是为了救助有危急需求的母亲，不是让孤注一掷的医生使用啊！傻瓜拿了工具还是傻瓜，斯通手中的器械控制住大局，引领着他的思考逻辑。院长明白，结果绝对不会是好的。

第五章·最后关头

就在那最后一刹那，正当赫玛夏医生准备接受飞机冲向水中的命运时，她发现海洋退开，干燥的灌木丛林出现了。

她还来不及想通，飞机便在闪耀着微光的柏油地上空平飞滑行，接着触地降落，机轮吱吱作响，机尾左右扭摆，然后开始刹车，在跑道上像皮带解开的小狗一颠一蹦。

乘客放下了心上的大石，改而露出迷惘尴尬的神情，因为他们之中最不信神的人刚刚居然也祈祷神祇的帮忙。

飞机停下来，飞行员则继续与塔台争执，抽着烟，也不管降落后自己特意把"请勿抽烟"的灯打开。

小男孩哭哭啼啼，赫玛老练地轻轻摇着他，她不知道自己还有这份熟谙。"我在你的腿上贴一个小小的绷带，好不好哇？那痛痛就会不见了。"年轻的亚美尼亚人不知从哪里找来了一根拐杖，他们合力将它改造成夹板。

阵阵抽动的引擎停了，赫玛感觉舱内的沉静在推压她的鼓膜。驾驶四下看看，皮笑肉不笑的，好像急于知道他的机上乘客好不好，接着才放了一声马后炮："我们停下来搭载几样行李，接几个很重要的人物，我们现在在吉布提。"他笑了笑，露出一口烂牙。"除非是紧急情况，否则他们不准我降落，所以我让一架引擎故障。"他耸耸肩，仿佛个性谦逊，无法接受他们热烈的赞许。

听见自己的声音打破沉默，赫玛夏自己也吓了一跳。

"行李？你这没良心的市侩，你把我们当成什么？羊吗？你关掉引擎，就那样从天上掉下来，直接停在吉布提？半句警告也没有？什么都不用先说吗？"

也许她应该对飞行员心存感激，庆幸自己还活着，不过她的情绪有先后之分，愤怒向来排在第一顺位。

"没良心？"飞行员红着一张脸说，"没良心？"他从驾驶舱爬出来，手脚挣扎的同时，猎装短裤底下的白膝盖互相碰撞。

飞行员站到她跟前，由于刚才使力而气喘吁吁的。看来"市侩"还好，他更不能忍受的是"没良心"三个字。他对这名印度女子的愤慨，还不及对她的不屑，不过手还是举起来了。"你这个没礼貌的女人，如果你看不下去，我可以在这里让你下飞机。"后来他声称举手只是手势，根本没有打人的意图，他是绅士，是法国人，绝对绝对不会打女人。

不过为时已晚，赫玛夏感觉四肢仿佛生了意志，在愤慨之下开始行动。她感觉自己旁观陌生人的举动，坐视某个本来不存在的赫玛夏的行径。这个崭新的赫玛夏刚刚更新了生命执照，确立了决心，站起身来。她与飞行员等高，看得见他左脸小血管扩张所形成的蜘蛛痣。她把眼镜往上推到额头，直视他的眼珠。

对方局促不安，发现原来她是个美人，他自认深具女人缘，这下子开始怀疑是不是搞砸了当晚与她在吉翁旅馆喝两杯的机会。直到此时，他才发现有群人聚在啜泣的小男孩身边，直到此时，他才发现那位父亲的盛怒，还有，发现她身后站了一排乘客，而且他们的拳头已经握紧了。

赫玛端详着他，心里暗想：好一个怪胎。他露出的肌肤布满蜘蛛状的血管瘤，眼睛透出黄疸，不消说，他的胸部肿大，腋窝无毛，睾丸也缩成胡桃大小，这全是因为他的肝脏已经无法排除男性正常

69

分泌的雌激素。还有那污浊的杜松子口气，她推断出肝硬化以外的诊断：啊，没错，这个殖民地的居民浑身杜松子的味道，他不愿承认非洲已经走出殖民时代的事实。在印度，假如民众还受你们这种人的威胁，那是出于长年的习惯。在埃塞俄比亚的班机上，可没有这样的规矩。

她觉得怒不可遏，不独是气他，还不满所有男人，在印度马德拉斯市立综合医院的每一个男人竟然都把她呼来唤去，不当她是一回事，因她身为女人而折磨她，随意调改她的钟点排班，一下将她调到这个部门，一下将她换到那个单位，连半句"麻烦你了"或"不好意思"也没有。

这女人居然敢靠得这么近，居然敢僭越神圣的空间，飞行员慌了手脚，心乱如麻，可是一只手还是高高在上。就在这时，他好像才发现到手的位置，于是就这么一动。事后他强调，这动作可不是想打她，只是要看看这到底是不是自己的手，它还听不听自己的指令。

一只高举的手已是莫大的羞辱，而当赫玛发现那只手在活动时，她的反应让自己事后恨不得找个地洞钻下去。

赫玛夏的手指迅速往飞行员的短裤探去，揪住睾丸不放，中间只隔一条短裤。她暗暗吃了一惊，自己这一连串动作居然毫不费力，她拇指及食指之间放松，留了点空间给连接睾丸与身体的精索通过。多年后，她认为这番举动一来是环境所逼，二来是因为东非的土匪与罪犯喜欢把遇害者的睾丸截断。当年在罗马时……

她的眼睛像烈士般炯炯发光，汗水沁出，眉心上的朱砂从一抹圆点变成了惊叹号。天气热，她又穿着棉质的纱丽，稍早坐下来的时候便把衣摆提到膝盖高（端庄扫地了）。现在，她站在那里，纱丽还留在那个高度，大腿的线条露了出来。汗水在她的上唇闪烁，那法国人造成了她多大的痛苦和恐惧，她也要从他身上用力榨出等量的痛苦和恐惧。

"嘿,帅哥。"她说。她确定睾丸确实萎缩了,继续努力回想除了白膜以外,还有另一种什么膜的,当然还有输精管,后面那个凹凹凸凸的东西叫什么呢?……副睾!她注意到飞行员肩膀下垂,面无血色,好像她从下面打开了栓头,血都流光了。一阵湿气,不过与他额头冒出的热汗完全不同。"幸好你的梅毒还不严重,因为你的睾丸还会痛噢?"他高举的手轻轻落下,迟疑不定之后,几乎是温柔地搁在她的前臂上,恳请她不要再加重手劲。飞机内忽然变得有如教堂似的寂静。

"你在听我说吗?"赫玛说,心想着她根本不愿意以这种方式了解男人的身体结构,"我们现在平起平坐了吗?……我的性命在你手中,而你们家族的宝贝在我手中,是吧?你以为可以那样吓人吗?那个小男孩因为你表演特技而跌断了腿。"

她转头面朝其他乘客,然而眼光继续瞅着那法国佬的脸庞。"谁有尖锐的小刀?剃刀刀片也行?"

她听到一阵沙沙声响,或许只是机上所有男人的提睾肌不由自主地收缩,将悬吊着的精子工厂拉高到安全处。

"我们没有经过批准……我必须……"驾驶喘着气说。

"立刻掏出你的皮夹,拿钱给这个孩子。"赫玛说,她可不相信什么借据。驾驶胡乱数着钞票,那个年轻的亚美尼亚人夺下皮夹,将它交给男孩的父亲。

一名也门人从震惊中恢复,想起了怎么说话,他指着飞行员的脸,滔滔不绝地骂了一串脏话。

赫玛说:"嘿!把机票钱还给孩子跟他的父母,然后立刻让我们回到空中……不然的话,你不光是要去势,我还要亲自向皇帝提出请愿,绝对让你连赶骆驼的工作都找不到,更不用说开飞机运送阿拉伯茶了。"

他们听见货舱门打开，机舱外成群打转的临时工发出了尖锐的惊叫。

这个法国人的眼珠子陷入眼窝，不作声地点点头。法国在吉布提与索马里的部分地区开发殖民地，还想在印度的朋迪榭里插上一脚时，也敢欺骗在印度的英国人。不过，在这热气腾腾的午后，有个棕色皮肤的人从此不一样了，她有马拉雅利人、亚美尼亚人、希腊人与也门人支持，证明了没有人能控制她。

"嗳，大热天的，任谁也无法保持头脑清醒。"赫玛夏对着空气说。她松开手，一面憋着笑，一面走向机舱外准备洗手。

第六章·我的阿比西尼亚

赫玛目不转睛地眺望着地面，等候棕色矮丛沙漠变成陡坡峭崖，那是埃塞俄比亚苍茂多山的高原。她暗想：对，这已经是我的家了，我的阿比西尼亚，她认为这个旧称听起来比"埃塞俄比亚"多了好几分的浪漫气息。

这个国家基本上是片山地，从索马里兰、丹纳基尔与苏丹三处沙漠之间垄起。即便是当下，赫玛的心境也有几分像李文斯顿或艾佛林·渥夫那些人物探寻此处古文明的心情。在墨索里尼于一九三五年侵略之前，这里是基督教的要塞，是非洲唯一未遭殖民势力染指的国度。面对墨索里尼的节节逼近，塞拉西一世皇帝畏缩离境，作家艾佛林·渥夫一见如此，便在给伦敦《时报》的快电与书本中以"淫秽之徒"称呼这位皇帝。就赫玛的阅读理解，艾佛林·渥夫无法认同非洲的王权信念，不愿承认塞拉西皇帝的血统居然能扯上示巴女王[21]与所罗门国王，相较之下，英、俄两国的皇室反而看似招摇撞骗的投机分子。赫玛对艾佛林·渥夫或是他的作品评价并不高。

在吉布提登机的新乘客是索马里人或吉布提人（她认为这两国的人民只有一个差别：某个西方制图师在地图上画了一道线）。他们口嚼阿拉伯茶，抽三五牌香烟，虽然眼神阴郁朦胧，心里却是高兴的。赫玛现在熟悉不已的飞机已经塞满了阿拉伯茶，一大捆、一大捆地准备送回亚的斯亚贝巴。这件事情非常奇怪，阿拉伯茶往往是从亚的斯亚贝巴外销的商品啊！阿拉伯茶栽植于埃塞俄比亚的哈勒尔附近，经由铁道外销到吉布提，然后空运至亚丁港。阿拉伯茶的贸易路线获利甚丰，造就了埃塞俄比亚航空的诞生。她不小心偷听到，原来铁道运输发生问题，还有一场婚礼急需大量阿拉伯茶，使得烟草反而逆向进口，他们的飞机也不按计划地多停留一站。阿拉伯茶必须在采收后二十四小时左右入口咀嚼，否则就会失去效力。赫玛开始想象，在索马里、也门与苏丹三国，大街小巷的露天市场摊贩正等着这批运载的货，还有亚的斯亚贝巴中央市场，看着天梭表的大商店老板一面等着，还一面对着年轻店员叱喝。她想象婚礼宾客口燥唇干，还是照样喷涎咒骂，彼此谈论新娘比记忆中还丑，脖子上那颗大痣铁定表示她遗传了她父亲的吝啬。

赫玛假想把飞行员的动作告诉母亲，想着想着笑了，坐在她对面那个刚上飞机的索马里人看到也露出微笑。

赫玛在马德拉斯待了三周，那里气候湿热，可是与亚丁港一比，犹如天堂一般。她双亲有幢三房的屋子，坐落在麦拉波区一带，寺庙就在几步路远。小时候，她觉得屋子好大好大，此行却觉得有种受到压迫的恐惧。她时时邮寄汇票回家，却发现屋子自她前次探望之后不见任何改善之处，相当气馁。室内油漆剥落，形成抽象的图案，熏黑的厨房与暗房没什么两样。屋外的窄路原本鲜有车辆往来，现在则成了嘈杂的干线道路，院落的围墙全无粉刷，反而露出了下方泥土的颜色。唯一因为岁月流逝而获益的是花园，九重葛让路人看不见屋子，两株芒果树长得又高又壮，结实累累，一株是印度阿芳素品种，另一株是混种，混种的果肉刚入口时显得坚硬难咬，而后则会像冰淇淋般在嘴中绵绵溶化。

一如既往，客厅里只有一样饰品，那就是挂在单根铁钉上的葛兰素牌奶粉日历，喝奶过量的蓝眼白种婴孩始终不曾长大，标题写着"葛兰素的婴儿健康活泼"，光是这句话，就足以让喂母乳的母亲因为拖累幼儿挨饿而心生内疚。小时候,赫玛几乎没有注意过这个葛兰素宝宝,现在日历倒是吸引住她的目光,挑起她的愤怒。那个小捣蛋鬼在她的生活里潜伏不去,用错误的信息干涉他人。赫玛把日历取下,然而墙上灰白的四方形反而比那宝宝更能唤来她的注意力。赫玛一离开,铁定又有一个葛兰素宝宝会想办法回到那里。

短短的假期中,赫玛油漆房子,安装了天花板扇。工人搬来西式便桶,准备以水泥固定在印度式便盆的脚垫上。她旧日童年劲敌伟鲁的父亲萨夏默西从围墙上方偷看,暗自窃笑又摇头。"又不是给你用的,老傻瓜,"赫玛用英语说,"我妈的髋关节不好。"萨夏默西用他仅会的英语回怼她。他含笑摆手,她也对他挥挥手。

坐在对面的索马里人身穿闪烁的蓝色聚酯纤维衬衫,一只金表吊在细瘦的手腕上,从凉鞋伸出的脚趾像抛过光的黑檀木般发光。赫玛觉得他很面熟,此时那人躬身,笑嘻嘻地比出手指,像是在拍卖会竞标。他说:"一夜,二胎,三子!"

她想起来了,那个人叫作亚帝德。"嘿,你现在还是一屋二妻吗?"

亚帝德乳白的牙齿让昏暗的机舱亮起来,他对朋友说了什么,他们笑了笑,慎重地点点头。赫玛心想,他们的牙齿真坚固。她欣赏亚帝德的黝黑肤色,黑得发紫。她以前学校的扈德校长皮肤白如瓷器,女同学相信碰到她,手指移开时就会变白,如果是摸到亚帝德,她想手指应该会变黑吧!亚帝德举止庄严,表情变化缓缓悠悠,每一个念头都有相配的唇眉组合,赫玛看着看着,忍不住冒出奇异的念头,想吸吮他的食指。

上次见到亚帝德,是在失迷医院的急诊室,他包着头巾,一件袍子翩翩飞舞,尽管有孕在身的妻子严重抽搐,他仍神情自若。赫玛掀开棉布,看到一名苍白贫血的少女,血压飙得非常高,是子痫症。赫玛在三号开刀房替他的妻子剖腹，接生了她的头胎。亚帝德先是消失无踪，接着带着另一名年纪较大的妻子回来，她也在阵痛，而且在门诊中心台阶旁的马车内就开始分娩。赫玛冲出去，刚好赶上时间，帮忙把脐带剪了。她推压这名妻子的腹部，没想到出来的不是胎盘，另一个孩子蹦出来了。亚帝德看到妻子的第二个孩子、他的第三个孩子，笑得合不拢嘴。赫玛建议他在胸口挂一条横幅：一夜，二胎，三子。亚帝德笑得像是从不知何谓"烦恼"。

"是啊，是啊！"他说，扯开嗓门让人在引擎嗡嗡声中听到他的声音。他说话像吉布提人，发音清脆，带有法国腔调。"男人孩子生越多就越富有，说到底，我们死了还能在这世上留下什么呢，医生？"

赫玛几分钟前也想着相去不远的话，从那标准来看，她认为自己身无分文。她说："没错，你现在一定比以前富有不知道多少倍了。"

亚帝德的脸庞偷偷闪过一抹顽皮的神情，挑挑眉毛，只用眼神沿着长凳瞄向一名妇女，那名蒙面女子裹着红橘色棉袍，露出一双极为苍白、搽了指甲油的脚。赫玛猜想她是也门人，或者是巴基斯坦或印度的回教徒。

"她是……？"赫玛问，希望询问她的国籍不算是失礼的举动。

亚帝德精神饱满地点点头。"最少再三个月，家里还有一个也怀孕了。"

"这样吧，"赫玛率直地看着亚帝德的鼠蹊处，"我请戈什医生以特别优惠的价格替你结扎，半价，这样比替所有伊斯兰教公主做输卵管结扎便宜。"

亚帝德拍腿大笑，赫玛对面那对古吉拉特地区出生的夫妻一听，一脸不悦地抬起头来。

"你为什么不带太太们来做产检？"赫玛问，"像你这么聪明的人，不应该等到她们有了麻烦才处理，你也不希望她们受苦啊！"

"不是我能决定的，你也知道这些女人的性子，除非昏迷不醒，否则她们是不会去的。"亚帝德直率地说。

赫玛认为此话不假。多年前，中央市场有个阿拉伯妇人阵痛多日，她的富商丈夫找了巴伽利医生去看她，没想到她居然不肯让男医生看诊，把身子卡在卧室门后，开门一定会压到她。那妇人在门后独自咽下了最后一口气，此举还赢得其他女人的激赏。

亚帝德送上几片阿拉伯茶叶，赫玛一来饿了，二来想惹那对古吉拉特夫妇更加不快，便收下来塞进腮帮子。她从来没想过自己会嚼阿拉伯茶，不过几个小时前的事件改变了情况。

阿拉伯茶一开始嚼时苦苦的，接着那团软浆变得几乎是甜的，并不让人讨厌。她大声喊了句"妙不可言"，脸颊像花栗鼠一样鼓起来，下巴开始以慢吞吞的节奏往两旁扭转，她一生中见过无数的人这样咀嚼阿拉伯茶。她像个老行家，用手提袋支撑着一边手肘，把两只脚放到长板凳上，一边膝盖打平，一边抵在下巴。她朝亚帝德挨过去，出乎意料地，亚帝德相当健谈。

"……雨季时，我们多半不在亚的斯亚贝巴，我们到亚维德镇去，离哈勒尔不远。"

"亚维德镇我很熟。"赫玛这句话是假的。几年前，她在放假时开车去参观城墙内的哈勒尔古城。她记得整个亚维德镇不过就像个单卖阿拉伯茶的市场，房舍简朴得教人绝望，一点粉刷也没有。"亚维德镇我很熟。"她又说了一次，阿拉伯茶叶让她觉得自己确实对那里很熟。"那里的人很有钱，每个人都开奔驰车，就是不肯花半毛钱油漆住家的大门，我说得对不对？"

"医生，这种事情你怎么知道的？"亚帝德惊问。

赫玛笑而不语，好像在说：亲爱的，能逃过我法眼的事物很少。接着她想到那个法国人的子孙囊，上面一层又一层的皱褶，有道隔膜分开两粒睾丸，想到阴囊内膜，想到赛托立细胞，她的心绪奔腾，意识再清醒不过。

机舱内不再躁热了，朝家而飞的感觉真好。她想对亚帝德说：我念医学院时，我们必须检查看看病人是否脏器疼痛。脏器疼痛很特别，例如与膝盖撞伤的痛就不一样。脏器疼痛是从体内而生，从人体的器官而来，这种痛难以形容，不易确定位置，可是照样会引起病人的疼痛。总而言之，我们当学生的必须捏睾丸来确认是否有还未发觉的脏器疼痛，因为梅毒一类的疾病会让内脏疼痛的感觉消失。某天，在一名梅毒病人床边，教授选我出来示范检查脏器疼痛。我们那群之中的男同学吃吃窃笑，我当时胆子大，也不迟疑，我先让那人的子孙囊露出来——抱歉抱歉，我是说阴囊。病人的梅毒病情严重，我掐捏的时候，他光是冲着我笑，没有感觉，没有痛苦，没有反应，于是我捏得更加用力，非常非常用力，他还是没有感觉。没想到一个男同学就昏倒了！

亚帝德眉开眼笑，好像她之前就告诉过他这个故事。

飞机下降，穿入亚的斯亚贝巴上空散布的云朵又再钻出。一开始，城市藏在浓密的桉树林里。多年前孟尼里克皇帝从马达加斯加进口桉树，为的不是炼油，而是当作柴薪。首都的柴木匮乏，险些让皇帝放弃这座城市。桉树在埃塞俄比亚的大地上快速生长，五年内能长到十二米高，十二年则可高达二十米。孟尼里克大量种植，一公顷、一公顷地种下去。这种树木生命力旺盛，无论自哪一截砍下，总是能恢复生气，证明是造屋的理想材料。

林间空地有圆形茅草屋，带棘的围栏则是关动物的。接着，在城市边缘，她看到浪板屋顶搭盖的房舍，密密麻麻。一座尖塔低矮的教堂映入眼帘，然后城市出现了。从火车站出来是丘吉尔街，一个陡升，连到了中央广场，少少几辆汽车与巴士在斜坡上往返。市中心的景观相当现代,这一瞥,让她想起了塞拉西皇帝。他在位期间所带来的改变,比这国家三个世纪以来所经历过的变化还多。在下方的街道高度,塞拉西皇帝的肖像(鹰钩鼻、薄唇、高眉)挂在每一户人家墙外。赫玛的父亲是皇帝忠贞不贰的仰慕者,因为在二次大战不久前,墨索里尼准备侵略时,塞拉西皇帝警告世人,旁观默许意大利入侵像埃塞俄比亚这样的君主国家,代价会非常昂贵,他说,采取不行动的做法,不光鼓励意大利,也刺激了德国侵略他国领土的野心。"上帝与历史将铭记你们的判断。"在国家联盟代表前,他曾经说出这句名言,因此成了以一当十(且不敌)的代表人物。

"医生,你看到失迷医院了吗?"亚帝德从她肩头上方看出去。

"失迷迷失了。"她说。

机场不远处,一座山腰全染成了火焰般的橘黄色,因为十字架雏菊正在怒放,于是她知道雨季一定已经过了。另一处山腰布满斜顶披屋与浪板棚舍,呈现出锈褐色或更深的侵蚀色泽。茅舍皆与邻居共享一面墙,因此整体看似不规则的长条火车车厢,曲曲折折地横跨这座丘陵,朝四面八方抽芽衍枝。

到了简陋机场的上方,法国驾驶低空嗡嗡盘绕,等着海关人员跨上单车,嘘走跑道上零星的牛只。他兜了几圈后降落。

警方胆汁绿的汽车与货车疾速驶到飞机旁,载着埃塞俄比亚航空公司的所有职员一同到达。货舱门猛然打开,急狂的手臂仓促地卸下茶货。他们先把茶捆扔进福斯面包车,然后换三轮货车,两辆车都满了,便改将货物塞进警车,然后踩下油门加速离去,警报器大响。这时,乘客才得以下机。

蓝白色飞雅都会小车的引擎嘎嘎响,六升排气量引擎,果然就只有六升排气量引擎的能耐,载着赫玛和她的根德牌收音机,差点就要跑不动了。她可是亲自监督别人把这一大箱条板箱装到车顶架上的。

这天午后阳光明媚，令她忘了自己迟了两天多的时间才返回医院。在这样的海拔高度，光线与马德拉斯截然不同，沾恩之处烨烨通明，物体表面却不会反射刺目的光芒。和风习习，没有落雨的暗示，不过这里的气候变化莫测。她闻到桉树药草似的木质气味，这绝对不能成为香水的香气，不过这种气味飘散在空气中，能让人精神为之一振。家家户户都把乳香木扔进炭炉，她闻到了树脂的芬芳。她庆幸自己活着，好高兴回到了亚的斯亚贝巴。不过，她不知该如何看待这份高涨的怀旧之情，一份她无法明说的渴望未能实现。

　　随着雨停，权充当作摊位的货摊一一冒出，贩售红、绿两色辣椒、柠檬与烤玉蜀黍。一个男子把咩咩叫的羊像披风般绕着脖子拉下，拼命想看清楚前方的道路。有个妇人出售成束的桉树树叶，让人买去当炊火燃料，烙煎传统的酸面饼，这种煎饼似的食物以名为"画眉草"[22]的谷类当作材料。再下去，赫玛看见一个小女孩站在平底大煎锅前，锅子架在三块砖头上，砖块底下生了火。小女孩将面糊倒入煎锅内，酸面饼煎好后，将那张饼像桌巾似的剥下来，然后对折一次、对折两次，再对折一次，最后收在篮子里。

　　一名老妇穿着黑色丧服，停下来协助一个母亲把婴儿背到背上，背巾是用这名母亲的夏玛白薄棉布做成的。这里的人不论男女，都用传统的夏玛白薄棉布裹着肩膀。

　　有个男的，两条萎缩的腿盘在胸前，靠着僵硬的手臂，在马路边的泥道上晃荡而行。他两手各握着带柄的木块，用力把木块往地面一压，然后将臀部往前甩，流畅的移动让人看了啧啧惊奇，好像路上有个字母M在大步前进。她才离开短短几日，这些景象又变得新奇起来。

　　一队被柴薪压得喘不过气来的骡子以碎步奔走，赤脚的主人一面跟着跑，一面抽鞭子，它们挨了鞭，还是露出温驯善良的脸色。出租车司机喇叭按个不停，纵然引擎高声嘎嘎响，这辆出租车也只能勉强像负载过重的动物徐徐行进。

  一辆载着绵羊的卡车超过他们，可怜的小动物挤成一团，简直连眨眼也难。这些是要送去宰杀的幸运动物。在庆贺发现基督十字的"十字架节"之前，一大批一大批的绵羊会送来首都，这些动物累得四腿摇摆，勉强撑到节庆的餐桌上。接着，在"十字架节"结束后几日，不仅听不见羊的咩咩叫，也看不到半只羊，反而见到毛皮贩子在街头巷尾边走边喊："Ye beg koda alle?"（"谁有羊皮卖？"）某户人家会招呼贩子过去，一番讨价还价后，他肩上披挂的羊皮再添一张，然后嘴巴又继续叫喊下去。

  忽然，赫玛开始注意到巷尾街头都是小孩，仿佛这些年来她都没有看过他们。两名男童快速推转制造粗糙的金属环，利用棍棒控制方向、加快速度，左弯右拐，同时模拟摩托车的声音。一名幼童眼巴巴地看着，两行鼻涕垂到嘴唇，头发剃得只剩前面一簇"安全岛"。赫玛初到埃塞俄比亚时，人家告诉她，小孩要留这种奇怪的发型，这么一来，假如上帝选择要带走那个孩子（祂带走了许多），那一绺发能让祂抓着他上天堂。

  Buna-bet（阿姆哈拉语：咖啡馆）的珠帘衬出小孩母亲伫立的身影，那里其实是间酒馆，卖的饮品比咖啡浓烈许多。到了晚间，酒馆里漆成绿、黄、红等色的灯管发出灼光，而女人也在那时候变了模样，端上酒，送上她的陪伴。镀锌吧台的意式咖啡机是这种场所优雅气息的源头，是意大利占领时期的遗风。那名妇人扁平的眼睛看看出租车，接着看看赫玛，表情僵硬起来，好像见到了竞争对手。她的目光上移到出租车车顶的奇怪箱子，然后无动于衷地朝他处看去，仿佛在说：我一点也不觉得有什么特别的。赫玛认为她大概是阿姆哈拉人，茶色肌肤，耸高的颧骨，人很漂亮，说不定是戈什的朋友。她发上插着片梳，似乎头发梳到一半停下来休息，双腿因为妮维亚乳霜而闪闪发亮，说不定偶尔还吞下少量的乳霜，以为这么做会让肤色亮起来。"说不定有效呢！"赫玛说，不过她想到这里，开始发起抖来。

煤渣砖屋的年代较新，其间夹杂着简陋的小屋，篱笆墙没有上漆，柴枝、稻草和泥巴都看得见。只要往地上插一根竿子，拿个空罐头倒盖在竿顶，这也就是一处buna-bet了，虽然没有意式咖啡机，也没有瓶装的圣乔治啤酒，这里可是有自酿的蜂蜜酒与土产啤酒，而且提供与其他店家同样的服务。

从事世上最古老行业的人，就算看到了赫玛，眉头也不会抬起。她懂，反对只是浪费力气，就像对氧气表达不满，可是她很清楚这样的容忍会导致怎样的后果：输卵管和卵巢化脓，由于淋病而不孕，死胎，先天患有梅毒的婴儿。

在主街上，赫玛看到一名意大利裔的工头哈哈大笑，监督古拉基族的工人做事，工人咧嘴微笑，皮肤黝黑，骨架宽大。古拉基族是南方人，工作勤奋，乐于承担当地人不愿做的工作，并且深获好评。当医院需要额外人手时，加布鲁只要走出医院大门，高呼一声"古拉基"就能解决他的需求。不过近来他们认为这种称谓不敬，呼喊"临时工"比较妥当。

工头以外的工人打赤脚，只有一个男人硬塞进不合脚的塑胶鞋，还把鞋子挖了洞，让大脚趾得以伸出来。看见黑人劳工与白人工头，照理赫玛会愤慨不平，她好奇自己怎么没有反应，也许是因为埃塞俄比亚解放之后，还留下来的意大利人脾气随和，随时随地都在自我嘲讽，教人想对他们心生怨恨也难。意大利人就是这样过生活，把日子当作两顿餐之间的插曲娱乐，不会更好，也不会更差，也许这不过是他们认为最适合人生境遇的生活方式。赫玛发现工头一转头，工人的手便立刻停止干活。尽管他们动作慢条斯理，然而学校、办公机关、邮政总局、国营银行都一一兴建完工，配合了三一教堂、国会大厦和皇帝登基二十五周年所兴建的朱碧丽宫的壮丽。皇帝理想中的欧风非洲首都日渐成形。

也许是因为她还想着皇帝，也许因为出租车刚好停在十字路口，而这里在出现成排的商店前，曾经有具绞刑台。总之，赫玛忽然想起了令她无法忘怀的一幕情景。

当时是一九四六年，她和戈什刚到亚的斯亚贝巴没多久，就在这个地点，他们碰上了挡路的群众。赫玛站到戈什的福斯汽车的侧面踏脚板上，看到一组粗陋的框架，还有三个悬荡的套索，一辆改装过的意大利车停在那里，上面有军队标志，平板拖车上有三个戴上手铐的埃塞俄比亚裔囚犯，被人硬拉着站起来。他们没穿外套，从衬衫及鞋、裤来看，似乎是用晚餐时被人打断的。

有一名身着皇家护卫队制服的埃塞俄比亚军官拿着一张纸在朗读，接着将纸扔到一旁。赫玛看着他的举动，看到出神。他以套索圈住每一颗头，然后将绳结放到耳后的侧边。死囚仿佛已经听天由命，这根本是一种勇气的极致表现。其中有名男子年纪较大，身材高大，从他的体态看来，赫玛肯定这些囚徒是军人。这名灰发却腰杆笔直的囚犯对皇家护卫队的军官说话，军官弯头倾听，点点头，然后移开了套索。这个囚犯往卡车靠过去，对着一名垂泪的妇人伸出扣上手铐的手腕。女人从男人手指上取下一枚戒指，然后亲吻他的手。囚犯站回原处，目光低垂，仿佛是在寻找舞台上定位记号的演员，接着对行刑者鞠了个躬，行刑者也欠了欠身，再将套索放回脖子上。那动作之细腻，仿佛丈夫正为他的新娘戴上花冠。

赫玛不明白眼前所见，至少当时不明白。她有几分相信那是一场戏。暴动随之而起——卡车呼啸而去，人体的四肢抽搐，头颅以不可能的奇怪角度垂在胸前，旁观者疯狂地冲上前去扯下死者的鞋子。这一切所引起的不安，都不及居住在会发生这种事情的国家来得让她惶恐。当然，她在马德拉斯亲眼见过无人道的残忍行为，可是这些人对于苦难的反应是忽视、冷漠,或腐败。

这件事让赫玛烦心了数日,甚而考虑离开埃塞俄比亚。《埃塞俄比亚先驱报》没有出现半个字的报道,政府不打算发表意见。民众说这些人计划要革命,皇帝于是下令,他要稳住一个摇摇欲坠的国家。

赫玛始终忘不了那个勉为其难的行刑者,他样貌俊俏,但鼻梁扁平,好像曾经断裂过。她记得他执行命令前对死囚庄严地一鞠躬,对他,她除了同情,其实还有敬意。那一个姿势透露了他在职责与怜悯之间的挣扎,假如他拒绝遵照命令,项上人头也将不保。赫玛相信他是昧着良心行事。

赫玛心想,也许这就是让我留在亚的斯亚贝巴这么多年的理由,文化与野蛮并置,原始泥浆里铸造出新事物。这座城市在进化,我感觉到部分的进展,不像马德拉斯,那城市在我出生前几个世纪就已经成形了。除了父母之外,还有谁会注意到我离开呢?"你为什么不留在印度?在马德拉斯,有成千上万的贫穷妇女枉死。"这次回家时,她父亲冷冷淡淡地问她。"你希望我在家里为这些穷人提供免费服务吗?"她问,"不希望的话,就帮我找工作,让市政府或政府医疗局雇用我,如果我的国家需要我,为什么他们不接受我?"他们都知道答案:愿意出钱贿赂的人才有工作。赫玛叹口气,惹得计程车司机回头看了一眼。她重温了与双亲再度告别的心痛。

赤脚农夫头上顶着几乎不可能负荷的重担,马拉车在道路上往返,这幅景象保住了这个古老王国的光环与神秘。在古代,祭司王约翰[23]描写过,在伊斯兰教领土包围下有个神秘的基督教王国,埃塞俄比亚这个国家几乎能证明这则寓言为真。是啊!这是美国出现肾脏移植的年代,连小儿麻痹疫苗也传入了印度,可是赫玛觉得自己戏弄了时间,带着二十世纪的知识返回更早的时代。皇帝的权势一层一层分下来,分给公爵、分给伯爵、分给更低阶的贵族,然后瓜分给家臣和巡警。赤贫人民亟须她罕见的珍贵技能,王公贵族偶尔也需要帮助，因而她觉得受到重视。这，不就是家的定义吗？家不是出身之处，而是被人需要的地方。

午后两点左右，出租车停在失迷医院的黄褐色栅门前，里面是自成一格的世界。

石墙围住医院的院区，藏起了里面的建筑。高耸的桉树探出墙缘，没有桉树的地方则有枞木、紫葳和相思。绿色的瓶矸碎片从墙头的灰泥凸出，阻挡外人闯入；抢案与小窃案在亚的斯亚贝巴层出不穷，不过墙垣上有层层叠叠的玫瑰，淡化了阻碍物的恐怖色彩。锻铁栅门铺着金属薄片，平时关着不开，行人可由栅门上较小的铰链门进出。这时大栅门却敞开，行人通口也没关上。

赫玛发现院内加布鲁那间破旧哨亭的门扉窗板也是开着的，等出租车到了山坡顶时，她发现医院门诊中心每一扇可见的门、窗也都打开了，事实上，她还看到看门的加布鲁（碰巧也是祭司）正用石块把柴房的门撑住，不让它关上。

加布鲁看到出租车便跑上前来，身上那件军队多出的大衣来回摆动，白色的祭司头巾让巴掌脸显得更小，他一手抓着苍蝇拍、十字架和念珠，样子好像准备把出租车嘘走。加布鲁性格紧张，说话往往快得像连珠炮似的，动作也很急，可是他现在比平常更加激动好几倍。见到赫玛，他愣住了，仿佛从来没想过她会回来。

"赞美上帝让你平安归来医生欢迎回来你好不好你吗上帝回应了我们的祈祷。"他用阿姆哈拉语说。他一鞠躬，赫玛也尽量回以一鞠躬，结果他鞠躬鞠个没完没了，最后赫玛喊了一句："加布鲁！"他才停下来。

她拿出五块钱钞票。"拿碗到示巴小吃店，请帮我装doro-wot回来。"她说，指名要红咖喱鸡肉，那道可口料理是以埃塞俄比亚的辛香调味料"贝贝尔香料"[24]烹煮而成。她的阿姆哈拉语说得很差，而且只会用现在式表达,不过doro-wot这个词她很快就说得很溜。经过了漫长食纯素的日子,她在马德拉斯的最后几晚,红咖喱鸡肉占据了她的睡梦。咖喱会倒在柔软如煎饼的传统酸面饼上,赫玛还想多要几卷酸面饼来舀肉吃,当加布鲁拿回来,咖喱会渗进沿着碗排列的酸面饼里。光想到这一道菜,她已经在流口水了。

"加布鲁,告诉我,为什么门、窗都开着?"这时,她注意到加布鲁的指甲与手指都血淋淋的,袖子上还黏着羽毛,更有羽毛卡在苍蝇拍上。

此时加布鲁才说:"噢,医生!我一直要告诉你,宝宝卡住了!宝宝!修女!还有宝宝!"

赫玛听不懂,她没见过加布鲁激动成这副德行。她含笑等他继续说下去。

"医生!修女生孩子!她生不好!"

"什么?再说一次?"大概离开几天没听阿姆哈拉语,她一时听错了。

"医生,修女。"加布鲁说。他发现说的话好像没人懂,心慌起来,以为提高音量、拔高音调就能让人明白,结果出口成了嘎嘎吱吱的尖声。

在医院,"修女"永远是指玛莉·普雷斯修女,因为那里的另一名修女是赫斯特院长,大家喊她院长,而其他护士唤作雅麦兹护士或雅斯特护士,不会被称为修女。

赫玛非常惊愕,加布鲁居然在流泪,嗓子拔成了尖锐的高音。"通道关闭!我都试过了!把所有的门窗打开,我劈开一只鸡!"

他揪着肚子,古里古怪地努力模仿分娩动作。他改以英文试试看。"婴儿!婴儿?医生,婴儿?"

他想传达的意思十分清楚了,错不了的,然而就算用所有的语言来解释,赫玛也难以相信他想说的话。

第七章·令人敬畏的味道

开刀房的门突然打开,实习护士放声尖叫。一名身披纱丽的女人双手叉腰站在门口,胸口起伏不定,鼻孔扩张。院长看到这一幕,忍不住揪住胸口。

他们愣在原处。要怎么才知道,这是他们的赫玛或是幽灵呢?它好像比赫玛更高、更丰满,又有恐龙似的充血眼睛。直到它张口说:"加布鲁到底在胡说八道什么?究竟怎么回事?"他们的怀疑才消散一空。

"这是奇迹啊!"院长说。她指的是赫玛的到来,不过赫玛听了反而更不解。实习护士满脸涨红,痘疤像凹陷的钉头闪闪发光,补了一声"阿门"。

斯通见到赫玛,杵在原地,眉头的锁解开了,纵然不发一语,但表情像是落入深缝后,发现天空降下了救生绳圈。

多年后当赫玛回想这件事时,告诉我:"小子,虽然里面冷死了,但脸颊、脖子却忽然冒出汗来。你瞧,我都还不晓得是什么医疗问题,可是那味道我已经闻到了。"

"什么味道?"

"教科书上不会提到的味道,马里恩,不必费心去找,那个味道刻在这里,"她敲敲头说:"我根本没有兴趣编写教科书,不过如果我愿意写一本,我会用一整章的篇幅专门讨论与产科有关的味道。"

这种味道既涩又甜，两种对立的特性混在一起，她认为是一种fetor terribilis（令人敬畏的味道）。"一定表示产房里有大灾难，母亲或胎儿死了，或者丈夫害死了谁，或者这些情况都有。"

她无法相信地板上居然有如此大量的鲜血，器械杂乱无章，病患身上、身边和手术台上统统都有，这一幕景象让她看了六神无主，头皮发麻。然而，她万万不能接受也始终不愿相信的事实是：玛莉·普雷斯修女，那个甜美的修女，应该是身穿袍子、脸戴口罩、双手洗刷干净，如冷静的指标屹立在痛苦之中，此时居然气若游丝地躺在手术台上，皮肤苍白如纸，嘴唇毫无血色。

赫玛的思路颠三倒四，前后脱节，仿佛不再是自己的，反而是梦里在眼前流转而过的精致连体字。玛莉·普雷斯修女的左手手背朝下搁在手术台上，吸引了赫玛的目光。她的手指卷曲，可是食指弯曲的弧度较浅，似乎她不敌睡意或昏迷以前，正在指着什么。赫玛很难将玛莉·普雷斯修女与这样的休眠姿势联想在一起。在接下来的一个小时中，赫玛的目光屡次被那只手吸引过去。

看到托马斯·斯通，赫玛回过神来，吓了一大跳。斯通站在女人两腿间的神圣空间，那是保留给产科医生的位置，赫玛非常不高兴，那可是她的位置，她的领域。她以肩膀推开斯通，他在仓促中撞翻了凳子。他打算说明事情的状况：找到修女，发现她怀孕了，然后她分娩不顺，大伙震惊起来，血流不止——

赫玛打断他，问："哎哟！这什么？"她一惊之下眼睛睁大，眉毛挑高，嘴巴呈圆形。她指着沾了血的环锯和摊在玛莉·普雷斯修女肚皮上的教科书。"有书，还有这什么玩意？"她出手一扫，东西哗啦哗啦地掉到地上，回音从墙壁反弹回来。

实习护士的心脏像灯罩内的飞蛾不停撞击胸口，她不知道两只手该做什么才好，只能塞进口袋。她安慰自己，那些书本等跟她无关，而且也开始明白，她的疏失在于缺乏殷实的护理判断力，当她传达斯通的口信时，没有及时发现玛莉·普雷斯修女病况严重，她还以为有人会照顾她，没有人发现她身体如此不适，也没有人禀告院长。

玛莉·普雷斯修女的头动了动，院长想她至少在瞬间感觉到自己正握住她的手，不过她痛不欲生，无法回应院长的仁慈。

在他的双手中，我看到金色巨叉，铁制叉头犹似一点星火。

玛莉·普雷斯修女喁喁哝哝，院长根据她听懂的只言片语猜测，她大概在说两人都熟悉的圣泰瑞莎的那番话。

我觉得他提起叉，往我的心刺了好几下，刺穿了五脏六腑。他把叉子拔出时，脏腑好像也跟着被掏出来，于是我对上帝的热爱让我激动狂热。我痛彻心脾，忍不住呻吟了数声，这份剧痛甜美如饴，我不愿它结束，唯有上帝能让我的灵魂得到满足。

然而玛莉·普雷斯修女与圣泰瑞莎不同，她一定希望结束痛苦。院长说，就在这时，修女腹部的痛苦似乎减缓了，她还叹了口气，清楚地说了一句："主啊！你的慈悲令我赞叹，我不值得你的慈悲。"

接下来短短的几秒时间，那对溜转的眼睛变得澄澈清明，她努力再讲几句话，可是那些话语模糊难懂。光线洒落开刀房，院长说，仿佛本来在她面前形成的裹尸布消散而去。在那时刻，玛莉·普雷斯修女环顾三号开刀房，她这么多年来工作的开刀房。院长心想，这位年轻的修女明白了，现在她是接受手术的病患，而且她的性命垂危。

"也许她认为自己死有余辜，"院长猜测母亲的想法说，"假使信仰与神恩应能抵偿所有人类罪孽的天性，她的信仰与神恩还不足，因而她感到羞愧。不过，她又必须笃信一件事，尽管她有种种瑕疵，上帝依然爱护她，如果她在人间得不到宽恕，在上帝的天国也有赦免等待她的到来。"

院长怀疑，母亲是否害怕自己将在非洲、在一片离出生地遥远的大陆死去。也许她内心深处（也许每一个人的内心深处）持续渴望将生命循环带回起始点，以她而言，那地方是科钦。

接着，母亲以拉丁语低低喊了声"求主垂怜"，院长听见母亲含在嘴里的话。于是玛莉·普雷斯修女的嘴唇一面蠕动，院长一面充作她的喉头，带领她把剩余的拉丁诗篇读完。"……看，我是在罪孽里生的，在我母亲怀胎的时候就有了罪……求你用牛膝草洁净我，我就干净；求你洗涤我，我就比雪更白……"

院长说，当修女读完诗篇，那块裹尸布回来了，她的世界里的光线悄悄溜走了。

"斯通，把凳子搬起来。"赫玛严厉地说，"还有你，"她对着实习护士捻了几下手指，"把手从口袋里拿出来。"

斯通把凳子翻正摆好，赫玛当下小心翼翼地坐下去。她本来掏出了一串钥匙要开她家的门，现在钥匙塞在纱丽的腰间，她坐下去时，钥匙当当作响。在开刀房的光线下，她鼻子上的钻石熠熠闪亮，一绺绺的散发落在耳朵上、垂到眼睛前，她噘起嘴把乱发吹到一旁，打直肩膀以面对眼前这恐怖而讨厌的景象。在那个姿态中，她脱落旅者的斗篷，披上产科大夫的袍子，艰辛的任务就在前方，无论再困难、再危险、再令人讨厌，那也是她的任务，她独自一人的任务。

赫玛发现自己正在大口喘气，她的肺需要一周时间才能适应环境，她才从海平面高的马德拉斯，来到离海平面有两千五百米远的开刀房，而她坐的凳子高度还没算在内。每一次呼吸，她的鼻孔便呈喇叭形展开，仿佛跑完四百米的良驹。

不过，令她呼吸急促的还有一个原因，那就是眼前的景象。原来加布鲁没有疯，也不是喝太多土产啤酒，他说的是实话。平凡里见奇迹的概念，居然在不该发生的地方发生了，就在玛莉·普雷斯修女的子宫里。没错，玛莉·普雷斯修女怀孕了，早在赫玛前往印度前便怀了好几个月的身孕！不光是怀孕，现在还在垂死的紧急关头。父亲是谁呢？

还会有谁？她瞅了一眼斯通苍白的脸孔。

她心想，怎么不会？我为什么要惊讶？她想起教授的话："子宫颈癌最常发生在妓女身上，而修女罹病的机会几乎等于零。为什么几乎等于零，而不是零？因为修女不是天生就是修女，因为不是每个修女在成为修女前都是纯洁的！因为不是每个修女都守身如玉！"赫玛提醒自己，不是这种，就是那种可能，同时把手伸入院长拿来的手套里。

实习护士在病历上记录赫玛医生来了。她深深自责，因为没有想到要准备手套。

赫玛伸展双腿，经过长途飞行，她的足部肿胀。她贴着凉鞋扣带收缩脚趾，脚掌像爪子一样抓地，牢牢贴住血淋淋的地板。她利用左手手指撑开阴唇，然后轻易利用重复无数次的动作，以右手扳下靠后背的阴唇边缘，打开产道看个仔细。

"乖乖我的罗摩[25]，该死，这简直是石器时代的工具！"赫玛一面大骂，一面小心翼翼地解开半边碎颅器，再将另一边也解开。她轻轻一动，工具便脱离了婴儿的耳朵。取出可怕的工具后，她一脸嫌恶地看着工具，把它抛到一旁去。

院长放下了心中的大石，无论状况为何，起码现在有个货真价实的产科医生在统管大局。她忍不住特别注意赫玛和斯通调换了角色，现在大吼大叫乱摔东西的是赫玛。

院长报告玛莉·普雷斯修女的病情发展。她先是身体绞痛，剧痛一阵阵发作，接着痛苦忽然消失，她人倒好像有九分清醒了，开始说话……现在她的状况又开始恶化。

赫玛喊了声："我的天啊！"她知道，在自然情况下，除非生下婴儿，否则疼痛不会消失。"听起来像是子宫破裂了。"这就能解释地板上为什么血流成河。另一个可能是前置胎盘，胎盘黏在子宫的出口。两种可能性都不好。"你们什么时候停止监听胎心音的？"没有人回答。

"血压？"

麻醉护理师好像预期别人会自愿报告她所负责的数据，愣了一下才说："根据触诊，判断是六十。"

赫玛的眼光绕过玛莉·普雷斯的大肚子，瞪着雅斯嘉护士，看得她心都怕了起来。"你是要等降到零才想替她接呼吸器吗？把气管装上，接到手动风箱。她要是醒来，用点滴给她施打配西汀。好了告诉我。戈什在哪里？你叫人去找他过来了吗？"雅斯嘉护士手忙脚乱起来，幸好收到逐步的指示，因为她心乱如麻，不知如何是好。

"谁去拿血了？啥，没人？我是在跟白痴说话吗？去！快去！用跑的！"两个人往门口冲去。"把能捐血的人都找来，我们需要大量的血！"

赫玛巧妙地用右手两根手指托住胎儿的头骨，另一只手从玛莉·普雷斯修女的肚子往下压。她从隆起的腹部上方凝视修女的脸庞，她的脸色惨白，比斯通的脸色还惨淡。

雅斯嘉护士颤抖着双手，勉强把气管插好，每压一下气袋，修女肿胀的胸脯便随之鼓起。

赫玛的两只手像是眼睛的延伸，探索着她认为是她工作入口的空间，手指在内侧探测，手掌在外部协助。她闭上眼睛，好能更清楚接收指尖传达的信息，了解骨盆的宽度、胎儿的位置。"我们这里还有什么？"她大声说。胎儿的头确实已经朝下了，然而这个是什么？另一颗头？

"天啊！斯通。"赫玛说着，猛然抽出手，好像刚摸到了烫手的煤炭。

斯通在一旁观望，不明白现在是什么情况，却也不敢开口问。赫玛死盯着斯通看，绷着一张脸，等着听到一声回答，什么回答都好，她更准备回答一出口就大声骂回去。

"取至体外比留在体内好，不是吗？"斯通抿着嘴说，以为她指的是他想碾碎头骨的举动。

"去你的！托马斯·斯通，不要拿你那本蠢书里的话来告诉我，你以为这是在开玩笑吗？"斯通根本不认为这是开玩笑，事实上，他面红耳赤，因为发现赫玛现在所做的每一个动作都是他有能力做的，都是他早就应该做的。赫玛转过身，再次探索玛莉·普雷斯修女肚里那经历灾难的空间，那里有两条性命危在旦夕。她的话一拳又一拳地痛击着斯通。

"产检一次也不成吗？你可以起码让我替她做一次产检吧？我可以取消行程，看看我们现在陷入多严重的问题！哎呀！我的脚。根本可以避免这种事情发生……根本可以避免这种事情发生。"最后两句话像鞭子急挥而去。

斯通仿佛站在女校长面前，赫玛似乎期望他说句话，于是他吞吞吐吐地说："我不知道。"

赫玛的下巴掉下来，眼睛直勾勾地望着他。斯通让玛莉·普雷斯修女怀孕了，这事她的确有几分不敢相信，有谁想得到那种事情呢？然而身为产科医生，什么情况没见过？她不知不觉地恢复讽刺的口吻。"你还在想童女生子啊，斯通医生？"她绕过手术台，"如果是那样的话，随机应变的外科医生，猜猜怎么着？这里比基督出生地伯利恒的马槽还要神圣，这个处女怀的是双胞胎！"她顿了一顿，让斯通听懂她的话，"你就不能行行好，做剖腹接生吗？"她单调的口吻在最末一句扬起来，留下"剖腹接生"四个字在斯通的脑中盘旋。

"手套、手术袍，动作快！"赫玛大喊，"把剖腹接生的工具组拿来，你们每个人都醒醒吧！不想救她吗？快！快！还不快一点！"

她用阿姆哈拉语重复这段话，Tolo, tolo, tolo！以免有人没听懂英语。

大家原本都吓得动弹不得，听到她威严的语气，不敢继续愣在原地。"你们这群护士僵在那里干吗？一点用处也没有。"赫玛说着，穿上无菌手术袍，戴上全新的手套（没时间洗手了）。"院长，你怎么不跟他说呢？"院长垂头看着地板。

"胎心音多久前停止的？胎儿心跳多少？"

"事情发生得太快了，我们——"

"喂，斯通，闭嘴！你们哪一个直接告诉我答案，不然就统统闭上嘴。现在的血压？"

"不到六十。"

"血呢？我是在跟聋子、哑巴说话吗？回答我！"

医院里没有血库，如果病人走运，也只有半升或一升的量存在冰箱内。病患亲属通常不愿意捐血，赫玛有一回强迫一个丈夫捐血给妻子，而丈夫摆明了就是不肯。赫玛说，假如情况颠倒，做妻子的一定愿意捐血给丈夫，结果做丈夫的说："你不了解我太太，她等着我死，准备接受我的母牛和财产。"她、戈什、斯通和院长屡次自己捐血，也说服某些护士做同样的事情。戈什也会开自己的车，把他板球队的球员都找来捐血，这种事情每年起码一次。

"都没有人想到血吗？"赫玛又说："在这里帮不上忙的人，统统立刻去给我捐血，这次是我们自己人，拜托，快去，赶快去。斯通，你不许去！行行好，老兄，去戴手套，做点有用的事情。胎儿心跳多少？"

实习护士的眼睛死盯着病历表，她害怕去捐血，也不敢抬头看，更知道根本没有人在监听胎儿的心跳，大家一心只放在母亲身上。实习护士在"医生指名剖腹生产的必要"一行字上画了一条线，感觉这条记录会让院长很不高兴。看到斯通医生愣在原地，视线朝下，她心里并没有觉得安慰，斯通就像违逆了主人的小狗，直觉要他偷偷溜开，然而他也知道再小的动作都只会带来更多的惩罚。

赫玛注意到玛莉·普雷斯修女脸上血色尽失，眼睛只张开四分之一，半掩的眼神失焦茫然，这个表情往往是死亡的前兆。

"血压？"

"摸不到……"

"没关系，输血，输多一点，拿碘酒泼这里！开始了！"赫玛说着，用力拉开无菌工具包，一把抓起手术刀把皮肤划开（连这里也没时间消毒了），她在肚脐下方开了一道垂直的切口。她依然无法相信自己正在做的事情，也难以置信她正在切开谁的身体。

她有几分期待玛莉·普雷斯修女会坐起身子抗议。

结果，却听见了咕咚一声巨响，不知道是谁跌下去了，一转头，她及时见到院长昏倒在地。

第八章·失迷的众生

"管好身体",是院长苏醒时嘴里吐出的第一句话。她晕厥过去,不过为时不久,大约不超过五秒钟,大家还在原本的位置,只是个个都低头看着她。实习护士冲上前帮忙。院长不顾赫玛的反对,四肢着地爬到麻醉护理师的凳子上大喊:"我不走!"大伙手忙脚乱,顾不得与她争论了。

玛莉·普雷斯修女的手臂固定在平板上,院长坐到板子附近,血终于从瓶子流入血管内。院长执起那只手,俯身细看玛莉·普雷斯修女的手指,她不想看着医生的动作,那几只红色手套直往修女的肚里探去。院长依然觉得有些头昏眼花。

她摩挲修女的手指,好让自己的手指不再颤动,她无来由地想起"上帝的乐器"这几个字。玛莉·普雷斯修女的手指真漂亮,纤细柔软,每一根都犹似精致的雕刻作品,虽是静止不动,也看得出来它们灵巧极了。相较之下,院长的手指如白面团,关节又粗又红肿,好像有人拿尺画过,手指上一粒粒的赘疣更加强调了她的年迈与操劳,毕竟腐蚀性的肥皂与刷刷洗洗是她职业中最重要的细节。她的掌心之中如爆炸过的皱纹,则说明了她对埃塞俄比亚大地的热爱,以及她如何乐于与加布鲁并肩播种、除草和掘土。加布鲁担任门房与园丁,还兼任杂工与祭司,他认为院长不该弄污双手。

院长发现自己在颤抖,暗自祷告:主啊!你可以带走我,但是请等到他们处理好再带走我,我不想再让他们分心。她好想好想来杯医院泥土种出的豆子所煮出的咖啡,她喜欢石头研细的豆子颗粒摩擦牙齿,还喜欢咖啡像铅弹下喉的感觉。意大利人留下了对玛琪雅朵咖啡与浓缩咖啡的热爱,亚的斯亚贝巴每一家咖啡馆都供应这些饮料,但院长并不喜欢。失迷医院的咖啡以传统方式煮成,那才能支撑她一天的精神,也正是她此刻所需的。

泪珠滚下,流进她嘴角的缝隙。她心想,我珍爱的孩子、我永远无法拥有的女儿,现在有了孩子……在医院,院长不知道有多少次,得知重病沉疴所揭露的说不出的秘密。即将到来的死亡总有法子意外地发掘出过去,往昔与当下之间于是起了邪恶的连接。她无声地呼喊:可是,主,你可以赦免我们经历这样的痛苦,赦免她!

院长抚摸这名小修女的皮肤,同时想到一件事:玛莉·普雷斯修女曾经冲动地做过一件事,选择将身体藏在修女袍或手术服、口罩底下,结果无效,遮掩反而加深了肉体少数裸露之处的吸引力。脸蛋这般动人,嘴唇如此丰盈,即便是面纱也无法封锁其性感。

玛莉·普雷斯修女来了两三年之后,院长曾经考虑她们是否应该停止穿着白色修女袍,埃塞俄比亚政府关闭了位于德布雷塞特的美国教会学校,理由是他们劝人改变宗教。院长的职责是办医院,不是改变人民的信仰,她想,舍弃修女袍或许是聪明的政策。不过当她见到玛莉·普雷斯修女穿着短衫、裙子走出三号开刀房时,她恨不得跑过去拿件床单披在她身上。医院的化验室技师汪汪·康纳佛正巧站在院长身旁,也看见玛莉·普雷斯修女穿着便服走过,看得目瞪口呆,仿佛长毛猎犬找出猎物鹌鹑的所在位置,一阵潮红从脖子底爬到发际处,仿佛性欲是血液的流质伴侣。院长决定,医院的所有修女应该继续穿神职服装。

突然一声惊呼,院长受到惊吓,神思回到眼下的世界。这声呼喊可能出自赫玛,也可能出自托马斯·斯通,她猛然抬头,还来不及阻止自己,眼睛已经看到了……眼前的景象让她忍不住打起哆嗦,觉得自己会再度倒下去。她低下头,闭上眼睛,强定心神找到另一个焦点……

院长没有崇拜仿效的圣徒,在这样的时刻缺乏呼求的对象。想到西恩纳的圣凯瑟琳吸吮病人的脓汁——呃!实在恶心。院长认为这样夸耀的表现是欧洲大陆特有的缺点,她也无法忍受什么与上天的喁喁细语、流血的掌心或与基督身上的钉伤类似的伤口。至于圣泰瑞莎……啊,她对泰瑞莎没有任何不满,也不讨厌玛莉·普雷斯修女对泰瑞莎的溢美之词,只是私底下同意医院内科大夫戈什的看法:圣泰瑞莎赫赫有名的幻觉与狂喜经验,大概只是歇斯底里的表现。戈什曾经拿几张照片给院长看过,那是法国知名精神病学家夏尔科在巴黎萨伯特医院拍的,对象是患有歇斯底里症的病人,夏尔科相信,这些错觉妄想源自女人的子宫,歇斯底里症的病名即是希腊语"子宫"之意。他的病人一概是女性,夏尔科称她们含笑的站姿(院长认为这样的姿势很挑衅)为"十字架受难姿势"与"鸿福"。即将瘫痪或眼盲,谁还能笑得出来呢?夏尔科称这种现象为"泰然漠视"。

就算玛莉·普雷斯修女看到幻象,她也不是会拿出来谈论的那种人。有时候,她在早上看似一夜不曾阖眼,那明亮的脸颊、狂喜的仪态,暗示她的双脚简直快无法留在尘世了。也许那也解释了她与托马斯·斯通并肩工作时的镇定,斯通由于才能出众,鲜少出言鼓励与他一起工作的伙伴。

院长的信仰比较务实,她从内心体认到助人的诏命,而有谁比罹病吃苦的人更需要协助的?难道这里有需要的人不比约克郡多吗?那就是她年轻时就到埃塞俄比亚的原因。许多年前,她带来的少数照片、纪念品、书本和证书等物品不是被偷了,就是不知道放到哪里去了。她从不为这种事情烦心,再怎么说,换下一本《圣经》

也是一样的,而针线包、水彩、衣物等必需品,同样也是随便就能找到替代品。

然而,她渐渐珍惜起几样无形的东西:她建立的身份(在这座城市,人人当她是"院长",她也认同这样的身份)、她培养出来的应变能力(她因此能从简陋建筑的紊乱中创造出温馨的医院,她认为这里是东非伊甸园)、她招募的核心医生群(由于长期的伙伴关系,他们成了她心爱的孩子)。她与圣婴会、苏丹内地会之间连接的脐带萎缩断落,她与她心爱的孩子现在都是自我流放的医院囚犯。

失迷医院当然不叫失迷医院,偶尔院长会纠正民众,教他们念"使命",而不是"失迷"。不过,在那一年,医院其实根本不叫失迷医院,要不是什么巴赛尔纪念医院,就是什么巴登纪念医院,她必须查看黏在办公桌上的那张纸才能确定,因为医院是依照瑞士或德国某个慷慨的教会而命名。德州休斯敦的浸礼会也捐赠了巨款,不过完全没有兴趣为医院命名。戈什医生常说,医院跟印度神祇一样有众多化身,"不管哪一天,只有院长知道我们在哪一间医院工作,我们可能是要走进田纳西浸礼会门诊中心,或者德州卫理公会门诊中心,所以怎么能怪我迟到呢?起床后,我得先去找出我的工作地点。哎呀!院长,原来你在这里啊"!院长忍不住笑了,她觉得大家都是囚犯;医院的员工很难选择他们的牢友。在上帝的造物中,戈什绝对算得上是怪胎中的怪胎,即便如此,院长对他也抱着母性的感情,只是这样的顽童常常引发她的焦虑。

院长叹口气,不由得咕咕哝哝说了什么,自己听了也吃了一惊,她感觉到开刀房的其他人都盯着她瞧。到了此时,她才发现原来自己的嘴巴不停地忙着祈祷。自从满五十岁以后,院长发现自己的思绪与行为之间出现了这样的冲突和分离,而且越来越常发生。比方说,在不当的时机,她竟然不由自主地失神回忆往昔的景象。

唔？她什么时候才有机会回顾这些往事呢？在表扬晚宴上？临终前夕？还是到了天国之门前？她早已不再去想这样的事情，她的父亲是在酒精与隧道幽微处迷失自己的矿工，特别喜欢喻指天国入口的"珠门"二字，在他的舌尖上，这两个字听起来像是某个邋遢女人的名字，他与他的婚姻本分之间出现过许多这样的女人。

不过院长有件事情是肯定的：不久前她不小心抬眼目睹的那画面，她永远永远也忘不了。事情是这样的：太阳乍然从云朵后露出，由于意外的高度、偶然的时节，阳光刚好直接打在三号开刀房的毛玻璃窗户上，柔亮的白光从墙壁反射过来，从玻璃金属瓷砖反射过来——就在这时候，不知是赫玛或斯通还是谁大声惊呼，院长一听便抬起头来。这时，她看见每个人都像土狼俯身向着腐尸，凝视着玛莉·普雷斯修女剖开的腹腔以及其中损伤她名誉的东西。她看到光线小心翼翼地自手肘与髋部之间通行，接着日光正好打在玛莉·普雷斯修女怀孕的子宫上，子宫从那血淋淋的伤口凸起，仿佛是圣徒舌尖上的淫言秽语。一团青黑色的血块从子宫阔韧带延伸而出，是血肿，它在光线下如圣体闪耀光芒。院长认为这就是太阳打从一开始的意图，太阳要找出尚未诞生的胎儿。我们目睹彼此重生，我们露出了面目。没错，这种事件可以称之为"奇迹"，只是无事发生，自然的法规并没有暂且停摆（院长认为这是奇迹的必要条件）。双胞胎在出生之前，已然确认了在穹苍以及在尘世的位置，她了解一切再也不同了，熟悉的桉树香气、民众把叶片塞进鼻孔的景象、雨水打在浪板屋顶的咚咚声、刚剖开的腹腔所散发出的内脏气味，连这些也都永远永远改变了。

第九章·职责所在

赫玛状似某个着火的女人正在挥舞解剖刀。她没时间夹住出血处，反正流血量少之又少，这不是好兆头。她剖开闪闪发亮的腹膜，快速将牵开器放妥，由伤口边缘往后牵开。子宫从伤处蹦出，她眼睁睁地看着子宫膨胀，发出光辉……她呆住了，后来才明白这是因为太阳忽然对准了覆霜的窗户，照亮了手术台。她在这医院开刀这么多年，不记得发生过这种事情。

与赫玛的恐惧吻合，子宫有一道横向的裂伤，一侧的阔韧带都是鲜血，这表示她接生孩子后，就必须立刻进行子宫切除紧急手术。切除妊娠妇女的子宫不是容易的差事，此时子宫动脉变得曲折增厚，每分钟能输送半升的血液，更不用说在光线中闪烁的庞然血块。她看着那血块逐渐增大，像是含笑的佛像幸灾乐祸地看着她，仿佛在说：赫玛，我把解剖结构都打乱了，切除手术将难如登天，你的辨识指标全没了，不过还是得动这个手术，是吧？

赫玛吃命理学那套，除了姓名学，没有什么比与命理相关数字更重要的。她自问：今天是好日子吗？九月二十日，里面没有数字四或七……飞机差点坠机，有个孩子断了腿……我袭击一个法国人的睾丸……还有呢？还有呢？

她拿剪刀敲打斯通的手指关节。"别再弄了！"她需要他把手收回去，他却笨手笨脚地乱摸一条渗血的血管。

她切开子宫,准备接生在子宫内位置较高的那个双胞胎,还好他的身子颠倒,头是朝下的。假如经由产道生产,这个双胞胎会是第二个落地的,现在则成了头胎生。说也奇怪,这个婴儿的手居然堵着脸颊不肯移动。

她加大子宫的切口。

她吸住婴儿的嘴巴。

她突然倒抽一口气,口罩凹陷贴上嘴唇,她发现问题所在了。

婴儿的头部相连,有一小截肉管从一颗头顶延伸到另一颗头,这段管子比脐带更窄、色泽更深。他们是系在一起的。不过这段肉柄上有条致命的割伤,一个锯齿状的缺口,想必是斯通以碎颅器寻找时造成的,两名婴儿拥有的少量鲜血正从这个裂缝阵阵喷出。

她暗想:上帝,行行好,让这条管子只是血管吧!一条次要的血管,不要与大脑或脑膜或心室或大脑动脉或脑脊髓液等有关。她对斯通大吼,对整屋子的人、对上帝、对双胞胎大喊(如果他们活下来,这个决定会对他们造成无法逆转的影响):"我把这个剪断后,他们可能会立刻出现痉挛,一个双胞胎会大量出血,另一个则会血液过多,他们可能会得脑膜炎……"

在必须做出困难决定之际,外科医生往往利用这种方法,把心里的想法说出来,让助手听听,同时协助自己厘清问题。就理论上而言,助手能得到时间指出推论的缺点,不过赫玛不打算采取得为这个大错负责的男子的意见。非谨慎决定不可,以免再度犯下大错。让病人致死的,往往是在仓促中用来改正第一个错误的第二个错误决定。

"没得选了,"她说:"我必须把它剪断。"她取了两把夹钳,从两个婴儿头皮上的肉柄根部夹好,呼喊湿婆神的名字,屏住呼吸,从两把夹钳上方剪下去,鼓起勇气面对可怕的后果。

没有事情发生。

她先替残余的肉柄止住血,然后剪断脐带,轻而易举便将第一个婴孩抱出来,是名男婴。实习护士穿手术袍、戴手套,就站在一旁,赫玛将孩子交给她。这名婴儿没有因为他父亲的探查而受伤。接着她抱出另一个婴儿,又是男婴,同卵双胞胎,由于斯通的刀具,他的头皮流了血,若不是她赶到了,孩子的头骨大概已经碎了。

两名婴孩都很瘦小,顶多只有一千四百克重,显然还未足月,可能早产一个月,也许更久。两个婴孩都没有哇哇大哭。

玛莉·普雷斯修女虚弱潮湿的子宫分泌出大量的液体,赫玛心烦意乱,顾不得婴孩,心思又回到他们的母亲身上。

"血压多少?"赫玛问。她的目光越过治疗巾,先望向雅斯嘉护士,然后看着玛莉·普雷斯修女的脸孔。麻醉护理师的眼睛张得又圆又大,摇摇头。玛莉·普雷斯修女美丽的脸庞臃肿而无生气。"还要再输血!天啊,统统都输进去!"赫玛大吼。

赫玛一面继续抢救已经扁掉的腹腔,一面想起一件事情。她把第二个婴儿交给实习护士时,她很惊讶地发现实习护士还站在原地,手里抱着第一个婴儿,脸上毫无表情。不过赫玛没时间担心,一旦婴儿生出来了,身为产科医生,她的职责只限于玛莉·普雷斯修女的状况,母体才是她的职责所在。

第十章・湿婆神之舞

我们——两个无名的婴孩，乍到人世，没有呼吸。多数的新生儿以尖锐刺耳的号啕迎接子宫外的人生，而我们吟唱的是再悲伤不过的曲调：死产婴儿那曲无声颂歌。我们的手臂不去抱胸，手掌没有握拳，反而像两条受伤的鲽鱼，松垮而绵软。

我们的出生是则传奇故事：一模一样的双胞胎，母亲是修女，分娩后丧命，生父不详，虽然很不可思议，不过应该是托马斯・斯通。传奇的内容越来越长，经由岁月而成熟，在重述的过程中，新的细节又出现。不过，在五十年后回顾这一切，我知道还有细节不明之处。

母亲难产之际，矛柄从我们唯一的自然出口朝弟弟直来，我把弟弟拖回子宫，让他免于受到伤害。攻击停止了。然后，我记得，我相信我是记得的——我记得朦朦胧胧的声响，外头有拖扯拉锯的动作。救星来了，我记得刺眼的强光，还有强健的手指在拖拉我。黑暗与沉静破碎了，外边的喧闹震耳欲聋，吵得我险些错过了我们身体分开的那一刹那，连接我与湿婆头颅的韧带掉落的那一瞬间。分离带来的震惊依旧余波荡漾，就算是现在，我最常想起的不是我停止呼吸躺在铜盆里动也不动，诞生到这人世却没有一丝的生气。我只会想起我与湿婆的分离。还是回到传奇故事上吧：

实习护士把两个难产儿摆到装胎盘用的铜盆里，拎着盆子走到窗边。她在分娩病历上加了一条记录：连□婴，头部相连，已经分开。由于她一心想派上用场，完全忘记了急救三步骤：检查呼吸道是否畅通、检查呼吸、检查心跳脉搏。她反而想到前一晚阅读的文章，那篇文章讨论新生儿黄疸症状与阳光的益处。她记得文章的内容，恨不得当时读的是另一篇连什么婴（"体"一字难倒了她）或幼儿窒息的文章，结果她没有，她读的是黄疸症。当她把盆子放下，了解阳光只对活着的婴儿有益，而这些婴儿是死的，她又难过又羞愧，更加狼狈得不知如何是好，只好转过头不去看他们。

双胞胎面对面躺着，感觉盆子如电流般贴着肌肤。在病历上，实习护士用"苍白窒息"来形容他们死灰般的肤色。

片刻之前，太阳像舞台灯照亮手术房，此时阳光对准了盆子。

铜片散发出橘光，它的分子激烈活动，生命之气透过婴儿半透明的肌肤，渗入软弱无力的肉体。

赫玛剖开阔韧带，钳住子宫动脉，同时祈祷自己不会意外夹住输尿管，让血淋淋一团凌乱中的肾脏停止作用。"快、快，快一点！"她真想啪的一声打在斯通的额头上，而不是只能敲他的手指关节。"喂，牵开器拿好！"

赫玛顺着斯通的目光望向玛莉·普雷斯修女的头，麻醉师想再找一条血管，于是用力拖拉修女的手臂，她的头就像破布娃娃上下摇晃。院长含着泪，沉浸在悲伤中，轻轻抚摸着玛莉·普雷斯修女的另一只手。

赫玛总算摘下了子宫，以钳子将整个子宫放进盆子里，却看不到腹主动脉的脉动。她原本平稳沉着的双手开始颤抖，拿起针筒装了一管肾上腺素，套上九厘米长的针头，提起玛莉·普雷斯修女的左乳，迟疑片刻，再次呼唤上帝，从肋骨间将针头猛力送进心脏，然后把针管抽回，心脏的血液在针管内迅速出现。赫玛对自己说：每次不得不把肾上腺素注射至心脏时，往往还是救不回病人，这次不会的，也许我这么做，是告诉自己病人已经走了，可是这个步骤一定会在什么时候对某个人有用才是，不然学校为什么要教我们呢？

赫玛自豪在十万火急的情况下也能有条不紊，保持冷静，现在竟然在等候时吞声饮泣。她右手手心朝下探入玛莉·普雷斯修女的腹部，压在脊椎上，等候主动脉跳动，等待手指感受到一阵拍打。她忘不了，自己正在尽力使之起死回生的是亲爱的修女的心脏；她忘不了，修女的生命一点一滴地在流逝。两个在异乡的印度女人早已建立起互信、互赖的情谊，而这份连接甚至回溯到印度马德拉斯市立综合医院，尽管当时她们并不知道彼此的存在。她们的记忆中有同样的山川景色，她们因此成了姊妹，成了一家人。赫玛目睹这个妹妹的两只手发青，指甲床透出黑影，皮肤失去了光泽。这是尸体的手，院长垂首握住这只手，看似已经睡着了。

在正常情况下，赫玛已经不抱希望，现在她则继续期待守候。过了大半天，她才鼓起勇气，以破哑的声音说："不用再做了，我们没能保住她。"

整间屋子的活动停顿下来，就在这时候，第一个出生的婴儿发出信号，提醒旁人他的存在——是走运头骨没有遭到戳伤的那一个。他用手敲击铜盆，左脚后跟往下放，咚，一声模糊的声响。他全然出自一个垂死的子宫，朝天伸展双臂，然后往右方摸去，伸手去找他的兄弟。他公开宣布：有我在，别管什么万一可能、或许可以的方法和理由，别管了。这样的处境、这样的机运，我感同身受，到了适当的时候，我们可以探查详细状况，分娩、交配、死亡，归根结底，这就是全数的事实……我出生为人，一次的经历便足矣。救救我的兄弟，嘿！这里！快过来啊！救救他。

赫玛听到召唤跑了过去，嘴里还念着"湿婆神、湿婆神"，呼唤她个人尊崇的神祇之名。旁人认为湿婆神[26]是毁灭之神，而她相信祂也是变形之神，能从坏事中带出好的一面。事后，她说她对双胞胎完全不抱希望，一个头颅流血，加上她把连接两人的肉管分开，谁知道她剖开子宫将他们接生出来前，他们受了多少折磨呢？另外，虽然她记得看到院长动也不动地坐着，也还以为当自己忙着拯救孩子母亲的同时，院长或实习护士会各自或一起抢救孩子的生命。

复苏的婴儿声就从身后方传来，推翻了实习护士再基本不过的临床假定，她一听，羞得无地自容。小娃娃的脸色不再苍白，反而透出淡淡的血色，而且没有黄疸迹象。另一个婴孩是青绿色，动也不动，仿佛是那个啼哭婴儿脱茧而出的废弃蝶蛹。院长听见新生儿的哭声，倏地从凳子上跳起来，她瞥了一眼，实习护士于是知道自己死定了。赫玛走去急救纹丝不动的孩子，院长则赶忙替活着的那个擦净身子。

会呼吸的婴儿从铜器上凝视外面的世界，以浮肿的新生儿眼睛观察房间，想了解周遭环境。

大家认定是孩子父亲的男子站在那里，这样高大结实的白人，站在属于他的手术间，竟然显得手足无措。这个做父亲的剥下手套，双手由于残留的滑石粉而异常灰白，手指紧扣在一起，那手势像外科医生、像牧师、像忏悔的人。他的蓝眼深陷在眼窝中，眉棱原本让他流露热切的神情，这天却使他看起来迟钝。大斧状的鼻骨从阴暗处耸出，这样的尖鼻与职业相称，嘴唇薄而直，犹如直尺画出的。的确，他脸上刻满直线棱角，集中到柳叶刀状下颌上的一点，这张脸犹如一块花岗方块雕刻而出。头发从自幼就有的分线右分，梳子将每一个发囊顺得服服帖帖的，该偏哪个方向都一清二楚。头顶则剪得参差不齐，仿佛他说了"后面两边理一理"，剪好之后，便不顾理发师的抗议从椅子上站起来。这样一张执拗坚决的脸，如果拿一副小型望远镜贴在眼睛上,再系条马尾,非常适合站在英国军舰的甲板上。当然,在甲板上不会有泪水扑簌簌滑落脸颊。

从那泪痕斑斑的脸庞发出一个声音:"玛莉怎么了?"每个人听了心头都是一震,因为他已经沉默良久不曾言语,缓慢而谨慎的发音仿佛是一条徐徐燃烧的导火线。

"很抱歉,托马斯,来不及了。"赫玛一面说,一面抽吸婴儿的喉头,然后将空气打入他的肺,动作急促,近乎狂乱。她语气中对斯通的气恼消失了,取而代之的是怜悯。她偷偷转头瞅了他一眼。

斯通发出痛苦的声音,那是一个精神失常者的呐喊。自从赫玛来了之后,他就在一旁消极地观察,帮不上什么忙。而今他往前一跳,从托盘里抓起手术刀,一手贴上玛莉·普雷斯修女的胸腔。赫玛本想制止他,随即认为靠近手持刀械的男人并非明智之举。

斯通抓起玛莉·普雷斯修女的乳房,英国"皇家人道协会"急救前辈的拉丁语座右铭言犹在耳:Lateat scintillula forsan——也许还藏着一丝生机。

他把乳房往上推开,在刀子底下,一道红色切痕自第四根与第五根肋骨之间出现,他拿手术刀在伤口上再划一刀,一刀又一刀,直到他划开了肌肉。纵然他先前手脚笨拙,但现在的动作显示了他每一次下手都极有把握。他切断了连接两条肋骨至胸骨的软骨组织,把肋骨展开,露出难以置信的表情,同时将没戴手套的手滑入看不见的地方,钻进她尚有暖意的胸腔。他推开轻软的肺脏。摸到了,在手指底犹如窝在柳篮中的死鱼,那是玛莉·普雷斯修女的心脏,他用力一压,心脏的大小让他吃惊,根本无法一手握住。在此期间,他鼓励麻醉护理师继续往她的肺腔打气,不要停止。

他的右手埋在修女的胸廓内,左手则拨开她肿胀的左胸,眼睛停在她的左胸上。她的乳房坚实,不像心脏滑溜松软。他发现一点点的青影悄悄从她的脸庞浮现,以她褐色的肌肤而言,不该出现这样的色泽。她的肚腹已然塌陷，如无气的气球萎缩，摊开的两半肚皮像书脊塌陷的书本。

"上帝？上帝？上帝？"斯通每压一次，便呼求一声上帝。他曾经声明过，他不信有上帝，可是玛莉修女是相信的，她天色未明便起身祷告，睡前也迟迟不肯结束祈祷。她生命中的每一个心跳，她历书上的每一个日子，都充盈着与上帝有关的事件，没有上帝的祝福，她半口食物也不会送入嘴。为了上帝，让自己的生命变得美好——就算托马斯·斯通从未领略到其中的真义，他也尊重这句话，因为这正是她带到开刀房、放进她协助他完成的教科书的品德，因而他现在呼喊上帝的尊名，因为假使真有上帝存在，对于玛莉·普雷斯修女，对于祂这位忠诚的仆人，这个上帝着着实实欠她一个奇迹，否则的话，上帝就是斯通向来以为的那种人：无耻的骗子。"上帝，如果你希望我相信，那我再给你一个机会。"

开刀房的门忽然旋转开来。

每一双眼睛皆转过去看进来的身影。

结果，那不过是瞪大眼睛的加布鲁，是祭司，是上帝的仆人，是他们的门房。他端了一只加盖的碗，里面有酸面饼和咖喱，食物香气混入胎盘、鲜血、羊水和胎便的气味中。加布鲁犹疑不决，没有把握要不要走进这至圣的空间。他把食物容器捧在面前，不知道这会不会是挽救局面的食材。在这神圣空间的圣坛上，玛莉·普雷斯修女像献祭的羔羊被人剖开，而斯通的手塞在她的胸腔里，这一幕让他看得眼珠子几乎要掉出来，身子开始摇晃起来。他把食物摆到地上，靠着墙蹲下来，把念珠掏出来，左摇右摆地念起祈祷文。

斯通加倍努力。"我要求奇迹，我现在就要。"他一面说，身体一面前后摆动。即使手中的心脏变得软塌，他还是继续下去，而且声音转为大声叫嚷。"五饼二鱼[27]……拉撒路……麻风病患……摩西过红海……"加布鲁以古老的吉兹语唱颂配合斯通，一声呼喊，就有一声回应，仿佛加布鲁正在翻译，因为在这半球的上帝不懂英语。

斯通仰望天花板，准备看到瓦块分裂，天使下凡插手处理医生与祭司无能为力之事，却只见到一只黑蜘蛛自蜘蛛网垂下来，以一双复眼旁观下方的人间悲剧。斯通的肩膀垂下，尽管手还在玛莉修女的胸廓内，这时却不再使劲按压，仅仅爱抚她的心脏。他的胸膛起起伏伏，泪水落到玛莉·普雷斯修女的身体上，头往前低垂，靠在搁在修女胸口的手臂上。没有人胆敢靠近，见到外科医生如此消沉、如此绝望，他们呆若木鸡。

良久之后，他总算抬起头，露出仿佛是首度观察的神色：只贴到墙壁一半高度的绿砖，通往压力锅间的绿色旋转门，玻璃器械柜，血淋淋的子宫夹着一把项链似的止血钳，摆在绿色毛巾上，而青黑色的胎盘就在旁边的抽样台上，阳光透过玉色的毛玻璃窗射入。玛莉不在了，这些东西怎么敢存在呢？

就在那时，他的目光落到双胞胎身上。双胞胎已经不在铜制的宝座里，此时斯通看到的是橘色光晕笼罩着两个小男孩，不知为何，两个孩子是活着的，眼睛明亮，一个孩子似乎在端详他，第二个则与第一个一样是粉红的。

"啊，不对，不对，不对，"他以悲苦的口吻说，"不对，那不是我要求的奇迹！"一阵沥沥的水声，他把手从玛莉的身体中抽回，离开了开刀房。

他带着长长的扫帚回来，把天花板上的蜘蛛扫下来，然后用脚跟将它踩进地砖。

院长明白他一心想亵渎上帝，假如这只蛛形类生物是上帝，他要把上帝杀死。

"托马斯。"赫玛以他的名字喊他。在三号开刀房里，这几个字从她舌尖说出，听起来很奇怪，因为他们在这里总是刻板拘谨。这时候，两名婴孩都在赫玛的怀抱中，身体擦干净了，身上的黏液也抽吸走了，包在襁褓里。斯通本打算在他头骨钻洞的那孩子吐出了若干羊水，现在似乎无恙，头伤上贴了一大块加压止血的敷料。另一个孩子头上只剩一截残端，本来连接他与兄弟的系带切除了，残端以脐带缝线绑紧。

　　赫玛已经确认两个男孩四肢能伸能屈，皆无斗鸡眼，听觉、视力看来也无碍。"托马斯。"她喊了一声，朝斯通走去，他却往后畏缩，转过身去不肯看。

　　她以为自己熟悉这个男人，都当了七年的同事了，而今他弓着背站在那里，仿佛五脏六腑都被掏空了。

　　她对自己说，那是发自内心深处的创痛，尽管她对他感到愤慨，他悲伤羞愧的程度却打动了她。她心想，这么多年来，他和修女是完美的一对，这一点大家都看在眼里，也许如果我们鼓励鼓励他们，事情可能得以更进一步发展。我不是总看见修女帮助他动手术，处理他的手稿，在门诊中心替他做笔记吗？为什么我以为事情就只能这样呢？我应该把手伸过去，在我家的餐桌上打他一巴掌，我应该骂醒他：看看这个女人怎么对你！看看她多爱你，跟她求婚！把她娶回家，让她放弃神职，要她违背誓言。很明显，她的第一个誓言是要和你订下的！而我没有这么做，托马斯，我没有这么做，因为我们全都认定你没有其他的能耐，谁知道你的内心埋藏了如此热烈的情感？我现在知道了，没错，我们现在有这两个孩子证明你内心的情感。

　　怀里两个襁褓的婴儿敦促赫玛往前走，毕竟他们是斯通的孩子。虽然她如此以为，不过心里依然与自己的怀疑在拉扯。斯通不会否认这个事实吧！此刻她不能退后，她必须强行提出这个问题，不然还有谁能代表这两个孩子发言呢？斯通是个傻瓜，失去了世上唯一注定属于他的女人，然而他得到两个儿子，医院也将齐力照顾两名幼儿，他会拥有许多帮助。

她再靠过去。

"我们该给小宝宝取什么名字好？"她察觉到自己声音中的犹疑。

斯通看似没听到，赫玛顿了一顿，重复这个问题。

斯通拿下巴对着她，仿佛表示她想取什么名字都好。"行行好，把他们抱走，不要让我看到。"他的语气极为温柔。

他继续背对着新生儿，又一次凝望玛莉·普雷斯修女，因而没有注意到这句话像热油往赫玛身上泼去，没看到她眼中喷出的愤怒火焰。赫玛将误解他的意向，他也将曲解她的意图。

斯通想跑开，可是他躲避的不是孩子，不是责任。他之所以不理会这两个婴孩，是因为他们的存在是种神秘，他们不可能存在。他只能把心放在玛莉·普雷斯修女身上，他只能去想她如何隐瞒怀孕一事，等候……天晓得她是要等候什么。要回答赫玛的问题很简单，斯通只需要说：为什么问我呢？我对这件事情的了解并不比你多。只是有份肯定像大钉子卡在他的内心，他知道这事是他所为，纵然他完全想不起来何以、何时、何地。

玛莉·普雷斯修女怀胎生下了两个生命，躺在那里，死了，好像这就是她来人间一趟的唯一目的。院长已经盖下她的眼皮，然而她不肯瞑目，那半张半阖的眼皮，那视而不见的目光，反复强调了她长眠的事实。

斯通看她最后一眼。他不想记得她身为修女的模样、她担任他助理的模样，他要记得她是那个他早该承认深爱的女子，他早该关心的女子，他早该迎娶的女子。他希望将这触目惊心的遗体画面烙印在脑海中。他，除了工作，还是工作，他用工作勉强走出人生一条路，这是他唯一觉得自己完整的舞台，是他唯一必须为玛莉·普雷斯修女所做的，在这一瞬间，工作却辜负了他。

见到她的伤处，他满面羞愧。伤口将不会愈合，伤疤不会在她身上出现、变硬、褪去。是他将背负这个伤疤，背负这个伤疤走出开刀房。他只了解一种生存之道，而为此他付出了代价。然而，倘若她开口问，他乐意为她而改变，他会改变的。要是她当初就明白那该有多好。现在想这些还有什么用呢？

他转身准备再次离去前，环顾四下，好像要将这个他磨炼提升手艺的地方封死在记忆中，他配合自己的需要配置这间手术房，曾以为这是自己真正的家。他仔细把每一寸空间看了一回，因为他明白从此不会再归来。他发现赫玛还站在身后，吃了一惊，见到她怀里包在襁褓中的孩子，再次感觉惶恐而畏缩。

"斯通，好好想想，"赫玛说，"你不想理我没关系，因为我对你没用，可是不要避开这两个孩子。我不会再问你第二次。"

赫玛托高两个沉沉的生命，等着斯通抱过去。斯通的话已经到了嘴边，他想老老实实地告诉她，想把一切都告诉她。赫玛在斯通眼底看到痛苦与迷惘，却没有看见他愿意承认小娃娃与他有所关联。他的语气像是头部刚遭到撞击的人。"赫玛，我不知道是谁……他们为什么会在这里……玛莉为什么死了。"

赫玛还在等，他拐弯抹角不说实话，假如她等下去，也许他会说出实话。她想揪住他的耳朵，把实话从他口中摇出来。

终于，斯通正视她的注视，只是不愿低头看看婴儿，而他的话不是赫玛想听的。"赫玛，我不想要看见他们，永远都不想。"

赫玛最后一根自制的弦断了，她为孩子气得脸色一阵青一阵白，太可恶了，他好像以为只有他因为这件事情而有所损失。

"托马斯，你说什么？"

他肯定知道战火刚刚已经点燃了。

"他们害死了她，"他说，"我不想看见他们。"

赫玛心想：所以就是这样啰？我们就这样离开对方的生命？双

胞胎在她怀中发出低低的嘤泣。

"那他们是谁的？他们不是你的？所以也不是你害死她的啰？"

他痛苦地张开口，无言以对，于是转身要走。

"你听到我说的话了，斯通，是你害死她的！"赫玛扯开嗓门，把其他声响都盖过去。这些字一个个刺中斯通，他怕得瘪瘪缩缩，赫玛看了好不得意。她不怜悯，对一个不敢声称自己的孩子是自己的男人，她不怜悯。斯通用力推开旋转门，门发出尖锐的抗议。

"斯通，是你害死她的！"赫玛在他身后大喊，"这是你的孩子！"

实习护士打破接踵而至的沉默，她打算先发制人，打开一组割包皮的无菌工具包，套上手套。唯有一项工作，院长准许她在无人监督的情况下进行，那就是使用割包皮的环状刀。

赫玛没有夸奖她便算了，居然咬着她不放。"拜托，小姐，你不觉得这两个娃娃已经吃了够多苦头吗？他们是早产儿！还没脱离险境，受了这么多痛苦，还想让他们受皮肉伤？……还有，你呢？你这段时间在做什么，啊？是不是应该担心担心他们的吸水管，而不是他们的浇水壶？"

赫玛摇着双胞胎。他们会呼吸，他们有祥和的微笑，与新生儿一般焦虑恐慌的神情相反，这都深深打动了赫玛的心。他们与死去的母亲躺在同一个房间里，他们的父亲跑了，而他们对此全然无知。

院长、加布鲁、麻醉护理师等聚集起来的人，都在修女身边掉眼泪。消息传到女佣和杂工的耳中，出殡场合般的恸哭声响起，噜噜噜噜噜，刺耳声划破了医院每个人的心，啼哭声持续了几个小时。

就连实习护士也是，她头一回表现出些许的良好护理判断能力。她没有勉强想装出跟自己不同的样子，反而为了修女掉下眼泪，修女是唯一真正了解她的护士。实习护士头一回不把这两个孩子当成

"胚胎"或"新生儿",而是看成了没有妈的孩子,跟她自己一样,是需要怜悯的。她的泪水夺眶而出,身子垮了下去,仿佛不光是让衣服硬挺的浆汁没了,连骨头也少了。院长过来环抱她,她吃了一惊,不光在院长的脸上看到悲伤,也见到了恐惧。少了修女,医院该怎么运作?少了斯通也不成啊!他绝对不会回来了,这一点她已经懂了。

赫玛一面避开旁边的啜泣声,一面摇着婴儿,接着开始低吟。她将重心交替放在左、右两脚,踝环随之如同响板震出隐约的叮当声。她与大家一样,为了失去玛莉·普雷斯修女而心痛,却又感到一股引导的力量(也许来自修女),让她这一刻将整副心思放在两个婴孩身上。双胞胎静静呼吸着,手指头在脸颊上方扇动,在她的怀抱中安然自得。赫玛在心中暗道:生命何其美丽,何其可怖,可怖得无法只以悲痛形容之,生命比悲剧更悲,玛莉修女,基督的新娘,此时离开了她刚引领两个孩子抵达的世界。

赫玛想起湿婆神,她个人尊奉的神祇,面对自己三十年生命中的疯狂,唯一明智的回应是内心培养出的狂热,是表演湿婆神狂热的舞蹈,是模仿湿婆神伪装的僵硬笑容,六手六足随着内心曲调与印度手鼓摇摆拍动,叮咚嘎咚嘎,叮咚嘎叮,叮咚嘎……赫玛缓步移动,屈膝顿踵,前足随脑海中的音乐节拍移动。

三号开刀房的其他人成了舞台上的小角色,纵然他们将她看成疯子,她连他们收拾尸体时也继续舞着。她舞着,仿佛简朴的舞姿能简略表达一种更气派、更完整的胡乱舞步,一种能团结全体人类使之免于灭绝的舞步。

荒谬啊!她一面跳舞,一面忍不住回想:亚帝德的嘴唇和纤长的手指,院长倒下的重撞声,摸到那法国佬睾丸的恶心感,见到他脸上血色瞬间消逝的满足,身上黏着鸡毛的加布鲁,多么精彩的旅程……多么波折的一日……多么疯狂,比悲剧还凄惨许多!除了跳舞还能怎么做呢？起舞吧！只有以舞蹈面对……

她的舞姿出奇的优雅，舞步异常轻巧，自然而然地做出婆罗多舞头、颈、肩膀的种种姿势，眉毛时而高飞，时而低垂，眼珠子轻快地往眼窝边移转，脚步移动，脸上挂着僵直的笑容，在此期间怀里还捧着两个娃娃。

在医院外头，日薄西山，席狄丝广场纪念碑附近，几只关在笼里的狮子盼着看守人把厚肉片从栏杆间掷进去，声声吼哮出它们的饥饿与不耐。在恩托托山区山麓，土狼一面逼近城市边缘，一面竖耳聆听，停停走走，走三步，退一步，既胆怯又想投机取巧。皇帝在宫中计划前往保加利亚从事国事访问，然后转往牙买加。在牙买加，他的拥护者被称作"拉斯特"，这名称来自皇帝登基前的本名拉斯·特法利。拥护者将他视为上帝，他不介意人民将他看作神，然而当这个信念来自迢远之地，出于他未知的理由，他便起了警戒心。

过去的四十八小时改变了赫玛的人生，事实已成，无法逆转。有两个幼儿偶尔斜眼仰看她，像是要确认自己的出生、自己的好运。

赫玛感到头重脚轻，暗想：我没买彩券就中奖了，这两个娃娃填补了我心中直到现在才发现的缺口。

不过这个类比有危险，她听说过一个故事，在马德拉斯中央车站，有个脚夫赢了数不清的印度卢比，结果生活反而变得一塌糊涂，不久又回到月台上。当你赢了，往往其实是输的，那正好是事实，任何货币皆无法矫正扭曲的人格，无法打开封闭的心灵、自私的心灵；她心里想的正是斯通。

斯通祈祷奇迹出现，这愚蠢的男人，竟然不明白这两个新生儿就是奇迹。承受他的暴力举动后，他们能够幸存，这是产科方面的奇迹。赫玛决定把双胞胎的哥哥命名为马里恩。后来她是这么告诉我的：马里恩·辛斯是美国阿拉巴马州一个单纯的医生，以革命手法为女性开刀，被尊为妇产科之父与守护神。她以他的名字为我取名，一方面纪念他，一方面是感恩。

"还有，纪念湿婆神，取为湿婆。"她为头皮带有圆形缺洞的孩子取了名字。这孩子最晚呼吸，她为他而努力，这孩子奄奄一息，直到她呼喊湿婆神的名号，直到那一刻，他才急切地吸了生命的第一口气。

"嗯，马里恩与湿婆。"

她依照孩子母亲的名字，在两个名字中又加了"普雷斯"。

她事后又再想想，既然人无法逃脱自己的命运，那个人因而也无法安然无伤地一走了之，最后在勉强的情况下，她为我们再冠上姓氏，加上离开了开刀房那个男人的名字：斯通。

第二部

当圆杆伸入洞穴，它将创造另一个灵魂，这灵魂不是圆杆，便是洞穴。

——牛顿第四运动定律（马德拉斯市基督学院万能学长于新生训练时的训诫，一九三八年班的戈什所说的玩笑话。马德拉斯市唐巴兰区D街圣多马讲堂）

第十一章 · 枕边之言与睡房之语

双胞胎出生的那天早上,亚贝西·戈什医生听见窗台有鸽子咕咕叫,在住处醒了过来。他醒前做了个梦,连鸽子也飞入梦里来:他吊在童年时代印度住家外的那株高大的榕树上,想偷看一眼室内正在进行的婚礼,纵然鸽子用翅膀把窗户擦干净了,他还是看不见。

这时戈什醒了,只是那株伫立在与邻人共享庭院中的古老榕树,还仿佛历历在目,柱状的气根撑着枝干,在一个孩子眼中,气根好像是从地面往上抽生,而非倒垂着长出来的。不怕马德拉斯的季节风吹,也无惧三伏天的暑气暴晒,那株大树是他的保护者,是他的向导。在马德拉斯市郊靠近圣多马丘的军营,有一大堆铁路公司与军队的小捣蛋鬼——适合没有父亲的小孩,尤其适合母亲因丈夫之死备受打击而无法照顾孩子的小孩。瓦那德·戈什是出生印度加尔各答的孟加拉国人,被印度铁路公司派到马德拉斯,一回闹着玩参加了铁道舞会,竟然遇见他未来的妻子:沛瑞伯车站站长那位英印混血的女儿。双方家长都不同意这门婚事。他们生了两个孩子,老大是女儿,小的是儿子。小亚贝西·戈什满月后,父亲因肝炎去世,于是他成了自负又风趣的孩子,迎头面对这个世界。成年后,他把姓氏最后的e去除了,因为他认为那个不发音的字母是多余的,宛如皮肤上的良性赘疣。他就读医学院的第一年,母亲也辞世了,姐姐与姐夫跟他脱离关系,理由是不满他继承了军营的房子,姐姐把话说得很直白,他对她而言已经不存在了,最后他了解这句话原来是真的。

每到早上,戈什尤其感觉到赫玛不在医院。她的小屋掩藏在树篱后面,离他的小屋只有两步路远,不过那栋小屋锁了起来,静悄悄的。每次赫玛休假回印度,他的日子就变得难以忍受,因为他好害怕她回来时已经嫁为人妇。

赫玛离开前,他在机场好想脱口说:赫玛,我们结婚吧!不过他知道她会仰头哈哈大笑。他喜欢她的笑声,可是不喜欢她嘲笑自己。他把求婚的话吞了回去。

登机前她说了一句:"傻瓜!"因为他又问她,是不是打算见见新郎官候选人。"你认识我多久了?为什么一直认为我的人生需要一个新郎呢?这样吧!我替你找一个新娘,一心一意想结婚的人是你。"

赫玛把他的妒忌看作两人之间的小玩笑:戈什假装向她求爱(或者她这么相信),而她则扮演回绝他的角色。

多希望她了解那些不请自来的画面是如何折磨他的:赫玛身着新娘纱丽,戴着十磅的沉重金项链坐在丑陋的新郎旁,两人的脖子上叠了一圈又一圈的花环,好像套上牛轭的水牛……"随你去!我干吗在乎?"他大声喊,好像她也在房里。"不过你问问自己,他能像我这样爱你吗?要是你让你父亲牵着鼻子走,就像牵着母牛走到婆罗门牛面前,那你读那么多书有什么用?"想到这里,他想到了公牛阴茎的画面,在鼻子里哼了一声。

这一回,赫玛势必要离开之前,戈什做了一件特别的事情:他偷偷寄出申请书,申请到美国担任实习医生。就算他已经三十二岁,重新开始也还不算太迟。寄出信封让他有种掌握自我命运的感觉,当芝加哥库克郡医院拍了越洋电报过来,说他们将送机票兑换票券过来,他更觉得命运操之在己。当那封信与合约书寄达时,他对赫玛的牵挂并没有减轻，不过的确让他减缓了无奈感。

戈什听到厨房传来乒乒乓乓的铿锵声，亚麦姿正在从"墨索里尼"舀水。"拜托，动作轻一点！"他破口大喊，他大部分的日子都是用喊的。那座灶有三口炉，不过底下有凸出的烤箱，酷似某个已然下台的独裁者的鲔鱼肚，因此才有了这么一个绰号。炉子的侧面嵌了金属凹槽，只要点了炉火，里面的水就会加热。亚麦姿哼哼唧唧，抱怨她得劈柴，又要拨旺墨索里尼里的柴火。手忙脚乱为了哪一桩？就为了替getta（阿姆哈拉语：主人）冲一杯脏兮兮的咖啡粉泡出来的咖啡？（戈什在上午宁可喝即溶咖啡，也不要将半固体的埃塞俄比亚咖啡送入口。）不过比起咖啡，他更重视的是洗澡用的热水。

亚麦姿捧着热腾腾的气锅，跌跌绊绊地走进浴室时，戈什把毯子拉到头上盖好。"Banya（阿姆哈拉语：印度人）的皮肤！"她用阿姆哈拉语嘟囔。她始终只说阿姆哈拉语，不过戈什怀疑她懂得的英语比她表现出来的还要多。她把气锅的水完全倒入澡盆后，把意见说完："每天要洗澡一定很讨厌，好可惜getta没有habesha（阿姆哈拉语：指埃塞俄比亚或厄立特里亚）的皮肤，这样就不用刷刷洗洗也可以保持干净。"

亚麦姿这天上午绝对去过教堂了。戈什刚到埃塞俄比亚时，有次走在孟尼里克大街上，对街有名妇人停下脚步朝他的方向鞠躬，于是他朝她挥挥手，事后才明白，她那个动作是对着马路对面的教堂而做的。行人经过教堂会屈膝行礼，亲吻教堂墙壁三次，在胸口画十字，然后才继续往下走。如果他们贞洁禁欲，或许会走进教堂，否则就待在马路对面。

亚麦姿体型高大，橡木肤色，形似盾牌的国字脸，一双杏眼朝着鼻梁往下斜，因而眼神煽情，令人看了怦然心动，只嫌下巴方正，浇熄了她的魅力。这样隐隐约约阴柔与阳刚兼备的特质为她招来欣赏的目光。她的两手又大又丰匀，臀部宽，屁股翘，戈什相信就算在上面放对茶杯和茶托也不会掉下来。

她二十六岁那年怀孕九个月时，因产前阵痛而到医院来，得意得脸颊发红，因为这个孩子将怀胎足月，不像其他婴孩都无法在她子宫留下来。产检时，护校学生在病历表记下两笔听见胎心音的记录，到了预产期那天，赫玛只听到一片寂静。赫玛做了检查，发现"婴儿"只是庞然的子宫肌瘤，胎心音不过是某个实习护士脑中的咯咯声。

亚麦姿拒绝接受诊断结果。"喏。"她说，掏出胀奶的乳房，一挤，乳汁喷出。"如果不是要喂小孩，乳头会这样吗？"会啊，如果乳头的主人相信有小孩存在，那么乳头就会有分泌乳汁等的变化。又过了三个月，没有生产的确实征兆，X光也证明没有婴儿头骨和脊椎，亚麦姿才勉强承认。她最后总算同意开刀，赫玛除了切除肌瘤，遭肌瘤吞噬的子宫也得摘除。沙巴萨小镇的人依然等候亚麦姿抱着婴儿回家，不过亚麦姿无法忍受回去的痛苦，她留下来，成了医院的一份子。

他听见亚麦姿回来，杯子茶托哗啦哗啦响，咖啡香吸引他从帐篷似的毯子底下偷看一眼。

"还有其他事情交代吗？"她一面问，一面仔细打量他。

有，我得告诉你，我要离开医院了。真的，我真的要走了！我不能让赫玛把我当猴子耍。可是他没有说，摇摇头。他认为亚麦姿凭直觉了解赫玛不在对他所造成的影响。

"'耶稣基督'，请宽恕这个罪，他昨晚出去喝酒。"她一面说，一面弯腰从床下捡起啤酒瓶。呜呼哀哉，亚麦姿正好有心情想传教。戈什觉得他好像在偷听她和上帝的私密对话，心里暗想，把《圣经》发给神父以外的每个人实在太差劲了，这样会让每个人都成了传祭司。

"圣加百列、圣米赫尔、所有的圣徒——"她继续用阿姆哈拉语说,而且确信戈什听得懂,"我祈祷主人重新做人,祈祷他有一天放弃dooriye的生活,不过可敬可佩的圣徒,我错了。"

听到dooriye一字,戈什忍不住想开口说话。这个字意思是"粗鄙""淫荡""邪恶"的意思,他听了心里多了根刺。

"你有什么权利这样跟我说话?"他说,不过他觉得自己的口吻并没有传达出怒气。他本来要再说:"你是我老婆吗?"但把这句话硬生生地咽了下去。有件事情他将一辈子羞愧:这几年来,他与亚麦姿曾有两度的亲密关系,两次都是在他喝醉的情况下发生。她躺下来,耸高身体,接着又摊平,纵使臀部跟着他的屁股节奏,嘴里也是嘀嘀咕咕在抱怨。不过她抱怨咖啡或热水时的话比较多。他认为发牢骚对亚麦姿来说是传达欢愉与痛苦的语言。他们筋疲力尽时,她叹了一口气,拉下裙子,问:"还有什么要我做的事情吗?"然后留下戈什面对自己的内疚。

亚麦姿从不因这两次事件而对戈什记恨在心,因而戈什非常喜欢她,只是她开始敢放肆对他唠叨,拉高嗓音,连续以尖锐的声音诉说不满。那是她的特权,其他人要是胆敢用那种语调跟戈什说话,那人得找圣徒求助了,因为她会用舌头捍卫他、保护他的财产、维护他的名声,万一有需要,拳脚也会用上。有时候戈什觉得她支配着自己。

"你干吗这样烦我?"他说,口气很不高兴。他知道自己永远没有勇气说出要离开她的消息。

"谁说我是在跟你说话的?"亚麦姿回答。

她走开后,戈什发现咖啡杯的托盘上有两粒阿司匹林,他的心就软下来了。他暗想:自从抵达埃塞俄比亚以来,我最大的安慰始终是这片土地上的女人。这个国家带给他满心的惊奇与赞叹。他在杂志上看过照片,然而这个罩在薄雾中的高山帝国,依旧大大出人意料之外。这里的寒冷、这里的高度、这里的野生玫瑰与参天大树，令他想起小时候拜访过的印度山丘车站库奴尔。埃塞俄比亚皇帝的仪态威严或许是罕有的，可是戈什发现他的子民也拥有像他那般的外表特征：鹰钩鼻，热情的眼睛，既像波斯人，也像非洲人，有后者的鬈毛发，也有前者颜色较淡的皮肤。他们个性含蓄，过度拘谨，往往绷着一张脸，脾气暴躁，没两下就想象有人羞辱自己的尊严。至于阴谋论与悲观至极的厌世观，世界上自然没有比他们更在行的民族了。不过再往这些表面的特质底下去观察，你会发现他们非常聪明，忠实好客，而且非常慷慨。

"谢谢你，亚麦姿。"他大喊。她假装没听到。

在浴室里，戈什发现小便时有点刺痛，不得不中断尿流。"好像拿睾丸来阻拦剃刀刀刃往下滑。"他喃喃自语，眼睛迸出泪来。法国人怎么说的？ Chaude pisse（尿灼热），可是这样还不能贴切形容他的症状。

诡秘的疼痛是怎么来的？使用不足？肾结石？还是如他所怀疑的，尿道有轻微的局部发炎？症状时好时坏，盘尼西林没有效。他已经尽心尽力地研究过问题起因，在显微镜前花了数小时研究自己的尿液，把其他有类似征候的人的尿液也拿来探索，好像古代利用尿壶预言的先知。

自从头一回在埃塞俄比亚与人发生关系（就这头一次没有使用保险套），他便持续依赖"盟军野地行动原则"中的做法（手册中称为"接触后预防法"）：以肥皂与氯化汞清洗，再将蛋白银药膏挤到尿道，然后搓擦整条命根子。他相信"预防法"与时有时无、某些早上尤其严重的灼烧感有几分关联。有多少由来已久的方法根本是没用的呢？想想看，世上有成千上万的军人花钱买这种"成套配备"；想想看，在巴斯德发现微生物前，为的是秘鲁香油还是沥青焦油能防止伤口感染，医生还得用决斗来解决。事实上，无知与知识的影响力同样深远，无知还会以等比例随着知识而增加，不过每一个世代的医生还是以为无知是前辈专属的出发点。

个人经验最容易让男人朝某项专长发展，戈什于是成了"有实无名"的梅毒专家、性病专家，只要说到性病，只有他的话才能作准。从皇宫到大使馆，每一个染上性病的大人物都来找戈什咨询，也许连美国库克郡的人也对这方面的经验感兴趣。

沐浴更衣后，他开车前往距离不到两百米远的门诊中心，去找独眼的药剂师亚当。在戈什的指导下，亚当成了未受教育却有天资的诊断专家。不过，亚当不在，戈什于是改找汪汪·康纳德。此人有许多头衔：化验技师、血库技师、资浅行政人员，所有头衔都在他特大号白袍的名牌上。他本名叫汪德·汪森·康纳佛，又自行改成像西方人名字的汪汪·康纳德。戈什与院长马上告诉他，"康纳德"（Gonad）在英文其实是"生殖腺"的意思，没想到汪汪不需要人家提醒。"英国人不是有的叫作强壮先生（Mr. Strong）？木工先生（Mr. Wright）？头脑先生（Mr. Head）？木匠先生（Mr. Carpenter）？石匠先生（Mr. Mason）？便士太太（Mrs. Moneypenny）？有钱先生（Mr. Rich）？我就是要当汪汪·生殖腺先生！"

汪汪是戈什最早熟知的埃塞俄比亚人，外表颓唐，不过喜爱玩乐，野心不小，沾染了都市人的气息，也读过书，举止严肃，谦逊时显得特别夸张，屈收的脖颈与身体随时准备深深一鞠躬，言谈中充满令人听了心碎的叹息。酒精若非加重这样的行径，便是使其完全消失。

戈什叫汪汪给他打一针维生素 B_{12}，值得一试——即使是安慰剂也能带来若干功效。

他准备针筒时，汪汪口中啧啧有声。"戈什医生，你一定绝对每次都要使用预防措施。"汪汪说，然后立刻羞怯起来，因为提供这类的忠告不像是他。

"我有啊！从第一次之后，我每一次做爱都戴套子，你不相信我啊？所以我才不明白，为什么有时候早上会出现灼热感。你呢，老兄？你为什么不用保险套，汪汪？"

康纳德把鞋跟垫高，走起路来骨盆像鸵鸟一样左扭右拐。他把头发刮得蓬蓬松松的，拢成高高的一团，这样的发型日后将被称为"非洲爆炸头"。他挺起他那一百五十五公分的身高，大模大样地说："要是我想跟橡胶手套做爱，那我永远都不需要离开医院了。"

就在此刻，要是戈什知道玛莉·普雷斯修女在房里痛苦不堪，他会飞奔过去帮忙，这么一来也许能救了她的命。可是在那时间点上无人知道这件事情。实习护士还没去传达口信，当她去了，也忘记告诉任何人修女的病情严重。

在病房护士与几位实习护士陪同下，戈什从容不迫地巡查病房，指出磺胺引发的过敏斑块给最资浅的实习护士看看，又把肝硬化的男病患肚子里的腹水抽掉。接下来，除了一场对护校学生介绍肺结核的正式演讲外，他一天多数的时间就在门诊中心工作。保持忙碌能帮他忘记赫玛，她应该两天前就回来了，他只能想出一个使她耽搁的理由，而那个理由让他心灰意冷。

傍晚时分，戈什开车离开院区，要是晚个两三分钟，他会看见托马斯·斯通抱着玛莉·普雷斯修女走出护士宿舍，会听见他的叫喊。

他把车子停在犹大之狮[28]附近，这个高耸的纪念碑是火车站一带的地标，以灰黑石块雕塑而成，狮子头上顶着方形王冠，立体派风格的石狮犹似一只棋子，低眉窥目，凝望着广场另一头。这尊雕塑让市区增添了前卫感。

戈什走进费拉罗理容院，一个镀铬与亮漆组成的世界。在这里理一次头发，比那家叫"嘉辛"的印度理发店贵上十倍。不过费拉罗理容院有毛玻璃窗、有红白条纹的理发店旋转招牌，让人看了精神为之一振。镜面墙、球串灯，赭色皮椅上的旋钮与铬杆比医院的手术台还多。这种风格，只有在意大利人开的店才有。

穿着白色无领工作服的费拉罗耀眼炫目，而且无所不在：他站在戈什身后脱下他的外套，走在他身侧领他上座，接着停在他面前为他披上围巾。费拉罗以意大利语闲话家常，戈什只懂几个字，不过无所谓，对话只是背景音乐，他不用回答。跟这位老大哥在一起，他觉得很自在，有句俗谚说："提防年少的杏林大夫，当心老迈的理发师傅。"不过戈什认为他和费拉罗都得到行家的照顾。

费拉罗来亚的斯亚贝巴当理发师以前，在厄立特里亚当兵，假如他们有共通语言，戈什倒是想问问那一段过去。他想听听看二十世纪四十年代流行性斑疹伤寒爆发的情形，当时某个聪明的意大利官员决定用DDT杀虫剂泼洒全市，杀除虱子，扑灭斑疹伤寒。

他有股冲动想对费拉罗吐露心事，告诉费拉罗，自己因为嫉妒而心痛，由于一个不把他的爱情当作一回事的女人，他就要离开这个国家。费拉罗轻轻哼了一声，仿佛靠着直觉就明白了他的问题、问题的本质，而费拉罗寻求解决之道的第一步，是小心地将椅子仰翻成斜躺位置。这两个男人完全料想不到，就在那片刻，玛莉·普雷斯修女的心脏停止了跳动。

费拉罗把第一条热毛巾轻轻贴在戈什的脖子上，尔后，当最后一条毛巾放在恰当的位置，遮暗了每一束光，老练的费拉罗变得无声无息。戈什听见他蹑手蹑脚地走到他放香烟的地方，然后是吞云吐雾的声音。

戈什心想，要是我能请个贴身男仆，这就是我要的人。费拉罗天生注定要当理发师，这一点绝对不会有人怀疑；他的直觉完美无缺，即使他是秃头也无所谓。

戈什带着须后水的香气走出来，开车离开。他细看眼前的景象，仿佛将是最后一次看它。他开上陡斜的丘吉尔街，过了嘉辛理发院，来到红绿灯口。开到这里时，油门与离合器得在绿灯前维持平衡的关系。他左转，过了维尼拉香料铺与凡塔尼布庄，在邮局前停下来。

这一区外国人多，有个麻风病孩童把这里当作自己的地盘，看来好似一夜之间长成了十来岁的青少年，活泼的乳房从夏玛白薄棉布迸出来，鼻子的软骨则塌成马鞍鼻。他放了一元纸钞在她爪子般的手中。

听到响板似的声音，他转头一看。一个listiro（意大利语的变体：擦鞋童）仰头看他，他的鞋盒上用钉子串了几个瓶盖。戈什贴着邮局墙壁站好，还有五六个男人，有人抽烟，有人看报，擦鞋童则像蜜蜂在他们脚边忙碌着。戈什心想，民众请人擦亮鞋子的次数多过洗澡，意大利人可要为这个现象负责。

天空飘起毛毛雨，擦鞋童的手肘像活塞快速来回。戈什注意到，男童颈背上一块皮肤出现了白化症状，这不是颈部梅毒白斑病吧？这么年轻，居然已经有了梅毒治愈后的伤疤？教科书还会提到这种venereum insontium（拉丁语：无辜患者）的梅毒病患，可是戈什不相信这种事情存在。除非是母亲感染给未出生婴儿的先天性梅毒，他认为所有梅毒都是经由性交感染，他曾经目睹五岁大的孩童相互模仿性交动作，而且模仿得很像。

大雨突然倾盆而降，戈什仓促地往车子冲去。雨水冲走原本笼罩广场的一层倦怠，街灯亮起，过往的车辆反射出铬黄色的光芒。雄斯客运化成鲜明的红色。在三层楼高的奥立维特建筑物屋顶（泛美航空、威尼斯餐馆、摩提拉进出口商也在该栋楼），有只霓虹灯构成的啤酒酒杯，黄色淡啤酒一层一层填满杯子，接着白色泡沫自杯口流出来，然后灯光变暗，循环再度开始。刚搭建时，那只酒杯引来无限的惊奇，打赤脚的男人赶羊进城参加"十字架节"庆祝活动时，停下脚步欣赏演出，此时羊群从他的身边走散，害得交通变得一团乱。

到了圣乔治酒吧，雨水从印有金巴利酒标的大伞落至露天用餐区。酒吧里人潮拥挤，有外国人，也有觉得花钱买这气氛值得的本地人。玻璃门拦阻下浓郁的香气——西西里起司卷、意式脆饼、巧克力蛋糕冰淇淋、研磨咖啡，还有香水。人声喊喊喳喳，杯子托碟叮叮当当，椅子后退时在地板磨出刺耳的嘎声，玻璃杯砰的一声放到富美家美耐板桌面上，与这些声响交融的是留声机传出的乐音。

他才在吧台坐下，就在镜中看见海伦的倩影，她坐在另一边角落的桌旁，她眼睛近视，大概不会发现他。她一头乌发，又配上那样的发型，十分引人侧目，她对同伴冷若冰霜，不用说，对方一定是巴伽利医生。当下，戈什出于本能想离开，可是酒保站在那边等着，他只好点了啤酒。

"天啊！海伦，你好美。"戈什喃喃自语，端详着她的倒影。圣乔治酒吧没有雇请吧女，却也不反对有些姿色的女人进来。海伦的两腿在裙下交叉，大腿肌肤白若凝脂。他没忘记，有了她那丰腴的臀肌，便不需要支撑的枕头。然而，为什么绝美的混血女孩要端出这么一副傲睨自若又觉索然无趣的神态呢？

巴伽利那条与领带搭配的方丝巾从奶油色西装上衣飘出来。他今晚的样子比五十岁上下的真实年纪苍老许多，仔细修剪的八字胡，泰然自若的神情，一烟在手。戈什看了担忧不安，因为他在巴伽利特有的迂缓个性中，看见了让自己长年留在非洲的理由。戈什喜欢巴伽利，这人不算优秀的医生，却知道自己在医学方面的极限，纵使他始终不知道他的酒精极限。

就在一星期前，戈什偶遇醉醺醺的巴伽利，他一面吟唱《青春颂》，一面在广场中心的道路中央踢正步。当时将近午夜，戈什停下车，想把他带离马路，没想到巴伽利变得更大声、更喧闹，大声嚷嚷说着"阿多瓦"什么什么的，要是他继续反复说下去，足以让他被民众痛打一顿。巴伽利沉湎于回忆中，回到了一九三四年的那不勒斯海港，当时他是国家法西斯党第二三〇民兵团的年轻军官，即将登上部队运输船，准备启航出发攻占埃塞俄比亚，抹去意大利一八九六年在阿多瓦之役被孟尼里克皇帝打败的耻辱——当年，在埃塞俄比亚中北部的阿多瓦，上万名意大利士兵连同等数的厄裔战力，从殖民地倾巢出动，意图进占埃塞俄比亚，结果被孟尼里克皇帝手下打赤脚、持长矛、提霰弹枪（正是诗人韩波卖给他们的）的战士打败。欧洲军队不曾在非洲吞下这么一场大败仗，意大利怎能咽得下这口气？连阿多瓦之役时尚未出世的男人，例如巴伽利，长大后也都一心想要报仇。

戈什到非洲之前，对这段历史一无所知。他不知道原来孟尼里克的胜利还鼓励了马可斯·贾维提倡"回归非洲"运动[29]，唤醒了肯尼亚、苏丹与刚果人民的"泛非意识"。除非住在非洲，否则无法对这些事情有深刻的领悟与了解。

意大利人不曾忘记蒙受的耻辱，约莫四十年后卷土重来。这一次，墨索里尼步步为营，以"Qualsiasi mezzo!"（"倾力求胜！"）为口号，力求万无一失。留着猴子般浓密长发的埃塞俄比亚士兵骑马应战，手持皮盾长矛，肩背单发步枪，却发现敌人违反《日内瓦议定书》，化为一团二氯化羰光气将他们呛死，巴伽利也参加了此役。巴伽利在广场踢踏凯旋正步时，戈什注视着他因酒精和骄傲而涨红发亮的容颜，明白这一定是巴伽利最自豪的一刻。

戈什坐在吧台,不想引人注意,却从镜中旁观这对情侣。戈什刚认识海伦时就疯狂爱上了她,这份热爱持续了短短几日。海伦每次看到他便说:"请给我钱。"他问要钱做什么,她眨眨眼,噘起嘴,仿佛这问题问得没有道理。她会说"我妈死了"或"我要堕胎"等,想到什么就说什么。多数酒吧女都有一副好心肠,最后婚姻美满,不过海伦的心肠则是铁打的。

可怜的巴伽利被海伦灌了迷汤,一灌就是数年,不管他还有一个未经仪式却具婚姻事实的厄裔老婆。他给海伦金钱,料到她会有自私的举动,却也接受了。他说海伦是他的 donna delinquente(犯罪的妇女),认为她脸颊上的痣就是证据。戈什想问巴伽利,他是否当真相信凯萨·伦柏罗索《犯罪的妇女》那本劣作。伦柏罗索"研究"妓女与女性罪犯,发掘"堕落的特性",例如"原始"阴毛的分布区域、"隔代遗传"的面貌,以及过量的痣。伪科学的研究,整本的胡说八道。

还没喝完啤酒,戈什便唐突地溜了出去,因为他突然认为自己那晚无法忍受与他们任何人闲聊。

亚美尼亚裔的亚凡金恩一家人正将他们家的瓦斯行上锁,在店铺后方,中央广场的光辉、罗马瞬息的幻象已然落幕了,此时看去净是一片漆黑。马路经过一道拦阻山坡的石墙,石墙又长又阴暗,与要塞无异。青苔密布的石头间有条长长的裂缝,那是"七十阶",一条可徒步通往席狄丝广场圆环的捷径,不过台阶严重磨损,已经不像梯级,反而更像斜坡,雨天时路况险恶。他开车经过亚美尼亚教堂,又绕过亚拉奇洛地区的方尖碑(又一处位于圆环的战争纪念碑),过了三一教堂哥特式螺塔与圆顶,然后到了国会大厦,这栋建筑物的灵感来自位于泰晤士河岸的那栋国会大厦。开到旧皇宫时,他还没准备好要朝回家的方向前进,于是转弯开往加莎印西区,那一带有很多漂亮的别墅。

在广场那里，朱鹭酒吧等几家大型酒家雇了三十个侍女，他没兴趣上那里去。他看见前方有栋简单的煤渣砖屋，看来分割成四间酒吧，在亚的斯亚贝巴的大街小巷，这种场所数也数不清。柔和的霓虹光自两道门口照出来，无盖的排水沟上架了条板当作桥，他选择右边的门，自珠帘穿过去。只有一个女人顾店，基于店面的大小，他早已料到这一点。日光灯管漆成橘色，营造出子宫般的室内，炭盆里燃烧的乳香更强化了这样的气氛。两把软垫吧台椅立在矮木吧台前，后墙层架上的瓶子让人看了啧啧惊奇，高级陈年苏格兰威士忌、约翰走路、孟买琴酒，不过里面装的都是自家酿的蜂蜜酒。塞拉西一世穿着皇家护卫队的制服，从墙上的海报垂眉而望，米其林轮胎月历上一名穿着泳装的长腿女人则含笑回望他。

剩下的狭隘空间内摆了一桌二椅，酒吧女侍与客人坐在那里，握着她手的男人一心想留住她的注意力。正当戈什觉得留下来也没用，女侍便挣脱开手，嘎的一声将椅子往后推开，站起来鞠躬。高跟鞋凸显出她漂亮的小腿，脚指甲上了深色指甲油闪闪发亮。真漂亮，他心里这么想，笑容似乎真诚，看样子性情比海伦好。另一个男人绷着脸从戈什身边挤过，不发一语地走了。

戈什心想，好一片丰腴的乐土，有丰腴的肉体，还有架构在金钱上的爱情。

她与戈什开始交谈，两人你一句"你好吗"，我一句"我很好"，往来的鞠躬致意越做越浅，最后几下只是略微点点头。戈什小心地坐上吧台椅，她则绕一圈走到吧台后。她大约二十来岁，骨架大，上身丰满，看来起码生过一个孩子。

"Min the tetaleh?" 她一面问，一面拿手指戳戳嘴巴，以免他听不懂阿姆哈拉语。

"把你的仰慕者赶走，我深深感到懊悔，要是我知道他在这里，或是了解他对你多么倾心,我绝对不会闯入这么理想的幽会地点。"

她在诧异之下倒抽了一口气。

"他啊!一杯啤酒就想待到天亮,也不买一杯给我。他是从提格雷来的,你的阿姆哈拉语说得比他好。"她滔滔不绝地说,因为不用整晚打手语而松了好大一口气。

她薄如蚕丝的白棉裙刚好长到膝盖上。裙摆的镶边、上衣的绲边、披在肩头的夏玛白薄棉布的荷叶边,都是同样的缤纷花色。她的头发先洗直再烫卷,梳成西式的发型。锁骨上一圈刺青,紧密排列的波浪线条让脖子看起来更长。戈什心想,那双眸子真迷人。

她叫杜鲁娜许,不过戈什决定依照他喊亚的斯亚贝巴所有女人的习惯喊她,他要喊她Konjit,意思是"美丽"。

"我来杯神圣的圣乔治啤酒,请给你自己也倒一杯,我们必须庆祝庆祝。"

她欠身表示感谢。"今天是你生日吗?"

"不是,美丽,是比生日更值得庆祝的日子。"他打算说,今天我将从折磨我超过十载的女人的枷锁中解脱,今天我决定结束在非洲的旅居生涯,美国正在等着我。

"今天,我的眼睛看见了亚的斯亚贝巴最美丽的女子。"

她的牙齿健康整齐,笑的时候会露出上牙龈的边缘,她怕人家看到,因为她会捂着嘴。

听见她欢愉的笑声,戈什心里有个东西融化了,自从那天早晨醒来,他头一次觉得自己恢复了八九分的正常。

他刚到亚的斯亚贝巴时,发现自己全然误解赫玛找他来的意图,情绪十分低迷,还以为旋即就要离开。他们两人在印度当实习医生时,戈什便开始追求赫玛,他还以为追求终于成功了,结果原来只有他自己是这么想的。赫玛认为自己不过是帮戈什(与医院)一个忙。戈什不让人知道他的尴尬和耻辱,当时正值漫长的雨季,光是这样,就足以让男人想动手自我了断,结果位于广场的朱鹭酒吧救了他一命。他想找地方喝一杯,发现了一处常春藤搭成的拱门入口,上面还用圣诞灯装饰,于是被吸引过去。他听到流泻而出的音乐,还有,温柔的笑声。到了里面,他以为他死了,变成古巴比伦王回来了。露露、玛塔、莎拉、夏罕、玛斯卡、示巴、玫柏洛,他在这些朱鹭女人身上,在这栋占据两层楼面、三间封闭阳台而空间杂乱扩张的酒吧餐馆里,找到了家人。这些女孩欢迎他,仿佛他是失联多年的朋友,不但提振他的情绪,还鼓励他爱开玩笑的天性,永远开开心心地坐在他身旁。屋内美丽的女子容颜多如外面的雨水,有从牛奶咖啡到黑炭不一的肤色。朱鹭酒吧里有三两个混血女人,皮肤有的雪白、有的橄榄色,眼睛是蓝褐色的,甚至绿眸子也有。各色佳丽相聚一堂,一般会生产出最富异国情调的美果,然则果心难以预料,往往是酸的。

他在亚的斯亚贝巴所认识的女人中,她们最重要的特质是百依百顺,还有,需要时人就在身边。戈什到了亚的斯亚贝巴后的头几个月,纵然发现了朱鹭与许多类似的酒吧,还是坐怀不乱,那是段很讽刺的日子,他唯一想亲近的女人拒绝他,而围绕身边的净是永不说"不"的女人。来到埃塞俄比亚的那一年,他二十四岁,不算毫无经验,他在印度唯一的亲密关系对象,是一名年轻的见习修女,名叫贞女·玛德琳·库玛。两人三个月长的恋情结束后不久,她便脱离教会,嫁给他认识的某个家伙(大概把名字改成了玛德琳·库玛)。

"赫玛,我只是个普通的凡人。"他喃喃自语,这正是他每回自认对她不忠时所说的话。

他把手伸到对面,抚摸美丽肋骨底下的皮肉,捏起她的肌肤。

"哎,亲爱的,我们叫人送晚餐来吧?我们得让你再长点肉,顺便补充补充晚上做事的能量,到时我要向你坦白我绝无仅有的第一次。"

假使她是个大姐级的女人（许多一人酒吧都是由大姐级的女人经营，她们在朱鹭那样的气派场合工作后，存钱开了自己的店），他会用不同的语调，少几分直率，多几分奉承，以更有教养的方式恭维她。不过面对她，他决定采用调皮的男学生策略。

她伸手摸摸他的头发，搓揉他的头皮，戈什发出满足的轻声呻吟。收音机传来传统卡拉尔弦乐器朦胧的拨弦声，重复着一段五声音阶的六个音符，这种旋律似乎在所有埃塞俄比亚音乐中都听得见，有快板的，也有慢板的。戈什听出这是什么歌了，一首很红的曲子，叫作《缇西塔》(*Tizita*)，"缇西塔"无法翻成等意的单一外语，它的意思是"带有淡淡遗憾的记忆"，戈什纳闷，难道还有别种记忆吗？

"你的皮肤好漂亮，哪里人？Banya（阿姆哈拉语：印度人）？"她问。

"小美人，我的确是印度人，我浑身上下只有皮肤能看，所以你才这么客气地说。"

"才不呢，才不是呢！你为什么这么说？我对天发誓，我恨不得有你那样的头发。你的阿姆哈拉语讲得这么好，吓死我了，你确定你妈妈不是habesha（阿姆哈拉语：指埃塞俄比亚人或厄立特里亚人）？"

"你太夸奖我了。"他说。他在医院是学到了几句阿姆哈拉语，之所以说得如此流利，却是透过这种两人促膝密谈才学会的。他有个论点：无论在卧房里，或是在病床旁，需要说的都是同样的阿姆哈拉语：请躺下，脱掉上衣，张开嘴，深呼吸……爱情的语言与医疗的语言是相同的。"说真的，我只知道怎么用阿姆哈拉语谈情说爱，你要叫我去外面买支铅笔，我就不知道怎么买，因为我不会那些字。"

她呵呵笑，又把嘴捂住。戈什握住她的手，她吸起下嘴唇来遮掩牙齿，这动作令戈什觉得性感而迷人。

"为什么把你的笑容遮起来？……瞧，多漂亮啊！"

更深夜静，他们到后面房间休息。戈什闭上眼，一如往常假想她是赫玛，百般愿意的赫玛。

他出来时，雾气离地面只有几寸距离，一道降临的还有丧礼般的寂静，以及刺骨的寒冷。他在路边撒尿，有只土狼发出嘲笑，是笑他的动作，还是笑他的装备，他无法确定。他转身看见第一排房子后方的树林间有光，是贪婪的视网膜。他一面拉上拉链，一面快跑，打开了车锁赶紧上车，立即发动引擎开车走了。小便的男人得担心的不只是土狼，土匪、小偷、凶徒，种种恶棍在午夜之后都是威胁，即使是在市中心靠近柏油路的地方。就在上个月，两个男人对一名英国妇人劫财又劫色，还割掉她的舌头，以为没了舌头她就不能乱讲话。另一个遇劫的受害者被砍掉了睾丸，这种手段层出不穷，劫匪相信这么一来他就没有勇气报复。这些还是幸运儿，其他的直接就一命呜呼了。

奇怪，回到医院时，栅门竟然是敞开着的。他把车子开到自己住的小屋，迅速在开放式的车棚停好车子。车灯打在岩墙上，他用力扳下刹车杆，眼前的画面让他吓了一大跳。车前大灯前，有个鬼似的白色身影从蹲姿换成站姿，眼睛反射出闪烁的红光，好像土狼的眼睛。不过那不是土狼，是正在流泪哀悼失去至亲的亚麦姿，显然她一直在等他。

"赫玛，赫玛，你做了什么？"他喃喃自语，深信最糟的事情已经发生了。赫玛回来了，而且嫁人了，否则为什么亚麦姿这么晚还不睡？除非是要告诉他这件事情。她与全世界的人都知道他对赫玛的感情，唯一不晓得的人是赫玛。

那个鬼似的身影跑到副驾驶座旁，开门上了车。她垂着头，不愿正视他的目光，而且用再正式不过的口吻说："很抱歉通知你坏消息。"

"是赫玛，对不对？"

"赫玛？不是，跟玛莉·普雷斯修女有关。"

"修女？修女怎么了？"

"她和主同在了，愿主保佑她的灵魂。"

"什么？"

"主帮助我们大家，不过她死了。"亚麦姿哭了起来，"她生下一对双胞胎后就死了，赫玛医生回来了，可是救不了她，赫玛医生救了双胞胎。"

从她第一次提到修女死了，戈什就听不下去，不得不要她重复说过的话，然后又再把她知道的每一件事情说一次。总之就是修女死了，还有一件跟什么双胞胎有关的事情。

"还有，我们现在找不到斯通医生，"最后她说，"他走了，我们得去找他，院长说我们一定要去找他。"

"为什么？"戈什恢复说话能力时，勉勉强强问了这三个字，不过问的时候，他就知道答案了。医院里，只有他和斯通是男医生，因此两人之间有着特别的情谊，没有人比他更了解斯通，也许只有一个例外——玛莉·普雷斯修女对他的认识恐怕更深。

"为什么？因为他最痛苦，"亚麦姿说，"那是院长说的，我们必须在他还没做傻事之前找到他。"

戈什心想，现在阻止他做傻事已经太迟了。

137

第十二章·大地的尽头

有人出世，有人逝世，隔天上午，赫斯特院长一大清早就到办公室，仿佛这天与其他日子没有两样。她只睡了几小时。她与戈什开车到处寻找托马斯·斯通，直到夜深才罢休。斯通的女佣萝辛娜在他的住处彻夜守候，不过他无影无踪。

院长推开叠在办公桌上的文件，从窗户望出去，看见病人在门诊中心排队，应该这么说吧，她看得见他们五颜六色的伞。民众相信阳光会加剧所有病痛，因此那里有多少病患，就有多少把伞。她拿起话筒，药剂师接了电话。"亚当？"她说，"请传话给加布鲁，叫他把栅门关上，请病人到俄罗斯医院去。"她说得一口带有口音却流利的阿姆哈拉语。"还有，亚当，请尽你所能应付已经在门诊中心的病人，我会请护士巡视病房处理状况，通知所有实习护士，护理课一律取消。"

院长心想，幸而有亚当在。亚当的书只念到三年级，很可惜，他本来大可轻轻松松成为医生。医院提供十五种常备混合剂、药膏与复方给门诊病人，亚当不但备药技术熟练，还有神奇的临床判断力。他那只乳白色的眼睛在童年受过感染，光靠另一只完好的眼睛，朝众多抓着医院蓝绿色刻度药瓶的就诊病人看去，便能找出其中病情最危急的人，立刻把药罐装满。虽然悲哀，但这是事实，在门诊中心，最常听见的病人陈述是："Rasehn...libehn...hodehn..."也就是：

"我的头……我的心脏……我的肚子……"说着,病人还摸摸正在讲的部位。戈什称这是RLH症候群,这种症候群的病患往往是年轻女人或长者,如果被要求,不得不把话说得更清楚,病人可能会表示有头晕、发烧、心脏无力、肚子不适或绞痛等状况,不过口气很勉强,因为他们认为这些症状并不重要,只要指指头、心脏、肚子,厉害的医生应该就够判断病情了。院长在亚的斯亚贝巴住了一年之后,才了解这是埃塞俄比亚人表示压力、焦虑、婚姻冲突与意气消沉的方式。戈什说,专家称这种现象叫"体化症",心理痛苦投射到身体器官,因为他们的文化是以这种方式来表达精神痛苦,而病人可能无法了解,他们的头昏以及心悸,与家暴的丈夫、爱管闲事的丈母娘、近来家中幼儿的早夭有关。病人都知道怎样才能治疗自己的痛苦:打一针就没事了。他们也可以接受祛风剂或硅酸镁与颠茄混剂,医生想到的其他复方也可以,不过最具疗效的莫过于marfey,也就是注射针。戈什极为反对为RLH症候群患者打维生素B,不过院长说服了他,因为病人要是不满意,会上中央市场,让庸医用未消毒的皮下注射器打针,与其如此,不如医院替他们打针。橘色的维生素B群注射剂价格便宜,却能瞬间发挥疗效,病人总是嘻嘻哈哈、蹦蹦跳跳地下山去。

电话响起,院长难得因为电话声响而出现感激的心情。平常她很讨厌这个声音,总像是有人无礼来打扰。医院装设的小型电话总机还算是新奇品,院长拒绝在住所装分机,不过认为医生的住处与急诊室没有电话不行,即使是办公室的这部电话,她也觉得是奢侈品。她一把抓起话筒,期盼听到好消息,收到与斯通有关的消息。

"请稍等,文书大臣要和你说话。"一个女性声音说。院长听到朦胧的啪嗒啪嗒声,想象有只体型迷你的小狗在皇宫里的木头地板上走动。她盯着堆在另一头墙壁旁的大量《圣经》,数量之多,好像一道卵石纹的滑亮皮革所打造的路障。

文书大臣接过电话，问候院长的健康后，说："皇帝为医院的损失感到难过，请接受陛下最诚挚的哀悼。"院长想象站着的文书大臣一面对着话筒说话，一面鞠躬。"皇帝亲自要求我打这通电话。"

"皇帝能想到我们，实在是非常非常体贴……在这样的时候。"院长说。对于帝国内发生的一切，皇帝无所不知，这是他塑造出神秘形象的原因之一，更是他掌权的关键。院长很想知道消息怎么转眼就传到皇宫去了。托马斯·斯通在玛莉·普雷斯修女的协助下，为两位王室成员切除过盲肠，赫玛替某个来不及赶到瑞士的孙女做过紧急剖腹接生，自此以后还有几个皇家成员在分娩期来找过赫玛。

文书大臣说，有什么皇宫那边可以帮忙的地方，院长只要说一声就行了。文书大臣没有提到修女的死因，也没有论及两个娃娃的命运。

"顺便跟你提一件事情，院长……"他说。院长提起戒心，因为她意识到这才是来电的真正原因，"万一有军队……高阶将官上失迷医院求医，希望在隔日左右就紧急开刀，皇帝希望得到通知，你可以直接打给我本人。"他告诉她一组电话号码。

"怎样的将官？"

她把沉默当作文书大臣在考虑答案。

"皇家护卫队的将官，让我们这样说吧，一个不该出现在医院的将官。"

"你是说开刀？不行不行，我们医院现在不对外开放，我们没有外科医生，大臣，你知道托马斯·斯通医生……身体不适，他们是一个团队，你知道……"

"谢谢你，院长，到时请通知我们。"

挂上电话后，她仔细回想这通电话。塞拉西皇帝打造了一支强劲的现代军队，有陆军、海军、空军，还有皇家护卫队。皇家护卫队的兵力与其他单位同样强大,等同于英国站在白金汉宫外的女王御林军。不过正如女王御林军,皇家护卫队不只是负责仪式的单位,队上的专业士兵与部队以及其他武装军力完全一样,也受过战斗训练。各个单位崭露头角的军校生前往英国陆军军官学校、美国西点军校或印度普那军校受训,不过异乡旅居生涯往往加深他们的社会意识,皇帝担心年轻军官因而会发起政变。拥有非洲第二或第三大常备武装军力是值得骄傲的事情,但对于他的王权也有潜在的危害。皇帝刻意让四类军种相互竞争,让各个总部相隔遥远,并且调动势力越来越庞大的将军。院长认为有什么阴谋诡计正在进行,否则文书大臣怎么会亲自来电呢?

院长心想,文书大臣完全不明白医院少了外科医生代表什么。托马斯·斯通来到以前,幸好有戈什在,医院能治疗大多数内科与小儿科的病人,而托赫玛的福,复杂的妇产科症状也能处理。这么多年来,若干医生来来去去,其中有几个能开刀动手术,但是直到斯通来了,医院才有了受过完整训练且能力充分的外科医生。一名外科医生让失迷医院能固定严重骨折、切除甲状腺肿瘤等,为烧伤处移植皮肤,医治绞窄的疝气,取出肿大的前列腺或患癌的乳房,或者在脑骨钻洞,让压迫大脑的血块流出来。斯通的存在(加上有个像玛莉·普雷斯修女这样的助手)让医院提升到新的水平,而他的离去改变了一切。

短短几分钟后,电话再度响起,这次的响声听起来不祥。院长小心谨慎地把话筒拿到耳边。上帝,拜托,让斯通活着。

"喂?我是休斯敦浸礼会的艾利·何瑞斯……喂喂?"

是美国打来的电话,通话质量居然这么清楚清晰,院长惊愕到说不出话来。

"喂?"对方又喊了一声。

"喂？"院长生硬地说。

"我从亚的斯亚贝巴的吉翁旅馆打电话来，我想找赫斯特院长。"

她把听筒拿远，更把送话口遮住。她觉得不只心慌，而且十分惶恐。何瑞斯到底来这里做什么？她一般利用邮件处理捐款，与慈善团体联系。她需要快速思考，可是脑子不肯配合。最后她放开手，把电话拿高。"何瑞斯先生，我会转达留言，院长会回您电话——"

"请问您是哪一位？——"

"是这样的，我们有位员工过世了，院长恐怕要过两三天才能打电话给您。"对方开口说了什么，不过她唐突地把电话挂上，然后将听筒从架子上拿起来，目不转睛地看着，就怕电话响起来。

休斯敦浸礼会是医院近来最慷慨又最稳定的赞助单位。院长每周将手写信寄给欧美的宗教团体，如果对方无法提供协助，她便请求他们将信函转交给他方。假如回复表达了若干兴趣，她便迅速将斯通的教科书《随机应变的外科医生：热带地区的手术精要》寄给他们，寄书的邮资虽然昂贵，可是比任何书面计划都来得有用。她发现，捐赠者往往对人体毛病有种淫猥的兴趣，而书中的照片与插图（玛莉·普雷斯修女所绘）能满足那份渴望。在讨论阑尾炎的章节就附有一张照片：奇怪的生物，有猪的脸、狗的毛、近视般的小眼睛。院长总是把她的信夹在该页当书签，图说上写着："袋熊会挖地洞，是澳大利亚独有的有袋目夜行性动物，唯一提起袋熊的理由，是它拥有一样不见得是好的特征：它与人类、大猩猩一样拥有阑尾。"赢得休斯敦浸礼会支持的，不是什么通信往来，而是这本教科书。

半个小时后，戈什摇着头进来。"我去了英国大使馆，也开车在市区到处绕，又去了他的屋子一趟，萝辛娜在那里，没见到他。我把医院的院区都踏遍了——"

"我们出门兜兜风去。"院长说。

他们的车子开过医院栅门时,见到一辆出租车开上山坡,里面坐着一个白人。"那一定是艾利·何瑞斯。"院长说。她从副驾驶座往下滑,敏捷的动作让戈什吓了一跳。她把何瑞斯的来电告诉戈什。"如果我记得没错,我请何瑞斯资助一项你提出来的计划:全市淋病与梅毒预防运动。何瑞斯来看我们的进展如何。"

戈什手上的方向盘一转,车子险些冲出路面。"可是我们没有进行这个计划啊!院长。"

"那还用说吗?"院长叹气道。

在上午,戈什就算洗了澡、刮过胡子,也表现不出最迷人的一面,而这天他两件事情都没有空去做,深色的短须从喉头爬上来,在嘴巴四周绕道而行,几乎扫到他充血的眼睛。

"我们去哪里?"他问。

"到故乐乐墓园去,我们得安排丧葬事宜。"

他们默默地开车前进。

故乐乐墓园位于市郊,马路从森林穿过,浓荫蔽空,犹如向晚时分。令人生畏的锻铁栅门蓦地隐约出现在眼前,在石灰墙的映衬下显得格外不同。门内有条通往高原的碎石路,桉树、松树郁郁葱葱。在亚的斯亚贝巴,没有树比故乐乐墓园里的更高。

他们在墓穴之间艰难行进,踩过一地的树叶枝丫,脚底发出嘎扎嘎扎的爆裂声。此处听不到都市的噪音或人声,只有森林的静与死亡的寂。霏霏细雨打湿树叶枝干,集成大滴水珠,扑通落在他们的头顶、手臂。院长觉得自己好像擅自闯入了私有地。她停在一处不比圣坛《圣经》大的墓穴前。"戈什,是婴儿。"她说。她想听见活人的声音,即使是自己的也好。"从名字看来,是亚美尼亚人,天哪!她去年才死掉的。"墓石旁的花卉是新鲜的。院长压着嗓子喊了一声"万福马利亚"。

再往前走，走到了年轻意大利士兵的墓穴群，上面以意大利文刻着"生于罗马"或"生于那不勒斯"，然而无论何处出生，他们都"死于亚的斯亚贝巴"。院长想起他们在离家乡千万里的地方捐躯，视线迷蒙了起来。

她眼前出现约翰·梅利的面容，耳里听到《班扬颂》。在他的葬礼上，他们就是演奏这曲圣歌。偶尔她不知不觉地想起曲调，嘴里便忍不住唱出了歌词来。

她转向戈什。"你知道我曾经恋爱过吗？"

戈什早就一脸困惑，现在动也不动地愣在原处。

最后他恢复说话能力，问："你是说……爱上一个男人？"

"当然是男人！"她鼻子里哼了一声。

戈什沉默良久，然后说："我们以为同事的事情该知道的都知道，其实我们对他们的认识很浅。"

"梅利死了，我才明白我爱他，我当时那么年轻，世上没有比爱上一个即将死掉的男人更容易的事情了。"

"他爱你吗？"

"他一定是爱我的，他是因为想救我才丧命的。"院长泪珠盈眶。"那是一九三五年的事情，我刚到这个国家，我挑了最差的时机。意大利军队即将进城，皇帝逃走了，匪徒在城里到处奸淫掳掠。约翰·梅利从英国公使馆强行弄了辆货车来接我。喏，我当时当志工的地方就是现在的失迷医院。他在半路停下来帮助一名伤者，有个人想抢东西，便朝他开枪，无缘无故就开枪。"她耸耸肩，"我照顾他十天，然后他走了，有一天我会把所有的故事都告诉你。"接着她无法自已，不得不坐下来，把头埋在手中，眼睛在流泪。"我没事，没事，戈什，给我一点时间就好。"

能令她如此伤悲的，不是对梅利的哀悼，而是流逝的岁月。她本来在教会学校教书，负责健保室，却得不到满足。她接受了苏丹内地会的职位，到埃塞俄比亚的哈勒尔工作。她从英国来到亚的斯亚贝巴，发现这个神职因为意大利进攻而撤销，于是她干脆加入一所几乎被美国新教徒遗弃的小医院。在头一年，她旁观士兵（葬于此地的某些年轻人）与意大利百姓蜂拥而至，移居到新的殖民地，有木匠、石匠，也有技术人员。农夫佛罗里诺过了苏伊士湾就成了神父佛罗里诺，救护车驾驶也能自行摇身一变成为医生。她继续工作，就像意大利店主、亚美尼亚商人、希腊士兵、地中海东岸贸易商一样，在占领时期继续工作。到了一九四一年，院长还在那里，此时，包括意大利在内的轴心国在欧、美两地时运不济。从美那旅馆的阳台，院长旁观温盖特上校率领的英军列队进城，护送逃亡六年后返国的塞拉西皇帝。院长从未见过矮小的皇帝，这个小个头见了他的首都的改变，似乎显得惊愕，东也看看，西也望望，观赏戏院、旅馆、商店、霓虹灯、多层公寓大楼、铺面的林荫大道……院长隔壁站着路透社特派员，她对他说，也许皇帝心里恨不得能在国外流亡再久一点，结果这段话被每一份外文报纸引述，而且一字不漏。她懊恼极了，幸好是"匿名人士观察"。想起这段往事，她露出微笑。

她站起来，把眼泪擦掉。两人继续辛苦地往前走。

他们从一排墓穴间的小路走下去，然后从另一条路退回去。

"不行，"院长冷不防道，"这样绝对不可以，我不能想象把我们心爱的女儿留在这种地方。"

直到他们逃离这里走入阳光下，院长才觉得她能够呼吸。

"戈什，如果你把我葬在故乐乐，我绝对不会原谅你。"她说。

戈什认为沉默是最佳对策。"我们基督徒相信，当基督复临，死者会从坟墓复活。"

戈什在基督教传统中长大，院长好像始终记不住这件事实。

"院长，你有时会产生怀疑吗？"

院长注意到他的嗓音嘶哑，眼皮下垂。她又想起来了，这不是她一个人的悲痛。

"戈什，怀疑是信仰的表亲，要有信仰，你必须暂缓对宗教的怀疑，我们钟爱的修女……像故乐乐这样潮湿阴郁的地方，我担心时机到的时候，就算是修女也觉得很难复活。"

"那怎么做？火化吗？"

有个印度理发师也兼做牧师，能为在亚的斯亚贝巴死亡的印度教教徒安排火化。

"当然不行！"她怀疑戈什是不是故意装傻，"要用土葬，我想我大概知道合适的地点了。"院长说。

他们把车停在戈什住的平房前，步行到医院后面。一株串钱柳花团锦簇，仿佛着火似的。院区以相思树划界线，浓淡一致的树梢在天空描出崎岖的线条。院区最西边的一角是俯瞰广谷的岬角，放眼望去的土地都属于某个公爵，是塞拉西皇帝的某位皇亲国戚。

藏在大卵石后的小溪流水潺潺，一个男孩拿着嫩枝摩擦牙齿，顺便看顾吃草的绵羊，牧羊杖就在一旁。他眯起眼看看院长和戈什，然后挥挥手。如同大卫王时代的牧童，他带着弹弓。很久很久以前，有个和他一样的牧羊人，发现羊群嚼了特别的红果之后，会变得非常活泼爱闹。由于那次侥幸的发现，咖啡瘾与咖啡交易扩展到也门、阿姆斯特丹，普及加勒比海、南美与全世界，而这一切始于埃塞俄比亚，起源于这样的一片牧地。

在院区的这一角，有个未加利用的钻井。五年前，有条医院的小狗跌落井内，咕啾噜拼命地吠叫，把加布鲁唤来。加布鲁垂下套索想把小狗拖上来，过程中险些将它吊死。这口井于是只得封起来。院长监督任务时，在附近的岩墙附近发现使用过的避孕用品与烟屁股，决定这一带需要救赎，因而请来临时工清除丛林，栽种本地特有的青草幼苗。两个月内，墙缘多了锦绣的绿毯，由加布鲁负责照料这块草坪。他总是蹲下来横向移动，左手拔起一把草，右手迅速用镰刀割下。

认出墙边生长着野生咖啡树的人，正是玛莉·普雷斯修女，若不是加布鲁定期摘掉上方的叶芽，这些树丛早就长到够不着的高度。取几把门诊中心的旧长椅到草坪来，这里就成了连托马斯·斯通也会暂且放下烦恼的地方。他一烟在手，心不在焉，边抽烟，边旁观玛莉·普雷斯修女和院长对植物的问题瞎操心。过不了多久，他就在草地上捻熄香烟（院长觉得这个习惯很粗俗），然后大步走开，好像有什么紧急的传唤。

院长无声地祷告。亲爱的上帝，唯有你知道医院将有怎样的下场。我们走了两个人，一个孩子是一个奇迹，而我们有两个，可是何瑞斯先生与他的教会信徒不会这么想。对他们来说，这是耻辱，是丑闻，是停止赞助的理由。医院的收入不是来自病患，医院仰赖的是外界的捐赠，这两三年来有限的扩张，是因为何瑞斯与几位捐赠者的缘故，院长并没有应付不时之需的资金。既然有钱能让她治疗砂眼、预防眼盲，或者施打盘尼西林、治疗梅毒，她不能昧着良心扣下钱不用，况且要做的事情有一长串。她要怎么办？

院长凝眼观看四方风景，没有留意眼前的景色，因为她心有所思。不过，慢慢地她动心了，河谷，桂香，新鲜的绿，和煦的风，打在远坡的光线，留在溪畔的长洼，还有这片风光上方绵延的天空，云朵都吹到一边去了。自从玛莉·普雷斯修女去世以来，院长头一回感受到心情平静，犹豫之处也有了把握。她相信就是这里，这里就是玛莉·普雷斯修女漫长旅程的终点。她也想起自己刚到亚的斯亚贝巴的日子，情况看似苍凉无望，人人自危，加上梅利惨死，正是在那样的时刻，神恩降临，神意揭示，尽管是依据祂订定的时间。"主，我看不到，但是我知道你可以。"她说。

第十三章·基督怀抱中的赞美

光脚的临时工天性快活，戈什交代他们任务，他们听了咯咯几声，表示吊慰之意。犀斗脸的大块头脱下起毛边的外套，比较矮的同伴则脱下破烂的毛衣，两人往掌心吐了吐口水，举起尖锄动手干了起来。在他们看来，发生的已经发生了，该怎样就怎样吧！固然他们挖的是坟墓，但这份工作保证晚上会有瓶蜂蜜酒或土产啤酒，也许还有张床、一名甘愿的女人。他们的肩膀、额头出汗，油光光的一片，补缀多处的上衣也汗湿了。

天空开始虚张声势，乌云密布，如赶集的绵羊疾行，到了午后却是碧空万里。

戈什被院长找去急诊室，途中发现有个异常苍白而清癯的白人在柱子旁等候，戈什相信那人是艾利·何瑞斯，低下头不敢抬眼。幸好对方背对着他。

到了急诊室内，亚当比比帘子。戈什听见有人每一次呼吸，就连带发出规律的哼哼唧唧，节奏像是火车头，还发现有四个埃塞俄比亚男人站在那里，三个穿运动上衣，一个穿大夹克。他们聚在担架旁，像是在祈祷。四个人都穿用口水擦亮的棕色鞋。他们挤了出去，让出地方给戈什，戈什瞥见上衣底下有紫红色的手枪皮套。

躺在担架上的男人喊了声"医生"，伸出手想爬起来，这一用力,脸部肌肉反而开始抽搐。"我叫梅勃杜,谢谢你来替我看诊。"他三十来岁,英文说得可好,坚毅的嘴上有道薄薄的弯胡子。他痛得挤眉弄眼,然而脸孔依旧气宇不凡,英俊潇洒,由于鼻子骨折过,更显得出性格。他看起来很眼熟,不过戈什想不起来他是谁。这人坚忍无畏,跟同伴不一样,纵使痛苦的人是他。

"我告诉你,我从来没有这么痛过。"他笑得合不拢嘴,仿佛在说有个人走着走着,却意外踩到了香蕉皮,讲了一则普世皆通的笑话,让人抱着肚子笑得前仰后合。又一阵痛,他的身子缩了缩。

我今天不能帮你看病,大家喜爱的修女死了,我随时等着有人来告诉我,他们找到了托马斯·斯通医生的尸体。行行好,去国军医院就诊吧!戈什本想这么说,可是面对此等的痛苦折磨,他待在原处。

戈什接过梅勃杜伸出的手,托住时摸到了手腕的桡动脉,脉动每分钟一百二十下。戈什拥有完美的辨识力,不靠手表也能测出心跳数。

"这种状况什么时候开始的?"他听到自己这么说,开始观察与这个强健瘦子格格不入的大肚子。"从故事起头的地方开始说起……"

"昨天上午,我想要……排便。"病人露出尴尬的神色。"突然之间,我这里痛起来。"他指着下腹部。

"当你还坐在马桶上的时候?"

"欸,是蹲着的时候,没过几秒我就感觉到很胀……而且紧梆梆的,那痛来得就像是闪电一样。"

戈什的耳朵听出了他话里的协韵,好像看到了科普写的那本小书《急性腹症的早期诊断》,他在马德拉斯某家二手书店蒙尘的书架上发现了这个珍宝。这本书让人意外,谁料得到一本医学教科书内居然都是卡通插图——幽默风趣却又传授正经知识的插图?他想起科普怎么描述正常肠道突然阻塞的情况：

……急速扩张
绝对让人立刻紧张

虽然已经知道答案，他还是问了下一个问题，有时候，诊断结果就像这样，有时已经写在病人的额头上，有时他们的第一句话里就泄漏了秘密，有时则是还没看到病人，气味就已经宣布答案了。

"昨天早上，"梅勃杜回答道，"就在开始觉得痛以前，然后排不出粪便、放不出屁，什么都没有。"

有时肠道侧歪
在狭窄的底部扭歪……

"你试过多少组灌肠剂？"

梅勃杜扑哧尖笑一声。"你也晓得噢？两组，不过没用。"

他不只是便秘，而且还严重便秘，连屁都排不出来，大肠完全塞住了。

在小隔间外面，那群男人好像在争吵。

梅勃杜的舌头干燥，色深，舌苔多。他脱水，不过没有贫血。戈什掀开诡异膨胀腹部上的衣服，当梅勃杜吸气，肚子并没有推出来，事实上根本没有动静。戈什掏出听诊器，心里暗想：这是我的工作，那些人挖坟墓，而我做这些事情，日复一日——肚子、胸腔、人体。

原本应该听见正常的大肠咕噜咕噜声，可是他用听诊器听到的是一连串尖锐的音调，像是水滴到锌版上的声音。他在背景听见扑通扑通的规律心跳。令人讶异，一圈圈积水的肠道居然能这么清楚地传送心音,这是他在教科书中从未读过的观察资料。

"是肠扭结。"戈什说着,把听诊器从耳朵摘下来。他的声音从远处传来,听起来不属于他。"大肠有一圈叫作结肠,它扭了一个结,像这样——"他先利用听诊器的听管解释肠道的结构,然后在底部扭转一圈。"这种症状在此地经常发生,埃塞俄比亚人的结肠长,可以自由活动,我们猜测饮食里有什么也让人容易发生肠扭结。"

梅勃杜想了想,把身体的症状和戈什的说明连在一块。他嘴角扬起,嘿嘿笑了起来。

"我一告诉你,你就知道了,医生,对吧?还没做这……其他检查就知道了。"

"是吧。"

"那么……这个结会自己解开吗?"

"不会,我们必须去解开,用开刀的方式。"

"你说是常见的疾病,我那些罹患了这种症状的同胞……他们会怎样?"

就在那一刻,戈什把这张脸与他恨不得能忘记的一幕兜在一块。

"不开刀的话?他们会死,你瞧,肠道底的血液供给也因为扭结而切断了,危险因此加倍,血液流不进来,也流不出去,肠子里会生坏疽。"

"嘿,医生,我遇到这个问题,实在时机不佳。"

"对啊!时机不佳。"戈什脱口而出,梅勃杜吓了一跳,"请容许我问一句,为什么到这里?为什么选失迷医院?为什么不去国军医院?"

"你对我还有什么了解?"

"我知道你是军官。"

梅勃杜骂道:"那些蠢蛋。"又拿下巴朝着外面朋友的方向点了点,"我们想装成平民百姓,结果成果不佳,"他酸酸地说,"他们不用口水擦亮鞋子,就觉得自己没穿衣服。"

"其实不只这样,几年前我刚到这里不久时,看过你执行死刑,我永远忘不了那一幕。"

"八年又两个月前的事情,那天是七月五号,我也记得。你在现场?"

"不是故意去的。"他们开车进市区,结果出乎意料,满街都是人,他跟赫玛在万不得已的情况下成了旁观者。

"请你了解一件事,那是我这辈子执行过最痛苦的任务,"梅勃杜说,"那些人是我的朋友。"

"我当时看出了这一点。"戈什说,回想起执行官与死刑犯双方的诡异尊严。

梅勃杜的脸庞又露出一阵痛苦,他们两人静静地等着痛苦过去。"这次是不同的痛。"他硬挤出一丝笑容说。

"有件事你最好知道,"戈什说,"今天稍早皇宫打电话过来,他们要求院长,如果有个军队的人来这里就医就通知他们。"

"什么?"梅勃杜骂了一句,打算坐起身子,这个动作却让他痛得嗷嗷叫。他的同伴火速冲进来。"院长通知皇宫了吗?"他勉强问。

"没有,院长告诉我,她知道你没有其他地方可以去,所以不会不管你。"

病人于是松了一口气。他的友人讨论了几句,然后待在隔间里不走了。

"谢谢你,替我谢谢院长,我是皇家护卫队的梅勃杜上校。是这样的,我们几个计划好今天在亚的斯亚贝巴开会,我从刚达尔来的,我到这里时,才发现会议必须取消,我怕我们……遭到怀疑,不过我是到了这里才收到讯息。昨天离开刚达尔之前,我开始痛起来,我在那里看了医生,他跟你一样,一定知道我是什么毛病,居然什么都没有告诉我,他叫我早上再去让他看看,说希望替我做检查,他一定通知了皇宫的人,不然为什么他们会打电话给亚的斯亚贝巴的几家医院呢?假如我被人发现我在亚的斯亚贝巴,下场也是被吊死,你一定得替我治疗,我今天不能被人看见出现在国军医院。"

"还有个问题,"戈什说,"我们的外科医师……他走了。"

"我们听说了你们的……损失,很遗憾,如果斯通医生不能做,那么必须由你来开刀。"

"我不行——"

"医生,我别无选择,你不开刀,我就会死。"

有个男人往前站了一步。他留着浅色的胡子,不像军人,反而更像学者。"如果关系到你的性命呢?你开不开?"

梅勃杜上校把手放在戈什的衣袖上。"原谅我弟弟。"他说,然后对着戈什露出微笑,仿佛在说:你明白我为了维护和平不得不做什么了吧?他大声说:"万一有事情发生,你可以老实说你完全不知道我的事,戈什医生,这是真话,你对我的了解都是猜测。"

戈什拨电话到赫玛住处,他突然想到,梅勃杜上校和他的手下一定正在计划政变,不然在亚的斯亚贝巴的秘密会议还会跟什么有关呢?戈什面临难题:对方是军人,是死刑执行官,现在还参与背叛皇帝的计划,他该怎么治疗他?反过来说,身为医生,他对病人当然有道义责任。他不讨厌上校,不过少了他那个弟弟更好。一个勇敢忍受肉体痛苦、设法维持礼貌的人,很难令人讨厌。

在听筒的嗡嗡声外,戈什听到血液随着每一下心跳冲进耳朵。

赫玛粗鲁地"喂"一声,他知道她脸色难看。"是我,"他说,"你知道今天晚上我要帮谁开刀吗?"他把故事告诉她,话还没说完就被她打断了。"干吗跟我说这个?"

"赫玛,你听懂我刚刚说的话吗?我们必须开刀,那是我们的本分。"

她不为所动。

戈什又继续说："他们情况危急，走投无路，他们有枪。"

"如果他们情况这么危急，可以自己把肚子剖开，我是妇产科医生，跟他们说，我刚刚生了一对双胞胎，我的身体状况不适合进手术房。"

"赫玛！"他气得说不出话来，起码在照护病患的职责上，她应该跟他立场相同。

"你是看不起我在照管的小孩吗？"她说，"我昨天才经历过什么？你不在现场，戈什，现在这两个孩子的每一下呼吸都是我的责任。"

"赫玛，我不是这个意思……"

"老兄，手术你去做，你帮他动过肠扭结的刀，不是吗？我从来没有开过肠扭结。"她的这个"他"是指斯通。

只有她的呼吸声不时打断两人间的沉默。难道我挨枪她也不在乎？为什么用这种态度对我？好像我是敌人，好像她回来时面对的灾难是我造成的。难道是我邀请上校来这里的吗？

"假如我必须切除大肠，然后做切口吻合术，那怎么办，赫玛？或者做结肠造口手术？……"

"我刚生完小孩，身体不舒服，不在医生岗位上，今天不在这里！"

"赫玛，我们对病人有道义上的责任……希波克拉底誓言[30]说——"

她哈哈笑，笑声充满讽刺与调侃。"你坐在伦敦喝茶时再来说希波克拉底誓言，在丛林野地，没有这种誓言。我知道我的道义责任，那个病人很幸运找到你，我只能说总比找不到人好。"她把电话挂了。

戈什从头到脚就是内科专家，心脏衰竭、肺炎、奇异的神经疾病、奇怪的发烧、出疹、无法解释的症状，这才是他的专长。他可以诊断出一般的外科疾病，不过没学过怎么在开刀房治疗这些症状。

当医院的情况比现在顺利时，任何时候，戈什只要把头探进开刀房，斯通总会要他把手好好洗一洗，进去帮忙，好让玛莉·普雷斯修女能喘口气。而对戈什来说，担任斯通的第一助手为他的日常工作增添了有趣的变化。有戈什在，原本教堂般安静的三号开刀房变成了喧闹的狂欢节，不知怎的，斯通似乎也不在乎。戈什乱问问题，诱骗斯通说话、指导，甚至追忆往事。在夜里，戈什偶尔协助赫玛做紧急剖腹生产手术，赫玛难得大规模切除卵巢或子宫恶性肿瘤时，亦曾找他过去帮忙。

不过，他不知不觉间独占了斯通的老位置，立在病人的右侧，手术刀在手。这个位置他已经多年不曾占据，上次他站在病人右侧，是当实习医生的时候，由于他认真效劳，他们奖赏他，让他替阴囊水肿的病人开刀，而主治医生站在对面，带领他一步步做下去。

在他的指示下，流动护士把直肠导管插入肛门，尽量让管子伸到最里面。

"我们最好开始吧！"他对刷洗过手臂的实习护士说，她穿袍子、戴手套，站在手术台对面准备协助他，浅浅的痘疤藏在帽子与手术衣底下，虽然眼皮浮肿，眼睛依然是美丽的。"如果我们不开始，我们就不能结束，想要结束，我们最好开始了，嗯？"

应当划下一大刀

这种病案不宜小刀

掏出肠道，反转解开

你立刻会了解要顺时针方向扭开

接着向上插入直肠导管

排泄物将夹着气体冲出导管……

直肠肿成圆滚滚一截，比例简直跟史上最大飞船"兴登堡号"一样。肠道很容易会破损，致使排泄物流入腹腔。戈什从正中切下，小心加深切口，犹如工兵在拆除炸弹。他觉得一无进展，正当恐慌起来时，腹膜闪耀着光泽的表面出现，这层纤细的生物膜覆盖在腹腔内壁。他翻开腹膜，稻草色的体液流出，他把手指插入切口，利用手指挡住液体流出，然后在腹膜上划出与表皮同样大小的切口。

犹如飞船从停机坪急速升空，直肠立刻被挤出来。他用湿布裹覆盖伤口侧边，塞入大型巴佛腹部牵开器，让切口边缘固定拉开，接着把扭绞的肠道完全掏出切口外，搁在布裹上。直肠横宽与车轮的内管一样大，泥汙、色深，由于液体而紧绷，与其余粉红色的肠道不怎样相像。他看到扭转的部位，就在腹腔深处，他小心翼翼地处理弯曲处那两大截肠子，照着科普所言，以顺时针方向解开。他听到汩汩的水流声，那截鼓胀肠道的青色立刻褪去，从边缘开始转变为粉红色。

他在肠壁摸寻雅斯嘉护士插进去的直肠导管，把它像圈环上的窗帘杆套进去，当导管抵达膨胀的肠子，他们的辛苦有了反馈，一声响亮的叹息后，液体混合气体哗啦啦流入底下的水桶。"你会发现肠道收缩，器官的移位范围减缩。"戈什说。实习护士完全不知道他在说什么，还是说了声："对，戈什医生。"

戈什弯起戴着手套的手指，手指看起来能干而有力，是一双外科医生的手。他心里思量，除非承担起根本的责任，否则不能这样想。

他缝好伤口，剥下手套，竟然看见赫玛的脸出现在旋转门的玻璃上，然后消失了。他跟在她后头追上去，赫玛拔腿快跑，不久在通道上被他赶上。赫玛靠着柱子站在原地喘气。"怎么？"她恢复说话能力时问："进行得顺利吧？"他们两人都笑得很灿烂。"欸……我只是把肠道解开。"他无法掩藏语气中的自豪与兴奋。

"也许会再扭转。"

"嗳，不选我，他就没得挑了，既然这里的另一个医生不肯帮忙。"

"没错，干得好，我得走了，亚麦姿和萝辛娜在照顾小宝宝。"

"赫玛。"

"怎样？"

"如果我有麻烦，你会帮我吧？"

"才不会，我只是来伸展伸展腿的……"她眼睛不禁闪亮一下，"傻瓜，你想到哪里去了？"

和赫玛在一起，就算讥讽也是甜的。他忍住冲动，免得自己像热切的小狗狗往前扑过去，没两下就忘了几分钟前所遭受的打击。

赫玛说："昨天我刚好搭车经过我们第一次看到绞刑的地点，我想起那件事……"她打量他，露出若有所思的样子。"你今天吃过东西了吗？"

就在这时候，他留意到一件事情：他深爱的美人儿，从马德拉斯返回还是小姑独处的美人儿，比以前更像被放大了。纱丽与短衫之间可见肉乎乎的肥胖，下巴底下的皮肤像第二个阴阜微微隆起。

"从你去印度之后，我就没吃过东西了。"他说，这句话有九分是真的。

"你瘦了，看起来不好看，到我那里去吃东西，那里吃的跟山一样高，大家一直送食物过来。"

她走开了。戈什研究她臀肉左摇右摆的样子，简直要从屁股飞出来，她从印度带回了她不想要的东西。这种时候根本不该想这个，可是他的情欲被撩起来了。

戈什换好衣服，不知不觉又想起手术。我是不是应该把乙状结肠粗略缝在腹壁上，以免它再次扭转？我不是看过斯通这么做吗？结肠固定术，我记得他是这么说的。斯通曾经告诉我结肠固定术的危险吗？警告我少做？还是推荐我做呢？希望我们把每一块海绵都取出来了，应该多数一次的，刚刚应该再检查一回，还没开完刀前，应该检查出血点。他想起斯通的话：腹腔开的时候，你控制它，一旦你把它关上，换它控制你。"我完全明白你的意思。"戈什一面说，一面走出开刀房。

到了傍晚，医院员工才聚集在泥土地的洞壑旁，洞穴旁已经架起了木块。不能再浪费时间了，根据埃塞俄比亚的传统，尸体入土前没有人可以进食，这表示护士、见习生都在饿肚子。勤务员肩上扛着棺材过来，他们踩的那条小路，正是玛莉·普雷斯修女向来走到这片小树林坐下的那条路。赫玛跟在抬棺者后面，同行的有斯通的女佣萝辛娜与戈什的女佣亚麦姿，她们三人轮流抱着裹在毯子里的两个婴孩。

他们将棺木放在墓穴边，掀开棺盖。还没见到遗体的人群挤上前来，现场随之传出呜咽与饮泣声。

护士替玛莉·普雷斯修女穿上了衣服。这位小修女穿着她的"新娘服"，代表她许诺将身心奉献给基督，拱形的罩头头巾则证明她的精神不会流连于俗事，而是抵达了天国，象征她对世人而言已然溘逝。然而，在越来越浓密的雾气中，头巾不再只是象征，绕在颈部的上浆硬布领巾像围涎挂下来。修女袍是白色的，腰间有条打褶的白束带。玛莉·普雷斯修女的双手从衣袖伸出，在身体中间交会，手指搁在她的《圣经》及玫瑰念珠上。圣衣会（Discalced Carmelites）在创会之初是不穿鞋的，discalced即是不穿鞋的意思，玛莉·普雷斯修女所属的教会讲求实际，允许穿着凉鞋。不过院长让她赤裸着一双脚。

院长决定不找天主教若瑟玫瑰教堂的神父，这人对事情总有不满，即使无事可反对也照样反对，况且这里能引起他不满的事情可多了。她差点打电话找英国圣公会的安迪·马奎尔，若他来了，众人会得到安慰，他也应该会欣然出席。不过，院长终究认为，玛莉·普雷斯修女应该只希望医院大家族的成员为她送行，出于同样的直觉，院长当天稍早要求加布鲁准备念诵一小段祈祷文。纵然加布鲁除了担任祭司，还身兼门房及园丁，但修女一向尊重他，而且明白一件事情：对于加布鲁而言，能被要求担任这份工作，他将感到无上的光荣与安慰。

在寒冷凝定的空气中，院长举起手。"玛莉·普雷斯修女会这么说：'不要为我伤悲，基督是我的救赎。'那必然也是我们的慰藉。"院长乱了思绪，还要说什么呢？她朝加布鲁点点头。加布鲁穿着长及膝盖的白祭袍，底下是长裤，上面紧紧缠包着头巾，这是他只有在主显节庆典[31]才穿的正式服装。加布鲁以古老教会使用的吉兹语进行礼拜仪式，这是衣国东正教使用的官方语言。他竭力让单调的朗诵不拖沓。接着，护士与见习生吟唱玛莉·普雷斯修女最爱的圣歌，这首曲子是她教她们唱的，是她们在护士宿舍朝会礼拜中最喜欢唱的一首歌。

基督存在！你的恐惧不再
死亡再也不令我们丧胆
基督存在！我们因而熟悉你
啊，墓穴，无法束缚我们
哈利路亚！

他们全挤向前，亟欲在棺盖钉死前看她最后一眼。加布鲁后来说，玛莉·普雷斯修女容光焕发，表情祥和，了解她在人世的严峻考验已经结束。亚麦姿坚称棺盖放下时，一股紫丁花香飘出。

戈什感觉有个消息传给他，修女仿佛说：善用你的时间，不要再浪费多年时间追求也许不会获得反馈的爱，为了我，离开这片土地吧!

赫玛靠近站着,默默对玛莉·普雷斯修女发誓,她将照顾我们,将我们视为己出。

临时工把绳索扣在棺木底下,将修女垂放至她的坟墓。依循埃塞俄比亚传统,他们将准备好的重石传给较高的那位临时工,他踏在棺木的左右两侧。石头是为了防止土狼进入。

最后,两名工人把泥土推回去填补墓穴,仪式就快完成了,只差众人的啼哭。

湿婆和我才展开生命的第一页,而那怪诞离奇的哭声惊动了我们,我们张眼,凝望一个已有诸多缺憾存在的世界。

第十四章·救世主的了解

葬礼的隔日，戈什起了个大早，难得醒来时第一个想到的人不是赫玛，而是斯通。他一穿好衣服，立刻直接走去斯通的住处，不过看不出来该处的住户曾经回来过。他心灰意冷地走去院长办公室，院长带着期望抬起头来，他摇摇头。

他迫不及待地去探望那位手术后的病人，检查手术结果。他原本不情不愿地当上外科医生，而现在他所感受到的期望让他有了新发现，这一定是斯通经常享受的感觉。"这会让人上瘾。"他对着空气说。

他发现梅勃杜上校坐在床沿，他弟弟正在协助他更衣。"戈什医生！"梅勃杜打招呼，笑得像是在这世间无牵无挂，纵使人显然非常痛苦。"报告我的状况：我昨天夜里放了屁，今天解出大便，明天我就会拉出金子来！"他总是吸引旁人，即使身体虚弱时也不例外，魅力丝毫不减。对一个不到二十四小时前动过手术的人来说，他的情况相当好。戈什检查伤口，伤口干净完整。

"医生，"上校说，"我今天一定得回刚达尔去，我不能继续离开驻防部队，我知道太早了，可是我别无选择。如果我不露脸，我的嫌疑会更深，你不希望救了我一命，反而害我被吊死吧！我可以在家里打点滴，你怎么说我都照办。"

戈什张嘴想反对，不过明白坚持无用。

"好吧！听好，如果你用力害得伤口迸开，那会非常危险。我给你吗啡，你搭车时必须平躺着，我们会准备好点滴。明天你可以喝水，小口小口地，后天再喝清流质性饮料。我会统统写在纸上，大概十天后，你必须拆线。"上校点点头。

那位留胡子的弟弟紧紧握住戈什的手，深深一鞠躬，低声表示感谢。

"你会陪他一块回去吗？"戈什问。

"当然，有一辆厢型车会过来接我们，等他安顿好了，我就要立刻到西伯利亚的新单位报到。"戈什露出迷惘的表情，"我被流放到国外。"

"你也在军队服务吗？"戈什问。

"没有，就现在来说，我什么都不是，医生，我只是个小人物。"

梅勃杜上校把手搁在他弟弟的肩上。"我弟弟个性谦虚，你可知道他在哥伦比亚大学念到社会学硕士吗？他被皇帝送去美国，结果贾维在纽约提倡的'回归非洲'运动吸引了他，那老头不高兴，不准他念博士学位，把他叫回来当省长，他应该让他读完的。"

"没有，没有，我很乐意回来，"他的弟弟说，"我想帮助自己的同胞，不过，由于帮助同胞，现在我要到西伯利亚去了。"戈什抱着期待，等他再说下去。

"告诉他原因，"上校说，"毕竟是跟保健有关的事情。"

上校的弟弟叹了口气。"卫生署在我们以前的省盖了公立健康诊所，皇帝还来剪彩，为了让皇帝经过的路线看起来都很好，我用去了那区一半的预算，上油漆、围篱笆，甚至弄了辆推土机拆掉简陋破烂的小屋。他一离开，诊所就关门大吉了。"

"为什么？"

"诊所的预算花光了！"

"你没有提出抗议吗？"

"怎么没有?！可是我发出的电文都没有回音,都被卫生署拦截了,所以我自行让健康诊所重新运作,花了一万块,从八十公里外的城镇请了位教会医生每周来一趟,找了个退休的军队护士负责包扎敷药,还找个助产士搬到那里,我弄了药品,当地有个酿私酒的家伙给我一架发电机,民众爱死我了,卫生署则想杀了我,皇帝把我叫到亚的斯亚贝巴来。"

"你从哪弄来的钱?"戈什问。

"贿款啊!民众常常提一大篮的酸面饼来,里面装的钱比酸面饼还多。我用贿赂的钱做好事,他们拿更多钱来贿赂我,因为怕我揭发他们。"

"你把这件事情告诉皇帝了?"

"嗳,事情很复杂,每个人都在向他咬耳朵。我去觐见时,我说:'陛下,健康诊所需要经费才能继续办理。'他做出惊讶的样子。"

"他根本就知道。"上校插嘴。

"他把我的话听完,眼神没有透露出任何信息。我说完后,皇帝跟财政部部长阿巴·哈那耳语,阿巴·哈那在纪录上草草写了些字。还有其他的部长,你见过他们吗?他们永远处在恐惧中,永远不知道现在上头还喜不喜欢他们。

"皇帝感谢我在那个省份的服务,讲了诸如此类的话,我鞠躬又鞠躬,退着走出来。我到房间后面跟财政部部长碰面,他给了我三百元!我需要三万元,甚至三十万元才够。就我所知,皇帝说给我十万元,阿巴·哈那认为只值得三百元,还是三百元是皇上的主意?你能问谁?这时候,下一个请愿的人已经在说他的故事了,财政部部长又匆匆跑回去,坐到靠近皇帝的座位。

"我想从房间后面大喊:'皇上,部长是不是搞错啦?'我朋友把我硬拖走——"

"否则你就不会在这里说这个故事了,"上校说:"弟弟,你有勇无谋。"

上校转为严肃,眼神落在戈什身上,双手握起戈什的手:"戈什医生,你比斯通医生优秀,身边的医生胜过远处的名医。"

"没有没有,我的运气好,斯通的医术才是最厉害的。"

"我要谢谢你另一件事,你也知道,我从刚达尔一路到这里来,一路都在忍受剧痛,相较之下,回去的旅程就轻松了,这个痛……我知道不管是什么病,都会变得更严重,会要了我的命,可是我还能选择,我能来找你。当你告诉我,我的同胞如果遇到这种病状,他们只会死掉……"上校的表情严厉起来,戈什没有把握,这是生气?或者他在忍住眼泪?上校清清喉咙。"把我弟弟的健康诊所关起来,那是没有道德的行为,我到亚的斯亚贝巴开会,是要……准备要听听看我的同事怎么说,可是我没有把握,你可以说我动机可疑,如果我想要参与改变,我是为了最好的理由?还是只是想夺权?医生,我现在告诉你的话,你永远不能说出去,你明白吗?"

戈什点点头。

"我这趟旅程,我的痛苦,我的手术……"上校接着说,"上帝让我看到同胞的苦难,这是一条讯息,我们怎么对待地位最低微的同胞,我们怎么样治疗受到肠扭结之苦的农夫,那是我们评价这个国家的标准,而不是去看我们的战斗机、坦克车,或者去看皇帝的宫殿有多宏伟。我认为上帝安排让我认识你。"

这群人后来离开时,戈什明白了一件事情。他本来心存偏见,不喜欢梅勃杜上校,结果反而喜欢上他这个人。反过来说,异乡客应该很容易对皇帝投射慈善的特质,这时他对这一点的把握减少了。

艾利·何瑞斯先生进来后把门关上,朝她的办公桌走来,并且自我介绍。这时,院长注意到的第一件事情是:他全身上下的穿着都出错了。他有百分之百的权利生气,他前两天都到医院来过,都没有见到院长一面。而现在他见到她，露出感激的神情，还担心自己是否打扰了她的时间。

"何瑞斯先生，我压根不知道你要过来，"院长立刻说，"如果是其他的情况下，我们乐于见到你的来访，只是不巧昨天我们埋葬了玛莉·普雷斯修女。"

"你是说……"何瑞斯费力地吞了吞口水，嘴巴张了又闭上。他在院长眼中发现了深沉的哀痛，他为了自己适才的忽略觉得十分难为情，"你是说……印度来的那位年轻修女？……托马斯·斯通的助手？"

"就是她。至于托马斯·斯通，他离开这里，不知道上哪里去了，我非常担心他，他现在心烦意乱，精神失常。"

何瑞斯有张讨人喜欢的脸孔，只嫌上唇太厚，门牙不齐，让他跟英俊沾不上边。他坐在椅子上，心里七上八下，不消说，他恨不得能问问看怎么会发生这一切，却没有开口。院长了解他那种人，即便他占上风，也不知怎么迫切要求属于他的权利。当他动也不动地坐在院长面前，一对和蔼的棕色眼睛不愿与她四目相对，院长对他的态度因而软化了。

于是，院长毫无保留地悉数告诉何瑞斯，几个仓促而简单的句子背负着沉沉的意涵。她交代完以后说："你的来访遇上了我们情况最恶劣的时刻。"她擤擤鼻涕，"我们失迷医院许多工作都仰赖托马斯·斯通，他是本市最好的外科医生，他始终不知道，由于他为皇室成员、政府官员动手术，我们才能够继续经营下去。政府要求我们每年支付庞大的费用，不缴就没有特权在这里服务，你能想象得到吗？如果他们希望的话，他们可以直接叫我们停止就诊，何瑞斯先生，就连你捐款给我们，也是因为他写的书啊……失迷医院的末日也许到了。"

院长说话的同时，椅子上的何瑞斯越来越提不起劲，仿佛有人拿脚抵住他的胸口。他紧张时习惯抚拍乱发,虽然那绺头发并没有落下来的危险。

院长暗想,世界上就是有人会碰上不好的时间点,有人在赶去结婚的途中车辆抛锚,有人在布莱顿度假时绝对会因为下雨而扫兴,有人登基当天,由于国王乔治六世逝世,个人荣耀因而黯然褪色,而该日也永远被人纪念成国王忌日。[32]这些人心神不宁,我们则于心不忍而心生怜悯,因为他们是如此的无可奈何。修女的死亡,斯通的消失,都不是何瑞斯的错,然而他到这里来了。

假如何瑞斯想看账本,她没有任何账单能让他过目。万不得已时,院长会提交进度报告,由于捐款人希望赞助的部分与医院的实际需求截然不同,因此她的报告是虚构的。她早知道这样的日子总会到来。

何瑞斯说不出话,然后咳了几声,恢复正常后,喉咙变得清爽。他笨拙地拿着手帕,拐弯抹角地对院长说出他想处理的正事。没想到,这件事与院长心中所想的不一样。

"院长,关于我们资助奥洛莫族的传教团一事,结果被你说中了。"何瑞斯说。院长隐隐约约记得在某封信上提过这件事。"在沃洛服务的医生拍了电报给我,警察占据了医院,该区的区长也无法把他们赶出去,医疗用品被拿出来卖,当地的教会还公开鼓吹民众反对我们,说我们是恶魔!我必须来一趟把事情说清楚。"

"何瑞斯先生,请恕我直言,你怎么能未先亲眼查见便出钱赞助那里呢?"她这句话吐出口的同时,心里涌起一阵罪恶感,因为何瑞斯之前也没来过失迷医院。"如果我没记错,我在信上说过,这样做并不明智。"

"这是我的错,"何瑞斯绞着手说,"是我说服我那间教会的指导委员会……我还没把这件事情告诉他们。"何瑞斯的声音细如蚊鸣。他扫扫喉咙,恢复讲话能力时,又继续说,"我的用意……我希望委员会会了解,我的用意是好的,我们……我希望让不明白的人了解救世主。"

院长一听怒了,叹了口气:"你把他们都想成是崇拜火的?崇拜树的?何瑞斯先生,他们是基督徒,他们对救赎的需要不比你对直发膏的需求来得高。"

"可是我觉得那不是真正的基督教,他们异教徒,有点……"他边说边拍前额。

"异教徒!何瑞斯先生,以前在约克郡与萨克森,我们异教徒的祖先用敌人的头骨当盘子端食物,这里的基督教徒可是会唱圣诗的,他们相信约柜[33]锁在阿克森,不是什么圣徒的手指、什么教宗的脚趾,是约柜噢!埃塞俄比亚的信徒穿上刚死于瘟疫的人的上衣,他们认为瘟疫是赢得永生、找寻救赎的途径,是上帝指引他们的确实途径。那——"她敲敲桌面说,"就是他们多么渴望来生的证据。"她忍不住说了下面这句话,"告诉我,在达拉斯,你们教区的教徒对救赎有如此的渴望吗?"

何瑞斯早已满脸通红。他环顾四周,仿佛想找个地方躲起来。不过,他还没完全被打败,像他这样的男人,遭遇对手时反而会固执起来,因为信念是他们仅有的。

"其实是休斯敦,不是达拉斯,"他轻声说,"院长,可是这里的祭司几乎都是文盲,你们的门房加布鲁不了解他朗读的祈祷文,因为那是吉兹语,这种语言没有人会说。假如他相信'一性论',认为基督只有一种神性,并不具有人性,那么——"

"不要再说了!何瑞斯先生,请你不要再说了,"院长捂着耳朵说,"欸!你要把我气死了。"她绕过办公桌,何瑞斯身子往后退,仿佛担心院长会赏他几个耳光,不过院长往窗户走去。

"当你在亚的斯亚贝巴到处看看,看见赤脚的孩童在雨中发抖,看见麻风病患恳讨下一口饭吃,'一性论'的胡说八道还有任何重要性吗?"

院长把头靠在玻璃窗上。

"何瑞斯先生,上帝会审判我们,根据——"想起玛莉·普雷斯修女,她的嗓音哑了,"根据我们为减缓人类同胞痛苦的所作所为来审判我们,我想上帝并不在乎我们信奉什么信条。"

那张坦白真率、历尽沧桑的脸庞贴着玻璃,泪湿的脸颊、紧扣的手指,这一幕带给何瑞斯的震撼,胜过于她说的任何一句话。眼前这个女人就算面临所属教团的阻碍时,也可以放弃教团的种种规定。她的口中说出了根本的真理,这项真理由于简单,是不可能从何瑞斯所属那类教会的信徒口中说出来的,在那里,两败俱伤的争执似乎才是委员会存在的目的,似乎才是信念的表现方式。一片海洋分隔了院长这样的实践家与他们的赞助人,这是小小的福气,因为他们假使碰在一起,必然惹得彼此极度不悦。

何瑞斯盯着墙边堆放的大量《圣经》。刚走进来时,他还没有注意到那些书。

"在这整个国家,我们的英语《圣经》多过会讲英语的人口。"院长不再望向窗户,转头顺着他的眼光看去。"波兰语、捷克语、意大利语、法语、瑞典语,我想有些《圣经》还是你们主日学小朋友捐出来的。我们需要药品、食粮,《圣经》,我们已经有了。"院长面露微笑。"我总是在纳闷,送我们《圣经》的善心人士,当真以为经文就能医治钩虫、解除饥饿吗?我们的病人不识字啊!"

"我实在不好意思。"何瑞斯说。

"快别这么说,请不要那么想!这里的人很喜欢这些《圣经》,一个家庭能拥有的最珍贵的东西,就是《圣经》。在塞拉西之前,孟尼里克皇帝统治这里,你知道他生病时会做什么吗?他吃《圣经》的纸,这么做对病情没有帮助吧!在这片土地上,纸,他们叫作worketu,纸在这里像宝物一样贵重。你知道吗?对穷人来说,婚姻很简单，就是在一张纸上写两个名字。那离婚呢？直接把纸撕掉就成了。牧师会把印有《圣经》章节的纸片送给民众，民众就把纸片对折，一直对折下去，折到变成小小的方块，然后把纸片塞在皮革里，挂在脖子上戴着。

"我很乐于分送《圣经》，不过内政部部长认为这是劝人改变宗教的行为。我说：'没有人识字，这样怎么算是劝人改变宗教呢？而且这跟你信仰的宗教是一样的啊！'不过部长不同意，《圣经》就累积成这么一大堆，何瑞斯先生。《圣经》像兔子在工具棚增生，多到仓库里都是，多到要摆进我的办公室来。我们用这些《圣经》来支撑书架，来粘贴泥草屋的墙壁，说真的，用途可多的！"

她往门口走去，示意何瑞斯一起到外面去。她说："我们去走一走。"他们走到走廊，院长指着一扇门上的标牌说："你看。"牌子上写着"一号开刀房"，那间房是壁橱，里面塞满了《圣经》。她又默默地指着通道对面的另一间房，何瑞斯一看就知道，那是存放拖把与水桶的收纳间，门上的标牌写着"二号开刀房"。"我们只有一间开刀房，我们叫它"三号开刀房"。何瑞斯先生，你想严厉批评我的话，说出来没有关系。不过，以上帝之名获得的资源，我都用来服务这些人群。假如捐款人坚持要再资助我另一间开刀房，让赫赫有名的托马斯·斯通来使用，而我缺少的却是添购导尿管、针筒、盘尼西林、氧气筒的费用，连这么一间现有的开刀房也无法运作，那么我只好给捐款人一间有名无实的开刀房。"

到了门诊中心外面的阶梯，九重葛花团锦簇，遮掩了车棚的柱子，屋顶看似以悬臂梁搭建而成。

一个男子匆匆走过，他破烂的军服大衣外扎了厚重的白色披肩，白色头巾和手里的猴子毛苍蝇拍让他格外显眼。

"那就是我们刚刚谈论的加布鲁。"院长说。此时，加布鲁看见他们，停下脚步一鞠躬。"上帝的仆人，兼任门房，兼任……与我们一样刚失去了亲爱的人。"

加布鲁这般年轻,何瑞斯吃了一惊。院长在一封来信中,提到某个十二或十三岁出生哈勒尔的女孩被送来,奄奄一息,切断的脐带自两腿间拖出来。几天前她刚分娩,胎衣却没有排出来,胎盘也不肯移动。家属搭乘骡车与公交车,走了两天才抵达医院。加布鲁看了不忍心,从出租车上抱起这名可怜的女孩,结果女孩放声尖叫。加布鲁,上帝的乐器,居然不慎踩到了脐带,导致胎盘脱落了。这年轻的女孩连急诊室的门槛都还没跨过,病已经治好了。

穿着无袖棉衫的何瑞斯开始发抖,眼珠子游移不定,手指扯着衣领,然后调整遮阳帽——院长根本没发现他戴了一顶帽子。

院长陪他走过儿童病房。这里不过是间漆成浅紫色的房间,幼童睡在有金属栏杆的高床上,做母亲的就随便在床边地板上打地铺。见到院长,她们急急忙忙站起来鞠躬。"那孩子得了破伤风,活不了了;这个有脑膜炎,就算活下来,大概不是聋了就是瞎了。而他的妈妈——"说着,她亲切地环抱一名瘦小的母亲,"不分日夜都待在医院,不管其他三个孩子,欸,家里有个小孩跌进井里,又被牛角弄伤,就当他妈妈在这里的时候,还被人绑架走了。要说有人性的做法,就是叫她回家去,带孩子回家去。"

"那她为什么留在这里呢?"

"你看她贫血多严重!我们能供她吃,小孩不能进食,我们就把小孩的份连同她的份一起给她,我请人每天给她一颗蛋,她还注射铁剂,服用钩虫药。过几天,我们会替她筹好客运的车钱,送她跟这个孩子回家,假如孩子还活着的话。不过好歹她的健康情况会好一点,有更多体力照顾其他的孩子……现在这个孩子等待开刀……"

男性病房又长又窄,里面住了四十名病患,院长继续唱名下去。起得来的病人坐起来同他们打招呼,一个男人呈昏睡状态,嘴巴张开,眼睛视而不见。还有一个坐着往前靠在特别的枕头上,竭力想呼吸。两个并肩的男人肚子肿得好像怀胎足月了。

"风湿性心脏瓣膜受损，我们无能为力……这两个人肝硬化。"院长一一解释。

何瑞斯大为震惊，原来滋养生命、维持生命所需，是如此少之又少。缺了口的盆子装着一大块面包，加上一大杯盛在破旧不堪的锡杯里的甜茶，这是早餐与午餐。他看得出来，这份餐点往往由蹲在床边的家人瓜分。

他们从病房走出来，院长停下来喘口气。"你知道吗？目前我们的资金只够用三天，三天而已。有时我晚上睡觉时，完全不知道我们早上要怎么开门看诊。"

"你会怎么做？"何瑞斯问，然后明白自己已经知道了答案。

院长露出微笑，脸颊肉往上移，眼睛几乎要不见了，这么一来，反而露出孩子般的模样。"没错，何瑞斯先生，我会祷告，然后拿建筑的经费来用，哪一部分有经费，我就用那部分的经费，主明白我的困境，至少我是这么告诉自己，祂一定准许我把经费挪用到他处。跟我们搏斗的不是无神论——这是世界上最敬畏上帝的国家。我们其实也不是在与疾病搏斗，我们搏斗的是贫困。买粮食、药品的钱……才能帮助我们。如果我们治不好病，救不活人，起码病人会觉得有人关心他们，这应当是基本的人权。"

指导委员会带给何瑞斯的焦虑已然全消。

"何瑞斯先生，我承认，随着年纪越来越大，我的祷告与宽恕无关，我祈求的是能为祂服务的金钱。"院长伸手执起他的手，以双手握住，然后拍了拍。"你知道吗？在我最悲观的时刻，你几乎总是我祷告后得到的那个回应。"

院长觉得她已经说得够多了，这是一场赌博，她能放在赌桌上的赌注，只有实话。

171

第十五章·弯曲的毒蛇

在戈什看来，这对新生儿不像是真实的，一张脸只见得到鼻子和皱纹，好像是秘密安插在赫玛屋里的东西，是某项出错的实验结果。戈什努力发出适当的声响，做出有趣的动作，却又不由自主地慨叹大伙都把注意力放在他们身上。

玛莉·普雷斯修女去世五天了，每天傍晚他出发寻找斯通之前，总会先上赫玛家一趟。他发现他家的亚麦姿在那里，简直如鱼得水，一心一意在照顾孩子，几乎没有注意到他的存在。过去两三天，他被迫自己动手煮咖啡、烧洗澡水。院长、雅斯嘉修女、萝辛娜与好几个护校生也在那里，为了新生儿的一点点小事忙得不可开交。由于托马斯·斯通走了，萝辛娜没有事情要忙，也搬到赫玛这里来住了。戈什离开赫玛的小屋时，没有人发现。

他先开车到吉翁与公爵两家旅店，然后到警察总部找一个熟识的小队长，小队长没有消息。他又从广场的一头开到另一头，在圣乔治酒吧喝了啤酒，想想该是时候回家了。他离开的计划已经安排妥当，他有一张飞往罗马的机票，然后继续飞到芝加哥，四个星期后就动身。届时，医院的事情也许都解决了。他看不出自己有留下来的理由，斯通走了，修女死了，现在更没有理由了。不过他还提不起勇气告诉院长或亚麦姿这件事，也不敢对赫玛提。

他把车开到车棚停好时，天色已经暗了。他看到亚麦姿蹲在后墙边,包了层层的御寒衣物,只有眼睛露出来。她正在等他,就像玛莉·普雷斯修女走的那天晚上一样。

"啊!老天,出了什么事?"

她走到副驾驶座的车门边,用力开门上了车。

"跟斯通有关吗?"他说:"出了什么事情?"

"你去哪里了?跟斯通没关系,有个小宝宝停止了呼吸,我们得去赫玛医生家。"

小夜灯的蓝光让赫玛的卧室感觉很不真实,像电影场景。赫玛穿着睡袍,松开的头发自肩膀垂下。他发现很难将视线移转开来。

两个新生儿躺在床上,胸膛规律起落,眼睛闭上,面容安详。

他转头望向赫玛,发现她的身子发抖,嘴唇颤动。他伸手翻开掌心,想问问发生了什么事情。赫玛没有回答,反而扑进他的怀抱。

他搂住赫玛。

他认识赫玛这么多年,见过她的喜怒哀乐,连沮丧的模样也看过,只是在这些情绪底下,她永远充满活力。他从未见过她害怕的样子,感觉像是变了个人。

他想把她带到房外,以手臂环抱着她的肩头,她却不肯走。"不行,"她压着嗓子说,"我们不能离开。"

"怎么了?"

"我哄他们入睡后,碰巧再看了他们几眼,我发现马里恩呼吸规律,可是湿婆……"她指着那孩子头皮上的敷药哭了起来。"我发现他的肚子隆起,吐气时就消下去……接着就没动静了,我一直注意看,一直注意看。我说:'赫玛,那是你的幻想。'可是我看得出来,他的身体发青,虽然是在这种光线下,可是我拿马里恩的肤色跟他比较,他青色的皮肤尤其明显。我摸摸他,他忽然伸出手臂,好像人在往下掉,然后他深呼吸,用手指卷住我一根手指,他在说:不要离开我。接着，他又开始呼吸。欸，我的湿婆，假如我没有站在那里……他现在已经走了。"

赫玛把手贴在他的胸膛上，再将脸埋入双手哭了起来。戈什抱住她，她的泪水湿了他的衬衫。戈什不知道该说什么，只希望她别闻出啤酒味。她忽然抽开身，两人手勾着手站好，因为亚麦姿出现在他们身后凝望湿婆。

为什么赫玛要擅自为婴儿命名呢？这么做感觉太仓促了。他没办法喊出这两个名字，这名字还可以改吗？要是托马斯·斯通出现了怎么办？孩子是一个修女和一个英国人所生的，为什么要用印度神来取名呢？还有，另一个双胞胎也是男孩，为什么取做马里恩？这名字通常是女生用的。这应该只是暂时的，等到斯通神志恢复清醒，或者英国大使馆的人还是谁来处理事情，名字就要换掉了。赫玛的表现却好像孩子是她的。

"这种事情发生了不止一次吗？"他问。

"对！不止一次，差不多三十分钟后又来了一次，当时我刚好准备要转身走开，他呼出一口气……然后就停止呼吸了，我在原地等着，他一定得呼吸才行，我先是按捺不动，最后受不了才去摸摸他。我一摸，他就开始呼吸，好像一直在等我去轻轻推他，好像他忘记要呼吸。我在这里待了三个小时，怕得连厕所也不敢去。不管谁来照顾，我都不相信他，而且我也没办法把事情解释清楚让他们了解……谢天谢地，刚好亚麦姿今晚决定留下来，帮我喂他们喝奶，于是我叫她去找你。"赫玛说。

"去吧！"戈什说："我来照顾他们。"

她不消一会儿就回来了。"你有什么看法？"她问，拿手帕轻擦眼睛，身子偎在他的手臂上。"你要不要听听他的肺？他不会咳嗽，也不会挣扎。"

戈什用手指抵着下巴，眼睛眯起来，不发一语，仔细研究这孩子。过了良久才说:"他醒来的时候,我再替他彻底检查,不过我想我知道问题在哪里。"

赫玛望着他的眼神让他的心胀了起来,这不是那个对他说的每一句话都抱持怀疑反应的赫玛。"事实上,我相信早产儿常有呼吸暂停现象,书上写得很清楚。你瞧,他的大脑还没完全发育成熟,引发每一下呼吸的呼吸中枢还没发育完整,他偶尔会'忘记'呼吸。"

"你确定不是其他原因?"她不是在质疑他,她就像每个母亲,希望从医生口中得到确切的答案。

他点点头。"我确定,你运气很好,如果没有人发现呼吸暂停的现象,孩子往往活不成。"

"不要说那种话,噢,天啊!戈什,我们能怎么办呢?"他本来想告诉她,没有人能做什么,什么都不能做。如果这孩子走运,也许过了一两周就不会有呼吸暂停的问题,唯一的选择是将早产儿连到机器上,让机器帮助他们呼吸,直到肺脏发育成熟为止。即使在英、美,这种方法也很少采用,在失迷医院则根本不可能。

她等着听他宣布答案,等到连呼吸都屏住了。

"我们这么做吧!"他说。赫玛叹了一口气。这计划是他编造的,也不知道行不行得通,不过他明白自己没有勇气说束手无策。

"搬一张椅子给我,客厅里的那种椅子。再拿你的踝环和一对钳子给我,还有什么棉线或麻绳之类的,如果有夹纸写字板或笔记本也拿来。另外,叫亚麦姿去煮咖啡,能煮多浓就煮多浓,能煮多少就煮多少,叫她把保温壶装满。"

变了人似的赫玛立刻起身执行他的命令,她是双胞胎的养母,绝口不问为什么或是怎么做。他看着她摇摇晃晃地走远。

"早知道你会欣然同意,我就开口要瓶上等的白兰地,外加一套足部按摩,"他喃喃自语,"如果这方法不成……好歹我行李已经打包好了。"

戈什坐在椅子上慢慢喝咖啡,手指缠着一条线,屋子四下静悄悄的。此时是半夜两点,另一端的线头绑在赫玛的踝环上,他把踝环绞成两半,扣在湿婆的脚上。当脚一移动,踝环上的小银铃便叮叮当当,发出铙钹似的悦耳声。

他把手表用表带系在椅子扶手上。在习作本的第一页,他画了纵向的栏位,标上日期与时间。湿婆在睡梦中微微活动,踝环声让人听了很安心。先前他们喂了双胞胎奶喝,特别在湿婆的奶瓶中加了一滴咖啡。咖啡因能提神,刺激神经系统,戈什希望这个成分能让呼吸中枢起作用,而显然它让这个婴孩比他的双胞胎兄弟更好动不安。

赫玛睡在客厅角落的沙发上,刚好就在这间卧室的后面。他们搬了一组有灯罩的立灯到赫玛的房间,他可以借此光线看习作本。

戈什研究四周墙壁。有个小女孩站在两名大人中间,绑着辫子,穿着半身式纱丽。在戈什椅子的对面,墙上挂着印度总理尼赫鲁的装框照片,他面容英挺,神色哀伤,一只手指贴着脸颊。他以为赫玛的卧室是整整齐齐的,每样东西都在应该在的位置上,没想到有衣服披挂在床栏杆上,也有皮箱摊开在地上,角落的衣服堆还更高,书本、文件则叠在一张椅子上。就在卧室房门内侧不远处,他第一次发现有个如同餐具柜大的条板箱,挨近看看箱子外部的文字,心想:她居然买了,这一定是根德牌收音机,而且是用钱能买到的最高级款。他自己的留声机与收音机在没几个月前突然坏了。

他定时看那孩子一眼,确定小小的胸膛依然上下起伏。过了一段时间,他以为过了半小时,打打哈欠,看看手表,惊觉原来才过了七分钟。他暗想,老天,今晚可难熬了。他喝光咖啡,倒出第二杯。

他起身绕着屋内踱步。某个架上摆了一套精装书,烫金字印着《世界古典名著系列丛书》一行字。他拣了一本坐下来。这本书有皮革书皮,装帧精美,书页还有滚金,看起来好像没有人翻阅过。

到了清晨四点,戈什唤醒赫玛。睡梦中的她像个小女孩,两手一起塞在一边的脸颊下。他温柔地摇摇她,她张开眼,看到戈什便展开笑容。他把咖啡杯递出去。

"轮我了?"戈什点点头。赫玛坐起来。"他停止过呼吸吗?"

"两次,他确实有这种状况。"

"天哪!噢,天哪!不是我在幻想,对不对?我们运气太好了,所以我才会发现第一次。"

"喝下去,然后洗把脸,到卧室去。"

赫玛回来时,他把延伸到踝环的拉线、笔记本与夹在笔记本上的笔都交给她。"做什么都好,就是不要躺到床上,留在椅子上,只有这样才能保持清醒,我刚刚一直看书,看书非常有用。每看完一页我就抬头看看,如果我听到踝环摇动,我就不抬头,继续看书。他停止呼吸时,我就拉拉踝环,一拉,他就会立刻开始呼吸。那小鬼只是忘记呼吸而已。"

"他为什么一定得记住嘛?可怜的小宝宝。"

一声怪响,赫玛听到后无法安心留在椅子上。她顿了一顿,才想通那是戈什打鼾的声音。她蹑手蹑脚地走到他那里,他躺在沙发上酣睡,好似一只超大泰迪熊。她拿起滑落到地板上的毯子,帮他盖上,回去继续守夜。打呼声让她心安,告诉她,她不是孤单一人。她拿起戈什刚刚在读的书。

英国大使馆某个职员返国前,她向他买下了这十二本丛书,她觉得好丢脸,连一本也没看过。戈什把书签留在第九十二页,他当真已经看了那么多页吗?为什么他挑了这本书?她翻到第一页:

亟欲了解人类历史,亟欲体验时间多变试验下的神秘混合行为,这样的人谁不曾至少瞬间寻思过圣泰瑞莎的人生？想到某日早晨小女孩牵着尚且年幼的弟弟，在穆斯林的国度步上殉教的道路，谁不会露出夹有几许仁慈的笑容？

她把第一段读了三次，才了解大概的意涵，她看看书名，《米德镇的春天》》[34]。作者为什么不写得让读者更容易了解呢？她继续读下去，原因无他，因为戈什有办法勉强继续阅读，她在不知不觉中一点一滴地沉浸到故事里。

隔日上午戈什巡房时，暗自纳闷上校是否顺利返回了刚达尔的驻防部队，要是上校遭到逮捕或吊死，消息会传到医院来吗？《埃塞俄比亚先锋报》绝对不会报道叛国的消息，仿佛报道叛国行为本身就是种不忠。

查访病人后，戈什到院长的小屋后面，从其中一间库房找出早产儿保育箱。戈什是医院里"有实无名"的小儿科医生，早年曾替早产儿做了一组育婴箱。自从瑞典政府在亚的斯亚贝巴开了一家儿童医院后，医院便将所有早产儿都送到那里，把这个育婴箱收起来。

育婴箱的四面是玻璃，底座是锡制的，结构虽然脆弱，不过尚且保持完整无缺。他要加布鲁拿水管冲洗，掸掉跳蚤，放在阳光下暴晒几个小时，再用热水清洗。戈什又以酒精擦拭一回，才放到赫玛的卧室内。他往后站开，准备欣赏欣赏，亚麦姿立刻走过去绕了育婴箱三圈，同时发出咻咻的声音，险些还当真吐起口水来。"赶走邪恶的坏东西。"她一边以阿姆哈拉语解释，一边用前臂内侧抹抹嘴。

"提醒我千万不要找你进开刀房，"戈什用英语说，"赫玛？"他这么说是希望她讲几句有分量的话。"消毒法？你的李斯特呢？你的巴斯德？你都不再相信了吗？"

"老兄，你忘了我刚生完小孩，"她说，"除魔驱鬼重要多了。"

襁褓中的双胞胎像幼虫并躺，共享育婴箱，头上戴着无边小帽，帽带系在下颚，只有皱缩的新生脸蛋露出来。无论赫玛让两个孩子距离相隔有多远，再去看看他们时，他们会呈V字形，两颗头面对面碰在一块，正如他们在子宫中的情形。

有些夜晚，戈什在睡梦中的婴儿身边轮班，筋疲力尽，拼命抵抗瞌睡虫的诱惑，这时他喃喃自语："你为什么在这里呢？她会为你做这种事情吗？"想到多年来的怨恨，他咬紧了下颚。"愚蠢的色狼，让自己又拜倒在她的魔咒之下？"他为什么缺乏意志力，无法说出必须说出的话呢？

他告诉自己，一旦这个湿婆小宝宝克服呼吸障碍，他就要离开。他知道赫玛的个性，等她不再必须仰赖他，他们之间就会恢复向来的关系。何瑞斯来访过后，休斯敦浸礼会是否将继续支持一事还没有明确的答案，而院长不愿表达意见。

他和赫玛彻夜守护湿婆两周，白天找人帮忙，晚上则自己来。他们在一周内看完《米德镇的春天》，这本书让两人多了不少讨论的话题。接下来戈什挑了左拉的《三城记：巴黎》，两人都觉得内容引人入胜。湿婆暂停呼吸的现象从一天二十余次，降至一天两次，然后不再发作。为了安全起见，他们在第三周继续守夜。

对于戈什这样体格的男人，赫玛的沙发空间太小，赫玛见他缩在上面，心里很感谢，也明白他的牺牲。其实，窝到她才离开的空间，盖上还有她睡梦气息的被毯，戈什根本是乐在其中，倘若赫玛明白这点，不知道会有多震惊。湿婆的踝环叮当响，那声音透进戈什的睡梦，一天晚上他梦见赫玛为他翩然起舞，而且没穿衣服。那情景生动逼真，逼得他隔天早上赶到库克旅行社前等店开门，把他飞往美国的机票取消。他趁着还没喝半滴咖啡前赶紧做完这件事情，否则他将有机会事后又来批评自己。

玛莉·普雷斯修女过世后,院长的驼背弯得更低,脸上的风霜刻得更深。她每晚待在赫玛的小屋里(每个人都是),到了八点时,戈什和赫玛便请她让咕啾噜陪她走回住处,她也不出声抗议。那条狗会保护院长,由于往往还有两条无名狗跟在咕啾噜后头,于是院长有一帮随行"犬"。

埋葬修女两周之后,戈什见到一名赤脚工人走过去,他的右手打了好长一条石膏,手肘笔直垂在身侧。还有更糟糕的,这人昏昏欲睡,因而走路跌跌撞撞,有摔断脖子的危险,更别说另一只手臂恐怕不保。加布鲁心里很难过,因为那名工人骨折后来了医院,是他指示他到俄罗斯医院去。俄裔医生不管病痛为何,都喜欢施打巴比妥酸盐镇静剂,既然病人也爱打针,离开俄罗斯医院的每个人都一定被注射过镇静剂。加布鲁根据在医院多年的经验知道,假如骨折的前臂要上石膏,手臂必须呈自然的机能姿势,手肘要弯成九十度,前臂则做出介于内转与反掌的姿势(虽说他对这些专业术语完全不懂)。他陪着这位摇摇晃晃的工人走进急诊室,戈什看过X光片后,医务员为他重新上石膏。在那一刻——虽然他们没有人意识到——医院已经正式恢复了看诊业务。

赫玛不肯离开婴儿,声称自己不再是医生,而是一名母亲。像她那样的母亲,会为孩子担忧,喜欢陪伴孩子,不愿意与他们分离。斯通的萝辛娜和戈什的亚麦姿成了mamithu(阿姆哈拉语:奶妈),轮流睡在她家厨房的床垫上,准备随时帮忙。

由于斯通走了或死了,赫玛又成了全职母亲,当医院大门一开,戈什的肩头便挑起沉重的责任。院长雇用巴伽利前来负责上午的门诊,为医院绝大多数的病患看诊,如此一来,戈什多了自由,能在方便时动手术,同时专心照顾住院的病患。

玛莉·普雷斯修女逝世六周后，墓碑由驴拉货车拖送来了。赫玛和戈什监督石匠将墓碑抬放到位置上。石匠在石碑上刻了埃及十字[35]，并按照院长给的纸张，在十字底下刻了以下文字：

ΣΙΣTER MAPΨ JOΣEΠΗ PRAIΣE
BOPN 1928, ΔΙEΔ 1954
ΣAFE IN APMΣ OF JEΣUΣ
玛莉·普雷斯修女，
生于一九二八，死于一九五四，
于基督的怀抱中安歇

院长来了，气喘吁吁，情绪激动。他们三人站在那里，研究那以奇怪文字刻出的碑铭。石匠在一旁观望，希望有人赞美一句。院长气得叹了一声。

"我想他现在也无能为力了。"院长说，并且对石匠点个头。石匠收拾起铁锹、粗麻布袋，领着他的动物走远了。

"我在想——"赫玛哑着嗓音说："碑文应该刻着：'死于某位医师之手，于基督的怀抱中安歇。'"

"赫玛！"院长提出抗议，"管好你的嘴巴。"

"我可是说真的，"赫玛说，"有钱人的过错用金钱掩饰，医生的过错则用泥土掩藏。"

"玛莉·普雷斯修女埋在她热爱的大地泥土底下。"院长说，希望大家不要再说那种话了。

"被某位外科医生送进泥土底下。"赫玛说，这句话她不吐不快。

"他已经离开这个国家了。"院长说。

戈什和赫玛转头，目瞪口呆地望着她。

院长用道歉的口吻说："我接到英国领事馆的电话，所以才迟到了。根据我拼拼凑凑的推断，斯通到了肯尼亚边界，然后到了首都内罗毕，不要问我他怎么办到的，他的状况很糟，我猜想是喝酒的关系，他行为错乱，而且精神失常。"

"他没受伤什么的吧？"戈什问。

"就我所知，他手脚无缺，我刚刚打了通长途电话给艾利·何瑞斯先生。嗳，我把何瑞斯扯进这件事情中来。他们教会在肯尼亚有很多人，等他神志清醒以后，何瑞斯认为斯通可以在那里工作，如果他不愿意，何瑞斯可以安排他到美国去。"

"他的那些书呢？还有他的东西？"戈什说，"要把东西转寄给他吗？"

"我想等他找到落脚的地方，就会写信来索取他的书和标本。"院长说。

这消息让赫玛又是生气又是欢喜。这意味斯通抛弃了孩子，放弃对他们的权利。她真希望他能签署文件声明放弃，因为她还是觉得不安。他在失迷医院成名，他的爱人葬在失迷医院，他的孩子在失迷医院被抚养长大，这样一个男人恐怕不会那么简单就与医院一刀两断。"毒蛇再弯曲，也还能挺直钻进蛇穴中。"赫玛说。

"他不是什么毒蛇。"戈什严厉地说，反驳赫玛的说辞，赫玛惊得说不出话来。"他是我的朋友。"戈什继续说，他那副语气没人胆敢反对。"不要忘了，这些年来他是我们敬重的同事，对医院付出极大的心血，救了无数人的生命，他不是什么毒蛇。"他急急转身走了。

戈什的话刺到了赫玛的良心。要是赫玛喜欢戈什的话，想当然地以为他能体会她的全部感受，只是戈什向来都是特立独行。

望着戈什逐渐远去的背影，赫玛的心慌了起来。她从不曾特别担心戈什的感受，她在墓穴旁觉得自己像少女，从井里打水时遇上了俊俏的陌生人，一生就只有这么一次的机会，结果她说错话，毁了这个机会。

第十六章·一年的新娘

牛乳是赫玛提出的蠢主意,当第一口浓醇的牛乳流下她的喉头,这件事情就说定了,连戈什反对用牛乳也没用。"赫玛,你在说笑吧?不能拿牛乳喂新生儿!"

"谁说不行?"赫玛说,口气却不是十分肯定。

"我说的,"戈什说,"况且他们喝婴儿奶粉喝得好好的,继续喂下去就好了。"

先前他在修女墓旁讲了一番严厉的话,她有了一种不好的预感,觉得他将离开医院。不过,接下来的日子,戈什证明了对她的一片真心——他回到沙发上睡觉。他沉稳镇定,有条不紊地处理湿婆的问题,那是她在他身上不曾察觉并欣赏的一面。他在门边的墙上贴了一张纸,以图表记录湿婆可怕的呼吸中止,他呼吸中止的次数逐渐减少,然后完全消失。赫玛根本没有信心说出他某天晚上说的那句话:不用再守夜了。

自从她找戈什来的那天起,他便一直睡在沙发上,现在她不愿他离去,开始倚赖他的鼾声。然而她忍不住偶尔跟他斗斗嘴,那是多年来的反射动作,自认那是她表现亲切的方法。

湿婆脚上的踝环已经不再需要了,他们也没有取下来,环铃声已经成了湿婆的一部分,拿下来简直像是夺走他的声音。

大清早,石铃当当作响,表示乳牛、小牛和送牛奶的亚斯拉排成一行，从车道走过来了。乳牛颈铃与湿婆的踝环铃声音色相仿。亚斯拉把挤奶场搬到家里来，收费自然更贵，不过他在萝辛娜或亚麦姿的监视下挤奶，牛奶就绝对不会有掺水的问题。

赫玛起床时，屋里弥漫着煮沸牛乳的奶香。她早晨的那杯咖啡里，牛奶越加越多，不久她听见牛铃声，口中就流起唾液来，巴甫洛夫教授以铃声研究制约心理学，赫玛就像参与实验的杂种狗。早晨的"咖啡"量增加成两杯，白天她会再来两杯牛奶多过咖啡的咖啡，爱死了存在舌尖的奶油般香气。她小时候喝过水牛的牛乳，现在喝的牛奶则不同，由于乳牛吃的是高地牧草，牛奶格外浓醇。

亚斯拉的性情跟牛一样恬静，赫玛相信这是因为他晚上让乳牛睡在他的小屋内。一天上午，亚斯拉说："如果小姐愿意买玉米饲料，牛奶会变得非常浓稠，只要加一匙就够了。"她毫不犹疑。不久，一名临时工用手推车送来了十袋饲料，麻袋上印着"洛克菲勒基金会"与"不得转售"等字样。两三天后，赫玛像女学生咂嘴弄舌地说："这是我做过最好的投资，因为玉米，味道完全不一样了。"

"这个实验没有对照组，你出钱买玉米，就已经心存偏见了。"戈什说。

亚斯拉把牛拴在厨房后方，将小牛绑在差一点便能碰到母牛乳房之处，然后把剩余的牛奶送到其他人家。母牛与小牛彼此呼喊，一声声的哞哞叫仿佛是吉兆，抚平了心情。赫玛记得母亲说过："乳牛的肚子里装了宇宙，牛角有创造之神婆罗摩，前额有火神阿耆尼，头里有战神因陀罗……"

小牛对着母牛哞哞叫，与她抚养的双胞胎哭声迥然不同，情感却并无二致。担任产科医生多年，赫玛从不曾思忖过新生儿的哭声，也不曾停下来细想，原来这样的音频会让婴孩的舌唇像簧片一样颤抖。这哭喊如此无助而急切，其中意义就在它传送的讯息里：活生生的孩子顺利生下来了，唯有声音不见了才值得关切。现在她的新生儿湿婆与马里恩一哭,天地间就没有其他声响存在了,她从沉沉的梦中被召唤起,一面从喉咙发出嘘嘘声,一面赶忙冲到育婴箱前。这是给她个人的呼唤:她的娃娃需要她!

她想起一件事,多年来,当她快入睡时会感觉有人在呼喊她的名字。现在她告诉自己,这是她还没出生的双胞胎要告诉她,他们就要到来了。

身为新手妈妈,她也逐渐习惯了其他声音。洗衣石传来重击湿布的声音。晾衣绳被尿布压得垂下来,在急雨到来前,啪啦啪啦地摇晃发出警告,亚麦姿与萝辛娜听了拔腿便往外冲。奶瓶在滚水里当当敲碰,演奏出水杯琴的音符。萝辛娜除了歌声,还有永不休止的唠叨。亚麦姿把锅碗瓢盆弄得当当哪哪响……这些声音是赫玛满足的圣歌。

有个印度马哈拉什特拉邦出身的占星家在东非旅行,在戈什的反对声中上家里来。赫玛要出钱请他占卜孩子的时运。此人的衬衫口袋里插了眼镜和自来水笔,看似年轻的铁路公司文书职员。他记下双胞胎确实的出生时辰,接着要求父母的出生日期。赫玛说了她的生日,然后自动把戈什的生日也报上去,还朝戈什抛了一个警告的眼色。占星家查照他的表格,将一大张纸写满了计算结果,最后说:"这不可能。"他不安地看着赫玛,却又回避戈什的眼睛。他把笔盖盖好,将纸张收妥,惊愕的赫玛一直看着他,他却朝门口走去。"不管他们的命运为何,"他说,"保证与做父亲的有关。"

戈什在医院栅门前面赶上他,他不愿收下戈什奉上的钱,反而露出悲切的表情,以单调的口吻说:"医生大人,恐怕你不是他们的父亲。"戈什假装听了这消息非常忧虑,喜滋滋地回头向赫玛报告,她却没有他一半的开心。那句话令她恐惧,好像此人不知为何预测了托马斯·斯通将会归来。

到了第二天,戈什发现赫玛蹲在卧室外不远处,握着一把米磨成的粉,在木板地上画蓝果丽地画[36],那是印度传统的复杂装饰图纹。她尽量不让线条断掉,这样邪灵就无法通过。在通往卧室的门框上,赫玛还挂了恶魔面具,这个恶魔留了胡须,眼睛充血,舌头更伸出来,好进一步阻挡邪灵闯入。她在早晨开始习惯用根德牌收音机播放知名声乐家苏布拉西米演唱的《祥曦》。这首歌曲的切分音好像打嗝声,令戈什想起马德拉斯的日子:大清早,妇女在榕树下的前院扫地,洗衣工当啷啷按着单车车铃;广播电台常以一曲《祥曦》开始当天的广播节目。在学生时代,戈什还曾经在临死的病人嘴边听到《祥曦》的歌词。他觉得真是有趣,到了埃塞俄比亚才完全了解这首歌的内容,原来是在唤醒歼恶大神[37]。

戈什又发现,赫玛的卧室壁柜成了神龛,主要供奉着湿婆神。除了象神、富饶女神与大宝神的小铜像外,现在也多了一尊黑檀木刻成的歼恶大神,他无法从那邪恶的神容看出所以然来。此外,还有陶制的圣母圣心,以及陶制的基督受难像,血从钉子洞流出。戈什不敢说话。

没有大张旗鼓,戈什在始料未及的情况下成了医院的外科医生。尽管他比不上托马斯·斯通,但目前也能处理好几项腹部急症(自己的肚子倒还像第一次开刀一样紧张),治疗刺伤和重大骨折,甚至能在伤口安装胸管。有个在产房待产的妇人忽然呼吸道阻塞,戈什跑进去在她脖子高处划了一刀,切开环甲状膜,空气咻咻冲出来,病患的嘴唇也由深青转为粉红,让他的努力有了回报。后来那天他在开刀房中,靠着更理想的光线,做了生平头一回的甲状腺切除。现在三号开刀房已经是他熟悉的地方,不过依然危险重重,他还没有习惯任何事。

双胞胎满两个月的那天,戈什正在开刀,实习护士探头进来说赫玛急需他。戈什正在切除一条腿,伤处因慢性感染而变成渗汁流脓的残腿。男病童独自从阿克森附近的村落过来,历经数日之久的

186

旅途，来到这里恳求戈什把造成痛苦的部位切除。"已经黏着我的身体三年了。"他指着脚说。那只脚形状奇怪，几乎看不到脚趾头，体积是另一只脚的四倍大。

在人民习惯赤脚走路的任何地区，足菌肿都是常见的疾病，此疾又称"马杜赖足病"。马杜赖离马德拉斯不远，地名被借用成为病名，不见得是什么荣耀之事。当有疾病以某城市命名，该地从来不会有好事。德里肚、巴格达忧郁症、土耳其腹泻。要是农夫踩到大根的刺或是钉子，便会出现足菌肿，而生活方式让他们别无选择，只能继续走路，于是霉菌慢慢在脚上窜行，侵入骨头、肌腱、肌肉，除了切除，别无他法可行。

在古老外科谚语"哪个傻瓜都能切除大腿"的鼓励之下，戈什决定动手切除。假若他迟疑，这句谚语的下一句就会成真："可是只有熟练的外科医生才能保全大腿。"不管怎样，这只脚不能留住。

小男孩一面唱歌拍手，一面走进开刀房，这是戈什第一次见到为了开刀而欢天喜地的病患。戈什把脚踝上方的皮肤切开，在后面留下一片皮肤，准备用来包住残肢。他把血管打好结，锯断骨头，接着听见脚掌咚的一声掉在桶子里。就在这一刻，实习护士进来召唤他。

戈什用无菌湿巾盖住伤口，跑回家的路上，急急忙忙把口罩和帽子扯下来，想着最坏的情况。

他闯进赫玛的卧室，喘成一团。"什么事？"

赫玛身着丝质纱丽，已经在地板上铺好了米，在米粒中以梵文拼出两个男孩的名字。她抱着湿婆，萝辛娜抱着马里恩。赫玛找来几名印度妇人，她们两眼直瞪瞪看着他，露出反对的神情。

"邮件寄来了，"赫玛说，"戈什，我们忘记做nama-karanum，命名仪式。应该在第十一天做的，第十六天也可以，这两天我们都没做，不过我妈妈信上说，要是我收到她的邮件就立刻进行，那样也没关系。"

"你让我为了这件事丢下手术不管?"他气急败坏,差点要说:你怎么会相信这种巫术?

他的行为让赫玛觉得尴尬,她嘘声说:"嘿,做父亲的应该对着孩子的耳朵轻声喊他的名字,如果你不想做,我找别人来。"

"父亲"二字让一切为之改观。他心底一阵颤动,迅速对着小耳朵低声喊了声"马里恩",然后是"湿婆",又亲亲两个孩子,并在赫玛来不及躲开前吻了她的脸颊,同时说了声"再见,妈妈",这个举动让赫玛的客人看了愤慨不平。接着,他跑回开刀房,把那片皮肤整整齐齐地缝到断口上。

除了赫玛一直戴在湿婆身上当作护身符的踝环之外,要分辨双胞胎并不容易。湿婆的性情温和安静,马里恩常常在戈什的怀里因为专注而皱眉,仿佛想要将这个奇怪的男人和他发出的古怪声音连在一起。湿婆的身形略小,头骨留着斯通想要拉出胎儿时所造成的伤疤。他只有听见马里恩哭时才跟着嘤嘤哎哎,似乎想展现他们的团结。

满十二周时,双胞胎体重增加,哭声洪亮,动作强而有力。他们握起拳头抵住胸口,偶尔伸展伸展双臂,用斗鸡眼好奇地注视自己的双手。

如果他们没有表现出对彼此存在的体悟,赫玛相信那是因为他们以为他们是一体的。他们以奶瓶喝奶时,一个在萝辛娜的怀中,另一个在赫玛或戈什的怀里,最好让他们在彼此的听力范围内,头颅或手、脚相互碰触。假如他们把其中一个抱到别的房间,两人都会变得很难讨好。

满五个月时,男宝宝长出又鬈又乱的黑发。他们的眼睛像斯通,眼距较短,因此看起来警觉心很高,像临床医生一样仔细研究四周环境。依照光线不同，他们的瞳孔有时是极浅的褐色，有时是深蓝色。浑圆饱满的额头、精致漂亮的双弧形上唇，则都是遗传自玛莉·普雷斯修女。赫玛认为他们比葛兰素宝宝漂亮多了，何况他们有两个，甚至他们属于她。

说来真叫戈什欣喜，原来他拥有哄他们入睡的魔力。他用前臂一边托着一个孩子，两个脸颊贴着他的肩膀，脚则搁在他凸起的肚腩上。他总是绕着赫玛的客厅打转，又是一上一下摆动，又是一左一右摇晃。他不会催眠曲，利用自己会的那些下流诗歌来哄孩子。一天晚上，院长把戈什拉到一旁说："你的打油诗害我祷告说不好。"戈什想象院长跪地朗诵：

马德拉斯来了一个大哥
一对小鸟蛋是黄铜做的
风雨来了，溯溯滂滂
蛋蛋一敲，铿铿锵锵
屁股冒出火花了

"院长，真不好意思。"
"年纪这么小，让他们听这些内容不好吧！"

双胞胎出生前，他的日子是怎么过的，戈什简直快想不起来。他们含笑依偎在他的环抱中，或者拿湿答答的下巴去贴他，他都会觉得一颗心得意得快要爆炸了。马里恩和湿婆，他现在想不出有比这更适合的名字，近来奶妈从他怀里把睡着的小男孩抱走时，他的肩膀疼痛，手都麻痹了。

自从他开始睡在赫玛家的沙发上，他小便时再也不曾出现难受的刺痛感。

赫玛恢复了几分往日的态度,他偶尔会怀念两人之间的争执。难道自己追求她这么多年,就是因为她如此难追吗?要是他一到埃塞俄比亚,赫玛就同意嫁给他呢?他的热情还会持续燃烧吗?每个人都需要迷恋的目标,这八年来她给了他这个目标,也许他该为这一点觉得感恩。

许多夜晚,把男孩们哄睡之后,他必须返回医院将工作处理完毕。自从在赫玛家沙发睡觉的第一晚起,他的嘴没沾过一滴啤酒。在赫玛的窄沙发上,他睡得很安稳,醒来时精神都恢复了。

在同一个屋檐下生活,戈什才发现原来赫玛会嚼阿拉伯茶叶。她从通宵守护湿婆时开始嚼,茶叶帮助她熬过轮班的时间。她夹在《米德镇的春天》的书签马上就超前他的书签,他还没读完,她已经开始看左拉的书了。她不想让他发现阿拉伯茶叶,戈什提起这件事,才知道这让她心慌了起来。"我不知道你在说什么。"她说。

于是他不再提起,不过看见她编织到深夜,或者熬夜等他,而且比萝辛娜还聒噪,戈什就知道她大概在他到来前嚼了几口。她的草叶是亚帝德给的,就是那个笑口常开的商人,她从亚丁港返回时,在飞机上遇见他,现在他们两个都喜欢和亚帝德在一起。

至于戈什,在赫玛左右就是他的迷药。他把睡着的娃娃放进取代育婴箱的婴儿床时,轻轻碰到了她的身体,而她没有转身对他破口大骂,他因而受到了鼓舞。早上喝咖啡时,他凝望赫玛,有时她在写购物清单给他,有时她在和亚麦姿商量一天的计划。有一天,赫玛发现他在那里看着她。

"干吗?我一大早看起来很吓人,是不是?"

"没有没有,你的样子跟吓人刚好相反。"

她羞红了脸,说:"闭嘴啦你。"不过脸上的红光却没有褪去。

有天晚上用餐时,他说了句话,其实算是自言自语,不是要说给她听的。"不晓得托马斯·斯通现在怎样了。"

赫玛把椅子往后推开，人站起来。"行行好，我希望你永远不要在这间屋子里提到那个男人的名字。"

她眼里有泪水，眼底有恐惧。戈什走向她。他能够忍受她的怒气，他能够承受怒气的折磨，可是他不忍心看见她苦恼。他一把抓住她的双手，把她朝自己拉过去。她先是抵抗，最后让步了。他低声说："没事，我不是故意要惹你不高兴，没事了。"能这样抱着你，我可以背叛我最好的朋友。

"万一他回来想把他们要回去呢？你也听到占星家说的预言。"赫玛在发抖，"你想过那件事吗？"

"他不会回来的。"戈什说。不过赫玛听出他语气里的犹疑，迈步往卧室走去。"哼，他要想带走他们的话，除非我先死，你听见没？除非我先死！"

双胞胎九个月大了，一个凛冽的夜里，奶妈在各自的住处睡觉，院长也回家了。情况已经不同了，戈什再也没有理由睡在沙发上，不过他们两人都没有提起他该回去的事情。

将近午夜时，戈什进屋来，发现赫玛坐在餐桌前。他走上前靠过去，好让她检查他的眼睛，看看口气有没有酒精味。戈什要是这么晚才回来，总会这样逗弄她。她把他推开。

他走进去看看双胞胎，出来时说："我闻到了香的味道。"先前他责备过她让双胞胎吸到烟。

"那是幻觉，也许众神想要跟你接触。"她假装专心忙着把他的晚餐端上桌。

"萝辛娜准备的通心粉，"她打开碗盖说，"亚麦姿也留了鸡肉咖喱给你，她们相互竞争提供给你吃的，天晓得是为了什么。"

戈什把餐巾塞进衬衫。"你居然说我不信神？如果你把《吠陀经》或《薄伽梵歌》拿出来看看，就会想起来一个故事。有个男人去找圣人拉玛克力许纳,对他说:'噢,大师,我不知道怎么爱神。'"赫玛皱起眉头。"圣人问他,他有没有深爱的事物。那人说:'我爱我的儿子。'于是拉玛克力许纳说:'那就是你对神的爱与奉献,你对神的爱与奉献就在于你对那孩子的爱与信奉。'"

"那么,虔诚的信徒先生,这么晚了,你上哪里去了呢?"

"做剖腹接生,下刀后缝合,十五分钟结束。"戈什说。双胞胎出生后的几周内,赫玛做过三次剖腹接生手术,一次教戈什,一次在旁协助戈什动刀,第三次则旁观不插手。没有妇人会因为需要剖腹生产而在医院逝世或被送往他处。"婴儿的脐带绕颈,没事了,那妈妈已经在讨水煮蛋吃了。"

看戈什用餐变成赫玛的晚间消遣。他全心全意应付自己的食欲,他活在混乱的主意与计划之中,这些主意与计划成叠累堆摆在赫玛的沙发周围。

她心神恍惚,要求他重复刚刚说的话。

"我说,要是我走了,我现在人就在库克郡医院当实习医生了,我本来准备要离开埃塞俄比亚的。"

"为什么?因为斯通走了?"

"不是啦!在那之前,在娃娃出生、修女死掉之前。嘿!我本来相信你从印度回来时已经嫁为人妇了。"

对赫玛来说,这段话太荒谬了,太突然了,让她想起好久好久以前的一段青涩时光,忍不住扑哧笑了起来。一见戈什露出惊愕的表情,她觉得更加好笑,笑到把领口拢合的安全别针都飞出去,落到他的盘子里。她受不了,抓着胸口从椅子起身笑弯了腰。

自从她从印度回来,自从修女惨死之后,几乎没遇过几次这么好笑又滑稽的事情。她缓和呼吸说:"就是因为这样,我才喜欢你这个人,戈什,我都忘了,世界上没有人比你更能逗我笑的。"她坐回椅子上。

戈什停止进食，将盘子推开。他显然在气头上，而她不明白理由。他拿餐巾揩了嘴，动作精确又慎重。他的声音在颤抖。

"有什么好笑的？"他又说，"这些年来我希望你嫁给我，这只是个笑话吗？"

她无法迎接他的凝视。她始终没有告诉他，当飞机即将坠落时，她的心底滑过了什么念头，她最后一丝俗念与他有关。她露出假兮兮的笑容，可是无法继续装下去，于是撇过头，看到了钉在卧室门上的那张可怕的面具。

戈什用双手捧着低垂的头，心情从激动冷却到绝望。她把他推过了极限，全是因为她放声大笑的缘故吗？她再度感觉到在他身边不知如何是好，就像在玛莉·普雷斯修女墓旁的那一天。

"时候到了，我该搬回去我的住处了。"他说。

"不要走！"赫玛说。强而有力的一句话，两人都吃了一惊。

她把椅子朝戈什拉过去，将他的两只手从头上拉开，然后握住他的手。她端详她轮廓奇异的同事，她那不俊俏却迷人的多年老友，他让自己的命运与她的命运紧密缠绕，无法解开。他似乎一心要走，不想询问她的意见。

她吻他的手，他想抽手，她则更贴近他。她把他的头拉到胸前，少了安全别针，胸脯裸露到从未在男人面前裸露的程度。她抱着他，就像湿婆停止呼吸那一晚他跑来后抱住她的样子。

过了半晌，她把他的脸转向朝着自己，就在还没能思考自己在做什么、为什么这样做、事情又怎么会发生前，她便吻了他，享受他的嘴贴着自己的唇。她现在明白了，而且是惭愧地明白了，自己对他的态度是如此自私，这些年来都在利用他。她不是蓄意的，却以为他存在是为了成为她的消遣对象。

轮到她叹息了一声。她带领着震惊中的戈什到另一间卧室。这间房用来熨烫衣服，做储藏间，她早该让给他睡，而不是留他在沙发上。他们在黑暗中脱下衣服,清除床上如山的尿布、毛巾、纱丽等衣物。到了棉被底下,继续刚才的拥抱。"赫玛,万一你怀孕了怎么办?"戈什问。"啊,你不懂,"她说,"我已经三十了,现在才开始做这种事,大概已经太晚了。"

而今他曾经幻想的绮思春情都释放了,在他的掌握之中,而今她从肥美的下巴肉到臀部上方的凹窝都是他的,他的分身却无法从松软的肉变形成硬竹棒,害他恨不得找地洞钻进去。当赫玛明白哪里出错时,一句话也没说。她的沉默反而加深他的苦恼。戈什不知道赫玛在自责,以为自己过于心急,误解了暗示,误会了这个男人。远处的土狼咳声好像在嘲弄他们两人。

她动也不动地躺着,仿佛躺在地雷上,一度还睡着了。醒来时,感觉到一阵像由水底浮现、准备苏醒恢复的感觉,原来戈什的嘴绕着她左胸,正准备将它吞没。他开始指引她的动作,将她往右推,又将她朝左拉,要她知道,就算他在最被动的情况下,其实也是做主的人。

她看见他硕大的头颅和嘴唇停在先前没有男人到过的地方,这一幕让血液直往她的脸颊、胸口和骨盆深处涌去。他托着另一边的乳房,震惊一波波冲击着她,同一时间,他的另一只手爱抚她的大腿内侧。她不知不觉地两手做出类似的回应,将他的头抱过来,伸手抚摸他宽阔的后背,希望他将自己整个吞下去。这时,她感觉有什么明显且带来希望的东西在她的大腿之间。

在那片刻,目睹他兽性的渴望,她明白自己永远失去了他这个玩物、这个朋友,他不再是她玩弄于股掌的戈什了,不再只是反映她自身存在而存在的戈什。她觉得惭愧,以前居然不曾以这样的角度来看待他,惭愧自以为了解这种欢愉的本质,因而这么多年来不许自己也不许他享受。她将他拉过来,欢迎他,欢迎同事、医生同行、陌生人、友人、情人。她倒抽一口气,懊悔他们面对面坐了这么多个夜晚，诱惑彼此，针锋相对，而其实他们大可忙着参加这样惊奇的聚会（不过，现在她想想，诱惑讥讽十之八九都是她所为）。

一大早她醒来，喂饱孩子，替他们换了尿布，两个孩子睡着后，再回房去找戈什。两人再来了一回，仿佛那是他们的初次，独一无二的感官知觉超乎想象之外。墙头板一下又一下轻轻敲击墙壁，向才刚抵达厨房的亚麦姿及萝辛娜公开他们的热情，不过她才不管呢！他们又睡了，直到听见牛铃和小牛哭声才起床。

赫玛准备离开房间，戈什拦下她。

"嫁给我还是玩笑话吗？"

"你在说什么？"

"赫玛，你愿意嫁给我吗？"

他没料到她会是这样的反应，事后还觉得很纳闷，她怎么能立刻送出一个这样的答案，一个他从来没有想过的答案。

"好，不过只为时一年。"

"什么？"

"面对真相吧！因为有孩子，我们才被推在一起，我不希望你觉得有责任在身，我跟你结婚一年，然后我们就分开。"

"那样做太可笑了。"戈什气急败坏地说。

"我们每年可以选择要不要再延长一年。"

"我知道我要什么，赫玛，我要的是永永远远的婚姻，我一直希望是永远永远的。我知道一年时间到的时候，我会希望再有一年。"

"哎哟！亲爱的，也许你确实知道，可是万一我不知道呢？嗨，你早上不是排了手术？你可以去告诉院长，我会开始再进行子宫切除术和非急需手术。除了剖腹生产以外，你也该是时候学学其他的妇科相关手术了。"

她转身要离去，却又回头瞅了他一眼。她笑意中有羞怯，眼睛里藏着淘气，弯弯的眉毛，斜斜的颈子，她像舞者传送无言的信号，那条信息让他说不出话，管他是一年还是一辈子，忽然之间他只想着日暮时分，纵然离黄昏只有十二个小时之久，这段时间却像永恒般漫长。

第三部

凡患结石者,余不施手术,另请高明者施之。

——希波克拉底誓言

他们的爱情是无核之果,爱,重返了。

——印度名诗人提鲁瓦鲁瓦《古希腊箴言》

第十七章·《缇西塔》

我记得一大清早的情景：我们冲进厨房，飞奔到戈什的怀抱中，他压着嗓音数着："一二……一二三。"我们左右回旋，上下升降，往四处猛冲而去。有好长好长一段岁月，我以为舞蹈是他的本业。

到了炉子前，我们转了一个弯，拐到后门，戈什把锁转一转，手胡乱一挥，门链快速打开了。

亚麦姿与萝辛娜走进来，随即将门关上，挡掉外面的寒气，也把摇着尾巴等候早餐的咕啾噜拦在门外。两个奶妈都包得像木乃伊，只有眼睛从新月状的缺口露出来。她们剥下一层层的衣物，身上气味如蒸烟散出，先是新鲜的青草，然后是发酸的泥土，再来是贝贝尔香料和煤火的气味。

我提早笑得乐不可支，用下巴抵住身子，因为我知道萝辛娜像冰柱的手指马上就会来抚摸我的脸颊。她第一次摸我时，我居然没有吓哭，反而笑出声来，这是个错误，害得我每天既害怕又期待着这个老规矩。

吃完早餐，赫玛和戈什亲亲湿婆和我，与我们道别。我们号啕大哭起来，呼天抢地，黏着他们不放，但他们还是出门到医院去了。

萝辛娜把我们放入双人婴儿车，我随即举起双手，哀求她抱我。我喜欢在比较高的位置，我想看到大人看到的景色。她总会顺着我的意。湿婆不管被放在哪里都很满足,只要没有人想拿走他的踝环。

萝辛娜的额头像一球巧克力,头发整整齐齐地往后扎成一行又一行的辫子,垂到肩膀,像是一排流苏。她性情活泼,不时动来动去,嘴里哼着歌曲。她旋转起来,速度比戈什还要快,我被抱得高高的,头晕目眩地看下去,她的百褶裙像鲜艳的小花朵,粉红色胶鞋一下出现,一下不见。

萝辛娜总是喋喋不休。我们尽管沉默不语,意见、感想还是很多,只是都没有表达出来。萝辛娜的阿姆哈拉语让亚麦姿和加布鲁听了会发笑,因为她那些扫喉咙似的喉音音节其实不存在于阿姆哈拉语中。她也不会因此少讲话,有时候她突然说起意大利文,尤其当想要强调某件事、采取强硬的态度时。她可以脱口就说出意大利语,说也奇怪,虽然其他人都不会意大利语,却也很清楚这句话是什么意思,意大利语就有那样的特性。当她自言自语或唱歌时,用的是她厄立特里亚地区的母语"提格利尼亚语"[38],而且只要一开始说,嗓子就像打开了锁,一直讲一直讲,讲得没完没了。

亚麦姿以前在戈什的住处帮忙,现在成了他与赫玛组成的家庭里的厨娘。她像棵猴面包树,生根于炉灶前专属的位置,跟萝辛娜一比,简直像个女巨人。她只喜欢发出洪亮又沉重的叹息,偶尔来一句"Ewunuth"(阿姆哈拉语:"真的假的"),让萝辛娜或加布鲁继续闲聊,不过他们两人其实也不需要旁人的鼓励。亚麦姿的肤色比萝辛娜白皙,头发以橘色薄头巾包成圆锥头盔似的形状。萝辛娜的牙齿像车前灯闪闪发光,亚麦姿则难得露出牙齿来。

到了十点左右,我们已经完成了第一趟远足,从小屋走到急诊室,然后到女性病房看看,接着抵达院区栅门,咕啾噜是我们的贴身保镖。回到家,厨房里很热闹。亚麦姿乒乒乓乓地把锅盖掀起又放下,蒸烟飘升,压力锅上的银色砝码微微抖动,发出笛声。她稳健的双手切细洋葱，剁碎西红柿，新鲜的香菜也在刀下化为细片，一座座的小山堆出来，生姜、大蒜反而显得只是低矮的土堆。她手边摆了五颜六色的辛香料：咖喱叶、姜黄、干香菜、丁香、肉桂、芥子、辣椒粉，一一盛在不锈钢小钵内，统统放在同组的大浅盘上。她仿佛疯狂的炼金术士，扔一撮这个，放一把那个，然后打湿了手指，往研钵甩少量的水分，接着拿起杵来敲捣。带有湿气的碾声嘎扎嘎扎、咚咚咚咚，随即又变成了石头撞击石头的声响。

芥子在热油里爆炸，她拿起锅盖盖住平底锅，抵挡子弹的袭击，啦啊哒！好像打在浪板屋顶上的冰雹。她加入小茴香籽，小茴香籽烧得滋滋叫，颜色变深，然后发出细细碎碎的声音。一股芬芳的干烟驱走了芥子香，直到这个时候，才加入一把又一把的洋葱，此时的声响仿佛有生命在原始燃火上诞生了。

萝辛娜冷不防地将我交给亚麦姿，从后门急急忙忙出去，两条腿像剪刀刀片来回交错。我们不知道，不过萝辛娜正怀着革命的种子，她怀了一个女娃娃：珍妮特。我们三个——湿婆、珍妮特与我，从一开始就在一起。珍妮特在胚胎内时，湿婆和我在外面的世界闯荡。我没料到自己会换到亚麦姿的怀中。

我趴在亚麦姿的肩头上啜泣，离沸腾的大气锅不远，危险极了。

亚麦姿放下搅拌用的长勺，把我移到她的髋部，然后把手伸进上衣，吃力地咕哝着，把一边乳房掏了出来。

"喏，给你。"她说着，把乳房交到我手中保管。

我收过许多礼物，而这是我第一个记得的礼物。每回收到礼物，我都很惊喜，礼物被收走了时，则一切又一笔勾销。不过这次的礼物实实在在，温暖而有生气，从布帛的基座拿出来赠予我，像是我不配收到的勋章。亚麦姿没开口说话，继续搅拌，哼着曲调，这乳房仿佛就像她手中的勺子，再也不属于她。

婴儿车里的湿婆放下木头卡车，让口水把那玩具涂成湿漉漉的一团烂。卡车跟踝环不同，必要时拿走没关系。那宏伟的单眼乳头出现了，湿婆把卡车扔到地上，尽管我捧着乳房轻抚探触，我还要身兼他的秘书。

湿婆欣喜若狂，一面鼓励我，一面传送无声的指令：扔给我。我扔不过去，他便说：打开来看看里面有什么。那也不可能。我对着它又揉又压，看它恢复原状。

放进嘴里看看，湿婆说，因为那是他认识这个世界的第一种方法，我觉得这主意荒诞，于是不加以考虑。

乳房拥有亚麦姿没有的特质：爱笑又精力旺盛，是我们家里活泼的一员。

我想把乳房抬高检查检查，那乳头竟然让我一双手变得好小好小，而且从我的指缝间钻出来。我想确定表层是怎么统统延伸到顶峰，乳房怎么透过那个深色的乳头呼吸、观察外界。乳房垂到我的膝盖，也许是要往亚麦姿的膝盖垂下去，这我不能确定。它像果冻晃颤颤，蒸气在表面凝结，减损了它的光彩。它带有亚麦姿指尖那股压碎生姜与小茴香籽的气味。多年之后，当我首度亲吻女人的胸脯时，饥饿极了。

一道闪光，一阵凉爽的疾风，我知道萝辛娜回来了。我回到她的怀抱中，远离了乳房——它被亚麦姿的上衣吞没了，消失与出现同样离奇。

快到中午时，寒气早已消失，薄霭蒸散一空，我们在草坪上玩耍嬉戏，玩到脸颊红通通的。萝辛娜喂我们吃东西。饥饿与睡意完美结合，像肚里的米饭与咖喱、优格与香蕉。那是芳菲美好的年代，欲望单纯的岁月。

午餐过后，湿婆与我睡着了，头挨着头抱住对方，朝对方的脸庞呼气。在半梦半醒的神游状态，我听到的不是萝辛娜所唱的歌曲，而是《缇西塔》，那是我捧住亚麦姿的乳房时，她所唱的歌曲。

在埃塞俄比亚的岁月，我每天都能听到那首曲调。日后我年纪轻轻离开亚的斯亚贝巴的时候，将借由录着《缇西塔》与《亚寡隆》的卡带，带着这首曲子离开。临行或临死之际，我们总是不得不确定自己真实的喜好。在我离乡背井的年月里，千转百转的卡带变得破旧不堪，而我也结识了异乡的埃塞俄比亚裔人民。我以共通的语言致意，那句问候擦出了火花，让我与一群人、一组人脉关系连接在一起。我拿到曼农太太的电话，她会在家招待你享用她所做的酸面饼与咖喱，只需付出合理的费用，还有，提前一天打电话。出租车司机加玛先生的侄儿在埃塞俄比亚航空做事，带了埃塞俄比亚奶油"奇布"（kibe）进来，少了这种在高地生活、吃高地牧草的乳牛所生产的奶油，煮出来的埃塞俄比亚式咖喱吃起来会像"克罗格""食品市场"或"湖之地"等连锁大卖场。遇到"十字架节"庆典，如果想在布鲁克林宰羊，那就打电话找尤汉尼斯，若人在波士顿，那去示巴女王小馆试试看。离开出生地这么些年，我在美国生活，见识到埃塞俄比亚人怎么躲在人群中，不过我一眼就能认出他们来。靠着这些人，我随随便便就能找到其他版本的《缇西塔》录音。

他们乐于同我分享，把那首曲子塞进我手里，好像独有《缇西塔》才能解释他们无能为力又不可思议的惰性，说明他们在故乡时才华横溢。他们哼哼唱唱"杰克森五人组""诱惑合唱团"的歌和《缇西塔》，顶着完美无缺的非洲爆炸头，喇叭裤管嗖嗖摆动，脚下蹬着〇〇七长筒靴。到了美国，第一个立足点不是站在7-Eleven便利店的柜台后，就是在金尼连锁停车场地下室呼吸一氧化碳，又或者窝在机场的书报摊柜台后，或者是万豪集团酒店的纪念品部。这个立足点结果是水泥做的踏脚板，是他们害怕离开的避风港，除非有比隐形更可怕的命运，也就是灭绝，否则他们不愿离开。

　　卡沙唱的《缇西塔》是最为人熟知的版本，节奏悠缓，嘹亮歌声绕梁不去，宛如持重的哀歌，衬着背景的小调琶音。他还唱过另一个版本，是快节奏的拉丁曲风。亚梅得、亚维克、泰迪·阿福罗……每一个埃塞俄比亚裔艺术家都会灌唱《缇西塔》，他们在亚的斯亚贝巴灌录，流亡到苏丹首都喀土穆时也要录唱（对了，喀土穆！这地方证明连地狱也能有录音间），到了罗马、华府、亚特兰大、达拉斯、波士顿、纽约等地当然也不例外。《缇西塔》是精神的国歌，是离散的挽诗，在华府亚当斯摩根区的第十八街来回传颂，从"法西卡"[39]"亚的斯亚贝巴""梅斯克伦"[40]"红海"等埃塞俄比亚料理餐馆流泻而出，盖过了从"中南美角落"与"印度女王"等餐厅传出的骚莎舞曲或拉格曲调[41]。

　　《缇西塔》有快板；《缇西塔》有慢板；《缇西塔》能用乐器演奏，阿善提地区的人使之大受欢迎；《缇西塔》可长可短……有多少录音歌手，就有多少版本的诠释。

　　那第一句歌词……我现在听到了。

Tizitash zeweter wode ene eye metah.
我忍不住想着你。

203

第十八章 · 父亲之罪孽

在我们家里，想要有人听见你的声音，你得冲进喧嚣拼命挤到前面去才行。戈什的嗓门像雾笛，在嗡嗡的回声中，话讲一讲就哈哈笑起来。赫玛的声音像小鸟唱歌，可是一不高兴起来，嗓子跟阿拉伯民族英雄撒拉丁的半月弯刀一样锐利，据我那本《狮心查理与十字军》的内容，若拿丝巾往这弯刀放下去，光是刀刃边缘就可以把丝巾一分为二。我们家的厨子亚麦姿在外面可能半声不吭，不过嘴唇总是动个不停，是在祈祷还是唱歌，没有人知道。萝辛娜认为沉默会得罪到她个人，常常对着空屋子说话，向着橱柜唠叨。珍妮特快满六岁了，行为越来越像她妈妈，用单调的语气自言自语，对自己说故事，编织自己的神话。

假如"湿玛双胞胎"是从阴道生出来（不可能的事，因为我们的头颅相连），那么湿婆的头会先出来，他会第一个出生，成了双胞胎的哥哥。不过剖腹生产手术颠倒了自然生产顺序，第一个呼吸的人变成是我，我提早出生几秒钟，并且成了"湿玛双胞胎"的发言人。

我们有时候跟着赫玛和戈什逛广场，有时候走进亚的斯亚贝巴拥挤的中央市场，在马车和四轮货车中间穿梭。市场里有家摩帝拉服饰店，我不曾听过赫玛说"湿婆穿那件蓝色上衣很好看"或"那双凉鞋很适合马里恩"。当戈什医生、赫玛医生来了，只见店员拖出椅子，掸掉上面的灰尘，不顾两个医生连声的抗议，派了个男孩跑出去。男孩不光抱着温热的芬达橘子汽水或可口可乐回来，还带了几块小饼干。他们拿皮尺替我们量身，用粗糙的手拧我们的脸颊，几个路人聚集起来，张口结舌，好像"湿玛双胞胎"是席狄丝广场上的笼中狮。到了末了，赫玛与戈什会随便买两件他们觉得我们需要的衣物，也在类似的情况下，买过板球拍、自来水笔和脚踏车。大家看到我们，总会惊呼："你看！好可爱。"难道他们当真以为同款的衣服是我们自己挑的吗？我老实承认吧，有一回我想穿跟湿婆不一样的衣服，当我们站在镜子前时，我觉得浑身不对劲，好像裤裆的拉链没有拉上，不管怎样就是觉得不自在。

　　我们，合称"双胞胎"，有名的不光我们的兄弟装，还有以惊险速度蹦蹦跳跳的行为。不过我们永远行动一致，像只四腿兽，而且只知道一条从甲地到乙地的路径。当"湿玛双胞胎"不得不走路时，他们用手臂环扣对方的肩膀，说是走路，其实是小跑步，当我们还不知道有两人三脚这种竞赛时，就已经得过冠军了。我们坐下时合坐一张椅子，觉得没有道理占据两张。我们还一起上厕所哩，对着瓷制的马桶喷出两道秽物。回过头想想，旁人把我们看成共同体，你可以说我们自己也要负上几分责任。

　　叫双胞胎进来吃晚饭了。

　　哥哥弟弟，洗澡时间到喽！

　　湿玛，晚上想吃意大利面还是酸面饼配咖喱？

　　"你"或"你的"绝对不是单指我们其中一人。我们回答问题，也不会有人在乎是哪一个人开口，其中一个人的答案就是双胞胎两人的答案。

　　也许大人相信，湿婆——我那忙碌勤奋的弟弟，天生就寡言少语。他坚持戴着踝环，假如能把踝环的叮当声当成他在说话，那么湿婆是个饶舌鬼。只有上学时，塞在袜里的小铃铛的声音被压抑了，他才会沉默下来。也许大人相信我从来不让湿婆有太多说话的机会（这倒是真的），不过没有人想叫我闭嘴。无论如何，我们家里吵吵闹闹，每周有两次桥牌聚会，根德牌收音机放着七十八转黑胶唱片，戈什费力学习伦巴舞和恰恰舞，沉重拖沓的脚步震得碗盘格格响。直到过了两年，大人才完全明白，湿婆已经不再开口说话了。

在婴儿时期，大人以为湿婆比较脆弱，因为赫玛救了我们之前，斯通本来想夹碎他的头骨。不过，湿婆准时抵达发育过程中的每一个里程碑，我会仰头时，他跟着仰头，该要会爬的时候，他就会爬了，也在恰当的时候喊出"妈妈"和"戈什"。十一个月大时，我们双双决定要站起来走路，赫玛和戈什的心头疑虑消除了。据赫玛的说法，我们踏出人生第一步后没几天就忘了怎么走路，因为我们发现了奔跑的方式。起码到四岁时，湿婆在必要时还会开口，从此之后，则悄悄收藏起他的话语。

我得赶紧说，该笑该哭的时候，湿婆还是会笑会哭。我尖声叫嚷，他往往也露出准备要说话的样子，冷不防以踝环的声响打断我，洗澡时也以雄壮的歌声跟我一起啦啦啦。可是他不需要实际的言语。他阅读无碍，却不愿意念出声来。他看一眼庞大的数字，就能做完加减计算，马上写出答案，而我还计算进位，算算手指有几根。他常常用潦草的笔迹抄笔记，有的写给自己看，有的写给别人看，到处都留下鸟粪似的笔记。他的图画画得很好，可是画在奇怪无比的地方，像是硬纸箱或纸袋后面。在那段期间，他最喜欢画的是薇若妮卡。我们家里有一期《高中生阿奇》（*Archie Comics*）的漫画杂志，那是我从帕帕达奇书店买来的。第十六页有三张连环画，画的是薇若妮卡与贝蒂的故事。湿婆有办法把那一页重新画一次，加上对话框、文字与平行线条构成的阴影。他的脑子里好像收藏了一张照片，只要他愿意，任何时候都能把画面泼洒到纸张上，任何细节都不会漏掉，连页码也会记得画上。原本画册的页面边缘空白处有块脏污，因为有只苍蝇死在那里，他也不忘记那块污迹。我注意到，他每次都特别强调薇若妮卡胸部下方的弧线，跟贝蒂的胸部一比，尤其明显。我查看原始的图画，果然，那里有一条线，不过湿婆画得更浓更深。偶尔他会即兴发挥，画出与原始图案不同的作品，把乳房画成尖尖的、准备要发射的飞弹，有时候画成两颗在膝盖骨上悬宕的气球。

珍妮特和我掩护了湿婆不说话的事实。我不是特意这么做的，假如说我太爱说话，那是因为我觉得湿玛双胞胎需要这样的输出管道。当然，我跟湿婆的沟通没有问题。一大清早，湿婆的踝环摇晃，锵当表示"马里恩，你醒了吗？"，叮锵是"该起床了"。他用头摩擦我的头，那表示"贪睡鬼，起床喽"。我们其中一个只要想到一个动作，另一个人很可能就会起身做好了。

发现湿婆停止说话的是学校里的嘉瑞蒂老师。我们就读鹿鸣城乡学校，这所学校专门让商人、外交官、军事顾问、医生、教师、驻非洲经济委员会代表、世界卫生组织、联合国教科文组织、红十字会、联合国儿童基金等工作人员的子女就读，主要也是让刚筹划成立的非洲团结组织人员的子女就读。"非洲堂"是皇帝送给非洲团结组织的礼物，一栋绝美的建筑，由于他这个举动，该组织的总部即将在亚的斯亚贝巴设立，并且助长了各行各业的商机，从酒吧小姐到法雅、标致、奔驰等进口车商都受惠。非洲团结组织人员的小孩大可去念佳布玛礼兰公立学校，那幢庄严的校舍就矗立在丘吉尔街最陡峭的那段路上。不过从法语国家来的使者（马利共和国、几内亚、喀麦隆、科特迪瓦、塞内加尔、模里西斯、马达加斯加）有远见，挂着外交团车牌的汽车载着enfants（法语：小孩）驶过公立学校，一路开到鹿鸣城乡学校才停下来。要把前因后果交代清楚，一定得提一提圣若瑟学校。根据院长的说法，那里的基督会信徒是基督的步兵，相信上帝和藤条，不过圣若瑟学校是男校，因为珍妮特的关系，我们不能去念。

为什么不去读乱哄哄的公立学校呢？如果我们在那里就读，全校大概只有我们不是本地的孩子，可能成为鞋子不止一双、家里有自来水和室内抽水马桶的少数学生。赫玛与戈什认为，他们只有一个选择，就是送我们去念英国侨民开办的鹿鸣学校。

鹿鸣学校的老师都念过A级大学先修课[42]，拥有奇奇怪怪的教师证。好神奇，拿件黑色薄袍罩在外套或短衫上面，某个伦敦的撑篙船夫或柯芬园的卖花女就摇身一变，增添了几许牛津大学研究员的庄严气质。口音在非洲一文不值，只要是外国腔、肤色对了，那就没有问题。

例行活动。家长们把钱丢进鹿鸣，又怕得不到反馈，而例行活动就是安慰他们的药膏。运动会、田径日、游园会、圣诞扮装、学生舞台剧、夜间烟火秀、校庆、毕业典礼——我们带通知单回家，林林总总的通知单看得赫玛头都晕了。我们分成周一组、周二组或周三组，每组有各自的颜色、组员和组长。在田径日，我们为了各自组别的荣誉与"鹿鸣杯"而比赛。每天早上在大会堂，鹿鸣的老师带领我们一起祈祷，然后朗读一段《修正标准版圣经》，我们引吭高歌蓝色赞美诗集里的诗歌，某个老师则会敲打大会堂的钢琴琴弦。

我深深相信，上伦敦的哈洛德精品百货公司走一趟，英国人可以买到兴学所需的全套装备，让他在第三世界任何地方办一所英国学校。便利包中包括黑袍、预先印制的学期成绩单（共有米迦勒节、四旬斋与复活节等三学期）[43]、赞美诗集、训导勋章、课程大纲。所需装备统统都有。

很不幸地，比起免费的公立学校，在普通教育文凭普级考试中，鹿鸣学校的学生及格比率低到不能再低。公立学校的印度教师都有学位，是皇帝从信仰基督教的喀拉拉邦请来的，也就是玛莉·普雷斯修女的故乡。在国外，找个埃塞俄比亚人问问看，他们的数学或物理老师会不会刚好就叫作克瑞恩、库夏、托马斯、乔治、韦鲁吉、尼奈、马太、约伯、犹大、香帝、怡潘、帕什罗或保洛斯，他们的眼睛大概会亮起来。这些老师在圣多马带入南印的东正教的规矩中长大，不过，在工作的职分中，他们只在乎一条规矩——那就是把乘法、元素周期表及牛顿定律刻入埃塞俄比亚学生的大脑中，这些学生不但一概很聪明，而且对算术的领悟力非常高。

有一天，我发烧留在家里没去上学，学校放学后，导师嘉瑞蒂老师打电话给赫玛和戈什。在她的印象中，我们是可爱的斯通双胞胎，一对发色深而眼睛明亮的迷人男孩，穿着、打扮都一个模样，我们开心唱歌、跑跳、画画、鼓掌，在她的课堂上唧唧喳喳爱讲话。我留在家里的那一天，湿婆跑跑跳跳、画画鼓掌，就是半声也不吭，被点到名时，不愿意说话，或者不会说话。

赫玛一开始不信，把责任怪到嘉瑞蒂老师头上，接着自责起来。这时戈什才练熟了狐步舞，能够绕着房间跳一圈，她竟然取消了在尤文图斯俱乐部的舞蹈课。唱片转盘在几年来首度休工。桥牌的老牌友转移阵地，到戈什以前的小屋聚会。他现在把那里当成办公室，替私人病患看诊。

赫玛去英国文化协会与美国政府新闻处，从两个单位的图书馆借了许多作家的书，包括吉卜林、约翰·罗斯金、C. S. 路易斯、爱伦坡、纳拉扬，等等。每天晚上，他们两人轮流念书给我们听，相信伟大的文学作品能刺激湿婆，让他最后能开口说话。在电视尚未问世的年代，那些作品很有趣，路易斯除外，我不相信他那些神奇的壁橱故事，罗斯金也不行，戈什或赫玛都看不懂他的作品，不然就是念了几页就念不下去了。不过，他们坚持念下去，希望再不济也能让湿婆对他们大吼，叫他们不要再念了，我就是这样。连我们睡了，他们还是继续朗读，因为赫玛相信人可以经由潜意识学习知识。他们曾经担心湿婆出生后能否存活，现在则忧虑碰过他脑袋的过时产科器械是否留下了影响。能诱发说话的方法，他们无一不曾尝试过。

湿婆还是不说话。

我们刚满八岁不久，有天放学回家，发现赫玛在餐厅挂起一面黑板。她站在那里，准备好粉笔，我们各自的位子上放了一本《贝克汉教你轻松写笔书》。她眼中透出狂热的神情。每本书上有支发亮的簇新百利金笔，这款贝利加诺初学者钢笔和笔芯是每个学生的梦想，新奇得不得了。

未来将有一天，我会很高兴，大家都知道我这个外科医生写得一手漂亮的好字，我在病历表上的注记，也许多少会暗示我持刀时也具有类似的才艺（不过我认为这并非绝对，反过来也不见得是真的，鬼画符的字迹也不代表手术技术差劲）。总有一天，我将勉为其难地感谢赫玛逼迫我们临摹浑圆华美的字体：

业精于勤
艺术使自然臻至完美
命运是公平而无常的女子
寸金难买寸光阴
虚荣丑化美颜
智比富更宝贵

湿婆已经在拨弄他的贝利加诺笔。珍妮特一句话也没说，面对这些事情，她的立场很微妙。

我杵着不动。我不相信赫玛的积极行为会有什么用处，内疚会鼓励正直的行为，不过往往不是正确的行为。更何况我早有了计划，准备替火柴盒小汽车办一次特别的游行，就在屋子旁的低矮河堤上，我已经挖好一条迂回的小径了，她怎么就挑了这个节骨眼。

"为什么我们不能出去玩？我不想要写字。"我说。

赫玛紧紧抿着嘴，看起来不是在思考我说的话，而是我这个人，我的固执。至少在潜意识中，她是把湿婆的问题怪在我头上的，她认为我和珍妮特的多嘴饶舌，才让人没有发现湿婆的沉默。

"说你自己的意见就好，马里恩。"她说。

"我是啊，为什么我们……为什么我不能去玩？"

湿婆已经把笔芯装好了。

"为什么？我告诉你为什么，因为你们学校只会让你们玩耍，我必须让你们真正学到东西，来，给我坐下，马里恩！"

珍妮特静静坐下来。

"不要，"我说，"不公平，而且这样也帮不了湿婆。"

"马里恩，不要等到我扭你的耳朵——"

"他不想讲就不会讲！"我大吼。

讲了这句话后，我便冲出去，飞奔绕过屋子的转角，转弯时还加快速度。到了第二个屋角，我一头撞进赛穆以宽阔的胸膛。我的第一个念头是，赫玛派军队来抓我了。

"小老弟，哪里发生战争啦？"赛穆以笑着问，把我从他身上拉开。他橄榄绿的制服还是一样干净利落，腰带、枪套、军靴，一律是微微发光的褐色。出于反射动作，他右脚重重一跺，迅速举手敬礼，雄赳赳气昂昂，手指咻地快速移动。

赛穆以中士是皇家护卫队梅勃杜上校的司机。多年前，戈什曾经动手术救过梅勃杜上校一命，上校一度受到猜疑，现在则得到皇帝的宠信，既是皇家护卫队的高阶指挥官，还负责联络英国、印度、比利时与美国大使馆的武官，这些国家都派了代表到埃塞俄比亚。由于工作的关系，上校常常需要办理外交宴会与派对活动，定期参加我们家举办的桥牌之夜更是不用说。可怜的赛穆以只有上司的头沾到枕头，公务车停在车库后，才能启程步行走回遥远的家，回到妻儿身边。上校派了辆摩托车给赛穆以，减轻他来回跋涉的辛苦。赛穆以住在医院附近，不想在回去茅舍的途中让小路上的粗石沙砾磨坏了车胎，获得戈什的许可后，便把单车停在我们家的车棚下面，让他宝贝的摩托车得以在那里避风遮雨，不怕有人来破坏。

"我刚好有事要找你，"赛穆以说，"小少爷，怎么啦？"

"没事。"我说，突然不好意思起来。这名军人才刚与联合国维和部队到刚果[44]解决内战问题，跟他说话，我的烦恼好像小巫见大巫。"你怎么这么晚才来牵摩托车？"我问。

"老板在派对玩到清晨四点，我送他回家，太阳都出来了。他叫我晚上再过去也没关系。嘿，来来，坐下来，我要你再念一次这封信给我听。"他坐到屋前门廊的边上，从胸前口袋抽出蓝、红两色的航空邮件交给我。他摘下遮阳帽，抽出小心塞在帽带底下那抽剩半截的香烟。这种轻巧的遮阳帽是仿效旧日白人探险家的帽子，是皇家护卫队独有的装备，远远就能认出来。

"赛穆以，"我说，"我可不可以等等再念？赫玛在追我，我刚跟她顶嘴，如果她抓到了我，会把我的舌头割掉。"

"啊，那不是闹着玩的，当然，我们晚一点再来念。"说着，赛穆以倏地站起来。他把信收起来，不过我看得出来他很失望。"你想达尔文现在收到我的信了吗？"

"我相信他的信就快寄到了，随时会收到。"

他向我敬礼，然后往屋子后面走去。

达尔文是加拿大士兵，在刚果南部的喀旦加省受过伤，我常常读他的来信给赛穆以听，读到我都会背了。他说多伦多又冷又下雪，有时心灰意冷，不晓得自己究竟能不能习惯木做的义腿。"埃塞俄比亚有没有女人愿意托付给一个满脸疤痕的独脚白人？呵呵！"他的手头也不宽裕,不过如果好兄弟赛穆以有任何需要,他,达尔文,在所不辞,因为他永远也不会忘记赛穆以救了他一命。我替赛穆以用英文回信,尽我的能力做好翻译,我很怀疑这两个人在刚果是怎么交谈沟通的。赛穆以曾经让我看过他挂在脖子上那个风车形金色垂饰,那叫作"圣碧瑾十字架"("St. Bridget's cross"),是受伤的达尔文在战场与赛穆以分离时,硬是要他收下的东西。

赛穆以朝萝辛娜走去,萝辛娜回头看我一眼,害我又拔腿跑了起来。弟弟应该跟在我身边跑的,我觉得那里有片空白。

母亲的墓碑上有一圈新剪的蔷薇,刻着ΣAFE IN APMΣ OF JEΣUΣ,对我一点魅力也没有。不过,在与三号开刀房只有一墙之隔的压力锅间,我却能够感觉到她的存在,那里有某种香气,有某种紧紧牵引着我的感觉的气氛。我不知不觉走到这里来,虽然这里并不是最理想的躲藏地点。

我始终不明白,为什么湿婆不肯到这个房间来。也许他觉得来这里背叛了赫玛,毕竟她曾经细心观察他的每一下呼吸,以细绳连接了他的脚踝与她自己。到这里来是少数我会独自做的事情之一。

我坐在母亲的椅子上,开襟羊毛衫有抗菌肥皂的香味。我对她说话,也许是对自己说话。我抱怨家里的不公平,我承认自己最深的恐惧,那就是有一天赫玛和戈什会消失无踪,就像斯通与修女已经不在我们的生命中。由于这个恐惧,我常常在医院的栅门前流连不去,谁能确定托马斯·斯通不可能回来呢?在我的幻想中,某个晴朗的清晨,和风凉爽,连空气中哔哔剥剥的活力都听得见,这时加布鲁拉开医院的栅门,入眼的不是蜂拥而入的病患,而是托马斯·斯通立在那里。我完全不知道他的长相,也不晓得母亲的模样,但是不要紧,我还是能继续幻想下去。他的目光落在我身上,过了两三秒,他得意地笑了。

我不得不那样坚信。

我返回小屋面对惩罚。屋里传出乐声，这没什么，不过我看到了赫玛带着珍妮特和湿婆在跳舞，三人都套上跳舞用的踝环。不是湿婆平日戴的那一种，而是宽阔的皮圈，上头有铜铃构成的四组同心环。他们把餐桌移到墙边，手鼓爽快的咚咚声，传统印度音乐为他们打节拍。赫玛把纱丽卷起来，在两腿间打了个环绑紧，看起来像穿了条马裤。我不在的期间，她教了湿婆和珍妮特一组复杂的舞步：手臂展开，手臂收回，两手合并，左指右斜，拉弓动作，假想的弓箭射出，眼神朝东看看，再朝西望望，两脚滑行。每一回他们脚跟击地，踝环便铮铮作响。我看了心好痛。

湿婆、珍妮特和我，我们几乎是一起来到这个世界的（珍妮特晚了半步，跟我们隔了一层肚皮，但是她赶上了我们）。我们还在学走路时，大方地交换奶瓶和奶嘴，赫玛见了惊慌失措。湿婆常常跳进水桶、水坑或满水的壕沟里，大人怕他淹死，吓都吓坏了。为了不让他往更深的水里跳，院长买了强力宝宝牌浅水池玩具组，我们三人光着身体在里面玩水，对着镜头摆姿势，那些照片有一天会让我们看了脸红。我们第一次看马戏表演，我们第一次看午场戏剧，我们第一次看见死尸——我们并肩抵达了这些里程碑。我们在我们的树屋把伤口结痂抠到里面的红肉跑出来，然后我们发下狠誓，我们"三捡客"会同心齐力，谁也不能加入我们。

现在，我们来到了另一个"第一次"：分离。我站在外头，旁观里面的活动。赫玛的气已经消了，示意我加入他们。她的额上闪着汗水，几绺头发黏在脸颊。就算她原本打算惩罚我，也许从我的神情就知道我已经受到责罚了。

戴上踝环的珍妮特显得更有女人味，更具女孩样，而不是我熟知的那个野丫头。那种事情，我从来没有多想过，我们一起玩游戏，她就像别的男孩一样。现在她在跳舞，慢了人家一拍，拼命想要跟上，尽管如此，姿态还是优雅的，异常的优雅，仿佛踝环打开了她所拥有的这份特质。她忽略了信号，她笨拙地转身，这都无所谓，我忍不住注意到，她转瞬之间变得浑身散发出少女的气息。

我的孪生兄弟拍拍到位，我看得出来，他学舞学得很快。他习惯抬高下巴，好似害怕不抬起来，顶在头上的鬈发就会散落，这姿态让他看起来更高，比我更笔直，他那种癖性在跳舞时更加夸张。湿婆兴奋时，虹膜会从棕色转成蓝色，而当他的脚跟与赫玛的脚跟同时顿地，配合她每一次的身体下倾、每一回的手臂挥舞，虹膜就出现了那样的变化。那样子就像他的踝环正在左右他的移动，为了模仿赫玛踝环的声音，他的身体出现了必要的姿态。我注视这个瘦削柔软的身躯，仿佛头一回见到这个人。

弟弟可以靠记忆力画出任何东西，可以轻轻松松在脑海中运算庞大的数目，而现在又找出了新的移动工具与精神语言，让他能表达意志，让他能与我分离。我不想加入，我相信我会看起来手脚笨拙。我觉得好嫉妒，那心情简直就像我是个残障的孩子，是不能而非不愿去加入。

"叛徒。"我压着嗓子骂湿婆。

他听见我了，他的耳朵没有问题，即使我只是在心里对自己说话，他也知道我说了什么。

我的孪生兄弟，我的连头伙伴，这个年幼的舞神——他滑步而去，眼神转向他方。

第十九章·待狗的公平之道

湿婆不再穿戴踝环的前一周，我们大伙开车进城。路上传来警报器的尖啸，一辆摩托车飞驰而过，要我们离开街道。

"好吧，好吧！"戈什一面说，一面停到路边，"皇帝陛下、塞拉西一世、犹大之狮，要通过这条路。"

我们挤进孟尼里克二世大道，山丘下面就是非洲堂。非洲堂像是丘陵边放的一盒水彩，色彩柔和的镶板本来是要模仿传统夏玛白薄棉布的彩色绲边。在非洲团结组织新建的总部外，每一非洲国家的国旗各有其所，这栋建筑方才落成，已经承蒙当时的埃及总统纳瑟、加纳总统恩克鲁玛、乌干达总统奥博特与利比里亚总统杜伯曼等人的喜爱。

皇帝的朱碧丽宫位于大道另一侧，我看见宫殿大门左、右两侧各有一名骑马的皇家护卫队哨兵。皇帝的宫殿在繁茂缤纷的花园后方矗立，恍惚间像是黯淡的白金汉宫。在夜间，泛光灯打出来，宫殿散发出象牙白的光辉。由于时节到了，院内有株松树挂了串串的灯，成了巨大的圣诞树。

行人、马车、汽车，一切事物都停止活动。有个目光温顺的赤脚男子摘下破烂的帽子，露出一圈灰色鬈发。三个着黑色丧服的妇女撑着伞，也在我们旁边迎候，由于使劲爬了一段坡路，她们的身子在出汗，其中一人坐到路边，小心脱下胶鞋。两个年轻男子站得离路边有几步路远,很不高兴被迫中断步行。

坐着的那名妇女说:"也许皇帝会让我们搭便车,告诉他,我们没钱搭公交车,我的脚痛死了。"

那位灰发老伯伯露出凶狠的眼神,嘴唇动了几下,像是在累积口水,准备责骂她竟敢如此出言不逊。

这时,一辆车顶装有警报器与扩音器的绿色福斯车急驰而过,我从来没想过福斯车竟然可以开得那么快。

"我猜你的皇帝坐在新的林肯车上。"我对戈什说。

"你可能猜错了。"

当时是一九六三年,美国总统肯尼迪遇刺的那一年。根据某个爸爸担任国会议员的学校同学说,那辆林肯车是肯尼迪总统用过的车子,不过不是他被枪杀时搭乘的那一辆。这辆车有顶盖,而且宏伟壮观,重点不在于车体流线,而是那不可思议的长度。城里流传着一个笑话:皇帝在山丘顶的旧宫殿处理公务,如果要下来到朱碧丽宫,只需要从车子后座上车、前座下车就可以了。

皇帝麾下有二十六辆车,劳斯莱斯车型有二十辆,其一还是英国女王送的圣诞礼物。我曾经想象过皇帝陛下的圣诞树下还有什么东西。

一辆路虎休旅车开过,是皇家护卫队,不是警察。这辆车的车速缓慢,后车门掀开,托着机关枪的男子盘腿坐着往外看。我们听见战鼓般的隆隆声,八辆摩托车组成的车阵从虚缈处驶出,两两并行,引擎散热片周遭的空气闪烁着微光。阳光打在铬黄车前灯和防撞杆上,反射出一闪一闪的光芒。骑士身着黑色制服、头戴白色帽盔、两手戴着白手套,可是看起来脾气暴躁,渴望再度杀人。这令我想起了另一个画面:在墨索里尼垮台纪念日,留着猴子般长发的战士睁大双眼,骑马从丘陵冲出来。

杜卡迪重型摩托车平稳驶过，地面跟着摇晃，只要他们手腕一转，保留的庞大马力随时可以释放出来。

皇帝的绿色劳斯莱斯擦得光可鉴人，他坐在增高的座位上往窗外看，特制的车窗让君主能察看百姓，也让百姓能观看君王。他的座车悄然无声地跟在摩托车队后方，只有活门传出虚弱的喘气声。

戈什嘴里咕咕哝哝地："搞那样一场排场，这笔钱够我们喂饱全国小孩一个月。"

我们身旁的老伯伯跪在地上，当劳斯莱斯驶近时，他亲吻着柏油地面。

我清清楚楚地看见了皇帝，他的小狗露露就在他的腿上。皇帝直视我们，含笑看着我们鞠躬。他把手掌合在一起，然后从我们面前过去了。

"你看到了吗？"赫玛兴奋地说，"你看到他双手合十吗？"

"表示对你的尊敬，"戈什说，"他认得你是谁。"

"别傻了，他是看到我穿的纱丽，不管怎么说，他好贴心！"

"这样就迷倒你啦？做一个双手合十的动作？"

"住嘴，戈什，政治的事情我不管，我喜欢这个老人。"

劳斯莱斯转向朝宫殿大门开去，摩托车骑士与路虎休旅车驶过了大门便停到一旁。两名骑马的哨兵一身光鲜，身着绿裤、白夹克，头戴白色遮阳帽，这时则举枪敬礼。

大门一侧向来有大批请愿民众在守候，一个警察形单影只地拦阻人潮。有名老妪手挥纸张，一定吸引了皇帝的目光，因为劳斯莱斯停了下来。我看到那只小小的吉娃娃，它把脚爪贴在车窗上，一颗头前前后后快速摆动，原来露露在汪汪叫呢！老妪屈身用双手把纸塞进车窗。

她好像在说话，皇帝显然在仔细倾听。老妇人的情绪越来越兴奋，两手打着手势，我们现在很清楚地听见了她的声音。

车子又往前开，可是老妇人还没讲完话。她想跟着劳斯莱斯跑，手指搭在车窗上。等到跟不上时，她大喊："Leba, leba!"（"小偷，小偷！"）她看看四下想找石头，找不到半颗，便脱下鞋子，趁没人反应过来前，把鞋子往车尾行李箱扔去，鞋子打中车厢后弹开。

我只看见警察的警棍往上举，接着她就咚的一声像麻布袋倒在地上。宫殿大门关上，摩托车骑士冲上前，谁靠近大门，就拿起棍棒打下去，完全不顾他们的尖叫。老妇人一动也不动，却还是被人狠狠往肋骨踢了一脚。骑马的哨兵直视前方，骑乘的马儿受过训练，平静不动，只有马皮一阵阵抽动。

我们傻在那里，身后那两个年轻人窃笑两声便快步走开。

我们身旁的那个女人捧着头说："他们怎么能对一个老奶奶做那种事情？"那个老伯伯拿着帽子，一句话也没有说，不过我看得出来他大感震惊。

我们开车离去时，我看见摩托车骑士转而攻击警察，狠狠打了他一顿。他犯了错，在老妇人开口让他们脸上无光前，居然没有先用警棍打倒她。

许多年过去，我目睹过数不清的暴力场景，那一幕景象却依然生动鲜明。皇帝如此亲切地与我们打招呼，才一转眼，老妇人便意外遭到一顿棒打，我觉得遭到背叛，随之而来的还有震惊，原来赫玛与戈什对此也是无能为力。

在我的心中，那只蓝眼吉娃娃参与了这起残忍事件，它是唯一得以在皇帝面前走路的生物，比起他的多数子民，它吃得更加丰盛，睡得更为安稳。从那一天起，我对皇帝、对露露有了新的观感，而且我压根就不喜欢那只狂傲的小狗。

如果说露露是埃塞俄比亚的狗皇后，我们家的咕啾噜及两条无名小狗则是低贱的农民。有位波斯血统牙医曾在医院短期工作过，为它取名为"咕啾噜"。在埃塞俄比亚，替狗命名就代表要养它。医院那两条无名狗的皮毛肮脏污秽，沾满了烂泥和沥青，没有人确定原本的狗毛是什么颜色。在漫长的雨季中，别的狗都躲雨去了，这两只则留在户外，不愿意冒着被靴子踢头的风险。极有可能无名狗都是成双出现，而这两只正好就是后续的接任者。

当波斯血统牙医突然离开后，玛莉·普雷斯修女开始喂咕啾噜，她死了之后，就换亚麦姿接手照顾。

咕啾噜的眼神表情丰富，仿佛两粒深色珍珠，暗示它嬉闹淘气的性情，生活的诸多挫折也没能完全磨损掉这样的性情。小狗应该没有眉毛，不过我发誓，它有几道可以独立活动的折痕，能表达恐惧和兴味，甚至有种迷糊的表情，会让我想起劳来与哈台双人组里的劳来[45]，我们在阿多瓦电影院看过这两个人演的电影。咕啾噜不可能进到我们家来，牛是神圣的，狗不是。

我们直到元旦隔天才发现咕啾噜怀孕了。它不见踪影已有两天，而就在我们要去上学前，发现它在管道夹层的小空间里，就在柴堆的后方。我们拿手电筒一照，发现它累得不得了，连头也几乎抬不起来，挨着它肚子扭动的毛球解释了一切。

我们跑去找赫玛和戈什，然后去找院长，告诉大家这个让人兴奋的消息。我们还想了几个名字。现在想想，看见大人兴趣缺缺的样子，我们就应该得到警告了。

放学后，出租车让我们在医院栅门前下车。我们才爬到丘陵顶就看见了，虽然一开始不知道我们看到了什么。小狗狗被装在大型塑料袋内，袋口用绳索绑在一辆出租车的排气管上。我们后来才知道，司机看见加布鲁想要弄走这窝小狗，把它们淹死，于是提出更不麻烦的方法。加布鲁向来敬畏机械，三两句就给说服了。

我们眼睁睁地看着出租车司机发动引擎,袋子像气球膨胀起来,没几秒钟,车子就熄火了。那天上午,咕啾噜几乎没有力气走路,这时却绕着车子的四个轮子狂奔,啃咬充满烟雾的袋子。袋子里是它的小狗狗,小狗狗的鼻子因为抵着塑料袋而肿胀,它们一面寻找出路,一面跌在彼此身上。咕啾噜的表情已经不能用悲伤来形容了,它心碎而且绝望了。病患与路过的人都觉得有趣,有一小群人聚集起来。

我手脚麻痹,不敢相信。这是某种我所不知的养小狗必要仪式吗?我从站在四周的大人得到暗示:那是一个错误。在内心里,我的感受与咕啾噜一样。

湿婆不等别人说,直接就往车子冲去,想把塑料袋从排气管解下来,解开的过程中还烫伤了掌心。接着,他跪在地上,用力把厚厚的袋子撕开。加布鲁想把他拉开,他一面踢,一面挣扎,直到发现小狗狗都静静不动,只剩下一堆毛,他才肯罢手。

我朝珍妮特看过去,她不动声色的样子让我心头震了一下;那表情表示她非常了解世界的暗潮,比我们还早就明白这一切了,没有什么能叫她吃惊的。

咕啾噜原谅我们,继续在医院过日子,它怎么办到的,我永远不明白。它完全不知道院长勒令限制医院小狗的数量。我们并不知道,过去加布鲁好几次按照指示,把咕啾噜刚出生的小狗狗从它的乳头拉开,将它们带去淹死。

湿婆膝盖擦伤,两手起了水泡。赫玛、戈什与院长赶到急诊室来找我们。

戈什在湿婆的烫伤处抹了使立复乳膏,又为他包扎膝盖。大人对小狗狗的事情没有半句话要说。

"你们为什么让加布鲁做那种事?"我问。戈什正在包扎伤口,没有抬起头来。他无法对我们撒谎，可是这次他居然隐瞒他知情。

"不要怪加布鲁，"院长说，"是我交代的，对不起，我们实在不能让那么多狗在医院附近走来走去。"

这句话听起来不像是道歉。

"咕啾噜会忘记这件事，"赫玛柔声安慰说，"动物不会记得那种事情，小乖乖。"

"如果有人杀了我或是马里恩，你会忘记吗？"

大人们看着我，可是我没有说话啊！更何况我离他们帮湿婆绑绷带的地方足足有两米半的距离。湿婆的虹膜从棕色变成了铁青色，瞳孔缩成一小点，下巴从来没有翘得这么高过，不但露出了脖子，简直是用鼻子看着这个世界，这个拥有他不屑到了极点的人类的世界。

如果有人杀了我或是马里恩，你会忘记吗？

这句话在喉头形成，由嘴唇、舌头制造，来自我那迄今沉默不语的弟弟。这就是多年来他开口说的第一句话，他精心设计出我们都忘不了的一句话。

大人们看看湿婆，然后看看我。我摇摇头，指着湿婆。

赫玛总算低声问："湿婆……你说什么？"

"如果有人杀了我或是马里恩，你会忘记吗？"

赫玛朝湿婆展开双臂想拥抱他，眼底有喜悦的泪水在打转，湿婆却抽身躲开她，避开所有的人，仿佛他们是凶手。他弯身把袜子卷下去，猛然把踝环扯断，放在桌上。他的踝环，除非是拿去修理和放大，还有换过三四次的新环以外，从来没有脱下来过。他仿佛切断一根手指，还把它摆在桌上。

"湿婆，"院长最后开口了，"假使我们让咕啾噜留下它生的小狗狗，那么现在医院就会有六十只左右的狗。"

我还来不及开口，湿婆便问："其他的小狗狗怎么了？"

院长嗫嗫嚅嚅地说，加布鲁以慈悲的方法处理它们，用汽车废气是不对的做法，她并没有批准，而且加布鲁应该在我们放学回来前就把事情处理好才对。

我现在立场跟他一样。

湿婆碰碰我的肩，凑过来对我咬耳朵。

"他说什么？"赫玛问。

"他说，既然你们每个人心肠都这么坏，他为什么要说话？他说，他认为玛莉·普雷斯修女或托马斯·斯通不会做出这样的事情，假如他们在的话，这种事情也许根本不会发生。"

赫玛叹了口气，好像一直等着我们某人就这样提起他们的名字。"小宝贝，"她以粗哑的嗓音说，"你们不晓得他们可能会怎么做。"

湿婆走了出去。戈什与院长露出见鬼似的惊愕表情，这下换他们说不出话来了。我想不透，这些大人这么关心弟弟会不会说话，也会照顾穷人病患、没有母亲的人，跟我们一样，为了宫殿外老奶奶所遭受的残忍行为而难过，怎么会对我们目睹的残忍行为如此无动于衷呢？

后来我问院长，她认为小狗狗的死会在咕啾噜的内心留下伤痕吗？她说她不知道，不过她知道医院养不起狗，三只已经是极限了。还有，她并不相信有个独立的小狗天国存在，也坦白表示她不知道上帝对医院应该养几只狗有什么看法，不过祂让她全权处理这件事情，而她不想跟我争辩这一点。

小狗被杀了之后，我在咕啾噜的眼中看见它对我们人类的失望，它找地方蜷作一团，不想遇见人。我们把给它的食物留在屋外，它只有等我们不在附近的时候才会吃。

有好几个星期的时间，它只愿意为一个人摇尾巴，那人是湿婆。

湿婆学跳婆罗多舞时（他成为赫玛的学生，赫玛已经在跟他讨论他的初次表演），我首度开始把他看成与我独立的个体。而今他能说话、能表达意见，湿玛双胞胎不会永远步调一致或意见相同。在过去的日子里，我们的差异弥补了对方的不足。然而在小狗狗死了之后，我觉得我们两个个体慢慢分离了。我的弟弟，我同卵双胞的弟弟，他把心思放在动物的不幸上，至于与人有关的事，他留给了我，至少现在是如此。

第二十章 · 躲猫猫

鹿鸣学校的鹿鸣校长总是不忘把长假排在雨季，这么一来，他可以在英国度过七八月，放松心情，花掉我们缴的学费。而我们呢，困在亚的斯亚贝巴，哪里也没去。在亚的斯亚贝巴住久了的人，会把多雨的季风季节当成"冬天"。新来的人非常、非常困惑，因为他们以为七月必然是夏天。

淫雨霏霏，我连梦中都在下雨。我高高兴兴地醒来，因为不用上学，然而浪板屋顶持续传来潺潺声，当下泼湿了我的喜悦之情。这是我第十一年的冬天，晚上睡觉前我会祈祷，不管鹿鸣校长是在布莱顿或波茅斯，但愿那里下起倾盆大雨，我希望那天有朵他专属的雷雨云分分秒秒地跟着他。

无论是寒冷起雾，或者烟霭潮湿，湿婆一概不动如山，而我会因此变得郁闷消极。窗外多了褐色湖泊，里面布满一圈一圈环状的红泥浆。我不相信草地花圃还能从那里重生。

每个星期三，赫玛会带我们上英国文化协会与美国政府新闻处图书馆，我们除了还书，还借了一堆新书搬到车上，接着她放我们在帝国戏院或阿多瓦电影院下车，让我们去看午场电影。我们想看什么书都可以，不过赫玛要求我们用半页的日记记录学到的新单词还有我们阅读的页数。我们也要写下难忘的观点或句子，在晚餐时提出来分享。

我痛恨这种冬天的功课表,不过霍恩·布洛尔船长驾船驶入了我的生活。院长就是有办法看穿我的心事(这一点我还是无法百分百地欣赏),请我为她借《航线上的一艘船》。我好奇地翻开书,不知不觉走入了比我存在的环境更加潮湿、悲惨的世界,奇怪的是,我好喜欢沉浸在那个世界中。托小说家佛瑞斯特的福,我搭上了在世界另一端嘎嘎行进的船只,跨入布洛尔船长的内心世界。书中主人翁很像戈什和赫玛,在专业领域上是英雄级的人物,不过也同我很像,"忧愁而孤寂"。当然,我并非真的忧愁或孤寂,只是在季风季节无可避免地把自己想成那样的人。伦敦海军总部行事不公,很讽刺地,布洛尔船长居然会晕船,而当他从长途航程返家,不幸得知他的孩子因天花而性命垂危……我找到和我同样处境的人,面对一切的为难,都不过是平凡的小人物。

看了几个小时的书,我心痒难熬,好想到外面去,我知道珍妮特也想去。湿婆则不停乱写乱画。赫玛交代了书法练习功课,湿婆的笔的墨水已经不停流动,不过他还是要在纸袋、餐巾或书本的最后几页涂涂写写。他常常画赛穆以那辆BMW摩托车,一年四季都在画。如果他现在画薇若妮卡,会画她跨坐在摩托车上。

某个周五,戈什与赫玛出门工作后,雨越下越大,而且还打雷、下冰雹。屋顶传来的嘈杂震耳欲聋。我从厨房门偷看外头,湿答答的兽皮气味扑鼻而来,我发现有三只驴子跟着赶驴的人躲在屋檐下避雨。如果驴子送来的木柴跟驴子一样湿,对我们的炉子只有坏处没有好处。认命的驴子静静站在原处,简直要睡着了,皮毛不由自主地一下一下抽动。

我回到客厅,珍妮特在喧嚷声中大喊:"我们来玩躲猫猫!"

"娘娘腔的游戏,"我说,"笨女生才玩。"不过她已经开始在寻找蒙眼的面罩。

我始终不明白,为什么在学校里,大家这么爱玩躲猫猫,尤其是珍妮特班上的同学。我看过一群人在鬼摸不到的地方连跑带跳,有的人去推鬼,有的人去吓鬼,最后当鬼的人抓到一个替死鬼,必须说出他抓到了谁,不然就要把对方放了。

我们修改室内游戏的规则,不能吓鬼,要安安静静地躲好,不能让鬼知道你在哪里。不过,既然屋顶叮叮咚咚,吹口哨没关系。除了厨房以外的地方都可以躲,但是不能躲到障碍物底下或后面。时间决定游戏胜负,看谁能最快找到另外两个人。

那天上午,珍妮特第一个当鬼,她花了十五分钟找到湿婆,又用了十分钟才抓到我。

你以为我原地不动二十五分钟会觉得无聊?没有,我兴致盎然。

想动也不动地站好,需要练习。我觉得自己像透明人,我最喜欢的漫画角色之一。透明人站着不动,世界却绕着他打转,而头号敌人意图找出他。

珍妮特蒙着眼,穿着白色紧身衣,手臂往前伸,一只脚往前跨,然后再一只脚,无助的模样仿佛走在海盗船船舷外的跳板上。她向来腰杆打直,平衡感特别好,可以单手叉腰做侧手翻,就算是以手当脚倒立走路,也比戈什用两条腿走路来得优雅。中分的头发绑成细长的两条,以黄、银二色的串珠发贴夹好。珍妮特对衣着不在乎,可是对于束发带、发插、发夹、香蕉发夹等就格外讲究。当然,这个特点大概是从赫玛、萝辛娜或亚麦姿那里学来的,她们无时无刻不梳发,有时把辫子束成马尾,有时则是编出一排的辫子。赫玛偶尔会用墨色眼影粉涂抹珍妮特的下眼皮,那条黑眼线让她的眼睛亮了起来,看似着火,像镜子一样闪耀光芒。

女生比男生早熟,人家是这么说的,我相信,因为珍妮特的行为比十岁的人还成熟。她不相信世人,比我们还爱争辩,随时准备跟人争斗。如果说我太容易听从大人的话，以为大人知道自己在做什么，她则恰好相反，简直认为大人非常容易犯错。现在她蒙着眼睛，流露出我以往从未注意过的楚楚可怜神情，她的防护似乎存在于她灸热的眼光。

有两次珍妮特险些直接撞上我，而我这个透明人在最后一秒钟转向。到了第三次，她离透明人不到一公分远，透明人鼓鼻忍笑。她的双手像风车一样扫荡，发现了我，差点把我的眼睛挖出来。

接下来，气氛变得奇怪起来。

轮到我蒙眼睛时，我在三十秒内找到了珍妮特，又用一半的时间找出湿婆。怎么办到的？跟着鼻子走就对了。我根本不知道可以靠这招，原来我能透过嗅觉"看见"东西。我发现了唯有视觉丧失时才会展现的本能。

轮到湿婆时，他也火速地找出我们。突然之间，我们都忘记了下雨的事。

我又把珍妮特的眼睛蒙起来，她比头一次花了更久的时间，她的鼻子没有用。我看着她拖着脚步东走西走，看了半个小时。

她一灰心，把眼罩扯下来，指控我们两个动来动去，狼狈为奸。我们两个都认为自己是无辜的。

戈什回家吃午餐时，珍妮特和我冲过去告诉他我们玩的游戏。"等等！不要说话！"他说，"你们七嘴八舌同时讲，我听不见。珍妮特，你先说，'从故事起头的地方开始说起，讲到末了的地方，说完再停止'。这句话是谁说的？"

"你说的。"珍妮特回答。

"《爱丽丝梦游仙境》里的国王说的，"湿婆说，"九十三页，第十二章，你漏了六个字、两个逗号。"

"我根本没漏掉！"戈什装出受到冒犯的样子说。不过，他无法掩藏惊愕之情。

"你漏掉了:'逗号,国王郑重地说,逗号。'"

"你说得对……"戈什说,"喏,珍妮特,告诉我发生什么事情。"

她把事情说了一遍,请他评评理。戈什让珍妮特站到不同的地方,而我每一次都能在蒙眼看不见的情况下直接走向她。应戈什的要求,我们蒙住他的眼睛,不过他比珍妮特好不到哪里去。套用戈什的话,我们要进一步"探讨这个现象",但他必须回医院了。

一整个下午,珍妮特的额头多了几条皱纹,眉头打结,双眉倒竖。我感觉到她恶毒的眼光朝我的脸庞射过来。

"你看什么看?"她说。

"看也犯法吗?"

"对。"

我伸出舌头。她倏地从椅子上站起来,朝我冲来。早料到了。我们摔到地板上,我立刻按住她,让她躺在地上、手臂高举过头,然后跨坐在她身上,不过要控制住她可一点也不简单。

"不要压我。"

"哦?让你再来攻击我?"

"我说,不要压我。"

"好,不过如果你又攻击我,我就会这样做。"我用膝盖钻她的腋窝,碰她的肋骨,她的愤怒化成尖叫,然后转成歇斯底里的笑声。她向我求饶。我很了解她,知道当你以为火已经灭了,它可以马上又开始燃烧,我又逗了她一回合,而且下来时不愿意背向她。

珍妮特冲刺的速度比湿婆快,不过在短距离的赛程无法打败我。她的步伐毫不费力,双脚几乎不用着地,就算跑一整天也不会累。超过四十五米时,我就跑不赢她。爬树、踢足球、摔跤、击剑,做这些活动,她与我们的能力不相上下。

不过躲猫猫就不同了。

我们晚餐与赫玛和戈什一起吃。珍妮特静静的,话不多,黄、银两色的串珠发夹不见了,换成了可怕的蟑螂夹,中间还穿了一根编织针。赫玛问起时,她报告她所读的《秘密七》系列侦探童书。她坐在我和湿婆旁边,挡开在一旁忙来忙去想替我们盘子添菜的亚麦姿与萝辛娜(她们两个总是稍晚才在厨房吃)。

晚餐后,珍妮特与众人道了晚安,回到萝辛娜位于我们家后面不远的住处。我发现戈什在翻阅《爱丽丝梦游仙境》,我从他的肩膀上探过去,他正翻到九十三页。湿婆是对的,少了两个逗点。

我们一上床,雨就停了,分秒不差,完全没给人机会利用雨势停歇的时间。寂静让人心情松弛,同时也让人极度不安,因为任何时候雨都会回来。

赫玛在我们的卧室里说故事,她为了湿婆的沉默开始为我们说故事,自此这个夜间习惯就不曾中断过。这几天我们听的是印度作家纳拉扬所写的《马古迪镇的食人怪》。戈什坐在床的另一侧垂头聆听。故事一开始节奏缓慢,讲到这里还是慢慢吞吞,也许那是故意的。当我们适应了慢速度,印度村落的"无聊"的世界遂变得有趣,甚至好笑起来。马古迪镇的居民与我们认识的人类相似,受限于习惯和职业,受制于蠢到极点的无理信念,只有他们看不破这一点。

不属于马古迪镇的电话铃声打断了故事的桥段。戈什拿起话筒,盯着赫玛说:"马上到。"挂上电话时又说:"杜鲁娜许王妃快生了,开三指,阵痛相隔五分钟,院长在私人病房陪她。"

"'开三指'是什么意思?"我问。

戈什正准备要回答,赫玛已经站到梳妆台前梳头发,同时迅速回答:"没什么,小乖乖,王妃马上就要生小娃娃了,我得走了。"

"我跟你一块去。"戈什说。如果赫玛选择剖腹生产,他可以帮上忙。

我始终不喜欢他们夜里出门，我不是怕有坏人闯进来，而是挂念赫玛和戈什，担忧他们即使心地如此善良，也可能回不来了。白天我绝不会有那种想法，到了夜里，他们去尤文图斯俱乐部跳舞或者在瑞狄太太与伊凡格兰家打桥牌时，我总是不睡等他们回来，心里幻想着最可怕的事情。

他们走了后，我穿着睡衣、打赤脚悄悄地走进客厅，转开根德牌收音机的短波频道。

除了静电噪音外，我听见更响亮的摩托车声。赛穆以中士向来骑车骑到车道的一半就熄火，以免打扰到我们。在无声之中（只有弹簧的吱吱叫与挡泥板的咔嚓声），他牵着车往车棚走去，这支乐曲还有尾声：摩托车往后一退，架高在中央的驻车架上，这时会传出当一声的金属声。

我喜欢那辆难看的BMW摩托车，也喜欢它母牛乳房似的引擎从车体两侧鼓出来。湿婆也爱死了它。所有的机器都分性别，而那台BMW是高贵的"女士"。从我有记忆以来，我会在一大早（赛穆以上班去了）与睡觉前（赛穆以下班了）听见她低沉的抽动声，噜嘟噜嘟响。任何时候，当我听见赛穆以沉重的靴子逐渐远去的脚步声，心里就替他难过，想象他孤孤单单地走路回家，在这样泥泞的雨季尤其觉得不舍。就算身穿长雨衣，遮阳帽也有塑胶套，还是不可能不淋得浑身湿透。

五分钟后，我听见厨房门被人打开，珍妮特穿着我穿过的二手睡衣走进来。

她先前的气已经消了，反而露出我鲜少看到的情绪：悲伤。她的头发用蓝色束发带绑在后脑，人无精打采，沉默少话，仿佛我不是几分钟没见到她，而是多年不见了。

"湿婆在哪里？"她坐到我对面问。

"在我们房间，为什么问这个？"

"只是问问，没有为什么。"

"赫玛和戈什得到医院去。"我说。

"我知道，我听到他们跟我妈妈说了。"

"你没事吧？"

她耸耸肩，失焦的眼睛望着根德牌收音机鲜艳的选台钮，看往远处某个行星去了。她右边虹膜有块小小的斑点，斑点四周有一圈雾茫茫的，那是火花打中的地方，当时我们在马路上玩耍，用重重的石头敲打玩具手枪的条状炮弹组，炮弹爆炸了，那时我们还好小好小。那块斑点只有在十分靠近时才看得见，而且要从某些角度看才行。远远望去，那隐隐约约的不对称让她的眼神带有朦胧的梦幻感。

有个中文电台噪声很多，声音时有时无，一个女性的声音夹杂着人类喉咙无法发出的声响，我觉得好好笑，珍妮特却没有笑。

"马里恩，你可不可以跟我玩躲猫猫？"她用甜美温柔的语调问，"再玩一次就好？"

我发出哀号。

"拜托啦！"

听到她急切的语气，我吓了一跳，那语气仿佛她的未来就系在这个游戏上。

"你回来就为了玩游戏？湿婆已经上床了。"

她不说话，仔细想了想，然后说："就你跟我好不好？马里恩，拜托啦！"

我向来不善于拒绝珍妮特，也认为她这次能找到我的机会不可能比先前更幸运，陪她玩反而会让她更沮丧，然而如果这是她希望的……

屋外的降雨把天空的星星统统洗去，黑夜从窗板渗入屋内，钻进我的眼罩。

"我改变主意了。"我对空气说。

她不理我,预备再打第二个结,把眼罩紧紧绑牢。她另外在我头上罩了空的米粉袋,再将袋口边缘往上卷,让我的嘴巴露出来。

"你听到我说的话吗?"我说:"我不想玩了,我从头到尾都没答应过。"

"你作弊?你承认啰?"那声音甚至不像她的。

"我不会承认不真实的事情。"我说。

一阵强风吹得窗户格格响。这是小屋清扫喉咙的方式,警告我们小心还会降下更多的雨水。

她又不见了,当她回来时,我发现我的手被皮革紧绑在身体两侧,是戈什的皮带。"那样你就不能把眼罩拿开了。"

她抓住我的肩膀旋转我,两只手像桨推动我的胸口和肩膀,让我像陀螺一样打转。我大呼要她停下来,她又转了几圈。

"数到二十,不准偷看。"

我依然在内心的黑暗中转动,纳闷为什么晕眩会与恶心感形影不离。我撞上了什么,硬邦邦的边,是沙发,肋骨撞上去了,不过这样一来我就不会跌倒。这不公平,把我的手绑起来,还让我失去平衡感……她捉弄我,假使她希望让我分不清东西南北,这招成功了。"骗子!"我大喊:"你想用贱招赢,就当你赢了,行吗?"

浪板屋顶传来啪哒一声,我吓了一跳。是橡实吗?我继续听,那东西并没有从斜面咔嚓咔嚓滚下来。是小偷查看有没有人在家吗?由于手被绑着,我尤其觉得无助。我打了个喷嚏,等着再打一个。我总是一次打两个,今晚居然没有。我咒骂那个发霉的麻袋。

"把你的胆量操出来!"我破口大骂。我不知道这句话是什么意思,不过戈什常常挂在嘴边,听起来粗俗无礼,需要勇气时复述几次还真有用。我的心脏在胸口怦怦跳,我需要勇气。

我必须跟随的气味并不像上午那样明显。两手不能往前伸，头上又套着麻袋，简直困难重重。"我会找到你的，"我大声说，"不过我以后再也不玩了。"

我到了餐厅里，靠脚沿着餐具柜移动，同时念着我的祈祷文："把你的胆量操出来。"从那里，我继续沿着通往卧室的走廊走下去。

狭窄的地板哪里会吱吱叫，我都知道，好多天晚上我曾站在戈什与赫玛的房门外偷听，尤其是当他们好像在吵架的时候。你以为他们只是闹口角时，事实可能刚好相反。有一次我听见赫玛说我"跟他父亲一个样，太过死心眼"，然后就笑了起来。我心头一震，我不以为自己固执，而且我完全不知道，那个我偶尔幻想会走过栅门的男人与我有任何相似处。赫玛从来不提他的名字，当她拿我跟他做比较，语调却带有少许的赞扬之意。另一天晚上，我无意中听见赫玛说："哪里？究竟是哪里？什么情况下？你以为我们看看修女的脸，或者他的脸，我们就知道了吗？我们怎么会不知道？他们应该告诉我们的。戈什，你也说句话啊！"我听不懂，而戈什异常沉默。

而今蒙着眼罩，我想起他们所说的一字一句。由于眼睛被遮住，记忆开放了新的频道，就像嗅觉受到了刺激。我觉得我需要问问赫玛和戈什这段话是什么意思，他们在讨论什么？可是我又怎么能开口问呢？我不能告诉他们我常常偷听啊！

鼻子带着我到了我们的房间，我拐弯进去，缓缓往前移动，走到气味最浓重之处。前面是镜台，我往前弯身，结果脸庞碰到了棉绒。是她的睡衣，她把衣服堆在镜台上。我像警犬把鼻子埋进衣堆，在棉绒里摇头晃脑，让睡衣散开来，让我的感官更加敏锐。

"非常聪明。"我说。我知道湿婆在床上，而且一定戴上了跳舞用的大踝环，踝环这时当当作响，那声音是他模模糊糊的哼声。

我走原路折返。照理不能躲厨房，然而那缕气味是往那里去的，而这里又有生姜、洋葱、豆蔻、丁香，层层气味像帘幕一样，我必须将它拨开。

一个突然的念头，我跪下来用鼻子对着地砖。用两只脚走路的人，鼻子高高在半空中，而四脚走路的追踪者的鼻子则靠近地面，前者能有多大的胜算赢过后者呢？没错，她在这里，那气息转向往右边去了。

缓缓朝食物储藏间移动的过程中，我明白了一件事。这个游戏由于沉闷的季风季节而生，已经不再是那个游戏，此时，没有规则可循，此后，一切再也不同。我知道。我或许才十一岁，却感觉意识已经成熟到它终究将会成熟的地步。我的身体可能继续成长老化，我不久也会学到更丰富的知识经验，然而完完整整的我，完完整整的马里恩，看见世界、记住世界、为后裔在内心账本记录世界的那个我，稳稳坐在我的身体内，永远不会有比那少了眼睛缺了手的一刻更是我的"我"了。

进入食物储藏间时，我爬起来。"我知道你在这里。"我说。回声传来，我知道自己在这狭长空间内的方位，我知道她确实的位置，我朝她走过去。

珍妮特在我面前，假如我的手是自由的，我会伸手摸她，呵她痒，或是捏捏她。我听见蒙住的声音，可能是笑声，不过我想不是。她正在哭。

我想安抚她，而冲动越来越强烈。这是一种野兽的本能，与指引我找到她的本能非常类似。

我靠上前。

她将我推开，然而那动作不怎么积极，那一推，是求我别走开。

我老是以为珍妮特很满意生活，她在我们家的餐桌上吃饭，跟我们一起上学，是这个家的一分子。她没有父亲，而我们也没有亲生父母在身边，我以为她跟我们一样觉得幸好有赫玛和戈什在。我把她看成跟我们同样的人，也许因此我疏忽了她无法忽略的事情。光是我们的卧房，就比她那窄小通风的单房住处宽敞。到了晚上，珍妮特如果想要上厕所，必须走到外面接受风吹雨淋，经过我们堆柴薪的开放式棚屋。戈什和赫玛会帮我们盖被子，送我们到马古迪镇的神奇世界，然后把灯关上。珍妮特则在一颗光秃秃的灯泡下自己读书，尽量不去注意萝辛娜听到深夜都不关掉的收音机。那里面只有一张床，母女俩睡在上面，珍妮特大概希望有张自己的床吧！一炉炭盆提供温暖，熏烟焚香渗入她的衣物，让她觉得非常尴尬。我们觉得她住的地方很温馨，她则对自己的住处引以为耻。年纪更小的时候，我们在那间房子的时间不少于在自己家，近来尽管萝辛娜欢迎我们，珍妮特也不会鼓励我们进去。

我蒙着眼睛，却陡然把一切都看了分明，从以前未曾领悟的角度明白了她的争强好胜。

我再往前一步，然后等在原处不动。她没有推我，也没有打我。我引颈靠过去，像探针似的寻找她。她的耳朵轻轻掠过我，然后是脸颊，是湿的。她抽搐的气息热乎乎地吹在我的脖子上。她慢慢把下巴搁在我的脖子上。

我那野兽的一面尽责地保护她，还告诉我：看好，学着点。保卫与安慰，我觉得自己好勇敢。

我的脚并在一块，身子往前倾斜，抵抗她的重量。她调整姿势，于是我朝她身上压去，将她往食物储藏间的架子上挤。我们的大腿、髋部、胸口等处碰在一起，脸颊还是贴着的。我等着她把我推回垂直的位置，可是她没这么做。

我们玩角力，我们把对方拉到树屋上，更小的时候，我们还在小水池里一起踩水玩，因此我们对彼此的身体再熟悉不过。玻璃器皿送来医院时，总装在塞满稻草的运货箱中，我们会在大箱子里玩病人与医生的游戏，从来不曾为了生理结构的不同而害羞。而今，蒙着眼睛，我看不见她的脸，自己的脸也让麻布挡住，一切变得新鲜而陌生。我不是透明人，我是有眼力的盲人，盲眼带来的其他特质宽免了我的笨拙。

我的手臂固定在身侧，手掌依然可以往前翻起。我摸到她的唇，她的肌肤凉凉的，她没有退缩，她需要我的触摸、我的暖意。我把她拉过来。

她在颤抖。

她裸着身子。

我不知道我在原地站了几分钟，这正是她今晚看来需要的慰藉啊！要是她懂得开口要求，或者我知道要付出，我们大可不要这眼罩……谢天谢地有这眼罩。

她两只手慢慢伸进我的手臂与躯干之间的缺口，她要拥抱我。对我，这是笨拙而痛苦的姿势，我却没有胆量说出半个字，我担心她会放开手。

雨水在浪板屋顶上潺潺而流。

过了天长地久的时间，她抽回手臂，拿下我脸上的米袋。

她松开我的束缚，解开我的手，我听到皮带搭扣当啷掉到地上。不过她留着眼罩没有取下来。如果我想，我可以把它拿下来。

我怀念她的拥抱，我想要再次感受，而今我的手自由了，我朝她伸出去。裸身的她感觉更娇小、更娇弱。

某样肥嫩的东西轻轻碰上我的嘴唇，从没有人亲吻过我。看电影时如果看到演员接吻，珍妮特和我会哀号兼大笑。电影院连映三片，其中一片永远是意大利片，在阿多瓦电影院尤其如此，影片要不另外配音，要不就加上字幕，一般会在喜剧短片（卓别林或劳来与哈台双人组）前播放，老是一大堆亲吻镜头。湿婆会歪着头，极其认真地研究银幕上的热吻，珍妮特和我则不。接吻好蠢，大人不知道他们看起来有多愚笨。

我们的唇是干的。实在没什么了不起，就跟我本来想的一样，也许亲吻与拥抱是同样的目的，给人安慰，并且得到安慰。我学电影把头偏向一侧，好奇会不会得到更舒服的感受，又以双唇夹住她的下嘴唇。我得到新的启发：原来嘴巴能当作如此纤细而敏感的工具使用，在看不见的时候尤其如此。她的舌头触碰我的嘴唇，我想迅速把头往后退开。我想到那种可以吃一个小时的二十五分钱棒棒糖，我们三个常常轮流吸食。现在，我们两张嘴悠悠分享没有糖果的糖果。说快乐也不完全快乐，但也不觉得恶心。

珍妮特的手捧着我的脸，电影里都那么做。我把右手滑动到她的肩膀，往下到达她的胸脯，我摸到乳头所在位置的丘墩，与我的没什么差别。她的手指也落下来，摸着我的胸膛，我应该觉得痒痒的，但是我没有。我的手掠过她的腹部，然后再往下走，来到两腿之间，通过柔软的裂隙，比起可能存在的器官，空乏的空间激起了更多的好奇。她的手如我的手一般犹疑，悄悄从我的腰带后方伸下去探索。她握着我时，那感觉与我摸自己相差好远好远。

从屋外通往厨房的门打开了。

铁定是萝辛娜，也许是戈什与赫玛。脚步声继续走向客厅。

我往后退，把眼罩扯下来，在黑暗的食物间里眨眼睛，像是登陆地球的外星人。

在厨房反射而来的光线下，珍妮特的眼眸是湿的，浑圆的脸庞，浮肿的嘴唇。她不愿迎接我的凝望，宁可我看不见。她有丹凤眼，鼻子翘成尖锐的角度，额头平坦，完全不像萝辛娜是凸额，好像《历史的曙光》一书中埃及皇后娜芙蒂蒂的半身像。

眼罩拿下了，我的感官依然处在高度敏锐状态，连未来也看得到。在那食物储藏间，珍妮特的脸庞泄漏了她的一切，暗示她长大后的女人模样。我知道那双眸子将会保持安详美丽，隐藏今晚那昭彰的不安与鲁莽。她的颧骨将推出来，展现她全然的意志力，让鼻子的轮廓显得更加鲜明，让秀美的眼睛变得更为细长。下唇将厚于上唇，胸脯的蓓蕾会化为果实，双腿将如长藤般抽长。在美丽民族的国度上，没有人比她更完美、更具魅力。男人会察觉她的轻蔑，会想要拥有她（在我应该明白这一点之前，我就已然明白了）。我将亟欲得到她，而她则立起层层障碍。在她而言，也许我再也无法如今晚般强壮，或许无法如此亲近她，就算明白了这一点，我也要努力下去。

我明白了这一切，感受到了，看到了。它瞬间进入我的意识，而证据还未出现。

萝辛娜从屋里的某个角落呼喊珍妮特的名字。

我捡起皮带。我们两个怎能这么平静，这点我永远不会明白。

我触摸珍妮特的双肩，轻轻地，小心地。另一瞬间的触感早已消失了。她眼睛转向我，其中的眼神可能是爱，可能是爱的相反。

"我永远都会找到你。"我低声说。

"也许。"她的嘴挨着我的耳朵说，"不过我可能越来越会躲藏。"

萝辛娜走进来，看见我们两个，停下脚步动弹不得。

"你们两个在做什么？"她用阿姆哈拉语问。她出于习惯，脸上挂着微笑，可是眉宇传达出她的不解。"我到处找你，你的衣服在哪里？这是在做什么？"

"玩游戏。"我说，同时挥挥眼罩和皮带，好像这样能回答她的问题。不过我的喉咙干得不得了，我想我的声音并没有出来。

珍妮特掠过我身旁，想往客厅走回去。萝辛娜紧抓住她的手。"女儿，你的衣服在哪里？"

"放开我的手。"

"你为什么没穿衣服？"

239

珍妮特不发一语，露出狂傲挑衅的表情。

萝辛娜拉扯她的手臂。"你为什么脱掉衣服？"

珍妮特回话时，她挖苦的口气亟欲挑起争执。"你为什么为赛穆以脱衣服？你叫我出门，不就是要把衣服脱光光？"

萝辛娜张口结舌，恢复说话能力时则说："他是你爸爸，是我丈夫。"

珍妮特并没有透出惊愕的神色。她哈哈笑，残忍地讥笑，好像她以前听过这几个字。珍妮特说："你丈夫？我爸爸？你骗人，是我爸爸的话，就会留在这里过夜。是我爸爸的话，就会带着我们跟他住在真正的家。"我一听，为了我的奶妈，心也跟着揪起来。珍妮特很生气，泪珠滚落脸颊。"是你丈夫的话，就不会有另外一个老婆，还有三个小孩。是你丈夫的话，就不会回家还叫我出去玩，让他可以跟你玩。"她挣脱手臂的束缚，走去拿衣物。

萝辛娜早忘了我在一旁。

天真的年华，无忧的岁月，都悬吊在深渊之上。她终于转身面向我。

我们端详彼此，犹如看着陌路人。我在盲目中走进食物储藏间，现在眼罩拿下了。赛穆以是珍妮特的爸爸。我是唯一不知情的人吗？我怎么这么蠢？为什么我从来没想过要问问看呢？湿婆知道吗？上校来打桥牌时总在我们家待这么久的时间……想当然，赛穆以这段其间也始终在附近。的确，在母系社会，我们接受这样的事情，就算在没有父亲的情况下，我们也不会去问。可是我应该要问的。我现在看到了，暗示就在那里，我实在是盲目天真又愚昧。我替赛穆以写了这么多信给达尔文，帮他问候对方家人、送上好友最诚挚的祝福，这些都没有透露出珍妮特是他的孩子。每一个书面的字，每一句口头的话，都不过是深川急流的粼粼水面。想想那些躺在床上聆听摩托车声的夜晚，我觉得赛穆以好可怜，要冒雨或摸黑辛辛苦苦地走回家。显然我并不是唯一怜悯他的人。

萝辛娜非常了解我，能看透我每一个念头的流转。我垂下头；我伤害了我深爱的奶妈的自尊。我从眼角瞥见她也低下头来，仿佛她辜负我，仿佛她从来不希望我认识她的这一面。我想说：你看到的事情，是在玩游戏……

我一句话也没说。

珍妮特回来，已经穿上了棉绒睡衣。她走时没有往后看一眼，萝辛娜也跟着一块走了。

湿婆在客厅，就在通往厨房的门后。

我把门关上，留在食物储藏间，面对架子站着不动。一股气味徘徊不去，是我和珍妮特产生的臭氧，我们两人的意志所排放的臭氧。

我听到有脚步声靠近而后停下来，我知道湿婆在门的另一侧，就像他知道我在这一面。湿玛双胞胎无法对湿婆或马里恩隐瞒太多事情，然而我紧紧闭上眼睛，让自己变成隐形，把自己带往一个全然孤独的地方，这样就没有人能察觉我的思绪。

第二十一章·预知听闻

接下来的日子,萝辛娜还是会用手指耙梳我的鬈发,我们出门前,她也坚持先烫过我的衬衫,仿佛没有事情发生过。可是我从不同的角度看待她的行为,虽然是熟悉的举动,然而她是故意要随时控制住我,进而把身子卡在我与她的女儿之间。

在食物储藏间的那夜,萝辛娜的恐惧成真,秘密泄露了。我本来靠在隐藏的嵌板上,而简直就像漫画剧情一样,我突然穿透嵌板,在非故意的情况下摔了过去,站到了我想停留之处的另一侧。我从来没这么想留在珍妮特身边,这一点萝辛娜是清楚的。

我发现了萝辛娜的另一面,就说是狡猾吧!我也同样狡猾起来,因为我不再能放心把自己的想法告诉她。不过,我实在难以掩饰情感,与珍妮特在一块,就觉得血液直往脸颊冲。我忘记如何存在才对。

假期结束前,珍妮特都跟在湿婆身边。有他在,没有人觉得尴尬,而我显然会让场面难堪起来。我看着他们播放练舞的唱片,把餐厅清空,套上踝环,复习复杂的婆罗多舞固定舞步。我不吃醋,湿婆是我的代理人,就如同亚麦姿把她的乳房塞给我时,我是湿婆的代理人。如果我不能和珍妮特在一块,那湿婆与她共处不正是近乎完美的吗?

我大猎犬般的本能,我凭嗅觉找到珍妮特的能力,也许不过是魔术罢了,也许不是。我们再也不能玩躲猫猫了,想到这一层,我觉得焦虑难安。

赛穆以不管是来牵车或停车,或者是陪梅勃杜上校来打桥牌,我一律躲开他。上校喜欢开宝马车、吉普车或奔驰公务车,上次赛穆以看见我时,就坐在副驾驶座上。他挥挥手,笑得很灿烂。

终于,我不小心遇到了赛穆以。我想惹他不高兴,他和托马斯·斯通有某种相似处,虽然他起码每天都见到自己的女儿。赛穆以和我握手,兴高采烈地掏出达尔文的最新来信,我不知不觉地陪他一起坐在厨房的阶梯上。我好想说:你为什么不找你女儿做这件事?但我没问,因为我领悟到一件以前忽略的事情:珍妮特其实也不让她爸爸有好日子过,我替赛穆以读信、写信,就是因为他女儿不肯做这件事。

某个周五晚间,上校一阵风似的来到医院,走进戈什的旧居,浑身带着劲力,仿佛不只是单单一个人,而是一批军团打着正式的军旗抵达,而且还带了军乐队。半个小时后,两桌开战,玩家有赫玛、戈什、亚帝德、巴布、伊凡格兰、瑞狄太太,还有一个他们带来的新人。大家似乎都只顾着手上的牌,人人变成了什么"派司",什么"三无王"的,专心得脸都红了起来。卖阿拉伯茶的亚帝德是赫玛的老友,在中央市场有一间店面,就在巴布的店铺隔壁,于是他把巴布也拉入这个团体。忽然传来的闲聊犹如集体信号,暗示这一轮打完了。我最喜欢在旁边看他们打牌。

上校才从伦敦归国,带了瓶珍贵的格兰菲迪苏格兰威士忌给戈什,送给我们的是巧克力,赫玛则收到香奈儿五号香水。烟灰缸上的香烟是登喜路牌与三五牌,也是他的捐赠。尽管他穿运动夹克、敞胸衬衫,下巴收缩、肩膀后退的姿态却好像还穿着制服。假如他离开聚会，我猜想其余的人会如弹簧松开的玩具咚咚咚倒下去。

伊凡格兰是英印混血，常来打牌。他转头面向梅勃杜上校说："有只小鸟告诉我，我们大概过没几天就要喊你准将了，这是真的吗？"

梅勃杜上校绷起脸。"什么乱七八糟的谣言，这么封闭排外的社会，伊凡格兰，我担心你就是其中的一分子。不过这次我得要纠正你，亲爱的朋友，我不是过几天就要被叫准将，就在昨天，我已经是准将了。"

欤！接下来他们可没完没了了。赛穆以和加布鲁去了公爵饭店两趟搬取食物。

那晚到了夜深，梅勃杜和戈什一面喝白兰地、抽雪茄，还一面继续闲聊。"那年在战场上，我们是联合国部队的十五个国家之一，我到那里时，才从指挥学校出来没多久，别的国家都瞧不起我们。想想看，他们哪知道什么埃塞俄比亚人的勇气，什么阿杜瓦之战一类的。但等到我们去了刚果，他们心里已经有谱了。戈什，你要知道，身为一个职业军人，那是我最自豪的一刻，昨天我晋阶也没那么得意哩！"

我始终不明白为什么，戈什却知道我在食物储藏间的经历，也许他发觉我无法靠近珍妮特，发现了湿婆与那次的经验无关。也许他察觉了，赛穆以在的时候我觉得尴尬，也许我在脸上就写着我发现了人性的复杂，这种形容比"诈骗"好听。我考虑要向谁吐露真心话，要说出自己多少的秘密。拥有戈什这样坚定不移的父亲真好，他永远不会反复无常，永远不会打探私事，却知道我何时需要他。要是赫玛得知食物储藏间所发生的事情，两秒过后我就会晓得她知道了。戈什不同，假如他知情，他可以保持冷静，耐心等候时机，把我的故事听完。如果他认为告诉赫玛毫无帮助，他甚至不会告诉她。

一个湿答答的午后,珍妮特与湿婆一起上赫玛教授的舞蹈课,戈什打电话来,叫我到急诊室去找他。"我要你来摸摸一个难得一见的脉搏跳动。"戈什现在根本上算是外科医生,一周任选三天进开刀房,需要的话,还要处理急症。不过,如同他晚餐时常说的,他本质上还是内科医生,无法抵抗到急诊室的欲望。有些病人的症状难以诊断,亚当或巴伽利都无法推敲出答案,他会替这些人看诊。

我好感谢戈什打电话来。我对跳舞始终没有半点兴致,可是看见珍妮特享受我不参与的事物,我觉得好心烦。我穿上树胶雨靴、披上雨衣,撑着伞往外冲。

迪米斯二十来岁,坐在戈什面前的就诊凳上,身上只穿破烂的马裤。我立刻发现他一颗头上下来回摆动,好像体内有架电动飞轮在转动。这可是我头一回跟病患正式对谈,因而非常难为情。赤脚的农庄长工会怎么看待这个进入诊间的年轻小伙子呢?他看到我却非常欢喜,后来我才了解,病人如果被挑出来,会觉得享有某种特权。不光是通过了亚当那一关,不光是见到了tilik(阿姆哈拉语:大)医生(这可是王公贵族也来问诊的大医师),还得到了额外的好处——我。

戈什把我的手指拉到迪米斯手腕的脉搏上——很容易就摸到了,不想注意是不可能的,指尖下有一波急速又强劲的澎湃浪潮。这时我才明白,他的头颅原来随着脉搏的节奏上上下下。

"来,摸摸看我的。"说着,戈什伸出手腕。他的脉搏比较难摸出来,并不明显。

他让我的手回到迪米斯的脉搏上。

"形容看看。"戈什说。

"很大……很强,像是皮肤底下有活着的东西,一直持续在拍打。"我说。

"一点也没错！这是典型的陷落脉或水锥脉，全名叫作柯氏水锥脉。"

他交给我一条三十厘米长的玻璃细管，刚刚我就注意到那管子放在他桌上。"拿高，来，翻过来。"细管的两端是封死的，管内有少量的水。我翻转细管，水迅速流至管底，突如其来砰的一声，吓了我一跳。"里面是真空的，喏，"他说，"这是爱尔兰小孩子玩的玩具，叫作水锥，柯里根医生第一次摸到像迪米斯这样的脉搏时，想起了这种玩具。"

戈什为我而做了这支水锥。他先用本生灯把玻璃管的一头封死，从另一个开口放几滴水进去，然后隔水加热整支管子，让里面的空气排空，接着快速在火焰上方把开口封死。

"迪米斯的心脏让血液快速流到大动脉，大动脉就是从心脏出来的大条公路。"他一面说，一面在纸上画给我看。"心脏的出口这里有瓣膜，心脏收缩后，瓣膜应该要关闭，血液才不会倒流回心脏。迪米斯的瓣膜关不紧，他的心脏于是照样把血液挤出来，可是送出来的血有一半会在心脏下次收缩前流回去，所以才出现陷落的现象。"哇！用自己的指尖摸摸人体，就可以知道他所有的事情，实在太令人兴奋了。我把这些话说给戈什听，从他的表情来看，你会以为我说了什么深奥的道理。

放假期间，他常常找我过去。湿婆不时也会跟过去。如果与他的舞蹈课冲突，或者他画画还没画完，他就不会跟来。我学会判别主动脉窄缩，脉动会缓慢起伏，犹如高原般均缓地上升及下降，与陷落脉刚好相反，小瓣膜开口造成脉象又弱又长，戈什说这叫作 pulsus parvus et tardus（细迟脉）。

我好喜欢这些拉丁文，听起来既威严又陌生，我的舌头还得卷来卷去才念得出来。在学习学术常规的特殊语言过程中，我觉得自己正在累积某种力量，这是世界纯正的一面，没有秘密诡计的腐化。

仅仅一个单字,居然就能简单表达繁复的病史,这实在太惊奇了。我把这想法解释给戈什听,他听了非常兴奋。

"没错!文字的宝藏!你在医学中找到了文字的宝藏。就拿我们描述疾病的食物隐喻来说吧,豆蔻肝、西米脾、鳀鱼酱唾液、红醋栗果酱粪便,呃?要是你只讲水果,那么猩红热的草莓舌到了隔天会变成覆盆子舌,还有,还有,草莓血管瘤、西瓜胃,肠癌会出现苹果核病征,乳癌会有橘皮出现……这还只有水果而已!不要叫我开始说非蔬菜类的比喻!"

有一天,我让戈什看笔记本,我在里面记载了他告诉我的每一件事,我观察到的每一种脉象。我学赏鸟者,把搜查到的每一种脉搏列出来:逆脉、交替脉、双波脉……还简单画出可能的样子。戈什在扉页上写了一行字:Nam et ipsa scientia potestas est!"这句话的意思是'知识就是力量'。喂,我的确相信这句话噢!马里恩。"

我们不只讨论脉象,我尽量上戈什那里去。指甲,舌头,脸庞,笔记本随即画满了图画、写满了新的单字。起码我为我练习的笔书找到了用途:每一张插图都小心翼翼地写上说明。

开学前一周的周五晚间,我陪戈什开车去找工具师傅法瑞纳奇。戈什交给法瑞纳奇两组老旧的听诊器,还有一张教学听诊器的示意图。法瑞纳奇是个阴郁深沉、弯腰驼背的西西里人,皮革围裙底下穿了件背心。他在弥漫的雪茄烟雾中仔细研究那张图,偌大的食指沿着略图的线条移动。他替戈什做过好几组新玩意,包括戈什牵开器、戈什头皮钳。法瑞纳奇耸耸肩,仿佛说如果这就是戈什想要的,他可以做出来。

我们开车回家途中,戈什拿出亲手为我包装的礼物——是我个人专属的全新听诊器。"你不用等法瑞纳奇了,现在你认识了脉搏,我们要开始听心跳声。"我很感动,这是我首次收到并非成对物品之一的礼物,这是只有我一个人收到的礼物。

回头想想，我领悟到一件事情。戈什找我去探摸迪米斯时，其实拯救了我。母亲死了，父亲犹似灵魂一般，而我感觉自己逐渐脱离了湿婆与赫玛，为此心里更是起了内疚。而戈什给了我听诊器，仿佛在说：马里恩，你可以做你自己，没关系的。他邀请我走入一个非秘密却隐匿的世界，你需要一个向导，你必须知道寻找的目标，也必须知道寻找之道。你必须全力以赴，才能了解这个世界。如果你竭尽全力，如果你有那样的好奇，如果你对人类同胞的健康有天生的兴趣，如果你走过那扇门，奇妙的事情就会发生：你会把鸡毛蒜皮的烦恼留在门槛。这，会上瘾的。

第二十二章·苦难的学堂

在米迦勒节学期快结束的一天早上，湿婆、珍妮特和我拎着书包往医院栅门走去。我看见一对夫妻朝我们的方向快步爬上山坡，有名奄奄一息的孩童在男人的怀里摇晃着。他们已经喘不过气来走路，就快要放弃了，却还是努力跑上斜坡。只要他们抱着孩子跑，只要孩子对他们来说还有呼吸在，那就有希望。

湿玛双胞胎一秒也没有迟疑，冲过去迎接他们。看见那对父母忧心忡忡，我们没有时间思考如何反应，当下便采取行动，如同一个更高级的大脑出现为我们做决定，假如我们知道怎么做最理想，这个大脑会指引我们以单一的有机生命体身份移动。我记得在慌张之中想到自己多么怀念那样的状态，两人能够灵犀相通，多么令人兴奋啊！那父亲疲惫的双脚一步拖着一步，我赶紧从他手中把年幼的男童抱过来，然后快速跑开，湿婆坚定的双手也贴在我的背上，助我一臂之力，双腿完美无间地配合我的跨步。我要是累了，他随时准备好接手抱过去。我发现这个小娃娃的皮肤扫得我的手凉飕飕的，把跑步时冒出的热气都吸走了。我知道，我再也不会把"人体恒温"当作天经地义，因为此刻我正感受到另一种状况。

到了急诊室，我们把孩子交给别人，到外面喘着气等候。当那对双亲赶上来，我们替他们把门拉开。几分钟后，我们听见尖叫声，接着是响亮的抗议，最后是无论何种语言都代表同样意义的恸哭。

那声音再熟悉不过了。

医院还有另一样会让我肾上腺素大量分泌的声音：加布鲁以最快速度把栅门拉开时，栅门传出的尖锐刺耳声。这永远暗示有火烧眉毛的意外事件。

在失迷医院的童年，我学到了适应力、坚毅、生命脆弱等的课业。我比多数孩子更清楚，从健康的世界到生病的领域，从活生生的人类肉体到冰凉凉的死者触感，从坚硬踏实的土地到变化莫测的泥淖，中间的距离很短。

关于受苦，有几件我知道的事情不是戈什教我的。第一，白，是痛苦的制服，而棉纱是这件制服的织料。薄如夏玛白薄棉布或雪纺绲边披巾（nettala）也好，重似毯子也罢（生病时穿的是gabby，一种民俗风披肩），一定要能让头部保暖，要能遮住嘴巴，不让日晒，不给风吹，因为这些自然力夹带着形形色色的邪恶瘴气。即使是穿背心、戴怀表的部长大臣，病倒时也会在外套外再罩一层雪纺披巾，拿桉树叶片往鼻孔塞，多吃一剂绦虫药，才赶忙过来看医生。

日复一日，白衣群众川流不息地上山来，逆着地心引力的倾向移动。气喘吁吁的也有，跛腿瘸足的也有，都停在半山腰往上看，望向并排的桉树树梢后方，非洲老鹰在蓝天翱翔。

一旦爬到了山坡顶，病人先到挂号柜台领取卡片，然后再去找亚当。戈什称亚当为世上第一名的独眼诊断专家。"你有气喘啊？"亚当可能会这么问病人。"那你还有办法冲上山，挂到今天的四号啊？"根据亚当的看法，比起戈什做的任何检查，十号以下的门诊挂号卡能更精准判断出病人患有疑心病。

从每天观察人流的位置，有一次我看见一名盛气凌人的厄裔妇人。她手提一只沉重的篮子，里面有样体积硕大的东西冒出来，红红的表面破皮，还渗出液体来。那是她的乳房，由于罹癌而变得庞大无比，这样她才能将人连同乳房带到医院。

我把类似的情景画在笔记本里，我的画画技术虽然比不上湿婆，不过对我来说已经够了，虽说不如湿婆的素描生动，但是看一眼也能回想起那些事情。

　　在第三十四页，我画了一个小孩的侧面，胖嘟嘟的脸颊，健健康康的。不过另一边侧脸的脸颊有好大一块凹陷，只见一个鼻孔，眼睛不见了，闪闪发光的牙齿、粉红色的牙龈和眼窝的凹洞清楚可见。戈什告诉我，这种触目惊心的景象叫作"口腔坏疽"，由于牙龈或牙齿受到轻度的感染，加上营养不良又忽略不理，感染于是扩张，往往发生在麻疹或天花发病期间。一旦发病，病情便会迅速恶化，往往孩子还没被送到医院就死了。有时候病就这样退了，有时候身体的抵抗力终于战胜了，不过也付出了半张脸为代价。带着毁容的脸活着，也许还不如死了好。我在一旁看戈什替这孩子开刀，过程恐怖不已，而我心生敬畏。这个男人每天晚上坐下来和我们一起吃晚餐，他可以把一片皮肤转过来覆盖脸颊，又用另一块皮肤遮盖鼻子上的洞，他计划日后再进行一次植皮重建手术。即使如此，那个伤痕累累的孩子也无法恢复到一张正常的脸。手术之后，戈什告诉我："不要觉得我很厉害，孩子，我是不小心当上了外科医生，只是尽力而为，而你爸爸……如果让他来治疗那张脸，他会做得跟世上第一名的整形医师同样好。欸，你爸爸是真正的外科医生，我想他是我见识过的最能干的。"我问，什么样的人才能成为真正的外科医生。戈什毫不犹豫地说："对职业的热情……还要有医术，双手要灵巧。他一双手永远'稳重克制'，不做浪费的动作，不做花哨的手势，看起来缓慢平凡，看看时钟，你才会发现那双手的动作有多快。还有更重要的，就是划下第一刀时的信心，自信能让你有更多的表现，让手术结果更令人满意。我很欣慰，简单的事情我还能做，基本的手术对我没有问题，不过有一半的时间我可是怕得要死。"

他这是自谦。不过，戈什在门诊中心的确是不一样的，他参与"会诊"，检查巴伽利和亚当留给他的病人，提供一己之见。在我看来"正常"的病人身上，戈什显露出他真正的本领，我们这些没受过训练的观察者无法看出疾病留下的痕迹。有个编篮子的妇人说："在圣史丹法诺节，我在有刺铁丝网上撒尿……"有个哀伤心烦的临时工说："星期三斋戒后的隔天早上，我不小心踩到哪个妓女早上泼出来的洗脸水……"戈什耳朵听他们说话，眼睛则注意胸骨上的水泡，这表示病人找过民俗治疗师。他注意到对方口齿不清，猜测他最近第二次去找同一个江湖医生就诊时腭舌被切除了。不过，戈什听得出藏匿于话语表面底下的事实，以一个中肯的问题便能揭发内情，而且这项实情与他所知的故事之一不谋而合。于是，他这时候要寻找肉体的征兆、疾病的书签，除了触诊、叩诊，又利用听诊器听诊，寻找遗落在后的线索。他知道故事的结局，而病人只知故事的开端。

最后，我必须描述我在失迷医院望见的另一幕，此景与戈什毫无瓜葛，我之所以要说，是因为它发生在那段日子里，而且说明了湿婆的人生道路，解释他为何走上与我偏离的路线。

不久前的一天早晨，湿婆与我坐在医院山坡边的阴沟旁边，有个还不到十二岁的女孩子，身体虚弱，打着赤脚，拖着两条僵硬的腿爬上山坡。她未老先衰，已经像老婆婆一样驼着背，沉沉地靠在她高大的父亲身边。做父亲的身上那条泥泞的马裤缀满补丁，像气球在光脚与角状的脚指甲上鼓起，他大概跨个二十步就可以爬到坡顶，却配合女儿小步小步地前进。他们像蜗牛缓缓爬行，其他的访客靠近两人时加快脚步，仿佛这对父女创造了一处使人生气勃勃的运动场。当她走到我们身边时，我明白了为什么。一股难以言喻的气味钻入鼻孔，有腐烂，有化脓，还有一种形容词尚未发明的味道，我想屏气或捏鼻子都没有用，因为那臭气立即扑来，像在水杯里滴了一滴印度墨水，把我们的五脏六腑都染了颜色。

孩童自有一套了解同类的方法，我们知道那恐怖难忍的气味不是她的错，味道从她身上传出来，然而并不属于她。比味道更令人难以忍受的（既然她一定与它共处不止几天的时间），是我从她脸色得知，她明白这味道令旁人产生厌恶及反感。难怪她不再习惯注视他人的面孔，世人漠视她，她也无视世人。

她停下来喘口气时，赤脚的脚底形成浅浅的泥潭。往这条路看下去，我看到她走过的地方留有一道足迹。我永远忘不了她父亲的脸庞——在农夫草帽底，他流露出对女儿浓烈的爱，同时表露出对闪避她的世界的愤怒，充血的眼睛迎接每一个人的注视，甚至找出那些不准备看过去的眼神。他诅咒他们的母亲，诅咒他们崇拜的众神。这股气味熏得他精神错乱，他大可逃开这股气味，但是他并没有。

我说过她不看任何人的目光，对吧？她谁也不理，可是迎接了湿婆的凝视。一瞬的时光在他们之间流逝，纵然几乎无法察觉，她的面容舒缓了，仿佛湿婆爱抚了她，伸手出去安慰了她。他翘起的下巴为她而沉落，眼睛逐渐化为蓝色，嘴唇紧抿在一起。女孩的眼帘忽然闪烁着液体的光芒，而她一路辱骂上山的父亲安静下来。

弟弟曾经利用踝环陈述意见，脚下所踩的舞步不比蜜蜂的飞舞简单。他不知道，自己将一生奉献给这样的女性，这些遭受社会排挤的女性。当这些人从乡下抵达，他会在客运总站寻找她们。他会出钱叫包打听到最远的乡间，将她们从丈夫、家人回避不去的藏匿处找出来。只要可口可乐卡车开得了的地方，换言之，只要有铺路的村落，就有他所散发的手册。他要求这些妇人（其实是女孩）别再藏匿，到他这里来，他可以治疗她们。他将成为世界级的专家……

而我已经走到自己故事的前方。湿婆日后才将对于那气味背后的病症有所了解。那天午后，我如许多日子怀疑着自己的未来，湿婆则倏地开始行动了。他注视着那位女孩，朝他们走过去，将这对父女带到赫玛面前。我现在回顾这一幕，领悟到他的职业在那个动作中已经预先决定了，而且注定与我的领域相去万里。

第二十三章·胞衣与其他动物

雨季结束了,我们开学上课不到两周,有一天赫玛把我叫醒,告诉我一则我当作好消息的事。"不用上学,今天我们要你们留在家里。"她说。跟市区发生的什么麻烦有关,出租车不开。听到"不用上学"之后,我就没有再听下去。

今天实在很适合留在家。"十字架节"庆祝活动就要展开,医院的原野已经铺了一片黄颜色,我们的足球会消失在雏菊里,我们会爬上树屋……接着我想起来了,萝辛娜严格监视着珍妮特,一切都跟以前不一样了。

我把卧室窗户的百叶木板往外推,爬到窗台上。房里弥漫着光线,到了中午,气温会达到二十三四摄氏度,此时此刻我却光着脚打哆嗦。从这么高的位置望出去,我看见医院东墙后方的道路,它寂静曲折,斜斜下降后就消失了,又从更远的山陵处隆起,仿佛那条路不过是条线,通到了地底,在远方又再抽出。我们不走那条路,我甚至不知道怎么走到那里,不过,我觉得自己拥有这片景色。道路左侧连着一面堡垒似的墙垣,墙壁随着道路远去,竭力维持垂直。一大簇一大簇的紫色九重葛从墙头涌出,轻轻掠扫过几个行人的夏玛白薄棉布。澄莹的曙光,鲜明的色彩,如此美妙,怎么也想象不到会有纷争动乱。

到了餐厅,我注意到戈什脸色紧绷,心思出神。他穿衬衫和外套，领带也打上了，看样子他已经醒了几个小时。赫玛穿着睡袍偎在他身旁，不停把一绺头发缠拢又解开。看到珍妮特在那里，我吃了一惊，我进去时，她急急忙忙抬起头来，好像不知道我住在这间屋子里。平常早上都是萝辛娜替我们张罗，今天她却不见人影。我在厨房里发现亚麦姿动也不动地留在灶边，等到蛋开始冒烟，她才动手把蛋从平底锅铲起来，放进我的盘子。我注意到她眼里有泪水打转。

在我的逼问下，她才说："皇上，他们好大胆，怎么能对皇上做出这种事？忘恩负义的家伙！难道不记得他从意大利人手中救了我们吗？忘记他是上帝选的吗？"

她把知情的部分告诉我。原来皇帝去利比里亚进行国事访问，一夜之间，有一票皇家护卫队的军官夺走了大权，而领导者正是我们熟悉的陆军准将梅勃杜。

"还有赛穆以？"

"他跟他们在一起，那还用说吗？"她压着嗓子说，大失所望地摇摇头。

"萝辛娜在哪里？"

她用下巴指着用人房的方向。

珍妮特进到厨房来，准备往后门走去。她看起来受到了惊吓，我拦下她，握住她的手。

"你没事吧？"我注意到她脖子上挂着金链与那个奇怪的十字架。

她点点头，从后门走了。亚麦姿没有看她一眼。

我回到餐厅，戈什说："千真万确。"他瞅了赫玛一眼，好像他们两个人要决定跟我们透露多少真相，不过他们的焦虑却是掩藏不了的。

前一晚，梅勃杜准将进入皇储官邸，告诉他有人计划政变，将要对他的父皇不利。在准将的敦促下，皇储召唤效忠皇帝的部长大臣，他们来了之后，梅勃杜准将便将他们逮捕起来，一个也不放过。

这个高明的计谋让我听了心烦意乱。我无法想象埃塞俄比亚少了塞拉西的领导，没有人能够想象那情景。这个国家与这个人似乎是不可分割的。梅勃杜准将是我们心目中的英雄，风度翩翩，威风凛凛，不可能犯下错误。对我们来说，皇帝的光辉不如往日夺目，可是我怎么也想不出准将会做出这种事情来，这是叛国的行为吗？是他骨子里坏的那一面暴露出来了吗？还是他做的是正确的事情呢？

"你怎么知道所有的事情？"我问。

某个被拘押的部长年老体衰，气喘病发作，戈什一大早就被叫到皇储官邸去。"准将希望在能力范围内不要造成人员伤亡，他想采取和平的手法。"

"他想当皇帝吗？"我问。

戈什摇头。"我想他根本没有这样的打算，他希望贫民有食粮、有耕地，也就是把皇室和教会的粮食、土地分发下去。"

湿婆带了本书上餐桌，这时从书里抬起头问："那么他是做好事？还是做坏事？"湿婆就是那种性格，不喜欢含糊不明，希望事情明白确实，不要留下讨论空间。通常湿婆问这种问题时，他无法领悟某件我觉得显而易见的事情，而这一次他问了好问题，一个我自己也想问的问题。"皇家护卫队不是应该保护皇帝吗？"湿婆继续又问。

戈什往后缩，仿佛湿婆的询问会伤人。

"这又不是我的国家，我有什么身份来判定？梅勃杜的日子过得很好，用不着做这种事情，我认为他是为了人民才这样做。很久以前，上面对他的怀疑很深，后来他成了红人，最近皇帝对他又起了疑心，他认为没多少日子自己就会被抓起来。"

戈什说，他离开皇储官邸时，赛穆以陪他走去取车，而且交给他一样东西，请他转交给珍妮特，是达尔文·伊斯顿从颈上拿下来送给赛穆以的金子垂饰，也就是那个圣碧瑾十字架。他请戈什转达他的爱，让珍妮特与萝辛娜知道。

赫玛换好衣服，准备与戈什出门到医院去。"小朋友，不要跑去别的地方，留在家里，听清楚没？"我们不会离开医院院区，绝对不会。

我向栅门走去。我刚遇到三个病人爬上坡来，没有车辆或巴士通过医院门前。我陪加布鲁一起站着凝视外头。阒静无声，静得令人毛骨悚然，没有马儿脚蹄的达达声，没有笼头铃铛的当当声，没有划破平静的声响。"当四条腿拉的出租车都留在马厩里，你就知道事情严重了。"加布鲁说。

对面有两幢煤渣砖屋，其中有几间酒吧、裁缝店与收音机修理铺，尽管如此，那里死气沉沉。我不顾赫玛与戈什的警告，在加布鲁的抗议声中过了马路，走进阿拉伯人开的狭窄杂货店。这座胶合板搭成的建筑漆成淡黄色，夹在两栋更大的建筑中间。平日老板从窗口做生意，现在窗板关上了，不过有个小孩从勉强拉开的门缝钻出来，手里拿报纸卷成锥状包装，外头还捆了麻线。也许买个十分钱的糖加在早茶里好了。我溜了进去，里头空气弥漫着焚香的烟雾。如果我趴在柜台上，就可以摸到后面的墙壁。亚的斯亚贝巴各处的阿拉伯杂货店家都是这个样子，像同一个子宫出来的。从天花板垂荡下来，以衣夹固定在细绳上的，有携带包的汰渍洗衣粉、拜耳阿司匹林、芝兰口香糖与克疼锭止痛药，这些东西像宴会饰品一圈又一圈地打转。有个肉钩子从橡木悬下来，上头勾着几叠厚报纸，随时可以撕下来充当包装纸，另一只钩子吊着麻线捆。散装的香烟插在柜台上的罐子里，整包未开的香烟则叠放在一旁。架上塞满了火柴盒、汽水瓶、必克牌原子笔、削铅笔器、维克斯伤风凉膏、妮维雅乳霜、笔记本、橡皮擦、墨水、蜡烛、电池、可口可乐、芬达、百事可乐、糖、茶、米、面包、烹饪油等，数都数不完。柜台两侧摆了装着焦糖与饼干的宽口玻璃瓶，只留下中间开口让我可以靠过去。我看到阿里·欧斯曼，他头上箍着花边帽，跟妻子、幼女一块坐在垫子上，另外还有两个男人。地板空间不大，就算阿里一家紧贴在一块，弯曲膝盖侧躺而眠也不够睡，现在居然还来了客人。他们围着一堆阿拉伯茶坐着。

阿里正在发愁。"马里恩，像这种时候，就是我们这些外国人受害的时候。"他说。听见他用外国人来形容自己，或者形容我，我心里有种奇怪的滋味，因为我们两个都是在这块土地上土生土长的。

我穿过马路，回到加布鲁身边，分给他吃我刚刚买的棒棒糖。

萝辛娜冷不防从我们身边走过去，脚步也没放慢。"照顾珍妮特。"她转头喊了一句。我不知道她是对我还是对加布鲁说。

"等等！"加布鲁说。她却没有停下来。

我追上去抓住她的手。"等一下，萝辛娜，你要去哪里？别这样。"

她迅速转头看看我，好像要骂我的样子，结果脸色缓和下来。她面无血色，眼睛因为哭泣而浮肿，下颚的皮肤绷得紧紧的，是因为害怕还是决心，我看不出来。

"小朋友说得对，不要走。"加布鲁说。

"祭司，你叫我怎么办才好？我已经一个星期没见到赛穆以了，他是个单纯的人，我好担心他，他会听我的话，我要叫他不管发生什么事情，一定要对上帝和皇上效忠。"我突然恐惧起来，紧紧抱着萝辛娜不放。她挣脱开来，温柔地将我推开。她照例捏捏我的脸颊，顺顺我的头发，然后亲了我的头顶。

"你理性一点，"加布鲁说，"皇家护卫队的总部那么远，如果他跟准将在一起，那么他现在在宫殿，你要走过军队司令部、第六警局才到得了，这段路太远了。"

她手一挥，人走远了。加布鲁的眼睛因为砂眼而长年泪汪汪的，这时看起来好像要放声大哭。他感知到一场危难，而那危险之深是我完全无法想象的。

十分钟后，一辆架设了机关枪的吉普车开来，后面跟着一台装甲车。他们是皇家护卫队的士兵，脸上挂着严峻的表情，日常的遮阳帽换成了战斗钢盔，迷彩装与弹药腰带则取代了平日棕榄绿的粗棉布。架在装甲卡车上的扩音机传出声音："各位民众，请保持冷静，雅斯法皇子殿下已经掌权，今天中午他将颁布诏书，正午时请收听亚的斯亚贝巴广播电台，正午时请收听亚的斯亚贝巴广播电台，各位民众，请保持冷静……"

我从栅门旁信步走开，走着走着，往医院的方向走去。汪汪坐在血库外的穿堂，腿上摆了晶体管收音机，护士和实习生紧挨着他坐着。他露出兴奋愉快的表情。

到了中午，我们聚在屋子里，中间摆着根德牌收音机与晶体管收音机，一台转到英国广播公司，一台调到亚的斯亚贝巴广播电台。亚麦姿站在一旁，珍妮特同我合坐一张椅子。赫玛把壁炉台上的时钟拿下来上发条，毫无戒心的表情说明了她的焦虑程度。院长似乎最不担心，一面对一杯黑咖啡吹气，一面冲着我笑。一个匿名的英国腔以洪亮的声音说："您正在收听的是英国广播公司世界新闻。"

终于，播音员说完英国煤炭罢工一事，开始报起我们感兴趣的新闻。"埃塞俄比亚首府亚的斯亚贝巴报道，塞拉西出国前往利比里亚进行国事访问期间，发生了一场不流血政变，皇帝已经缩短他的访程，放弃到巴西进行国事访问的计划。"

我第一次听到"政变"这个词，意味着某种古老而优雅的事情，不过"不流血"这个形容词也暗示铁定还有另一种"流血"的政变。

我承认，听见英国广播公司提到我们的城市，就连皇家护卫队的名号也说到了，在那当下我心里十分雀跃。英国人不知道失迷医院,不知道从我窗户看出去的道路景色,可是我们让他们朝我们这边看过来了。几年之后,当乌干达的独裁将军阿敏表现出嚣张的言行,我能理会他的动机,他想惹恼住在格林威治标准时区的好人,让他们从午茶烤饼中抬起头说:是啊,非洲。在弹指的刹那,他们会察觉到我们的存在,就像我们体悟他们的存在。

英国广播电台哪可能从伦敦往外瞧,就发现我们正在经历什么故事呢?当我们往医院围墙的另一头看,不也是什么都没看见?

正午过了良久,英国国家广播电台的节目早播报完毕,亚的斯亚贝巴电台的军乐才停止,一阵窸窸窣窣的纸声后,皇储雅斯法·华森皇子结结巴巴的声音传出来。这个矮胖苍白的长子,我曾在报纸上见过,也遇到过本人,根据这些薄弱的印象,我认为他是个看见老鼠大概会尖叫的男人。他缺乏皇帝的魅力与风度。他用文绉绉的阿姆哈拉语读了一段声明,显然是照着稿子念的,除了亚麦姿与加布鲁以外,无人能听得懂。他念完声明之后,亚麦姿就哭丧着脸离开餐厅。几分钟后,英国国家广播电台播送翻译稿。他们是怎么办到的?

"埃塞俄比亚的人民,长久以来等候贫困落后结束的那一天到来,然而大环境丝毫不见起色……"

皇子说他的父皇辜负了全国人民,该是时候换人领导,崭新的日子已经破晓了,埃塞俄比亚万岁。

"那是梅勃杜准将的话。"戈什说。

"比较像是他弟弟的。"赫玛说。

"他们一定拿枪抵着皇子的头,"院长说,"我在他的声音里听不到信念。"

"咦?那他应该拒绝朗读这篇声明才对。"我说。大家纷纷转头看我,连湿婆也从埋首阅读的书本中抬起头来。"他应该说:'我不要读,我宁可死,也不要背叛我的父皇。'"

"马里恩说得对，"院长最后说："皇子这样做，看不出来他有什么骨气。"

"利用皇子只是他们的策略，"戈什说："他们不希望立刻推翻君主政体，他们希望大众先习惯改革的观念。你没看见吗？亚麦姿听到有人想要废除皇帝的皇位时，气成那副德行。"

"他们为什么担心民众？他们可是有枪炮，有势力。"赫玛说。

"他们担心发生内战，"戈什说，"农民崇拜皇帝，也别忘了自卫队，那些跟意大利人打过仗的老兵，那些非正规兵不属军队，也不是护卫队所能管的，非正规兵的人数可是远远超过正规军队，他们大批涌进城里也不是不可能的事情。"

"无论如何他们都可能会进城来。"院长说。

"梅勃杜无法事先取得军警或空军的支持，"戈什说，"我认为，政变之前，他让越多人卷入这件事情，他遭到背叛的机会就越大。今天早上我过去时，准将跟他弟弟亚斯金德正在起争执，亚斯金德本来希望前一晚就设下陷阱，把所有的军队将领统统抓起来，就是利用他们逮捕其他部长大臣的那一招。不过准将反对。"

"你去的时候见到准将了吗？"我问。

"我恨不得他没见到他，"赫玛说，"他没必要蹚这浑水。"她露出不悦的表情。

戈什叹了口气："赫玛，我跟你说过了，我是以医生的身份去的。我到那里的时候，警察署署长奇格·戴布已经跟梅勃杜站在同一阵线上了。他和亚斯金德正在催促准将趁军队组织起来前攻击司令部，可是准将拒绝了，他……太重感情了，那些人是他的朋友，他的同袍，他相信其他单位的好人也会跟他并肩作战。欸，他可是特地陪我走到门口，还跟我道谢。他告诉我，他下定决心要阻止屠杀事件发生。"

这一天过去了，街道萧条冷清，诡异极了。来医院的病人屈指可数，可以出院的病人则拔腿飞奔回家。我们守在收音机旁坐着。

珍妮特孤单单地待在她的房间里。快到傍晚时，赫玛叫我去接她过来。我牵她走回家，她故作勇敢，其实我知道她又担心又害怕。那天晚上，她睡在我们家的沙发上，萝辛娜不见踪影。

隔天，整座城市鸦雀无声，只有谣言传闻在流通，唯独勇敢无比的店主才敢开门营业。据说军队还在犹豫不决，不知要支持政变领袖，还是继续对皇帝效忠。

到了中午，加布鲁来了，要我们最好到栅门去。我们走到那里正好赶上，长长一列的大学生举着埃塞俄比亚国旗，脸庞闪耀着汗水与激奋。他们聚集在一条条的横幅底下：艺术科学学院、工程学院……还有挂着臂章的导护负责维持秩序。汪汪·康纳德竟然在商学院的横幅底下大步行进，我看到时吃了一惊，他开口对我们腼腆地笑了笑，调整调整领带，又继续往前进，努力装出老师的模样。队伍里肯定有数千名师生，他们用阿姆哈拉语异口同声地反复念诵：

同胞醒来，历史在呼唤你
奴隶不再，让我们恢复自由

横幅用英语写着："对每个人来说，这是一场不流血的革命，让我们与人民的新政府和平共处。"

道路两旁排列着戒慎恐惧的旁观者，像我们一样，在屋内闷得太久了。流浪狗聚集起来对着游行队伍汪汪叫，喧闹声变得更加鼎沸不绝。有个穿牛仔裤的漂亮学生往我们手中塞传单，亚麦姿把传单推开，好像那张纸受到了污染。"喂，小姐！他们送你去读大学是为了这个吗？"亚麦姿在她后面大喊。

一个留胡子的老伯伯挥舞着苍蝇拍，那样子像是要拍打学生。"如果你们用功的话，就不该有时间搞这个，"他大吼大叫，"不要忘记你们的大学是谁盖的，是谁教你们读书认字的！"

事后，我们从汪汪·康纳德那里得知，到了中央市场，穆斯林与厄裔的店家老板热烈欢迎学生，不过在亚的斯亚贝巴的其他地区，民众对他们的反应冷冷淡淡。游行队伍转向前往军队司令部，打算劝服军队加入起义，结果在十字路口遇上整排的武装军人。年轻的指挥官告诉这群人，他们有一分钟的时间可以解散，一秒也不会多，否则他就会发号施令，要手下的士兵开枪。学生们本想据理力争，不过步枪枪栓往后扳的声响动摇了游行队伍的心，他们撤退了。就是在这时候，汪汪·康纳德离开了集会队伍。

我还是很高兴不用上学，不过大人脸上的焦虑让喜悦之情减了几分。戈什与院长回医院去，准备照料伤亡人员。赫玛那天下午要上"转胎妈妈教室"。湿婆到现在依旧对外面的状况没什么兴趣，然而他显得<u>坐立难安</u>，好像察觉到无人发现的事情，甚至难得开口问赫玛，能不能留在家里别去工作。

她十分挣扎该怎么做才好，说："小乖乖，我也不想出门，可是我要去上'转胎妈妈教室'。"

湿婆先说："带我们跟你一起去。"然后又说："我们练习过《贝克汉教你轻松写笔书》，看到我写的那张纸了吗？我们照你交代的乖乖练习好了。"他的字迹比花哨浑圆的模板更漂亮。"好不好嘛？"

"我真的没办法……"赫玛说，"去妈妈教室前，我还得先去产房一趟。"

"我们跟你一块去嘛！"湿婆说。

"不行，我不能带你们进产房。"她在湿婆脸上看到失望。"这样好了，你们两个去转胎妈妈教室等我，做什么都没关系，两个人不要走散。"

这是不可多得的邀请。赫玛与戈什不同，即使她会戴听诊器，她也不会把它带回家。我们在医院瞥见她穿白袍，而她把白袍就留在医院里。我很少把赫玛想成医生,因为在家里她只有母亲的角色。戈什经常谈论医学,赫玛则绝口不提。我们知道她去上"阵痛与分娩"课,每周一和周三进手术房。我们无意中听说她能力很强,医院很需要她,不过详细情况不便说给我们听。她要我们永远知道,她一双眼睛关注着我们,任何医生工作都不能让她分心而无法保护我们。"转胎妈妈教室"就是很好的例子,我们听说了好多年,却不知道那里在干什么。翻翻字典,"转胎"(version)有个意思是从拉丁文versus来的,意思是"翻转"。

如果赫玛夜间要出门,往往是因为什么神秘的语言。她会转头丢下一句比"转胎"还奇怪的字眼,什么"产妇痉挛",什么"产后出血",最最让人听了毛骨悚然的术语是"胞衣不下",这几个字在医学辞典里还查不到,而且除非连着"不下",否则绝对听不到人家说"胞衣"这两个字,大家都怕它,可是它又一定要出现。湿婆和我在医院的树上或天空高处寻找这个不下来的胞衣[46]。

湿婆会画胞衣,画过很多次,把它画得像是会飞的翅膀,一个延长的三角形,失明,没有脚,可是好漂亮,柔柔滑滑,顺着空气移动,神秘到了极点。我们母亲的死与胞衣不下有关吗?这问题只消问问赫玛就知道答案了,不过这是禁忌话题,起码赫玛认为是不可以问起的。

妇科诊所在主要医疗站后面,与医院刷白的装饰不同,那里的外墙漆成莱姆绿,还有蓝色的栏杆。一株苦苏的橘色花飘落在阶梯上,树底下的土壤色彩缤纷,有蓝色半边莲,也有粉色红花草。我们看见一群头发包在头巾里的孕妇,她们吱吱咯咯地坐在阶梯上,一面等候,一面把鲜花塞在耳后,并将两腿往前伸,夏玛白薄棉布在阳光下闪耀。她们腹部隆起,手抓着粉红色门诊卡,好像快活的鹅群,有的打赤脚,有的还没脱下胶鞋。看着这群妇人,听着她们的笑声，还有对于脚踝肿大、丈夫或胃灼热的种种抱怨，你绝对想不到城里的气氛紧绷。

她们看见我们，叫我们过去与她们握握手，问我们叫什么名字，几岁了，对我们的头发大惊小怪，评头论足，讨论我们的相似处。她们一定要我们跟她们坐在一块，要不是湿婆开开心心地说好，我本来要婉拒的。我坐在那里觉得怪别扭的，像是夹在母鸡群里的小鸡，湿婆则好像到了天堂。

我们往往鲜少好好端详自己的家人，等到别人告诉我们，才注意到他们长高了或长大了。我承认，我通常把湿婆的外貌当作理所当然，毕竟他是我的双胞胎弟弟。可是那一刻我重新观察弟弟，他有饱满宽大的额头，头上堆积的鬈发好像快落下来挡住视线，他眉眼间有一分恬静。他习惯把手指贴着脸颊，就像家里墙上那张印度总理尼赫鲁的肖像。而我过去未曾发现的，是那朵微笑，与我同一子宫出来的他，因为这抹笑容而成了蓝眼的陌路人，因为这抹笑容而生命轻盈了起来。若非妇女结实的手臂垂在他的肩头、抚摸他的头发，他就从阶梯上飘走了。

空军的飞机在广场和中央市场上空投送传单，唯一识字的妇女读出粉红色纸张上的文字，然而读得非常缓慢："巴西利奥斯主教发布消息。"她这么一说，众人立刻垂首，举手画了个十字，仿佛主教与她们一同在台阶上。"给我的子民、埃塞俄比亚的基督徒与全国人民。昨日，约在晚间十点，我们托付皇室安全幸福的皇家护卫队犯下叛国之罪……"

我坐在她们中间，在日光下冒汗，却不由得打起哆嗦来。我看得出来，在这些妇女耳中，主教的话是正论，他代表上帝发言，而这番话对我们深感敬佩的梅勃杜准将则非好兆头。

之后妇女变得顽皮起来，先是嘲笑护卫队，接着嘲弄一般的男人，嘻嘻哈哈，唧唧喳喳，好像在参加婚礼。湿婆开心极了，笑得合不拢嘴，先前的忧虑一扫而空。他仿佛找到了自己的理想地点：在孕妇的围绕下。之于弟弟，我实在有许多不解之处。

赫玛出现了，这些妇女不顾她的反对，挣扎着想站起来。赫玛看见她的病人接纳我们，眼底流露出身为母亲的得意。

一次有三名孕妇爬上检查台。她们把裙子往下拉到腹部下方，再将内衣拉上去，露出西瓜般的大肚子。一个台上的孕妇对湿婆招手，要他靠过去握住她的手，他走过去，我也跟上去。赫玛没有说话。

过了半晌，赫玛说："每个人都到了妊娠后期。"却不解释那是什么意思。她以双手确认胎位"不是胎头朝下"，同时说："除非胎儿的头朝下对着母亲的脚，否则不容易生下来，因此优生妈妈教室请她们来参加转胎妈妈教室。"她提到了另一个教室，我们知道她在同一个房间上那门课，只是在不同的日子。

她抽出一组奇怪的听诊器，比正常的小，原来是胎儿用的听诊器。听诊器的钟面听诊头有个U形的金属托架，她可以把额头靠上去，利用头的重量把听诊头压到皮肤里，方便双手能自由固定住妈妈的肚子。她像指挥比起一根手指，示意大家安静。交谈打住了，担架上的孕妇与门边的人群都屏住呼吸，直到赫玛抬起头说："跳得跟种马一样快！"众人一听，纷纷补充一句："赞美圣者！"赫玛没有主动想让我们听听看。

她不再讲题外话。"我用一只手托着宝宝的头，另一只手放的位置则是宝宝的屁股……我是怎么知道的呢？"她往湿婆看去，那神色好像他刚刚提出的问题很不客气，接着呵呵笑了起来。"儿子，你知道我这样摸过的婴儿有几千个之多吗？我的脑筋不用思考，头就像椰子一样硬，屁股比较软，轮廓没那么明显，我用手摸就能想象出画面来。"说着，她在裸露肚子上方的半空画出大概的轮廓。"婴儿现在背对我,来,看好。"她两脚站好,将手窝成杯状,稳定而持续地推压,把胎儿的头往这方向推,屁股则朝另一方向挤,同时双手也朝另一只手推压,像是要让胎儿继续保持蜷曲的姿态。她的大拇指很特别,与其他手指排成直线,每一根都紧贴在一起,这画面让我想起她跳婆罗多舞的姿态。"喏!看到了吗?一开始会抵抗,不配合,然后它就让步了,胎儿转过去了。"我看不出所以然来。"哎哟,你们自然看不出来,胎儿是浮在水里的,我只要开始转动,胎儿就会自己完成剩下的四分之一圈,现在它的屁股不会先出来,先露出来的会是头,正常胎位。"她又听听胎音,确定心跳还是很强健。

赫玛展现出与她发牌或训练我们拼字同样旺盛的活力,没过多久就忙完了,但有个胎儿不肯翻筋斗。

"开这个妈妈教室搞不好根本在浪费时间,戈什希望我做个研究,看看有多少胎儿转向后又漂回原本的胎位,你们也知道他说话的那副德行。'未经诊查的医疗行为不值得施行。'"她鼻子里哼了一声,然后又想到另一件事。"我小时候有个朋友,是住在隔壁的男生,叫伟鲁,他养了一群鸡,偶尔有只母鸡会用奇怪的方式咯咯叫,伟鲁没有问我为什么,不过他知道这种叫声表示有颗蛋横向卡住了,于是他把手伸进去,把蛋转成直立的,鸡就不会咯咯叫了,鸡蛋也就咚的一声掉下来了。伟鲁在你们这个年纪的时候好讨人厌,不过我现在还记得他处理母鸡的手法,我想也许我低估了他。"

我半声不吭,就怕破坏了这个魔咒,她把心里话说出来,实在非常少见。

"小乖乖,这是我们之间的秘密,我不希望发表可能让我失业的论文,我喜欢转胎妈妈教室。"

"我也喜欢。"湿婆说。

"在印度也好,在这里也好,女人都是一样的。"赫玛看着绕来绕去的妇女说。没有人离开,她们等着课后的茶、面包与维生素。

她们笑吟吟地看着赫玛，流露出姐妹般的喜爱——不对，应该是带着倾慕望着她。"看看她们！每个人都好快乐，容光焕发，再没几周，阵痛开始，她们就会大嚷大叫，破口大骂老公，个个变成了女魔头，你们都认不出她们是谁，可是现在她们跟天使一样。"她叹了口气。"女人在这时候最像女人。"

城市与国家的问题消失了，起码对我和湿婆而言是如此。我们拥有赫玛与戈什一对父母，何其幸运，何需恐惧？

"妈，"湿婆说，"戈什说，怀孕是性病。"

"他这么说，是知道你会重复说给我听，那个混蛋，他不应该跟你说这种事情。"

"你可以指给我们看看小娃娃是从哪里出来的吗？"湿婆说。我知道他百分之百是认真的，我也知道，这句话把魔咒打破了，害得我对他非常不爽。面对大人的时候，小孩子需要运用某种程度的狡猾，不知道为什么，湿婆就是毫无心眼。自觉与难堪以恒齿出现的诡秘方式油然而生，掩饰了我的内疚，而作为好奇的代价，羞耻同时在我体内扎了根。

"好啦！够了，你们两个家伙该是时候回家去了。"赫玛说。

赫玛把我们往外推的同时，湿婆说："妈，'性'这个字是什么意思？"我凝视我的双胞胎弟弟，就这么一次，我竟然没有把握他的意图是什么：他在嘲笑她？抑或这只是他异想天开的念头？赫玛的回应让我更加迷惘。"我得去病房一下子，你们两个留在家里别走开。"她赶我们走开，语气气恼。可是，如果我没有搞错的话，她也竭力忍住不笑出来。

第二十四章·恋慕垂死者

在一个无法不用"天空"二字来形容大地之美的国家,有三架喷气式飞机扶摇直上,留下三道条纹,那画面让人看了简直忘了呼吸。

我正巧在前院。震荡从地表传到脚底,爬上背脊,然后耳朵才听见了爆炸声。我生根似的站在原处动弹不得,烟雾从远处冉冉升起。四下笼罩在震愕寂静之中,接着这片沉默被打破了:多如繁星的小鸟发出尖鸣朝天飞冲,城里的每只小狗都在汪汪吠吼。

我照旧希望相信,这些喷射机、这些炸弹,都是某个重要计划的一部分,是预期该发生的事件,就算我不明白,赫玛与戈什也了解现在的状况,不管发生了什么事,他们都能使事态转好。

戈什从屋子里出来,没命似的奔跑,一把抓住我,眼底透出恐惧与担忧,于是我最后的一丝幻想也破灭了。事情不是大人做得了主的,这点先前就有迹可寻了,只是纵然我目睹了老婆婆遭皇帝的守卫拳打脚踢,我愿意相信赫玛与戈什依旧掌控整个宇宙。

然而改正这一切超乎了他们的能力。

戈什、赫玛与亚麦姿把床垫拖到长廊上,我们家刷白的泥草墙防御力不高,而子弹要打到长廊,起码必须通过两或三道泥草墙。子弹在头上嗖嗖响,听起来就在近处,而砰砰咚咚的声音听起来很遥远。厨房传来叮当作响的玻璃声,后来我们才发现有发子弹粉碎了窗玻璃。我僵着身体躺在床垫上动弹不得。我等着有谁说:这是个天大的错误,马上就会改正过来,你们又能出门玩耍了。

"这下子我们可以猜测陆军和空军决定不参加政变了吧!"戈什说,想看看赫玛对这几句轻描淡写的话会不会有所反应。果不其然。

珍妮特嘴唇在颤抖,我只能想象她心里有多担忧,只要想起出门超过二十四小时的萝辛娜,不论什么时候,我便急得冒冷汗,肚子一阵乱颤。我把手伸过去,珍妮特紧紧握住我的手。

到了黄昏,炮火攻击更加激烈,气温变得冷冽难受。院长无畏无惧,不管我们苦苦哀求她留下来,来来回回去了好几趟医院。我不得不去厕所时,总是放慢脚步缓缓走过去。透过窗户,我看见明亮的曳光弹在天空画出十字的光痕。

加布鲁把院区栅门锁上,又加了锁链,从哨亭退到医院主要建筑群中。护士与护校生睡在护士餐厅里,汪汪·康纳德与药剂师亚当负责看顾她们。

快到子夜时,后门传来敲门声,戈什把门打开,外面站的居然是萝辛娜!珍妮特、湿婆和我纷纷上前去抱住她。珍妮特热泪盈眶,用提格利尼亚语对她妈妈大声说话,气妈妈把她留下来,害她担心。

院长眉开眼笑地站在萝辛娜身后不远处,原来不知道出于什么直觉,她与加布鲁又到上锁的大门前确认最后一次,结果发现萝辛娜靠在栅门上躲避风吹。

萝辛娜一面狼吞虎咽地吃东西,一面告诉我们情况比她想象的严重许多。"我想去下城区,不过军队放了路障,我绕了好大一圈的路,一下走这边,一下又要改走那边。"有幢别墅附近发生炮战,她只好躲起来,接着因为战车和装甲车而回不来。她在中央市场的商店骑楼下过夜,因为天黑走不了的民众也在市场避难。到了早上,她也不能离开市场,因为到处走动的军队命令大家不准上街。直到天色暗了,她才走完将近五公里的距离。她证实我们最大的担忧成真了:皇家护卫队遭受陆军、空军和警力攻击,街头巷尾都发生激战,不过陆军持续将火力集中在梅勃杜准将所在的方位。

萝辛娜悄悄回去住处盥洗更衣,然后搬了床垫回来,还带了牛奶糖请我们吃。珍妮特依旧不肯原谅她,不过黏在她身边不肯走开。

院长沉沉倒到床垫上,直挺挺躺着,从毛衣底下摸出左轮手枪,把枪塞到床垫与墙壁中间。

"院长!"赫玛喊她。

"我知道,赫玛……你不要以为我是用教友捐献的钱买的。"

"我根本没有那样想。"赫玛说。她望着枪,好像它可能会爆炸。

"我跟你保证,这是人家送的礼物,我把它藏在没有人找得到的地方。你想想看,我们现在应该担心会不会有人来打劫,"院长说,"枪可以阻挡他们,我另外买了两把交给汪汪·康纳德和亚当。"

亚麦姿提了一篮酸面饼与羊肉咖喱进来,大伙一起用手指取食分着吃,接着又继续守候,倾听远处的爆裂声与乒乓响。我紧张得看不下书,什么事都不能做,只能躺在那里。

湿婆全神贯注地盘腿坐着,把一张纸对折,然后将纸撕成两半,一再重复这个动作,最后拥有一堆小纸片。我知道他跟我一样,事态的变化让他心烦意乱,我望着他的手有条不紊地活动,感觉自己的脑袋与双手也跟着忙碌。接下来,他把一张纸片单独放在一旁,数了数,把三张纸片叠起来放在那单张纸片旁,下一叠有七张,然后是十一张。我忍不住问。

"质数。"他说,好像这两个字就可以解释清楚。他前仰后弯,不停摇晃,蠕动着嘴唇。借由跳舞、画摩托车或玩弄质数,他便能够置身于现况之外,这份天赋令我惊异。他有这么多方法能爬上脑海中的树屋,逃离底下的疯狂世界,而且上去后就把梯子也拉了上去。我好羡慕。

不过湿婆今晚无法完全逃避现实，我知道，因为我看着他的时候感觉不到一丝宽慰。

"别弄了，"我对湿婆说，"睡觉吧！"

他立刻把纸片收起来。

萝辛娜与珍妮特两人都筋疲力尽，早已熟睡。萝辛娜回来了，大大减轻了我们的焦虑。而那一夜我的头靠着湿婆的头时，心头上最大的石头才落了下来，我感到安全与圆满，我回到了位于世界尽头的家。我暗想：感谢上苍，无论发生什么事情，我们总是有湿玛双胞胎当靠山，只要需要，我们永远可以召唤湿玛双胞胎。不过我也内疚地想起一件事：我们已经有段时间不曾一起行动了。我用手肘轻戳他的肋骨，他也推推我，他虽然没有张开眼睛，但我能感觉到他在笑。这么一来，我心安了，那天下午他是个坐在转胎妈妈教室台阶前的陌生人，现在他又是湿婆了。面对外面的世界，我们倘若同心，便能不公平地占到上风。

我不晓得在什么时候醒来，发现每个人都还在睡，只有院长和戈什醒着。轰隆轰隆的激烈枪炮声一阵又一阵爆发，无法预知何时才有静默的片刻，因而我清清楚楚听见院长对戈什说："一九三六年，皇帝逃离亚的斯亚贝巴，就在意大利的军队抵达前，情况非常混乱……我当时应该去英国大使馆，大使馆门口站着凶猛好战的锡克教徒步兵，缠着头巾，留胡须，持刺刀，想打劫的人看了都不敢靠近，我最大的错误就是没有去那里。"

"你为什么没有去？"

"因为觉得尴尬，有一回我与大使、大使的太太一起用餐，觉得自己跟他们格格不入，谢天谢地，约翰·梅利在场，他是个年轻的教会医生，就坐在我隔壁，跟我分享他的信仰、他想在这里盖医学院的希望……"她的声音逐渐淡去。

"你曾经跟我提过他,"戈什说:"你爱他,你说过有一天要把所有的事情都告诉我。"

一阵漫长的沉默。我好想好想张开眼,可是我知道一张眼就打破了魔咒。

院长的嗓音混浊。"由于留在这里,我要为梅利的死负起责任。当时这里还不是失迷医院,当然,我以为无论如何他们都不会破坏医院,可是在我们病房帮忙的小伙子带了一帮暴徒来,强行抓了个年轻的护理员,然后强暴了她。我拔腿跑到医务室另一头,找到了苏尔吉斯医生。你没见过他,他是匈牙利人,很差劲的外科医生,脾气非常坏,开刀的态度像是技工在做事,对病人毫不关心。我们这里来了很多短期的医生,直到你、赫玛和斯通来了,情况才有所改变……"她又叹气。"不过那天夜里,如果没有苏尔吉斯,情况将会完全不同,他有一把霰弹枪,还有一把手枪。病房的小杂工叫泰斯菲,当那群暴徒来到医务室时,我隔着关上的房门恳求泰斯菲,'为了上帝,不要跟他们一起为非作歹。'嗳,结果他反过来嘲笑我。'院长,世界上没有上帝。'他说,还讲了许多邪恶的话。

"他们打破房门上的一块镶板时,苏尔吉斯医生对着眼睛的高度先开一枪,移至鼠蹊处再开第二发,那声音简直要把我震聋了。当我恢复听力时,听到有男人正在痛苦地大呼小叫,苏尔吉斯又装填好弹药,举着霰弹枪到外面对膝盖高度射击。

"我必须承认,看见他们跛着脚走开,我心里好高兴,我没有害怕,反而觉得很生气,泰斯菲又冲过来……我猜他以为那群暴民还在帮他,苏尔吉斯举起手枪,就是这一把,他扣下扳机,我还没听到声响,就先看见泰斯菲的牙齿飞出来,后脑勺开花。剩下的也不用再打了。

"隔天上午意大利人进城,说我是叛徒,戈什,不过至少我是欢迎他们的,因为没人敢打劫了。就在那时候,我才知道梅利本来想把我送往安全的地方。他停下货车帮助一个受伤的民众，正在帮助那个人时，有个醉汉想抢劫，直接走过去就拿起手枪朝他的胸口发射。无缘无故就开了枪！

"我听到消息后赶到大使馆去，全天候二十四小时照顾他，他承受痛苦两个星期之久，信念却从来没有动摇过。这是我绝对不离开埃塞俄比亚的理由之一，我觉得亏欠他。我握住他的手，他要我唱《班扬圣歌》，他断气前我应该唱了有一千次了。"

勇于对抗灾难的人
让他坚贞追随主
不曾泄气，不曾退却
他首度公开之目的
就是要做一名朝圣者

闭着眼睛，居然能发掘到惊人的故事。我从来没听过院长谈论她的过去，更遑论听她唱歌。在我的心中，她好像来到这人世时就是个成熟的大人，穿着修女的服装，始终经营着失迷医院。她喃喃道出了故事，坦承了恐惧、坦承了爱情，坦言说出一场屠杀，这比远方的炮火更加令人胆寒。在那漆黑的走廊，唯有照明弹与曳光弹时亮时灭的灼光让墙上的影子起舞，我用力顶着湿婆的头。还有什么是我不知道的？我好想睡，而院长的圣歌、院长颤抖的声音还在我耳里回荡。

275

第二十五章・以愤怒表现的爱

到了隔天晚间,一切落幕了。政变失败。在三天内,数百名皇家护卫队的士兵遭到杀害,而投降的人数更多。我目睹一个男人被人从医院对面的煤渣砖屋拖出来,他本想把显眼的制服脱掉就没事了,没想到只穿着汗衫和四角内裤,反而让人发现他是造反分子。

在战车与装甲车的包围下,梅勃杜准将连同麾下人数不多的分遣队从旧皇宫后面逃走,靠着夜色的掩护,往北朝山区而去。

第二天上午,塞拉西一世皇帝(得胜的犹大之狮,王中之王,所罗门的后裔),搭机返回亚的斯亚贝巴。返国的消息像野火燎烧扩散,他的车队经过时,民众夹道尖啸,手舞足蹈,比肩继踵的群众在马路上勾着手臂,齐步跳跃,犹如脚上装了弹簧,当皇帝已经远去,还唱诵他的名号久久不停。加布鲁、汪汪・康纳德和亚麦姿也在其中。亚麦姿描述皇帝的脸庞洋溢着对子民的爱,感激他们的忠诚。"我清清楚楚看到他,就像我看到你站在这里,"她说:"我对天发誓,他眼中有泪,如果我撒谎,让我遭到天打雷劈。"而几天前在大街小巷游行抗议的大学生,现在不见踪影。

城里笼罩在庆贺的气氛中,商家开门营业,出租车无论是马拉的还是吃油的都突然出现了。这一天,亚的斯亚贝巴阳光明媚,气候宜人。

我们家里的气氛低迷。我总是认为梅勃杜准将和赛穆以是"好人"，是我心目中的英雄。皇帝其实也不是"坏人"，领导政变的人想把他塑造成坏人，民众才不会相信。无论如何，我希望准将起义，然而最坏的可能已经发生：我的英雄成了"坏人"，没有人有胆说他是好人。

萝辛娜与珍妮特哀痛欲绝，等着消息传来，也明白不管消息为何，绝对不会是好消息。

我慢慢领悟到一件事，赛穆以大概永远不会来牵他的摩托车了，达尔文永远不会再收到他友人的去函。与风趣活泼的梅勃杜准将共度的桥牌之夜，十之八九成了过去。

皇帝重金悬赏捉拿梅勃杜准将和他弟弟，就在他返国的隔天晚间，几处街坊发生枪战，最后一批"叛国贼"捉捕到案。我很同情皇家护卫队的普通士兵，比方说我目睹被人拖走的那一个——他的罪行在于隶属失势的一方，也许甚至是错误的一方，而他不过是遵守命令，梅勃杜准将决定了他的命运。

我再也不知道怎么看待准将，我熟悉而景仰的他感觉与恶名昭彰扯不上边，现在却成了领导政变失败而遭人捉拿的叛国贼。每回我听见几声枪炮响起，总怀疑会不会是他与赛穆以的最后一次抵抗。

第二天上午，我听见萝辛娜住处传来的号哭声而醒来，到了走廊碰上戈什和赫玛，一伙人穿着睡衣往外冲。

加布鲁与两名沮丧的男子站在萝辛娜的门外，她歇斯底里，用提格利尼亚语哭喊着，不管是用什么语言，她想说的话已经很清楚了。

我们获悉，梅勃杜准将带队的少数人马逃到恩托托山区，然后从以色列的拿撒勒城一带绕回低地，他们本来打算前往休眠的竹瓜拉火山，希望在属于摩约家族的土地上避难。

最后，农人偶然撞见他的队伍，背叛了准将，大声发出噜噜噜噜的声音。

警方随即包抄梅勃杜准将,在最后的交火中,准将的弹药用罄,他拿下一名受伤警员的武器,又缓缓爬向另一个受伤的警察身边,准备要取他的武器。他向弟弟亚斯金德呼救,亚斯金德却朝我们亲爱的准将脸上开了一枪,然后把枪塞进自己的嘴里。我纳闷他们是否定下了自杀协议,抑或亚斯金德为他们两人做出了决定?至于赛穆以——珍妮特之父、达尔文之友,他不肯投降,也不愿自尽,他攻击四面八方的武力,他们开枪打死了他。

亚斯金德的子弹射中准将的脸颊,把他的右眼打出来,垂荡在眼窝外。子弹最后卡在左眼底,由于某种奇迹,没有射穿头颅。准将不省人事,命倒是还在。他被火速送到位于亚的斯亚贝巴、约一百公里远的国军医院。

我们四个人围着餐桌坐下,尽量不去聆听萝辛娜号啕大哭。我偶尔听见珍妮特的啜泣声。赫玛进进出出萝辛娜的房间,我却提不起勇气过去。湿婆用手捂着耳朵,眼睛湿湿的。

我们依然聚在餐桌旁时,鹿鸣校长的办公室打电话来。"照常上课。"戈什放下电话说。鹿鸣学校恢复上课,如果我们是周二组,不要忘了带运动服。

任凭我们担忧不安,戈什说上学比整天听萝辛娜号啕大哭来得好,说动了我们。他开车送我们过去,湿婆和我一起坐在前座。

到了国家银行附近,人行道上的人群蜂拥往马路移动,浑身散发出诡异的活力,朝我们的方向而来。我们缓缓往前移动。突然之间,我看见正前方有三具尸首,就吊在临时做成的绞刑台,那尸体仿佛置放在舞台上一样清楚。戈什叫我们转头不要看,可是已经来不及了。尸首静止不动,好像在那里吊了几百年,一颗颗的头歪成奇怪的角度,手则牢牢缚在背后。

群众围绕我们的车子，显然节庆才刚结束。有名年轻人同两个人走在一块，一面敲打我们的车顶，一面嘻嘻笑，不管他说什么，都不会是好听的话。又有一人咚咚咚用力击打我们头上方的车顶，我们觉得车子开始前后摇晃。

我相信暴民也会把我们的脖子吊起来。我抓住仪表板，就快要放声大叫，戈什说："小朋友！不要慌，来，微笑，挥挥手，把牙齿露出来！点点头……装出我们是来看这场好戏的样子。"我不知道自己有没有笑，不过我知道我忍住了尖叫。湿婆和我像猴子一样嘻嘻笑，假装我们不害怕，我们挥了挥手。也许是因为看到了一模一样的双胞胎，也许是因为感觉车内的我们与车外的他们同样古怪，总之我们听到了笑声，捶打车体的动作变得温和，不再那么激烈了。

戈什笑容可掬，继续点头挥手，同时以激动的语气喋喋不休："我知道，我知道，你们这些粗俗的流氓，你也早安，对，对，对，看了这种野蛮的场景，我很开心……好家伙，你们也被吊死好了，你们这么做实在太文明了，谢谢，谢谢。"同时，他让车子缓缓前进。我从来没见过他这样子，在含笑的外表伪装下表达了恐会招致极度危险的轻蔑与愤怒。不管怎么说，我们通过了人群，车子自由地开走了。我回头一看，看见了几双手正在用力拉扯尸首的皮鞋。

湿婆和我以古老的姿势抱着对方，我们忐忑不安。到了学校停车场，戈什把车子引擎熄火，然后将我们揽到身边。我哭了，为了赛穆以，为了眼睛中枪的梅勃杜准将，为了珍妮特和萝辛娜，最后是为了我自己。能在戈什的怀抱里靠着他的胸膛，等于找到了世界上最安全的港湾。他拿手帕的一角擦干我的脸，然后换了一角抹抹湿婆的脸庞。"那可能是你们一生中做过最勇敢的事情，你们保持镇定，把你们的胆量操出来，让我为你们感到骄傲。这样吧！周末我们离开这里，到索多尔温泉或瓦里索温泉去玩，我们去游泳，把这一切都忘掉。"

他最后给我们两人一个拥抱。"如果我找到梅康那,他会照往常的时间开出租车来这里,如果我没有找到他,四点时我会自己来。"我准备进教室前,转头一看,戈什还站在那里挥手。

鹿鸣学校闹哄哄的,我听见别的同学吹嘘他们的所见所为,我不想加入他们的行列,也不想听。

那天,当我们在学校时,四个男人开吉普车来找戈什,仿佛将他当作普通罪犯带走了,把他两只手托在后面。他要提出抗议,他们则赏他巴掌。这些是赫玛从汪汪·康纳德那里听来的。汪汪告诉那些人,他们搞错了,不应该带走医院的医生,由于出言不逊,他的肚子挨了一踹。

赫玛不肯相信戈什不见了,跑回家的途中,心里还确信会见到他懒懒地坐在常坐的扶手椅里,脱了袜子的双脚抬起放在凳上,正在看书。她预料会看到他,想他必定在家,而且还开始生起他的气来。

她冷不防从我们家的前门闯进去。"你知不知道,跟准将扯在一起会给我们带来多大的危险?我都是怎么告诉你的?你搞不好会害得我们都没命!"每次只要她那样炮火全开地斥责戈什,戈什总是挥舞着假想的斗篷,装出斗牛士迎战猛冲而来的公牛的样子。我们看了觉得好好笑,赫玛却从来不觉得有什么有趣的。

屋子里静悄悄的,没有斗牛士。她从这个房间走到下一个房间,踝环的叮当声在走廊发出回声。她想象他们把戈什的手臂扭到后面,出拳打他的脸,伸脚踢他的生殖器……她赶快冲到便桶前,因为午餐就快要吐出来了。事后她焚香敲钟,如果他们放戈什一条生路,释放他,她发誓会前往印度的蒂鲁伯蒂与伟兰卡尼神庙朝圣。

赫玛拿起电话想向院长报告,但是电话不通。自从炸弹落下,电话线路就断了。自此以后,电话时而通,时而不通。她站着,望向厨房的窗外。

戈什的车停在医院，不过，就算她上了车，她应该开去哪里呢？他们把他带去哪里了呢？如果她去了，他们也逮捕她，儿子就会孤单无人陪伴……她鼓起了极大的意志，才决定要继续等我们。

赫玛听到用人房传来呜呜咽咽的独白，是萝辛娜的声音，不过那嗓音粗哑，完全不像是她的。她在跟赛穆以说话，也可能是在跟上帝或杀了她丈夫的男人说话。她从那天上午开始说到现在，还没说到巅峰处。

赫玛看见珍妮特红着眼出来，不过她情绪镇静，引领着摇摇晃晃的萝辛娜。她们朝户外厕所走去。能陪着她们一同哀悼的只有亚麦姿和加布鲁，可是他们当下在其他的地方。赫玛觉得珍妮特转眼之间成熟了，冷酷爬上了小女孩的脸，甜美芳菲等可爱的一面统统被抹杀了。

赫玛取水泼脸，又深呼吸。她告诉自己，为了我们，她一定要保持冷静。她喝了一杯净水器流出来的水，才刚把杯子放下，亚麦姿便跑进来。"太太，不要喝水，他们说造反的那些人在供水区下了毒。"

太迟了，赫玛已经觉得脸庞火辣辣的，接着肚子也出现了人生中最剧烈的绞痛。

第二十六章·受难之脸

加布鲁在大门口遇见我,告诉我有人来了,把戈什从医院抓走了。在这一瞬间,我的童年结束了。

我十二岁了,长这么大,不能哭了,可是我哭了,那天我第二度哭了,因为除了哭,我不知道还能怎么办。

我的男子气概还不足,无法冲进任何带走戈什的人的房子,把戈什救出来。我唯一拥有的技能就是继续过日子。

湿婆惨白着脸,不言不语,我在短短的瞬间为他感到无比的哀痛。我那俊美的弟弟长高了,像个青少年,却摆脱不了孩童时期的弯腰驼背。他的眼映现出我的痛,在那顷刻我们是单一的有机体,血肉意识都没有分离,我们这两个双胞胎迈开一致的步伐快跑上山,恨不得能立刻到家。

我们发现赫玛坐在沙发上,面容苍白,浑身是汗,散乱的湿发黏在前额。亚麦姿的脸上泪痕斑斑,完全不像我们认识的那个刻苦坚忍的亚麦姿。她拎着一个水桶站在赫玛身边。

"她喝了水。"我们还没问,亚麦姿就先说了,"不要喝水。"

"我没事。"赫玛说,不过那句话只是要应付我们。

怎么会没事?她怎么可以说没事?我最害怕的噩梦成真了:戈什走了,现在赫玛又生了重病。

我把脸埋入她纱丽的暗处，她的香气扑鼻。我觉得我要负起这一切的责任，准将的叛变失败，赛穆以死了，而世上对我而言最像父亲的人遭到逮捕。还有，水里的毒也要算在我头上……

就在此时，前门忽然打开，院长和巴伽利医生跑进来。巴伽利提着老旧的皮包，胸膛起起伏伏。院长也上气不接下气地说："赫玛！水没问题，只是谣言，没事没事。"

赫玛露出不解的表情。"可是……我肚子好痛，觉得恶心，还吐了。"

"我也喝了，"巴伽利说，"水没问题，你过两三分钟就会觉得好一点。"

湿婆看着我。

一线希望。

于是赫玛站起来动动手脚，摇摇头。我们后来才发现，原来全城都在上演类似的场景。这是小时候我学到的一课医学：有时候以为自己生病了，那么你就会生病。

如果真有上帝，祂刚刚大开天恩，暂缓了我们的刑期，我希望祂再帮一次忙。"妈，戈什呢？他们为什么要带走他？他们会把他吊死吗？他会怎么办？他受伤了吗？他们把他带到哪里去了？"

院长让我们坐在沙发上，掏出鲜艳的手帕。"来来，小乖乖，我们会解决这些问题，为了戈什，我们都必须要坚强，恐慌帮不了我们。"

亚麦姿手叉腰在一旁看着，本来都没说话，这时则用阿姆哈拉语插嘴："还在等什么？我们必须立刻去凯却乐监狱，我来准备食物，我们还需要毯子、衣服、肥皂，快，动作快！"

福斯车由赫玛驾驶，感觉成了陌生的机器。巴伽利坐在前座，亚麦姿和院长在后座，把我们抱在她们的大腿上。我们一路颠簸开过市区。

我以新的眼光看亚的斯亚贝巴。我向来认为这里是个美丽的城市,市中心有宽阔的大道,还有墨西哥广场、爱国者广场、孟尼里克广场……许许多多的广场上有纪念碑与篱笆花园,车辆必须绕圈而行。外国人对埃塞俄比亚只有一个印象:挨饿的人民坐在滚滚黄尘中。而当他们晚间降落在朦胧寒凉的亚的斯亚贝巴,看见条条大道与丘吉尔街上的电车轨道灯火时,都不敢相信自己的眼睛,怀疑飞机在夜色中转了向,他们其实身在布鲁塞尔或阿姆斯特丹。

然而政变爆发,戈什遭捕,城市在我眼里变了样。纪念阿多瓦大屠杀事件与从意大利手中解放的广场,现在成了适合暴徒动用私刑的地点。至于我曾经欣赏的别墅,那些粉红、淡紫、棕褐色的房宅躲在九重葛后,就是在这些地方,准将或类似的军警长官计划革命与叛变。街道巷弄上有不忠的行为,宅邸别墅内有叛节的举动,我感觉得出来,也许其实一直都是这样的。

不久后,我们来到监狱的绿色大门前,人人称这里为"凯却乐"(Kerchele),由意大利文的监禁(carcere)变形而来,有人称这里为Alem Bekagne,这是阿姆哈拉语,表示"再见,残酷的世界"。越过与繁忙干道交会的铁道之后,就到了监狱的入口。这里没有人行道、没有路肩,柏油路就这样突然消失成泥土地,无数焦虑亲人的脚步扬起了尘埃,他们是我们苦难的亲属,深深陷于无助之中。他们让我们通过,我们走到了警卫室。

院长都还没开口问,对方便连头也没抬地说:"我不知道他在不在这里,我不知道我什么时候会知道他在不在这里,如果你把食物或毯子等东西留下来,如果他在这里,他可能会收到,如果没有,别人会拿去。把他的名字写在纸上,跟你要留下的东西放在一起,我不会回答任何问题。"

　　民众倚靠着墙壁。太阳躲在云后，妇女出于习惯还是站在撑开的伞下。亚麦姿找了个能够观察进出状况的地方，蹲下后就动也不动地留在那里。

　　一个小时过去了，我的腿好痛，我们还是继续等。那里只有我们是外国人，民众很同情我们。有个男人是大学讲师，说他父亲许多年前被关进这栋监狱。"小时候，我要从家里跑五公里的路过来，一天一趟，送吃的东西过来。他瘦得不得了，可是每次都先喂我吃，还让我把一半以上的食物带回去。他知道为了让他吃，我们必须挨饿。有一天，我哥哥和妈妈送食物来，听到了可怕的一句话：'不用再送食物来了。'于是我们知道爸爸死了。你知道他们今天为什么逮捕我哥哥？完全没有理由，他只是个努力工作的生意人，不巧是他们宿敌的儿子。我们是头号嫌疑犯，宿敌和敌人的儿子。老天才晓得他们为什么放过我，我参加了大学生的示威游行，不过他们反而抓走我哥哥，因为他是老大。"

　　巴伽利搭出租车到尤文图斯俱乐部，看能不能请意大利领事帮忙，然后又得回医院去了。医院有个医生被逮捕，他的妻子在监狱外面守候，院内的事情全落在第三个医生的肩膀上，那个人正是巴伽利。他能让医院继续运作，管理护士与药剂师亚当。

　　湿婆、赫玛、院长和我回到车上，让脚休息休息，让身体暖起来，大家都缩成一团。十五分钟后，我们又回去目不转睛地看着大门。纵使什么事情都没有办到，我们仍来来回回不肯离去。

　　天色相当暗的时候，我们正从车子里钻出来，有个以夏玛白薄棉布遮住头和上半身的男子走过来。他的靴子闪闪发光，而且从监狱旁边的窄巷子走过来，我们大概会误认他不过是另一个要回家的男人。他甩动着一团布块，加盖锅子的轮廓露出来，那是他的午餐或晚餐。他目不转睛地看着院长，走到车子后方停下来，背对马路，好像要撒尿的样子。

"不要转头看，"他用阿姆哈拉语粗声粗气地说，"医生在里面。"

"他没事吧？"院长悄声问。

他停顿了一下。"只有几处淤青，不过没什么大问题。"

"拜托，我求求你。"赫玛打断他们的谈话。我这辈子没听过她求过谁。"他是我先生，接下来会发生什么事情？他们会放他走吗？他跟这一切没有关系——"

那男子嘘了一声，原来有一大家子的人经过。那票人走了后，他才又说："跟你们说话，就足以让别人指控我了。如果我想求平安，就得控诉别人，就像动物吃我们的小孩。现在时机很坏，我跟你们说话是因为你们救过我太太一命。"

"谢谢你，我们可以帮你做什么吗？他——"

"今天晚上不行，明天早上十点到这里来，不行不行，要到更远的地方，看到街灯的那根柱子没？到那里去，带毯子、带钱，还有像这样装好的菜，钱是要给他的，现在回家去吧！"

我跑过去找亚麦姿回来。她未曾离开位置，层层叠叠的裙子像马戏团帐篷包住她，白色的民俗风厚披肩裹在头和肩膀上，只露出一双眼睛。她不愿离开，要留在这里过夜，说什么也无法打动她。我们无可奈何，只好离开了她，不过前提是强迫亚麦姿穿上赫玛的毛衣，再用厚披肩裹住身子。

回到家后，谢天谢地，电话通了。院长请英国大使馆和印度大使馆保证早上会派外交使节过来，而王室成员皆不愿跟院长通话。如果皇帝会猜疑亲生儿子，那也可能怀疑自己的侄孙儿。我们听说低阶将官之间出现不满的抱怨，他们认为他们的将军错了，竟然没有参加政变。这项传闻铁定有几分真实，因为当天皇帝准许所有军官加薪。据说，高阶军团与皇家护卫队之间起了严重冲突，相互猜疑,所以才保住了皇帝。

　　那一夜,湿婆和我陪着赫玛睡在她的床上。枕头有戈什使用的百利牌发油气味,他的书本堆在床头柜上,一支笔插在法文版的《鉴别诊断索引》里当书签用,他的老花眼镜搁在书的封面上,就快要掉下来的样子。他睡前习惯检查自己的外表,把肚子一缩一放,做十次,然后横躺在床垫上几分钟,让头从床沿垂下去,他说这是"反地心引力"动作。这些固定动作很无聊,可是他一不在,我们就发现了它们的重要。他把头搁上枕头时,必然会说:"又在天堂过了一天。"现在我明白了这句话的道理:太平的日子是珍贵的礼物。我们三人躺在那里,等着看看他是不是刚好去了厨房,随时会走到门廊。赫玛在落泪,把我们心里的话说了出来。她说:"主,我发誓再也不会忽略那男人的存在。"

　　院长决定睡在我们家,睡在我和湿婆的床上。她大喊:"赫玛,快睡快睡。小朋友,向神祷告,不要担心。"

　　我对房里所有的神祇祈祷,从印度教大宝神到心脏流血的基督都祷告了。

　　一大清早,亚麦姿回来了,没有任何消息。"不过只要有车子进出,我就站起来,如果医生在车子里,我希望他会看到我。"

　　赫玛与院长打算带着食物、毯子和钱,在十点抵达约定的地点,然后准备前往各家大使馆与王公贵族那里走一趟。赫玛说服我们,要我们留在家。"万一戈什打电话回家怎么办?必须有人在这里记下他的留言。"萝辛娜和珍妮特在这里,所以我们不会没人陪。亚麦姿吃了面包、喝过热茶,体力恢复之后,坚持陪赫玛与院长回凯却乐监狱去。

　　到了中午,她们还没有回来。湿婆、珍妮特和我弄了三明治,

287

而萝辛娜心神恍惚地在一旁看着。她眼睛红红的，声音哑哑的。"别担心，"她说，"戈什会没事的。"不知怎么，她的话无法安慰我们。珍妮特握紧我的手，她脸色苍白，精神反常地倦怠。

咕啾噜是鲜少发出声响的杂种狗，在医院若是一看到陌生人就叫，那可是会叫得没完没了，因此我听到咕啾噜的叫声时，特别警觉起来。我从客厅窗户望出去，看到一个穿绿色军服外套的邋遢男人沿着车道缓缓走来，然后消失在房子后方。咕啾噜激动起来，连续放声吠叫，叫得人耳朵都要聋了。它在传达一条信息：有个非常危险的男人在我们的门阶上。

我跑进厨房，萝辛娜、珍妮特和湿婆已经站在窗户前，咕啾噜就在我们下方，我从没听过它吠得这么大声。它往前移动，脖子消失在颈部竖起来的一圈毛里，牙齿也露出来。那男人拉开沉重的外套，把塞在裤子里的左轮手枪掏出来。他没有系皮带、没有配枪套、没有穿衬衫，就白背心一件而已。看到枪，咕啾噜拔腿而逃，它很勇敢，但是不笨。

"我知道他是谁，"萝辛娜低声说，"赛穆以载过他两三次，他是军队的人，以前常常站在栅门外，希望赛穆以走过去，老是巴结赛穆以。我告诉赛穆以：'奉承的背后是嫉妒。'赛穆以常常假装没看见他，或者告诉他自己要去另一个方向。"

那军人把枪塞回裤子里，然后走到BMW摩托车前抚摸座椅。

"看到没！我怎么告诉你们的？"萝辛娜说。

"出来，请出来吧！"他望着我们的方向呼喊，"我知道你在里面。"

"待在这里。"萝辛娜说，然后深呼吸。"不要，不要留下来，你们统统从前门出去，跑到医院去，待在汪汪身边，直到我去找你们。我出去后会把门锁上。"她一面说，一面走出去。

我无法解释我们三人何以没有听她的话，反而又把门打开，跟在她后面。这不是出于勇敢，也许跑掉感觉比留在能够信赖的大人身边还要危险。

闯入的歹徒眼睛充血，那样子浑似穿着衣服睡觉，而态度又好像在开玩笑。笨重的迷彩外套大得足以把他吞了，可是他的手臂又从衣袖伸出来。他的无边软帽不见了，额头中央有一道垂直的皱纹，像是左右两半脸庞交会的接缝。纵使他蓄着蓬乱的胡子，年纪仍嫌太轻，不像能穿这身制服的人。

"这个——"他一面说，一面抚摸摩托车的油箱，简直要发出惬意的呜呜声。"现在……是军队的。"

萝辛娜拉起黑色传统薄棉布包住头发，那是女人进教堂时的动作。她站到他面前，默不作声而神态恭顺。"臭婆娘，你听到我说的没？这是军队的东西。"

"我想是的，"她目光低垂道，"军队的人也许会来拿走。"她的语气恭恭敬敬，因此过了几秒钟我们才听懂。事后我想不明白，为什么她宁愿激怒他，而让我们陷入危险之中。

那名士兵眨眨眼，接着高声大喊："我就是军队的人。"

他抓住她的手，用力将她拉到身边。"我就是军队的人。"

"对，这是医生的家，如果你要拿走任何东西，你应该让他知道。"

"医生？"他哈哈笑，"医生在牢里，我再见到他的时候就会让他知道。我会问问他，为什么雇用像你这样没有礼貌的贱货，你跟那个叛国贼上床，我们倒是该把你吊死才对。"

萝辛娜死盯着地面。

"臭婆娘，你聋子啊？"

"不是，长官。"

"继续说，告诉我赛穆以的优点，告诉我！"

289

"他是我孩子的爸爸。"萝辛娜柔声说，不肯看他的脸。

"可怜了那个小杂种，再告诉我其他事情，继续说！"

"他照命令做事，他想当一个优秀的军人，像你一样，长官。"

"优秀的军人，哼？像我一样？"他转向我们，仿佛要我们见证她的傲慢无礼。

事情快得我们没有一个人注意到就要发生。他反手打她，重重的一击，打得她身子转了个圈，不过不知怎地没有跌倒。她拿夏玛白薄棉布捂着脸，我看到了血。她两脚并拢，立正站直。湿婆和我出于本能扣紧了手。

我觉得有什么湿湿的东西从小腿流下去。我很想知道那坏人是否注意到了，不过他只关心自己中指关节上的严重伤口。我看到白色的闪光，那要不是肌腱，就是筋，要不然是牙齿碎片。

"可恶！你咬伤我，臭婆娘，你牙齿也掉了。"

我从眼角发觉珍妮特正在移动，我很熟悉她脸上的那种表情，她朝那男人冲过去，对方抬起脚，抓住她的胸口，趁她还没靠近就把她推到一旁去。坏蛋又掏出枪扣上扳机，瞄准萝辛娜。"贱小孩，你再来啊！再来我就宰了你妈，听懂没？想当孤儿吗？还有你们两个——"他对着我们说："滚一边去，我可以把你们统统杀了，而且我拿到纪念章哩！"

我们都认得他从口袋掏出的塑胶钥匙圈，那是刚果的形状，在我们的世界中只有一个那样的钥匙圈，而那个钥匙圈属于赛穆以。

他移动摩托车，让车子从驻车架上放下来，过程中差点跌跤。跨上车后，他左顾右盼寻找启动杆，找到了，便踩下去启动引擎。没想到摩托车已经就绪，他一发动，车子就往前摇晃，险些又让他倒下去。他坐正后还张望了一下，看看我们有没有注意到。

他往踏板重重踩下去，想切换至空挡。他的方法跟赛穆以相差悬殊，赛穆以不过用脚尖踩一下发动杆，便轻而易举地操控这辆

BMW摩托车。赛穆以会以慢动作抚摸汽缸，而后轻快一踢，摩托车便会轧轧轧地恢复生气。想想宁死不屈的赛穆以，我真想挖个地洞钻下去，想到这一层，便觉得我的行动应该与摩托车的正牌主人相称才对。我捏捏湿婆的手，我知道湿玛双胞胎有共识，因为他也跟着握紧我的手。

那军人一直拼命踩踏启动杆，好像在用力踩敌人，一张脸急得红通通，大量汗水从额头冒出。我闻到汽油味，他把化油器搞到漏油了。

当时气候凉快，阳光从稀落的云层透出，打在摩托车的铬合金上，车子一闪一闪发出晶光。他停下来喘气，然后脱下外套抛到身后的座椅上，往外甩动关节流血的那一只手掌，我发现他原来骨瘦如柴。他被不肯听话的引擎激怒羞辱，气得撇起嘴来咆哮几声。

他的沮丧具有伤害力。

"我们帮你推车子，你让汽油浓度变得太高，引擎发动不了，现在只能用推才能发动。"这是湿婆说的。

"等你到了山坡底，切到第一挡就好，"我说，"车子会马上发动。"

他转头看过来，一脸惊愕，好像不知道我们会说话，更不用提居然是用他的母语说话。

"他都这样发动车子？"

他从来没有让车子溢油过，我想这么回答。

"每次都这样，"我说，"尤其一段时间没有发动后。"

他皱起眉头。"好吧！你们两个来帮我推摩托车。"他把枪再往腰带里塞进去，塞在皮带扣后面，又把先前扔到座椅上的外套塞到屁股下。

我们家车道的顶端有条碎石路一路通往急诊室，一开始路面平坦，接着坡度下降，到了一块突出岩礁之处，小路会好像不见了，过了那段路，就可以看到院区外墙内侧处较矮的树枝。要到半路，你才会发现原来车道在快到岩礁前急遽转弯，再往下走才抵达靠近急诊室的圆环车道。

"快推！"他说，"还不推？你们这两个杂种！"

我们过去推车子，他也跟着出力，身子往前倾，跨坐在车上往前走。不久车轮转动了，他舔舔嘴唇，非常开心。摩托车弯弯曲曲地前进，车把大幅度摆动。

"稳住！"我大喊。湿玛双胞胎同时往前推，先是两人三脚的小跑步，随后变成有四条腿在冲刺。

"没问题，"他把脚放到踏板上大喊，"再推！"

我们这时在下坡路段加速。

"打开旋塞！打开阀门！"湿婆大喊。

"什么什么？噢，对对对。"说着，他右手从车把移开，往油缸底下摸找活栓，宝贵的瞬间滴答滴答流逝。

"在另一边啦！"我大声叫嚷。

他换手，却始终找不到。没关系，汽化器里的汽油够他走起码两公里半的路。

此时，摩托车快速前进，避震器嘎嘎作响，挡泥板喀喀喀喀，在我们的努力之下，车子重量让车子下坡时加快速度。那人眼睛从路面移开，准备去找栓塞。在他抬起头来之前，湿玛双胞胎以最快速度奔跑，挤出每一股干劲送他上路。我发现他握着油门的手掌已经握到关节发白，而左手迟疑不决，不知要继续找寻，还是回到车把上好。

"打挡，快！"我大声说，情急之下推了摩托车最后一把。

"把油门催到底！"湿婆大吼。

那人反应不过来，先将油门控制把直接转到底，然后往下瞄了一眼，用力用脚踩下去打挡。瞬间，我们心跳几乎停止，变速箱换到第一挡，摩托车卡住，后轮煞住，我们失败了……

正当我那么想时，引擎噗噗噗响，在轰隆声中启动了，挟着报复心加速至最大转数，仿佛在说：小朋友，接下来就看我的了。摩托车直往前冲，后轮朝着我们溅起砂砾，简直要把摩托车骑士甩下来。这么一来，他反而抓得更紧，死握着油门不愿放手。

当发现前方状况时，他发出号叫，只差一两米就要到了突出的岩礁，而他也只有短短几秒时间能转弯。骑摩托车有个原则，绝对要永远看着想去的方向，千万不可注意你要避开的东西。我敢保证，他的眼睛盯着越来越靠近的断崖。BMW摩托车轰隆轰隆往前冲去，依然持续加速。我在他后面追着。

前轮撞上了岩礁的水泥路缘，后轮腾空飞起。由于庞大引擎的重量，摩托车应该会翻过去才对，然而飞过手把的却是摩托车骑士，这时他的号叫已经转为尖呼。他顺着弧线飞出去，飞快跃过岩礁，然后往下落，最后撞上树干才停了下来。我听见好大一声的砰，而他吐气时也不由自主发出哀号。冲力让他的脖子急速往前，脸庞因而撞到树上。他跌下来后又滚了三米远。

BMW摩托车先是车头着地翘起，车体往后回到地上，然后以侧面倒到马路上。引擎熄火了，后轮却还在转动。我从来没听过这般的寂静。

我手脚并用爬下去，率先走到他身边。这是我希望的结果，这时却觉得这样的结果好可怕。好惊奇，他居然还有意识。他平躺在地，眨着眼睛非常吃惊，鲜血淌入他的眼睛，从鼻孔、嘴唇大量流出。他再也没有军人的样子，表情像是不自量力而造成灾难后果的孩子。

他扭伤的脚压在身体下，那样子让我看了想吐。他哼哼哀号，紧紧抱住下腹部，脸庞血淋淋的一团糟。这情景非常古怪。

293

对他而言，不管是脸还是脚，似乎都没有肚子来得要紧。"拜托。"他说。他的呼吸急促，手则揪着腰带。

他的视线找到了我。

"拜托，把它拿出来。"

有片刻的时间，我忘了他对赛穆以或萝辛娜与珍妮特所做过的事情，也想不起他对戈什的所作所为。我只看见他的痛苦，而且我感到怜悯。

我抬头看看萝辛娜，她的嘴唇肿胀破裂，门牙掉了一颗。

"求求你……"他又说话，揪着胸口，"把这个拿出来，看在圣徒加百列的爱的分上，把这个拿出来。"

"对不起。"我说。

他继续拼命往腹部翻找，一无所获。这时我明白了，手枪枪托刺进了他的身体，十之八九都消失在左侧的肋骨底。

"小心！"萝辛娜大喊，"他要掏出枪。"

我勉强说："他不是要掏枪，枪把在他下肋里碎掉了。"而我也确确实实听见自己对他说："撑住，我来把它拔出来！"我两手握住枪把，用全身力气想把它拉出来。他放声尖叫。枪拉不出来，我改变握法。

听见枪声之前，我觉得有什么东西在我手里往后踢。

枪松开了，滑进我的手中，就好像不曾卡在那里，只不过一直留在他的肚脐里。

我闻到衣服焚烧与无烟火药的味道，看见他肚子有处红色的凹陷。我看着他的眼睛一点一滴失去生气，如此轻易简单，就好像露珠从玫瑰花瓣上滚落。

我摸摸他的脉搏，这是戈什从来不曾教过我的脉象：脉搏停息。

萝辛娜派珍妮特去找加布鲁过来。

他跑过来，不过刚刚他没有听见枪声。我们家的位置偏远，那人的肚子又裹住枪，因此声响没有传出去。

"快，可能会有人来找他，"萝辛娜说，"首先，我们必须把摩托车移开。"我们五个人用力抬，把BMW摩托车扳正，然后设法将车推进工具棚，车道底的转弯处再过去就是工具棚。除了油箱上的刮痕，摩托车看来丝毫未损。到了工具棚，我们重新布置柴薪的粗绳、一堆又一堆的《圣经》、锯木架、育婴箱与其他堆在那里的旧物，这么一来摩托车就藏在里面看不见了。

回到尸体旁，我们彼此几乎无话。加布鲁与湿婆推了手推车过来，在萝辛娜与珍妮特的协助下，把尸体搬进生锈的推车凹槽。我靠着一株树旁观。他躺在手推车内，那种反常的姿势唯有死人才能做到。在萝辛娜的带领下，我们沿着离医院墙垣不远的周边小径将他推过树林，最后来到了"沉没之土"。医院以前的化粪池就在这里，在地底深处，直到停止使用前，它曾有多年都是呈现满溢的状态。美国国际发展总署的水泥、洛克菲勒基金会的资金，再加上一名叫作阿基里斯的希腊承包工，盖出了新的化粪池。然而老池子里的溢流物浸渍了这片土地，一片毛茸茸的苔藓刚好蒙骗了眼睛，只要是比卵石还重的东西都会沉下去。无时无刻不存在的臭气驱走了闯入者。院长在池子四周拉起带刺铁丝网，标牌用阿姆哈拉语写着："沉没之土"，这是最接近"流沙"的翻译。

恶臭难当。萝辛娜与加布鲁将围栏推倒，带刺的铁丝网平倒在地，他们将手推车往前推至有勇气走到的最远的地方。我瞪着冷眼旁观的湿婆，他那模样说是看着擦鞋童工作也会有人相信，我的感觉刚好相反。他们正准备将尸体往前扔出去时，我喊了一声："不要！"我连忙抓住萝辛娜的手，硬是要她把手推车放下来。我一面颤抖，一面哭着说："我们不能这样做，这样做是不对的，萝辛娜……天哪！我做了什么——"

萝辛娜用力打我巴掌,湿婆把手放在我肩上,也许不是要支持我,而是想约束我。萝辛娜与加布鲁再次握住手把,把死人倒出去。

生苔的地面像床垫往下陷,尸体上的脸庞不再属于威吓我们的那男人,那是一张可悲的脸,一张人的脸,而非野兽的脸。

尸体最后消失无踪,萝辛娜朝它的方向吐了吐口水。她转过来看我,脸庞由于怒气与嗜血而扭曲。"你是怎么搞的?你难道不知道,他可能为了好玩而把我们统统杀了吗?他没有杀我们只有一个理由,因为他更想要偷赛穆以的摩托车。你只能为自己的所作所为感到骄傲。"

我们默默无语地走回去,回到家进了厨房,萝辛娜双手叉腰转头看我们。"除了我们以外,不可以有别人知道刚刚发生的事情,"她说:"谁都不能知道,赫玛不可以知道,戈什不可以知道,院长不可以知道,谁都不可以。湿婆,听懂了吗?珍妮特?加布鲁?"

她转头看我。"你呢?马里恩?"

我望着我的保姆,她的脸庞流了血,牙齿掉了,样子看似陌生人。我坚强起来,准备面对她更严厉的话,没想到她走过来将我抱到怀里,这是一个母亲给予儿子或心目中英雄的拥抱。我紧紧搂着她。她对我说:"你好勇敢。"她的呼吸热热地吹到我耳朵。这是我的安慰:我和萝辛娜之间没事了。珍妮特走过来抱我。

麻木迟钝,无法言语,视线最远只能看见自己沾血的手指,还有,一颗心怦怦跳,渴望拥抱我的那女孩——如果这就是勇敢的感觉,那就说我是勇敢的吧!

第二十七章·医学的回应

绞刑,似乎是任何亲近梅勃杜准将的人的命运,戈什到目前为止逃过此难,因为他是印度公民。还有,因为来自他众多亲友的祷告。他入狱,我的世界的一切因而停止运转,曾经对我具有任何意义的生活也被带走了。

就在那个时候,就在我们心死绝望的时候,我想起了托马斯·斯通。政变发生前,我常好几个月不去想他。我没有他的照片,不知道他写了一本知名的教科书(我后来才得知,赫玛把医院里每一本尚存的《手术精要》都送人或搬走了)。托马斯·斯通对我而言不像真人,而是鬼魂,是概念。我的父亲不可能是一个像院长那样白皮肤的人,不过想象一名印度血统的母亲相对就容易多了。

在时间停滞的当下,我却想起这个我无法想象他脸孔的男人。我是他的儿子,现在我有迫切的需求。军队那家伙前来偷摩托车,又差点杀死我们,那时候斯通在哪里?我杀死了闯入的歹徒(我还是这样认为),那时候斯通在哪里?夜里,死亡面具在我眼前隐隐约约地逼近,或者一双冰凉的手从黑暗中伸出来揪住我,那时候斯通在哪里?最重要的是,当我需要解救我至今拥有过的唯一父亲时,斯通在哪里?

苦不堪言的日子随即延长到了两周之久,我们在家里及监狱之间来来去去,也多次前往印度大使馆与外交部。我深深相信,假使我以前对戈什更孝顺，假使我值得拥有他，也许我早已让他免受当下的折磨。

也许还不算太迟。

我可以改变，但是要以什么形式改变呢？

我在等待信号。

在一个喧闹的早晨，它来了，那天我们获悉刚才有人在中央市场被吊死的消息。我匆匆忙忙地往栅门走去，没有什么特别的原因，不管我身在哪里，永远都准备好往另一个地方去。走向栅门的途中，一阵神秘清甜的果香扑鼻而来，就在此时，一辆绿色雪铁龙嗖嗖开到急诊室的柱廊下，车体由于冲击而浮动，后车轮藏在裙似的挡泥板后。瘫坐在后座的壮硕男子被两个比他更年轻的男子抬出来，那香味瞬间更加浓烈。那人的肤色像咖啡牛奶，下颚多肉，那是皇室的特征，看样子他是吃英式奶油酱与烤饼长大的，而不是吃传统酸面饼配埃塞俄比亚式咖喱。我觉得他看起来像在睡觉，呼吸沉重响亮，仿佛叹息一般，就像运转过度的火车头，每一次呼吸，就发散出那甜甜的气息，那气味甚至有颜色，是红色的。

我知道我闻过这股气味，在哪里？为什么？他们将他抬进去时，我站在急诊室外思索，想要解开这道谜题。我发觉自己忙着回想反思、研究这个世界，而那种方式正是我非常欣赏的戈什的做法，我想起他为了证实我能以气味找到珍妮特，而以躲猫猫游戏进行了试验（事实上确实是蒙着眼睛的试验）。

后来巴伽利医生告诉我，这个男人因为糖尿病而昏迷，果香正是这种病的特征。我走去戈什的办公室，也就是他以前住的小屋，翻出教科书来看，原来血液里积累了酮酸，因而产生出那种味道。我接下去看胰岛素的部分，然后是胰脏、糖尿病……一条项目连到另一条项目。这可能是戈什坐牢两周以来，我头一回能够思考其他的事情。我原以为戈什那些大部头的书都很难读，没想到发现其实医学的实体是文字（有些学门则不然，例如工程），只需要将文字串在一起，就能描述某种组织，说明它的运作方式，解释毛病状况。里面有陌生的单字，不过我可以查医学辞典，并且抄下来供日后之用。

过了几乎还不到两天的时间，我又在医院的栅门遇上那股味道。这次的来源是一个老婆婆，她直直躺在马车的长凳上，由亲人支撑着。她发出同样的叹息、同样的呼吸，连马的味道也无法盖住那果香。"糖尿病酮酸中毒。"我告诉亚当，他说很可能就是这病状。验血和验尿的结果证明我说对了。

不知何故，医院里的生活照样过下去，我们无论有一个或四个医生，病人总会陆陆续续上门就诊。照顾脱水的幼童、医治发烧、处理正常的分娩，医院能照常完成这些简单工作，而需要进行外科的病患则一概必须拒绝。我在急诊室跟着亚当闲晃，不然就躲在戈什以前的小屋里随意翻阅教科书。时间并没有加快脚步，我对戈什的担忧也丝毫未减，然而起码我找到了某样东西，那东西之于我，就像绘画或舞蹈之于湿婆，某种能将心烦阻绝于外的热情。我觉得我正在做的事情比湿婆的消遣更为严肃，我的消遣像是古老的炼金术，能够让凯却乐监狱的大门忽然开启。

戈什坐牢，亚麦姿在牢外守候，而皇帝对任何人都极度怀疑，吃的每一口食物都得让露露先闻一闻。就在这段可怕的日子里，我大脑中的嗅觉区、我的野生智慧醒过来了。我向来熟习各式各样的气味，只是现在要找出气味所代表的意义：肝功能衰竭病患会散发出霉烂含氨的气味，同时有黄色的眼睛，常在雨季发病；伤寒热的病人有种刚出炉面包的味道，这种病状四季皆有，病人的眼神焦虑不安，眼睛是瓷白色的；肺脓疡有阴沟似的臭气，帚形菌感染的烫伤有葡萄般的味道，肾衰竭是尿臊味，淋巴结结核是不新鲜啤酒的气味……林林总总的味道，一时也列举不尽。

一天晚上吃过晚餐后，院长在沙发上打盹，湿婆则专心在餐桌上画图。赫玛在屋内踱步，走到我坐的扶手椅旁却停了下来。这是戈什的老位置，我把脚抬高，身旁堆了一叠书。我想她明白，我这么做是在保护他的空间。她从我身后探看，看到了自己那本厚厚的妇科教科书，纯粹出于巧合，我正好翻到了一张由于巨大巴氏腺囊肿而变形的女阴图片。我不打算掩藏自己正在做的事情，另一方面也感觉到赫玛正苦思适当的回应方式。她的手掌停在我的发上，然后滑落到耳朵上，我以为她要扭我的耳垂（我学会耳朵多肉的那部分叫这个名称），同时又感觉到她迟疑不决。结果，她摸摸我的耳郭，抚摩我的肩膀。

当她走开时，我感受到她隐而未说之语的压力。我想在她身后呼喊：妈！你完全搞错了。不过，既然她不说出心底话，我也学着她这么做，这就是长大：藏匿尸体，不要揭露真心，务必猜测他人的动机。这些都是大人一定会对你做的事情。

赫玛相信，对女性生理结构的兴趣会让我翻到教科书的下一页，这一点我很肯定。也许的确是如此没错，不过这不是重点。这些发霉的旧书有钢笔画，也有画质粗糙的照片，展示出因疾病而变形、变怪的人体器官。假如我说这些书提供了特别的希望，她会相信我吗？假如我说《凯氏产科学》《杰氏妇科原理》与法文版的《鉴别诊断索引》（起码从我幼稚的想法而言）是失迷医院的地图，是我们出生所在的领土的指引，唯有在这些书籍中，只有从医学里，我们弑母逐父的联合扭曲命运才能有所解释，她会相信吗？我还能从哪里去明白杀死那军人的内心冲动（我夜里常醒着怀疑这是否算杀人），去了解想保密又想坦诚的冲动呢？也许在杰出的文学作品中会有答案，不过当戈什不在，当我深陷于悲哀之中，我察觉答案——所有的答案，善恶的解释，尽在医学中。我是那样相信着，我确定唯有相信，戈什才能获得自由。

到了戈什被挟持的第三周，一天上午我走向院区正门，圣加百列教堂刚好敲钟报时，钟声是加布鲁准许民众进入的命令。狭窄的行人入口一次仅容一人穿过，依据穿着祭司服的加布鲁之见，这样能避免人群蜂拥而入的混乱场面。

两名男子互相推挤，像是跨栏比赛选手抬高脚步想越过栅门的框架。"拜托，规矩点。"加布鲁提出警告。其后是一名妇人，她小心翼翼地跨过来，好像正要下船踏上码头。病人逐一如母鸡轻啄加布鲁手上十字架的四处尖端，一下是献给十字架上的基督，再一下献给圣母，再一下是给所有的天使长及圣人，然后是《启示录》里的四个生物。接着他们等候加布鲁以十字架触碰自己的额头，这么一来便完成了圣礼。这些医院的访客害怕生病、担心死亡，不过更恐惧被打入地狱。

我审视那些面容，每一张代表一个谜，两两皆不相同。我希望下一张脸庞会是戈什的。

我想象"亲生"父亲托马斯·斯通走过栅门的那一天，我想象自己站在这里，到时已经成了医生，或许穿着绿色手术服，正好在两场手术之间休息休息，也可能穿着白袍，底下是衬衫与领带。尽管我没有照片，没有对斯通的记忆可寻，我还是会立刻认出他。

我知道我要对他说什么：你来得实在太迟了，人生虽然少了你，我们还是先行走了下去。

第二十八章·好医师

天色未明我便醒来,以最快的速度摸黑跑去压力锅间。是这个念头叫我起床的:假如玛莉·普雷斯修女可以插手协调让戈什被释放呢?我的"父亲"绝对不可能出现,而倘若我的亲生母亲正等着人去请求她呢?我希望她不会因为我良久不曾到她的书桌前而对我记恨在心。

我坐下,仰头凝视那张"圣泰瑞莎的狂喜"的图片,由于没开灯,只能见到模糊的轮廓。我感觉我在忏悔室,却没有忏悔的渴望。我沉默了十分钟左右。

"欸,很久很久以来,我都以为小宝宝是两个两个一起生出来的。"我说。我先乱扯几句,我不想立刻提到戈什,也不想说出我想请求的恩惠。"咕啾噜的小狗狗一生就是四只、六只,在木鲁农场,我们看过一只母猪,它生的小猪猪比那个数字还多两倍。

"我们是同卵双胞胎,事实上却不是完全一模一样,不是,不像一块的钞票会跟另一张一块钞票一模一样,只有编号不同。湿婆其实是我镜子里的形象。

"我用右手,湿婆是左撇子,我后脑勺的旋在左边,湿婆的在右边。"

我把手移到鼻子上,还有一件事情我没告诉她。政变爆发的前一个月,我跟瓦立德起了冲突,他一直嘲笑我的名字(我的名字是十分容易遭受攻击的目标），我不知怎么被人用铁头功撞倒摊平在地，而我毫无斗志，有人宣称这种铁头功是古代埃塞俄比亚的武术，如果真是这样，此地就不会有空手道道场，不会有什么、黑带、白带，只有一大堆人的鼻子断掉。唯一防御"铁头功"的方法就是把头低下，而我没料到瓦立德会来这招。

出乎意料，湿婆竟然扶我站起来。湿婆非常关心动物与孕妇的痛苦，不过又很幸福地能对他人的苦痛毫无所觉，尤其当他是痛苦的起源时。我目瞪口呆地看着湿婆对抗瓦立德。瓦立德的反应是再次施展头技。他们的额骨撞在一起，一声恐怖的撞击，我鼓起勇气再注意看时，发现湿婆站在那里，仿佛什么事情也没有发生过。低年级的小男生跑过来，仿佛秃鹰绕着腐尸，因为流氓被打败了，这可是大新闻。瓦立德仰躺在地，站起来又试了一试。两个人的头相互重击时，发出了闷闷的一声砰，我听了好害怕湿婆会有三长两短。湿婆却连眼睛也没眨半下，瓦立德昏了过去，头骨上有一道长长的伤口。当他终于又来上学时，已经没有往日的气焰了。

那一晚，湿婆让我好好检查他的头。他跟我不一样，他的头顶缓缓隆起一块，额头非常厚实坚硬，跟钢铁没两样。我的头型则不同。我问过戈什为什么会这样，他提出一个假设，接生湿婆时所使用的器械可能导致头骨以这样"茁壮"的方式愈合，也可能跟我们本来是连体婴有关。我的自尊心很强，不想去问这到底是什么意思。

英国文化协会图书馆里有一本对开本大小的书，其中有大名鼎鼎的暹罗连体双胞胎的照片，他们一个叫昌，一个叫恩[47]。再翻几页，有印第安人拉鲁（Indian Laloo）的照片，他打着马戏团怪胎的名号在世界各地巡回。拉鲁的"寄生双胞胎从胸口长出来"，拉鲁系着腰布站着，打赤膊的胸部长出一个屁股、两条腿。在我看来，这个寄生的双胞胎兄弟不是从拉鲁"长出来"的，而是要爬回到他的身体里。

当我的视线总算从这些照片上移开,内文里的每一个字都对我带来了启示。我了解当两个受精卵刚好同时在母体发育的话,生下来会是异卵双胞胎,长相不同,而且可能是一男一女。如果母体内单一受精卵刚好在发育初期分裂成两个独立个体,生下来就会是像我与湿婆的同卵双胞胎。连体婴就是同卵双胞胎,而且受精卵在一开始分裂成两半时,没有完全分裂,因而两个分裂出来的个体还是彼此相连,生下来可能就像昌与恩,两个人肚子或其他部位是连在一块的。结果也可能不是相当的两个人,就像拉鲁和他的寄生双胞胎兄弟。

"你知道吗?湿婆跟我是 craniophagus,头连在一块的?"我告诉玛莉·普雷斯修女,"出生时他们把连接的地方切断,他们是不得已的,那里流血了。"

我沉默良久,希望她明白我是在表达对她的敬意,我们出生时她刚好死了,我谈论出生的事情是很自私的行为。我们又陷入漫长且尴尬的沉默。

"可以请你让戈什出狱吗?"

好了,我说出口了。

我等着听到回答。在接下来的静默里,我觉得既内疚又羞愧,简直无地自容。我还没告诉她,我把有拉鲁的那一页撕下来从图书馆带出来。我杀了军人,好害怕某天会遭到可怕的报应,这件事情也完全没提。

还有别的事情我也隐瞒不说,某件我看到昌和恩的图片、拉鲁的照片后才明白的事情:湿婆和我之间那条肉管已经被切断了,早就不复存在……然而它还没消失,它还是把我们连在一起。拉鲁的那张照片说明了我的感受,部分的我仿佛还黏着湿婆,而部分的他还在我的身体内。无论是福是祸,我与湿婆是相连的,那条管子还在。

假如湿玛双胞胎的两颗头是结合在一起的，这样走来走去会是什么感觉？或者想想看，要是一个身体有两个脖子，那又是怎样的感受？我会希望以那种方式过我的人生——过我们的人生吗？还是我会希望医生不惜代价将我们分开呢？

可是没有人让我们选择那条路，他们已经将我们分开，切断了让我们成为一体的肉管。湿婆是如此与众不同，他局限自持的内心世界对他人毫无所求，谁能说这样的人格不是因为那次的切分呢？而我个性焦虑，感觉自己的世界缺了一角，谁能说这样的特质不是从那一刻开始的呢？到头来，我们依然是一体的，无论我们喜欢与否，我们都彼此相连。

我冷不防离开了压力锅间，连再见也没说。我隐瞒了这么多事情，怎么还能期待修女会帮助我呢？

我不值得她去替我说情。

因此，当一个小时后事情发生了，我惊讶不已。

她的应许化为一封写在俄罗斯医院处方笺的隐晦便条，从俄罗斯医院门房泰修姆手中送交给加布鲁。泰修姆说，这张便条是某位俄裔医生拿来的，他要泰修姆发誓不会泄漏他的身份，并在处方笺上潦草写着："戈什安好，绝无危险。"处方笺背面则是戈什的潦草字迹："小朋友，把你们的胆量操出来！谢谢亚麦姿，不用再等。院长请向所有有力人士求助，愿美丽新娘续订年约。高某人。"

我返回压力锅间，像忏悔者般站在椅子后方感谢玛莉·普雷斯修女。我对她全盘托出，毫无隐藏。我请求她的宽免，请求她继续协助我们让戈什获得自由。

我对亚麦姿的观感焕然一新，她夜晚在凯却乐监狱外面守候，我看见了她沉默的力量与决心。她以个性与忠诚来弥补自身教育之不足。

而我对皇帝的尊敬荡然无存。亚麦姿向来是忠贞不贰的保皇派，现在也面临信心危机。

没有人真心相信戈什参与政变，问题在于一切决定都掌控在塞拉西皇帝手中，成千上万被捕的人士面对着同样的问题。皇帝不肯授权将此事交由他人处理，却又不急于解决。

我们只许送一顿餐过去。每日下午，我们送饭到凯却乐监狱，同时取回盛装前一天餐点的容器。牢外的家属成了我们的家人，那里也是搜集最新情报与真真假假谣言最有收获的地方。我们听说，皇帝早上会在皇宫的花园里散步，此时国防部部长、国务大臣、文书大臣陆续出来觐见。他们走在他身后，距离三步之远，报告前二十四小时内的谣言传闻与真实事件。每个人都担心，比他早出来的人是否设下了陷阱，谈到他后来没有提及的事情。露露是皇家先知，会在某些人的鞋子上撒尿，而这几个制造谣言的人士犹豫不决，不知道这是暗示此人可以信赖，还是这人受到了猜疑。这就是前往凯却乐监狱可以得知的那种情报。

隔天，就在我去找玛莉·普雷斯修女的二十四小时后，我们获准入内探望戈什。

监狱的天井有草坪，有浓密的大树，看似野餐的好地点。牢犯像无叶的幼苗立在绿荫下。

我立刻发现戈什的所在位置。湿婆和我飞奔到他怀中，直到在他的怀抱里，我才注意到他剃掉了头发，脸庞也憔悴了。我还发现，一个月来我的胸口头一回停止揪痛。他衣服的气味、他身上的味道，跟团体里的人一样，是种粗鄙的臭味，我闻了心里很难过，这说明他遭受了耻辱的待遇。我们站到一旁，让赫玛和院长靠近他，不过我一只手还放在他身上，就怕他会消失不见。有些男人瘦了反而好看，戈什则不然，少了丰满的脸颊和下巴肉，他的风采缩减了。

亚麦姿站在后面等候，一张脸几乎遮掩在夏玛白薄棉布的尾端下。戈什挣脱开赫玛和院长,朝她走过去。亚麦姿深深一鞠躬,然后弯身仿佛要去触摸他的脚,然而还没能摸着,戈什便紧抓住她的臂膀将她拉起来,并且亲吻她的双手。他拥抱她。他说,他们用加盖的吉普车载他来来回回出入,虽然他知道亚麦姿看不到他,可是他看到亚麦姿站在那里挥手,他觉得好幸福。我从没注意过亚麦姿的牙齿,这时她笑得露出两大排牙来,眼泪也同时自脸庞滑落。

"我唯一受的苦,是挂心你们每一个人。你看,我不知道他们是不是也逮捕了赫玛,也许连院长也被抓了。我看到亚麦姿站在监狱的天井,手上拿着装在相框中的全家福照片,就知道她要告诉我你们都平安无事。亚麦姿,你让我放下了心中的大石头。"

在这之前我们都不知道,原来亚麦姿彻夜守候时还拿着全家福,而且只要有车进出监狱,她就会站起来举高照片,露出笑容。

时间一分一秒过去,我们催促戈什赶紧把一切都告诉我们。我想他不希望让我们紧张,同时也不能说谎。"第一天晚上最难熬,我被关在那个牢房里。"说着,他指着一个贴近地面的肮脏破屋,那看起来像是仓库啊!"空间很小,没办法站起来,他们把普通罪犯、杀人犯还有小无赖及扒手关在那里。空气很糟,到了晚上,他们把门锁上,于是根本没有空气。有个家伙跟畜生没两样,负责管理那里,可以决定谁睡在哪边。唯一能够吸到微薄空气的地方是在门边,我拿手表跟他交换,他就让我睡在那里。要是我在那里头多睡一晚,我想大概就没命了。没有床单,没有毯子,睡在凉飕飕的地板上,天亮时,我还要抓身上的虱子。

"有个少校从皇宫直接过来传达指令,要他们把我带去国军医院治疗梅勃杜准将,我需要什么他们都会提供给我。皇帝对治疗他的医生没什么信心。那个少校看到我在那里过夜,注意到我的脸肿起来,走路也一跛一跛的,非常生气,便带我到国军医院洗澡、除虱子,我还拿到一套干净的衣服。

"到了国军医院,他们让我看准将的X光片,接着带我去找他。我在那里居然遇见了史拉夫,就是俄罗斯医院的亚罗史拉夫医生。史拉夫身体晃得很厉害,人看起来不太好。至于梅勃杜,他睡得很沉,或者应该说他不省人事。史拉夫说埃塞俄比亚的医生不愿靠近准将,担心他死的话就有罪受了,万一救活他,也会被怀疑是同情他。'史拉夫,'我说:'告诉我,他是因为服了镇静剂,你看见他以前,他不是这个样子的。'史拉夫说,他进来的时候,准将本来很清醒,能说话,也没有四肢无力。'我反对使用镇静剂。'史拉夫说。其间,还有另一个俄裔医生跟史拉夫在一起,是亚卡缇娜医生。她说:'镇静剂非常好,他头部受伤,我们必须开刀。'而我说:'头部受伤很严重,头颅里有大脑,而子弹打到的地方并没有靠近大脑。'她指着准将的眼睛:'你说这里叫作什么?'我对她说:'同志,我称这里叫眼窝。'她对我没什么好感,而我也不喜欢她对史拉夫无礼的态度。史拉夫也许爱喝酒,可是他们把他赶来埃塞俄比亚之前,他在外科整形方面可是先锋。史拉夫背着她用嘴形无声地对我说:'KGB!'我把少校找进来,'就我的权限方面,你收到什么指示?'他说:'你需要什么尽管交代,由你统筹负责,这是我从皇帝那里直接收到的命令。'我说:'很好,把这个医生带回巴尔加医院,不要再让她来。我需要药用白兰地,一些嗅盐,房里摆两张床给我和史拉夫休息。'我让梅勃杜准将服下那里所有的抗生素,把白兰地给史拉夫,他于是不再发抖。接下来,史拉夫和我直接站在床边清除准将眼部伤口的腐肉,把突出的组织切除,其他的部位则不想多做处理。准将从头到尾都没有动静,我也不打算把子弹取出来。

"接下来的两晚,我有史拉夫作陪,睡在一般的床铺上。过了三天,那个共产党打的镇静剂才消退。我问:'史拉夫,也许那是给马注射的剂量吧?'史拉夫说:'不是,不过是一个叫作叶卡特琳娜的长舌妇注射的!'

"梅勃杜准将醒来时,身体状况良好,只有轻微的头痛,说话有鼻音而已。他们不肯让我继续待在那里,把史拉夫也遣走了,就是在那时候我赶紧写了字条。我回到这里后,他们把我关到算舒服的牢房,牢友是几个正派的家伙。他们把我带来带去,一天一趟或两趟,去帮伤口换药,可是我只许和准将说两三句话。"

我已经看见了,有两只巨鼠在大白天下从两栋建物之间的排水沟钻出,戈什有事没告诉我们,不过我们也有事瞒着他。

从那天起,我们每周获准探监两趟。现在只剩一个问题:他什么时候会被释放。

先来了一个,接着又有人来。戈什那些大人物病人,一个个顺道来家里拿走东西,某支特定的笔,许许多多的书,某叠东西里的文件,这些能带给戈什安慰。他们拿了张写了像是拉丁文字体的字条来,那是戈什的笔迹,是复方药的处方单,我带他们去找药剂师亚当。

戈什不在的时候,我明白了他是怎样的医者。不管是王公贵族,还是大臣使节,他们的病都没什么了不起,起码就我看来还好。他们没有能力使他出狱,却有本领进监狱让戈什看病。戈什把他们的下眼睑拉下来,检查结膜的颜色,要他们把舌头伸出来,手指始终按在脉搏上,最后设法做出诊断,让他们安心。现代有所谓的"家庭医生",不过这个称呼不足以概括他所做的一切。

在我们首次探望戈什之后过了三周,梅勃杜准将接受审讯,这是为了关切此案的国际人士所上演的戏码。除了一份秘密报刊,还有两三家国外报社也刊登了审讯报告书。梅勃杜准将态度自傲,毫无悔意,不愿否认自己的所作所为。他的风度让得以出席的在场人士大受感动,他在证人席上鼓吹一己的信念:土地改革,政治改革,废止让农民降格为农奴的封建制度。那些竭力镇压梅勃杜领导的政变的人，这时才开始疑惑自己何以反对他。我们更听说，有一帮低阶军官计划帮助准将逃狱，梅勃杜反对，他的手下遭到歼灭，已经造成了他心头上沉重的负担。法院判他绞刑，他在法庭的最后一句话是，"我要告诉别人，我们埋下的种子已经生根了"。

戈什遭到囚禁的第四十九天晚上，一辆出租车开上我们家的车道，然后在屋后掉头转向。我听见大呼小叫，还以为我们将面对什么新的灾难。

有个人从出租车上下来，环顾我们的住处，仿佛他从没见过这里——那人是我们的戈什！加布鲁从栅门开始，就踩坐在车侧的脚踏板上一路过来，这时跳下来欢欣鼓掌，在原地蹦蹦跳跳。珍妮特与萝辛娜从她们的房间出来。我们围着戈什手舞足蹈，空气里洋溢着尖叫声，还有噜噜噜噜噜，那是亚麦姿开心时的声音。咕啾噜也在场，它汪汪叫，摇摇尾巴，接着号叫起来，两条无名狗站在远处，听到它的号叫也跟着呼号起来。

直到半夜我们才上床睡觉，湿婆、我、戈什和赫玛挤在一起，一点也不舒服，可是我从没睡过这么香甜的觉。我醒来一回，听见戈什沉重的鼾声，那是世上最让人安心的声音。

隔天上午，我们很早便醒了过来，心情依旧雀跃欢欣。我们不知道一件事，梅勃杜准将——越战与刚果内战的参战者，英国陆军军官学校和美国指挥参谋学院的毕业生——就在此时被送上了绞刑台。

他们在中央市场的空地上将他吊死，也许是因为学生游行与政变在市场得到最热烈的口头支持。我们后来得知，执行死刑的官员是皇帝的副官，一个梅勃杜准将认识多年的人。据称梅勃杜准将说："假若你非常敬重军人，请小心套好绳结。"当套索放好位置，卡车准备开走之际,准将自己助跑后从卡车后方往下跳,步上了殉道之路。

到了日上三竿,我们才听说这件事。那一天夜里,在石雕别墅,在兵营,在泥草屋,从海勒塔军校、哈尔军校或德布拉塞特空军学校毕业的低阶军官上床时,计划着该如何完成梅勃杜准将已然着手之计划。

随着日子一天天过去,梅勃杜准将的声望越来越高涨,最后民众自行封他为圣人。在不具名的传单上,有人采用埃塞俄比亚古代圣像画家的风格,利用鲜浓饱满的黄、绿、红三色画出他的画像。传单上描画一个黑皮肤的基督,祂的一侧站着黑皮肤的施洗者约翰,另一侧是亲爱的梅勃杜准将。三个画像的头顶都盘绕着黄色光环,约旦河从他们脚上流过。内文写着《马太福音》:这人就是先知以赛亚所说的。他说:在旷野有人声喊着说:预备主的道,修直他的路!

第二十九章·阿布·卡赞的拖鞋

准将被处死刑后过了两天,医院员工在亚当与汪汪·康纳德的带领下,为戈什举办归队欢迎会。他们买了头母牛,租了帐篷,请来了厨子。

亚当割开母牛的喉头,一位护理员太心急,巴不得来一块 gored-gored,也就是生牛肉,竟然在母牛还勉强站着的时候,就从牛腹切下了依然颤抖的薄片。他们把母牛挂在树上,要哪一块自己切,然后把肉拿到露天桌台上处理。

看见一辆军用吉普车往车道开来时,我觉得背脊起了一阵凉意。我们看着一名穿制服的军官走进我们的平房,这时诸位厨师站在原处动也不动。我像梦游般往家里走去,到了前门,军官走出来,戈什与赫玛也一起走出门。湿婆在我身旁。

"小朋友,"戈什说,"摩托车呢?你们知道是谁来骑走的吗?"戈什心平气和,不觉得有什么应当惊慌的道理。

我第一个反应是松了一口气,原来他们不是来找戈什的!接着,当我明白这个人到这里来的理由时,心里惊慌起来。我们五个人早编好了故事:有个军人带钥匙过来把摩托车骑走了,我们没有跟他说话。士兵消失无踪的那天,我们就照这样把故事说给赫玛听,她一心惦念被捕的戈什,根本没有把这件事放在心上。

准备要开口时,我有机会仔细看看这位军官的脸。

是那个闯入的歹徒,是那个军人,是想牵走摩托车的那个人。

是他的脸孔,一模一样的额头与牙齿,只是身体没有那样瘦长,而且制服纤尘不染、熨烫平整,无边软帽也塞在肩头翻领底,他因此显出专业军人的风范,这是闯入的歹徒所欠缺的。我觉得自己的脸色一阵青一阵白。

萝辛娜和珍妮特绕过房子快步走来,消息已经传开,我们四周聚集了一群人。

"有个士兵拿钥匙来,就把车子骑走了。"湿婆说。

我点点头。"对啊!"

军官面露微笑,弯身靠过来,客客气气地用英文说:"你还记得其他事情吗?有没有你没告诉我的事情?"

戈什打断他说:"啊,萝辛娜在这里。"又以阿姆哈拉语说:"萝辛娜,这位长官想知道赛穆以的摩托车的事情。"

萝辛娜深深一鞠躬。我想起了她对那个小偷的礼貌态度,以及接下来引人不悦的措辞。我希望她能谨慎回答。

"好的,长官,他来的时候,我跟这两兄弟在家——"她停下来,拿夏玛白棉布的一角捂着嘴,眼珠子像是要掉下来。"不好意思,长官,那个人……他长得跟您好像,我看到您的脸……抱歉。"她又略微欠欠身,"他不像……他不像您这么有礼貌,打扮……也跟您不一样。"

"我们是同一个妈妈生的,"军官苦笑着说,"没错,他长得像我,他穿什么衣服?"

"只有军服外套,没有穿衬衫,里面是白色的汗衫,还有靴子、裤子。"萝辛娜说。

"你觉得他看起来正常吗?"

"他把枪塞在这里,"她比着腹部说,"不是放在那个那个……"

"手枪皮套?"那人的兄弟提出猜测。

"欸，还有，他看起来……他眼睛红红的，看起来好像可能……"

"喝醉了？"他的兄弟轻声说，"你问过他为什么想要摩托车吗？"

"饶了我吧！长官，他有枪，"她说，"而且看起来很生气，手上还有钥匙。"

"他对你说了什么？"

"他……说了很多很多话，说要把摩托车骑走，我什么都没说。"她没有按照我们排练过的剧本走，不过似乎也可以应付过去。

"咦？发生什么事情？摩托车怎么了吗？"湿婆用英文问，不动声色的表情没有泄漏丝毫秘密。他的沉着让我好惊讶。

"嗳，我就是不知道出了什么事情。"那个军官说。他的英文流畅，态度软化了。"他不应该骑走摩托车，说什么军队也不可能让他留着那辆车。"他停下来，如同正在考虑该不该继续说下去。等到他又开口时，说话对象换成了戈什和赫玛。"他来过这里以后，就没有人再见过他了。我在迪里达瓦服役，两个星期前才发现他开小差。他告诉他包养的女人说他要来牵摩托车。"他转过头来看看我和湿婆，"你们看见他把车子骑走了？"

"我听到声音。"我说。

他点点头。"医生，你介不介意我四处大概看一看……"

"当然没问题。"戈什说。

军官和他的司机往屋子后面走去，然后沿着碎石车道往下走，我觉得天空像是垮在我身上。我们做了这么多的努力，戈什自由了，结果要让那个军人害我们又回到地狱去吗？珍妮特瞪我，萝辛娜蹲下去用桉树枝条剔牙。那两个男人往突出岩礁之处走去，然后转往圆环道路的方向，消失在我们的视线外。如果他们回来时往工具棚走去，我们就惨了。摩托车藏得好好的，不过有心要找的话，还是能找得出来。

过了天长地久的时间，他们总算回来了。

"医生，谢谢你。"军官说着，朝戈什伸出手。"我担心发生了最糟糕的事情，皇帝返国的那天，有几个军人挪用大量公款，我哥哥也扯进去了，也许他失踪是件好事。"

吉普车从视线消失，戈什立刻打量我们片刻。他察觉有事不对劲，却什么问题也没问。赫玛和戈什回了屋内，我走到房子的墙角开始呕吐。珍妮特与湿婆跟过来，我挥挥手要他们走开。消化系统有自己的大脑，有自己的良心。

帐篷下的折叠椅在柔软的草地上摇晃，过不了多久，大杯的蜂蜜酒与一盘盘的食物将桌子压得都往下凹陷了。奶油生牛肉是我最爱的菜，生的碎牛肉混上"奇布"香料净化奶油。我们家从来不做这道菜，不过我打从幼儿时期就在萝辛娜的住处或加布鲁的茅舍吃奶油生牛肉。这一天，我没有胃口。酸面饼像餐巾叠在桌上，人人都想拿生牛肉，切成块状的生肉要沾着呛辣的红椒酱吃。菜持续上桌，肉丸、咖喱肉、扁豆咖喱、牛舌、腰子。当日上午还在树下吃草的动物火速被送至餐桌上。

戈什坐在高台的扶手椅上。护士、护校生和医院的其他员工都陆续上前与他握手，同时赞美圣徒伴随他渡过难关。

萝辛娜没有出来，不过我发现珍妮特在帐篷的一角，便坐到她身旁。她穿黑衣服，把盘里的食物推来推去，看似我所认识的珍妮特的倔强远房表妹，自从赛穆以死了以后，她几乎不出家门。一个医务员过来与她打招呼，亲吻她脸颊，她也不向他打招呼。

"你什么时候要回学校上课？"我问，"你什么时候要再开始跟我们一起吃饭？"

"他们杀了我爸爸，你忘记了吗？我才不在乎什么上学不上学的。"她不满地嘘了我一声。"老实告诉我，你跟戈什说了，对不对？"

"我才没有！"

"不过你考虑要告诉他，是不是？跟我说实话！"

她看穿我了。在监牢院子里,我头一回感觉到戈什的臂膀搂着我时,坦白的话忽然蹦到了嘴边,我必须硬生生吞下去才没把话说出口。

"从什么时候开始,在脑子里想想也变成犯法的事情了?……不要那样看我啦!"我说。

她端起盘子,坐到离我很远很远的地方。纵使我的自信不多,但我希望她对我有更强的信念。她不再把我当成射杀闯入歹徒的英雄,我的心好痛。

傍晚时分,帐篷撤走了,医院以外的访客也在此时到来,因为戈什重获自由的消息传开了。对于伊凡格兰和瑞狄太太而言,当下的心情是苦乐参半,因为戈什回来了,而梅勃杜准将永远走了。伊凡格兰一面擦拭眼睛,一面不断说:"还这么年轻,还这么年轻就走了。"瑞狄太太安慰伊凡格兰,把她的头拉到自己丰满的胸脯上。这两人带来了一大锅的鸡肉黄姜饭,还有戈什最爱吃的呛辣腌芒果。"今天是你的二度蜜月,宝贝。"伊凡格兰对戈什说,还对赫玛眨眨眼。他们的老友亚帝德拎了三只脚绑在一起的鸡来,将活生生的鸡交给亚麦姿处理。亚帝德掸掉洁净的白色聚酯衬衫上的鸡毛,他在下身系了长及凉鞋的飘垂格纹裙。跟在他后面来的,是梅勃杜准将平日的桥牌拍档巴布,他带了一瓶高级陈年苏格兰威士忌,那是准将的最爱。到了傍晚,有人提议看在旧日的情分上,拿出扑克牌来玩玩吧!我期待赛穆以随时会载着梅勃杜准将出现。

屋子里变得窒闷,我打开前后的窗户。戈什一度退到卧室脱毛衣,赫玛陪他一块。我跟了过去,站在走廊上。戈什走进浴室刷牙,好像无法忘情自来水带来的新奇感,赫玛站在浴室外望着他在梳妆镜上的倒影。

"我一直在想……"我听见戈什说:"我们也过了一段不短的精彩

日子，也许我们应该离开……趁下次政变发生前。"

"什么？回印度吗？"赫玛说。

"不是……回去的话，两个孩子得学北印度语或泰米尔语作必修第二语言，现在学已经太迟了。也别忘了我们原本离开的初衷。"

他们不知道我在偷听。

"许多印度教师从这里去赞比亚。"赫玛说。

"或者美国？去库克郡？"他说，然后呵呵笑。

"伊朗呢？他们说那里很缺人，就像这里，不过他们有很多经费可以使用。"

赞比亚？伊朗？他们在说笑吧？他们嘴里谈论的可是我的祖国，是我出生之地。没错，他们证实了这里可能有暴力、可能有暴行，可是家总归还是家。在不是自己的土地上受折磨，岂不是更加凄惨吗？

我们也过了一段不短的精彩日子。

戈什这句话宛如往我胸口踢了一脚——这是我的国家，可是我明白，它不是赫玛与戈什的故乡，他们不是在这里出生的。这里对他们而言，是否不过是一份做得久而习惯的工作呢？我悄悄走开了。

我走到草地上。我记得那一夜的空气，如此冷冽而清新，吹拂到死者也能使之复生。炉火中燃烧的桉木的香气，湿草、狼烟、烟草、沼气等的味道，还有无尽玫瑰的芬芳。这是失迷医院的气味，不，这是一整块大陆的气味。

说我是没人要的孩子，说我的出生是个灾难，说我是无耻修女与失踪父亲的杂种，这都没关系；把我看成对亲手杀害之男人的弟弟说谎的冷血杀手，那也无所谓。不管怎样，滋养院长的玫瑰的土壤就在我的肉体里。跟埃塞俄比亚的本地人一样，我有乡土口音，会把"埃塞俄比亚"念成"衣修披亚"，且让那些在其他国土上诞生的人念"埃塞俄比亚"时，把它念成像是埃及的香榭客、坦桑尼亚的三兰港或巴西的里约热内卢一样的复合字吧！黑暗中逐渐隐没的恩托托山区是我的视野界线，假如我走了，高山峻岭将陷回地面，沉没消失，这片山区需要我瞻望它那长林丰草的斜坡，如同我需要它确认我的生命力量。夜间的满天星斗，那也是我与生俱有的权利！天国的园丁播下十字架雏菊的种子，为的是在雨季结束后雏菊以怒放表达竭诚的欢迎之意。即使是"沉没之土"，医院后方那处恶臭的流沙，我也要要求所有权，管它曾经淹没一匹马、一条狗、一个人与其他老天才晓得的东西。

光明与晦暗。

准将与皇帝。

善良与邪恶。

一切的可能存在于我，它们需要我在这里。假使我走了，我还剩下什么呢？

到了十一点，戈什请求客厅的同伴让他离开，好陪我们回房间。赫玛也跟了上来。

湿婆说："自从你走后，我们就没有在这张床上睡过觉。"

戈什听了很感动。他躺到床中间，我们一个缩在左边，一个偎在右边。赫玛坐在床尾。

"牢里八点就熄灯，所以我们每个人都讲一个故事当作娱乐。我说了我在这个房间看书念给你们听的故事。我有个牢友叫作托菲克，是个生意人，他说阿布·卡赞的故事。"

这是全非洲小孩都耳熟能详的故事。阿布·卡赞是个吝啬的巴格达商人，有双烂兮兮的拖鞋，修补了好多次，他就是不肯丢，被人嘲笑了也不管。最后，连他自己也无法忍受看见那双鞋子，只是每回想扔掉拖鞋，都会以灾难作结。他扔到窗外，结果鞋子砸到一名孕妇的头，孕妇流产了，阿布·卡赞被关进牢里。他把拖鞋丢进河渠，拖鞋堵住了主要排水管，酿成了水灾，于是阿布·卡赞又到了牢里蹲……

"一天晚上，托菲克讲完故事后，另一个囚犯说话了，是一个话不多、气质庄严的老先生。他说：'阿布·卡赞给拖鞋盖一个特别的房间就好了，为什么想把它丢掉？他永远逃避不了啊！'那个老先生呵呵笑，说这段话时似乎很开心。那一晚，他就在睡梦中断气了。

"隔天晚上，出于对这位老先生的尊敬，我们静静躺着，没有讲故事，我听见有人在黑暗中哭泣，遇到这种时候，我的情绪永远是最低落的。嗳，小朋友……我假装你们两个都靠着我，就像现在这样，然后我想象赫玛的脸庞就在我面前。

"接下来的晚上，我们等不及要讨论阿布·卡赞的故事，我们都有同样的看法。那个老先生说得没错，故事里的拖鞋代表你能见、能做、能碰的每一样东西，你能种下或者不能种下的每一颗种子，是命运的一部分……我在印度马德拉斯市立综合医院的败血症病房认识了赫玛，于是我来到这块大陆。又由于这样，我得到人生最大的礼物：做你们两个人的父亲。又由于这样，我替梅勃杜准将开刀，他成了我的朋友。由于他是我的朋友，我坐了牢。由于我是医生，我出手救了他的性命，于是他们放我出来。由于我救了他的命，他们就可以把他吊死……你们明白我在说什么吗？"

我听不懂，可是他语气十分激昂，我不想打断他。

"我从来就不认识我的爸爸，所以我以为他跟我没有关系。我的姐姐非常清楚意识到他的不存在，个性变得非常刻薄，不管她拥有什么，或者终究会得到什么，对她来说都是不够的。"他叹了口气，"为了填补父亲的不存在，我累积知识，培养技能，追求赞美，最后我在凯却乐监狱领悟到，姐姐和我都没有了解到一件事：父亲的不存在就是我们的拖鞋。要开始丢掉拖鞋，你必须承认这双鞋子是你的，你承认了，那么鞋子自己就会丢掉。"

这么多年来,我都不知道关于戈什的这部分故事,不知道他父亲在他小时候就死了。他跟我们一样是没有父亲的,然而起码我们拥有他。也许他比我们更加不幸。

戈什叹口气:"我希望有天你们能清楚明白这一点,就像我在凯却乐监狱一样。幸福的关键在于拥有自己的拖鞋,拥有真实的自己,拥有真实的样貌,拥有家人,拥有你拥有的天赋,拥有你不曾拥有的东西。如果你不断说拖鞋不是你的,那么你会在寻找中死去,在仇恨中死去,永远觉得自己可以得到更多的东西。不光是我们的行为,我们的疏忽也会造就我们的命运。"

戈什离开之后,我暗自纳闷,那个军人是否就是我的那双拖鞋。如果是,它已经化身成他弟弟的模样回来一次了,下次会变成什么样子呢?

就当我东想西想快要睡着时,感觉到有人掀开蚊帐。我看到她的那瞬间,她已经坐在我的胸口上,并且把我的手臂按下。

我大可将她推开,可是我没有。我喜欢她的身体压在我的身体上,我喜欢渗入她衣服里那种淡淡的木炭与乳香味。也许她因为先前对我太凶,现在要来补偿我。她应该是从打开的窗户爬进来的。

借着从走廊射入的光线,我注意到她脸上有僵硬的笑容。

"喂,马里恩,你把小偷的事情告诉戈什了吗?"

"如果你躲在这里,就应该已经知道答案了。"

湿婆这时醒了,看看我们两个,又翻身过去闭上眼睛。

"你差一点就告诉那个军官,他的弟弟。"

"我没有,我只是吓了一跳……"我说。

"我们觉得你会告诉戈什与赫玛。"

"怎么可能?我才不会说。"

"你为什么不会说?"

"你知道为什么,如果消息传出去,他们会把我吊死。"

"不会,可是他们一定会吊死我跟我妈妈,这统统都要怪在你头上。"

"我做梦会梦到他的脸。"

"我也是,我每天晚上都杀死他,我希望我开枪打死他。"

"那是意外。"

"假如我杀死他,我才不会说是意外,如果是我杀死他的话,我们就不用担心了。"

"你说得很轻松,因为你并没有杀死他。"

"我妈觉得你会说出来,我们很担心你。"

"什么?嗳,你告诉萝辛娜不要担心。"

"事情有一天会泄漏出去,到时候我们都会没命。"

"好啦!不要说了,如果你知道我会说出去,为什么要跟我说话?下去,不要压着我。"

她滑下来,身体像展翅的老鹰盖在我身上,脸庞在我眼前盘旋。有那么一瞬间,我还以为她要吻我,依据我们谈话的上下文,她若亲了我,那会是非常奇怪的事情。我凝望她离我如此之近的眼眸、右眼虹膜上的污点,她的气息吹在我脸上,香甜怡人。我看得出来,她慢慢成了具有危险性的美人。我想起上次我们如此靠近时,那是在食物储藏间。

她的瞳孔扩张,眼睑垂落在虹膜上。

就在她大腿贴着我身体正面的位置,我感觉到一阵暖意,一片扩散的热流。

我察觉液体渗湿了睡衣,蚊帐底的空气弥漫着新鲜尿液的味道。此时她眼珠子往上转,翻了翻白眼,然后将头往后一抛。她在颤抖,脖子弯成一道弧,带状肌跟着绷紧了。她最后一次往下看。"这么一来,你永远也不会忘记你答应过的事情。"我还没想到怎么反应,她已经跳下去,走了。我站起来准备追她,要把她撕个稀巴烂。

湿婆拦下我。我不知道是因为他想当和事佬,还是因为他想保护她。他低垂目光,故意不看着我。我站在原地,气得直发抖,湿婆把床单拆下来。我的睡裤湿答答的,湿婆却逃过一劫。他走进浴室,在浴缸里放洗澡水,我跨进浴缸。湿婆坐在便桶上不说话,只是陪着我。我们完全没有交谈。回到卧室里,在我换上干净睡衣时,戈什走了进来。

"我看见你们打开灯,发生了什么事情?"

"意外。"我说。

湿婆半声不吭。不会有人认错那股味道,我觉得很难为情。我大可揭发珍妮特所做的坏事,可是我没说出来。我打开窗户,一两分钟后又关上。

戈什把床垫擦干净,替我们将它翻过面。他拿了干净床单过来为我们铺床。我看得出来他有心事。

"回去陪客人,"我说,"我们没事,真的。"

"小乖乖,小乖乖。"说着,他坐在床垫边。我知道他以为我尿床了。"我无法想象你们承受了多大的痛苦。"

那是真的,他无法想象。我们大概也不会明白他经历了什么。

他叹了口气。"我永远不会再离开你们了。"

听到这句话,我胸口一阵剧痛,多么希望他把这句话收回去。他说话的口吻,犹如一切都在他的掌握中,仿佛他已经忘了命运与拖鞋。

第三十章·交谈的语言

赛穆以逝世六十天以后,珍妮特依然被禁足不得走出房间,缺了牙的萝辛娜看起来很邪恶,又不肯笑,好像埃塞俄比亚野猪一样浑身都是刺。

"够了。"在圣加百列节,加布鲁告诉她,"我会熔化一个十字架让你镶一颗银牙。时间到了,该笑一笑,找白色衣服穿。上帝都这么希望,你把祂的世界搞得灰天暗地,连赛穆以法律上的老婆都停止服丧啦!"

"你叫那个妓女是他的老婆?"她对着加布鲁大吼大叫,"轻轻的一阵风吹进门,那女人的两腿就打开了,不要在我面前提到她的名字。"隔天,萝辛娜烧了一大盆黑色染料,把剩下的衣服全扔进去,连珍妮特上学的好些衣服也不放过。

赫玛想让珍妮特回鹿鸣学校上学,萝辛娜断然回绝。"她还在服丧。"

两天后是个周六,我走进厨房时,听到萝辛娜的住处传来噜噜噜的庆贺声。我过去敲敲门,萝辛娜打开一线门缝,用猎人般的眼睛凝视我,手上还拿着刀片。

"没什么事情吧?"

"没事,谢谢你。"她说完就要把门关上。不过门关上前,我看见珍妮特,有条毛巾贴在她脸上,地板上则有沾了血的破布。

我无法把这个发现藏在心里。我告诉赫玛,赫玛跑去敲她们家的门。

萝辛娜迟疑不决,然后态度乖戾地说:"如果你一定要进来,那就进来吧!我们已经弄好了。"

房内有隐居女人的气息,有乳香,还有另一种气味,是鲜血的味道。我在里面呼吸困难,天花板悬垂下来的无罩灯泡也没打开。"把门关上。"萝辛娜凶巴巴地对我说。

"让门开着,马里恩,"赫玛说,"还有,把灯打开。"

珍妮特坐着,模样端庄,两手贴在脸庞两侧,手肘搁在膝盖上。要不是两手拿着破布,那像是思想家的姿势。

赫玛拉开珍妮特的手指,两道深深的垂直割伤露出来,像是阿拉伯数字的11,刚好就从两条眉毛的尾巴旁经过。总共是四道伤口,涌出的血像沥青颜色一般深。

"是谁割的?"赫玛一面问,一面按住伤口。

两个住在这里的人不说话,萝辛娜的眼睛动也不动地看着另一边的墙壁,脸上有得意扬扬的贼笑。

"我说,是谁割的?"赫玛的嗓音比划开伤口的剃刀还锐利。

珍妮特用英文回答:"妈,是我要她割的。"

萝辛娜以提格利尼亚语对珍妮特说了什么严厉的话,我知道短促喉音的那几个字是代表"闭嘴"。

珍妮特不理会她。"这是我的种族的记号,"她继续说:"是我爸爸的部落的记号,假如我爸爸活着,他会引以为荣。"

赫玛张开嘴,犹如正在考虑要怎么回答。她的脸色稍微缓和下来。"孩子,你爸爸已经死了,而因为上帝的恩典,你还活着。"

萝辛娜一脸不高兴,不喜欢听到八九成都是英文的对话。

"跟我来,让我处理你的伤口。"赫玛的口吻变得更加温柔。

我跪在珍妮特身旁。"跟我们走,拜托?"

珍妮特神色紧张地看了她母亲一眼,然后用气声说:"你们只会让我更不好过,我跟她一样希望有这些标记,求求你们,走啦!"

戈什劝我们要有耐心。"她不是我们的女儿。"

"戈什,你错了,她跟我们同桌吃饭,我们出钱送她上学,当她遇到坏事时,我们不能说:'她不是我们的女儿。'"

听到赫玛的这番话,我大吃一惊。如此的精神非常高尚,可是如果赫玛把珍妮特看成我的妹妹,那我对珍妮特的感情就会出现复杂的纠葛……

戈什安慰她说:"那只是要驱走buda,邪恶的魔眼,就像印度人在额头上贴朱砂,老婆。"

"我的朱砂掉了,老公。而且贴朱砂不需要流血。"

一个星期后,赫玛与戈什下班回家时,听到萝辛娜跟平常一样大声号哭,自言自语,跟他们早上出门工作时没有两样。她抱怨命运、上帝和皇帝,责怪赛穆以离开她。

"够了,"赫玛说,"那可怜的孩子会疯掉,我们难道要袖手旁观看那种事情发生吗?"

赫玛找来亚麦姿、加布鲁、汪汪、戈什、湿婆还有我,我们一起去萝辛娜的门前把门推开。赫玛抓住珍妮特的手臂,将她带回我们家,留下我们其余的人让萝辛娜安静下来,她对全世界大呼小叫,说女儿被人劫持了。

赫玛的卧室门关着,我们听见门后传来珍妮特在浴缸的声响。赫玛走出来拿牛奶,并要亚麦姿把木瓜切片,在上面铺柠檬、撒糖。不久亚麦姿也进到卧室,留在里面没出来。

一个小时后,赫玛和珍妮特手勾手走出来。珍妮特换上钉有亮片的黄色上衣,绿裙也闪闪发光,那是赫玛的婆罗多舞服装配件。她额头上的头发往后梳开,眼睛让赫玛以墨色眼影笔涂黑。她站在那里,态度高贵,心情愉悦,头抬得高高的,举止就像遭到释放而重新登位的皇后——她是我的皇后,我希望能留在我身边的皇后。我觉得好骄傲,深深被她所吸引,她之于我已经有了另一个角色,哪可能还当我的妹妹呢?赫玛灿烂夺目的绿色纱丽与珍妮特的肤色相称。亚麦姿低头闪进厨房,害我们险些没注意到她。她的眼睛描黑了,嘴唇涂红,脸颊也上了腮红,还有一对摇晃晃的大耳环垂在坚毅脸庞的两侧。

我们五个挤进车里,我和湿婆坐在后座,珍妮特夹在我们中间。到了中央市场,赫玛给珍妮特买了新衣服,算是一次给齐了圣诞节、光明节[48]和十字架节的礼物。

最后,我们去安瑞可冰淇淋店。珍妮特坐在我对面,一面舔冰淇淋,一面冲着我笑。她一开始欲言又止,接着越讲越快,滔滔不绝。假如赫玛说得没错,珍妮特被"洗"脑了,那么她的大脑也快要"干"了。

观察过桌底的障碍以后,我抓准了时机。我深爱着她,可是不到两周前她爬上床给我的羞辱我可没忘,她留给我的湿淋淋礼物我也记得。我多么喜爱她流连在我上方的模样,那瞬间的美丽千载难逢。不过,我想把那湿答答的部分清除干净。

我用鞋头狠狠踢她的小腿,她设法忍住不出声,可是脸上露出了痛苦的表情,眼睛也迸出泪珠。"怎么回事?"戈什问。

她勉勉强强说:"冰淇淋吃太快了。"

"哈!'冰淇淋头疼',奇怪的现象。欸,我们应该来研究研究,你觉得呢,赫玛?是不是跟偏头痛一样?每个人都可能发生吗?平均持续多久时间?有并发症吗?"

赫玛喊了一声"老公",亲吻他的脸颊,她难得在公开场合表露爱意。"你想研究的东西那么多,终于找到了一个我愿意跟你一起研究的,我想这个研究需要很多冰淇淋吧?"

在车上,珍妮特让我看看她的小腿,上面起了好大一条肿痕。"你报复够了吧?"她轻声说。

"不够,那只是暖身,我必须好好地报答你。"

"你会把人家的新衣服弄坏啦!"她羞答答地偎着我说。她两条眉尾边的伤疤还在发炎,赫玛认为那是野蛮的习俗,我却觉得那几道伤口看起来很漂亮。我一手环抱着珍妮特,湿婆袖手旁观,很好奇我接下来会做什么。眼旁的割伤让她看起来早慧,因为伤口位置正好是我们年长时会爬出皱纹的地方。她笑眯眯的,数字11于是变得更加明显,看得我心头小鹿乱撞,丝毫无力招架。这名漂亮的女子是谁?不会是我的小妹妹,事实上也不能算是我最好的朋友,有时候是我的对手,然而永远是我生命中的爱。

"嗳,"她又说话,"说真的,你报复够了吗?"

我叹了一口气。"够了。"

"太好了。"她说。她抓着我的小指头往后扳,要不是我抽开手,手指就会噼啪断了。

我们在客厅里铺了床让珍妮特睡觉。隔天上午我们上学前,赫玛找了萝辛娜过来,湿婆、珍妮特与我悄悄溜到走廊上偷听。我偷偷望出去,看见萝辛娜站在赫玛面前,模样就像她站在那个军人前面。

"我希望看见你回厨房帮亚麦姿忙。还有,从现在起,在白天的时候,你的房间门窗要开着,让光线、空气能够进去。"

假如萝辛娜想讨回女儿,现在正是时候。

我们屏住呼吸。

她半个字也没说,草率鞠个躬就走了。

我们回到上学时的作息：一大堆功课，然后是"赫玛功课"，其中包括笔书练习、时事讨论、背单字、阅读报告。我和湿婆要练习板球，湿婆与珍妮特则得练习跳舞。有好几个晚上，在我们前面草坪临时凑合出来的球场上，戈什投球让我们打击。以一个身材高大的男人来说，他的球技精湛。他教会我们横扫、击球和直角切球等技巧。

在那一年，湿婆不用写学校作业，这是赫玛和戈什去与鹿鸣学校老师商讨后的协议，双方都松了一口气。要是湿婆认为写一篇关于哈斯丁战役的作文没有意义，他就不必写。鹿鸣学校照收湿婆的学费，课也让他上，反正他不捣乱。湿婆不在乎学校常规，我们的情况老师也知道，别人摸不透湿婆，他们也搞不懂他。不过有些老师与刚从布里斯托来的贝利老师一样，就是非得亲自去挖掘湿婆的个性不可。贝利是鹿鸣学校有史以来唯一具有学位的老师，因此他觉得必须规定超高的标准。第一次数学考试，我们有三分之二的人不及格。"你们班上有个人拿了一百分，可是他在考卷上没有写名字。其他人考得烂透了，百分之六十六的人不及格。"他大骂，"你们觉得这个数字如何？六十六！"

湿婆会掉入反问句的陷阱里，因为他从来不会提出自己已经知道答案的问题。湿婆举手，我吓得在座位上畏缩。贝利老师的眉毛扬起，似乎他好不容易忽略了角落那张椅子一两个月，突然之间它竟然显现出它是活着的幻觉。

"你有话要说？"

"六十六是我第二喜欢的数字。"湿婆说。

"请问，它为什么是你第二喜欢的数字？"贝利问。

"因为如果你算出六十六的因子，六十六包括在内，把这些数字都加在一起，就会得到一个平方数。"

贝利老师忍不住动手写下一、二、三、六、十一、二十二、

三十三、六十六等数字，这些数字乘以倍数后，都可以成为六十六。然后他算出总数，得到了一四四，就在这个时候，他跟湿婆都喊了一句："是十二的平方！"

"所以六十六很特别，"湿婆说，"三、二十二、六十六、七十，这些的因子加起来也是某个数字的平方。"

"既然六十六是你第二喜欢的数字，请告诉我们，什么是你最喜欢的数字？"贝利说，语气中没有丝毫挖苦之意。

无人邀请，湿婆便冲到黑板前写下：一〇二一三二二三（10，213，223）。

贝利研究了许久，脸色有几分涨红，然后两手一摊，那姿势看得我吓了一跳，非常雍容的动作。"请问，为什么这个数字能引起我们的兴趣？"

"头四个数字是你的车牌号码。"看贝利老师的表情，我想他并没有注意到。湿婆继续又说："那是巧合，这组数字啊——"湿婆一面说，一面拿粉笔轻敲黑板，湿婆最兴奋的样子不过就这样。"是唯一一组念出来刚好就是说明它的数字。一个〇，两个一，三个二，两个三！"弟弟愉快地笑出声，百年难得一闻的笑声，同学听得目瞪口呆。他拍一拍手上的粉笔灰，坐下来，他功成身退了。

那学年的数学课，我只有一丁点东西没忘记。至于是哪个学生考了一百分？谁在考卷上画了薇若妮卡代替名字？就是他。

我反复咀嚼我们的命运，尤其是能让他不用做功课的好运。我想我能理解，既然湿婆不能或不愿做到别人的要求，他便不需要去做，而我做得到，我必须去做。

只要不影响学校的课表，湿婆就会到转胎妈妈教室，还有一回想尽办法旁观赫玛动手术。那是一次剖腹接生的手术，看过之后他便迷上了，《葛氏解剖学》成了他的《圣经》。他以狂热的速度画画，我们房间里到处都是乱丢的图画纸。他的主题不再只限于BMW零件或薇若妮卡，他还画阴户、子宫和子宫血管。为了管控急速增加的纸张，赫玛坚持让他画在习作本里。他照做，画满了一页又一页。你极为难得看见湿婆手上没拿《葛氏解剖学》。

也许是湿婆所造成的反应，放学后我总是去找戈什。我知道他人通常在哪里：三号开刀房、急诊室、术后病房。我的门诊训练步调加快，有时候我还在他以前的小屋协助他做男性结扎。

一天晚上，开始写回家功课前，珍妮特和我坐下练习笔书，从《贝克汉教你轻松写笔书》照抄一页的格言。我抬头一看大吃一惊，她眼眶竟然含泪。"假如'善有善报'，"她冷不防说："那么我爸爸应该活着的，不是吗？还有，如果'真相无须伪装'，那么为什么我们得假装皇帝身高不矮，或者假装他那么喜欢那只丑兮兮的狗是正常的？他有一个仆人，那仆人只有一个工作，就是到处带着三十个不同大小的枕头，准备放在皇帝脚下，这样不管他坐到哪个王座上，他的脚就不会在半空中晃荡？"

"得了，珍妮特，不要说那种话，"我说："除非你想要被吊死。"即使是在政变发生前，批评皇帝也会被看成异端，有人为了更轻的错误上了绞刑台。政变之后，言行得再小心十倍。

"我不在乎，我恨他，你想告诉任何人随你。"她气冲冲地走了。

学期即将结束时，萝辛娜投下一颗炸弹。她想请假到北部去，到厄立特里亚的首府阿斯马拉，并且要带珍妮特一同去见见她的家人，见见赛穆以的双亲。赫玛害怕她不会回来，找了亚麦姿和加布鲁来说服萝辛娜打消此意，或者要她独自前往，不过萝辛娜坚定不移。到头来，是珍妮特解决了难题。"不管怎样，"她告诉赫玛，"我会回来，不过我真的很想见见我的亲戚。"

载她们前往客运站的出租车出发时，珍妮特开心地挥手，三天的旅程让她兴奋得不得了,讲来讲去都是这件事情。至于我(还有赫玛),我们觉得心都要碎了。那一晚刮起风来,吹得树叶窸窸窣窣,到了早上,一阵暴风吹起,预告长长的雨季就要来临。

而今快满十三岁的我注意到一件事:对于院长、巴伽利和戈什而言,对于失迷医院而言,雨季等于是喉炎、白喉与麻疹的季节,工作没有松一口气的时候。

一天上午,我撑着雨伞往栅门走去,见到一名妇人跑上山坡,朝医院而来,大量的雨水从她的雨伞哗啦哗啦泼下来。她神色惊慌。我认得她,她在医院对面煤渣砖屋里的其中一间酒吧工作。有几个上午,我看见她差不多就是现在这个模样,一张朴素讨喜的脸庞,身着简单的棉裙上衣。我在晚上也见过她,她把头发梳得蓬蓬松松,蹬着高跟鞋,穿金戴银,衣着优雅,看起来非常迷人。

她向我问路,后来我得知她叫琪洁。她用夏玛白薄棉布把婴儿像印第安小孩一样背在背上,我听见婴儿发出轻柔的喉音,嘤嘤哼哼在咳嗽,听起来像是雄鹅的叫声,因此我走到急诊室时并没有进去,反而把琪洁直接带去喉炎室。喉炎室有时候是腹泻脱水室。实验工作台沿着四面墙排列,台面铺着红色橡胶片,窗帘杆在人头高度绕了房间一圈,点滴瓶吊在杆子上。在紧急的情况下,医院得急救多达十六、甚至二十名的幼儿,他们在工作台上紧紧并排着。

琪洁的孩子眼睛紧闭,手指往内卷,小小的半透明指甲在掌心掐出痕迹。娇小的胸膛一上一下,对一个四个月大的婴儿来说,起伏的速度似乎太快了。护士在头皮找出静脉,插入点滴管。戈什来了,立刻替这个小娃娃看诊。他让我用他的听诊器听听看,怎么可能呢?这么小的胸膛怎么会充满各种声音?尖锐的声响有长有短,有咻咻的气喘,也有喀喀的喉音。在左边,心跳急促到我无法想象,它怎么能维持这样的速度?"你看,脚弯起来,额头凹凸不平?"戈什说:"头骨顶好像画了十字的面包?这些是软骨病的病征(Stigmata)。"

在鹿鸣学校,宗教课教过"Stigmata",这个字代表耶稣肉体上的圣伤,包括钉伤、荆冕造成的割伤与朗基努斯之枪[49]施加的刺伤。不过戈什以这个字来指疾病的肉体征状。有回我们去中央广场,一个无精打采的男童蹲在人行道上,戈什指出他身上先天性梅毒的病征:"朝天鼻,混浊的眼睛,衣夹形状的门牙……"我也读过其他梅毒的外表病征:深紫色的臼齿,小腿向前凹,耳聋。

喉炎室的幼儿看起来皆像具有血缘关系,因为他们或多或少都有软骨症的病征:身体萎缩,两眼凸出,额头宽大。

戈什把琪洁的孩子抱进以塑料布搭出的简陋氧气帐篷内。"喉炎接在麻疹之后发生,紧跟着是营养不良,接着会出现的则是软骨病。"他压着嗓音告诉我。"灾难会接二连三出现。"

戈什把琪洁带到一旁解释目前的情况,他的阿姆哈拉语出乎意外地流畅。他警告她要继续哺乳,"无论从别人那里听到了什么。"琪洁说孩子几乎不会吸奶,戈什说:"无论如何,这么做能安抚孩子的情绪,因为他知道你在身边。你是个好妈妈,要面对这种事情很不简单。"戈什走开时,琪洁想亲吻他的手,不过他不肯让她这么做。

"晚点我会设法再来看看孩子的状况,"戈什走出去时说,"今天晚上我们要做结扎手术,美国大使馆的古柏医生会过来学习这项手术,你能不能去开刀房拿一组无菌结扎用具包过来?还有,把我以前住处的消毒器插上电?"

我留在喉炎室陪伴琪洁,因为我明白她没有人能依靠。她的孩子情况不见起色。我想起了丘吉尔街上的商店,我曾经目睹观光客停在那里,以为那里是花店或花市,没想到却发现那些"花"是花圈,接着又注意到鞋盒大小的棺材,那是给幼儿使用的。

泪水从琪洁的脸颊滑落,她看得出来,她的小娃娃是其中病情最重的一个,而别的母亲退到一旁,宛如她是厄运的化身。我一度握住她的手,想说几句安慰的话,却又明白任何言语都是多余的。当那小娃娃每一下呼吸都开始发出呼噜呼噜声,琪洁趴到我的肩头上哭泣。我好希望珍妮特就在我身边,无论她在阿斯马拉正在做什么事情,都绝对比不上这件事有意义。她说过她想当医生,以一个在失迷医院长大的聪明孩子来说,这大概是免不了的志愿,然而珍妮特对医院反感,从没有兴致跟着戈什或赫玛到处走动。就算她人在亚的斯亚贝巴,我也无法想象她坐在这里陪伴琪洁。

那天下午三点,琪洁的孩子死了。那情景仿佛旁观某人逐渐溺死,到了最后,呼吸所需的力气对那娇小的胸腔来说原来竟是无法承受的负担。

病房护士照着交代,立刻冒雨往主要医疗间冲去,还打手势要我跟上去。不过我留了下来,父母的悲伤需要代罪羔羊,而且父母偶尔会因为激动而做出暴力行为,急于惩罚想出手帮忙的人。我知道我对琪洁无所畏惧。

半小时后,琪洁把包好的尸体抱到怀里,准备启程返家。别的母亲直到这个时候,才围绕在琪洁身旁,将嘴对着天空,脖子浮现一条条的青筋。噜噜噜噜噜,她们放声哭喊,希冀这曲挽歌能在自己孩子身边织造出若干的保护。

我陪琪洁往栅门走去,她在门口转过来面向我,眼里净是伤痛。我们凝望彼此,望了似乎很久很久的时间。她鞠了躬,然后抱着孩子远去。我为她感到十分痛心,她孩子的苦难已然结束,而她的才要展开。

当晚八点整,古柏医生搭乘大使馆公务车抵达,就在此时,病患(一名波兰绅士)的面包车也靠边停下来。

在实习期间,戈什学会了结扎的技法,而且是直接跟印度的雅法老师学的,他形容老师是"男人小鸟蛋切除名家,由于他个人的关系,世间少了无数的人类"。这项手术在埃塞俄比亚依然新奇,越来越多的外籍人士前来请求戈什为他们动手术,尤其是天主教徒,这种手术在他们的国家不是尚未普及,就是还没有医生会做。

"古柏医生,我想跟你提议一件事,我教你结扎手术,等你技术纯熟之后,请你帮一个十分重要的病人结扎,当作回报我。"

"我认识他吗?"古柏问。

"你正在跟他说话,"戈什说,"所以你可以明白,我非常希望你受到一流的训练,因为我是有私心的。我的助手马里恩会帮助我判断你的技术好坏。马里恩,关于我的计划,不准跟赫玛说半个字。古柏,你也不准说,拜托。"

古柏留着硬挺的短平头,上颚的牙齿较突出,方方正正的,像芝兰口香糖。他明显的美国腔很刺耳,不过他讲话慢条斯理,态度又轻松和蔼,仿佛生命中从没有不愉快的时刻,也不认为将遇上不快乐的事情,因此不讨人厌。

"看一次,做一次,可以教人了。对——吧——好兄弟?"古柏说。

"的确是,"戈什说,"不难做,不过比表面上看起来难。古柏医生,有几条预先步骤,我会叫病人前一晚灌肠,因为最让他们神经紧张的莫过于便秘。我建议使用温牛奶加蜂蜜,混合好后放进拿在肩膀高度的灌肠袋。"

"有用吗?"

"有用吗?让我这么说吧,假如病人刚好正在喝威士忌加苏打,手中的杯子会直接被吸走。"

"懂了。"古柏说。

"我也会请病人事前洗温水澡，能放松心情，"他放轻声音说，"也能改善我的嗅觉感受，明白吧？"

病人到目前还是不发一语，戈什告诉我，他是非洲经济委员会的顾问，精通人口控制，不巧是五个女儿的父亲。他不在乎四面八方的关注。

"如果我们不开始，我们就不能结束，想要结束，那我们最好开始了。马里恩，麻烦你，暖炉。"我已经把桌子底下的电暖炉打开了。"这是第一条告诫，如果不希望阴囊缩起来、睾丸退到胳肢窝去，房间必须很温暖。好，第二条告诫是放轻松，这点非常重要，巴比妥酸盐或麻醉剂或许有用，而我建议喝三十CC的红标或黑目标约翰走路威士忌，我不是特别讲究，喝那个来缓和情绪的效果非常好。噢，对了，也给病人一份。"

古柏从容不迫地呵呵笑了几声，让人想起散落在恩托托山区上方大朵大朵的团云。

我希望古柏没有特别注意到我以前就见过的情景：当病人的私处刚露出来，尽管房间是温暖的，阴囊的皮（也就是阴囊肉膜）将收缩起皱，提睾肌则拉高睾丸。接着，病人喝下好大一口的威士忌，阴囊就会松开了。只有这一刻才有效，提早喝没用。

两位医生戴上手套，戈什清洁了器官部位后，把消菌毛巾摆在开刀区的四周。"古柏医生，还有一条忠告，虽然这是非常简单的手术，最好不要让病人出血。古柏医生，你知道brinjal（南非荷兰语）长什么样子吗？"

"老兄，我想我不知道。"古柏说。

"Aubergine（法语）？……Melanzana（德语）？……茄子？"

古柏听懂了最后一个字。

"嗯，假如不仔细控制出血，最后会出现一条茄子，两条也有可能。古柏，你知道我们怎么称呼那种并发症吗？我们说是'他妈

335

的茄子汉堡',我在医学院宿舍住了五年,他们喂我们吃的就是那种东西。"

我把约翰走路威士忌端给病人,他一口喝完。

我好喜欢协助戈什。自从他认为我已经到了能学习与领悟的年纪,我便认认真真担任好这个角色。古柏在一旁观看,我觉得好兴奋。

戈什站在病人右边,用拇指及食指在阴囊的右上方翻找,这里正是阴囊与身体连接之处。"你会摸到所有的条状组织、淋巴管、动脉、神经等。唔,输精管也在其中,多摸几次,你就能分辨输精管和其他的条状组织。信不信由你,在身体管状结构中,腔壁厚薄与腔管直径比例最大的正是输精管。就是这条了,结构很像鞭子。把你的手指放到我的手指后面。"

古柏摸来摸去,接着说:"摸到了,输精管在这里,不错不错。"

"好,利用食指的指尖,把输精管从后面往前推,像这样把它固定在手指的软肉上,它才不会溜走。"

戈什给古柏的指示,类似我协助时他对我的交代。他喜欢指导他人,也值得拥有像古柏这样的学生。他的讲解方式完美清楚,或许令古柏心生赞叹,因为他曾经以我为对象练习过。对于戈什而言,行医救人与教授医学是完全相连的两件事情,身旁无人可以指导时,他会觉得很难受。不过这种情况少见,他往往乐于指导实习护士,甚至也愿意让病患家属、任何正好在一旁的人了解。

"我会利用肾上腺素与局部麻药让出血量维持在最低,不要吝啬。"他把针管里五毫升的局部麻药统统打进食指拉出来的组织内。"只要少于这些量,病人便会觉得痛,睾丸就会缩到胳肢窝去了,要找胸腔外科医生才能把它们弄下来。好……看到没?输精管还撑在我的食指上?我要在阴囊皮层上划一个小小的切口,然后把输精管拉出来,继续往外拉……然后……喏,好了!从切口看见管子时,我会利用亚氏组织钳把管子夹出来。"

他挑出一小段苍白如虫的组织。"我用细钳止血钳夹住这里，还有这里……然后从两组钳子中间切断，切除两公分长的管子。按照理论，这截管子应该送去做病理检验，这么一来，要是病人的太太在一年内怀孕了，你可以让他看看病理报告，他就会明白不是你没有做好分内事，而是因为有第三方把任务做得更好。我不会送去做病理检验，理由很简单，因为这里没有病理学家。不过，美国大使馆在贝鲁特有间诊所，那里有段时间有位病理学家，当时我常替美籍员工结扎，会把切下来的小东西送去给他，他会替东非及西非的所有美国大使馆人员做病理检验。他常常送报告回来，说我抽样不足，他认为他发现了尿路上皮组织，可是无法确认那是输精管。每次我都得写信告诉他：'就是输精管没错，不然我还能切出什么其他的尿路上皮组织？这就是输精管。'可是他不断抱怨：'无法确认，组织抽样不足。'我渐渐觉得很不爽，最后送了一对绵羊的睾丸给他，我把睾丸存放在福尔马林内，用同样的外交邮袋寄出去，还附上一张字条：'这次组织够多了吧？'此后他再也没有找过我麻烦了。"

古柏哈哈大笑起来，脸上口罩一下凹下去，一下膨出来。

"好了，我用羊肠线把切口的两端绑紧，然后告诉病人：'接下来的九十天内，不准与你老婆沟通交流。'"

戈什转头面对病人，重复了那句话，病人点点头。"好啦！你可以沟通交流，可以说'早安，老婆'等，用讲话来交流，可是三个月内不能做爱。"病人咧嘴，露出痛苦的神色。"好吧！你可以做爱，可是一定要戴保险套。"

"我用性交中断法。"病人说，第一次以浓浓的东欧腔开口说话。

"你用什么？性交中断法？抽出来然后祷告？我的老天！难怪你有五个小孩！你愿意提早下火车，情操可贵，可是这方法并不可靠，不行，先生，除非你今年想达成半打的目标，你得中断使用性交中断法。"病患面露尴尬。"你知道我们怎么称呼采用体外射精的年轻男人吗?"戈什说。

人口专家摇摇头。

"我们称呼他父亲!爸爸,爹爹,爹地,老爹!不行,先生,我已经帮你安好了障碍物,给我三个月的时间,然后你可以去跟你老婆说,她不用再担心了,因为你发射的是空包弹,再也不需采用中断法,你可以留在里面享用甜点、咖啡及雪茄。"

第三十一章 · 肉体的支配

珍妮特和萝辛娜不在,我们的住所好像空落落的,我想念珍妮特想到心都发慌了,赫玛和我都担心再也见不到她。她答应过要打电话、会写信,可是过了三周,我们还没收到她的消息。那年是一九六八年,大雨如注,蓝色尼罗河和哈瓦什河的河水溢出河岸,造成水患,医院后方潺潺而流的小溪状似大川。亚的斯亚贝巴的百姓被困在屋内,雨势若暂时停缓,你就闻到一股味道,里面混有民众的郁闷、狼烟、干不了的衣物的湿气。常春藤沿着排水管竞跑,寻觅墙面的裂缝,而蝌蚪连四腿都还未能完全发育,便迫不及待地变成呱呱叫的青蛙。我认识的每一个小孩,都不想仰脸望天以舌接住雨滴,当你就住在水中,呼吸着水,怎还有这样的欲望呢?

湿婆和我都进入青春期,期待着我们的十四岁生日,我指望出现什么让我感觉不同的事情。我设法保持忙碌,结果想来想去脑海里都是珍妮特,以及她在阿斯马拉可能在做什么。我希望她被困在屋子里,可怜兮兮地想着我。没有珍妮特在场见证,我做的一切都没有意义。

某个周四晚间,我到三号开刀房旁观戈什切除胆囊。手术完毕后,我们转往手术病房探望艾亭,他是科特迪瓦的外交官,我们在社交场合经常碰面。他突然得了肠阻塞,而且在开刀过程中,戈什还发现了堵塞直肠的恶性肿瘤，只得将它切除。这是具有挑战性的重大手术，我知道戈什有信心能治好病人，只是不得不在他的腹壁做了结肠造口手术。"艾亭心情十分低落，"戈什说，"跟恶性肿瘤无关，而是因为做了结肠造口，他无法接受排泄物从肚子的开口排出来。"

艾亭用被单盖着头。戈什检查他的状况，然后说结肠造口看起来很漂亮，艾亭的大眼睛涌出泪水来。他不肯低头看看那里，只说："这下谁肯嫁给我？"

出人意料之外，戈什的态度居然很坚定。"艾亭，我从你身体切除的，不是结婚要用的器官，你会找到一个爱你的女人，你跟她说明这一切，假如她爱的是你这个人，你们两个都会因为你活下来而感到高兴。"戈什露出不容争辩的表情，不过接着缓和了脸色。"艾亭，想想看，要是所有的人生下来，肛门都在肚子上，大家的粪便也就会从那里排出来。再想想看，要是有人说他们要替你开刀，改变你大肠的路线，让它的开口变成在身体后面、两团屁股肉的中间，在一个你得照镜子才看得到的地方，你几乎摸不到那里，要保持干净也不容易……"虽然顿了几秒，但艾亭终究笑了。他抹抹眼睛，放大胆子往下瞄了一眼结肠造口。他朝正确的方向迈开了一小步。

戈什还要去探望另一个病人，便吩咐我回家去，以免误了晚餐时间。

开始下起雨来，我没带伞。我走到连接开刀房与急诊室的穿堂，接着穿过另一条连接到男性病房的穿堂。到了那里，就是穿堂的尽头，我冲过一小段没有遮掩的距离，跃过一摊水，跑到了护士宿舍。我很少到这一区女子住处探险，这里看起来没有人，要是我爬上外围的长阳台，然后从另一头的楼梯走下来……好吧！我还是会淋得浑身湿答答的，不过这么一来，冒雨冲回家的距离会少了将近五十米。希望亚当他太太不会看到我，这个童女的守护者在脖子上挂了好大一个十字架，看到我大概会把我撵走吧！

在楼上，护士的单人房房门开往共享的露台，她们一定都在餐厅里，否则她们会靠着露台栏杆排成一排，把头发梳蓬，搽搽指甲油、做做针线活，唧唧喳喳地聊天。

我听见有音乐从边间传出来，那里曾是母亲的房间。我曾经上这里来过几次，不过就像她的坟墓，我并不认为她存在于此。陌生的乐音与节拍吸引我走近，吉他与响鼓节奏强劲，先是以某个声域重复副歌，接着改成另一个声域。近来某些埃塞俄比亚音乐吸收了西方的音调，舍弃了沉闷的卡拉尔弦乐音与鼓掌声，加上了小号、小鼓与电吉他即兴重复乐段。可是这不是埃塞俄比亚音乐，除了歌词是英语以外（虽说我无法完全了解其中的英语），还有其他的理由，这样的乐风与本土音乐截然不同，就像彩虹中出现了新的颜色。

嘎一声，门开了。

她打赤脚背对着我站在房间正中央，一袭长及膝盖后方的白衬裙露出了她的肩头。她的头左右摆动，化学药剂洗直的头发也随之移动，仿佛被焊接在头骨上。低音旋律推动她的臀部，高举的右手则随着主调而活动，而左手一定按在腹部上，因为手肘像茶杯的把手突出来。音乐进入她的内心，润滑她的关节，软化了骨肉，从而引发回旋流畅而性感的姿态。

她转过身来，眼睛是闭上的，脸孔朝上仰望，下唇扭曲变形，仿佛裂伤康复之后而变得不整齐。

我认得那嘴唇，那张带有隐约痘疤的脸庞，只是现在坑坑疤疤成了皮肤特征，让颧骨显得更加硕大。而我认不出来的是身体。她做实习护士做了好长一段时间，最后院长怜悯她，给她一个新头衔：实习护士班长，因而使她变了一个人。她原本是参加长期培训计划的永久学生，现在成了新报到实习护士的指导员，在课堂上利用自己倒背如流的课本，把事实灌注到实习护士的脑袋，同时证明可以利用她反刍回忆教材的方式（永远不用看课文），让实习护士保持专心。

平常时，她的前额与脖子都没有头发，头发都梳到头顶盘成发髻，而且梳得紧紧贴贴的，眉毛因而随着呈现拱形。当她在发髻上戴了翼状的护士帽，样子仿佛她在头顶倒插了一只冰淇淋甜筒。

除了她摇摇欲坠的发型以外，我向来认为实习护士班长的外貌平庸。在学校里，我认识不丑也不漂亮的女生，只是她们不是认为自己很丑，就是自认是个美女，而这样的信念是会变成事实的。海蒂·安微斯美如天仙，可惜在她自己眼中并非如此，因此她欠缺丽塔·法坦尼的神秘吸引力，丽塔虽然有龅牙和突出的大鼻子，还是能引发海蒂的嫉妒。

实习护士是海蒂这类的人，我猜那就是为什么她自愿囚困在坚硬上浆的制服中，同时不苟言笑地配合这样的装扮。她唯一拥有的身份是护士，在她眼中，从世人的观点来看，她以为自己无足轻重。我一直认为，实习护士与我们在一起时总是局促难安，不过话说回来，她在谁身边都显得很害羞。

然而此时此刻，我发现她身为护士以外的一面，制服掩饰了她充满曲线的胴体，那胴体就像湿婆常常涂鸦的身形，一举一动足以让"中东后宫肚皮舞"的舞者心生嫉妒。

她闭着眼，要是看见了我，准要大吃一惊，尴尬不已，可能还会大发脾气吧！我正准备退开时，没想到她居然走向前来，牵起我的手将我拉过去，宛如歌曲中有段乐句是我上场的信号。她伸脚一踢把门关上，房内的音乐变得更加响亮而强烈。

她带领着我跟随节拍踩踏碎步，将我的身体往左摇、向右晃。起先我觉得难为情，想学大人呵呵笑几声，或者说几句伶俐的话带过去。不过她的神情与悸动的节奏令我感觉跳舞就像在教堂说话，脚步于是轻松起来。我模仿她的动作，将肩膀与臀部朝不同方向移动，两手在半空中画图，其中的技巧就是别去思考。我的身体似乎被切分成不同部分，每一部分回应特定乐器的召唤。我觉得我们脚步踩出必然的舞步。

正当我跳得熟练时,她将我拉过去,让我的脸颊贴着她的脖子,我的胸膛抵住她的乳房,中间只隔着再薄不过的布料。我从来没有跳过舞,绝对不曾这样跳过舞。我闻见她的香水和汗水,她紧紧一抱让我无法呼吸,仿佛想让我们两具身体合而为一。她引导我的手臂去环抱她,将我的手掌放在她下背的骶骨,我抱着她贴近我的身体。我们始终不曾停下脚步,她继续领舞。

我预料到她每一次的舞步,却完全不知那份理解从何而来。我们像是单一的有机个体,先是旋转,然后快步移动,接着又朝另一个方向而去。我想起了珍妮特。我鼓起勇气带领她,而她也跟随着我的舞步。我紧贴着她大腿交会处的软肉,只因为她的臀部也朝我的身体紧挨过来。奔腾的鲜血冲向我的脸庞,往胳膊、肚子而流,也汹涌抵达了鼠蹊处。世界消失,我正在与她进行一场精巧繁杂的对话。

音乐停不下来,我也不希望它会停下来,正当我这么想时,乐音便逐渐消失了。美籍播音员的腔调慵懒拖拉,与英国广播公司正统利落的声调犹如天壤之别。"啊啊,啧啧啧,嗯嗯嗯嗯嗯。"他发出这样的语气,仿佛看见我们还在跳舞。"你听过如此这般的音乐吗?你现在收听的是美军驻阿斯马拉电台,东非摇滚乐节目,东非前十四强节目。"一个我不知道存在的电台。我听说过这里有大批美国驻军,听人说那个地方叫作情报站,就在阿斯马拉外围的卡纽。谁晓得他们播放我们能听的节目呢?

我们依然紧偎在一起,无视于外面的世界。她凝视我的眼睛,我不知道她是快哭了,还是会笑出来,只晓得我会陪她一起哭或一起笑,要是她要求我,我也愿意四肢着地,假装我是咕啾噜。

"你好美。"说着,我自己也吃了一惊。

她倒抽一口气。这句话似乎令她浑身起了涟漪,我说错话了吗?她的嘴唇颤抖,眼睛耀出光芒,她是在表达喜悦啊!我说了该说的话。

她垂下头,将那带有皱褶伤疤与两侧肿块的唇贴近我的嘴,犹如盖印似的,将嘴迭在我的嘴上。我联想起蠢到极点的画面,心头浮现浇花水管连接的情景,只是流过其中的不是水,是她的舌头。这一次与在食物储藏间亲吻珍妮特的经验不同,我热切地接收她的舌,那种兴奋感简直让人忘乎所以。我把手搁在她的后脑勺,将身子往她贴去,觉得全身的原子都集中在一点上。

我一度抽开身体望着她说:"你好美。"这是一句神奇的话语,我知道我应该常常使用,不过只能在我相信这句话为真时才能说。我不知道我们的唇结合了多久的时间,不过事情自然而然就发生了,仿佛我在解除饥饿感。我不了解我的内在拥有这种潜能,它推着我前进,无论接下来会发生什么,我不知道,可是我的身体知道,我相信我的身体,我也做好了准备。

她冷不防往后退开,伸直手臂抓住我,坐到床沿上。她在哭,发生了某件事情,某件我的身体无法知会我的事情。或者我大概没有遵守某条规矩、某项礼节。我看看房门,衡量该怎么逃走。

"你能原谅我吗?"她说,"你母亲不该死的,假如我告诉谁她生病了,也许他们能够帮助她。"

我听了一愣,感觉颈上的毛都竖起来了。我完完全全忘记了这是母亲的房间,也无法想象玛莉·普雷斯修女身在此处。墙壁上有威尼斯的海报,另一面墙则贴了某位白人歌手的黑白海报,他将骨盆朝麦克风架往前推,同时将麦克风架拉到自己面前,五官由于卖力歌唱而扭曲变形。我绝对无法想象修女在这样的房间内。我回头望向实习护士班长。

"我不知道她身体很不舒服。"她一边哭,一边打嗝,就像个小婴孩。

"没关系。"我说,感觉好像是别人告诉我这句话。

"说你原谅我。"

"你不哭,我就说。请你别哭了。"

"说啊!"

"我原谅你。"

她反而哭得更大声,有人会听到的,我想我不该出现在这房间,而且绝对不该惹她哭的。

"我说啦!我说我原谅你,你为什么还哭?"

"我差点让你跟你弟弟死掉。你们出生的时候,我应该帮助你们呼吸,我应该替你们做急救,可是我忘记了。"

适才进入这间房时,我觉得漂泊无依,怅然若失,这全是因为珍妮特不在我身边。后来我完全忘记那回事,在跳舞中找到了快乐,不对,找到了狂喜,得到了我想和珍妮特所做之事的线索。而现在我再度失去方向,而且茫然若失。天堂一度看似近在眼前,现在我却在云雾中挣扎。她抓着我的手将我拉过去,拉到了床前。

"你想对我做什么事情都可以,随时可以。"她一边说,一边仰头抬望站在她身边的我。

她这话什么意思?

"做什么事?"我问。

"任何事。"

她放开我,往后倒到床上展开四肢。她准备好了,不管我想做什么,她都准备好了。

的确,我有一件事情想做。假如我能随心所欲地支配她的身体,我知道我可以借由本能探索她的身体。我对这件事情有大概的了解,毕竟我也快满十四岁了。

她给了我许可,而我还在拖延时间。

她翻过身趴着,让我看见她的屁股,同时撇过头来凝视我。她的眼皮浮肿，表情迷蒙茫然。她转了一百八十度，让头朝向我，以手肘撑起身子，乳房往下垂，乳头几乎毫无掩藏。她顺着我的视线看向自己的乳沟。

我听见房外有人声与脚步声，别的护士和实习护士吃完晚餐回来了。

我不想离开，可是这个世界已经有人闯入了。我的迟疑决定了我的命运，还有，她突兀的告白也注定了这样的结局。

"我想再和你跳舞。"我悄声说。

"好啊……"她低声回答，口吻仿佛我说了错误的答案。

"我真心想跟你做……任何事情。"

"嗯！我也是这样想。"此时她跪在床上，容光焕发，笑中带泪。"来吧！"她一面说，一面伸出手臂示意。

"现在什么都不行，我改天再来。"我将手放至门把上。

"可是……不是说想做任何事情吗？"她说，声音大得足以令全世界都听见。

我赶紧溜出来，要是被谁撞见了，我希望他们会以为我到这里来是完全正常的事。

雨势未曾减缓，我任由它落在头上，没关系，下雨是常有的事情。可是，情绪排山倒海而来，仿佛能让我飞起来，在情绪边缘保持平衡之际，这一幕给了我启发。回到家之前，我已经浑身湿透，当看到萝辛娜和珍妮特住的房间的房门时，我恨不得那副挂锁不在那里。我杵在原地盯着那扇关闭的门。

就在那霎时，雨滴啪嗒啪嗒打在我脑袋的囟门上，就在那霎时，我做了决定，我一定要娶珍妮特。对，那是我的天命，我面对实习护士的感受，我只想在面对珍妮特时拥有。外面有太多太多的诱惑，庞大的力量随时能让我偏离公开宣称的目的、企图。我想屈服于诱惑，然而只想跟一个女人，那人是珍妮特。

假如我娶了她，便能解决一切，让萝辛娜不要离开，让赫玛、戈什和萝辛娜都开心，他们就能拥有我们两个做他们的孩子。我也能想象我们拥有自己的孩子。我们可以把用人房拆了，盖一栋跟主屋一样的，有相连的回廊，这样我们都同住在一个屋檐下，我们可以给湿婆留一个房间，也许是套房。他会很高兴珍妮特当他的大嫂。既然湿婆不是会回头看、会念旧的人，我更必须维护这个家，让我们还是一家人。

我走进屋里，水珠落到地板上。我到浴室脱个精光，从镜中端详自己，看看实习护士见到了什么情景。我比同年纪的人高，将近一百八十二公分，而且皮肤白皙，可能会被误认成具有地中海血统。我的虹膜是褐色的，我在湿婆的眼中看得见些许的蓝，在自己眼里则从未看见。我的神情过分认真，尤其头发湿的时候，一旦头发干了，恢复鬈度，它就有了自己的生命，怎么也梳不整齐。我想，这就代表成为男人，我把手放在臀部，转身欣赏我的胁腹，我的屁股。

我穿上衣服，走回厨房，闻着从锅里散发出的香气，趁亚麦姿拍走我的手之前，捏了一块肉。她唠唠叨叨骂我，不过那语调是和蔼的，而自客厅传来的音乐也是亲切的，还有那印度手鼓的沉重节拍，赫玛与湿婆跳舞跳得砰砰咚咚，赫玛大声出言指导。戈什沿着车道开车上来，我听见福斯车松开的保险杆咯咯作响。我欣喜若狂，仿佛我是家里的核心，家里只少了珍妮特和萝辛娜，她们一定会归来，那么我们一家便团圆了。

实习护士说的那些话，那些她为母亲做了什么或没做什么的话，我都抛到脑后。沉溺过往的痛苦没有用，当未来得以掌握此等的满足，不需要沉溺过往的痛苦。那么我的父亲呢？他永远也不会走过这道栅门，我现在已经明白了。无论托马斯·斯通拥有什么，无论他此刻人在何处，他完全不知道他在这场交易中放弃了什么。

第三十二章・播种的时刻

在学校开学前两天,珍妮特和萝辛娜回来了,抵达时还引起了一阵喧闹和兴奋,好像印度马戏团就要在中央市场开演了。出租车从客运站开来,避震器的弹簧整个扁下去,因为车顶置物架和后车厢里的货物装到快要满出来了。

我首先注意到的是萝辛娜的金牙,以及随之出现的露齿笑容。珍妮特也经过改造,她容光焕发,穿着传统棉裙和紧身上衣,相称的夏玛白薄棉布兜在肩膀上。她开心地放声尖叫,跳出来拥抱赫玛,差点把她撞倒过去。接着她冲向戈什,然后是湿婆,然后是亚麦姿和我,接着又回到赫玛的怀抱中。萝辛娜抱抱我,慈爱而亲切,可是她拥抱湿婆的时间长短让我突然感到一股嫉妒。她不在,我才清楚了解到以前我忽略的一件事实:她比较疼爱湿婆。因为她撞见我跟她全裸的女儿在食物储藏间吗?还是她心底向来为湿婆保留了一块温柔的位置?只有我注意到吗?

一群人都在抢着说话。萝辛娜一手还搭在湿婆身上,让加布鲁欣赏她的金牙。

"珍妮特,宝贝,你的头发!"赫玛说。珍妮特的头发贴紧头皮扎成一条一条的玉米辫子,就跟她妈妈的头发一样,然后在后脑勺用发亮的圆盘束起来,每一条辫子都自由地摆荡。

她说:"对啊,你不喜欢吗?看看我的手。"她的手掌让指甲花染成橘色。

"可是好……短,宝贝,你还穿了耳洞!"赫玛说。蓝色大圈圈从珍妮特的耳垂荡下来。"哇,小姐,"她抓住珍妮特的肩膀说,"看看你!你长高……变丰满了。"

"你的奶变大了。"湿婆说。

"湿婆!"赫玛和戈什异口同声喊了一声。

"对不起。"他们的反应让他吃了一惊,他说,"我是说她的胸部变大了。"

"湿婆!那不是你可以对女性说的话。"赫玛说。

"我又不能对男人说这个。"湿婆露出不耐的神情说。

"没关系,妈,"珍妮特说,"没错,我是B罩杯,也许其实是C罩杯!"她得意扬扬,低头看自己像两朵朝天葵百合的胸部。

萝辛娜知道我们在讨论什么。"Stai zitto!"(意大利语:"不要说话!")她对珍妮特说,手指比在嘴唇上,珍妮特看了笑嘻嘻。

"太太,"萝辛娜用阿姆哈拉语对赫玛说,"为了这个小妞,我忙得不可开交,每个男孩都在追求她,她有没有大脑知道叫他们知难而退?没有。还有,看看她打扮那什么样子!"她的抱怨里有一丝得意,我听了很难过。

珍妮特说:"我爱死了阿斯马拉的衣服,噢!我带了明信片回来,Dov'è la mia borsetta?(意大利语:皮包在哪里?)妈妈?我想给你们看看,啊,在出租车上……等一下。"她一头钻进出租车敞开的车窗,还造福我们,让我们欣赏她的内裤。萝辛娜用提格利尼亚语对她大声说话,没用。

珍妮特拿明信片刺我们。"哎呀!阿斯马拉,意大利人好久好久以前建的城市,你们想象不到它有多么漂亮。喏,看看?"没什么好炫耀的,在埃塞俄比亚治理之前,阿斯马拉被外人殖民了很长的岁月。稀奇古怪的彩色建筑都是棱角,像是用圆规和三角板画出来的线条。

赫玛和戈什随即回到屋里去。出租车司机帮助加布鲁把木凳及一张新床搬下来，送进萝辛娜的住处。床用深色木头手工雕成，我们得知是萝辛娜在阿斯马拉的哥哥所送的礼物。

我坐在新床上凝视珍妮特，感觉她离开了好多年。我说不出话来。"欸，你的冬天过得好不好，马里恩？"就算我在她面前缺乏自信，她也不知道羞怯的意思是什么。

我心里保留了话要告诉她，连底稿都打好了。可是这个高个头的漂亮女孩——应该说是女人，她坐在我身旁，如此像厄立特里亚地区人，如此迷恋意大利的事物，她打乱了我要说的话。我看过的病人，我读完的书籍……这一切都无法与阿斯马拉相提并论。

"噢，其实没什么啦！"我说："这里雨下个不停，日子过得怎么样你也知道。"

"就这样？没什么？没去看电影？没有冒险的事情？没有……女朋友？"

萝辛娜说有男孩在阿斯马拉追求珍妮特，我听了因此还在心痛。这是种背叛，珍妮特一定也脱不了关系：如果你叫人家滚蛋，哪个男孩会去烦你？

"哎哟，"我说，"什么女朋友我不知道……"

一开始我嗫嗫嚅嚅，告诉她我去母亲以前的房间，不过和实习护士相处的时间，我则一副没什么的口吻，把自己形容成冷漠的参与者。但是我这故事越讲下去，那样的语调越无法维持下去。

珍妮特的眼睛睁得圆圆的，像从她耳朵垂下的大圈圈。

"所以你跟她做啦？"她说。

"哪有？！"我说。

她露出失望的神色，我本来预料她会吃醋的。

"拜托噢,马里恩,为什么不做呢?"

我摇摇头。"我没做是因为……"

"因为什么?快说啦!"她一面说,还一面戳我的身侧,好像帮我把话吐出来。"你在等谁?英国女王?你又不是不知道人家结婚了。"

"我没做是因为……我知道感觉会很棒,不只很棒,我知道会非常美妙……"

"这算是哪门子的解释?"她说。她很泄气,还对我翻白眼。

"可是……我知道我希望我的第一次是跟你。"

啊!我说出口了。

珍妮特目瞪口呆地望着我好久好久。我觉得毫无招架能力,我屏住呼吸,希望接下来从她嘴巴出来的不会是揶揄或消遣的话,一句奚落就能毁了我。

她靠过来,眼神和蔼,表情迷人又温柔。她用双手托住我的下巴往左右摇晃,仿佛我是个小娃娃。

"Ma che minchia?"萝辛娜问了一句。她两手叉腰,凶巴巴地打断我们。我没注意到她回到房里来。

珍妮特冷不防哈哈大笑。萝辛娜觉得没什么好笑的,珍妮特却笑得上气不接下气,笑到连人都倒下去。萝辛娜怒气冲冲地瞪着她,然后放弃了,自言自语地嘀咕几声。我以前没见过珍妮特这种歇斯底里的笑法。

珍妮特恢复说话能力时解释说:"'Ma che minchia?'表示'搞什么鬼?'我在阿斯马拉一直说这句话,我从我表哥那里学来的,每次我说,我妈都作势要赏我耳光。结果她现在自己说了这句话,你能相信吗?……哎呀!马里恩……你搞什么鬼啊?"

我们一起在平房吃晚餐,珍妮特跟我们一块上桌,萝辛娜和亚麦姿则在厨房里用餐。

我现在养成一个习惯，一开始进食，就负责打开根德牌收音机。我通常收听"非洲摇滚之音"，听到午夜收播为止。音乐传达了我心中的感受，十二小节蓝调也好，鲍伯·迪伦难忘的歌曲也好，曲子结构中有种优美精确的特质。多数夜里湿婆陪我坐着，他也能领略音乐的美。

这时DJ开始说话："这里是美军驻阿斯马拉电台，你现在收听的是东非摇滚乐节目，我们每个人都站在两千米半的高度上。今晚，基地正在进行周六邦恩农场狂欢会。就在昨晚，第一批邦恩农场出产的加味酒运到了。兄弟，要是你还没喝到，我真不想告诉你一件事，可是我要说，统统都被喝光了，有些人也喝挂了。好，让我们来听巴比·云顿的《我心只属于你》。"

太好了，原来珍妮特完全不知道有这个广播电台，要是那些在阿斯马拉的表哥、表姐没收听过这个节目，那他们怎么可能有多了不起。

没有任何介绍，下一首歌便开始了。我跳起来。"就是这首歌！"我对珍妮特说："这就是我跟你说的那首歌。"

在数不清的夜里聆听收音机，这可是头一回它放出了我在实习护士房内听到的曲子。

不顾赫玛惊讶的表情，也不管戈什与珍妮特的注视，我随着音乐摇摆扭转。我把音量转大，萝辛娜与亚麦姿从厨房走出来，她们一定以为我疯了。这不像是我的个性，可是我无法停下来，或许是我不想吧！有个声音告诉我，今天就该是这样。

这时湿婆也站起来加入我。他翩翩起舞，曼妙的舞姿出神入化，他向赫玛习舞仿佛是在等候时机，等他听到这首曲调。他一加入，就足以吸引珍妮特跳进来。我把赫玛从椅子上拉起，她当下随着音乐节奏移动。戈什无须旁人敦促。我想把萝辛娜拉进来，她与亚麦姿反而飞奔进厨房。我们五个就在客厅舞至最后一个音符流泻而出才止步。

恰克·贝瑞。

那是歌手的名字，曲名是《甜蜜十六岁》。这是播音员说的。

上床时间到了，珍妮特说她要回萝辛娜的住处去。赫玛流露出受伤的表情。"我要陪我妈，"珍妮特说，"我现在有自己的床。在阿斯马拉，我们有六个人要睡在地板上，有自己的床实在太享受了。"

第二天，我在中央广场的唱片行找到贝瑞的四十五转唱片，从防尘封套得知，原来《甜蜜十六岁》得过畅销金榜第一名，而且是一九五八年的事！我简直要崩溃了，在我知道这首曲子存在以前，世界上其他人早在超过十年前就听过它了。回想起前晚随之翩然起舞的情景，我好像是只跳舞的井底之蛙，见了奥立维特大楼屋顶的霓虹啤酒杯而生畏。

元旦前夕，赫玛与戈什带我们到希腊俱乐部参加年度盛宴，庆贺"冬季"的结束。珍妮特表示，她想留在家里准备上学要穿的衣服，我听了很诧异。她、萝辛娜、加布鲁和亚麦姿打算在萝辛娜的住处共享温馨晚餐。

乐队阵容庞大，由陆军、空军与皇家护卫队的军乐队乐手兼差组成。他们就是在睡梦中，也能演奏《星尘》(*Stardust*)、《比津舞曲响起》(*Begin the Beguine*)、《燕尾服交叉口》(*Tuxedo Junction*) 等爵士经典。而贝瑞不在他们的曲目中。

度假归来的异乡客接踵而至，外表晒黑了。我看见G先生夫妻，他们其实没有结婚，有人说他们为了在一起，各自抛弃了在葡萄牙的配偶与孩子。印度果阿出身的J先生是个潇洒时髦的单身汉，由于诈财案蹲过苦窑一小段时间，现在则一副无事模样。初来乍到的外籍人士很快就会找到自己的定位，发现外来身份比所受的教育或拥有的天分还要有利，是自己最重要的资产。不久，他们将固定出席，在这场一年一度的大场合含笑起舞。

我一直以为，这些异乡人代表"文明"世界最优秀的文化及风格，然而现在领会到，比起纽约百老汇、伦敦西区剧场重镇或米兰史卡拉歌剧院，他们差得可远了，他们很可能落后时代十年，就像我迟了十年才认识贝瑞。我看着舞池里红润出汗的脸孔，他们眼底有童稚般的愉悦，这景象令我觉得既悲哀又不耐。

湿婆一开始与赫玛跳舞，接着舞伴换成赫玛及戈什的女性桥牌牌搭子，后来只要有人亟欲跳舞，他便陪她们走进舞池。突然之间，我不想继续待在那里，于是走了；我告诉赫玛和戈什，我会搭出租车回家。

我爬坡走回家的途中想起了实习护士。我一直躲着她。有学生在她身旁时，她不会做出任何示意的暗示，而看到我跟湿婆在一起，她同我们打招呼，却也不会多说什么闲话。第一次我单独撞见她，她把我拦下说："你是马里恩吗？"从她的眼神，我知道一切都没有改变，她的门还是为我而开。"不是，"我说，"我是湿婆。"此后，她再也没问过。

我听到收音机的沙沙声从萝辛娜的住处流出，而她们的门是关着的，反正我也不想找人陪。

我独自上床，抱着心事上床：我十三岁，却觉得自己比实际年龄老。

湿婆回家时，我是醒着的。我从镜中看他，他比我眼中的自己还高，拥有舞者的窄臀及灵巧步态。他脱了外套和衬衫，出门时旁分梳妥的头发已是一团混乱，又密又鬈。他嘴唇丰满，有九成的女人味，先知似的脸庞朦胧而梦幻。他脱到只剩内裤时，从镜中端详自己。他举起一只手，另一只则往外伸，他在想象同女人跳舞，他优雅地转弯，身体一沉。

"你玩得开心吗？"我问。

这句话让他动作做到一半停下来，手臂留在原处。他从镜中看我，令我起了鸡皮疙瘩。"大家都很开心。"他说，那嘶哑的嗓音我并不认得。

第三十三章·疯狂的形式

当街灯一一亮起，出租车在医院栅门对面放湿婆和我下车，就在煤渣屋的前面。十六岁的我是板球队的队长、开局击球员兼守桩员，湿婆是中继击球员。身为开局击球员，我最拿手的就是用力挥球，让敌队投手泄气，而湿婆的强项是死守着三柱门，稳定球队军心，虽然他很少失分。我们练完球后回到家，往往天色都黑了。

在煤渣砖屋尽头，最靠近阿里的杂货店那里，我看见一个女人站在珠帘中间，酒吧的光线衬出她的剪影。

她大喊一声："嘿！等等我。"由于窄裙和高跟鞋的阻碍，她只能踩着小碎步跨过水沟上横放的木板。天冷，所以她抱着自己，笑得眼睛都眯了起来。

她说："哇，你都长这么高了！你记得我吗？"她没有什么把握，看看我，又看看湿婆。一股茉莉香喷鼻。

琪洁的小娃娃夭折后，我见过她很多很多次，不过仅止于挥手打招呼的距离。她穿了一年的黑衣。她抱着年幼的孩子到医院的那个下雨早晨，看起来相当朴素，一脸单纯坦率，现在则加了眼线和唇膏，波浪般的发丝落在肩膀，非常惹人注目。

我们像亲人一样碰脸颊，先贴一脸，再往另一边靠过去，然后又回到一开始的那一侧。"呃……这位是……这位是我弟弟。"我说。

"你是这里的员工？"湿婆问。湿婆在女性身边从来不会结舌。

"现在不是了,"她说,"我现在是老板,我邀请你们两个进来坐坐。"

"不用了……可是……谢谢你,"我结结巴巴地说:"妈妈在等我们。"

"她哪有在等我们回去?"湿婆说。

"我希望你不介意我改天再来。"我说。

"任何时候想来,我都欢迎,你们两个都是。"

我们站在原地,处于尴尬的沉默里,她还握着我的手。

"嘿,事情已经过了很久,可是我从来没有谢过你。每次我看见你,我都想跟你说话,不过我不想让你觉得尴尬,而且我也觉得很难为情……今天我看到你就在前面,我想我可以跟你说几句话。"

"啊,没有的事,"我说,"我才担心你生我的气……也许你怪失迷医院……"

"没有,没有,我不会怪谁。"她眼中的光彩黯淡下来。"这是我听那些愚蠢老女人的结果,她们要我给他吃这个这个,又叫我做那个那个。那天早上,我看着我可怜的小宝宝,我明白那些habesha(阿姆哈拉语:指埃塞俄比亚或厄立特里亚)的药方害了他。你爸爸替特法利看病时,我就知道了,我要是早几天来,他能救活他的。我一拖再拖,犯了很大的错误,不过……"

我一直静静不说话,回想她当时的难过,还有她哭倒在我肩膀上的情景。

"我希望上帝会原谅我,我希望祂再给我一个机会。"她认真地说,感情流露在脸上,毫不隐瞒。"听我说,我过来是想告诉你,因为你当时陪在我们身边,我希望上帝与圣者会保护你、祝福你。你爸爸是个非常优秀的医生,你们也要当医生吗?"

"要。"湿婆和我轻易就能异口同声回答,这几乎是我近来唯一能自信满满说的事情,也大概是湿婆和我唯一达成共识的答案。

她的脸庞恢复光彩。

当我们往家里走去,湿婆说:"我们为什么不进去?她可能住在后面,她大概会让你跟她上床吧!"

"你怎么会以为我得跟见到的每个女人上床?"我其实没必要用那么恶毒的口吻突然批评他。"我不想跟她上床,此外,她也不是那种女人。"我说。

"也许她现在不再做那行了,可是她知道怎么做。"

"我也是有我的机会好不好?重点是我愿不愿意。"我把实习护士的事情告诉他,仿佛这样能证明我的论点。

湿婆对那件事没有话想说,我们又默默走路。他惹得我很不高兴,我不想要从那种角度去想琪洁,我不想去想象她甜美的面孔、她谋生的方法。想了就痛苦,所以我决定不去想,不过湿婆不会有那样的疑虑。

湿婆说:"我们早晚会和女人发生性关系,我想择日不如撞日。"他仰望上空,好像想确定星宿排列暗示了吉祥的征兆。

我拦住他,抓着他的衬衫。我想找论据反驳,讲出来的却是缺乏说服力的话语。

"你忘了赫玛和戈什吗?你以为这种事会让他们高兴吗?他们受人尊敬,我们绝对不能做任何让他们丢脸的事情。"

"我想这种事总要发生的,"湿婆说,"他们也会做啊,我相信他们——"

"住嘴!"我说。想到这种事,我头皮都发麻了,然而湿婆不觉得有什么了不起。

就在我们满十六岁的那个月,即使我不肯,嗓子也变粗哑了,黑头粉刺一颗颗进出来,好像我吞下一大布袋的芥子。赫玛买给我的衣服过了三四个月就变紧、变短,还有毛发从奇怪的地方长出来。想起异性(主要是珍妮特),我便难以集中心思。还好,看到湿婆也出现这些生理改变,我仿佛吃了颗定心丸。不过自从我们讨论过琪洁后,我就无法再与他讨论我的欲望,或者随着欲望而来的自制。湿婆无须这样的克制力。

"监狱——"我听见戈什对亚帝德有说有笑,"是婚姻最好的春药,如果你不能送配偶去,那就自己走一趟,效果一级棒。"而今我明白他们在谈论什么,因而尴尬到了极点,甚至觉得受到震撼。

湿婆和我具有与疾病相关的人体知识,可是长久以来对性毫无经验;也许只有我没有吧!我所知甚少,只知道我们埃塞俄比亚裔的朋友,无论就读我们学校或公立学校,早早就和酒吧女或女佣发生第一次关系,根本不像我忍受多年的懵懵懂懂,只能设法想象无法想象的事情。

我和湿婆在琪洁的酒吧外遇见她之后,又过了一两周,我碰见实习护士班长往医院栅门走去,我无路可躲,见到她总是让我仓皇失措。

她跟着她那群年轻的实习护士,在那样的情况下,她通常当作没看到我。可是就在这一天,她露出微笑,脸蛋飞红。为了表示礼貌,我也对她笑了笑。她眨眨眼,趁学生继续往下走时,朝我这里走来。"昨天晚上谢谢你,希望你没有因为流血而吃惊,你吓了一跳吗?我等你等了这么多年,一切都是值得的。"她轻轻触碰我。"你下次什么时候来?我会算日子。"

她跟在学生后面扭着身体走了,晃荡着每一寸能晃荡的肉体,仿佛恰克·贝瑞得意扬扬地在她身后拨奏吉他。她转头大喊,那声音足以让全世界都听见:"下回请不要在事后就跑掉,好吗?"

我冲回家。这一阵子,特别是周末,湿婆都自己出门,这一点我还没仔细想过,我绝对想不到这是他近来在忙的事情。

湿婆、珍妮特和赫玛坐在餐桌前，萝辛娜正把菜端上桌。戈什去洗手了。我把湿婆硬拉进我们的房间。

"她以为那个人是我！"我恨不得从没告诉过他我和实习护士跳舞的事情。"你为什么不先问问我？我应该禁止你去的，我绝不准你去。你跟她说了什么？你假装是我吗？"

见了我的愤怒，湿婆摸不着头脑。"哪有？我就是我啊！我不过是敲敲她的门，什么话也没说，剩下都是她主动的。"

"天啊！就那样？你就那样破处了？而且夺走她的第一次？"

"我跟她是第一次，你怎么那么有把握她是不是处女呢？呃？哥哥？"他的话狠狠朝我的胸口打了一拳，我从没听过湿婆用挖苦的语气跟我说话，太伤人了，太难听了。我站在那里无言以对，他继续说下去。"总之，那不是我的第一次，我每个星期天都去中央广场。"

"什么？你去了多少次了？"

"二十一次。"

我目瞪口呆，觉得尴尬又恶心，而且嫉妒得要命。

"同一个女人？"

"不是，二十一个不同的女人，把实习护士算进去的话是二十二个。"他就站在那里，拿下巴指着我，一边手臂懒洋洋地靠在墙上。

等到我说得出话时，我说："嗳，你能不能不要再去找实习护士班长？"

"为什么？你会去找她啊？"

对他，我觉得再也没有任何权威可言，我没有可靠的经验能劝告他。"当我没说吧！不过帮我一个忙，如果你再去的话，告诉她你是谁，办完事后，留下来抱抱她，对她耳语几句甜言蜜语，告诉她她很美。"

"耳语什么？为什么？"

"算了算了。"

"马里恩,所有女人都很美。"湿婆说。我抬起眼,发现他这句话说得信誓旦旦,没有一丝挖苦的意味。他不觉得难为情,也不气恼我把他拖走,一丁点的不悦也没有。我太自负了,竟然以为我了解弟弟,我所有的了解却只是他的习惯而已。他爱死他那本《葛氏解剖学》,总是抱着它到处去,封面灰白的凹痕是他的手指按出来的。那时戈什替湿婆买了一本新版的《葛氏解剖学》,弟弟觉得受到羞辱,好像戈什送了条流浪狗给他,准备取代他最爱的小狗:来日无多的咕啾噜。我熟知湿婆的习惯,却不了解习惯之后的逻辑。湿婆的确认为女人很美,我们头一回去转胎妈妈教室时,我就明白了那一点。他从来没有错过一次妈妈教室时间,最后更缠赫玛缠到她烦了,教他怎么转动胎位。他对转胎妈妈教室及妇产科的兴趣,完全与好色无关,假如妈妈教室的日子刚好落在假日,或者赫玛为了某个理由而不开课,湿婆还是会到那里去,坐在上锁教室外的阶梯。我在这边交代他要亲切对待实习护士,他大可反驳,说他对实习护士做的正是她想要的,而我只会对她客客气气的。我想将自己留给一个女人,禁欲,谈何容易?我因此认为这是崇高的举动,守身像烈火折磨我,我希望能因此打动珍妮特,为何打动不了呢?

三年前那个晴朗的周六,珍妮特从阿斯马拉度假归来,当时我就很清楚,她几乎完全进入了青春发育期。那个冬天,她快速发育,全身上下都拉长了,双腿长长了,手指抽长了,连睫毛也变得好长好长,而眼皮懒洋洋的,眼距似乎变得更开。从阿斯马拉回来以后,她让家里的人开始发狂。根据《尼氏小儿科教科书》,女孩子青春期的初期征兆是出现乳蕾和阴毛。好奇怪,尼尔森竟然忽略了我注意到的第一个征象,我留意到一种使人飘飘然的成熟气味,那气味像女海妖一样诱惑我。她若是喷了香水,两种气味混杂后,又产生令我头晕眼花的味道,我只能幻想将她衣物扯下,好从源头直接吸吮。

珍妮特的改变刺激了萝辛娜,这一点我一眼就看出来了。赫玛与萝辛娜站在同一阵线,想保护珍妮特不受掠食性动物(即男孩子)的伤害,这份欲望让她们结合在一起。可是这两位母亲的保护绝对不足以抹杀我的兴致,她们还买了让她对异性更具魅力的种种衣着饰品,摧毁了自身的努力。根据我的感受来判断,那些猎犬总是忍不住来到我们家门前嗅嗅闻闻,而且珍妮特也自认正在发情。

那学期的某个星期四,珍妮特传话来,说她放学后不会搭我们的出租车,她会自己回家。正当湿婆和我走在我们家车道上最后五十米路时,珍妮特从一辆滑亮的黑色奔驰车上下来。

湿婆继续走进屋子,我则停下脚步等候。

"我不喜欢你跟鲁迪一起回来。"我告诉她。这句话根本没说到重点:那辆豪华轿车让我觉得自己信心全无,令我血脉偾张。鲁迪的爸爸垄断亚的斯亚贝巴的瓷器与卫浴设备市场,学校大概还有两个同学自己有车可以开,最难消恨的是,鲁迪曾经是我的死党之一。

"你讲话怎么跟我妈一样?"珍妮特说,不把我的痛苦放在心上。

"鲁迪是马桶王国的王储,他只是想跟你上床。"

"你不想吗?"她娇羞地看着我说,头歪到一边。

"想,可是我只想跟你上床,而且我爱你,所以是不一样的。"

尽管我在女性身边总是害臊,向珍妮特坦言内心感受却不觉得有什么困难。也许,如此轻易表明心迹是错的,这么一来,肤浅的女人便会把你玩弄于股掌之上,可是我坚信她不是肤浅的人,我如此深切的爱情、如此坚贞的承诺,将能赋予她权力,给予她自由。

"你愿意跟我做那件事情吗?"她问。

"当然愿意,我每天晚上都梦见那件事。我们只要再等三年,珍妮特,然后我们就可以结婚了,到时我们会在这个地方发生我们的第一次。"说着,我掏出一张折了好几折的照片,那是我从《国家地理杂志》撕下来的,拍的是位于印度乌代浦的"湖中宫殿",一幢在清新蓝湖中闪烁微光的白色旅馆。"我想在印度结婚。"我说。我有好多的憧憬,当新郎官的我要骑大象,大象象征我过去压抑的欲望与挫折,唯有一头大象(或波音七四七飞机)才够格代表这个象征。而美丽的珍妮特珠光宝气,身着金色纱丽,放眼而去净是茉莉花……每一个细节我都想象出来了。我甚至替她选好了香水,以茉莉花撷取而成的"莫缇雅贝拉"。"这就是蜜月套房。"反面是房间的照片,里面有四柱大床,大床再过去,有面向湖景的双扇落地玻璃窗。"注意看看浴室,有爪脚浴缸和坐浴盆呢!"马桶国王的王储绝对赢不了。

除了准备了照片,我居然还把这页杂志放在皮夹随身携带,珍妮特吓了一跳,也很感动。我那只母老虎带着前所未见的兴味凝视着我。

"马里恩,这件事情你确实做好打算了,是吧?"

我描述起床铺的白绸床单,透明的棉帘在白天是掩上的,到了晚间则都拉开,通往阳台的落地窗也推开了。"我会用玫瑰花瓣铺床,我会为你脱衣服,然后我要轻舔亲吻你每一寸肌肤,从你的脚趾头开始……"

她发出呻吟,拿手指抵住我的嘴唇,眼珠子往后翻,头一仰,我见到了她的喉头。"天啊!趁着我兴奋过头以前,你最好还是别说了。"她叹了口气。"嘿,马里恩,要是我告诉你,我不想要结婚呢?我不想要等下去,我想要丢掉童贞,现在,不是三年后。"

"可是赫玛怎么办?还有你妈?"

"我又不是要她们夺走我的童贞,我希望的人是你啊!"

"那不——"

哈哈哈哈哈,她一阵狂笑。我原谅她这个举动,因为她的笑声让我心情舒展开来。"我知道你的意思,傻瓜,不过,要是我没有你的克制力呢?有时候我真的好想做噢!你不想吗?干脆就做了,以后就不用去想了！做做看是怎样的感受。"她叹了气。"假如你不想做，也许我应该问问湿婆？或者鲁迪？"

"不要问马桶王子啦！还有，湿婆他……唔，湿婆已经不是处男了，他已经做过了，而且我以为你爱我。"

"什么？"她开心地拍起手来，还往四下看看湿婆在哪里。"湿婆？"她简直兴奋地想跳起来。她爱不爱我，这个问题她避而不答，我告诉自己，这是因为她羞于坦承。"哇，湿婆，湿婆！我们一定要叫他仔仔细细说出来，湿婆不是处男了噢，哇？那你跟我还在等什么？"

"我在等你跟我——"

"噢，闭嘴啦！你那口气好像无聊的爱情小说，拜托，讲话跟女孩子一样！马里恩，要是你想要当第一个，你最好快点行动。"看她那样子，她是认真的，脸庞没有丝毫的幽默。她那样说话让我觉得很害怕。"不然的话，我心里有别的人选，你的朋友迦比，马桶王子其实也可以，虽然他的嘴巴跟奶酪一样臭。"她又冷不防哈哈大笑，我愁眉苦脸的样子她看得很乐，不过这阵笑声也让我知道她只是在开玩笑，谢天谢地。

她要是再取笑一句，我会受不了，听见她提起其他追求者的名字，我的心好痛。我仔细看看她手里拿的那一叠女性时尚杂志。"你是怎么搞的？"我盘问她。这下我生气了，我还记得她曾经把《贝克汉教你轻松写笔书》练习到出师的境界，赛穆以过世之后更拼命读书，狼吞虎咽地阅读赫玛给她的每一本书。"你以前……很认真。"我说。现在她最好的朋友是两个亚美尼亚裔的姐妹，她们三人常常下午一起去逛街买东西，或者去看电影，观摩演员的打扮举止，将之奉为金科玉律。她们让所有男孩子都猜不透。珍妮特往日的成绩名列前茅，因此还跳级，现在跟我们就读同一年级。不过，最近她很少念书，成绩表现平平。"珍妮特，你是怎么了？你不想当医生了吗?"

"对对,医生,我想当医生。"她贴到我面前说:"医生,我希望你帮我检查检查。"她把手臂打开,一只手拎着书包,另一只拿着时尚杂志。她把身体贴上来,用屁股推我。"我下面很痛,医生。"

萝辛娜忽然从我们家的前门跳出来,就像从魔术盒蹦出的弹簧小丑。她就这么突然出现,我吃了一惊。我承认的确很好笑,但是我想萝辛娜看见珍妮特猛然一阵哈哈大笑,应该不会高兴吧!

萝辛娜用提格利尼亚语滔滔不绝地说话,中间夹了几句意大利文。她对着珍妮特大呼小叫,时而冷不防地攻击我们。珍妮特绕着我蹦蹦跳跳,躲开萝辛娜的捉拿,看见她妈妈追赶她,觉得更加有趣。萝辛娜说的话里,我断断续续听得懂几句,猜她是在说:你的脑袋哪里去了?你以为你现在在干什么?车上那个男生是谁?你知不知道他只想要一件事情?你干什么贴在马里恩身上,你是酒吧女吗?每个问题都让珍妮特再次笑得前仰后合。

萝辛娜气冲冲地瞪着我,好像我应该替她女儿回答。这可是第二次她逮见我和珍妮特做出可疑的姿势。她切换成阿姆哈拉语来盘问我:"你!为什么她没有跟你、跟湿婆一起回来?你们两个刚刚在做什么?"

"妈,你不知道我们以后要当医生吗?"珍妮特用阿姆哈拉语大声说,泪水在眼中打转,差点连话都说不清楚。"我在教他怎么替女人检查身体!"

萝辛娜以震惊的表情回报珍妮特,珍妮特看了觉得实在可笑到了极点,笑到把杂志、书包都扔了,捧腹朝着她们房间的方向跌跌绊绊走去。我们看着她抱着腰斜行而去。萝辛娜转头看我,为了掩饰自己的茫然无知,摆出湿婆或我调皮时她常端出的严厉表情,不过那一看就是假的,更何况我现在一百八十五公分高了,比妈妈高了好几个头,更觉得那是装出来的。"马里恩,你有什么话要替自己辩解？"

我低下头，拖着脚朝她走了两步路。我说："我想说……"然后迅速抓起萝辛娜，把她抬到半空中旋转，她则捶打我的肩膀。"我想说，我好开心看到你。还有，我想娶你的女儿！"

"放我下来，放我下来！"

我把她放下来，她想打我巴掌，可是我跳着躲开了。

"你们疯啦！知不知道？"萝辛娜说。她拉拉上衣，把裙子扯平，决定无论如何都不笑出来。"你们这些孩子都给妖魔鬼怪附身了。"她捡起书包和杂志，跟在珍妮特后面准备回去，同时大声嚷嚷说给我和她听。"你们两个给我等着，我要去找根棍子来，叫你们这些坏孩子给我排队，看我不把妖魔鬼怪打出来才怪。"

"萝辛娜，为什么要用那种口气跟你未来的女婿说话？"我在她身后大喊。

她正准备转身来追我，我却巧妙溜开了。

"疯子！神经病！"说完，她一面昂首阔步走开，一面叽叽咕咕地自言自语。

我抬头一望，看见湿婆正站在大片玻璃窗前往外看。桉树林间的风吹起，荡起一阵干爽的窸窣声，听了还误以为下起了暴风雨，实际上却是晴空万里。透过玻璃，我知道湿婆在观察我，他的脸红红的。我们四目交接，从他的表情看来，他笑了一阵子，大概什么也都看见、听见了。我欣赏他的姿势，一手插进口袋，膝盖固定不动，重心放在单脚上；连站在原地不动，弟弟也这样漂亮好看，这是他与珍妮特共有的特质。他难得笑一回，现在却笑了，你看那绷紧的上嘴唇，还有几分睥睨的眼光。我笑得咧开了嘴，什么也不隐瞒。我觉得很好，我很满意我自己。弟弟知道我的心意，弟弟爱我，他爱珍妮特，我爱他们两个。萝辛娜说得没错，失迷医院到处是疯疯癫癫的事情，不过只有疯子才会想去别的地方。

第三十四章·收割的时刻

那一晚的疯狂,发生在最不适当的时机。那是我在鹿鸣学校的最后一年,我不顾一切只想考好期末考,动机很简单。在眺望丘吉尔街、邮局与法语学院的一处高地,盖了一座壮观的橄榄色医院,规模有失迷医院的五倍大,那是新创设的医学院的教学医院。在英国文化协会、瑞士援助组织与美国国际发展总署协助下,医学院聘雇工作人员,师资由这三个国家的顶尖医师组成,他们日前从漫长的学术生涯退休,接受了在亚的斯亚贝巴的教职。

因此当萝辛娜追在珍妮特后面,辛苦搬运她扔下的杂志与课本,无论如何都会跟她吵吵闹闹下去时,我并没有浪费时间。我进屋去洗手、洗脸,然后在餐桌上摊开书本。赫玛和戈什正在戈什的旧居与几个人打桥牌。

我吃东西时同时看书,在我而言,每一分钟的时间都很重要。我仔细算出离毕业考还有多少天、多少小时、多少分钟,假如我又要睡觉,又要打板球,又要上医学院,那么没有时间可以浪费。

一个小时后,珍妮特过来跟我一起读书。我尽量不抬起头来。随后,湿婆也加入我们的行列,把《杰氏妇科原理》拿到桌上,书本里插满了书签。湿婆的读书方法仿佛是将书本拆解后消化,让书成为他身体的附属器官。

如果珍妮特和我想进医学院,我们必须在期末考名列前茅。珍妮特自称跟我同样迷恋医学，可是往往拖到很晚才上桌和我一起读书，而且比我还早把书收起来。偶尔她压根没有现身。平日我有两个晚上会搭出租车去曼门老师家，让他替我补习数学和有机化学。珍妮特上过一次课，非常讨厌曼门老师严格的教规，于是不肯再去，我觉得老师给予的帮助非常珍贵。周末时，我躲到戈什的旧家读书，让戈什和赫玛能够自由转开收音机或招待客人，不必担心会打扰到我。珍妮特大可跟我一起留在戈什的小屋子，可是她难得出现一回。

湿婆完全不用担忧我们的烦恼，而且还一直游说大人让他彻底休学。他想当赫玛的助手，学位啦、文凭啦，对他都不重要。赫玛干脆把话说清楚，假如他想跟她一起工作，他必须把最后一年读完，不参加考试也没关系。在此期间，他尽量自修关于妇产科的一切知识。我曾经不小心听见赫玛告诉戈什，湿婆在妇产科方面的知识，比一般医学院应届毕业生还丰富。

湿婆把我们藏摩托车的工具棚占为己用，还从法瑞纳奇那里学会了焊接技术，把喷灯、吹管等用具收在那里。大约在一个月前，我往工具棚内探头一看，吓了一跳，后面那道墙壁怎么露出来了，却又不见摩托车的踪迹，也没看到我们用来遮掩摩托车的木柴堆、麻布袋及《圣经》。

我一问，湿婆才回答："我把它拆了。"他指着沉重工作台的底座，四方木制胶合板支架藏起了引擎汽缸，他还用油布包好摩托车骨架，将它埋在工作台底下。摩托车的其余零件收在容器里，从火柴盒到成堆的条板箱都有，整整齐齐地放在他焊接组合的金属架上。

"湿婆，跟我说说那件事情。"珍妮特从她那本《概念化学》后悄声说。她才熬了十分钟就打破沉默，搅乱我的专心。

"跟你说什么？"湿婆问，没有特地把声音放低。

"讲你的第一次！不然还能讲什么？你以前为什么没告诉我？我

才从马里恩那里听说你不是处男。"

关于湿婆的故事,我一直觉得非常尴尬,又相当嫉妒,因此不敢开口问,结果完全没想到真相如此简单。

"我到中央广场,从马萨瓦面包店旁的小巷子走下去,那里不是会看见房间吗?一间接一间?每个门口都站着一个女人,还有五颜六色的光。"

"你怎么挑的?"

"我没挑,我走进第一扇门,就这样。"他笑笑说,转头想继续看他的书。

"不会只有这样!"她一把抢走他的书。"接下来发生什么事?"

我假装很烦,其实每一个脑细胞都在倾听。我很高兴是珍妮特在负责探问。

"我问多少钱,她说三十。我说我只有十块,她说好。她脱掉衣服,躺到床上——"

"全部的衣服?"我脱口而出。湿婆看着我,一脸诧异。

"只有上衣没脱,她把上衣拉高。"

"胸罩呢?她穿什么?"珍妮特很想知道。

"我想是小件的运动服,五分袖之类的,还有迷你裙,露出大腿,穿高跟鞋,没穿内裤,没戴胸罩。她脱下高跟鞋,脱裙子,拉上衣,然后躺下来。"

"哇,老天!继续讲下去。"珍妮特说。

"我把衣服全脱了,准备好,告诉她这是我的第一次。她就说:'上帝会帮我们。'我说我想我们不需要上帝,我压在她身上,她帮我开始——"

"她会痛吗?你有没有……"

"勃起,有啊!我想她不会痛,阴道壁可以扩张,连婴儿的头也装得下——"

"好了,好了,"珍妮特说,"然后呢?"

"她开始动,示范让我知道怎么做,直到我了解为止。我一直做一直做,做到我觉得有射出的反应。"

"什么?"珍妮特说。

"血管收缩,储精囊和前列腺的分泌物混合——"

"他高潮了。"我解释。这个说法我是从一本破烂的小册子学来的,作者叫什么拉曼的,专写罗曼史。我们班上的沙地许到孟买度假,回来时带了这些小本子。印度男学生对于性爱的了解(或误解),几乎都要算在拉曼头上。

"噢……接下来呢?"珍妮特问。

"唔,我站起来穿上衣服,然后就走了。"

"你会痛吗?"我问。

"不会。"看他毫无笑容的表情,你可能以为他在述说上安瑞可冰淇淋店买冰淇淋的经过。

"就这样?"珍妮特问,"然后你付她钱?"

"没有,我一开始就给钱了。"

"你要离开时,她说什么?"

湿婆想了想。"她说她喜欢我的身体,喜欢我的皮肤,说下次她会让我做那个……狗趴式!"

"她这句话什么意思?"

"我不知道。我说:'为什么要等到下次,现在做给我看看。'"

"你有钱吗?"

"她就是这样问:'你有钱吗?'但是我没钱,反正她还是让我做了。从后面来就是她所谓的那种姿势,这次我想她自己也……爆炸了。"

"天啊!"珍妮特一面哀号,身体一面在椅子上往下滑,满脸通红。"马里恩,你怎么了?你要去哪里?"

370

我从椅子上站起来,珍妮特身上散发的香气让人坐立不安,空气中闪耀着体香的粉红微光。

"我怎么了?"我装出比实际更气恼的样子。"我在这里怎么念书?你说啊!真不敢相信你这么问我。"

我怎么了?听了湿婆的经历,眼见珍妮特眼底那撩人的眸光、伸手可触的身体,在兴奋中闻到她的气息,心里明白她愿意做,我情欲暴涨。假如我不离开,裤裆内也要爆炸了。我必须离开。我把生物笔记强塞到外套里。

我发现原来萝辛娜几乎站在厨房门口,她不该站得这么近,这时还假装对炉子产生什么特别的兴趣。纵使她不是在偷听,也缺少味觉,一定还是见到那朵粉红色的云从餐厅飘荡出来。她闪躲我的目光。这对母女似乎无法逃避彼此,珍妮特决意要肆无忌惮任意而为,萝辛娜以同样的决心应付她的举动,很难说到底是谁先挑起两人之间的战争。从某种角度来说,萝辛娜是我的同盟,因为她为我保护珍妮特的安全,不过见到她这样徘徊不去,我觉得很讨厌。

"我要去商店街。"我板着脸说。

"可是马里恩,你才刚坐下来读书。"

我气冲冲地瞪着她,看她敢不敢拦下我。

我不慌不忙地往正门走去,买了一罐可乐,后来却拿给加布鲁。我留在他简陋的哨亭坐着,除非情绪和身体恢复正常,不然我不想回家去。幸好,加布鲁聊起他某个常惹麻烦的侄儿,费了很久的时间才把故事说完。

最后我与加布鲁说晚安,往回家方向前进,绕过圆环车道,准备走上通往我们家平房的小路时,发现工具棚里亮着灯。好几个夜晚,湿婆在那里工作到深夜。

每次只要是在黑暗中朝这方向走去,靠近那个军人腾空而飞的地点,我便觉得害怕。路边的水泥地有道裂痕,追念着那辆BMW摩托车前轮卡住的那一瞬间。

树干嘎嘎作响,沙沙出声,窸窣而动的树叶让人想起不好的预兆,仿佛有只手在筛选铜币。我满心预料那军人将从暗处现身。想着他这么多年,要是他露面,我差不多能松一口气吧!湿婆没有这种忧虑,他会在工具棚待到夜深。几年的岁月过去了,在这地点所发生的事情,依然是我心头上的压力,可是我已经习惯了恐惧。我了解为何有人会在事发多年后才坦言犯下谋杀,这些人相信那是唯一能停止自我折磨的方法。我加快脚步离开弯道。

我听见从工具棚传出湿婆的收音机的音乐。

我刚走过工具棚,快到家的时候,见到一个身影踩着果断的脚步走下坡道。夜色漆黑,我听见咕咕哝哝的声音,那人在自言自语。我的心脏跳到了嘴边,我并没有恐慌,因为听起来像是女人的声音。直到那身影几乎撞上我,我才发现原来是萝辛娜。这么晚了,她能去哪里呢?她走到几乎快贴上我鼻尖的位置,仔细查看我的脸孔,她常常这样细看我,好确定我不是湿婆。在我还没发现她的怒气前,她赏了我一耳光,然后整个人扑上来,用右手打我巴掌,同时以左手拉扯我的头发。

"我警告你!"她尖声大骂。

"萝辛娜!你在说什么?"我一面问,一面退缩。

这举动反而让她勃然大怒。我想我可以轻易拦住她,或者是跑开,可是我错愕得做不出反应来。

"我离开你们才五分钟,就发生这种事情!好聪明啊你,假装要去商店街,然后她到浴室去。"

我要她说清楚,她出手要打我,这次我转头,她一巴掌打中我的后脑勺。

"我等了又等,"她说,"我姑且相信你们不是在做坏事,然后我去找你们，我看到她爬上山坡，你叫她先出来的，对不对？要是她怀孕了，那怎么办？"萝辛娜气呼呼地对着我的耳朵低声说："这么一来，她就会像我一样替人帮佣！学英文、读那么多书，对她的人生完全没有差别了！"

"可是，萝辛娜，我没有——"

"孩子，不要骗我，你向来不擅长说谎。我看过你们两个望着彼此的模样，我真该把她关在家里就好。"

我站在原地不说话，眼睛直勾勾地望着她。

"你要证据？这算不算证据？"她大声嚷嚷。她把手摸到腰间，抽出一样东西对着我扔来。一条女人的内裤。"她的血……还有你的子孙。"我从脸上把那衣物拿下，黑夜里什么都看不出来，不过我闻到血，还有珍妮特的气味……我闻到精液。是我的味道，我认得我衣服上浆的味道，没有人和我一样拥有那种气味。

没有人，除了我的双胞胎弟弟。

我的心被掏空，我的力气尽失，我只能爬到床上去。我觉得被击垮了，我觉得孤单无依。到了很晚，湿婆才上床，我等着看他有没有话要说。当我醒着躺在床上的某一刻，他睡着了。在埃塞俄比亚，有种推测犯罪的方法叫作lebashai：把一个男童下药，然后带他到犯罪现场，要他指出犯法的当事人。不幸的是，恍恍惚惚的小孩伸出的那根手指，往往停在无辜者面前，他们会用石头把无辜者打死，或者将他淹死。这个帝国明文禁止lebashai，可是它依然存在于乡野村落。我现在就是这般感受：伸出的手指诬告我，我却没有能力为自己辩护。

而我能报仇，犯法的当事人就睡在我身旁。那晚我大可杀了湿婆，可是我想这么做解决不了任何事情，我的世界已经毁了，我的手臂麻痹，大脑迟钝，我的爱成了爱情的笑柄，变成一文不值的东西。我没有理由或欲念再做任何事。

隔天,珍妮特没去上学。赫玛勉强允许湿婆出门,跟法瑞纳奇先生到阿卡基,那里有家纺织厂的大型染布机卡住了,工厂请法瑞纳奇制作一组零件,他希望湿婆过去看看巨型织布机。

我没起床,赫玛进来问为什么,我说我不舒服,不想上学。她摸摸我的脉搏,检查我的喉咙,想不出原因。她想详细询问我时,我说:"没关系,我去上学好了。"出门比面对盘问容易。

那天学校的事情我完全记不得。戈什和赫玛对于发生的事情毫不知情,不过明白出了状况,萝辛娜住处的门窗紧闭,他们听得到萝辛娜在屋里大声嚷嚷,喋喋不休。

那天晚上,赫玛说萝辛娜有三个亲戚来找她,一女二男。赫玛逼问我怎么了。她不知情,萝辛娜没有告诉她。这两件事情都让我不敢相信,看来并没有人在讨论前一晚发生的事情,我肯定萝辛娜会来找赫玛控诉我,我不明白为什么到现在她还没来。要是赫玛找湿婆谈过,我猜她会查明一切真相,然而没有人打算去问他。

正当我们快吃完晚餐时,湿婆回来了,因为去了一趟阿卡基非常开心。珍妮特和萝辛娜都没出现在餐桌前,亚麦姿说她们母女俩在吵架,吵得很凶,萝辛娜的亲戚前来调解。

赫玛站起来,准备去瞧瞧那里的状况,戈什阻止她。"不管是什么事,你插手只会让事情更复杂。"湿婆不发一语,径自吃他的东西。

我保持沉默,不是想表现高尚,而是认为没有人会相信我这一方的说辞,要救我,得靠弟弟或珍妮特,如果他们愿意的话。我坐在餐桌旁研究湿婆的神情,丝毫看不出来他知道自己掀起了一场大风波,完完全全看不出来。

那一晚我告诉湿婆,我要搬到戈什以前住的地方,在那里的房间睡觉、读书。我声称想独处，眼睛没有看着他。

他什么也没说。这将是我们有生以来头一次没有睡同一张床，若说存在着什么细线、卵黄系带或皮肉，让我们分裂的卵子依旧相依，我正拿着手术刀对准那个连系。

周六上午，我过来吃早餐，我觉得湿婆睡得也不比我好。早餐后，他出门到法瑞纳奇店里去。

我准备回房间读书时，亚麦姿冲进餐厅。"太太，我想你最好来一下。"她对赫玛说。

她一马当先往用人房冲去，赫玛、戈什和我跟随在后。

萝辛娜怏怏不悦地坐在晦暗房间的一角，提高警觉却又焦虑不安。珍妮特躺在床上，脸色苍白，额头冒出汗珠。她眼睛是张开的，可是失焦而无神。房内飘着发烧时自然散发出的酸臭味。

"这里出了什么事情？"赫玛问。萝辛娜不肯回答，也不正视赫玛的凝望。亚麦姿打开灯，靠过来挡住我的视线，接着掀开毯子让赫玛看。

戈什说："马里恩，把窗户打开。"他靠过去查看。

赫玛喊了一声："天啊！"珍妮特痛得唔唔呻吟。赫玛抓住萝辛娜的肩膀。"是你做的？你刚刚对……这可怜的小女孩？"赫玛气得说不出话，直摇晃萝辛娜，萝辛娜却不肯抬起头来。"你这个笨女人！"赫玛说："噢，天啊，天啊！为什么？"赫玛的眼睛像疯女人的眼睛，迷惘而危险。我以为她大概要勒死萝辛娜，不过她却推开她。"你很可能会要了她的命，萝辛娜，你知不知道？"泪水滚到萝辛娜的下巴，然而她的表情依然充满敌意。

戈什把手伸到珍妮特身子底下抱起她，将她抱离开床时，她叫出一声可怕的呻吟。"车子。"戈什说。亚麦姿跑到前面去开门，赫玛跟在后面。我在珍妮特家的门槛停留了一秒钟，奶奶的坐姿跟我们进来时完全一样，我想起她拿剃刀划破珍妮特脸庞的那天，她那时露出挑衅而自豪的表情,当下我则见到了羞愧和恐惧。

我跑到车子前跟他们会合,赫玛猛然转过身来,一张脸往我冲过来。"我认为你跟这件事情有关,马里恩,我不是傻瓜!"

她坐上车,砰的一声把门用力关上。他们把车开走,亚麦姿在后座照料珍妮特,戈什负责开车。我沿着我们家的车道跑下去,从工具棚后方抄近路,跑过原野,赶上他们时,他们正要把她送进急诊室。

他们从珍妮特的血管注射了大量的液体与抗生素,而后赫玛送她进三号开刀房做更详细的检查。赫玛出来时焦虑不安,不过镇定多了。她闷着一肚子的气,向戈什和院长报告情况,也不管我是不是听见了。"你们想象得到吗?萝辛娜居然付钱找人把那孩子的阴蒂割掉;不光是阴蒂,连小阴唇也割去了,然后从边缘用裁缝线缝在一块!我的老天,你能想象有多痛吗?我把缝线剪掉了,感染情况很严重,现在只能看老天的意思了。"

珍妮特被推进大人物专用的单人病房,我记得戈什告诉过我,梅勃杜准将动过紧急手术之后,就是住在这间病房,当时我们才刚出生没多久。

我坐到珍妮特床边的椅子上,她一度握紧我的手,是有意识或是反射性动作,我没有把握。我就是握着她的手。

赫玛坐在我对面的扶手椅上,手肘搁在膝盖上,头埋在手中。我们对彼此都没有话想说,我气赫玛,赫玛同样也气我。

赫玛一度抬起头说:"干这种事情的人应该统统抓去坐牢。"这不是她头一回拯救珍妮特这般处境的女人,在治疗女性动过割礼后受损及感染的部位,她恐怕是世界上的专家之一,可是她现在的表情沉重,流露出我未曾见过的悲痛。

到了傍晚,珍妮特张开眼睛,看到了我,嗫嗫嚅嚅想说什么。我问她是不是要水,她点点头。我把吸管拉到她嘴边,她看看四周,看有没有别人在房间。

"马里恩，对不起。"她悄声说，泪如泉涌。

"别说话，"我说，"没事。"没事才怪，可是我脱口而出的就是那句话。

"我……应该先等一等。"她说。

我想说：你为什么没有？我没有得到任何满足，没有荣获身为你第一个爱人的荣誉，可是所有的指责都算在我头上。

她一想动，想舔嘴唇，就会痛得发出呻吟。我又拿水给她喝。

"我妈以为是你。"她声音虚弱。

我点点头，可是没说话。

"我告诉她是湿婆，"珍妮特说，"她打我巴掌，还踢我，骂我是骗子，她不相信我，她以为湿婆是处男。"她想笑，脸部肌肉反而扭曲起来，接着她咳了几声，又可以说话时，她说："欷，我要我妈保证不去告诉赫玛。"

我忍不住发出冷冷的讥笑。"好啦！别担心，她会告诉赫玛的，她现在大概正在告诉她。"

"她不会说的，"珍妮特说："我们两个说好了。"

"你这什么意思？"

"我答应让她对我做这件事，如果她不……什么都不说，她不会说出去的，一个字也不会，也不会再对你大吼大叫了。"

听到这里，我沉沉地往后坐下。珍妮特让陌生女人用未经消毒的刀片切除私处，全是为了保护我？所以割礼这件事要怪的人是我？太荒唐了，荒唐到我想哈哈大笑，可是我笑不出来，我的心底出现了内疚，内疚仿佛知道这是它的家，这里欢迎它。

晚上时，湿婆来了，脸色苍白而憔悴。"来，坐这里。"我趁他还没开口时说。我不敢让自己靠近他，我需要休息。"陪她到我回来为止，握住她的手，我放开手，她就会不安。"我没有其他能对他说

377

的话,现在没办法说。愤怒二字不足以形容我的心情,而懊悔一词不足以描述他的感受。

珍妮特连续高烧三天,我日夜坐在她的床边。赫玛、戈什和院长随时进进出出。

到了第三天,珍妮特完全停止排尿。戈什忧心如焚,亲自为她抽血,然后由湿婆或我跑去化验室,协助汪汪排列试剂和试管,测量血中尿素氮的含量。含量很高,越来越高。

珍妮特从未完全昏迷,只是昏昏欲睡,有时迷惘不安,时时发出呻吟,还一度非常口渴。她曾呼喊她母亲,可是萝辛娜不在那里。亚麦姿告诉我,萝辛娜不肯离开她的房间,这大概是好事吧!病房的气氛已经非常紧绷了,更何况赫玛可能攻击萝辛娜。

到了第六天,珍妮特的肾脏开始制造尿液,尿袋装满了大量排出的尿液。戈什把她的点滴速度调快成两倍、三倍,鼓励她配合排尿量喝水。"但愿这表示她的肾脏正在恢复,"戈什说:"肾脏还无法顺利浓缩尿液。"

一天上午,我在椅子上醒来。我注视她的脸庞,观察皮肤肌理,发现她眉宇间的肌肉放松了,我便知道她会活下来。她本来就瘦,现在病痛一点一滴地啃食她,把她折磨得只剩皮包骨。她的血色正在恢复,已经没有性命危险了。我的肩膀放松开来。

当天下午,我到戈什旧家的房间,抱着郁闷的情绪入睡,直到醒来,才把注意力转向湿婆。他了解他让我的梦想化为了泡影吗?他明白自己伤害珍妮特有多深吗?他知道他伤害了我们所有人吗?我想让他了解这一切。问题是,我只能想到一个方法,就是用拳头殴打他,打到他觉得痛苦,感受到对我所造成的痛苦一样深的痛楚。我恨我的弟弟,没有人能拦阻我。

除了珍妮特。

先前她告诉我她与萝辛娜的协议，说她同意接受割礼，只要萝辛娜什么都不告诉赫玛，当时她还没说完她要说的话。头一天晚上，她挣扎着保持清醒，为了求我一件事情，还要我发誓。"马里恩，"她说，"惩罚我，不要惩罚湿婆，打我也好，把我赶走也好，就是不要找湿婆麻烦。"

"为什么？我办不到，为什么要放过他？"

"马里恩，那天晚上，是我要湿婆做他对我做的事情，是我要求他的。"她的话像拳头般重重打在我的腰际，"你知道湿婆很不一样……知道他的想法不同吧？相信我，假如我没有要求他，他会继续看他的书，我也就不会在这里。"

在那个夜晚，我心不甘情不愿地承诺珍妮特，我不会去找湿婆对质，我答应她，主要是因为那晚仿佛恐怕是她的最后一夜。

我始终不曾告诉赫玛实际发生的事情，就让她去想象我做了什么吧！她怎么想都好。

为什么？你或许要问，我为什么遵守诺言？当我明白珍妮特不会死，我为什么没有改变主意？为什么我没有把真相告诉赫玛？当珍妮特在垂死边缘挣扎，我对自己多了一层的了解，同时认识了珍妮特的另一面。我差一点就要失去她了，这个经验让我明白，尽管发生了一切，我并不希望她死。或许我永远都不会原谅她，可是我依然爱着她。

珍妮特出院时，我把她从车子抱到屋子里，没有人抗议，假使有人反对，我会坚持立场。我不眠不休地在珍妮特的床边守护，赢得了赫玛的勉强认同，她不敢拒绝我。

我把她女儿从厨房抱进我们家时，萝辛娜站在她房间的门口看着。珍妮特始终没有朝那方向望一眼，好像她母亲、她从出生开始就在那儿生活的房间已经不存在了。萝辛娜站在那边，以眼神苦苦哀求，请我们的谅解。然而小孩的报复能力是无可限量的，而且能持续一辈子之久。

我把珍妮特抱到我们以前的房间、湿婆的房间，现在这是她的房间了。

湿婆和我打算睡在戈什的旧居，不过分开睡，他睡在客厅。

半个小时后，我去萝辛娜的房间拿珍妮特的衣物，她把自己锁在里面，我敲门也不理。我气呼呼地推动木板，从门的抵抗力判断，我想她搬东西挡住了门，或者她人就靠在门上。空气笼罩在奇特的寂静中，我走到窗户前，窗板竟是拴上的。在亚麦姿的协助下，我用力扳扯脆弱的条板，拉到后来，条板噼啪一声断了。她还用衣柜挡住窗口。我爬上窗台，想用手把衣柜推到一旁，结果束手无策。我拉长脖子从衣柜上方看过去，一看之下，我将后背贴着窗框，两只脚抵着衣柜，完全不管里面有什么，便把衣柜踢翻了。轰隆好大一声，衣柜撞到地面，木板断裂，镜子粉碎，盘碟哗啦哗啦破掉了。所有人听见了都跑过来。

现在我可以看清楚了，我们都看到了。赫玛、戈什和湿婆站在我身后，就连珍妮特听见骚动，也硬拖着身子过来了。

在我记忆中，那一幕具有数学的精确度，可是《卡氏几何学》或任何课本中，都没有一个角度能够全然描绘那脖子的歪斜，药品里也没有任何药丸可能抹去这段记忆。她的头朝脊椎偏斜，嘴是张开的，舌头仿佛被人用力从喉咙扯出来。萝辛娜自屋椽垂下来。

第三十五章·另一场热

　　石墙的苔衣，大门的壮阔，曼侬皇后学校外观犹如古老的堡垒。白袜、浅蓝衬衫、深蓝裙子，少了头饰带、发夹、耳环，珍妮特不过是一个融入群体中的女孩，唯一的饰品是脖子上挂着的圣碧瑾十字架。她不想显眼出众，往日那个朝气勃勃的她，随着我们从屋椽抬下来后葬在故乐乐墓园的尸体，死了。

　　我养成新的习惯，每周六晚间前去探望珍妮特。她就在皇宫那边的小丘上。当年，梅勃杜准将曾在皇宫挟持人质，想开创另一番新的秩序，而赛穆以就在他左右。

　　珍妮特在周末可以回家，不过她说医院会让人想起悲痛的记忆。她坚称她在曼侬皇后学校过得很快乐，印度裔老师严归严，但人非常善良。她不找朋友，连我们也回避了，一心只想勤奋苦读。

　　我们一起进大学念医学预科课程，来年进入医学院就读。脱下制服，换上便衣，她的装扮举止依然保守自制。每次我到大学对面的基督之家青年宿舍探望她，总是暗暗祈祷，就在此日，她会打开心门上的锁，我会见到几许往日的她。她感谢亚麦姿和赫玛送给她的便当，却依然在周身筑起一道栅栏。

　　我依然爱着她。

　　我恨不得我不爱她。

　　一九七四年，我们进入塞拉西第一医学院，学校当时才收第三届学生。珍妮特和我两人在大体解剖课分到同组，共享一具大体，这对她来说算是侥幸。她常缺席，没有完成自己分到的作业，任谁都会对她不高兴。我不认为她懒惰。这种情况说不通，有什么事情正在酝酿，难得这次我毫无头绪。

我们基础学科的师资很优秀，有英国与瑞士教授，也有几个埃塞俄比亚裔的医生，他们从贝鲁特的美国大学毕业，然后前往英国或美国就读研究所。还有一个印度人，就是我们自己的戈什。戈什有个头衔，不是助理教授，不是副教授，也不是临床副教授（暗示是荣誉职位，无给薪），而是医学教授兼任外科教授。

戈什在埃塞俄比亚这二十八年来累积的学术成就有多高，我想我们之中就算是赫玛也不明白。不过，新成立的医学院院长伊安·希尔爵士绝对了解。戈什以个人名义发表了四十一篇论文，还撰写过某教科书中的一章。他一开始对性传染疾病的兴趣，逐渐转换成"回归热"一病的学问，成了此领域的世界级专家。因为这种以虱虫传染的疾病是埃塞俄比亚特有的地方病，因为当今世上没有一个人曾如此近距离观察过这种疾病。

小时候读书时，我就知道回归热这种病，当时在医院对面开杂货铺的阿里带着弟弟萨林到医院来，请求我帮忙去说情。萨林高烧不退，神志不清。事后戈什告诉我，萨林的故事是典型的例子。他离开村落，把一生的家当包在布里背上肩，来到亚的斯亚贝巴。阿里替弟弟在中央市场骚动拥挤的卸货月台找到第一份工作，无论是不是季风季节，弟弟都会把卡车上的麻袋搬下来送进货仓。到了晚上，他和十个人在廉价宿舍里紧贴在一起睡觉。到了雨季，几乎没有机会可以洗衣服，因为衣服需要几天才会干。萨林的生活环境不符合人类居住，反而非常适合虱子。他抓皮肤时，肯定捏死了虱子，虱子的血便从抓伤处进入体内，来自农村的他对这种都市疾病缺乏免疫力。

萨林虚弱得不能坐也不能站，半清醒半昏迷地躺在急诊室的地板上。我们的独眼药剂师亚当弯身靠近病患，一个快速的动作就能判断出病症。

多年之后，戈什让我看看他与《新英格兰医学期刊》编辑的通信。戈什整理了一系列回归热病例，这位编辑正准备刊登这篇创新的论文。编辑认为"亚当病征"这名字自负狂傲，戈什不顾无法在深具威信的期刊发表论文的危险，为他未受教育的药剂师的荣誉而辩护。

吉尔医生您好：

……在埃塞俄比亚，我们将疝气分类成"膝盖以下"及"膝盖以上"，而非分类成"直接型"与"间接型"。医生，这是另一种程度高低的衡量法。我们的急诊室往往有多达五名发烧病患倒卧在地，临床医师问：是疟疾吗？是伤寒吗？是回归热吗？我们无法以疹子来区分（在我们的民众身上，伤寒的"玫瑰疹"是看不见的），不过我可以告诉你，伤寒会造成支气管炎与迟脉，而疟疾病患往往脾脏肿大。假如发表一篇回归热的论文，却无法提供临床医师可行的诊断方式，尤其是在难以检验血液血清的环境之下的诊断法，那么我就显得马虎不够尽职。临床医生只需要抓住病人的大腿，挤压四头肌，用力地挤压，罹患回归热的病人自会跳起来，因为他的肌肉发炎，一碰就痛，只是从外表看不出症状，而这正是回归热的症状之一。这种方法不光能诊断征象，还可奇迹似的救活病人。这种症状最早是由亚当注意到的，理当以他的名字命名为"亚当病征"。

"亚当病征"的效果我可以作证。亚当用力一压，萨林便大叫一声，倏地站起身来。编辑回信，欣然接受所有的修正，唯独"亚当病征"仍是症结所在。戈什坚持立场。

吉尔医生您好：
……医学上有沃斯德克氏病征、博氏病征（Boas's sign）、库氏病征（Courvoisier's sign）、昆氏病征（Quincke's sign），白人以自己的名字来命名似乎无所限制。有个谦逊的药剂师以独眼所目睹的回归热，比你或我用双眼所见识的病例更多，想当然耳，世人能够接受以他的名字为病征命名，好表达对他的敬意。

戈什虽然在无名的非洲医院工作，离主流学术圈相当遥远，依旧达到了他的目的。该篇论文在知名期刊发表，想必因此让他受邀为《贺氏内科原理》写了一章内容，这本书可是医学院高年级生的圣经。而今，他成了教授。赫玛为新上任的教授添购两套帅气的细条纹西装，一套黑、一套蓝，还买了件花呢外套，两边手肘处缝有皮革补丁，仿佛将"教授"放在引号内。至于领结则是他的主意，戈什在各方面都有自己的主张，尤其花费不多又不会伤害他人时。领结告诉全世界，能够活着，他觉得欢欣无比，对于他的职业（他形容为"我那浪漫热情的追寻"），他也是满腔的赞扬。戈什以此态度面对他的职业，享受他的人生，这是他的一切。

第三十六章 · 预后征兆

生命充满征兆,窍门在于知道如何解读。戈什将此称为"捷思法",是一种解决无公式可循之问题的方法。

见微知著。
某处分泌脓汁,脓汁找不到,那么脓汁从肚里来。
除非证明是其他病痛,否则妇女如果血小板数量低,代表罹患狼疮症。
小心戴玻璃假眼、肝脏庞大的男人……

在门诊中心对面,戈什发现某个呼吸急促的少妇,脸颊泛红,与平日苍白的脸色正好相反。他怀疑是心脏僧帽瓣狭窄,只是难以解释确切的原因。因此,他会仔细倾听寻找二尖瓣狭窄那种隆隆的轻柔杂音,据他的说法,这种可怕的心脏杂音"唯有知道它存在才听得见",而且只能利用听诊器钟面听诊头,轻轻贴近运动后病患的心尖才能听到。

我开发出自己的一套捷思法,同时运用理智与本能,再加上思考脸部外观与气味,这些在任何书上都找不到。企图偷窃摩托车的军人在死亡时发出一种味道,萝辛娜也是,那两种味道一模一样,意味着暴毙。

可是当我该相信鼻子,当鼻子从戈什身上闻到令我不安的信号时,我却不愿相信它。我当作没这回事,认为那是新任教授工作的影响,是新买西装和新鲜环境的副作用。在他身边容易使人觉得心安,因为他总是乐观而满足,不过现在竟然比以往更加快活。他寻获自己最好的一面,对一个以"忠诚、学识、传承"为自豪的男人,他在三方面都做得非常优秀。

赫玛与戈什的结婚纪念日当天,我四点便醒来读书,两个小时后从戈什的旧家往主屋走去。湿婆已经搬回我们童年时的那间房了。外头天色依然漆黑,我打算悄悄走进湿婆的房间,看看有一件找不到的衬衫是不是洗好后被挂在他的衣柜内。我走进去时,亚麦姿也来了。我抱抱她,等候她在我额头上画十字,并且喃喃祈祷。

赫玛还在睡觉。走廊浴室的门开着,蒸气从里面飘出来。戈什腰间裹着毛巾站在洗脸盆前,沉沉靠在水槽上。这时间对他来说还早,我觉得好奇怪,他为什么使用这间浴室,是不想吵醒赫玛吗?我还没见到他时(自然他也还未看到我),就听见他卖力的呼吸声,洗个澡所花的力气便让他气喘吁吁。我从他镜中倒影见到他毫无戒心的一面,看到了筋疲力尽,看到了悲伤恐惧。接着,他发现了我。当他转过身来,坠入水槽的快活面具已经迅速戴回去了,没有露出一丝的接缝。

"怎么了吗?"我问,心里则是一阵恐慌。有股气味,它一定与我刚才所见到的有所关联。

"什么事也没有,很吓人,是吗?"他停下来呼吸。"我漂亮的老婆睡得像天使一样,儿子又让我觉得很自豪……今天晚上我要带我老婆去跳舞,我要请她把我们的结婚契约再延续一年,唯一不对的地方是,像我这样的罪人不配拥有这样的好福气。"

赫玛出来了,走到走廊上,甩了甩头发,想甩掉睡意。戈什很快看我一眼,透出焦虑的眼神。

他转身又望着镜子,一面吹口哨,一面乱抹古龙水,以目光恳求我别让赫玛惶恐。由于使劲举高手臂,他那曲《圣徒进行曲》吹得零零落落,有一句没一句。我拿了衬衫便走了。

我一早有课,很重要的一门课,不过我相信我的本能、我的直觉,我相信我的鼻子。我换好衣服,躲到湿婆的工具棚后方,没过多久,福斯车从薄霭中开出来,车内只有戈什。我步行跟着车子走。

走到急诊室时,我恰好来得及看见他走进院长室,院长居然这么早就到了,而且正在等他。我站在原地思索这所代表的意义,这时亚当提着一瓶血出现,院长室的门为他而打开,一段时间后他再出来时,两手已经空了。他看见我,吃了一惊,想把身后的门关上,可是我一只脚已经跨进去了。

戈什含笑坐在躺椅上,两脚抬高,头后垫了枕头。院长老旧的留声机放出巴哈的《荣耀颂》合唱曲。院长将他的手臂折弯,用胶带将输血到他静脉的针头固定好。他们抬起头来,以为大概是亚当为了什么事情折返回来。

戈什的嘴动了动。

"孩子,你知道我——"

"不用费心对我说谎。"我说。

他望向院长,犹如等候提示。院长叹了口气。"这是命中注定的,戈什,我一直认为马里恩应该要知道。"

我永远忘不了当时的静默、他们的迟疑,也忘不了在戈什脸上见到一抹我从没见他表现过的个性——狡猾。狡猾褪去,他流露出听天由命的恍惚神态。在那片刻,我透过他的眼睛和智慧观看这个世界,那广阔的视线看见了古希腊名医希波克拉底、巴甫洛夫、弗洛伊德、居里夫人、链霉素和盘尼西林的发现、卡尔·兰德施泰纳的血型分类。他的眼光回想起追求赫玛的败血症病房、他勉为其难担任外科医生的三号开刀房,又回顾了我们的诞生,然后瞻向未来,越过自己的生命,看向我的生命终点,再往后眺望更遥远的将来。

接下来，独独在这一时刻，他的视线才安顿下来，集中在当下，关注此时此刻。而在刹那之间，父子之爱不言而喻，谁也无法接受这份爱或许将会结束，只能留下记忆而已。

"好，逐渐崭露头角的临床医生马里恩，你认为这可能是什么症状？"他非常热爱问答教学法，只是这回换他变成病患，而我要运用自己的捷思法。

我早先就注意到他脸色苍白，只是不肯把这件事情牢记在心。这时我想起来了，过去两三个月，我看过他手臂、大腿出现淤青，他对这些淤青总有解释。他被纸张割伤了手指，那不过是一周前的事吧？事情就在我眼前发生，血流了一会儿，几个小时后我再见到他，伤口竟然还在渗血。我怎么会没将它放在心上？我想起其他事情，他不顾众人反对，长时间暴露在古老X光机"烤机"的辐射线中，持续使用它，直到医院有了新机器才罢休。"烤机"已经以榔头打烂，零件断片被拖进了"沉没之土"陪伴那名军人，让他的骨骸发光发热。

"血癌？白血病？"我说，恨死了那几个可怕的字在我嘴上发出的声音。就在我说出名字的那一瞬间，戈什的疾病反而诞生了，反而苏醒过来了，这下子它不会走了。

他面露喜色，转头看着院长挑眉。"院长，你能相信吗？我儿子耶！是个临床医生了。"

接着他的声音失去平日洋溢的热情，口吻中的伪装像寒霜后的叶子片片落下。

"马里恩，不管发生什么事情，绝对不可以让赫玛知道。大概在两年前，我已经透过艾利·何瑞斯，把载玻片送到美国犹他州盐湖城交给麦克韦尔斯·温多伯医生，他是非常优秀的血液学专家，我很喜欢他所写的教科书，他还亲自回我信。我的状况就像一座活火山，轰隆轰隆，不断地在喷火，还算不上是白血病，不过将会成为白血病，这种病叫作'骨髓化生不良症'。"他说着，谨慎地念出这几个字，仿佛那是某件娇贵易碎又精心打造的东西。"马里恩，记住这个词，这是很有趣的疾病，我相信我还有好几年的时间，现在唯一棘手的症状是贫血。我输血就像换油一样，今晚我要陪赫玛去跳舞，这可是我们的大日子，我希望能有更多的精神。"

"你为什么不让妈知道？你为什么不让我知道？"

戈什摇摇头。"赫玛会发疯的……她会的，她不应该，她不可以……孩子，不要那样看我，我这么做不是故意装高尚，我可以跟你保证。"

"那么我就不懂了。"

"过去两年，你并不知道我的诊断结果，对吧？假如你早知道了，你和我之间的关系并不会改变，你不这么认为吗？"他笑嘻嘻地弄乱我的头发。"你知道什么事带给我生活里最大的快乐吗？是我们住的平房，是屋里一切都维持常态，我像平常一样醒来，亚麦姿在厨房喋喋不休。还有我的工作、我教课的班，以及跟高年级生一起巡房。晚餐时看见你和湿婆，然后跟我老婆一起上床睡觉。"他停在那里，沉默了好长一段时间，心里想着赫玛。"我希望过这样的生活，我不想每个人都不再正常，你了解我的意思吗？我不要一切都毁了。"他笑了笑。"情况恶化时，如果当真会走到那个地步，我会告诉你妈，我向你保证。"

他热切地看着我。"你会保密吧？拜托？这是你能为我做的事情。换个方式说，这对我会是一件礼物，让我尽可能继续过着正常生活。你也千万不能告诉弟弟，这对你可能是最难的，我知道你们两人之间……失和，不过你比谁都了解湿婆，我知道你很关心他，不会让他提早得知这个消息。"

我答应了他。

关于接下来的几个月，我所记得的事情很少，只记得领悟了戈什的智慧。过去两年来，我不知情，那是福气，而今我既然知道，不可能逆转时间，也无法抹去知悉的事实。我感觉他又进了监牢，而我也可说是被关入了大牢。我尽量阅读关于骨髓化生不良症的一切文字（恨死他所深爱的这个词）。当我知道他得了什么病时，他的骨髓平静无波，后来疾病越来越活跃，火山轰隆轰隆流出熔岩，如果风向对的时候，那喷发出来的隐约含硫气体是骗不了人的。

我尽可能多花时间陪在戈什身旁，期许获得他所能传授给我的每一点一滴智慧。每个人子都该写下父亲必须告诉他们的一字一句，我提起笔开始写了。为什么要以疾病为代价，我才能认清与他相处时光的价值呢？人类似乎永远学不会这一门课，因此世世代代要重新学习，才会想写出书简信函。我们规劝朋友，抓着他们的肩膀摇晃他们，告诉他们："把握时光！当下才是重要的！"多数人无法回头弥补过去，对于当时应该做的、以前可以做的，我们无能为力再去改变。可是，有少数像戈什的幸运儿，永远没有这样的烦恼，他没有需要弥补的缺憾，没有未曾把握的时光。

偶尔戈什在房间的另一头对我咧嘴而笑，眨眨眼睛。他在教导我死该怎么死，正如他教过我活要怎么活。

湿婆与赫玛忙着过日子，对戈什的病状不知不觉，沉溺于自己的兴奋中。湿婆以花言巧语，说服赫玛投入大量心力治疗罹患膀胱阴道瘘管（简称瘘管）的女子，赫玛（任何妇科外科医生都一样）不喜爱面对瘘管，因为治疗不易。

小时候我们见过一个小女孩，她跟随她父亲爬上坡，羞愧地低着头，每一步路都在渗尿，身上夹带着难以言喻的味道。而今我能说明那小女孩为什么对湿婆的人生造成无比深远的影响。

湿婆和我不知道，赫玛已经替她动过三次手术，头两次修补的地方破了，最后一次则成功了。我们始终没能见到她离开医院，可是赫玛对我们保证,她的病治好了,人开开心心地走了。然而,心灵伤痕永远无法痊愈。当时我们对她所受的痛苦所知甚少,这是赫玛不会与我们谈论的话题,现在湿婆和我懂了。情况很可能是这样的:她还未满十来岁,就嫁给某个年纪可做她父亲的男人,疼痛的新婚圆房令她心生恐惧(假如割礼在阴道入口留下伤疤组织,丈夫必须连续攻击才能进去,她所受的创伤会更深)。她年纪太小,甚至无法将此行为与怀孕联想在一起,没想到随即怀了孩子,肚子大了起来。阵痛开始时,胎儿头颅挤压骨盆的骨头,而骨盆入口早由于软骨症变窄了。若是在发达国家或大城市,子宫开始收缩时,她也许可以采取剖腹生产。不过在偏僻的聚落,身边只有婆婆的协助,她可能受苦多日,子宫企图做出不可能办到的事情,反而只让胎儿的头颅猛烈撞击膀胱和子宫颈,将这些组织朝坚固多骨的骨盆挤压,组织因而受损。胎儿不久在子宫内夭折,母亲的死期也迅速到来,十之八九的死因是子宫破裂,或感染加上败血症。能设法将母亲送至医疗中心的家庭十分少见,医疗单位能将已无生命的胚胎一块块移除,首先将头颅碾碎,然后将剩余部位拉出来。

经历可怕的分娩后,在她恢复健康期间,产道内坏死生疽的组织最后会脱落,膀胱与阴道间留下参差不齐的缺口,于是尿液不会从膀胱流入尿道,再由阴蒂下方不远处排出(而且是在她想排尿时才排尿),膀胱的内容物现在反而时常直接渗入阴道,顺着两腿流下来。她永远无法保持干燥,衣服随时都是浸湿的,尿液整天滴滴答答流个不停。膀胱和尿道不久受到感染,发出恶臭,阴唇由于潮湿而变得软烂,开始分泌脓汁。一定就在此时,丈夫抛弃了她,而父亲赶来搭救。

瘘管自古就有记述,直到一八四九年,与我同名的马里恩·辛斯医生,才在亚拉巴马州蒙哥马利首度成功地修补阴道瘘管。他的第一批病患是亚娜佳、贝西和露西,这三名奴隶由于病状而遭家人和主人抛弃。辛斯为她们动手术（同时告诉世人她们自愿受测），尝试治疗瘘管。当时乙醚才刚问世，不过尚未广泛使用，因此病患在手术时意识完全清醒。辛斯利用蚕丝缝合膀胱与阴道之间的裂洞，以为治好了她们的病症。不料一周之后，他发现尿液经由修补在线的针孔渗出。他继续尝试，为亚娜佳动过约莫三十次手术，经由每次的失败而学习，逐步修正技术，最后终于成功了。

　　赫玛替我们见过的女孩开刀时，遵照马里恩·辛斯创定的修补原则，首先从尿道将导尿管放入膀胱，使尿液流向偏离瘘管，好让湿答答软绵绵的组织得以干燥复原。一周以后，赫玛从阴道动刀，利用那位阿拉巴马医生改造的白镴弯形匙（现今我们称之为辛氏窥腔器），让手术区域清楚展现，以便进行阴道手术。她必须小心翼翼地切开瘘管边缘，找出层层分离的组织，这些组织原本是膀胱内膜、膀胱壁、阴道壁和阴道内膜。修剪边缘之后，她开始一层一层修补。辛斯经历多次失败后，请了名珠宝匠打造出银丝线，利用这种金属丝缝合了手术伤口。银最不容易引起组织发炎，而发炎正是修补部位破裂的原因。赫玛则利用加了铬的羊肠线。

　　我得悉戈什罹患血液疾病后一个月，有天晚餐时赫玛告诉我们，她与湿婆已经有连续十五名病患开刀后不再复发。"我应该将这一切归功于湿婆，"她说，"他说服我投入更多时间，让妇女做好开刀的准备。所以，我们现在先让病人住院，提供两周的蛋、肉、牛奶和维生素。我们用抗生素治疗到尿液变成清澈为止，又将氧化锌软膏涂在她们的大腿和阴门上。这是湿婆的主意，一来驱虫，二来在手术之前改善缺铁性贫血。我们设法强化她们的大腿，让她们动起来。"她得意扬扬地看着湿婆。"我还真不好意思说，对于她们的需要，他的发现与了解比我这么多年来的观察还深，比方说物理治疗的计划——"

　　"假如她们术前不肯走路，术后就无法让她们走路。"湿婆说。

病患中有四位膀胱漏洞太大，创伤过多，导致组织萎缩，无法将漏洞边缘集中在一起。从这些病人身上，赫玛与湿婆学会将阴唇底下窄而厚的"肉片"挑出来，让它一端继续连接血液供应处，再将未固定的一端往上拉长，拉入阴道内，以活肉作为瘘管的补片。

"院长有个赞助者只想支持瘘管手术，"湿婆说，"每个月我们会有一千美元。"我觉得连看着他都难，遑论开口恭喜他。

我不再为珍妮特发愁，一年级时，她四门课中有两门不及格，两个学期都必须重修，而我因为戈什生病而苦恼，分不出心力多关心她。她过得不开心，无法尽情享受人生，反而失去了欲望，即使曾经有过目标，也已经忘却了。要走到这种地步不难，只要一周不读书、旷课、程度严重落后就可以了，医学院第一年的步调就是这么忙碌慌乱。

二年级读了半年左右时，我得知珍妮特又缺席几堂解剖实验课，想想还是去看看她的情况才行。

我去了基督之家青年宿舍，她的房门开着没关，客人背对着我，一开始两人都没发现我。珍妮特与另一个不在现场的女孩同房，窄小的房间曾经井井有条，现在则凌乱而肮脏。房内摆了上下铺、一张两人用的小书桌。赛穆以在世时，珍妮特表现出仿佛很讨厌他的样子，这位勇敢忠诚的父亲在枪林弹雨中丧命后，她反而在天花板贴了他的照片，躺在上铺时，那张照片离她的脸只有十来厘米。

她的访客五官粗俗，举止粗暴，容易引人注目。我知道这个学生常常煽风兴事，组织学生推动教改，也会搜集签名撵走不得人心的舍监。他与珍妮特一样，本来是厄立特里亚人，解放厄立特里亚想必才是他最重要的目标吧！可是这个理想无法见光。他正用提格利尼亚语和珍妮特交谈，不过我听见几个英语单字："霸权"及"无产阶级"。当他察觉我站在门口，话讲到一半就停下来，牛似的双眼横我一眼,眼神告诉我:你绝对不会成为我们的一分子。

我故意以阿姆哈拉语对珍妮特说话,好让她的客人明白,我讲得比他还要流利。他嘀嘀咕咕地用提格利尼亚语对她说了什么,然后昂首阔步走掉了。

"珍妮特,你这些激进分子的朋友是谁?"

"什么激进分子?我不过是跟厄立特里亚人来往。"

"秘密警察在这层楼有内线,"我说:"他们会把你跟'厄立特里亚人民解放阵线'连在一起。"

她耸耸肩。"马里恩,你知道'厄解阵线'的进展非常顺利吗?你哪可能知道,因为《埃塞俄比亚先锋报》绝对不会报道。不过,我想你来这里不是要讨论政治吧?"

如果是过去,我大概已经因为她的态度而觉得受伤。"赫玛问候你,戈什说希望最近哪天晚上能在晚餐时见见你……珍妮特,我担心你的解剖课,这学年没有人会替你做实验,如果你不出席,不管怎样,你就是会不及格,别这样,珍妮特。"

她已经绷起脸来。另一个男人在的时候,那张脸却是多么兴味盎然、生气蓬勃。

"谢谢你。"她冷冷地说。

我巴不得能告诉她戈什病了,恨不得摇醒她,要她别再以自我为中心。然而我坐在那里,感受她存在的魅力,这魅力引得我继续紧跟在她身后,使得我告诉自己,不管她怎么表现,就算在我们人生显然各自东西之际,我依然深爱她。

到了医学院最后一年,我在各科轮调见习,此时戈什的火山爆发了。我回家看见赫玛的表情,就明白她知情了。我做好准备接受她连珠炮的责备,没想到她抱住我。

戈什不但吐血,还流出大量的鼻血,想隐藏也隐藏不了,现在正舒舒服服地在卧室休息。我偷偷进去看他，然后出来陪着赫玛坐在餐桌前。亚麦姿红着眼睛替我端来了茶。

"他没告诉我，我想我觉得很庆幸。"赫玛说。从她浮肿的眼皮，我知道她一整个下午都在哭。"尤其在我们也束手无策的时候。我一直拥有他最好的一面，过着幸福快乐的生活，完全不知道这件事。"她拨弄手指上的钻戒，那是上次他们年度誓约延续时，戈什送她的礼物。"要是我早知道……也许我们能去美国一趟。我问过他了，他说情愿留在这里，他只有一个希望，那就是每天早上第一眼就见到我！哎呀呀，他这家伙浪漫得无可救药，就连现在也还是这样。很奇妙，才几个月前，我觉得一切都太顺利了，肯定会有坏事发生，征兆全在我的眼前，我却没有留心。"

"我也是。"我说。

我撞见亚麦姿在厨房掉眼泪，含泪的加布鲁拿着迷你版的《圣经》，摇摇晃晃地朗诵诗文安抚她。他们看到我，加布鲁说："我们应该为他斋戒，我们的祷告不够。"

亚麦姿点点头，容许我抱抱她让她放心，可是情绪很激动。"我们不常祷告，"她说，"所以才会遇到这种事。"

我问加布鲁有没有见到湿婆，他说湿婆出去一整天了，如果已经回来，大概在他的工场内。加布鲁陪我往下走向工具棚。

"你还带着皮卷吗？"加布鲁问。他所指的是一张长条薄羊皮，他在上面画了眼睛、八芒星、指环、皇后，又用细小的字体抄了经文，然后将皮卷紧紧卷起来，谨慎地放进空的子弹壳里面，在金属上刻了十字架与我的名字。

"我一直带在身边。"我说。这句话有几分是真的，因为我把这个护身符放在公文包内。

"我当初应该替戈什医生做一个，也许就不会发生这种事情了。"

395

我对这位忠实朋友感到非常惊奇。在埃塞俄比亚要成为祭司不难，亚的斯亚贝巴的大主教往布袋吹了吹气，然后将布袋送去地方乡间，在教堂院子里把袋子打开，就能同时授予上百人圣职。从埃塞俄比亚东正教的立场来说，祭司越多越令人开心。

可是对于像亚麦姿那种虔诚敬神的民众，数以万计的祭司有它的问题。少数祭司是酒鬼加乞丐，对他们来说，祭司身份是避免饥饿、并同时满足其他爱好的手段。恶劣至极的无赖会拿出十字架，强迫亚麦姿停下来亲吻十字架的四个点。一天我碰见她脸色忧伤，衣装不整，她告诉我，她拿雨伞打跑某个想对她乱来的祭司，旁人跑来帮她痛打对方。"马里恩，我快死的时候，去中央市场替我找两个祭司来，"当时她对我说，"这么一来，我就跟耶稣一样，死的时候两边各有一个小偷。"

不过加布鲁不一样，亚麦姿相信上帝认可加布鲁。他一天埋首苦读祈祷书好几个小时，倚在祈祷杖上，念珠咔嚓咔嚓通过手指。即使他脱下祭司服，去除草、跑腿、担任医院的警卫门房，头巾还是缠在原处，而嘴唇永远不会停止蠕动。"请替戈什做皮卷，"我告诉加布鲁，"你要保持信念，也许还不算太迟。"

湿婆才刚回来。我好久好久没来工具棚了，没料到会面对凌乱不堪的场景。引擎零件和电箱摆了一地，通往水槽、焊接工具和金属碎片的通道窄到不能再窄。湿婆利用熔接的金属鹰架，加强小屋的墙壁和天花板的支撑力，工具就吊在鹰架的金属丝套内。他人在书桌前，躲藏在堆积如山的书籍、文件后方。我勉强走过去，他正在绘制某样结构的设计草图，他说这种器械能使瘘管手术的手术区更清楚地展现。他把笔放下来等我开口，稍早在平房内泄漏的消息，他一无所知。我把关于戈什的实情告诉他。

他留神倾听，可是一句话也没说，除了脸色略显苍白，面容并没有流露出太多信息。他闭上眼睛,就像爬进了树屋,而且还把梯子也拉了上去。他没有问题想问,我继续等着他。我明白了,即使这样一个消息,也无法拆除我们之间的墙。

我需要他,我一直独自背负着戈什的秘密,而今准备好要将负担分出去。接下来的日子,我需要他的力量,可是我不愿意承认这一点。湿婆在想什么?他有任何感受吗?半晌后我走了,对那双不肯张开的眼睛感到深恶痛绝,深信我无法倚赖他。

可是湿婆的表现让我错愕。除了当晚,湿婆还在戈什与赫玛卧室外的走廊上又睡了两晚,只拿毯子垫在底下,同时盖住身体正面。留在近处守候,这是他表达对戈什的爱的方法。隔天上午,戈什看见湿婆在那里蜷成一团,感动得落下眼泪。赫玛告诉我这件事时,我觉得内心四周有某样东西瓦解粉碎了。到了第四天夜里,戈什病情恶化,我决定离开戈什的旧家,重回以前和湿婆同眠的那张床。我说服湿婆别睡在走廊地板。我们尴尬地睡在床垫边缘,夜里起来数次查看戈什的情况。到了早上,我们的头是碰在一起的。

湿婆及我和戈什同血型,在亚当的协助下,我一直储备血液以因应此刻所需,现在湿婆也捐出自己的血。可是血已经不够用了,而且输血导致铁质过量,恐怕会带来危险。戈什的血小板功能不全,除了牙龈出血,血液也从肠道流失,他的身子越来越虚弱。

戈什不想搬进医院。不久,他因贫血而呼吸困难,再也无法平躺。我们将他搬离与妻子共枕逾二十年的床,让他坐在客厅里他心爱的扶手椅上,两腿抬放在脚凳上。

他不张扬,有条不紊地争取与喜爱的每个人的共处时间。他找了巴布、亚帝德、伊凡格兰、瑞狄太太等桥牌牌友过来,我听见他们笑着缅怀往事,只是笑声无法尽兴。板球队队员也来了,穿着白色队服表达对队长的敬意,害得他吓了一跳,他们还将他过去的战绩添油加醋，听得他乐不可支。

然后，时刻到了，他靠着松垮垮地搭在下巴的口罩呼吸氧气。轮到我和戈什谈话。我一直害怕此刻的到来，不愿去想其中的暗示。

"马里恩，你在躲我，"他说，"我们必须开始。我们不开始，就不能结束。对吧？"

我怎么也料不到他接下来要说的话。

"我不希望你觉得必须承担全家人的责任，赫玛非常能干，院长虽然渐渐老了，还是坚韧不拔，脑筋转得很快。我告诉你这些话，因为我希望你能在医界精益求精，不要被对湿婆、赫玛或院长的责任所困住，因而留在这里。"他又说一句，"也不要因为对珍妮特的责任感而留下来。"提起她的名字时，他眉头略微皱了起来。他靠上前来抓起我的手，确认我明白他相当认真。"我很想到美国去，这么多年来，我看贺氏等人写的那些教科书……他们做的事情，他们进行的化验……好像在读小说，你懂吧？经费不成问题，点菜不必看价格。可是要是你去了那里，那就不会是小说了，那会是事实。"他幻想那里的情景，眼神从而转为朦胧。

"是我们阻止了你走，对不对？我和湿婆，因为我们出生了？"

"别傻了，你能想象我放弃这些吗？"说着，他手一挥，表示他所指的是家、是医院、是他凭一间小屋打造出来的家庭。"我很幸福，我的才能在于老早就明白光靠财富无法让我快乐，也许那是我没有留下巨富给你们的借口吧！假如金钱是我的目标，我绝对能赚更多钱。可是，有一样东西是我没有的，那就是遗憾。我那些大人物病患临终前往往有好多好多懊悔，后悔他们在别人内心留下痛苦，他们明白金钱、礼拜、悼词、再精心策划的出殡队伍，也无法抹去坏心眼所留下的痕迹。

"当然，你我都目睹了数不清的穷人过世，他们唯一的遗憾绝对是出生在贫困的环境，一辈子承受折磨。在《乔布记》里，乔布对上帝说：'你应该直接把我从母胎送入坟墓！生死中间这段要干吗？既然只有受苦受难，人生要干吗？'内容大概是这样的意思。对于穷人，死，起码是苦难的终点站。"他呵呵笑了几声，仿佛很欣赏自己刚刚所说的话，手指不自觉地伸进睡衣口袋，然后移到耳朵后面找笔，因为以往的戈什会赶紧把那句话写下来。不过他现在找不到笔，也没必要写下任何字。

"我不曾吃过苦头，啊，也许吃过短暂的苦头吧！只有我心爱的赫玛让我苦追她几年时吃过苦而已，当时好痛苦哇！"那朵笑容表示，这是他不会与名望或财富交换的那种痛苦。

"湿婆跟在赫玛身边，日后将会有所成就，而赫玛也需要他才能让自己忙碌。出于本能反应，赫玛会想回印度去，会一直吵着要走，但最后不会走。湿婆不会肯去的，所以赫玛会留在亚的斯亚贝巴。我要说的是，你不用担忧这些事情，你明白吗？"

我点点头，信念却不是很坚定。

"我的确有一个小小的遗憾，"戈什说，"不过这件事你可以帮我，是跟你父亲有关的事情。"

"我这辈子只有你一个父亲，"我立刻说，"我希望罹患白血病的人是托马斯·斯通，而不是你。他要是死了，我一点也不会在乎！"

他用力吞口水，迟疑了一会儿才回答："马里恩，你把我当成父亲，这对我来说意义深重。对于你、对于你现在的表现，我非常非常引以为豪。我提起托马斯·斯通，却是为了自私的理由，我刚才说过了，那是我的遗憾之一。

"喏，对于你父亲而言，我是他最能够亲近交往的朋友。马里恩，你必须想象当时的情景，除了我，医院就只有他一个男医生。我们个性天南地北，没有共通之处，至少认识他时，我是这么认为。不过我发现，他对医学的热爱可说与我的热情相同，他投进全部心力，他对医学的那份热忱……感觉他来自另一个星球，来自我的星球，我们有特殊的联系。"

他的视线飘向窗户，也许是回想起那段时光。我在一旁等着。最后他转回头看我，握紧我的手。

"马里恩，你父亲曾经被某件事情深深伤害过，老天才晓得是什么事。他小时候父母双亡，我们始终不曾谈论过那类的话题，不过他在这里时，在玛莉·普雷斯修女身旁工作的时候，和我们大家一起工作的时候，他得到了保护。像他那样的人，最快乐的时候也不过如此。我觉得应该关怀、保护他，他对手术的知识虽然丰富，关于人情世故却一无所知。"

"你是说他跟湿婆一样？"

他停下来想了想。"不是，他们截然不同，湿婆很满足！你看看他，湿婆不需要朋友、社会支持或认同，湿婆活在当下。托马斯·斯通不是那样，我们其他人所拥有的需求，他也统统拥有。不过他害怕，不愿对自己承认自己的需要，不愿对自己承认自己的过去。"

"害怕什么？"我觉得难以接受这一切。"院长曾经告诉我，他生气时会丢器械，她说他脾气暴躁，说他什么都不怕。"

"哦，是在动手术时才什么都不怕吧！不过那句话可能也不正确，一名好的外科医生一定要有所恐惧，他是非常优秀的外科医生，一流的，从不鲁莽行事，抱持着适当的恐惧。嗳……是有几次判断失误，不过他也是人，只是说到人际关系方面，他……十分恐慌，他担心若是太靠近谁，对方会伤害他，或者他可能会伤害对方。"

我不愿意接受这种形象的斯通，与我多年来所想象的差太远了。最后我问："你希望我做什么？"

"既然我的时候就要到了，马里恩……我希望让托马斯·斯通知道，不管发生了什么事情，我一直认为我是他的朋友。"

"你为什么不写信给他？"

"我没办法，我永远不可能写信给他。赫玛无法谅解他离开这里。

斯通走了,她很高兴,因为打从你们出生的那一刻起,她就想要你们两个。尽管如此,她还是不肯原谅他的离去,结果斯通一离开,她反而又非常害怕,始终都很害怕,怕斯通可能会回来把你们要回去。我只得答应她、对她发誓,说我不会写信给他,也不会以任何形式和他联络。"他看着我,带着平静的得意说:"马里恩,我说到做到。"

"很好,我很高兴你做到了。"

在年纪更小的时候,我对托马斯·斯通抱持无比的好奇,幻想过他归来时的情景,而今我抵抗戈什的请求,同时不甚明白我为什么会这样。

戈什继续说下去。"我非常期待斯通和我联络,几年过去,他没有找我,我好失望。马里恩,他满心羞愧,以为我不想见到他,以为我恨他。"

"你怎么知道?"

"我没有办法确定,只是猜想到今天为止他还是持续自责,你可以说这是一种临床诊断本能吧!事实上,你跟我们在一起比跟他在一起更幸福,他就算能试试看,我也不确定他可不可以创造出我们现在所拥有的一切:一个家庭。我希望你不要恨那个男人,他背负的十字架非常庞大。"

"为什么现在告诉我这些事?"我说,"你从监狱出来后,我就不再想他的事情了。我们需要他的时候,他从来不曾出现,为什么我要浪费时间想他呢?"

"为了我的缘故,我跟你说过了,这是为了我,我自身的遗憾。这件事情跟你无关,可是只有你能帮我。"

我没说话。

"让我看看能不能解释清楚……"他仰头望着天花板几秒钟。"马里恩,假如我不让他知道我还把他当作兄弟看,那么我的人生会有个缺憾。"他的眼眶湿了,"无论他这么多年来沉寂无消息的理由为何,我还是……我还是喜爱他,我不能见他,我不能告诉他这些话,不过你可以的。我活不到那个时候,然而那是我的心愿。在不伤害赫玛感情的前提下去做这件事情,为我做这件事情,把缺憾补满。"

"你会告诉湿婆这件事吗?"

"如果我告诉湿婆这是我的遗愿,他会去做,只是湿婆恐怕不知道该怎么做,怎么……治愈他的伤口,要治愈他的伤口,光传达口信是不够的。"他迟疑了一下。"说到了湿婆,我还必须告诉你关于湿婆的事情,无论他对你做过什么,请原谅他。"

我听了他的话,呆若木鸡。他本来就计划好要说那句话吗?还是临时想到的?我不认为戈什了解我的伤口深度、我对湿婆的怨恨,没想到还是低估了他。不管怎么说,我与湿婆之间发生的事情不是我愿意对戈什提起的话题,那件事情太痛苦,涉及太多私己。

"托马斯·斯通的事情,我会尽力而为,为了你而去做。不过我无法相信这是你的心愿,你差点忘记了一件事,害死我母亲的人就是那个人……死了一名修女,他让一名修女怀孕,然后抛弃自己的孩子。到了今天,似乎还是没有人知道这一切是怎么发生的。"

我越讲越大声,声音逐渐颤抖起来,戈什不发一语,从容地看着我。最后我的肩膀垮下,我让步了。我将照他的请求去做。

一星期后,大限到了,他还在那张椅子上,我们都在他身边。我和湿婆握住他的左手,院长执起他的右手。亚麦姿由于严格的斋戒而变得极为瘦削,她蹲在他椅子后方,手搭在他的肩头。赫玛坐在椅子扶手上,好让戈什的头靠着她的身体。我们找不到珍妮特,加布鲁叫了辆出租车去接她时,她人不在宿舍内。加布鲁站在亚麦姿的身旁祷告。

戈什呼吸十分费力,赫玛却给他打了吗啡,说这是他的指示,吗啡"能让脑袋和大脑分离",因此纵使呼吸急促的现象还是没有改变,但焦虑已经不再有了。

他曾张开过一次眼睛,露出惊讶的神色,看看赫玛,接着看看我们,露出微笑后又闭上眼。我倒愿意认为,在那最后一次凝望中,他看见了生动的家庭画面,看见了自己实质的血肉,因为我们的血液现在在他的血管内。我倒愿意去想,看见我们,他感觉自己达成了天命。

于是,他就那么从此生过渡至来生,没有大张旗鼓,反而以他一贯简单无畏的方式,他最后一次睁开眼睛,确定我们安然无事,然后步上了旅程。

他的胸腔停止起伏,我的哀伤中夹杂了宽心,因为几天来我始终以自己的呼吸配合他的每一下呼吸。我知道赫玛也有同样的感受,她把头搁在他的头上,眼泪流下来,双臂依然轻轻托着他。

随着戈什去世,我对"失去"一词有了新的领会。我失去亲生父母,失去准将,失去赛穆以,失去萝辛娜,可是唯独失去了戈什,我才了解失去的真意。轻拍我、哄我睡觉的手,高唱晚安曲的嘴,引领我的手指叩诊胸腔、触摸肿胀肝脏或胰脏的手指,哄骗我的耳朵了解他人心脏的那颗真心,此刻都停止了。

在他咽气的那一刻,我觉得责任斗篷从他身上落到我的肩头,他已经预料到这一点了。我没忘记,他劝我轻轻披上那件斗篷就好。他将专业的令牌交给我,希望我成为超越他的医生,然后将同样的知识传递给我的孩子、给孩子的孩子,一代接着一代。"我会让它永远传递下去的。"我说,希望戈什听得到我的话。

我知道弗洛伊德曾经写过一句话:人唯有在父亲逝世那天才成为男人。

戈什走的时候,我不再是人子。

我成了男人。

第三十七章·出行

戈什去世两年后，我离开了埃塞俄比亚，理由与戈什的临终心愿毫无关联。不是为了寻找托马斯·斯通治愈他的痛楚，不是为了皇帝由于渐次发展的军事叛变而遭到罢黜，不是因为掌权的军事"委员会"经过内斗与谋杀后，缩减成只剩一位疯狂的独裁者——中校"门格斯图"。

事实上，我在一九七九年一月十日星期三离开。该日，消息像流行性感冒往大街小巷传播，有四名厄裔游击队员冒充旅客，霸占一架埃塞俄比亚航空波音七〇七客机，强迫飞机飞往苏丹的喀土穆，其中一人是珍妮特。那天上午，她还是医学院学生，不过已经留级三年，到了晚间，她化身为解放运动的斗士。

我终于成为医生，即将完成最后一个轮调部门的实习，已经在内科、外科、产科与妇科各实习三个月，现在只需要在小儿科再实习一个月就行了。

快到傍晚，赫玛通过电话找到我，她已经听说了关于珍妮特的消息。

"马里恩，立刻回家。"

她的语调让我四周的空气凝定不动。

"妈，你没事吧？我们帮不了她，他们可能会来找我们谈话，你是她的监护人。"

戈什去世之后，由于少了他处于我与赫玛之间，我变得与她更加亲近。她常询问我的意见，而我也会拨空陪在她身边。我感觉是戈什插手改善了我们的关系。

"马里恩，我的宝贝，不是关于珍妮特的事情……亚帝德刚才打电话来，秘密警察正在寻找一个叫作马里恩·普雷斯·斯通的共谋，他们恐怕已经往这里来了。"

感谢亚帝德的消息来源，原来保安部门中有个穆斯林偏袒失迷医院。珍妮特的室友是个娇小的孤女，我相信她对秘密计划一无所知，而她在劫机事件发生的一个小时内吐露了我的名字。当指甲被人硬拔下时，你什么话都会说。

戈什剃光头站在凯却乐监狱的画面快速闪过我的脑海，然而比起现在的情景，往昔的凯却乐监狱如同乡村俱乐部。现在那里是人山人海的酷刑学院，是国家敌人送死的肉铺。每天夜里，尸首与身体部位被一辆又一辆的卡车运出，送往市区各处摆放，推动提供教育训诲之用的恐怖公众艺术计划：死人艺术家之雕塑，手指猎户座的无头女子，提着自己脑袋的叛徒。统一传达的寓意很清楚：想反对我们，你就会没命。

中校出身的元首是个粗鄙的野蛮人，与皇帝只有一个共通点：始终不让厄立特里亚分离独立。他发动全面军事攻击，轰炸厄立特里亚地区的村庄，村内有造反者，也有平民百姓，厄裔的故土于是遭到围困。这种做法自然反而为"厄立特里亚人民解放阵线"注入新的活力。

同一时间，奥洛莫族极力要求自由，提格雷族（所说的语言和厄裔人类似）成立了自己的解放阵线，亚的斯亚贝巴附近的保皇派笃信皇帝和君主政体，在首都的政府机关点燃炸药。大学生曾经是军事"委员会"的热情仰慕者，现在则分裂了，有人想推动民主制度，有人觉得只有阿尔巴尼亚式的马克思主义才能治国。邻近的索马里则认为，这正是个好时机，准备索讨奥加登沙漠那块连秃鹰也不要的争议领土。[50] 谁说独裁者容易当？中校元首可是忙得不可开交。

我没有对谁说半句话，从衣瑞儿童医院后门溜走，留下车子停在原处，搭乘出租车回家。我不敢相信正在发生的事情，珍妮特完成了什么任务？劫持埃塞俄比亚航空飞机，绝对会引起大众注意，连英国广播公司也会注意这则消息，这会让中校元首更加困窘。不过在没有任何外援的情况下，他的执政绩效相当不错。即使珍妮特的行动没有陷我于险境，我也照样怨恨劫机事件。埃塞俄比亚航空是国家的荣耀象征，外国人极力赞美其一流的服务、熟练的机师，喷气式飞机从罗马、伦敦、法兰克福、内罗毕、开罗、孟买各地飞至亚的斯亚贝巴，便利观光客前来游览。此外，埃塞俄比亚航空公司更以DC-3型飞机提供区域间载客服务，多点环形飞行路线每日出发，你可以早上离开亚的斯亚贝巴的希尔顿饭店，出门参观刚达尔的城堡、阿克森年代悠远的石碑、拉里贝拉的凿岩教堂，然后返回亚的斯亚贝巴希尔顿饭店的酒廊，恰好赶上应召女郎拖着一缕香水飘然走过，丝绒阿善提乐团正在表演，演唱改编自投机者乐团《放慢脚步》（Walk-Don't Run）的招牌曲。

多年来，埃塞俄比亚航空公司一直是厄立特里亚人民解放阵线的攻击目标，只是在皇帝时代，飞机上有伪装成旅客的顶尖安保人员，确保航空公司维持近乎完美的安全纪录。最后珍妮特所搭乘的班机破坏了记录。曾有一次，七名厄裔劫机者站起来宣布意图，两名机组安保人员易如反掌地逐一射杀其中五名，仿佛不过是开枪击落十步远篱笆上的罐头，然后制伏了第六人，第七人自己锁在洗手间内引爆手榴弹。尽管机尾开了大洞，机长还是将失去方向的受损飞机降落在地。又有一回，保安队制伏劫机者，把他绑在头等舱的座位上，他们没有开枪杀他，反而拿毛巾来搭在他的胸前，然后切开他的咽喉。

那个一月的午后，珍妮特与伙伴轻而易举地挟持了飞机，据说他们得到内部的援手，或许有安保人员改变了立场。

出租车开过中央市场，我看着熟悉的街景，这会是我最后一次经过这里吗？会是最后一次闻到这条路上圣乔治啤酒酿造场的蛇麻草吗？有名女子绑着厄裔风格的玉米辫子头，打手势要出租车停下来。"利德塔，麻烦你。"她说明目的地。

"利德塔啊？"司机说，"宝贝，怎么不搭飞机算了？"她垮下脸撇开头，懒得争辩，直接转身走了。

"那群坏蛋今天晚上最好给我躲好一点。"司机对我说，因为我显然不是和他们一伙的。"你看看。"他一面说，一面挥手指着两侧的行人，"他们无所不在。"在亚的斯亚贝巴有成千上万的厄立特里亚人，像实习护士班长的人，像珍妮特的人，他们是行政人员、教师、大学教员、学生、公务员及武装部队军官，也有人在电信单位、自来水厂和公卫部门担任主管，还有不可胜数的普通老百姓。"他们喝我们的牛奶、吃我们的面包，可是他们今天晚上会在家里宰羊。"

自从军方掌权以来，我认识的许多厄裔人，包括若干医生与医学院学生，都暗中加入了厄立特里亚人民解放阵线。

根据首都里流传的消息，埃塞俄比亚北部靠近阿斯马拉一带，形势已经变成不利于中校元首。厄裔游击队在夜间埋伏护卫队，白昼时则不见踪影。我见过这些游击斗士的粗糙照片，他们穿着招牌凉鞋、卡其短裤与衬衫，以爱国者的勇气、信念和热情与占领者作战。征召入伍的埃塞俄比亚士兵则搭坐吉普车和坦克车，承受钢盔、军靴、外套和军备的负荷，只能在主要道路上活动。在语言不通的乡间，无法分辨谁是百姓和支持者，谁又是游击队的一员，他们怎么可能揪出看不见的敌人呢？

出租车快开到医院栅门时,我看见琪洁从她停在酒吧前的飞雅八五〇轿车下来。这几年来,她生意兴隆,买下隔壁的店面,加设了厨房,提供完整的餐饮,还请了更多的吧女来服务客人。高档家具、两组手足球台、新电视机,她的酒吧不比中央广场最好的酒吧逊色。琪洁有自己的出租车,上次我们聊天时,她告诉我她准备再找第二辆。她始终不曾忘记鼓励我,告诉我她多么以我为荣,她每天都为我祈祷。这时,见到她套着丝袜的迷人大腿从车内伸出来,我巴不得能停下来道别,可是我不能。这也是她的国土,我希望她永远不必像我一样需要逃亡。

医院正门的栅门洞开,这是赫玛事先安排好的信号,表示目前并无危险,我可以回家去。

当几分钟后就要离开住了二十五年的家,你会带走什么东西?

赫玛拿了一只容量很大的印度航空单肩背包,装了我的文凭、证书、护照、几件衣服、钱、面包、奶酪和水。我穿上运动鞋,套了好几层衣物御寒,还扔了一卷录音带到背包里,我知道里面录有快板和慢板的《缇西塔》,不过放音机留着没拿。我考虑要不要带走《贺氏内科原理》或《施氏外科原则》,不过每本书都重达两公斤,便放弃了。

我们步行离开,人数不多的护卫队伍朝医院侧墙而行,不过我坚持要先经过戈什和玛莉·普雷斯修女葬身的小树林。我一边走,一边环抱着赫玛,湿婆搀扶院长,亚麦姿与加布鲁先行走在前头。我察觉赫玛的身体在颤抖。

到了戈什的墓前,我向他辞别,想象他会怎么逗我开心,要我往乐观的方面想。你一直想去旅行!你的机会来了。千万要小心!旅行会扩展心胸、解开肠道。我亲了亲大理石墓碑,转身走开。我没有在生母的墓前停留,假若我想跟她道别,那么不会是在这里道别。我已经两年多不曾去高压锅间,想到这点,我心头一阵内疚,现在来不及过去那里了。

到了围墙边,赫玛抱住我,将头靠在我的胸口,眼泪如断线珍珠落下,我只在戈什过世时看过她这样哭泣。她说不出话。

院长即使在危机时刻,信心总是坚若磐石。她亲吻我的额头,简单说了一句:"随着上帝去吧!"亚麦姿和加布鲁为我祷告。亚麦姿交给我系了两颗水煮蛋的手帕,加布鲁给我一张迷你皮卷,说吞下去可以保护我,我立刻送入嘴里。

假如我的眼睛是干的,那是因为我无法相信正在发生的事情。我望着为我送行的队伍,对珍妮特感到无比痛恨。也许,亚的斯亚贝巴的厄立特里亚人今晚将要宰羊,为她举杯庆贺,不过我好希望她能见到我们这张家庭快照,这张照片被撕开了,全都是因为她的缘故。

和湿婆道别的时刻到了,我已经忘记抱住他的感受为何,他的身体跟我的身体完美相配,是单一生命的两半。自从珍妮特的身子遭受伤残后,我们分在两处睡觉,只有戈什临终前曾经短暂同床而眠。戈什一走,我又返回他的旧居,留下湿婆睡在我们童年的那间房内。直到现在,我才承认分在两处睡觉对我是多么严厉的苦行。我们的双臂如磁铁不愿解开。

我把头往后退开,审视他的脸庞,望见了怀疑与深不可测的悲伤。说也奇怪,我反而感到很满意,能从他身上得出这样的反应,我受宠若惊。过去我只有两回见过他这种反应,分别在戈什被捕的那一天与戈什过世的那一天。他的脸色表示,我们在医院围墙边的生离犹如死别,假如他是这样的领会,我也会是同样的感知,或许我们早该有了这样的感受。

在天荒地老的过去,我们似乎曾经能够心灵相通,我很想知道他能否看穿我的心思。我拖延了这一刻,与他算账的这一刻,那是我和珍妮特说好的约定，不过我现在无须遵守了，现在我要说出内心话。

湿婆，夺走珍妮特的童贞，对你而言只是生物性活动，事情却因此演变成现今的情势，这一点你明白吗？那件事害得萝辛娜自杀，害得珍妮特与我们疏远？害得我在此时此刻憎恨我曾想与之成婚的女子？即使是现在，赫玛还是认为，这一切因我而起，我对珍妮特做了某件事情。

你明白你怎么背叛了我吗？

这次道别就像切下自己身体的一部分。

我爱你就像爱我自己，这是无可避免的。

可是我无法原谅你，也许将来会有那么一天，不过那也只是基于戈什的心愿。湿婆，会有那么一天，然而不是现在。

我们站在加布鲁摆在医院东墙旁的梯子脚边。

湿婆交给我一只布袋，在黑暗中几乎无法看清楚，可是我想我认得那形状和颜色，是他那本烂兮兮的《葛氏解剖学》，底下还有一本干净的厚书。我本想出口拒绝，终究忍住没有开口。湿婆把自己的《葛氏解剖学》给了我，献出他的一部分，也是他最珍贵的物品中可以移动携带的。

"谢谢你，湿婆。"我说，希望语气不会听起来有挖苦之意。这下子我不止有一个袋子，而是有了两只。

加布鲁抛麻袋盖住墙头的瓶矸碎片，我爬过墙去。墙的另一头是马路，我老是从卧室窗户看到这条路，不过从来不曾探索过这里。我以为会是田园乡野的景色，一条路消失在蒙雾山间，通往无忧无虑的国度。今晚，此处看起来阴森险恶。

我最后一次呼喊"再见"，并将手贴在潮湿的围墙上，触摸失迷医院具有生命力、会呼吸的甲壳。墙内的众口齐声对我而言无比珍贵，他们是失迷医院跳动的心脏，他们大声呼喊，祝我一路平安。

一辆卡车停在约莫九十米远处空转，车上载着大量翻新过的轮胎。司机协助我爬上平台,轮胎上下都拉起了防水布,搭出狭窄的洞穴。亚帝德在那里放了水、饼干和一叠毯子。他安排我逃亡,这样的逃亡其实等于接受了厄立特里亚人民解放阵线的庇护。厄解阵线早成了离开埃塞俄比亚的常见途径,尤其若是你打算从北部离开,若是你愿意付钱。

我冒着寒冷,颠簸了七个小时之后,抵达了德西,过程还是少讲为妙。我们在德西某处仓库过了夜,睡在普通的床铺上,第二天晚上在默克莱歇息。到了北上之旅的第三天,我们抵达厄立特里亚的重镇——阿斯马拉。珍妮特曾经热爱的城市被占领,大批埃塞俄比亚军队引人注目,坦克车及装甲车停放在重要道路汇合处,处处都是检查哨。一路上始终无人搜索我们,因为司机持有文件,证明我们运载的轮胎是要提供埃塞俄比亚军队所使用。

我被送到藏身处,是一间舒适的农舍,四周围绕着九重葛。我在那里等候,直到我们可以徒步跋涉,从阿斯马拉进入乡间。家具只有客厅地板上的床垫,我也无法冒险到园子里走动。我本以为自己将在藏身处待一两个晚上,没想到等待的时间延续了两周之久。我的厄裔向导路克每日替我送来一次食物,他比我年轻,话不多,转入地下工作前是大学生。他建议我在屋内尽量走动,以便加强腿力。"这就是厄解阵线的车轮。"他一边说,一边笑着拍拍大腿。

我干瘪的行囊内有两样惊喜。在赫玛打包的印度航空背袋袋底,我本以为是硬纸板做成的底,没想到是一张装框的图片,是那张玛莉·普雷斯修女挂在高压锅间内的印刷图片。赫玛黏在玻璃上的字条说明了理由:

戈什在走前的最后一个月,把这张图片装框,并在遗嘱中交代,如果你终究要离开这个国家,他希望这张图片跟着你走。马里恩,既然我无法陪着你离开,但愿我的戈什、玛莉修女和圣泰瑞莎都看顾着你。

我抚摸戈什双手必然触碰过的相框,不懂他为什么大费周章,不过心里非常高兴。这是我的护身符,我没有前往高压锅间对她道别,原来我不用去说,因为她陪着我。

第二个惊喜是湿婆珍贵的《葛氏解剖学》底下的那本书,竟是托马斯·斯通所写的教科书——《随机应变的外科医生:热带地区的手术精要》,我从来不知道有这本书的存在(事后我得知,它在我们出生后没几年就绝版了)。我出于好奇翻了几页,纳闷何以我以前从来没见过这本书,而它又是怎么到了湿婆的手中。接下来,"他"冷不防出现了,从占去四分之三书页篇幅的照片目不转睛地看着我,唇上有一抹浅浅的微笑:托马斯·斯通,外科医学士,皇家外科医师学会会员。我不把书合起来不行。我起身喝了几口水,从从容容慢慢来。我要先镇定下来,再按照自己的方式来细看他的模样。我又翻开那一页,注意到他的手指,九只,而不是十只。我必须承认他与湿婆有相似之处,从而也与我有着相似之处,相似点在于那深邃的目光、那凝视的眸光。我们的下巴不若他方正,额头也较宽阔。我很想知道湿婆为什么将它交到我手中。

书看起来像是全新的,好像几乎没有人翻开过,夹在版权页的书签写着:"出版社赠书。"这张书签夹在书页之间很久了,我将它剥下时,页面留着苍白的长方形轮廓。

书签背后写着:

第二版,包裹上的收信人写我,不过我肯定出版商是要送给你的。恭喜。另外,我还附带了一封我写给你的信,请你立刻读信。

一九五四年九月十九日

SMJP

在我们生日、她的死期前一日，母亲写了这张字条，清秀的笔迹和工整的字母还保留着女学生的纯真。湿婆拥有这本书和书签有多久了？为什么将它交给我？好让我拥有母亲留下的某样东西吗？

为了维持体能，我在屋内绕圈踱步，将装着书的袋子背负在肩膀上。在那两周内，我阅读斯通所写的教科书。一开始，我抗拒阅读的欲望，告诉自己内容已经过时了，不过他善于在科学原则的脉络中叙述手术经验，内文读起来颇有趣。我时时研究书签，重新再读母亲的文字。她留给斯通的信里说了什么？就在我们——也就是她的同卵双胞胎儿子出世的前一天，她会对他说些什么呢？我模仿她的笔迹，模拟环绕的笔法。

一天，路克送食物来，说我们当晚要离开。我最后一次打包行李，这两本书必须跟着我走，任何一本我都无法割舍，纵使印度航空的袋子依然万般沉重。

宵禁过后我们才动身，路克指着天空说："这就是为什么我们要拖延一段时间，没有月亮时比较安全。"

他带领我穿过房舍间的窄路，再沿着灌溉水道而行，不久我们便远离了住宅区。我们摸索走过田地，我感觉远处有丘陵。我以不同方式背袋子，不到一小时，肩膀已经因为袋子而感到疼痛。路克坚持将袋中的几件物品改放到他的双肩背包内，一看见那两本书便露出了错愕的神情，不过他什么也没说，只是拿走了《葛氏解剖学》。

我们走了好几个小时，途中只暂停过一回，最后总算到达了山麓边的丘陵，接着开始爬山。到了清晨四点半，我们听见轻柔的哨音，碰上了十一名游击斗士。他们以招牌作风向我们打招呼：握手的同时来来回回碰撞肩膀，并且说："Kamela-hai"，表示"愿你安好"之意。里面有四名女子，跟男人一样顶着夸张的非洲爆炸头。我认出其中一位斗士，心头震了一震，我在珍妮特住的青年宿舍曾与他偶遇，就是那位喜爱兴风作浪、眼睛如牛的学生。当时他对我不屑一顾，气冲冲地走出去，现在认出我来，故意歪着嘴巴嘿嘿笑，还伸出双手与我握手。他名叫曹哈。

这群游击斗士筋疲力尽，两腿覆了一层白白的粉尘，却是毫无怨语。他们将一组重型机枪拆成数组大零件随身搬运。

曹哈拿了样东西给我。"面包，高蛋白军粮。"他说。这是斗士自己发明的口粮，尝起来却像在嚼硬纸板。他一面说话，一面搓揉右膝，看来那里水肿了，即便会痛，他也绝口不提。

我们避开珍妮特的话题，他描述当晚稍早他们埋伏埃塞俄比亚护卫队的过程，护卫队难得在夜间巡逻侦察。"他们的军人怕黑，不想打斗，不想留在这里，士气非常低落。我们开枪射击前导车，军人马上跳下车，也忘了要开枪，只顾着跑去找掩护。我们在两侧都先占了有利的位置，他们立刻嚷着要投降，不管长官命令他们继续作战。我们拿走了他们的制服，要他们走路回驻防地去。"

曹哈和同志抽出卡车内的汽油，把一辆还能运转的车子藏在灌木林中，在车内塞满了制服、弹药和武器，另外再找时间来拿。真正的奖赏是他们随身带走的重型机枪和炮弹，每样东西都是徒步运送。

十五分钟后我们动身，天还未明时，抵达了在山侧钻凿出来的地下碉堡，碉堡既隐秘又狭窄。我没想到我能走这么远的路，同行的伙伴身负我五倍之多的重担，却没有说过半句怨言，这一点鼓励了我。

路克和我留在地下碉堡内，其他人由于紧急事件，必须重组重型机枪，冒着在日光下被巡游的米格战机发现的危险，加快脚步赶往前方阵地。

我睡到路克将我唤醒才起来，感觉有座墙坍压在双腿上。"吞下去。"他一面说,一面递给我两粒药丸与装在马口铁杯中的茶,"这是我们的克疼锭止痛药,是我们药房生产的。"

我累得只剩下吞咽的力气。他让我再吃几口面包,我又睡着了。醒来时,痛楚减缓了,可是身子僵硬得简直无法从地上爬起来。我又吃了两粒克疼锭。

来了五位游击斗士,准备天色暗下来后继续护送我们前进,其中一人的大腿部分萎缩,我知道是小儿麻痹症。目睹他踩着摇晃笨拙的步伐,以枪支维持平衡,我无法再想着自己的身体不适。

第二段行军路程只有第一段的一半长,我的双腿也逐渐放松了。离天亮还久,我们便来到一处杂乱的山丘,有条窄路通往洞窟,以圆木构成的洞口完全掩藏在丛林和天然岩石之后,陡斜的木制斜坡往下通往深处更多的空间,而外面的小径通向山丘上下各处的其他洞窟,每一个洞口都巧妙地隐匿妥当。

我被带进小隔间,脱了鞋子后就在稻草床上睡着了。我觉得这样的环境太奢华了,睡到将近傍晚才醒来。路克在我身边走动,我再度感觉两腿僵硬,他却看来安然无恙。基地里没有游击斗士,因为某处正在发生大规模的战斗。

当时我应该要钦佩这些斗士的,他们能如沙蝇一样轻快地掠过尘土。我应该欣赏他们足智多谋,有能力制造所需的点滴液、磺胺制剂和盘尼西林,更以手压机压印出克疼锭。从天空或地面都无法发现,这些洞窟中藏有开刀房、义肢中心与医院,还有一间学校。刻苦简朴到如许地步,此处环境的复杂程度更令人啧啧称奇。他们遵从内敛的纪律,认同做菜扫地、照顾孩童与其他任务同样重要,令我相信他们总有一天将会战胜,获得自由。

我观察一名在碉堡外休息的斗士,阳光穿透相思树,在她脸庞与横放腿上的步枪上打出变化不定、形色不一的光影。她对着自己哼哼唱唱,同时举起双筒望远镜扫视天空,寻找米格战机的踪影。

战机驾驶者不是俄罗斯人,就是来埃塞俄比亚担任"顾问"的古巴人。美国长久以来支持皇帝,现在不再拥护中校元首门格斯图领导的政权,暂停出售武器零件,而东欧前社会主义国家掺了一脚,补足了这个空缺。

这位斗士的年纪约莫与我们相当,看着她手脚摆放的样子,身体自在的模样,我想起了珍妮特。尽管她持有致命武器,但一举一动都是优雅的。她没有上妆,两脚都是灰尘,还长了老茧。看到她,我觉得很庆幸,我那珍妮特白日梦老早就幻灭,远远甩到脑后去了。这么久以来,我居然单方面抱着遐想,实在是太傻了。乌代浦的蜜月旅行、在失迷医院的小屋、生儿育女、一早出门到医院,还有两个比肩工作的医生……这些永远永远都不会成真,而我也永远永远不想再见到她。我大概也的确再也见不到她了,她现在一定在喀土穆,沉醉于大胆活动的荣耀之中。她也不会回亚的斯亚贝巴去了,随即就会加入这些斗士,住在这类的地下碉堡里,与他们并肩作战。我希望到时我老早就已经走了。必须住在他们的营地,甚至必须求助于她的同志,实在令我扼腕不已。

那一晚我醒过来,听见上方有米格战机,远处更有炸弹落下,不过距离还是足以让我们听见隆隆声。此外,也有更微弱的火炮咚咚响。在洞口附近,不许发出一点光芒。

路克说,他们不久前猛烈奇袭武器燃料仓库,参与者包括头一天晚上所遇见的曹哈的游击队。他们利用偷来的军用卡车渗透进去,一到里面便发动攻击,可是外头的同志遭到增援护卫队从后方包抄,战况没有完全按照计划进行,连同曹哈在内的九名游击队员捐躯,受伤人数则更多。埃塞俄比亚的损失更为惨重,燃料库部分遭到毁坏。到了清晨,我方的伤亡人员回来了。

听见有人说话、活动的声响,我醒了过来。情况显然十万火急,我听见痛苦的呻吟与尖叫声,路克带我进手术病房去。

一个声音说:"你好,马里恩。"我转身看见所罗门,他是我医学院的学长,实习一结束便投入地下工作。我记得他当实习医生时圆圆胖胖、营养充足,而眼前的男子脸颊凹陷,跟竹竿一样瘦削。

我跟着所罗门,屈身走入低矮的隧道。地板上,担架两两按照手术需求排列,最紧急的摆放在最靠近隧道底开刀房的位置,开刀房的入口是一面布帘。

伤势惨不忍睹。某个只剩一丝意识的男子对友人耳语遗言,友人伏身靠近他奋笔疾书。点滴和血瓶从嵌入洞壁的挂钩垂下来,护理人员蹲在担架旁工作。

所罗门说,他这次作战任务前往了靠近战场的地方,"我通常留在这里。我们在战场救人、打点滴、控制出血、给予抗生素,甚至在野外开刀。跟美国打越战一样,我们可以避免病患休克,唯独我们没有他们的直升机。"他拍拍大腿。"这就是我们的直升机,我们利用担架搬运伤者。"他看了看房间四下。"那边那个男人需要插胸管,"他伸了伸头表示方向,"请替他插管,土姆西会帮你。我先进开刀房,那位同志不能再拖了。"他指着躺在帘子旁的一位脸色惨白的军人,他的腹部盖着血淋淋的垫子,意识还在,可是呼吸勉强而急促。

我蹲到需要插胸管的斗士身旁,他低低喊了声"愿你安好"。子弹射进他的三头肌,然后穿过胸膛,不过奇迹发生,子弹没有打中重要血管、心脏或脊椎。我拱起手指敲打他右乳头的上方,声音模糊,不像左边会发出箱内似的回音。血液聚集在肺脏附近的肋膜空间,使得右肺在狭窄的胸腔内往左肺与心脏挤压。我从他右腋窝后方注射苦息乐卡因液,麻痹皮肤、肋骨边缘以及位于更深处的肋膜,然后才用手术刀划开两公分半长的切口,将扣紧的止血钳插入切口,直到感觉钳子由于肋膜的抵抗力而忽然张开。我接着将套了手套的手指伸入洞内,扫了一圈,确认有足够空间置放要塞进切口内的胸管。胸管是一截橡胶软管,侧面与顶端都有开口,土姆西将另一头连到装有水的引流瓶,好让管子从水位底下浮出来。简陋的水下密封引流装置能防止空气回到胸腔。深色的血液开始冒出,士兵的呼吸状况转好,他以提格利尼亚语说了什么,并扯掉自己的氧气供应。土姆西说:"他希望你把他的氧气给别人用。"

我进入开刀房加入所罗门的行列,正好看见病人被搬离手术台。那男人的胸腔没有动静,房内出现了约五秒的沉默,其中一名女子强忍着泪水,跪下来将他的脸庞盖住。

"有些事情我们无能为力,"所罗门心平气和地说,"他肝脏裂伤,我想用褥式缝合法,可是延伸到肝脏后方的下腔静脉也有破损,而且不停流血。除非把下腔静脉夹紧,否则我无法止血,可是夹紧下腔静脉又会要了他的命。你记得亚斯拉教授常说,肝脏后方的下腔静脉如果受损,那就是外科医生要拜会上帝的时候?他常说那种我听不懂的话,现在我懂了。"

下一名病患腹部受伤,无法想象的伤处在我看来又脏又凌乱,所罗门却按部就班整治处理,拉出小肠,找出几处穿孔后缝合。脾脏破裂,必须移除。乙状结肠有参差不齐的裂伤,他切掉一段,再以双开口式结肠造口手术将两端开端连至皮肤。我们干劲十足,冲洗腹腔,将引流管放在适当位置,并且清点消毒纱布的数量。与我们刚开始动刀时的情况相比,手术部位变得整整齐齐。所罗门一定看穿了我的心思,举高双手让我看看他粗短的手指与锤状的拇指:"我本来想当精神科医师的。"在八个小时期间,那是我唯一一次看见他口罩之后的笑容。

我们截断了五只手跟脚。最后两起手术是在两名昏迷病人的头骨上钻洞,利用的工具是改造过的木工钻机。替第一位病患动刀时,我们收到了奖赏,硬脑膜底下涌出大量血液,血液原本在该处累积,压迫脑部。另一个病人在垂死边缘挣扎,放大的瞳孔固定不动,头骨钻洞没有结果，出血处在脑里深处。

两天后，我向所罗门告辞。他出现了黑眼圈，人看起来随时会垮下来，他的决心或奉献不容置疑。所罗门说："去吧！祝你好运，这不是你要打的仗。如果我是你，我会走，把我们的事情告诉世界。"

这不是你要打的仗。我一面想着这句话，一面与两名护卫跋山涉水往边境走去。所罗门想表达什么？他认为我站在埃塞俄比亚这一边？站在占领者这一边？不对，我认为他把我看成侨民，在这场战争中不需冒风险。尽管我跟珍妮特出生在同一片院区，尽管我的阿姆哈拉语讲得像本地人，尽管我跟他一起就读医学院，对于所罗门来说，我依然是个 ferengi，是个外国人。也许他是对的，可是我不想承认。假如我是爱国的埃塞俄比亚人，我怎么不转入地下活动，加入保皇派，或者加入另一群想推翻校元首门格斯图的人呢？假如我在乎我的国家，难道我不会乐于为她奉献生命吗？

将近傍晚时，我们越过了苏丹边境。我搭客运抵达苏丹港，再搭乘苏丹航空飞往喀土穆。到了喀土穆，我有机会拨了亚帝德所提供的电话号码，好通知赫玛我平安无事。在暑气蒸人的喀土穆待了两天，我觉得像是留了两年之久，不过我终于搭机前往肯尼亚。

到了内罗毕，艾利·何瑞斯先生（他所属的休斯敦教会多年来支持失迷医院）在某间教会诊所替我安排了住处。这一切安排，是院长与何瑞斯通过越洋电报所规划的。我发现在小型诊所工作很不简单，同时确信许多信息在翻译过程中遗漏了。为了前往美国接受住院医师训练，我在空闲时念书准备考试。

内罗毕与亚的斯亚贝巴同样蓊蓊郁郁，葱葱茏茏，青草自人行道的夹缝钻挤出来，仿佛丛林在城市底下骚动着，准备要占领这座都市。内罗毕的基础建设与科技发展把亚的斯亚贝巴比了下去，这

419

可要感谢英国多年的统治，尽管肯尼亚独立了，在这里居住的英国人依然不少。还有印度人，在内罗毕的若干地区，你可以想象自己置身于巴洛达或亚美达巴得，一整条街都是贩售纱丽的大型百货，到处可见香料铺，空气中弥漫着印式混合香料的辛辣味，而唯一使用的语言是古吉拉特语。

一开始，我晚间到酒吧饮酒浇愁，聆听班加音乐（benga）与伦巴舞曲。活泼奔放的刚果与巴西乐曲节奏能振奋人心，充满乐观精神。只是当我回到房间，由于啤酒而飘飘然，郁闷的心绪总更加郁闷。除了音乐外，肯尼亚文化无法打动我，这是我的错，我抗拒这个地方。托马斯·斯通被恶魔追着逃离埃塞俄比亚后，来到了内罗毕，这是另一个我不愿留下来的理由。

我按照预定时间打电话给赫玛，每周二晚间拨电话到不同的友人家。她说情况没有好转，假如我回去，还是会有危险。

于是我待在房里，醒着的分分秒秒都在读书。两个月后，我通过了美国医学同等学力考试，立刻跑去美国大使馆申请签证。何瑞斯又一次帮我轻松过关。

我自认理由正当：假如我的国家愿意折磨我、怀疑我，假如她不希望我以医生的身份提供服务，那么我要与她断绝关系。然而，我当时认为即便事态忽然又变得一片光明，我也不会再返回埃塞俄比亚。

我想离开非洲。

我开始认为，珍妮特毕竟算帮了我一个忙。

第四部

人的理智被迫做出选择
或要人生的理想,或要工作的完美
若求后者,必须拒绝黑暗中怒吼的豪宅美寓

——叶芝《抉择》

第三十八章 · 迎宾队伍

贾塔丘·塞拉西机长（与皇帝无亲戚关系）驾驶东非航空七○七型班机，载我飞离了内罗毕。在这个变短的夜里，我听见他冷静的声音两回，我对他的职业油然而生新的敬意，这份工作能让他到达比任何祭司都更加接近上帝的地方。共有三名机长载我跨越九个时区，他是第一个。

罗马。

伦敦。

纽约。

抵达肯尼迪机场后，移民通关与行李认领的例行公事进行之快，令我怀疑是不是忽略了什么步骤。有武装的军人吗？有狗吗？队伍很长吗？要搜身吗？我穿过大理石走廊，上电扶梯，下电扶梯，来到宽敞而空旷的接机区，尽管有两班飞机的乘客入境，这里也看起来有几分空空落落。没有人把我们从这里赶去那里。

我在无意识下走出了枯燥乏味、寂静无声的海关，自动门嗖地在我身后关上，仿佛要隔绝外面被铁栏杆拦下的嘈杂人群的污染。

一个加纳妇人身穿印花长袍、包着头巾，在内罗毕登机时模样相当庄严。她同我并肩走出海关，我们两人都疲倦不堪，茫然若失，更没有料到望出去都是他人端详我们的表情。我们杵在原地，笨拙地抓着X光片的马尼拉纸夹（移民必备项目，无人检查），胸口交叉着行李的背带，双眼瞪大，好似从诺亚方舟下船的动物。

我接收了第一颗震撼弹。当地什么肤色、任何体型的人都有，并不像我原本预期的会见到一大片白脸孔。他们粗鄙好奇的眼光在我们身上游移，在令人目眩神摇的陌生气味猛烈攻击中，我闻到了那位加纳妇人的恐惧，她贴近我身旁。身着黑西装的男子高举着写有名字的标牌，他们目光消沉，犹如工头估量加纳妇人的骨盆，注意她第一根与第二根脚趾间的缺口，人人都知道这是唯一判断生育能力高低的可靠标准。我幻想过载着奴隶的船只横渡大西洋的情景，黑人拖着脚步走下跳板，脚镣当当响，有数不清的眼睛同时打量他们的腰肉与二头肌，仔细查看所谓东半球梅毒的"热带莓疹"造成的皮肤溃疡。至于我，我是手无缚鸡之力的无名小卒。她的袋子落地，可见她有多心慌意乱。

就在弯腰帮她忙的时候，我看见一个棕眼的黝黑男子手上的标牌，他把牌子举到腰际高度，仿佛不希望被人归纳成穿制服举牌的那种人。丛林衫罩在松垮垮的白睡裤外，再加上没穿袜子的脚所套的褐色凉鞋，全套衣装完备了。他的标牌可能是写着"玛利永"或"玛利言"或"玛利泳"，下一个字则是"斯通"。

"那个字是'马里恩'吗？"我问。

他把我从头到脚打量一回，然后撇开头，好像不屑回答我。那个加纳的妇人尖叫一声，认出了谁，匆匆忙忙往家人那里跑去了。

"不好意思，"我站到那男人视线内说，"我是马里恩·斯通。是永援圣母医院的人吗？"

"马里恩是女生！"他说。他的喉音很重，口音粗俗。

"这个马里恩不是女的，"我说，"我的名字是依照马里恩·辛斯取的，你知道那个很有名的妇科大夫吗？"

根据《大英百科全书》，中央公园有一座马里恩·辛斯的雕像，就在一〇三街和第五大道交会处。就我所知，那是出租车的地标。辛斯从亚拉巴马州起家，成功以手术治疗阴道膀胱瘘管，因而来到了纽约，在此开设妇女医院，又开了一间日后命名为"凯特琳癌症医学中心"的癌症医院。

"看妇科的应该是女人！"他用粗哑的嗓子说，好像我违反了基本守则。

"欸，辛斯不是女的，我也不是。"

"你不是妇科医生？"

"不是啦！我是说我不是女的，也对，我不是妇科医生。"

他摸不着头绪，最后说："Kis oomak。"靠着我会的阿拉伯语，我听懂他刚才说了一个涉及我母亲的妇科术语。

黑西装司机带领乘客坐上光鲜亮丽的黑轿车，而我的人则领我去搭乘一辆庞大的黄色出租车。转眼之间，我们开出肯尼迪机场，朝布朗克斯区前进。以我认为危险的速度，我们融入高速公路，加入飞速车辆的气流中。"马里恩，搭喷气式飞机让你鼓膜受损了。"我对自己说，因为那份寂静让人感到不真实。在非洲，汽车不是靠石油跑的，而是仰赖喇叭的嘟嘟叭叭声才能前进。这里不是如此，汽车近乎无声，像是一群鱼，我只听见橡胶在水泥或柏油上摩擦的咻咻声。

超生物体。有个生物学家为非洲庞然的蚂蚁群体创造出这个新字，主张意识与智能不只存在于单一的蚂蚁，更存在于蚂蚁集体共有的心智。天色在四方亮起，红色尾灯延伸到地平线，这一幕让我想起了这个名词。秩序与目的绝对存在于每一辆汽车以外的某处。那天上午，我听见了超生物体的嗡嗡声和呼吸声，我相信那是只有初到的移民才听得见的声响，只是你不会听见太久。等到了我学会说"七号潜水堡，六寸，黑麦面包配瑞士干酪，不要生菜"，那声音便消失了，成为脑筋将归类成"无声"的一部分。于是，你已经融入了这个超生物体。

我熟悉世界最知名城市的剪影：两端各有一个相仿的惊叹号，中间是金刚攀爬的玩具。这一点要归功于查理士·布朗逊、金·哈克曼、克林·伊斯威特等影星，还有帝国戏院与阿多瓦电影院。而我居然如此自大，以为从这些电影就认识了美国。现在，我明白了真正的自大属于美国，而且是洋洋大观的自大。我在跨水的铁桥见到了自大；我在犹如纠结绦虫层层兜圈的公路见到了自大。自大是我的出租车司机的车速仪表，比方向盘还要宽，仿佛超现实派艺术家达利夺取了圆形仪表，拉开它的耳朵。自大是这显示每小时七十或一百一十公里的指针，就算我们找到一条适合的路，也无法想象我们忠实的福斯车能跑出这样的速度。

什么人类语言能表达在超生物体面前所感觉到的地位错乱与严重失当？表达面对产业钢筋灯光威力时那种沉陷又缩小的感受？似乎，我过去人生中曾做过的一切，全盘都不算数了。似乎，我以往的人生原来是蹉跎虚耗，是慢动作的姿态，因为我认为稀少又珍贵的事物其实是充裕而低廉，因为我以为的迅速发展结果是冰河时代的悠缓。

观察者，那位古老的记录员、事件的编年史家，出现在那辆出租车上。在我将这些感受铭刻记忆时，我的时钟指针变得伸缩自如。你一定得记住，这是我的所有，我至今的所有，我仅有的货币，我存活的唯一证明。

记忆。

我一个人，坐在哈米德先生出租车的半边空间，行李在旁，一片刮花的树脂玻璃隔开我们。两个陌生人孤立而遥远，而我们所处的车厢宽敞无比，光是后座就能容纳五个人、两头绵羊。

前进速度飞快，我的肌肉都绷紧起来了，担心有小孩在火烫的沥青上晒干牛屎，担心牛或羊一定会乱走到马路上。不过我看不到动物，也见不着人，除了坐在车里的。

哈米德的头形如子弹，以黑布条紧紧包着，一圈又一圈。计费表旁有张压在压克力板后的驾照，相机镜头捕捉到他的震惊神色，眼白都翻出来了。我很有把握，这是他降落美国当日所拍的照片，那天他曾目睹、也感受过我眼前所见。

这就是为什么哈米德无礼的行为伤透我的心，他不愿朝我看过来。也许当人出租车开很久了，乘客便成为仅以目的地区隔的对象，（假使不小心的话）病人同样可能成为"二号病床的糖尿病足"，或者"三号病床的心肌衰弱梗死"。

难道哈米德认为，如果他看过来，我会希望他出言消除我的疑虑吗？他认为我会请求他解释沿途每一个景象，以便抚平我的恐惧吗？如果他那么想，他是对的。

我告诉自己，若是那样，哈米德的沉默一定具有启发意义！勉强算是忠告，是搭乘更早船只抵达者的仁慈警语：站在那边的那个！听好！要独立，要适应环境，新到移民一定要学会这几点，不要被这些五花八门的事情骗了，不要想着你帮我我帮你，不可以，不可以，在美国，人要独立行动，从现在就开始。那是他的信息，那是他无礼的重点：拿出自己的骨气来，不然你就被吃得死死的了。

于是我笑了，放松心情，任由风景一幕幕急速后退。能够想到这一层深刻的理解，我好开心，拍拍椅子，把心里的想法说出来。

"欸，哈米德，把你的胆量操出来。"我大声引用戈什的话。戈什永远无法看见我眼前所见，永远听不到"我帮你你帮我"这番话。要是他能亲身经历这番体验，会十分高兴吧。

听到我的声音，哈米德猛然往后转身，从镜子瞅了我一眼，然后朝后方转过头来，我们头一次四目相接！只在此时，他仿佛才承认,他载运的不是一袋马铃薯。

"谢谢你,哈米德!"我说。

"啥?你说啥?"

"我说'谢谢你'。"

"不是,前面那句!"

"噢,那句啊,是《麦克白》的台词。"说着,我往前靠向树脂玻璃,非常希望能跟他讲讲话。"其实是麦克白夫人说的,我爸爸总是对我们说:'把你的胆量操出来。'"

他不说话,目光忽然从路面移到照后镜上。最后他发作了。

"你侮辱我?"

"你说什么?没有,没有!我只是在自言自语,这是——"

"操我?我还操你呢!"他说。

我张大了嘴,有可能误解到这种程度吗?镜中他的脸说明误会确实是这么深。我把脖子往后仰,认命地摇摇头。我得笑一笑才行,想想看,戈什(或麦克白夫人)居然被曲解成这样。

哈米德继续狠狠地瞪我,我对他眨眨眼。

我看到他把手伸进置物箱拿出一把手枪挥了挥,透过肮脏的树脂玻璃,让我从不同角度瞧瞧那把枪,好像打算要向我兜售,或者向我证明那是枪,而非像表面看来的廉价塑料玩具。

"你以为我开玩笑?"他说,脸庞浮现了邪恶的干劲,宛如手中的物件不是让他变成爱说笑的家伙,而是哲学家。

我无意火上加油,我不觉得自己有勇无谋或勇气十足,但我觉得这把枪可悲,也不相信——事实上相当确定——他不可能用这把枪。太可笑了。我知道枪,我拿过大上两倍的枪,在某个男人的肚腹上开了个大洞。我把枪和枪的主人埋在化粪池里(他仍每晚从那儿出现对我造成威胁)。而仅仅四个月前,我为受到枪伤的叛徒动过手术。今天他这把玩具气枪在美国土地上,在这个车辆在线道内行

427

驶、海关不会打开袋子检查的地方，感觉就像个道具、一个宇宙大笑话。我就不能有个适当的美国司机吗？至少也拿把克林·伊斯威特演的警官好意思拿的枪吧？为什么逃离亚的斯亚贝巴、远离阿斯马拉、摆脱喀土穆及抛弃内罗毕之后，能面对的只有这个？

长子身份让人培养出无限的耐心，不过一试再试之后，你会走到一种地步。你说：耐心有屁用，去他的，就让他们忍受扭曲的世界观吧！你的工作是保护自己，不是屈尊走进他们的洞穴。到了这个境界，到了荒谬点，你会松了一口气，因为你自由了，你知道自己没有欠他们一丝一毫。对于哈米德，我已经到了这一点，我的身体由于大笑而摇晃。疲倦、时差、迷惘，都让我觉得这件事太可笑了。

哈米德说"操"这个动词，用法与"把你的胆量操出来"颇不一样。他说那个字，让我想起一个故事，在我青春痘过盛、好奇心多过健康性知识的时候所流传的故事，一个关于金发美女的神话。在遗忘故事很久之后，我来了，我踏上了美国的土地。

永援圣母医院的锻铁栅门大开，外科主任埃布尔拉莫维兹医生应该在上午十点面试我，我打算面试之后搭另一辆出租车到皇后区，找间旅馆恢复时差造成的疲倦。接下来几天我排了面试，皇后区、新泽西市、纽瓦克和康尼岛等地区都有。

正当哈米德的出租车驶出栅门时，一个蓝色罩衫上绣着"刘易斯"的男人走上前来。

"路易·彭慕兰，永援圣母医院的管理主任。"他握住我的手说。莎霖牌香烟的软包装从他胸前口袋露出，这人胸膛健壮，显得头重脚轻。"你会板球吗？"

"会。"

"击球员还是投手？"

"守桩员与开局击球员。"那是戈什遗留给我的礼物。

"太棒了！欢迎加入圣母医院，我希望你会觉得很满意。"彭慕兰先生说，还拿一卷文件刺我。"这是你的合约，我带你去看看实习医生宿舍，然后你可以签个名。银色钥匙是开大门的，金色钥匙是房间的门，这是你的临时识别证，等人事部替你拍好大头照，你就会拿到永久识别证。"

他拿走我的手提行李箱，我跟上去。"可是……"我一面说，一面想摸出外套口袋里的信，忙得手上的东西差点掉了。我把信拿给他看。"我不想欺骗你，我来这里是要接受埃布尔拉莫维兹医生的面试。"

"波西？"他呵呵笑了起来，"喏，波西才不会面试谁呢！你看看这个签名。"他敲敲我手上的信，宛如那是一块木材。"其实是玛格妲修女写的。"他又回头看我，笑得合不拢嘴。"面试啊？忘了这回事吧！出租车钱早付过了，不然会要你倾家荡产。你被录取了，我给你合约了不是？你被录取了！"

我无言以对。该向哪些纽约与新泽西医院申请进入外科部门实习，都是休斯敦浸礼会的艾利·何瑞斯给我的建议。艾利·何瑞斯显然不是胡乱提供意见，因为我一申请，波西随即拍了电报到内罗毕（也许是玛格妲修女拍的），邀请我来面试，不久又来了一封信与手册。每一间何瑞斯建议的医院都在几天内迅速答复。

"彭慕兰先生，你确定我被录取了吗？要进入你们这里当实习医生，竞争一定很激烈，想必许多美国医学院的学生申请到这里实习吧？"

路易停下脚步看我，还哈哈大笑。"哈哈！医生，这笑话很好笑。美国医学院的学生？我不知道他们长什么样。"

我们绕过干涸的喷泉，池内有一条一条的鸽子大便，看起来与手册中描绘的雄伟喷泉非常相似，不过中央那位高阶神职人员的铜

429

像摇摇欲坠地往前倾,五官跟埃及人面狮身像一样磨损了。手册内也没提到,为了避免铜像跌落,喷泉边缘与铜像腰部之间有根铁柱,那样子仿佛铜像利用老天保佑才有的长阴茎支撑着。

"彭慕兰先生——"

"我知道,看起来像是他的鸡鸡,"他喘着气说,"我们会找时间处理。"

"那不是——"

"叫我路易就好。"

"路易……你确定我是你要找的人?马里恩?马里恩·斯通?"

他停下来。"医生,把合约拿起来读一读,行吗?"

我的名字出现在第一行。

"如果那个人是你,那你就是我正在期待的人。"

一个念头冒出,他脸上浮现阴霾。"你通过ECFMG考试了吧?"

ECFMG,美国医学系毕业生教育委员会,通过了考试,我便正式拥有在美国继续住院医师训练的学识与证书。

"我是通过了。"

"那还有什么问题?等等,等等等等,不要告诉我,康尼岛还是泽西那些混蛋联络你了?他们寄合约书给你?王八蛋!我一直跟玛格妲修女说,我们应该把合约寄过去,不用先照过面就可以先把合约寄出去,叫出租车去接是她想出来的点子,没想到还是不够。"他走过来贴近我。"医生,让我告诉你那些地方的情形,那里很烂很烂。"路易呼吸急促,鼻孔往外放大,充满黏液的眼睛眯了起来。"不如这样吧!"他说,"我让你住实习医生宿舍的边间,还附个小阳台,你看怎样?"

"不是不是,你知道——"

"是林肯·米塞里科迪亚医院那些人?哈林?纽瓦克?你想到处看看谁给的条件最好?"

"不是，我向你保证——"

"嘿，医生，不要耍花招，只要告诉我愿意或是不愿意，你愿意在这里当实习医生吗？"他双手叉腰，胸腔起伏不定。

"不——我是说愿意……我的确在其他地方也有面试机会……这是我第一站，不过老实说……我以为得到实习的机会很不容易……我很想……我愿意！"

"很好！那么看在圣母爱心的分上，把该死的合约签一签，不过我可不信天主。"

我站在喷泉旁签了名。

路易松了一口气，抢走合约，握着我的手说："医生，欢迎加入圣母医院。"他打了一个好大的手势，比比我们四周的建筑。"这是我唯一工作过的地方，我退伍之后第一份工作……大概也是我最后一份工作。我看过像你这样的医生来来去去，哎哟哟，从孟买、普那、斋浦尔、亚美达巴得、卡拉奇等地方来，你能想到的地方都有，就是没人从非洲来，我想你会是不一样的。让我告诉你吧！那些医生被我们操得苦哈哈的，不过也表现出最好的一面，他们在这里学到很多东西。我爱死他们每个人，爱死他们的食物，甚至是因为他们我才爱上板球，我是个超级板球迷，嘿嘿，棒球怎么比得上板球哩！那些小子现在到外面闯荡去了，"他指着墙外，"在肯塔基州或南达科塔州赚大钱，哪里需要医生就去哪里。辛医生给我一张机票，要我飞去帕索参加他女儿的婚礼，他如果到了纽约，就会来看看我，我们有'老人帮板球队'，每年代表我们出去比赛，老人帮给医院盖了新的板球球场和击球网，以身为'瓜瓜'自豪。我们叫这些离开的球员'终身小呆瓜'，他们常开着好车过来，我告诉他们：'不要在我们面前装腔作势，我记得你连东西南北也分不清楚的时候，我记得我们简直听不懂你说的每一个字的时候，嗨，看看你现在的样子！'"

眼前所见的永援圣母医院情景令我为之动容。医院建筑呈L形,高的那栋有七层楼,俯瞰大街,一道墙隔开了人行道。另一栋年代较新,只有四层楼高,顶楼停放了一架直升机。老院区烟囱之间的铺瓦屋顶凹陷,中间楼层则像腰间赘肉轻巧推出来。屋檐下的装饰栅窗氧化,变成胆汁似的绿色,年代久远的腐蚀区块与排水管平行,像睫毛膏沿着砖块往下延伸。在入口一侧上方,有只形单影只的怪兽石像,那是出水口,而另一侧成对的石像破碎,仅剩无脸的石块。不过,我才刚从非洲抵达,这些在我眼中不是衰败的记号,纯然只是蒙尘的历史。

"好壮观。"我对彭慕兰先生说。

"地方不大,不过是个家。"说着,彭慕兰先生凝视着建筑,流露出明显的感动。

毫无疑问,有其他更新、更大的医院,至少他们的手册是这样描写的,不过我开始发现手册并不可靠。

医院侧面约莫五十米远处,是两层楼高的医师宿舍,他带我往那里走去。通往大厅的玻璃门上,有人贴了张手写的告示,黑色粗体签字笔在横格黄纸上写着:

印度队与澳大利亚队,布里斯本,第二日试验赛[51]
特别有线电视观赏会
地点:甘地的房间
(欢迎巴基斯坦人、斯里兰卡人、孟加拉国国人和西印度群岛人,要是你替澳大利亚队加油,管理部保有把你扫地出门的权利。)
一九八〇年七月十一日周五晚间七点
(每人十元,请带饮料与非素食餐点,注意,只能携带非素食餐点。假如食物未煮之前是不会动的,我们不接受!!!单身女子免费,并有椅子提供。携带配偶者,外加十元,并请自备椅子。)

医学博士甘地南山

圣母医院板球队队长

永援圣母医院板球协会总干事

到了大厅,我闻到了香菜和小茴香,那是亚麦姿的厨房里的熟悉香气。走上楼梯,我吸入赫玛每天早上点燃的焚香味,就是这个牌子的焚香。在二楼楼梯平台,我听见模糊的嗡嗡声,是苏布拉西米所唱的《祥曦》,还有敲钟的声响,有人在某个房间从事印度教礼拜。乡愁令我感到揪心不已。我们暂停脚步,让彭慕兰先生喘口气。"楼上和楼下的炉具排油烟罩上都得装工业用抽风扇,不装不行!等他们开始煮印度混合香料,你就知道了!"

有个高大英俊的印度男子走下楼梯,由于洗澡,长发还是湿的,牙齿又大又坚固,笑容迷人,脸上的须后水闻起来非常怡人(我后来知道那是布鲁特牌)。

"我是B.C.甘地南山。"他伸出手说。

"我是马里恩·斯通。"

"太好了!叫我B.C.或甘地就好,"他紧握着我的手说,"或者叫我队长,你会——?"

"守桩员,"彭慕兰得意扬扬地说,"还有开局击球员。"

甘地敲了敲额头,跌跌撞撞地往后退。"太棒了!真是太棒了!你能替速球击球员守三柱门吗?球速非常快非常快哦?"

"那是我最喜欢的球路。"我说。

"赞赞赞赞赞!我是第四年住院医师,明年就是住院总医师了,迪帕克是我们的住院总医师。我也是圣母医院板球队队长,我们在院际杯得过两年优胜奖杯,去年输了,因为某个我不想说出名字的医院的笨蛋实习医师,居然从海得拉巴找了击球员来,一个实力足以参加试验赛的球员,害我输了好多钱,用了一整年时间才把债还清。"

路易臭着一张脸说:"混蛋东西。"意思是要我把另一家的住院医师看成混蛋东西。"上回比赛他们应该被取消资格才对。"

"结果呢,他们的运动明星是板球击球员没错,可是根本不是医生。"甘地说。

"那个畜生是个影印文件的高手,不过根据文件、根据纽约的法规,我们比赛的时候他是医生,所以我们的钱拿不回来。"

"王八蛋,"路易说,"他们害死我们了。"

甘地以手臂搭着路易安慰他,同时对我说:"今年我们有自己的秘密武器,我跟老人帮的某个球员亲自飞到特立尼达,邀请他加入我们,你很快就会认识他。纳斯特那家伙长得又高又壮,有一百九十几公分,他擅长快速投球、新球投球[52]、缝线投球、触身投球,不过我们没有人可以替他守三柱门,球速太惊人了。现在有了你,我们就可以痛宰那些笨蛋,奖杯将属于我们了。马里恩,去休息休息,二十四小时内我们要看见你练习击球。"

第三十九章·苦恼的解药

"病患已经麻醉昏迷了,我们干吗还拖?谁负责这个患者?"罗讷尔多医生问。

"是我。"我说。

罗讷尔多转动麻醉车上的刻度盘,好像这项消息让混合气体必须调整。

"我由迪帕克指导。"我主动说,可是罗讷尔多置若罔闻。

刷手护士鲁思修女打开护理包,并且摇了摇头。"恐怕不是由他带你了,波西刚刚打电话来,他想开刀。马里恩,你最好站到手术台的这一边来。"

"波西!老天帮帮忙。"罗讷尔多医生一边说,一边赏自己巴掌,"把时钟拿下来,打电话给我老婆,告诉她我晚餐时间到不了家。"

我闻到布鲁特牌须后水的香味,接着是云丝顿牌香烟,几秒后,甘地出现在我身旁,他一定在更衣间抽了最后一口烟。

"我知道,我听说了。"我还没能说话前,他便先开口了。"我现在在隔壁处理胆囊。听好,马里恩,假如波西来之前,迪帕克到不了,你有个任务——这个老头子一拿起手术刀,你就立刻污染他。"

"什么?怎么弄?"

"我不知道,抓抓自己的屁股然后去摸他的手套吧!你是聪明人,总会想出什么方法来的,就是不要让他划开皮肤,行吗?"甘地走了。

"他是认真的吗?"我问。

罗讷尔多说:"甘地从来没认真过,可是他说得对:污染他。"我转头看着鲁思修女,希望她能帮帮忙。

"祈祷圣母会出手帮忙吧!"她说,"还有,污染他。"

这是我在永援圣母医院担任外科实习医生的第十二周。

我先前并不清楚,从机场到布朗克斯的三十分钟车程,会成为我这三个月来对美国的唯一一瞥。

在医院不过一星期,我便觉得自己会离开美国,前往另一个国家。我的世界是荧光灯建构的国度,白昼与黑夜相当,超过一半的公民说西班牙语,若是他们讲了英文,也不是我期待在华盛顿与林肯的国家所听到的正统语言,五月花号的血统并没有延续到这个邮政编码。

在永援圣母医院的三个月时光以光速流逝。与其他美国医院的标准值相比,我们严重欠缺人手,不过我也不知道标准值是多少。在失迷医院,情况最好时也只有四或五名医生,在这里,我们光是外科的医生人数便是失迷医院的三倍。只是在永援圣母医院,我们替更多的病患看诊,加护病房内,严重创伤病人济济一堂,靠着呼吸器而活着,大量的化验,林林总总的文书工作,这种经历与失迷医院的经验相去万里,不论是戈什或是赫玛,他们都难得在病历表上写下超过一行的神秘文字。我得知那些安静的长型美国车,那些在轮子上飘移的客厅,相撞时会造成严重的伤害。出事车辆的轮子还没停止转动,救护车的人已经将罹难者送到我们这里,他们抢救我们在失迷医院从未见识过的病人,因为没有人会想把那些人送到医院去。在这里,不管是警察、消防队员或医生,心中从来不曾出现某人无药可救的裁定。

在圣母医院,我们实行"隔夜值班制",我没有时间想家。典型的一天从凌晨开始,我与小组指导甘地一同巡房,接下来这一组与另一外科小组会合,在六点三十分陪同住院医师迪帕克·耶舒达正式巡房。每周二、五进手术室,在这些日子里,我们实习医生到病房与急诊室的岗位工作,直到傍晚。接下来,假如要值班,我就是一直工作到深夜,一面替急诊室的病人办理入院手续,同时照顾自己与未值班之实习医生原有的病患。身为实习医生,协助开刀、甚至亲自操刀的机会,会在值班时间出现。值班的夜里几乎不可能睡觉,而我也根本不会设法找时间睡。隔天,我们继续工作到傍晚,这时总算可以下班。至于不用工作的晚上,我只会倒在宿舍的床上沉沉入睡,隔天早上,循环再度开始。某天深夜,资深住院医生甘地和我都因为睡眠不足而头昏眼花,他问我:"你知道隔夜值班制的坏处吗?"这个问题很难评断,我摇摇头。他笑着说:"你会错过一半有趣的病患。"

工作日程表残忍无人性,榨干你的体力。

我好喜欢。

午夜,走廊空无一人,医院有几处灯光暗了下来,在那里,我能察觉永援圣母医院往昔的辉煌,它存在于拱道上方的金丝细工饰品、存在于老旧产科楼层高高的天花板、存在于行政厅的大理石地板、存在于礼拜堂染色木头的穹顶。永援圣母医院曾经是富裕天主教小区的骄傲,接着成了中产犹太小区引以为豪的泉源,随着小区的变迁而改变,最后成为服务穷人的贫穷医院。甘地跟我解释这种情形。"在美国,最穷的人病最重,穷人没钱接受预防保健、没钱买保险,穷人不看病的,他们等到病入膏肓才会出现在我们的门口。"

"那么谁来为这些付钱?"我问。

"政府利用医疗救助计划和联邦老年健保的经费支付,钱是人民缴纳的税。"

"如果我们这么穷,为什么有钱买直升机?有钱盖停机坪?"停机坪的靶心位于圣母医院四层楼新院区的顶楼,周围有一圈闪烁的蓝光,熠熠闪亮的直升机来来去去,看似与此地场景格格不入。

"呜啦啦,你不知道我们靠什么出名?不知道我们首要的工业?有时我都忘了你才刚来。老弟,那个停机坪是和我们相反的医院出钱盖的,其实直升机也是他们的,不是我们的,是有钱的医院,是医治有钱人、有保险的人的医院。虽然有几家也会替穷人看病,不过他们有规模庞大的大学或大学附属私立医院能负担花费,那种'照顾穷人'的情操真是高贵。"

"那我们的这种照顾呢?"

"很丢脸,贱民的工作。东岸各地有钱的医院联合起来,替我们出钱盖了停机坪,这样他们才可以飞到这里来,为了什么?为了减短器官缺氧时间啦!想想看,我们这一带枪支满天飞,不满社会的黑人男子、不满社会的拉丁男子,事实上各种不满社会现况的男人都在这里,那些吃醋的女人就更不用提了。街上男人带枪的比带笔的还多,砰砰砰!哒哒哒!所以我们帮数不清的GPO病人处理善后。GPO,仅有部分器官完好(Good for Parts Only)。他们年纪轻轻的,除了脑死外,其他部位都很健康,新鲜的心脏、肝脏等,保证小兄弟都举不起来之后,还能运作很久很久。良好的器官适合移植,我们没办法做移植手术,不过有办法让器官活到秃鹰飞过来。他们拿了器官就跑。下次你听见哗哗哗的声音,不要想着直升机的叶片,想着钱,想着财,想着钞票!心脏移植手术要多少钱?唔,五十万美元吧?肝脏至少一百万起跳吧?"

"他们付给我们这么多钱?"

"我们?他们连半毛钱也不给我们!那是他们赚的数字,他们来了,刀子一切,拿起来,对我们比比中指,坐上直升机飞走了,留下我们还骑在骆驼上。下次你听见直升机的声音,去瞧瞧医学权威大人们的尊容吧!"

我不止一次遇见过他们,他们白袍的胸口及肩头装饰着耀眼的大学标志,同样的图像出现在手提冰桶、滚轮冰桶,甚至直升机上。我从他们的脸庞看见各种疲态,那样的疲态我也亲身经历,然而他们不知为何,似乎更显得崇高。

罗讷尔多医生一下手臂抱胸交叉,一下又解开,先是看看时钟,然后又看看门,寻找波西的踪影。我用无菌巾铺出完美长方形的外沿,那是通往修·华特斯腹腔的门户。

华特斯先生是名头发花白的绅士,上周在我们的急诊室出现。就在那一夜,急诊室的创伤区容不下病患,担架都摆到走廊上去了。酒精从众多男女的肺脏滤出、从毛孔渗出、从分泌物散出,那处空间闻起来像是鸡尾酒会。两个喝醉的男人吐血,比赛看谁能更大声。华特斯先生到医院时也吐了血,我有失公正,竟把他当作跟他们是同一类的人,一样喝酒喝到肝硬化。我想当然地假定,由于肝脏的伤口,他的腹腔出现了大量条状静脉曲张,所以才会吐血。在接下来的二十四小时,我把胃镜伸入每一位出血者的喉咙,仔细查看胃部情形。华特斯先生与另外两个人不一样,没有酒精性胃炎的发炎红肿,也没有暗示他得了肝硬化的静脉曲张出血。实际上,他有一大片分泌胃酸的胃溃疡。我利用显微镜取出组织切片。

内视镜检查过后几个小时,华特斯先生以温和庄严的口吻再度向我保证,他滴酒不沾,这次我相信了他。他是牧师,在初中以教书维生。我反躬自省,当初怎么会将他跟另外两个未出血的病人归并成同类。我们开始深入治疗他的溃疡。

我后来发现华特斯先生知道我的出生地。"肯尼迪死的时候,我在电视上观看那场葬礼。你们的塞拉西皇帝大老远赶来参加，是里面最矮的男人，不过也是气势最强盛的男人，只有他一个人是皇帝。他站在权贵名人的第一排，走在棺材后面，样子让我觉得身为黑人是很光彩的事情。"当华特斯先生说那两个字时，还特地加重语气强调。

华特斯先生每天阅读《纽约时报》，除此之外，床边常常有本《圣经》。"我没钱念大学，只能念圣经书院，我跟学生说：'假如你每天读这份报纸，读一年，你就拥有博士级的字汇能力，而且学问比任何大学毕业生都要丰富，这一点我可以对你们担保。'"

"他们听进去了吗？"

他比出一根手指。"每年会有一个学生听我的话，"他眉飞色舞地说，"不过光是那一个就值得了，就算是耶稣也只有十二个门徒，我尽量每年收一位。"

虽然投予抗酸剂和H2受体阻断药，华特斯先生的溃疡还是出血不止，粪便依旧黏稠，呈现沥青色，这是血液受到胃酸影响的确切征象。他入院五天之后，我们这组人下班前巡房时，聚到他的床前。

住院总医师迪帕克·耶舒达坐在华特斯先生的床边。"华特斯先生，明天我们必须动手术了，你的溃疡还在出血，看样子是不会止住的。"他在纸上草草画出胃部分切除术的大致情况：切除胃分泌酸液的部位。我欣赏迪帕克温和谨慎的态度，他与病患的相处方式让他们觉得自己是他唯一关注的焦点，他也不急着要去别的地方。我最欣赏的是他迷人而标准的英国腔，这种腔调出自一个南亚人口中，显得加倍具有魅力，原来他曾在英国生活多年。迪帕克有办法鼓舞病人的心情。

迪帕克讲话的同时，甘地看着我翻了翻白眼，提醒我前一晚他才跟我说的某段话。"侏儒也是可以啦，可是如果你讲得一口标准的英式贵族口音，下一秒你就可以上卡森[53]的脱口秀节目，随便讲什么都能把他逗得捧腹大笑。"

甘地只是在开玩笑,不过,我进出病房期间也瞥见几幕电视单元喜剧,到目前为止,看过一位黑皮肤却操标准英国腔的男管家为美籍黑人家庭服务、与曼哈顿上东区富有黑人家庭为邻的古怪英国人,以及有钱的英国鳏夫跟漂亮的布鲁克林保姆在一起的剧情。

华特斯先生仔细想想迪帕克说的每一个字,最后说:"我对你有信心,不过对你们所有人来说,不会有任何医生在场帮忙。我对另一个人也有信心。"他指着天花板说。

手术当天,我四点半起床复习《左氏手术图解集》的手术步骤。迪帕克已经告知我,这是我的病人,我将站在手术台右侧接受他的协助。我又兴奋又紧张,这是我头一次直接与住院总医师一起工作。

没想到,波西破坏了我们的计划。我站在病人的左侧等候传奇人物埃布尔拉莫维兹医生到来,我到现在还没见过他。迪帕克也不见人影。

冷不防,波西出现了,一颗头极其危险地逼近手术灯。他脸庞上爬着深深的皱纹,蓝色眼睛和蔼亲切,瞳孔外有一圈灰色,不过还有小男童好奇的特质。他的口罩就在鼻子底下,钢丝刷似的鼻毛从鼻孔探出来。他伸出戴了手套的手,准备拿起刀子,鲁思修女迟疑了一下,看了我一眼,才把手术刀放到他的手掌心。

波西喉咙发出声响,指头上的手术刀在颤抖。鲁思修女以手肘轻推我,我还来不及做出任何动作,波西已经一刀划下去了,手法大胆,相当大胆。我轻轻擦拭切口,夹紧出血的微血管,波西没有动静,也不准备把血管打结,于是我将血管打了结。波西拿起镊子挑出腹膜,可是无法在组织上找出支撑点。

这是自然的结果。他划开皮肤时,在某一点切穿了筋膜和腹膜,液态物质涌入伤口,看来很像是肠道的内容物。罗讷尔多凝视着麻

441

醉屏幕,眉毛消失在手术帽底下。

波西又拿镊子试了一次,器械却从手指之间溜走,当啷一声掉到地上。他举起少了镊子的手。"我碰到手术台的边缘……"他看着我,好像我可能会质疑他的说明。"我污染了自己。"

鲁思修女看见我张口结舌,仓促地说:"我想你受污染了。"

"没错,医生。"罗讷尔多说。

可是波西依旧看着我。

"没错,医生。"我结结巴巴地说。

"你们继续吧!"语毕,他拖着脚步走出手术室。

迪帕克掏出受伤的小肠,同时在口罩底下低声嘀嘀咕咕说:"波西,你干了什么好事?"我留在手术台的左侧。"人家说世界上有老医生,有大胆的医生,就是没有又老又大胆的医生,不管这句话是谁说的,那个人绝对没有见过波西。幸好,只是小肠被划破了,缝一缝就好了。"

"我本来想——"我讷讷地说。

"我们有个更严重的问题。"迪帕克说。他手指之处的肠道表面上好像有个小小的藤壶[54]。发现第一个之后,我随即看见到处都是藤壶似的东西,连覆盖肠道的网膜也有。由于内部长了三个不祥的肿块,肝脏扭曲变形,看起来好像河马头。

"可怜啊!"迪帕克说:"摸摸他的胃。"胃硬邦邦的。"马里恩,你检查时切了溃疡的组织切片,对吧?"

"对,检验报告说是良性的。"我说。

"是胃大弯这处的大片溃疡吗?"

"对。"

"在胃里,哪些溃疡很可能会是恶性的?"

"在胃大弯的溃疡。"

"所以你非常怀疑是恶性的，对不对？你跟病理医师一起用显微镜观察过载玻片吗？"

"没有，医生。"我垂着眼睛说。

"我懂了，你把自己判读切片的任务托给病理医师？"

我没有说话。

迪帕克并没有提高音量，别人恐怕会以为他在谈论天气，连罗讷尔多医生也听不见他在说什么。

迪帕克彻底检查骨盆，手指在眼睛看不见的地方移动。末了，他简直压着嗓音说："马里恩，如果这是你的病人，而且你要根据切片检查结果来开刀，千万要跟病理医师一起判读载玻片。若是结果不如你所预期，你更要自己亲眼看一看，不要按照检验结果办事。"

我觉得很对不起华特斯先生，我本来可以避免他挨这一刀，避免他遇上波西。回想起来，华特斯先生的肝功能只有些微失常，那应该就是线索。

迪帕克把肠道破洞补好，幸好只有一处破孔。他把胃里出血的溃疡缝好，不久那里会再度出血。我们冲洗腹腔，倒入好几公升的生理食盐水，然后把水吸干净。

"好，马里恩，站到这边来，我要你把伤口缝起来。"

在他锐利的目光下，我从容不迫地缝合伤口。

迪帕克喊了一声"停"，把我绑好的结剪掉。"我知道你在非洲可能动过很多手术，不过，如果你重复不好的习惯，再怎么练习也不可能熟能生巧。马里恩，让我问你一件事情……你想成为优秀的外科医生吗？"

我点点头。

"如果不经思索便回答'想'，那不是我要的答案。你去问问鲁思修女，我在这里期间也问过一些人一模一样的问题。"我感觉耳朵红了起来。"他们回答'想'，不过有人应该回答'不想'才对，他们不了解自己。喏，你可以当不好的外科医生，而且在多数情况下会赚更多钱。马里恩，我必须再问你一次，你想成为优秀的外科医生吗？"

我抬起头来。

"我想我该问问，成为优秀的外科医生需要什么条件？"

"很好，你是应该要问的。要成为优秀的外科医生，你必须保证会成为优秀的外科医生，就这么简单而已。你必须非常注意细节，不光在手术室，就算在手术室外面也一样。优秀的外科医生会希望重打这个结，这一辈子你会打千千万万个结，假如每一个结你都在能力范围内尽量打好，你遇到的并发症就会更少。我希望线头两端的松紧度是一样的，华特斯先生术后腹胀时，你绝对不希望他的肚子裂开。完美的结能让他回家把事情处理好，要是这个结打不好，可能害得他留在医院，并发症一个接着一个出现，直到他逝世为止。手术的重点在于细节。"

那天下午，我们坐在病理医师拉慕娜狭窄的办公室里。几天前，我采集了六组切片，她在其中一组的边上发现了癌细胞。拉慕娜医生个性严苛，习惯噘嘴，那个动作让我想起了赫玛。头一次未发现癌细胞一事并没有干扰到她，她的显微镜旁叠了一堆摇摇欲坠的载玻片硬纸板盒，里面装有等候她判读的切片。她指着那叠盒子。"我做四个病理医师的工作，可是我在这里只上半天班，圣母医院的经费只能让我做半天工，但是他们给我的工作量不是只有一半，我没办法以充裕的时间处理每一组组织抽样，我当然没发现！没有人过来这里陪我检查载玻片，迪帕克，除了你以外。他们都只会打电话来问：'这个抽样你看过了没？那个抽样你看过了吗？'我说，假如这组抽样很重要，下楼来，提供我充分的临床信息，我的判读结果可以更精准。"

我为华特斯先生守夜。我们将管子从鼻腔插入胃里，管头则接到壁式引流器,好让他的肠道在接下来的两、三天维持排空的状态。管子让他非常难受,几乎无法说话。

到了手术后的第三天,我拔出鼻胃管,他坐起身,头一次露出微笑,以鼻子深深吸了一口气。

"那管子简直是撒旦的工具,你就算把塞拉西皇帝的钱财都给我,我还是要对那支管子说'不'。"

我也深深吸了一口气,坐到床边,握起他的手。"华特斯先生,我恐怕有不好的消息,我们在你的肚子里意外发现了东西。"这是我在美国首次必须对病患告知绝症的噩耗,不过感觉像是有生以来的第一次。在埃塞俄比亚,甚至在内罗毕,民众似乎会假定一切疾病都会致命,即使是微恙或假想的病痛也一样,他们预期死亡的到来。在非洲,你告知病人的消息是你将救活他,至于那些束手无策的部分、那些病已成势的疾患,就不说出口了,双方都已经了然于心。在阿姆哈拉语里,我找不出与"预后"意义相当的字眼,对于有五年左右存活机会的病人,我从来不曾借由疾病的发展与症状,对他预测疾病的过程与结果。在美国,我的第一个印象是,死亡或死亡的可能往往突如其来,宛如我们以为长生不老是天经地义,死亡不过是自由的选项。

华特斯先生原本因为拔管而心情愉快,此时脸色转为震惊,最后变成了伤心。一滴眼泪从他脸颊滚落,我的视线变得朦胧,传呼机响起,我当作没听见。

我想医者必然会在病患的疾病中发现自己的倒影,如果是我,我会怎么面对我告知华特斯先生的这类消息呢?

过了短短几分钟,他拿衣袖抹了抹脸,脸上忽地绽放一朵微笑。他拍拍我的手。

"死亡是所有疾病的解药,对吧?再怎么说,谁都没有心理准备接受这样的消息。我六十五岁了,已经老了,我这一生过得不错,我想见见救世主。"他眼底闪过淘气的光芒。"不过还不到那个时候啊!"他举起一根手指笑着说,缓慢呆板的笑声,呵呵呵呵呵……

我不由自主地跟着他笑起来。

"我们永远都嫌活得不够久,呵呵呵!"他说:"斯通医生,对不对?主,我会到你身边,只是还不到那个时候,我会到你的身边去,主,你先走,我会跟上你的。"

我钦佩华特斯先生的态度,希望学会这样的精神,拥有他从容的节奏,在内心敲打恬静的节拍。

"嘿,马里恩医生,年轻人,这就是人性,我们永远都嫌活得不够久。"他紧握着我的手,好像在照应我,好像我坐到他的床边是为了寻求保证、勇气和信念。"去做你的事吧!我知道你很忙。我一切都很好,真的没事,我只是得把这件事情好好地想一想。"

我离开时,他含笑望着我,仿佛我给了他一个人能够赠予他人的最佳礼物。

第四十章 · 盐与胡椒

离开华特斯先生的病房后，我坐在医师宿舍外的公园长椅上。在华特斯先生人生最黑暗的一日，风光居然如此旖旎，景物竟是这般美好，这对他而言太不公平了。圣母医院的树木染上我在非洲从未见过的色彩，还赠送树下地面一张如火燃烧似的地毯，脚掌踩在红、橘、黄三色交织的毯子上，不但能踩出嘎喳嘎喳的声响，还会释放出干爽而香甜的气息。

宿舍和天井传出了笑声、尖叫，听起来触逆而无礼。

天凉了，我走进屋内，瞥见天井锻铁盆里的木材正在噼噼啪啪燃烧，除了香烟，还有某种更呛鼻的味道。纳斯特来自加勒比海，是我们的速球投手兼实习医生战友，在宿舍后面辟了香草花园。我们来的那年夏天，他种的咖喱叶、西红柿和鼠尾草大丰收。印度大麻收成也不少。

过了香草花园，草地往下倾斜，延伸到砖墙，墙头有一圈圈的带刺金属丝。围墙的另一侧是市政府在二十年前为贫户所兴建的住宅，本来叫作"友情天地"，现在大家都叫那里"无情战地"。到了晚上，我们会听见从"战地"传来的手枪爆破声，看见彗星划过天际，从地面朝天空传送信息。

每周一我们接受护士们的邀约，在护士宿舍相聚，共进晚餐。不过这天是对方回访我们的日子，我加入大伙的行列。

甘地走过来把手搭在我的肩头，问："情形怎么样？"我将我和华特斯的对话告诉他。

甘地静静倾听，然后说："他真了不起！勇气可嘉。我们很幸运遇上华特斯先生，尤其他肚脐屎指数只有零到一之间。什么是'肚脐屎指数'？肮脏恶臭的程度。肚脐屎指数四的病人往往是酒鬼，有过一次还是两次心脏病发，会揍老婆，中过几次枪，有糖尿病，肾功能已经烂到了临界点。你替三A做BFO试试看，猜猜会有什么结果？"

"BFO"是"他妈的大手术"（Big Fucking Operation），"三A"是腹主动脉瘤（Abdominal Aortic Aneurysm）。甘地喜欢使用首字母缩写，而且声称发明了不少说法。濒死的病患是CTD："一步步走向鬼门关"（"Circling The Drain"）。

"肚脐屎指数四？……我想动大手术的结果应该很惨吧？"我说。

"错！刚好相反，喏，他已经证明他有死里逃生的本领，心脏病、中风、刺伤、坠楼，他的生命韧性非常强硬，侧支血管发达，备用的生理机制多得不得了，他会踩着华尔兹舞步走出恢复室，第一天晚上就放屁了，想尿尿时就尿在地上，虽然只能啃碎冰，家属还偷偷夹带威士忌给他当调味料，结果人也是好好的。

"肚脐屎指数不到一的人，是你要当心留意的人，这种人不是你的牧师，就是你的医师，是像华特斯这样的人。他们过着清清白白的日子，跟一个女人白首偕老，生儿育女，周日上教堂，注意血压，不吃冰淇淋。你替三A做BFO试试看，结果会是CDSCWP。"

没桨也想在粪河上划独木舟（Canoeing Down Shit Creek Without a Paddle）。

"麻醉师把氧气罩拿到他们的脸附近，你肚脐屎指数零的病人在手术台上立刻心脏病发；要是你设法动刀，肾脏就会失灵，不然就是伤口崩解，要不然就是他们神志不清，等你找弗洛伊德小组过来，他们早已从窗户跳出去了。所以你要明白一件事情：你的华特斯先生非常走运。"

纳斯特把雪茄大小的大麻烟传给迪帕克，迪帕克抽了一口，然后递给我。"拿去。"他把烟含在嘴里，说话声音也含含糊糊。"重点是……清白过日子会要了你的命，朋友。"

印度大麻无法助我提神，随即我便感觉脸庞、身体变得麻木无感。我目不转睛地看着"无情战地"上方的天空，温和的呐喊，刺耳的叫嚷，手提音响的咚咚响，金属框被篮球撞得锵锵作响，还有尖锐的轮胎声。这些声响串成一曲交响乐，与砖墙上明暗对比的设计图案相配。我觉得自己看透了墙壁，看见了无情战地，我觉得自己旁观住在那里的美国人的人生百态，观察着接受我们医疗的家庭。我觉得自己具有卓识远见。

过了好一会儿，我才开口说："这感觉不是很奇怪吗？"我不知道怎样说才不会让我的问题听起来很可笑。"这感觉不是很奇怪吗？……我们都在这里，外国来的医生……"

"你是说印度医生吧！"甘地说："你是半个印度人，你走狗屎运，这一半的血统是优秀的，我们这位纳斯特就算有个印度老爸，自己也压根不晓得。"

纳斯特拿起瓶盖扔甘地。

"是啦，是啦！这感觉不是很奇怪吗？"我继续说下去，"我们在这里，在一间充满印度医生的医院，在那道围墙的另一侧是我们照顾的病人，美国病人，但是他们不代表——"

"老熊，你是说黑人病人，"纳斯特以轻飘飘的腔调说，"你是说波多黎各人。"

"欸……不过我想说的是，其他的美国病人在哪里？还有，其他的美国医生在哪里？"

"老熊，你是说白人病人在哪里？白人医生在哪里？"

"对对对!"我说,"就是这个意思!"

"嘿,马里恩,"甘地说,"你是说你到了现在才注意到这个事实?"

"不是……我是要说我注意到了,你不要无聊乱说。而我的问题是,美国所有医院都像这样?"

"我的老天。马里恩,你应该明白为什么你在这里,而不是在麻州综合医院吧?"

"因为……我没有申请那里。"

我没料到会听见哈哈大笑,我才以为自己了解到什么大道理,居然有人大笑。

纳斯特站起来原地跑步,嘴里反复唱着:"他没没没申请那里!他没没没申请那里!"看来由于印度大麻的关系,他们随随便便就能歇斯底里地傻笑,不过印度大麻对我没用。我觉得越来越不高兴,站起来准备离开。

甘地抓住我的手臂。"马里恩,坐下来,等等。你当然没有申请那里,"他安抚我,"你不会浪费自己的时间申请麻州综合医院。"

我还是没听懂。

"你看。"他说着,拿起盐罐与胡椒罐,将两个罐子并排。"胡椒罐是我们这种医院,姑且叫它做——"

"老熊,叫它做屎坑吧!"纳斯特说。

"不要,就说它是艾利斯岛[55]医院,这种医院永远位于穷人小区,邻近地区非常危险,通常这样的医院不是医学院附设医院,你懂吧?好,换盐罐,这是五月花医院,一流的医院,是大型医学院的教学医院,所有医学院学生和实习医生都穿着超级雪白的袍子,佩戴着印有超级五月花医生字样的识别证,就算他们医治了穷人,也是高贵的情操表现,就像参加和平工作团志工。美国医学院的每个学生都梦想到五月花医院实习,他们最可怕的噩梦是到艾利斯岛医院来。这就是问题症结:像我们这样的医院,小区环境恶劣、没有医学院、没有名气,谁要来这种地方工作?不管医院或甚至政府愿意支付多高的薪资,这种医院一律找不到全职医生来工作。

"所以联邦老年健保决定出钱,让我们这样的医院训练实习医生和住院医生,懂了吗?照他们的说法,这是双赢的局面,医院能让病人得到实习医生和住院医生夜以继日的照顾,能让我们这样的人住在院区,而我们的津贴,连医院付给全职医生薪水的零头都不到。这么一来,联邦老年健保就能提供穷人医疗照顾。

"不过,联邦老年健保想出这招之后,新的问题出现了,你要去哪里找实习医生来填补这些新职缺?实习医生的职缺比美国医学院应届毕业生还多,美国学生想去哪里就去哪里。我告诉你吧!他们不想来这里实习,如果他们可以去五月花医院,才不会想来这里。所以,圣母医院和所有艾利斯岛医院每年从国外找实习医生进来,每年都有一批移民让我们这样的医院继续经营下去,你,就是几百人中的一位。"

甘地坐回椅子。"不管美国需要什么,世界各地都会供应。可卡因?哥伦比亚挺身负责。农场人手不足?需要工人拔除玉米穗?谢天谢地有墨西哥。棒球球员?多米尼加万岁。需要更多实习医生?印度,菲律宾,万万岁!"

我觉得自己好蠢,先前居然没有体悟到这一层。"所以我本来要去面试的医院,在康尼岛、皇后区——"

"全都是艾利斯岛医院,就像我们医院一样,所有实习医生、住院医师都是外国人,许多主治医师也是外国人。有些医院全是印度人,有些波斯裔的比例比较高,也有全是巴基斯坦人或全是菲律宾人的。那是口碑的力量,你找你表弟来,你表弟找同学来,诸如此类。那么,马里恩,我们在这里受训完毕之后,我们要去哪里呢?"

我摇摇头,我不知道。

"随便什么地方,答案就是哪里都好,我们到需要我们的穷乡僻壤,比方说德州的脚垢镇、阿拉斯加的腋窝村,到美国医生不会去的那种地方当医生。"

"为什么不去?"

"呜啦啦,因为那种小地方没有交响乐团!没有文化!没有专业球队!美国医生怎么能在那种地方生活?"

"甘地,你要去那种地方吗?去小城镇?"我说。

"你在说笑吗?你指望我过着没有交响乐团的生活?没有大都会队?没有洋基队?我可不要啊!老兄。甘地要留在纽约,我在孟买出生、在孟买长大,纽约是'低卡孟买'啊!我要在公园大道开业,公园大道有医疗危机,民众痛苦不堪,因为他们胸部太小或者鼻子太大,也可能肚子多了游泳圈,谁会去帮他们?"

"你?"

"好家伙,你他妈的答对了。撑着点,小姐、太太,撑着点!甘地就要来了,甘地能让你变小变大变软变美,随你高兴,永远让你变得更加迷人。"

他高举起啤酒。"干杯!各位女士、各位先生,但愿美国人只在外国医师的相伴下小心离开人世,正如我相信没有人不是在外国医师的陪伴下谨慎步入人间。"

第四十一章·一次只打一个结

在永援圣母医院的第九个月时,一天午后在前往手术室的途中,有名法警拿了份文件交给迪帕克·耶舒达,我的住院总医师一声不吭地收下来。我们继续做该做的工作,直到过了午夜,我们坐在手术室外的更衣间抽烟,他才含笑对我说:"要是别人,早就问我那些文件跟什么事情有关了。"

"如果跟我有关的话,你会告诉我。"我说。

我认识迪帕克时,他约莫三十七岁吧,生得一张娃娃脸,肩膀也像小男孩似的,让人有了错觉,忘了注意眼袋和一道道的灰发。要是看见我们大伙在自助餐厅,你会以为甘地才是住院总医师,因为他看起来很像。不过,当回忆起自己所接受的外科训练时,我非常感激这名个头矮小、皮肤黝黑的男人,从这位全世界可能永远不会颂扬的自谦医生身上,我受惠无穷。在手术室内,迪帕克坚忍强悍,手艺精湛而深具创意,总是不辞辛劳,态度果断。十足的工匠。

"不要迟疑不决地拿着那组持针钳。""马里恩,你要自我约束两只手,一个步骤只做一次,不要浪费动作。"等到我学会按照他的指示,交叉双手平均拉紧两端线头,新的问题浮现了:"你要是不打算飞起来,就把手肘放下去。"我在他身边重打的结比我打过的结还多,我把整条缝合线拆开重新来过,一直做到他满意为止。我对灯光和术野有了新看法。"鼹鼠才摸黑工作,我们是外科医师。"他的建议有时候与直觉相反:"开车时,你注意看着要去的地方;划开切口时,你留意自己去过的地方。"

迪帕克出生自南印的迈索尔,那天晚上他在更衣间告诉我的事情,我想他不曾对圣母医院的任何人说过。他从医学院毕业时,父母迫不及待地安排他与一名住在伯明翰的印度姑娘成婚,这位在英国出生的新娘并不愿意,但双亲不喜欢和她玩在一块的朋友,因此强逼她走入婚姻。婚礼前几天,她才和家人搭机前来,由于要念大学,婚礼隔天就走了。迪帕克花了六个月的工夫才拿到签证,前往她父母家与她会合。他发现自己要是开口,便会让她觉得尴尬,无论在公开场合或是私底下,她都不希望他靠近她。过了几个星期,他离开了那个家,在苏格兰找到见习生的职缺(相当于美国的实习医生)。过了一年,他晋级为住院医生,接着又升等成资深住院医生。他通过困难的考试,成了皇家外科医师学会会员,因此名字后面加了FRCS这四个神奇字母。

"我大可回迈索尔去,打着FRCS的招牌,我大概会无往不利。不过一想象每个出席我婚礼的人,就不想去面对他们……我实在没有办法。"

在英国,下一步是成为医院的顾问外科医生。"顾问医生的工作机会不多,总要有人过世才有空缺出现。"迪帕克当了六年资深住院医生,必要时代替顾问医生看诊,负责的全是急诊病例。最后,他决定来美国。

"这意味着一切要从头来过,因为这里不承认其他地区的实习医生训练,在我这样的年纪,挨了这么多年的训练,我不晓得自己还有没有那个能耐。"

美国的外科训练制度与众不同,完成一年的实习后,接下来要担任外科住院医师四年,责任有增无减(最后一年是住院总医师),然后你可以参加考试,成为领有执照的外科专科医生,成为主治医生。

"我在费城某家首屈一指的医院实习,替他们做牛做马……"想起了这段过去,他闭上眼睛摇摇头。"当我爸爸过世的时候,我甚至没有告诉他们,甚至没有打算为了那件事请一天假。我升级成为第二年住院医师,不过我的表现远远超过这个程度,事实上他们简直把我当住院总医师利用。没想到,过了第三年,他们把我刷下来,有个主治医生跑去替我说话,最后为了这件事还辞职了,他气得要命。

"我本来也可以进泌尿科或整形外科,在这个阶段被刷下来的医生通常会这么做,许多外国来的毕业生放弃了,最后选了精神病科等专科。不过我很喜欢普通外科,替我说话的那个人把我弄进另一家医院。这次去了芝加哥,他们答应我,假如我再当一次第三年实习医师,我就能够升等。我更卖力工作,结果又被刷下来。"看到我露出怀疑的表情,他哈哈笑了起来。"我之所以成为现在的我,就是因为这样吧!我不抱持很高的期待,喜欢外科,单纯只是为了喜欢外科。不过我很幸运,在芝加哥有个主治医生为了我和大家作对,那个人叫波西,他安排我到这里来做第四年实习医生。这就是美国奇怪又带给人福气的地方,很多人想要阻碍你,同样也有守护神的慈爱会来弥补其他人所做的事情。我有属于自己的守护神,波西就是其中之一。"

波西一夜之间让迪帕克成为住院总医师,不过有条件书,他必须做两年住院总医师。我来的时候,迪帕克正好在受训的最后一年。

"所以我实习结束的那一天,你也就结束了住院医师生涯?"

他的沉默令我不安。

他缓缓摇头。

"今天我们收到通知,负责审定我们住院医师训练的人员马上要来访视,假如他们不喜欢看见的情景,可以让我们停止训练住院医师。我们的实习医生人数太少了,而且与照顾的病人数量相比,每种等级的住院医师人数也严重欠缺,更不用提医疗团队人数不足。"

"怎么会发生这种情形?"

"我们的竞争对手拿出很多甜头,能够找到你、纳斯特和拉胡尔,我们很幸运。我们需要更多的实习医生,更多的全职医师。波西现在的势力不如从前,没有法子吸引优秀的医生。目前我们的住院医师训练只靠波西的资历通过评鉴,根据书面数据,波西可以获得高度评价,假如他退休,或者他罹患早期痴呆的消息传出去,我们这栋纸房子也要倒了。"

我一定面露忧色,因为他说:"别担心,你能找到其他职位,取得这一年的及格证明。"

"法警给你的文件是跟那些事情有关?"

"那个啊,跟我名义上的妻子有关。她现在以为我一定赚了很多钱,所以在纽约提出诉讼,要求赡养费。我找律师,他告诉我完全不用担心,我什么都没欠她。"

"迪帕克,那你呢?假如这里关了,你会做什么?"

"马里恩,我不知道,我不能重新经历这一切,不能继续帮助会搞砸病例又没有智慧请求我协助的'上司'。也许我就继续在这里工作吧!玛格妲修女说医院会雇用我,我可以住在这里,就像波西住在这里。我可以开刀,医院并不在乎我有没有通过专科资格认证,要是这里停止训练住院医生,他们更不在乎这一点。圣母医院需要外科医生,我可以成为波西第二,信不信由你。波西在脑筋不灵光以前,可是一流的外科医生。"迪帕克说,"更重要的是,他是个了不起的人,完全没有种族歧视。"

在华特斯先生的手术之后,迪帕克已经告诉大家,波西无论如何都不能再动手术了。

"为了不让他们结束我们的住院医生训练计划,有任何我们能做的事情吗?"我问迪帕克。

"祷告。"他说。

第四十二章·血统

我祷告了，可是没有用。再两个月的时间，我便能完成实习，而迪帕克的住院总医师阶段也可以告一段落，结果医院的训练课程却被列入观察名单。我担心自己的命运，医院恐怕不准再训练住院医师，这一点已经够惨了，要是我投入了这一年的时间，却得不到执业证明，情况更是雪上加霜。我心里替迪帕克觉得非常难过，他距离完成住院总医师阶段只差临门一脚。不过，在他们审理我们的上诉之前，在停止训练住院医师的最后命令下达之前，我们能做的事情不多，只能继续埋头苦干。

某个周五晚间，我被叫去创伤中心。当我到了那里的时候，救护车正好也呼啸抵达，救护人员拉出担架，噼噼啪啪将轮子放下，然后推着担架往内冲，仿佛担架是一根破城槌。玻璃门及时打开；我把这类事情当作小小的奇迹，这种司空见惯的效率与我在非洲的所见所知相差悬殊。我跑着跟过去，在圣母医院将近一年之后，这种事情我已经历多次，只是肾上腺素依然会大量分泌。

"姓名不详，车祸，在出事现场几乎没有呼吸，"推着担架的其中一名男子说，"闯红灯，货车从侧面撞上驾驶座，没系安全带，从挡风玻璃飞出……接下来，说了怕你不信，他自己的车子打了几个圈，重重撞上他的身体，高飞球往中外野飞去……不骗你，有人亲眼看到他跌到路面上，脖子没有明显外伤，左脚脚踝碎裂……胸口和肚子有瘀伤。"我看到一名俊俏的黑人男子,衣冠楚楚,还不满二十岁。

救护人员已经将两袋生理食盐水的点滴流速调快,也早抽好了血,这时把套上红、蓝、紫三色盖子的管子交给化验技师,他们会开始测定血型,交叉汇编寻找适当的血液,而我们根本都还没剪开病患的衣服。

"还没说完呢!"救护车驾驶说,"他为什么闯红灯?因为他跟流氓发生枪战,一个流氓头部中枪,有辆救护车载着那个家伙快到了,不用担心……不是紧急事件,他们在人行道旁就得把他的脑子挖一部分出来了,看起来念过幼儿园,顶多念到五年级。开枪的——"他指着我们的病人说,"就是这家伙。"

病人的头骨完整无缺,不过意识昏迷,短发被剃掉的部分笔直得像是用标尺画出来的。在这样的时刻,人就是会去注意到这种奇怪的事情。

我拿灯探照他的瞳孔,瞳孔急速收缩,大略的迹象证实他的脑部无恙,我安下心来。再用手指一摸,脉搏浅快,监视器显示一分钟跳一百六十下。

一名护士大喊血压数值:"八十、〇。"几秒后又说:"五十、〇。"

正在大量补充水分,血也要送到了,右肋骨下方有淤青,腹部紧绷,而且似乎在我眼前逐渐膨胀。

护士宣布:"量不到血压了。"此时X光技师拿着携带式X光机到来。

"没时间照了,他需要放血,"我说,"来,推他进手术室,这是他唯一的机会。"

没有人移动脚步。

"还不推!"我推了担架一下,"找我的后援同事,去通知他们。"

进手术室后,我只用三十秒时间刷手消毒,麻醉医师罗讷尔多调整气管，看着我摇摇头。

我套上手套，同时看看刷手护士摆出了什么用具。

"消毒纱布省了，拿止血吸棉来，直接打开来用，没时间摊开，会流很多血，我们需要大盆子装血块。"

患者的腹腔比刚才在楼下时还要紧绷。

罗讷尔多像鳄鱼从口罩上方仔细察看，我看着他准备接收开始的信号，他则耸耸肩膀。

"你要准备好，"我对罗讷尔多说，"我一切开肚子，血压就会降到最低。"

"什么血压？"罗讷尔多说，"没有血压了。"

目前，血液在腹腔扩散，不管血管在哪里，大量的血像止血压布般塞住了出血的血管。不过我如果划开腹腔，血泉便会立刻喷发。我把布垫一层层铺在四周，将大量的优碘倒在皮肤上，再拿海绵擦掉，说了句祷告，然后划开一刀。

鲜血涌出，像狂风吹起的巨浪淹没了切口边缘。尽管叠了布垫，尽管抽管急速吸血，血液仍一波波淹没了治疗巾，漫延到手术台，然后泼溅到地板上。我感觉血沾湿了衣袍，感觉大腿和袜子都染到了血，鞋子里的脚更发出嘎吱嘎吱的声音。

"再拿止血吸棉来！"我事先提醒过护士，还是没预料到血流如注到这地步。

我伸手进去握住小肠，阻挡了下一波的血流，再以双手把肠道拉出来，将它放在切口旁的治疗巾上。短短几秒内，我利落地将患者的肠道从腹腔取出。

迪帕克出现在我对面，已经刷好手，准备就绪。我紧握双手往后退开，准备站到手术台的另一侧，没想到他居然摇摇头。

"留在那里。"他说。他赶紧拿了牵开器扳开切口，让我能看见横膈膜底下。

我拿止血吸棉塞到肝脏四周，然后以相同方式处理脾脏一带。我将手指拱成杯状，挖出还留在腹腔内的大血块，又往腹腔各处与骨盆塞了更多的止血吸棉，塞到气管、血管都卡得紧紧的才停止。我看不见有血管在出血。

我们可以停下来喘口气了。

"我们要输血了吗？"我问罗讷尔多。

"我们从来不输血。"他说。我继续看着他，他耸耸肩，对着他负责的刻度转盘点点头，好像说病情并不比我们开始急救时恶化，这就是我希望他说的话。

于是，我从最不可能出血的位置开始，小心翼翼地移除止血吸棉。骨盆没问题，没有喷血。脾脏四周的止血吸棉也拿掉。把病患的腹腔想成一个房间，中央最方便搬移的家具已经移开了，所以我们可以清楚看见房间的后面。假如破裂的主动脉或支脉出血，那么腹腔的后壁（也就是腹膜）会出现大而恐怖的肿胀，也就是所谓的"血肿"。不过那里也没问题。

我有预感，我们会在肝脏后方找到出血处，那里阴暗不明，无论是检视或修补都很困难，那里是下腔静脉的所在位置。这条体内最大静脉流经肝脏后方，负责将下肢与躯干的血液送回心脏，当它流经肝脏时，排除肝脏血液的那条粗而紧的肝静脉将与之汇合。

我把止血吸棉从肝脏移开，没事。

我轻轻将肝脏往前拨开，察看阴暗的旁侧。

一股汹涌的鲜血喷出，洒满了清空的腹腔凹处，我赶紧将肝脏推回原处，阵阵喷出的血流停止了。只要我们不动肝脏，就不会有事。所罗门在荒野开刀时，面对这种情况是怎么说的？让外科医生去拜会上帝的伤口。

"好吧！"迪帕克说，"就那样吧，不要去动它。"

"现在呢？"

"他的皮肤切口和静脉注射的针口都在渗血,血液无法凝结。"迪帕克的声音轻柔,我必须屈身靠过去听他说话。"创伤这么严重,这是难免的现象,我们把病人切开,输入大量的液体,所以体温下降……我们冲弱凝血系统功能,所以血不会凝固。我们在肝脏四周塞好止血吸棉,然后就出去吧!把他送进加护病房,到那里让他体温增高,给他输入更多新鲜的冷冻血浆和血液。过两三个小时,假如他还有呼吸,假如他情况更稳定,我们可以继续动手术。"

我拿止血吸棉堵在肝脏四周,将小肠从切口放回去。我们没有缝合皮肤,只是利用毛巾夹让切口两侧拢在一起。

"器官移植团队会来摘除他开枪杀死的那个人的角膜、心脏、肺脏、肝脏和肾脏,"迪帕克说,"这间手术室比较大,我留给他们使用。"

送进加护病房两个小时后,刺孔的渗血已经停止了。病床周遭围绕着成群管械,要靠近小夏恩·强森(患者的名字)需要一点技巧。家属在等候室,努力想了解无法了解的事情。新鲜的冷冻血浆、加热的血液和输液让我们得以测出小夏恩的血压,他的体温也恢复至尚可的数值。他还活着,不过只有一息尚存。

迪帕克重新评估病患的状况,看看时钟后说:"好,我们再来仔细瞧一瞧吧!"

这回我们改到空间较小的手术室,罗讷尔多依然满脸愁闷。小夏恩的脸庞与四肢浮肿,毛细血管汩汩渗出我们先前大量注入他体内的输液,不过我们依然必须尽量供应液体,好保持他的血压,这种做法就像让桶身有洞的水桶继续装满水。

迪帕克坚持要我再次站在病人的右侧。移除治疗巾、擦拭皮肤、松开让皮层两侧靠拢的毛巾夹,这些动作只消几秒的时间,然后我取走了止血吸棉。

迪帕克引领我的手指摸到通往肝脏的静脉管。"好,"他说,"压住这里。"这是品氏阻流法（Pringle maneuver）。我捏住脉管,阻断通往肝脏的血流,在同一时间,迪帕克移除最后一块止血吸棉,把肝脏往前托起,血立刻喷出,原本干爽清洁的开刀部位变成了一片湿淋淋、乱糟糟的红色。

"好了,你可以放开了。"说着,他将肝脏推回去。"那正是我担心的状况,下腔静脉绝对破了,所以即使采用品氏阻流法,血还是继续流。"

有些人的下腔静脉几乎没有凹进肝脏后方,而我们患者的腔静脉则被肝脏包围着,像是裹在面包中的热狗。小夏恩腾空飞起,撞上路面,而肝脏继续移动,那股冲力撞破了让肝脏固定在腔静脉上的短血管,留下参差不齐的裂缝。

迪帕克要了条夹在持针长钳上的缝线。我一收到他的信号,便将肝脏往前拉开,他准备将针放到裂伤的一侧,没想到连看都还没看见,手术部位已经鲜血泛滥。

我喊了一声"天啊",违反了协助时应该保持安静的基本原则,"这里怎么修补？"

迪帕克说:"噢,修补腔静脉容易得很,只是肝挡在那里。"我愣了半晌才明白,这是迪帕克在手术期间最像笑话的笑话。

他沉默了好一会儿,神志几乎恍惚了,我尽量不发出声响。末了,他像说完祷告的牧师动了动。"好,"他说,"这个赌注胜算不大,我们换边吧！"

接下来的工作我毫无心理准备,能做的只有惊叹,同时尽力完成副手的任务。迪帕克擦拭小夏恩的胸膛,然后在气管上方垂直划开了一道从管头延伸至管底的切口,在这道沟槽中来回移动电锯。皮、肉、骨头的焦味在空气中飘荡,忽然之间,胸膛像过度填塞的手提箱般迸开了。

我没有问他在做什么,他也没有解释。我参与过的胸腔手术之中,主要是排空肺脏外的积水,我也曾一两次旁观迪帕克切除部分患癌的肺叶。在实习期间,我们曾经三度剖开胸膛、缝合心脏刺伤,三名患者中有一位活了下来。这是我们训练住院医师计划中的赤字之一,我们即将不准训练医生的理由之一:我们必须将许多胸廓手术的病案转送到其他医院,至于泌尿科和整形手术的次数之多,也就更不用提了。

小夏恩的心脏露出来,肉乎乎一团,带有黄色斑纹,覆在心包膜囊里,如同为他跳动了十九年的日子,一下又一下持续跳动着,而今情况再危急不过。迪帕克划开了心包膜。

我察觉身后那间手术室与共享刷手区出现动静,一度转头透过三组窗户瞧瞧,看见一群白色面孔围绕着另一张手术台。

迪帕克以钱袋式缝合法绕了一圈右心房(也就是接受腔静脉血液的上心房),取了支胸管,以剪刀在管侧剪出洞,接着在心房钱袋式缝合区的中央位置划出缺口,将新改造的管子插入心房,又利用钱袋式缝合法将管沿的身体组织收拢,并将管子从下腔静脉的孔插进去,穿到问题所在之处。

"管子跟肾静脉等高的时候告诉我。"他说。

我看着下腔静脉膨胀,仿佛注了水的浇花水管。"好了。"我说。

"管子充当下腔静脉支架。"迪帕克一边说,一边弯身从下方往上观察,"也当作粗略的分流管,这么一来,我们修补时,从躯干来的血液可以回到心脏。好了……来看看我们能不能补好这里。"

他调整高处的手术灯。我托高肝脏,出血量比先前减少许多,而以管子为背景,静脉撕裂处显得清楚可见。迪帕克以长镊子夹起裂缝的一边,将弯针穿过去,然后夹起另一边,将针也穿过去拉出来,绑好一个结后,我把肝脏放回去。手术过程颇为费力:托高、夹住、穿针、擦拭,另一边穿针、擦拭、打结,最后松手放下肝脏。

就在大功告成前的某一刻,我感觉有人出现在我身旁。迪帕克抬眼看了一下,不过没有说半句话。

"年轻人,那是施氏分流管?"一个在我后方的声音问。是个男人的嗓音,相当礼貌,知道这不是适合打扰的时刻,可是语气中又具备询问资格的权威。

迪帕克再次抬头,然后继续工作。"是的,医生。"他说。

"裂伤有多大?"

迪帕克托高肝脏,调整高处的手术灯好让访客看清楚。"绕着静脉破了四分之三。"他从心脏往下插的管子提供了静脉理想的内支架,而像折痕穿过静脉的是迪帕克工整缝补的第一部分。完美的情景,次序从混乱中恢复。

"真是令人十分佩服。"那声音说,话里没有挖苦,只有真诚的赞美。我往后退开,让这位来客能看得更清楚。我退开后,他便往前靠过去。"非常非常好,要是我,就会在肝脏破皮处四周放止血吸棉。你打算留几个排液管吗?"

"对,医生。"

"我想你是主治医生吧?"那声音说。

"不是,我是住院总医师,我叫迪帕克。"

"主治医师在哪里?"

迪帕克正视说话者的眼睛,一句话也没说。

"我懂了,你的主治医师不会为了这种事情起床,你有机会见到他吗?"

罗讷尔多好像响应似的,鼻子里哼了一声,转头注意他的转盘,装出漠不关心的模样。访客望着罗讷尔多,看样子准备好好斥责他一顿,不过想起这不是自己的手术室,也就作罢了。

"迪帕克,你之前做过几次施氏分流管?"

"这是我第六次做。"

"真的？多久的期间内做了六次？"

"在这里的两年内……很遗憾，我们有很多的创伤病患。"

"的确是很遗憾的事情，不过对我们而言是种侥幸，这样的机会我们不能说不感激……话说回来，你说做过了六次？厉害厉害，结果如何？"

"一名病人死了，不过手术后撑了一个星期，能走路、能吃东西，很可能是肺栓塞的缘故。"

"你解剖尸体检查过了吗？"

"只检验了部分遗体，家属同意我们再次打开腹腔，腔静脉修补处看起来没问题，我们拍下了照片。"

"那其他病人呢？"

"第二个、第三个和第五个在手术后六个月都还活得好好的。第四个在我还没进行到这一步，就在手术台上断气了，我才刚刚剖开心脏而已。"

"那一个你算在内吗？"

"我应该算进去，既然有'治疗意向'……就要算进去吧！"

"很诚实，你应该把那次算进去，多数的外科医生不会这么做。那第六个病人呢？"

"就是他。"迪帕克说。

"对对对。嗯，你的成果比我的经验理想，我在六年期间做过四次，病人都死了，两个在手术台上，两个手术后不久就走了，所以可以说也是在手术台上送命的。这四个的问题并非都是这样的创伤，有两个人的裂伤是因为别的医生想把黏着的癌细胞移除。你应当把你的经验写出来。"

迪帕克清清喉咙。"医生，恕我直言，没有人会刊登从圣母医院出来的报告——"

"胡说八道，你全名叫什么？"

"医生，我叫迪帕克·耶舒达，这是我带的实习医生——"

"这么做吧！把这个病例写出来，把他加进你一连串的经验，然后让我看看你的文章。如果写得好，我一定让它刊登出来，我会送到《美国外科期刊》主编的手中，我会再跟你联络，看看这位患者的恢复情况，祝你好运。对了，我叫作——"

"医生，我知道你是谁，谢谢你。"

迪帕克说："医生？医生？……你是不是要……算了，没什么事。"这时那位访客的脚步已经往外移动了。

"年轻人，什么事？我现在早该带着捐赠的器官飞走了，我只是暂时停下来欣赏你的成果。"

"假使你能示范给我们看看摘除肝脏的方法……我们将来能帮你先动手，节省你的时间。"

我想转头瞧瞧，不过由于手上正握着牵开器，无法转头。

"我不相信有任何人能做好这件事，"那个声音说，"所以我会亲自动手，我手下的住院总医师技术不够……他们头脑很好，不过不像你们在这样的地方能接触大量的病例。"

"我们病人数目很多，结果他们要取消这里训练医师的资格。"

"什么？我听过这项传闻，我听说波西……真的吗？"

迪帕克仅仅点个头。

"这是你第五年？"那个声音问。

"第七年、第八年、第十年，看你怎么算，医生。"他没提他在英国所受的训练。

他不用提，因为那名访客说："我听出苏格兰腔，你在苏格兰待过？通过了皇家外科医师学会考试？"

"通过了。"

"在格拉斯哥？"

"在爱丁堡，我在伐夫郡工作，我在各处工作过。"迪帕克说。

两人陷入意味深长的沉默，我身后的男子没有动静，似乎正在思考这句话。

"如果这里停止训练住院医生，你要怎么办？"

迪帕克低眉。"我就继续工作，大概在这里吧！我喜欢外科……"

过了天长地久，那声音说："迪帕克·耶舒达，耶舒达是J开头？"接着他把迪帕克的姓氏拼出来。"我拼对了吗？耶舒达医生，请来波士顿找我，我们会替你支付交通费，我会安排你到我的狗实验室[56]，我们可以让你的技术更进一步。如果真有谁能替我摘除器官，你大概可以胜任。等你北上时，我们再好好谈谈。我得赶紧走了，迪帕克，你做得很好。"

我们听见他走出去时门转动的声音。

我们静静地工作，最后迪帕克说："他只听过我的名字一次……就能再说出来。"迪帕克完成了修补手术，正在缝合切口，手法与划开切口时同样谨慎而高效率。他向刷手护士要了止血吸棉。"我在这里这么多年了，介绍给别人认识时，没有人能记住我的名字，没有人会费心记住，他们往往把我们当成某一类的人，而不是独立的个体。"

他的肩膀挺得更直，振奋的眼神闪闪发光，我从没见我的住院总医师这个模样，我为他觉得高兴，为他感到得意。

"那个人是谁？"我终于按捺不住好奇，说出口了。

"说我是老古板也没关系，"迪帕克说："我一直认为努力工作就能得到回报，那是我的理念。做对的事情，忍受不公、自私、坚持理想……总有一天会成功。当然，我不知道欺侮你的人是不是会受苦还是会罪有应得，我想事情不会那样，不过我的确认为人会得到应有的奖赏。"

"你认识他吗？"我又问了一次。

迪帕克躲开我的问题，转头面向流动护士，"那一组人马来拿肝脏还是肾脏？"

"肾脏，另一组人摘除了心脏就赶紧走了。"

迪帕克面露微笑地转身看着我。"马里恩，我不是百分之百地确定，因为他戴着口罩，要是我看到他的手指，就能确认是不是他了。不过我有个好主意——你刚刚见到世界上最重要的肝脏外科医师之一，他是肝脏移植的先锋。"

"他叫什么名字？"

"托马斯·斯通。"

第四十三章·专题演讲

我相信黑洞存在。我相信,当宇宙掏空化为虚无,过去与未来将在吞噬洞口的最后一圈涡流中相撞,我相信这将是托马斯·斯通在我生命中具体成形的方式。如果那无法解释事情的发生,那么我一定是呼唤了某个对我们不加以干涉的上帝,祂不引发或避免飓风或瘟疫,反而偶尔将手指插入纺车,以一块大陆隔开自己与儿子们的父亲,发现自己竟然与其中一名儿子共处一室。

小时候,我盼望托马斯·斯通的出现,至少渴望知道他是怎样的人。在数不清的早晨,我在失迷医院的栅门前等候他,我现在明白那样的守候是必要的,它让我的内心麻木愈合,就像板球球棒的柳木必须加工才能禁得起一生的撞击。我在医院栅门前学到一课教训:世界不欠你,你的父亲也不亏欠你。

我并没忘记戈什对我的请求,姑且就说我把它抛到脑后去了吧!我并不因为违背而心生罪恶,我始终没有时间找出托马斯·斯通的下落,更何况无论他人在哪里,我始终不曾感觉自己人在他所处的美国,我身在美国只具名义主权的岛屿、领土和版图。我携带他所写的教科书,从亚的斯亚贝巴到苏丹、到肯尼亚,然后到达美国,对这位作者勉强产生了敬意。我告诉自己,这本书是判断玛莉·普雷斯修女的试金石:我在线条图中看见她的手,我把写有她字迹的书签放在皮夹里随身携带。我在教科书内文发掘托马斯·斯通，他在贫病交加的国度克服疲惫，在习作本上满满记载了观察，也一定于记录笔记的纪律中发现了自我。我相信他之所以能编出教科书，就是基于这些日志的累积。他借由写出教科书，让自己的知识具体成形。

然而，那位著作人，我的DNA唯一存活的作者，当他站在我身后探望，具体成形的是血肉，是我血肉的血肉，我应该要认得那是亲人的气味，认得那是我继承了特点的嗓音。当他弯身靠近患者的腹部检查我的手艺，脑袋歪了，第一颈椎与第二颈椎偏了，手臂在胸口收拢，肩胛往前靠近。为了不污染我们的开刀区，他让自己变小。这些动作仿效了我的动作。

托马斯·斯通绝对察觉了宇宙的动荡，所以才会出现在我们的手术室。我承认，当我不知道他是谁时，我毫无感觉：没有气味，没有震颤，只有得意之情，因为迪帕克以塑料管与一手罕见的手艺完成了奇迹，而且这位陌生人欣赏他的技巧。当我知道来者是托马斯·斯通，我措手不及，不知如何回应。我的第一个反应应当是愤怒吗？是追讨公理吗？我错失了他在场时的反应机会。不过，从童年以来，我现在首次想要做的，不只是研究他九根手指的照片，我还想要了解曾经站在我身旁那位活生生、会呼吸的外科医生。

接下来几天，我到院内的图书馆搬下特大本的《医学索引》，从我出生的一九五四年那一期开始，一本接一本地查询托马斯·斯通。我想知道出版《手术精要》以后的斯通，我想知道他离开热带地区以后的学术成就。图书馆馆藏不丰，不过波西将他从二十世纪五十年代收藏的外科期刊捐了出来。我找出了《医学索引》中列举的多数论文。

在笔记本上，我拟出托马斯·斯通发表的论文所反映出的科学专业历程。到了美国，他的兴趣专注在肝脏手术，专业经历与器官移植史交织发展，也混合了以某甲器官拯救某乙性命的大胆概念。

故事当然远在斯通之前就展开了。在二十世纪四十年代，梅达沃爵士与伯内特爵士证实免疫系统能区分"自我"与异体组织，而且能排斥消灭后者。在我们出生前两个月，《英国医学期刊》刊载了托马斯·斯通的致编辑函，信中他说明许多埃塞俄比亚人的结肠特别长而无当，而他相信这种现象能够解释他们的结肠容易自行扭转的原因，这种病状称为"结肠扭结"。一九六七年时，年轻女子妲法尔因车祸丧命，开普敦葛鲁苏尔医院的巴纳德取出她的心脏，为心脏受损与罹病的沃什坎斯基进行换心手术。此时，身在波士顿的父亲对肝脏切除手术起了兴趣，他所钻研的问题是：切除多少肝脏之后，剩余的器官还能够继续维持生命？

美国器官移植的先锋是位杰出的外科医生，也叫作托马斯，这位托马斯姓史塔哲。史塔哲在科罗拉多州工作，在一九六三年及一九六四年完成首例人类肝脏移植手术，只是两位患者皆没有存活下来。页底注释指出，波士顿的托马斯·斯通在一九六五年的尝试也失败了。大众的批评越来越多，可是史塔哲并没有放弃，在一九六七年完成首桩成功的肝脏移植手术，其他医生随即设法完成同样的壮举，托马斯·斯通也包括在内。移植手术的风险依然很高，不过借着各个医生发表个人手术的技巧与经验，有人在冗长手术过程中将门脉血流分流到上腔静脉，有人利用"威大保存液"更妥当地保存了捐赠者的肝脏，因而手术结果越来越理想。对于有能力操刀者，肝脏移植手术是技术最困难的手术，难度相当于钢琴家演奏拉赫曼尼诺夫的《帕格尼尼主题狂想曲》，只是演奏者可不敢漏弹一个音符或是误奏一段乐句。不过，现在问题不再是技术面的。手术需要十小时，有时甚至二十小时，史塔哲证明了移植手术的可行性。新出现的障碍有二，除了找寻适合移植的器官之外，当然是免疫系统排斥移植器官的问题。

一九八〇年，我担任实习医生的那一年，史塔哲越来越注意器官移植后的排斥现象,同时致力研究凯伦爵士的团队在康桥大学所开发的新药环孢素,这种药有望解决此一问题。

托马斯·斯通采取不同的研究方法,致力于解决器官短缺的问题,而且采用多数人视为死路的解决之道:他切下健全家长的部分肝脏,移植至肝功能衰退的小孩体内。他发现肝脏会扩长补偿失去的部分,而移植部分肝脏能维持受赠者的生命,起码在小狗的身上是如此。不过,切开捐赠者的肝脏会导致并发症,例如胆汁泄漏、提供肝脏养分的肝动脉阻塞。此外,这样的手术也会将健康捐赠者的生命推入十足的险境,因为肝脏不像肾脏是一对的。人体细胞会将表面抗原当作异体,斯通的做法不但更加大有可为,而且立即见效。他在手术中运用了动物的肝脏细胞,试图清除表面抗原细胞,然后在生物膜上大量培养肝脏细胞,利用它们当作某种人工肝脏,这是一种透析治疗法。

我抱着兴奋阅读有关移植手术的故事,这无疑是美国医学最引人入胜的故事之一。

小夏恩成了加护病房的关注焦点。我们为他施打了大量的镇静剂,他的眼球在垂闭的眼睑下转动。他所遭遇的创伤导致了"休克肺"(又称"蚬港肺",是从美国大兵身上发现的症状,他们从战场被救活后,反而出现奇异的肺僵硬现象),肾脏也因而停止作用。根据甘地的原则,身上插了超过七支管子,此人跟死人无异。小夏恩插了九支,不过在几周内一支接一支拆下,身体状况也越来越好。为了让他恢复健康,除了严密的护理照料,迪帕克与我必须钻研他每日的医疗步骤,预期他所需,并以插管解决不断出现的问题。小夏(他的家人这么叫他)在四十三天后离开加护病房,转入普通病房;一周之后,他挂着腼腆的笑容,靠自己的力量走出去,加护病房与创伤医疗团队在医院入口夹道为他喝彩。就算他开枪打了谁好了，目击者都已经消失无踪，警方也失去了兴趣，所以小夏准备回家了。我想就是见到小夏步出医院的这一幕，我才走上了创伤外科医生的道路。他的康复绝对不是创伤外科常有的例子，不过这种结果发生的次数也不算太少，尤其当病患原本就是健康的年轻人，这就足以让我们不畏艰难地拼命抢救病患。心，是脆弱无常的，人体却拥有恢复的能力。

我们实习医生可以参加一次全美研讨会，全数费用都有人买单。我选择了五月在波士顿举办的肝脏移植研讨会，在某个宜人的五月天抵达那里。波士顿市区完全符合我对殖民时期的美国的印象，历史处处可见，与我在布朗克斯住的那区截然不同。我告诉自己研讨会在波士顿举办只是巧合，并且特意远离托马斯·斯通工作的地方。我也告诉自己，我不是来这里见托马斯·斯通，而是要聆听托马斯·史塔哲的专题演说。至于托马斯·斯通所主持的全体会议，我迟迟无法决定要不要出席。

研讨会当天早上，我再也无法自欺。我故意缺席器官移植会议，反而走了六个路口，来到托马斯·斯通这些年来所服务的医院。穿了将近一年的手术服，西装和领带令我好不自在，仿佛做了化装舞会的打扮。

"送他们去麦加朝圣。"当永援圣母医院无法提供病人所需，我们会把病人送至能够提供资源的地方，这时我们就说"送他们去麦加朝圣"。全美的医疗人员把患者转诊到一流单位时经常都这么说，我甚至在医学期刊所登的致编辑函中看过这句话。此刻，我就在前往麦加的途中。

"麦加"由造型诡异的簇新医学巨塔所构成，亮铮铮的，仿佛由白金打造。这是建筑师争先恐后建造的那种建筑,从病患的角度看去,这幢医院并没有表示欢迎之意。高楼遮掩了年代较早的砖造院区,那一区的建筑物反而令人觉得可靠,与街坊邻舍的格调相符。

"您早啊!"穿着紫色夹克的年轻人对我说。我气冲冲地瞪着他,以为他在挖苦我,接着才明白,他和另外两个人站在那里待命,准备泊车与协助病患坐上轮椅。

旋转门通往玻璃墙中庭,天花板往上攀升起码至三层楼的高度,挑高的空间内种了一株货真价实的树木。平台钢琴在某种神秘机制的控制下自动演奏,四周摆放着丝绒皮椅和几盏灯,涓涓瀑布从钢琴后方的花岗岩板流下。此外,接待处有三名服务员,其中一位抬起头来露出笑脸,迫不及待地准备提供协助。我照她所言,沿着地板上的蓝线走到A栋电梯,搭乘电梯前往十八楼的外科部,只是不敢保证我能如她的祝福,"拥有愉快的一天"。我无法相信自己置身于医院。

我从电梯出来,遇上与我年纪相当的五男一女,他们全穿黑色套装,胸口贴了和我一模一样的访客标签。其中那个女子想帮我,对我说:"我们应该在这里等。"

就在此时,一名年轻人走上前来,他的蓝色手术袍外头套了白袍。"对不起,我迟到了。"他的口气听起来没有丝毫的歉意。"欢迎来到外科部,我叫马修。"他笑嘻嘻地看着我们。"天啊!一年前我跟你们一样接受实习面试,时间过得可真快!你们的套装我很喜欢!好,在死亡及并发症研讨会前,我们会有大概二十分钟的时间,我带你们很快地参观参观外科部,研讨会过后,你们会与住院医师共进午餐,然后开始个别面试,接着参观整间医院。我送你们到会议室之后就要离开,研讨会将讨论我所负责的一名病患,我得去把防弹背心穿上绑好。"

在永援圣母医院的这一年,我还没带领过日后可能加入我们的实习医生到处看看，甚至从没见过有人来面试。在麦加，这是每周活动。我跟随他往前走。

个人值班休息室的墙上装有电视，室内还有小冰箱和精致的书桌，更附带了浴室，与圣母医院的值班休息室犹如天壤之别。我们只有一间值班休息室，房里塞满上下铺，只有一部电话，每一科的实习医生都想在里面躺下来，我则从来没有利用过那里。接下来，马修带我们参观"小"会议室，麦加的外科团队在这里召开早安汇报，整间房看似企业董事会会议室，高背皮椅围着长桌，历任外科部主任从壁上的油画往下俯瞰，犹如一本外科名人录。

"看看这个。"说着，马修按下一个键。隔板从帘后降下，房里暗了下来，投影机从我以为是茶几的东西上升起，康斯坦丝（我们这群里的女性）翻了翻白眼，好像认为这种设计太粗糙了。

我们走到进行死亡及并发症研讨会的礼堂，马修准备要离开。"我得去换掉手术服，斯通医生非常坚持这一点，连我们穿手术服巡房也会不高兴。"

礼堂像是亚的斯亚贝巴阿多瓦电影院的缩小版，只是座椅比较舒适，米黄色的椅垫布料有一块块的隆结，摸起来却非常平滑。陡峭的斜面让后方视野变得一清二楚，可能成为未来实习医生的我们就坐在此处。在讲台后方，一排电动X光看片箱嵌进墙壁的一侧，有个住院医师站在那里装片，踩着踏板让片箱往前移动。

康斯坦丝坐在我隔壁，一群唧唧喳喳的医学院学生穿着白色短袍鱼贯进入，和我们一同坐在后面。我已经忘了还有医学院学生的存在，如果在圣母医院有人的食物链层级比我还低，不知道会有多好。住院医师的袍子较长，表情不若学生那样轻松无忧。主治医生的袍子最长，也最后才进来。我们这群接受面试的人像北极熊大会中的企鹅那样引人侧目。我在圣母医院期间从来不曾参加过这种集会，迪帕克定期找大家聚在一起上辅导课，不过在这个房间里，你

475

可以察觉有种传统存在,他们有数十年来不曾改变的行事方法。

"嘿,你从哪里毕业的?"康斯坦丝问。我不小心听到她说她在波士顿读书,不过不是在这里。

"我念埃塞俄比亚的学校。"我说。假如她能够往旁边的座位挪移,她大概已经挪过去了。

托马斯·斯通走进来时不看人群,想当然认为会有听众出席。他比我在手术室见到他时的感觉还要高,几乎与湿婆或我一样高。一屋子安静下来。他的双手抄在白袍口袋里,人迅速就座,自在流畅的动作令我想起了湿婆。他独自坐在前排,我在他的后方远处,不过偏向一侧,所以看得见他的侧影。这是我头一回好好审视自己的父亲,我觉得身体逐渐发烫,怎么能够以冷静客观的态度观察他呢?我的思绪奔腾,心脏扑通扑通地跳,唯恐被人察觉了我的存在。我撇过头去,极力冷静下来,再回头一瞧,斯通正在研读手里的文件,要发现他缺了根手指并不容易。他太阳穴边缘的头发已然花白,脑门处的头发则依旧是深褐色,明显的咬肌勾勒出下巴轮廓,看来他习惯咬紧牙关,我所见到的一侧眼窝仿佛是嵌入脸庞的黑穴。我发现他的头出乎寻常地保持不动。

有关讨论的病例,我无法告诉你什么,也说不出究竟发生了什么事情。我望着托马斯·斯通,坐在傲慢的康斯坦丝隔壁,同一时间有条导火线在我内心缓缓着了火,准备开始燃烧。我准备翻倒桌椅、启动天花板洒水器、口出秽言,硬生生破坏这场井然有序的会议。我觉得快要失去自制能力,一度还怒气冲天,两手必须抓紧椅子扶手,心情才缓缓平复下来。

"是我的错。"托马斯·斯通转过头来望着我说。我一时以为他有透视能力,他听见我的声音了。我们的护花使者马修刚刚报告了病例,接受了从屋子四面八方传来的严厉批评。马修只是传令兵,不过既然主治医师和住院总医师没有出手救援,他也只得承受猛烈的炮轰。当托马斯·斯通站起来时,噼噼啪啪开阖的嘴巴安静下来。

"对,是我的错,我们在手术方面绝对还能做得更好,我准备在两间创伤中心加装摄影机,我希望每一次严重创伤病患送来以后,我们可以回顾录像带,想想我们站的位置对吗?气管内管应该放在一旁时,我们是不是采取了取管三步骤呢?是不是必须有人要求应该准备好却没准备的东西呢?我们说的话是不是会让彼此分心呢?谁在现场是多余的?还有更理想的处理方法吗?那是我们永远要面对的挑战。"他从口袋抽出一张纸展开。

"我还要对这封信中所提出的事情负责。"

他的英国腔微弱不明,在美国的岁月虽然冲淡了口音,却也并未学到美式刺耳的语调变化。那天在圣母医院手术室,他从我身后对迪帕克说话时,我并没有听出特别的腔调。"这是患者母亲给我的来信,我希望确定这种事情不会再发生。她是这么说的:'斯通医生,我的儿子惨死,这件事我永远不可能忘怀,不过也许时间久了,痛就会少一点。可是,我无法忘记一个画面,一个或许可以不一样的最后画面。当我被人以粗暴无比的态度要求离开病房时,我必须告诉你,我看见我的儿子很害怕,在场没有人安抚他的恐惧,唯一做了努力的人是一名护士,她握住我儿子的手说:别担心,不会有事的。其余的人都忽略了他。没错,医生忙着救治他的身体,假如他当时不省人事,不知道会有多好。医生群有要务在身,他们只关心他的胸腔、肚子,而不在乎感觉害怕的小男孩。他是个成年男子,可是在如此脆弱的时刻,他退化成小男孩。我看不见一丝丝人性善良的迹象,儿子和我是麻烦人物,你们的团队宁愿要我出去,宁可要他安静,最后他们如愿以偿。斯通医生,你身为外科主任,也许也为人父母,难道你不觉得,要医护人员安抚患者的父母是你的义务吗?难道父母不会因为减轻焦虑恐慌而更加安心吗?我的儿子最后清醒的记忆将是旁人对他的忽略,而我对他最后的记忆,则是我的小男孩在惊吓中看着母亲被人带出房间,我将带着这个镂心铭骨的画面走向自己的人生尽头。旁人殷勤照料他的身体,这是事实,却无法弥补他们忽略了他的存在。'"

托马斯·斯通把信折好,收回胸前口袋。礼堂传出一阵窸窣声,有人喃喃低语,有人不安地移动身体重心。我察觉屋里有人乐于将这封信置之不理,乐于嘲笑它的内容,可是斯通的态度让他们必须藏起那股冲动。斯通站在那里,不发一语往远方看去,仿佛正在思量来信的内文,不觉有听众的存在。没有人开口说话。这一刻持续拖延下去,即便是渺不可闻的声响也静了下来,最后只听见空调的嗡嗡声。托马斯·斯通露出沉思的表情,那绝非愤怒的神色。这时,他犹如醒了过来,朝礼堂内寻求反应,看看来函是否引起了共鸣。抱持嘲笑念头的人重新考虑自己的立场。

斯通总算开口说话了,语调平静而坚定,获得了大家的注意力。他问了一个问题。

我知道答案,因为答案就在他所写的书里,那本书我仔细读过,在我离开埃塞俄比亚的旅程以及留在肯尼亚的日子里,我读了不止一遍。

"怎么从耳朵进行急救?"

礼堂里约有两百人,想必起码有五十个人知道答案。

没有人发言。

他在那里等着,不安的气氛竟然越加浓重,我感觉得到隔壁的康斯坦丝身体僵硬起来。

托马斯·斯通打开双脚,背剪双手,看样子甘愿终日站在原地。他扬起眉毛等着。坐在我左手边的学生吓得连眨眼也不敢。

斯通朝着我看过来,惊见一排黑套装中有人做出了响应。我感觉他的目光射入我的眼眸,这不过是他第二度发现我存在于这个世上；第一次是我出生之际。这次，我只需要举手。

"噢？"他说，"请告诉我们，怎么从耳朵进行急救？"

所有的目光集中在我身上，我从容不迫，一点也不慌张。

接下来，我想起了戈什，想起他为我们所做的牺牲，视线于是变得朦胧不清。虽然他死于白血病，此时我却觉得他从湿婆和我是婴儿时就放弃了人生，为的是让我们拥有我们自己的人生。当他过世的时候，我感觉好像有第二条脐带被切断了。我想起丧偶的赫玛，她这时与湿婆留在失迷医院孤军奋战，还写信告诉我，她为了我不在身边而伤心欲绝，她没有给我应有的关心与爱护，我愿意原谅她吗？在这些年间，托马斯·斯通恐怕不曾错过一场死亡及并发症研讨会，却从来没有一天因为湿婆或我而忐忑不定。我想起院长，她撑起失迷医院，是两个男孩积极慈爱的教母，是我们的靠山。我想起加布鲁、亚麦姿和萝辛娜，他们站出来填补了此人缺席所留下的空白。

公道何在？托马斯·斯通因为缺失和自私得到了奖赏，竟然还坐上了那样一个职位，博得礼堂内康斯坦丝等人的敬畏赞赏。能做一名好医生，想必不可能是个恶劣的人吧！就算不论上帝的法规，人性原则也不可能让这两种角色集中在一个人身上。

我迎接他的目光，眼睛眨也不眨。"说几句安慰的话。"我对我的父亲说。

其间的岁月仿佛被书挡浓缩在我们两人之间。礼堂内苦恼的旁人将目光从我的脸庞转移至他的面孔，不确定我的答案是否正确。不过，无论是对我，或者是对他，其他人都不存在。

"谢谢你，"他的口吻变了，"说几句安慰的话。"

他移步离开礼堂，走到门口时，又转头看了我一眼。

我意外得知他住在何处。让我给猜中了，果然是河对岸一幢精美的大厦。不过到了A栋楼下时，我发现原来还有一道通往室外的玻璃门,街道对面是通往另一栋楼的门廊。我看见托马斯·斯通走进去,门房向他打招呼。我留在原地等候,几分钟后他又出现,白袍不见了,手里多了一只黄、黑两色的盒子,那是幻灯片投影机,他正要前往器官移植研讨会。我给他半小时的时间,然后走到门房面前,拿出识别证闪了两下。"我叫马里恩·斯通。斯通医生忘了几张他演讲需要用的幻灯片,派我来拿过去。"

他正准备挖苦我,拒绝我的要求,却随即把头歪到一边。"你是他的亲戚?"

"我是他儿子。"

"哎呀,你是他的儿子!"他说,还靠过来注视我的眼睛,好像我们的眼睛有相似之处。他眉开眼笑,宛如这条消息证明他是对的,这条消息仿佛揭露了托马斯·斯通人性的一面和可取之处。

"哎呀呀,你是他的儿子啊!"他喜滋滋地拍拍大腿。"这么多年来他从没跟我们提过半个字。"

"他也是到今年才知道的。"我眨眨眼睛说。

"我的老天,你少骗我了!"

我露出笑容,看看手表。

"你知道是哪一间吗?"他说。

"四楼?"

"四〇九。"

我利用小刀就进到了他的屋子里,这种外科辅助技巧只有像甘地那样的人才会教你。

一房一厅的公寓。

客厅看不出来是客厅,制图桌似的大工作台占据了多数空间,左右又放了两张边桌,构成了一个U字形。边桌上放了整整齐齐的成叠文件,三面墙摆了组合式书架,架上塞满了书籍、文件,排列方式不是为了展示，而是为了方便拿取。

厨房的咖啡壶正在集灰尘，炉具看样子从来不曾开火，料理台的烤面包机上方留有几片面包屑，冰箱内只有柳橙汁一盒、奶油一条与面包半截。

卧室的窗帘拉下，里面一片漆黑，没有书或文件，只有行军床，床脚放了折叠整齐的毯子，那情景看似他只是要在这里窝一晚。

电子壁炉上方的架上只有一张装框的快照，二十世纪二十年代的喷枪技术让母子的皮肤雪白光滑，两人摆出圣母抱圣婴的姿势。小男孩约莫三岁，安然坐在肯定是我祖母的女人的腿上；我发现，我一次也不曾想过她曾经存在于这个世上。

照片旁有只玻璃圆柱，里面装有混浊的液体，我靠过去仔细瞧瞧，原来液体内漂浮着一根人的手指。

我来这里，本来想……本来是想来破坏一番。

那张照片改变了我的心意。

我反而打开了所有厨房壁柜，留着柜门没关，又拉下烤箱门，把冰箱两侧的门也打开。果汁盒的盖子拿下来。浴柜打开，牙膏、洗发精、润发精等瓶盖旋开，盖子小心地放在容器旁。我将任何有盖子或覆遮物的东西都打开，衣柜、抽屉、档案柜、墨水瓶、药罐统统打开了。窗户也打开。

在书桌正中央，我放了玛莉·普雷斯修女写了字的那张书签。

第二版，包裹上的收信人写我，不过我肯定出版商是要送给你的。恭喜。另外，我还附带了一封我写给你的信，请你立刻读信。

一九五四年九月十九日

SMJP

我确信他持有母亲提到的那封信，此刻我在他的家里又自问：

信在哪里……信里说了什么？我很想彻底搜查屋子，把信找出来，可是这么做会破坏了我所设计的场面。

我转开福尔马林瓶子的盖子，捞出他的手指，甩掉液体后将它放在书签旁，然后仔细察看我的成果。关于手指，我改变了念头，把它放回福尔马林瓶子，将盖子盖好，带着它一起离开。这样才公平，毕竟我把自己的某样东西留给了他。

离开时，我把门卡住，不让它关上。

第四十四章·从故事起头的地方开始说起

两周之后的星期天,我听见有人敲打我的房门。我们到康尼岛劲敌的地盘与他们进行单日球赛,结果大获全胜,抱着院际杯奖杯凯旋。纳斯特上场时场面热烈,靠着快速投球得了二十五分,击中三柱门六次,其中四次得分是我站在三柱门后接杀。我从甘地房间举办的庆祝活动中溜走,虽然戴着守桩员手套,手指还是一碰就痛,膝盖也阵阵作痛。我打算早早上床睡觉。

"请进。"我说。

他环顾阴暗的房间,弄清楚所处的环境。如果他的目光扫过床铺的暗处,他不会发现我,因为他转向他处,往浴室门底下溢出的光线看去,然后看了看拉上窗帘的窗户。当他的视线转回来时,我已经坐起身了,他吓了一跳。

我在那里等着,又不是我邀请他来的。几秒钟过去,他也没露出预备说话的样子。我只好替他解释:他找到了我的下落,他想通了事情,也许那天从我身后不远处窥看,的确发现了我存在于手术室内。也许我在礼堂回答他的问题时,他在我的五官上看见了我的母亲或他自己。多奇怪,直到儿子出现在死亡及并发症研讨会上,替那场活动增加了新的意义,你才发现从未见过或想起的儿子。

"你坐下来没关系。"我说,没打算开灯。

床铺另一边有张椅子,他快步走向前,仿佛宁可冒险撞上东西也不愿显出迟疑或求助的盲人。他一屁股坐了下来。

我想他看不见我的脸。我打量他的面容，他的眼睛一面适应光线，一面检查我的所有物，如果不把书算进去的话，我所拥有的东西比他还多。我发现他的视线流连在装在相框中的"圣泰瑞莎的狂喜"上，他必定当下就认出图片的出处。噢，还有，罐内的手指。他知道他来对地方了。

几分钟过去了，当时是晚上十点。

"介意我抽烟吗？"他最后说。

"你没有抽烟的习惯。"我在他的公寓没有闻到烟味，只有他的气息，我的鼻孔又闻到了那股气息。

"我现在抽烟……你什么时候开始抽的？"

他的嗅觉很灵，我慢慢回答。

"自从来这里以后，那是外科训练的必要条件，你抽你的没关系。"

他摸了摸衬衫口袋，掏出两根烟。我想起阿里和他的小杂货店，那是我唯一知道可以零买香烟的地方。在美国，要买就要买一整条，不然就是一卡车。

他递了一根过来给我，我注视着那根香烟，正当他要收回手时，我收了下来，并且把两脚旋到床边，他点起打火机，站起来迎接我。

他用手指保护火苗，九根手指构成了一个圣物匣。我欠身朝火焰靠过去，抽了一口，抽到烟头开始燃烧为止。

爸爸，谢谢你。

我坐回床上，他在伸手可及之处找到了老旧的保丽龙杯。我一边抽烟，一边思考，从他的香烟来推敲判断。乐富门牌香烟，这是他过去在埃塞俄比亚抽的牌子，我差点忘了，他在英国的岁月可能也抽同样的牌子。我们在圣母医院也抽乐富门牌香烟，是甘地提供的，他从坚尼路以超低折扣价整箱整箱买进。

在浴室门缝透出的光束下，轻烟袅袅，我想起了我们在失迷医院的厨房，尘埃在晨光中翻飞，拉出一条银河。小时候，那情景暗示了复杂宇宙既美好又骇人，在越近的距离，越能领略出启示，唯一的限制是你的想象力。

"我并不指望你能够理解。"他说。有一瞬间，我还以为他指的是尘埃。他的语调让我听了很生气，谁准你说话的？谁准你在我房间说话？

"那么就不要谈那些事情。"

又是默不作声。

他率先打破沉默。"你对外科有什么看法？"

我真的想回答他吗？回答了，我是不是就让步了？我得用几分钟想一想，就让他焦急吧！

"我对外科有什么看法？唔……我很幸运，遇到了迪帕克。他在我身上费了很多苦心，基本原则、良好的习惯，我想是非常重要的……"我闭口不语，认为自己说太多了。我在自己的语气中发现，我需要他的认可、他的批准——那是我最不想要的。我想起了戈什，由于斯通离去，他意外成了外科医师，没有人能指导他。啊，戈什！戈什的遗愿是——

"我认识几个与迪帕克一起受训的人。"斯通这么一说，打断了我的思路。戈什给他的口信可以暂且不说，现在不是时候，我也没心情说。

"啊，真的？"

"我打听了他的事情，你很幸运。"

"迪帕克的运气可就不好了，到处碰壁，又要从头来过了，事实上我们都要从头来过了。"

"那可不见得。"他说。

这不是我追求的，请不要施与恩惠，我对他一无所求。他在椅子上动了动,并非他内心不安,而是因为他迟疑未说的事情,他等着我开口问,我不愿意让他称心如意。

"我的生命中也出现过一个像迪帕克这样的人,"他说,"只要一个就够了,我的是布雷什威特医生,对于对的事情,他非常坚持,当年我不懂得像现在这样感激他。尽管有他的指导,这么多年下来,我发现依旧困难重重……"

说到一半,他便打住。交谈对他居然难如登天,肢体仿佛饱受凌迟。我想他这样的人从来不会这样说话,不会说出内心话,即使对自己也是不说的。我给他充裕的时间慢慢来。

"什么?你觉得什么事情困难重重?"

我应该直接叫他走就好,怎么和他交谈起来,还鼓励他继续说下去?

"我觉得手术很困难,尤其是非紧急性的手术,我会觉得焦虑。"他说话缓慢,一个字一个字悠悠地吐出来。"没有人知道,即使我在替疝气或积水的病人开刀……事实上越简单的手术,这种情况越可能出现……我必须查阅外科图谱,复习手术书上的每一个步骤,虽然过了这么多年,我根本不需要这么做。我非常害怕自己会忘记,或者脑海会变成一片空白……有时候我在休息室呕吐,我觉得恶心晕眩,这种情况始终不曾停止,因此我考虑过是否别再动刀。假如对方是我认识的人,比方医院的员工带了母亲来,情况会更糟糕……"

我想到在他公寓看见的外科图谱全集,厚厚的对开本,就放在手术图谱全集旁。两本书都摊开在书桌上,仿佛这是他离开公寓前最后细看的两样东西。

"那么那天我……你参加死亡及并发症研讨会的那一天呢?"

"没错,那天一早我得做简单的乳房肿块切除手术,假如切片检体呈阳性反应,就切除乳房,并扩清淋巴结。这种手术我做过几百回,也许还不止这个数字。可是这次的病人是医院的护士,是某个信赖我的人。"

"发生了什么事？"

"我走进手术室时，感觉人快要昏倒了。当然没有人知道，面罩帮助我掩饰。不过当我划开切口，那种感觉立刻完全消失，我觉得先前那么焦虑实在太无聊了，太可笑了。我告诉自己，这种事情绝对不会再发生，不过照样发生。"

"这种事曾经在埃塞俄比亚发生过吗？"

他摇摇头。"我想是因为我明白我是病人唯一的选择，那里没有可供取舍的其他选项。除了我，整座城市只有两位外科医生，而这里的外科医生比比皆是。"

"也许是因为那里的性命并不珍贵，是当地人，对吧？谁在乎呢？反正不是生就是死，为什么要担心？就像你来圣母医院把病人的器官取走一样。"

他突然畏缩起来。我发现不曾有人用这种态度对他说话，我们并没有同意任何规则，要是他不喜欢，大可一走了之。他到了圣母医院，这里可不是麦加。

他抿着嘴唇。"我并不指望你能够理解。"他说。

我知道他不是在说手术时的焦虑。

他拍拍口袋，没有摸到想找的东西，于是坐在那里眯着眼睛，等着迎接更多的惩罚。

他往后倒在椅子上，交叉起双腿，把离地的脚勾到另一边的小腿下面，双脚像是一股绞绕的藤蔓。"你知道……马里恩……"他还不习惯喊我的名字，"我……并不是每件事情似乎都能用逻辑来解释。"

这时他张开双脚，身子往前倾斜。"我无法对你清楚说明为什么——我会这么做，是因为我自己也不明白那件事，就算过了这么多年……"

他口中的"那件事"是哪件事？我早把短剑排好，长矛狼牙也在后方待命，各种伶牙俐齿的应答我都想好了：省省口水吧！或者：我可以理解，你走了少有人走的路嘛！你逃避责任嘛！还有什么要了解的？不过也许他所谓的"那件事"是指让母亲受孕一事。

"戈什说你不知道事情是怎么发生的，那件事对你来说是个谜。"

"对对！"他松了一口气，不过我能感觉到他的赧愧。"他那么说过吗？没错，对我来说是个谜。"

"跟耶稣的父亲约瑟一样吗？完全不明白马利亚为何生下了一个娃娃？而你是不明白为何会有两个娃娃。"

"……对。"他交叉双腿。

"也许你不认为你是我的父亲。"

"没有那种事，我是你的父亲，我——"

"不是，你不是！戈什才是我的父亲，他抚养我长大，教我每一件事情，从骑脚踏车到把重心放在后脚抽击板球，他让我产生对医学的热爱。他把我和湿婆抚养长大，没有戈什，就没有今天的我，当时世界上没有人比他更伟大。"

我设下陷阱诱惑他入内，没想到崩溃的人是我。

"'当时'……"说着，他往前倾身，脚不再摇晃。

"戈什过世了。"

他的脸色变得沉重，接着转为苍白。

我任由他去思量这个消息，我确定他想知道过程与理由，可是他无法开口询问。我看得出来，这个消息令他沮丧难过，很好，我大受感动，可是我对他的炮火还没结束，他接受我的攻击，而且等着迎接更多的责难，我很感佩。

"所以你无须担心，"我说，"我有父亲。"

他叹了口气，又说了一次："我并不指望你能够理解。"

"不管怎样，你就说吧！"

"要从何说起呢？"

"'从故事起头的地方开始说起，讲到末了的地方，'国王郑重地说，'说完再停止。'你知道这句话是谁说的吗？"

我沾沾自喜，鼎鼎大名的托马斯·斯通被人盘问刁难，他自作自受。没错，他可以快速背出外颈动脉的支脉，也能说出胃系膜孔的范围，但是他知道刘易斯·卡洛尔吗？他知道《爱丽丝梦游仙境》吗？

他的回答令我诧异，答案错了，同时却也对了。

他说："戈什。"吐出了胸口的郁气。

第四十五章·时间早晚的问题

小时候，托马斯·斯通问maali[57]（印地语：园丁），小男孩从哪儿来。Maali是个皮肤黝黑、眼睛混浊的男人，由于前晚喝的烧酒而口气酸酸的。他说："还用说嘛！你跟晚潮一起来的，我发现了你，你肉乎乎、粉嫩嫩的，有好长好长的鱼鳍，没有鱼鳞，人家说这种鱼只有在锡兰才有，可是你在这里出现了，我差点吃掉你，不过我不饿，就拿这把镰刀把鱼鳍砍掉，把你抱去给你妈妈。"

"我不相信你，妈妈和我一定是一起从海里冲上岸的，我们是一条大鱼，我在她肚子里，然后才出来的。"小男孩一边说，一边走开。在邻居都种不出玫瑰的泥土上，Maali能够耐心培养出玫瑰，不过希尔达·斯通照样开除了他，因为他对她的独子讲了这种故事。

小男孩的家就在印度马德拉斯圣乔治堡的岩墙外，圣玛丽教堂的螺塔从未完成的城垛后方隆起，教堂内管理完善的古雅墓地是他的游乐场，超过五个世代的英籍男女老幼葬在此地，有人罹患伤寒、疟疾或黑热病，难得也会有人寿终正寝。

圣乔治堡是东印度公司的第一个家，圣玛丽教堂在一六八〇年建造，是印度头一座圣公会教堂（不过绝对不是第一座教堂，使徒圣多马从卡拉拉邦海岸登陆，于公元五十四年就建造了第一座教堂）。在圣玛丽教堂内，有块牌匾追念克立夫男爵的婚姻，另一块则纪念后来在美国创立大学的耶鲁总督的婚礼。不过，小男孩看不到纪念家庭女教师希尔达与杰斯特夫结婚的匾牌。出生于伐夫郡的希尔达·马斯特司嫁给英国殖民地公务员杰斯特夫·斯通，先生长她将近二十岁。

托马斯以为，每个小孩的成长过程都与他一样，眼前就是印度洋，耳朵则听着圣乔治堡附近浪花破碎的骇人声响。他以为所有的父亲都像他的父亲一样，常常哗啦哗啦撞上家具，晚上总是发出令人惊慌的声响。

杰斯特夫·凯伊·斯通的嗓音像高处轰隆隆传来的低音，瓶刷似的胡须更让小孩子不敢靠近。印度公务局的地方收税官犹如英雄人物，秘书和印度传令兵在身边打转，就像苍蝇在过熟的芒果四周打转。收税官巡回各地，一出门就是几周，到每座城市接受民众朝拜。杰斯特夫·斯通在家的时候，虽然会发出喧闹的声响，但从某种角度来说，他人并不在屋里。托马斯知道（小孩总有这种本领，纵然他们缺乏表达自我想法的字汇），杰斯特夫以自我为中心，冷落了妻子，或许这就是希尔达求助于宗教的原因，想象耶稣所受的苦难，能让她忍受自己的苦恼。

温柔的人有福了。

使人和睦的人有福了。

年轻的家庭教师有福了。她嫁给地方收税官，希望能清洁他因奎宁而泛黄的肌肤，治疗他对杜松子酒和当地女子的爱好。年轻的家庭教师有福了，因为天国是她的。

希尔达的福气化为蓝眼、鹅黄头发的男孩来了，她几乎不肯让小男孩的脚着地，即便他已经长大会走路了。

希尔达让小男孩骑到背上，假装他是专捕大动物的知名猎人考伯特，而她是背负着他前往老虎埋伏地的大象。保姆莎贝缇只能加入玩耍的行列。希尔达在粉刷的墙上以红粉笔画出板球三柱门，然后将网球投给小男孩。她对他哼唱圣歌，当气候潮湿让人无法入眠时，她为他扇风。她的声音如银铃般清脆，连墙上困倦的蜥蜴听了也立刻提高警觉。中分的褐发从尖尖的头颅落下，她就算再努力控制，总有一圈鬈发罩着脸。

三更半夜，他伸手找她，她总在身旁。然而，当杰斯特夫·斯通在家的夜晚，小男孩睡不安稳，担心母亲，因为只有在这时候她才会离开他的床榻。他拿着板球拍在紧闭的卧室房门外守夜，声响若不平息下来，他就要破门而入。声音总会安静下来，只有到这时他才会回房去。到了早上，他张开眼睛，母亲已经回到他的床上，人是醒着的，眼睛从刘海往外觑。

每个孩子都应该有个气质平和的母亲，她难得的不悦总是淡淡的，影响反而持久深远。托马斯为了取悦母亲而活着，而且是郑重其事地讨她欢心，纵然当时他们不可能知道，不过两人仿佛都明白，生命苦短，日月如梭。

他八岁时，希尔达不得不离开圣玛丽教堂唱诗班，咳嗽一开始仿佛是远处的火炮，没多久听起来就像是指甲快速刮刷纸袋的声音。打扮过当的温斯洛医生不怎么与人交谈，往往开口就只想发表意见，他说母子两人要分开睡，"这是为了孩子好"。

夜里，小男孩听见她在另一间房咳了起来，拿枕头捂住耳朵。有一天，温斯洛医生收起听诊器和温度计时，对托马斯说："想必是痨病。"他用微妙的字眼代替"结核病"。"已经干了，病灶干酪性坏死。"他对小男孩说话的语气像是在对同事说话，同时还沉重地摇摇头。她什么时候会好？"休息，注意饮食，用水疗法，"医生说，"一段时间……这么说吧！一段长时间后，病况不会继续发展下去。怎么说也不是我们能决定的，是不是，斯通小少爷？"于是托马斯问："医生，请告诉我，谁能决定呢？"温斯洛抬高眼睛望着天花板。直到事后小男孩才明白，医生指的不是用力将吊灯踩得荡荡悠悠的杰斯特夫,他指的是上帝。

一天早上,托马斯梦到马车,醒了过来,耳里还回荡着马蹄雷似的哒哒声。他发现晚上母亲吐了血,吐出大量的鲜血,温斯洛被找了过来。他们匆匆将她送走,也不让她亲亲儿子的额头。她前往印度的孔巴托,到了那里由玩具似的窄轨火车载上山,来到乌堤下方不远的山丘车站。罗斯医生在尼尔基里丘陵建了一处疗养院,这里模仿了杜鲁道在纽约经营的知名色拉纳克湖疗养院,白色小屋围绕医院而筑,复制了色拉纳克湖边的小屋造型,也有同样的通风门廊与矮轮床。

托马斯在莎贝缇瘦削的怀中哭着入眠。他气希尔达生病,气她和他培养了如此亲密的感情,害得他无法忍受分离。有些同学对保姆的爱多过于父母,一点也不在乎与他们长期分开,他可不一样。在一夜之间,莎贝缇升格成代理母亲,可是托马斯小心翼翼地不对她付出爱,就怕她到时也可能会消失。

上学前,托马斯前往圣玛丽教堂,复诵五十次《天主经》与《圣母经》,回家路上也是一样。他常常跪地,膝盖骨上于是多了泥烂的水泡。他将原本在母亲房间墙上的沉重十字架拿下,用麻绳牢牢系在脖子上,藏在制服底下,十字架把胸骨的皮肤挖出凹洞,麻绳也卡进了脖子。既然没有长兄、没有公羊,也没有母羊,他牺牲自己那把名将布拉德曼的签名板球拍,狠狠将它往洗衣石砸下去。他斋戒不食,直到头昏眼花才放弃。他拿剃刀割开前臂,将血洒在他于卧室内所建造的圣母神坛。莎贝缇带他去曼巴兰庙,连住家后面的路边小庙也去了。假如要交由神来决定,神似乎连倾听也不曾倾听。

在这段时间,他父亲不曾少去巡回旅程中的任何一站:佛洛尔、马杜赖、土斯科林,以及之间的城镇。当杰斯特夫·斯通在家时,几乎还没时间摘下遮阳帽、打开行囊,便又要出门了。杰斯特夫称儿子是坎特伯里大主教[58],假如这几个字是定心丸,托马斯吃了并没有效。

杰斯特夫对儿子说话的口气仿佛在对民众说话。夜里,托马斯听见他重心不稳的脚步,好像在小人国的卧室内行走的巨人,总要不由自主地撞倒家具。当杰斯特夫又外出巡视时,托马斯心里轻松了。

　　托马斯在大宅里生活,可说是无父无母,只有莎贝缇、厨子杜兰、园丁与赛苏玛(负责洗衣、擦地砖),还有一个贱民每周来刷一次马桶——这些就是他的家人。一年就这么过去了。

　　到了圣诞节,儿子和频频示好的父亲共进晚餐,父亲的属下安德鲁·佛兹吉尔是唯一的客人。"哇,好丰盛的大餐!很高兴和大家一块在这里。盛宴,好一桌的盛宴。来,吃,多吃一点。"上桌的也只有他们三个,杜兰在厨房门后待命。"我们不能让他们就这么算了,椰子壳纤维有利可图,做绳子啦、做垫子啦,那是我们应得的,是我们赚来的,可不是吗?嘿,我们要拿到手。"他滔滔不绝地讲着,连吞咽时也不见得会住嘴,碎屑从他口中喷出。佛兹吉尔勇敢地拼凑杰斯特夫的思绪,找出贯穿长官零散评论的脊干和意义。杰斯特夫开始搓揉一边的大腿,然后换另一边。他坐立难安,气急败坏地往下瞄,仿佛小狗就在脚边。不过杰斯特夫在家时,小狗绝对不会进到屋里来。等到布丁端上桌,他已经搓腿搓到怫然作色,托马斯不得不问:"父亲大人,请问有什么问题吗?"

　　"儿子,我腿上长了皮毛,怎么抓都没感觉,真的,讨厌死了。"他的父亲挣扎着起身,过程中险些弄翻了餐桌。他抓着餐具柜,扶着墙壁,踉踉跄跄地走出去,两脚像磁铁黏在地板上。托马斯还记得,当自己送佛兹吉尔出去时,客人露出了安慰他的神情。

　　心肝宝贝:
　　我的体温是三十六点七摄氏度、三十七点二摄氏度、三十七点八摄氏度、三十七点三摄氏度,我把三十八点六摄氏度删除,因为我不相信这个数字。他们把我们的床推到廊台，晚间又推回屋里，推进推出。我连洗手间也不许去，"只能卧床休息"。不过要费好大的劲才能留在床上，这样似乎违反了休息的计划。在廊台上，外面有薄雾，空气极为冰凉，我很难相信人体还能产生超过三十六摄氏度的体温，难怪我们被称为恒温动物。

一月二十日

她把信纸上的污痕圈起来，加上一行标题："心肝宝贝，这是我为你流下的泪水。"在每一封信中，希尔达都嘱咐他一定要勇敢，一定要忍耐。

在托马斯看来，时间再也没有日夜四季之分，时间是对母亲不曾停顿的思念。

他们说我没有大幅度的进步，不过我应该庆幸自己没有退步……

他敷衍学校的功课。她敦促他祷告，告诉他，她每个小时都祈祷，上帝会聆听祷告，祷告绝对不会无效。他时常祷告，相信至少祷告能让她继续活下去。

我知道上帝不是故意要让我们分开，祂立刻就会让我们回到彼此身边。

一天，托马斯醒来发现枕头湿湿的，莎贝缇点了灯，枕头上有野兽的痕迹——上面有纤细的红色飞沫，不可思议，那图案好美。莎贝缇流下眼泪，而他大喜过望，知道这表示他将再见到母亲，他怎么没有早点想到这一招呢？

两名担架搬工穿着洁净的粗棉白衣，打着赤脚在乌堤迎接他的火车，直接送他往希尔达的小屋去。他爬上母亲窄小的帆布床，钻进她的怀抱中。当时他十一岁。"你来了，这是我能够得到最好也是最坏的礼物。"母亲说。

苍白的脸色、缩成皮包骨的身躯，他在她身上见到过去所认识的母亲的虚影。她嬉闹的个性不见了，同样不复出现的，是她身材高瘦的儿子原本会回馈她的嬉笑，儿子的眼底有了愁容，眼眶多了焦虑的皱纹。他们并肩坐在小屋的廊台，手指如干枯的树根交缠。一大早，他们看着采茶工在小径中飘移，双脚藏在雾气中，午餐提桶随着每个步伐发出咯吱声。白天只有护士会来打断他们的独处，替他们量体温，送来中餐与药物。当太阳西下，他们看着采茶工朝家的方向前进，睡觉时间到了。

希尔达呼吸困难，于是托马斯为她朗读。当希尔达听见他如大人般口齿伶俐，淌下了自豪的眼泪。藤面躺椅除了有宽大的扶手，另有同样以柚木制成的写字板，他们在这里写信给对方，装进信封封好，吃过午餐后交换信封，然后拆开来读信。他们一天起码祈祷三次，在冷冽无比的天气里，他们留在外面缩成一团。

一开始，托马斯由于海拔高度而头晕目眩，之后身体越来越强壮，咳嗽情形也减缓了。不过，新鲜空气、奶肉鸡蛋、强逼服用的补药都无法帮助希尔达。她的咳嗽很特别，听起来像是柔弱的喇叭声。托马斯发现她的胸骨长了肿块，从她上衣底往上推，一碰就会痛。他不好意思问，留意着别把头靠上去。有一回她脱衣时，他不小心看到一眼，肿块像知更鸟蛋一般大，不过颜色较深。他想那就是痨病、肺结核、骨蒸痨、分枝杆菌、柯氏致病菌，不管叫什么名字，它就是在母亲体内茁壮的奸险敌人。

一天晚上，他们把床并在一块，躺在彼此身旁。他为母亲朗读每天的圣诗集，母亲惊呼一声，于是他又看一次句子，检查是否漏念了字，接着抬头一看，发现鲜血染红了母亲的白睡袍，血迹往外扩散，仿佛母亲中枪了。

只要活着的一天，他就忘不了那一刻。在那恐怖的瞬间，母亲明白自己将要死去，以目光搜寻他的眼睛。她第一个浮现的念头、她唯一的念头，是自己将要抛下儿子而离去。

托马斯在片刻之间动弹不得，接着跳起来，将母亲湿漉漉的上衣拉开。红喷泉自她的胸膛涌出，朝天花板射过去，接下来的顷刻又是一道弯弧喷发，随即又是一道。不祥的血泉随她每一次心跳而阵阵喷吐，持续攻击天花板，阵雨般的血水淅淅沥沥浇在他身上、落在床铺上、洒到她的面容上，也打湿了翻开的书页。

从母亲胸口溢出的喷浆染红四周的一切，骇人的一幕让他看了直往后退缩。当他想以床单止血时，喷流开始从高点滴下，仿佛水槽已经空了。希尔达湿淋淋地躺在自己的鲜血中，瓷白的脸庞有一点点的鲜红色。她走了。

托马斯托起她潮湿的头颅，泪水滴落至她的脸庞。罗斯医生在睡衣外匆匆套了白袍，抵达后对托马斯说："这是难免的，她胸腔的动脉瘤出现已经超过一年了，只是时间早晚的问题。"他要托马斯放心，血不会传染病菌，而小男孩从未有过这个念头。

孤零零的，没人疼也没人顾，托马斯发了高烧，开始咳嗽。他不肯从小屋搬进医务所，小屋是世上最后连接他与母亲的事物。他让他们带他去照X光，而后看着药剂师穆苏克利须纳推来了手推车，将装在精致木盒里的笨重气胸设备送过来。穆苏蹲在阳台上，拿毛巾抹抹脸，往左右展开别致盒子的侧盖，动手取出大瓶子、血压计和管子。本身也染过肺病的罗斯医生随即骑脚踏车过来。"X光结果不好，小伙子，一点也不好。"罗斯说。

托马斯想，这只是时间早晚的问题，他期盼与母亲会合。

针从肋骨后方之间穿过，伸入与肺对齐的肋膜腔，正常的肋膜腔应该是真空的。过程中，他不畏惧退缩。罗斯解释："现在我们要测量压力。"他灵巧地操作插针，同一时间穆苏控制两只瓶子，依照罗斯的指令抬高或放低。"小伙子，这叫作'人工气胸'，讲得好像很了不起，不过就是把空气灌进和你胸腔对齐的真空空间，让肺部受到感染的部位萎陷，柯氏细菌需要氧气才能茁壮成长，我们才不让它们有氧气呼吸，对吧？"

他脸朝下，病情又沉重，心想这个论据不合逻辑：罗斯医生，那我的氧气呢？然则他闷不吭声。

托马斯必须趴卧二十四小时，靠着沙包维持这个姿势。穆苏一天来好几趟查看他的情况，发现他突然发烧，打起寒战。原来，人工气胸把其他病菌也带进了肺部附近的肋膜腔。他听到罗斯的声音从远处传来。"哇！脓胸症，肺部四周蓄脓，我医治的病人很少出现这种状况，不过还是出现过，我很抱歉。糟糕，脓汁太浓了，没办法用针取出来。"罗斯说。

动手术时，他们将他带进一间铺了瓷砖、窗户高耸的房间，里面看似空无一物，只有中央有张高而窄的手术台，台上悬吊着硕大的碟形灯，好像昆虫的复眼。这个地方深深打动了小男孩的心，超俗绝世，神圣却依旧入世的空间，真不愧名为"手术室"[59]。

罗斯切开局部麻醉过的皮肤，就在左乳头外侧不远之处。三根毗连的肋骨露出来，接着他切除肋骨的短截，从而去除了覆盖在脓胸上方的骨头，这叫作"碟状挖空法"，让脓汁无处可累积。虽然上了麻药，托马斯仍几度感到剧痛。

当托马斯能够说话时，问："那样的切口不会破坏肋膜腔的真空状态吗？不会让空气钻进去，使得整个肺都萎陷吗？"

"小伙子，这问题问得真聪明，"罗斯乐滋滋地回答，"这么做会让身体其他部位塌陷，不过感染部位，也就是蓄脓，已经让你的肺腔内膜变硬，使肺部变厚、变得没有弹性，像疮痂一样。所以依照你的情况，肺是不会往后缩回去的。"

有一周的时间，脓汁流入扎在洞口上方的纱布，当流量减缓成细流，罗斯便以绷带填塞伤口，让它逐渐自行愈合。换敷药时，托马斯拿镜子研究身体的凹坑，看见康复期间伤口泌出的产物与逐日的变化，他居然乖谬地觉得很自豪。

罗斯个头矮小，性情快活，没有人比他的脸更圆、更令人难忘，他还有一双马夫似的O形腿。他总是先用胖嘟嘟的手掌替听诊器的听诊头加温，才将金属贴到托马斯的胸口，动作熟练地听诊。罗斯将纱布拔出来，他们盯着凹坑瞧。"托马斯，看到红红的、好像有卵石花纹的底部没？我们称那个叫肉芽组织，它会慢慢补满伤口，在伤口上方长出皮肤。"果然如此，肉芽组织一度生长过度，像草莓一样鼓出来，罗斯称其为"赘疣"，拿钳子夹着硫酸铜结晶体在赘疣上磨搓，将它一层层烧薄。

有一天，罗斯替他拿来了梅契尼科夫写的《传染性疾病中的免疫性》与奥斯勒写的《医学原理与应用》。梅契尼科夫的书很难懂，不过托马斯喜欢白血球吞噬病菌的图画。奥斯勒的书意外地好读，而且有趣。

在纯然是死亡前奏曲的生活中，托马斯发觉自己期盼罗斯的探访，期待这个小个子每日的例行检查。不过，他克制住对医生的敬仰之情，因为喜爱即有可能带来失落。"小伙子，我不会走掉的。"一天罗斯说："既然你留在这里，不如跟我们一起去巡房好了。"罗斯转身走了，也不等候一声回答。

当罗斯宣布他病愈时，托马斯已经在疗养院待了一年半，其间，他不曾见过父亲。佛兹吉尔来了两趟，表示杰斯特夫·斯通病得无法长途旅行。托马斯问罗斯，根据父亲的痛苦，他得了什么病症。罗斯说："不是肺结核，是别的病。"

"跟脚有关？"

罗斯拨乱托马斯的头发。"小伙子，是某种拖拖拉拉的病。很遗憾，这病会拖下去，他只能躺在床上养身子。以后你念医学院就会学到了。"他说。

这是罗斯头一次对托马斯说出"医学院"三个字，托马斯按捺不住，心头小鹿撞个不停，好像有个医生撬开了他的煤窑，把光线带了进来，在他无法想见未来时，给予了他未来的指望。

于是，罗斯成了托马斯的正式监护人，决定托马斯应该前往英国就读寄宿学校。托马斯启航前，根本没考虑是否要去马德拉斯的医务所探望父亲。

两个学期过去，罗斯写信告诉他，杰斯特夫已经过世了，不多不少的遗产由罗斯监管，足以让他完成寄宿学校的课业并进入大学就读。

罗斯引导托马斯往医学院的方向走去，宛如这是一条不可避免的道路。托马斯没有理由抵抗，到此为止，人生让他相信自己对两样事物有天赋：疾病和痛苦。

在爱丁堡医学院，他念书念到浑然忘我的地步，找到了以往所欠缺的安定感与虔诚心。他不需要从书堆中抬起头，也不想前往课堂或实务教学场所以外的地方，眼睛累了的时候，他怯生生地走去医务室，希望没有人会将他轰出来。他在这里认识了一位见习生，在那里又结识了某位学长，早在他那一班开始接触临床课程之前，便有人会指出有趣的病患让他见识见识。

医院杂工昵称托马斯为"藏镜人"，他也不以为意。在医院杂而有序的环境下,在长廊错综交会的迷宫里,在四壁之间的恶臭和限制中,他找到了条理,也觅得了避风港,他找到了家。不幸和受苦是他最亲的家属。

有个叫琼斯的酒鬼非常诡异,外表居然和他父亲相仿。托马斯看懂了,蜡色的面容、肿胀的腮腺、少了外侧三分之一的眉毛、由于酗酒而浮肿的眼皮,这些特点让两个男人呈现狮子般的外表。而今,他受过了观察的训练,把其他记得的线索也拼凑在一起:红掌心、脸颊脖子上扩张血管所形成的蜘蛛痣、妇女般的胸膛、稀疏不足的腋毛。他父亲得了肝硬化,也许那就是罗斯基于礼貌而不愿明说的"拖拖拉拉的病"。

最后一块拼图在创校者图书馆出现,那是一个降霰的刺骨夜晚。当拼图出现,托马斯用力将书合上,吓得图书馆馆员宾克丝太太惊恐不已。那位年轻人差不多都在离壁炉最远的小阅读间生活,他心烦意乱,不戴帽子便冷不防冲进飘雪中。

托马斯在漆黑中穿过通往房间的长廊。他的父亲无法在黑暗中行走,托马斯的脚趾、膝盖传来的信号,让他知道自己在空间的哪个高度,可是这种讯号在杰斯特夫的脊椎神经受到阻拦,所以他的跺足顿脚在夜里永远更加剧烈沉重,这种时候他无法看见脚将落在哪处,那是因为脊椎神经感染了梅毒,也就是所谓的脊髓痨。没有小孩应该知道父母的这种事情。

漫无目的的闲聊、餐桌上的吹嘘、显赫的幻觉,这是因为大脑也感染了梅毒,不只有脊椎神经而已。

一走进房间,托马斯立刻在衣柜镜子前脱下衣物,利用第二面手镜检查身体的每一寸肌肤,没有梅毒疹,皮肤没有出现梅毒瘤。他仔细倾听心脏,也没有听见任何异常。他没有遭受先天性梅毒的伤害。不过,他发现自己的恐惧是荒谬的,因为先天性梅毒必须经由胎盘才能传染给他,他只可能自母亲那里得到。他的担忧可笑极了,母亲罹患的是肺结核,她如圣母一般纯洁,绝对不可能染上……

他陡然放声大叫,呐喊出最后幻觉也被剥夺的孩子的愤怒。他总算懂了。

真相始终在他面前。肺结核不会造成让她丧命的动脉瘤,梅毒才会。"妈妈,可怜的妈妈。"他哭着说,再次为她感到悲伤。他的父亲以放纵的淫欲谋杀了希尔达,她一定已经从肺结核康复了,直到动脉瘤急速肿大,开始磨损胸骨,带来了痛苦,她才终于在疗养院明白自己得了梅毒。罗斯应该告诉过她这是什么病,她是知情的。不过,当时没有六〇六号驱梅剂,即使有盘尼西林也无法医治她的病症。

在医学院的最后一年,托马斯·斯通自己买了一具大体,这种事情前所未闻,不过谁也不觉得意外。为了精通人体结构,他计划第二次解剖全尸。

"斯通在吗?"这个问题在急诊室时有所闻,比起霍根或其他杂工,他这位医学院学生更常出现在那里,永远乐于缝伤口、插胃管、冲去血库。动紧急手术时,如果有学生被要求刷洗手臂进去帮忙拉开牵开器,没有人会比他更开心。

一天晚上,有名患者的腹部遭到严重刺伤,资深顾问医生布雷什威特(也是皇家外科医师学会的主考官)进来检查患者。他是传奇人物,因为率先以创新手法治疗众人皆知医治不易的食道癌。病患本来就酩酊大醉,这时十分恐慌,破口滥骂,一副斗志激昂的模样。布雷什威特体格矮壮,一头银发,身穿三件式蓝色西装,布料颜色与蓝眼珠同样色调。他叫拦阻病人的杂工走开,轻轻将手放在他的肩膀上,说:"别担心,不会有事的。"他把手留在那里没有移开,病患盯着行事优雅的医生,安静下来,在简短的访谈中始终保持冷静的态度。于是，布雷什威特迅速又有效率地检查他的伤势，检查完毕后对病人加以说明，而那口吻仿佛将对方视为他的同辈，视为他当天晚一点将在俱乐部见到的某个人。"我很高兴地告诉你，刀子没有刺进重要血管，我相信你会顺利康复，希望你不要担心，我会动手术修补每一处刺伤或破损，我们现在要把你送进手术室，一切不会有事的。"温顺的病患伸出肮脏的手表达谢意。

当他们走到病患听不见的距离时，布雷什威特问随行的住院医生和见习生："怎么从耳朵进行急救？"

这是一句古老的谚语，在爱丁堡尤为流传。不过，古老的谚语再也不见得广为人知，让布雷什威特万分苦恼，认为是新一代受训医生松懈的记号。太可悲了，只有一个人知道答案，偏偏还是一个医学院的学生。

"老师，说几句安慰的话。"

"非常好，如果你愿意的话，可以来协助我开刀。你叫……"

"老师，我姓斯通，托马斯·斯通。"

手术过程中，布雷什威特发现托马斯明白如何不碍事。布雷什威特要斯通剪断缝合线，他将剪刀放到线结下，然后将剪刀转成四十五度角，咔嚓剪断，这么一来便不会不小心破坏了线结。斯通的确非常清楚自己所担任的角色，因此当资深住院医师进来帮忙时，布雷什威特挥手要他走开。

布雷什威特指着流过幽门上方的静脉，问斯通那是什么。

"老师，那是梅欧氏幽门静脉……"托马斯说，看样子还准备说些什么，布雷什威特等他说出口，不过托马斯就此打住。

"没错，是叫这个名字，不过我想那条静脉在梅欧发现之前，早就已经存在了，不是吗？你想他为什么要多此一举替它取名字？"

"我认为这条静脉是很有用的界标，我们替幽门狭窄症的幼儿开刀时，它可以让我们分辨出哪里是幽门'前方'，哪里是幽门。"

"没错,"布雷什威特说:"事实上应该叫它'幽门前静脉'才对。"

"那样更好,老师,因为在某些书上右胃静脉也被称为'幽门静脉',这样很容易让人混淆。"

"的确如此,斯通。"布雷什威特说。他相当惊愕,这名学生注意到的事情,即使是对腹部格外关注的外科医生也不见得知道。"假如我们必须用人名来取名,必要的话可以称它梅欧氏静脉,甚至是拉氏静脉(vein of Laterjet),在我看来,这两个名词指的是一样的东西。不管如何,就是别说它叫作幽门静脉。"

布雷什威特的提问越来越困难,没想到竟然发现这个年轻人外科解剖学的知识出奇丰富。

他让斯通将皮肤缝合,看见他从容不迫地利用双手工作,心里非常满意。虽然还有进步的空间,不过显然这名学生投入大量清醒的时间练习单手打结与双手打结。斯通很明智,不向布雷什威特炫耀单手打结的技巧,反而坚持以双手打结,打得漂亮,打得小心翼翼。

隔天上午布雷什威特再过来,发现斯通睡在康复室病床旁的椅子里,整夜守护病人。他没有唤醒斯通。

到了学年底,斯通通过了期末考,被指派担任人人梦寐以求的工作:布雷什威特的见习生。这时,天资聪颖而人脉又广的医学院学生祥恩·葛罗根鼓起勇气问布雷什威特,假如先前他有什么表现,今天获选的就不会是斯通,而是他。

"葛罗根,相当简单,"布雷什威特说,"你只要彻底了解解剖学,永远不离开医院,还有对于手术的喜爱胜过于睡眠、女人和烈酒。"葛罗根后来成了病理学医师,凭自身条件成为知名的老师,也以罕见的腰围著称。

战争期间,斯通被授予军阶,随布雷什威特前往欧洲战地医院。到了一九四六年,他返回苏格兰担任资浅住院医生,而后又成了资深住院医生。他没有经历过真正的童年,直接迈入了悬壶的人生。

有一回,罗斯难得去了苏格兰,还告诉斯通他非常以他为豪。"我始终没有结婚,而你带给了我安慰。顺便告诉你,不结婚非我所愿,'或要人生的理想,或要工作的完美',我只能达成一项。我希望你不会犯下那种错误。"

罗斯打算退休后住在疗养院附近,每晚上乌堤俱乐部打拉米纸牌[60],补看一生该读却还没读过的书籍,并与住在当地的退休官员一起学打高尔夫球。不过,正当罗斯开始过这种生活,却发现强壮的肺出现了癌细胞。斯通立刻返回印度,在接下来的六个月陪伴着罗斯。在此期间,癌细胞蔓延至罗斯的大脑。罗斯平静地走了,斯通陪在他身旁,忠心的穆苏则在另一旁,人老了,头发白了。许多与罗斯一起工作过的护士与看护也守夜祈祷。

出席丧礼的有欧洲人与印度人,有人远从孟买及加尔各答前来致意。罗斯安葬于他许多病患长眠的墓园。"在此处墓园长眠的人都是英雄,"邓肯牧师在安葬礼拜时说,"不过,葬在此地的人之中,没有比乔治·艾德温·罗斯更伟大的英雄,更谦逊的人类,更虔诚的上帝追随者。"

斯通在马德拉斯市立综合医院就任顾问医师一职,不过印度在一九四七年独立后,情况就不同了。现在印度卫生署由印度人管理,他们并不因为英国人想留下而兴奋,虽然留下来的人的确不少。斯通知道他必须离开,假如这里曾经是他的土地,现在则不再是了。于是,他回复了院长刊登在《刺胳针》医学期刊上的告示,搭乘"卡兰古号"前往亚丁港,就是在那艘船上,玛莉·普雷斯修女跌入他的怀抱,走入了他的生命。

托马斯·斯通相信自己体内埋有严厉、背叛、自私和暴力的种子,再怎么说,他是他父亲的儿子。他相信唯一所传承的特长是职业操守，而这些优点透过书籍实习降临到他身上，唯一引起他兴致的痛苦是肉体的痛苦。至于他自身损失所带来的痛心和悲伤，他寻获了解药，而且是靠自己找出来的。罗斯错了，起码斯通是这么想的：理想的人生来自完美的工作表现。斯通意外读到现代医学之父奥斯勒对医学院毕业生所发表的演说，奥斯勒的讲词中正好明确谈到了这个主题：

关键词是工作，如同我说过的，很简单的一个词，不过假如你们能好好写在心底的便笺上，将它绑在额头上，那么它将带来关系重大的后果。

"关键词是工作"。斯通把这两个字绑在额头上，把这两个字写在心底的便笺上，醒来就想到它，也为了它与瞌睡虫搏斗。工作是他的粮食、他的饮料，他的妻、他的儿，他的政治信念、他的宗教信仰。他认为工作是他的救赎，直到那天他不知不觉坐在永援圣母医院，坐在他所遗弃的孩子的房间内，直到那时，他才向儿子承认，工作彻彻底底辜负了他。

第四十六章·有窗景的房间

讲到这里,他住口不语。随之而来的缄默中,我感觉他在思考接下来要告诉我什么。他继续说下去,我起初以为他会略过失迷医院的那几年,不提母亲存在一事,我险些出言不逊打断他。幸好我没说,因为接下来的故事都跟她有关……

从他的房间窗户看出去,橡树槭木变成了头部失火的野人。他闭上眼,眼睑内的景象却是同样的梦魇。他的神经像皮肤底下锋利割人的电缆,往肌肉传送一阵阵的电流。他把水杯送到嘴边时,由于抖得厉害,还没能喝上一小口,水已经泼出了八九成。他吐到五脏六腑都要吐出来,最后想象胃内膜平滑光亮,犹如铜壶一般,才停止了呕吐。不过,逃跑的冲动已经消退了,他让自己与自己所逃避的地方中间多了一片海洋,或许是两片。

除了艾利·何瑞斯,还有另一个男人,从那冷漠的态度判断,应该是名医生。他们在床边给他留了小瓶子,里面装有鸦片樟脑止痛酊。托马斯起先没发现,以为独特的茴香及樟脑气味是幻觉,不过一发现了瓶子,立刻咕噜喝下去,宛如里面装有救赎。房内弥漫着抗菌剂的气味,他的呼吸也随之夹带着那股味道。止痛酊内微量的樟脑让他放松了,起码他这样告诉自己。总之,绝对不是因为止痛酊里的酒精基料,他已经戒酒了。

他至今只爱过两名女子，她们都死了。虽然一位比另一位早走多年，她们仍在他脑中重叠，逼得他失去了理智。他逃开了，逃啊逃，不知道自己从何而来、往何而去。现在，他逃得够远了，是如何从肯尼亚来到新泽西州的，他毫无印象，只记得他的恩人：艾利·何瑞斯。

一个星期过去了，作为时间计算单位的不是日子，而是冷汗与夜惊。过了两个星期，激动和颤抖才逐渐减缓，丑陋的无脊椎小动物开始撤离。好久好久以来，它们在他的皮肤上、在床单边上，当他转头看它们，它们急忙往他视野周边闪去。现在它们退回原本的壳质地底世界。

床边有面包和奶酪，就搁在两天前的报纸上。鸦片樟脑止痛酊的瓶子空了，水壶又注满了水。当他总算觉得可以安心把椅子带到窗前的时候，树叶已经从胡萝卜色变成了砖头色，又变成了绯红，其间的各种色调纷纷出现过，仿佛是超乎任何画家想象力的调色盘。他像雕像坐在那里，感激自己还能坐起身来，还能看见事物的真面貌。盘旋的树叶翩翩落下，每一次飘落都是独一无二的，永远不可能再现。漫天漫地的旅客在空中留下了无形的足迹。

一天上午，他的脚步稳得可以走下楼梯。一只麻雀在门廊弯曲的木头上蹦蹦跳跳，亮漆碎屑在它脚底片片飘落。斯通发现一只姜黄色的小猫，它从紫藤缓缓往前移动，肩胛骨像毛皮底的活塞一下下滑动。他怀疑自己是不是出现了幻觉，小猫咪的眼睛眨也不眨地直盯着猎物，小鸟歪着头，像卖弄风情的女子注视着一人一兽。

正当托马斯认为局势紧张得令人难以忍受，小猫咪猛然一扑，而麻雀轻而易举便跃上栏杆，远离它的掌心之外。托马斯觉得内心有什么爆开了，让他从抑止行动、耽搁思考的麻痹中释放出来。他走进了麻雀与人的命运能够在猫眼眨动的瞬间决定的世界，那一眨眼,才是真正的计时单位。

他对卧房天花板的了解,多过于对自己身体的认识。他研究了线板,装饰用的沟槽甚至有深度、宽度的差别,他看出了工匠的手艺。后来,手拙的业余人士以胶合板隔墙与组合门将房子再分成几间。不过,大师的印记还是可见。

一开始,他以为神秘的气氛来自鸦片樟脑止痛酊,不过止痛酊的药效早就退了,这样的气氛依然。他像戏院放映师,观赏自己的一生在空白天花板上放映,有时候片子出现在窗上摇曳的光线中。他无法控制电影播映的内容或顺序,只能不动感情地观看,将情绪从事件中抽离,判断饰演他的演员的好坏。

冬季暴风提早造访大洋城,下午时抵达了内陆。一开始是冷飕飕的雨,潇潇渐渐打在窗上,接着飘下纷纷扬扬的大雪,他站在屋外,雪片沉沉压在睫毛上。大雪覆盖了新泽西州北部,五六个小时内积累了五六寸高的雪。州际公路、机场和学校都关闭了,一切商业活动也停止,不过他退回房内,对这些一无所知。窗缘结了冰,留下一道窄细的棱柱,从棱柱看出去,是寂静森然的世界。就在这一晚,他目睹了生命中的一景,令他想结束生命的一景。他坐在床上,透过结霜窗户的窄长缺口往外凝视,心就像外面的景色一样静止无声,唯一的动静是他气息的吐纳,不过连呼吸也似乎停止了。

忽然之间,他感到复苏了,仿佛脑细胞磨损消失后,一段阙漏的记忆浮现了。

在那一个冬夜,涌现的是与玛莉·普雷斯修女有关的记忆,鲜明生动,而且具体明确。

他不过是旁观者,观察未曾察觉在紫藤下埋伏的凶猫的小鸟。这是他看到的,这是他想起来的:

亚的斯亚贝巴。

失迷医院。

工作。

他看见自己在手术、门诊和写作的节奏中活动,他强迫自己入眠,日子充实而满足,几周过去了,几个月的时光流逝了。关键词:工作。突然之间,机械装置卡住了……

(他认为这是他的"失迷时期",把那样的事件称之为"故障"。)

事情总有同样的开始。他在院区住处从睡眠中醒来,在恐惧中醒来,呼吸困难,仿佛快要断气了,仿佛下一个呼吸就会引起爆炸。他虽然醒了,梦境与梦魇的触角却不肯放开他。这种状态有个特征,空间会出现恐怖的变形。他住处的卧室开始缩小,笔、门把、枕头等一般不会多看一眼的寻常事物则体积激增,变成了庞然大物,恐怕会令他动弹不得,令他窒息而死。他无法控制局面,无法坐起身或走动走动来结束它。他不是小孩、不是大人、不知身在何处、不解正在经历怎样的场景,不过,他恐惧不已。

酒精不是解药,无法打破咒语,但可以减轻恐慌。喝酒是有代价的,他没有跨立在清醒与噩梦之间的那条线,反而变了个人。他漫步在熟悉事物化为符号的世界中,漫游走过童年的场景,穿过地狱的门户。他听见绵绵不息的对话,像收音机中板球比赛的评论,那是在埃塞俄比亚的夜间惊悚的背景,评论员的声音模糊难辨,有时听起来像是自己的声音。他喝着酒,恐惧没了,哀伤仍在。他在清醒时不会掉泪,现在则如孩子一样哭泣。他看见了戈什,大概是真的戈什,不是梦幻的身影。戈什站在他面前,一脸担心,嘴唇动啊动的,不过那些话被比赛评论员的声音盖过去了。

然后,她出现了。他听不见她的话语,可是她的出现带来了安慰,到了最后只有她一人留下来,只有她继续守护。她被人找来时,一定已经睡了,因为她披着头巾,穿着睡袍。她将他拥入怀中,同时一波新涌出的泪水滚落,陪着他一起哭泣;她原本想从噩梦中救出他,没想到在过程中也被吞进去了(每一回他想起这段故事,内心总是一阵激动)。他们有亲密的行为,那样的行为牵涉了躺在他们中间的第三者身体,失去意识、赤裸而暴露的身体。手术期间,袍子底下的前臂会擦触,两人的头会相撞,可是在她怀中哭泣的感觉居然完全不同。一天有无数个小时,他们被手术台隔开,而当她抱住他,少了手术台,少了口罩,少了手套,那感觉太令人惊奇了。他感觉像新生儿贴着母亲赤裸的肚子,她对着他耳语,她说了什么?他真希望记住她说了什么,听起来是即兴的话语,不是正式的祈祷,那声音成功减弱了比赛评论员的声音。

他记得她的上衣因他的泪水而潮湿,不对,是他们两人的泪水。

他记得自己抱住她不放,把脸埋进她的胸脯,睡着了,醒来了,抱紧了,流下眼泪又睡着了。她一遍又一遍地问:怎么了?你是怎么了?几个小时过去,几天过去,没有人知道过了多久的时间。她陪在他身边,而他拼命抱着她不放,暴风肆虐,连续攻击他,要将他从她的怀抱中挖出来。

他记得原本持续的状况有了改变,暴风暂时平缓了,令人惊愕的沉寂出现。她的上衣解开了。

他像外科医生,设法在手术切口底下修建组织面,凭借意志力让上衣敞得更开,也许鼻子、脸颊也出力帮忙。她的乳头在所处的小圆盘上微微颤动,而乳房从上衣逃脱出来迎接他的唇。她的脸庞必然反映了他的面孔,因为他在她的脸上看到结合了欲望的恐惧。

她裸身在他上方摇颤,饱满的乳房使人心神安宁。两人脸庞都有宽心的泪水,嘴唇贪婪亲吻对方,想弥补浪费的时光。接着,他在她身上,她仰头看他,仿佛他是救世主。当他进入她的身体,他让自己停泊在她的美德中,他自年轻便遗失偏离的美德与纯真,他发誓绝对不会放开美德与纯真……

他坐在新泽西州流亡处的床上，漫天大雪底下的外界阒寂无声，他的心跳急促，速度快到恐怕会出现伤害，尽管冷，汗水却濡湿了衬衫。他的胸骨底下出现闷痛，恨不得能回忆起她的唇、她的胸脯确实的触觉。

结果却回想起这一幕（而他祈祷这是真实的画面）：

他回想起他沉迷于她的身体，将她如柔软的羔羊皮般拉到身边。她停息在他身上，如夜幕在草坪上低垂，沉沉地压住他。在他们同时高潮之际，他们阻挠了恶魔，他与她的恶魔，他解脱的呐喊打断她轻柔的感叹。秩序恢复，平衡重返，睡眠如恩典来到。

在新泽西州想起这段往事时，他流下了眼泪，捶打自己的头。他受到这样的诅咒：当他从失迷的时期醒来，只感觉到空间经历了骚动，时间出现过空白，并且感到深深的困窘和羞愧，只是想不起原因为何。为了平息情绪，他只能再一次全心笃志地投入工作。他努力抹去先前所发生的事情。

在她去世这么久之后，冬季暴风中所浮现的情景居然是这一段记忆，这是多么残酷。透过结冰的窗牖，看见飞逝破碎的景象，然后怀疑它是真是假，或是酒精放松大脑后所出现的扰乱，这是多么残酷。他把记忆像破碎的遗物重新拼凑，最后它完整了，可是他还有疑惑。日后，他将不会见到比枫叶街五二九号那一夜更清楚的她。往后的岁月中，当他回想起这一段，将会怀疑自己是否在扭曲它、美化它，因为每次他神志清醒地回忆她，便有新的记忆与新的印记成形，叠在前一段回想之上。他害怕过多的触摸会让它崩溃离散。

坐在新泽西州的小床上，他对玛莉·普雷斯修女大声说："你救了我的性命，而我的愚蠢、我的优柔寡断、我的忧惧恐慌却害死了你。"虽然现在对她说这番话已经太迟、太迟了，但他明白必须要说出来。虽然他没有信仰，但是他希望她正在倾听。"我对谁的爱都无法超过我对你的爱。"他无法鼓起勇气提起孩子,他觉得自己能为他们所做的,甚至少于他能为玛莉·普雷斯修女所为的。他知道,两个男孩、一对双胞胎,他们存在的世界甚至比修女归属的天地更加迢远。

不过,已经来不及将这一切告诉玛莉·普雷斯修女了,即便是对她的这段记忆,艳丽性感的记忆,也无法撩起他的欲念,也不能令他满心欢喜。相反地,见到她赤裸的身躯,他充血的器官,他们交融的器官,他感觉妒火中烧,宛如另一个人占据了他赤裸的身体,横跨在他深爱的女子之上,似非而是、似是而非的幻影,那人是我也不是我,他冲刺的身体、深色三角状的肩胛骨、下背的凹陷和微涡,反而预言了殒命与毁灭。它们是凄惨下场的前兆,因为肉体的欢愉将为玛莉带来死亡,当时的她并不知情,而他看着这一幕明白了。他承受的责罚更为严厉:他必须活下去。

第四十七章·失踪的信函

托马斯·斯通在我的房间待到子夜过后,一度化为阴影中的一抹黑。我的空间充满他的声音,仿佛那里不曾有人说过其他话语。我没有阻碍他,我忘记了他的存在,栖身于他的故事里,在马德拉斯的圣乔治堡圣玛丽教堂点亮了一根蜡烛,留在英国寄宿学校苦撑,观察掀开的记忆如何通向对玛莉的憧憬。假如法提马、露德和瓜达露佩三地能出现圣母的幻影,我凭什么怀疑,母亲俗世的幻象不会为他出现在出租公寓框缘结霜的窗户上呢?这不就如同我小时候能在高压锅间看到她、感觉到她吗?他的声音伴随我走入早于我诞生之前的过去,不过那段过去一如眼睛颜色或食指长度,仍旧属于我。

直到托马斯·斯通说完故事,我才意识到他的存在;我看见一个男人深深着迷于自己的故事之中,我看见一名弄蛇人,蛇成了他的缠头巾。之后的沉默难受极了。

托马斯·斯通救了我们外科部。

他救了我们,因为他让永援圣母医院成为波士顿麦加的分院。这一切只需要他在某封说明我们是分院的信末签名。不过,永援圣母医院不是麦加有名无实的分院,每个月有四名医学院学生和两位外科住院医师从麦加南下,与我们一起轮组照顾病患。"一场狩猎旅行,看看土著怎么互相残杀,顺便赶几场百老汇秀。"这是甘地听见这项规划时的形容。另一方面，我们每个人也有机会北上波士顿参加专科轮组。

我完成了实习，在第二年成了住院医师。我们成为麦加的分院，其中最重要的好处是让迪帕克（甘地说他是"外科的漂泊犹太人"）[61]完成了住院实习训练。现在他是领有执照的外科专科医师，可以前往任何地方执业。不过，他留在圣母医院，头衔是外科实训主任，另外也被麦加任命为临床助理教授。我从来没见过迪帕克这么快乐。托马斯·斯通说话算话，替迪帕克发表腔静脉损伤的研究铺好了路，那篇《美国外科期刊》所刊登的论文成了典范，任何人只要讨论肝脏损伤，就会引述其中的文字。迪帕克现在拿的是顾问医生的薪资，但是继续住在医师宿舍里。麦加的外科住院医师来布朗克斯轮组，我们从而受惠，有了更多的人力资源，迪帕克也得到更充裕的睡眠。在一处未加利用的地下室空间，迪帕克利用猪、牛的肝脏，研究不同的血液阻断方式的影响。

波西得了痴呆症一事无须再隐瞒，他穿着手术服，脖子上挂着口罩，在圣母医院平安游荡。每回流浪到手术室或者想离开院区，就会有人阻挡他前进，不过他似乎不以为意。他偶尔会拦下人郑重声明："我污染了自己。"

托马斯·斯通首度前来我的房间之后，过了短短几个月，某个周五深夜，我听见有人敲门。他站在那里左顾右盼，一脸尴尬，没有把握会得到什么接待。

父亲漫长的告白改变了我对事情的看法，听闻他的故事之前，要气他、破坏他的公寓、扰乱他的空间可是容易多了。现在他露出困窘的样子，而我并不请他进来。

"我不能久留，不过我在想……想问问看……明天你愿不愿意跟我一起在曼哈顿一家埃塞俄比亚餐厅吃晚餐？……地址是……七点可以吗?"

我完全想不到他会找我吃饭。假使他邀我去大都会博物馆餐馆或者去高级的华尔道夫酒店用餐,我会断然拒绝,不过他说"埃塞俄比亚餐厅"时,我闻到了酸面饼的酸,尝到了埃塞俄比亚式咖喱的辣,唾液开始淌流,舌头也打结了。虽然我不想跟他在一块,我还是点了点头。不过,我们之间还有事情尚未了断。

星期六那天我从地铁站出来,远远看见托马斯·斯通站在格林威治村梅斯克伦餐馆外。他在美国生活已逾二十年,看起来依然与环境格格不入,对展示在外的菜单兴趣缺缺,也未曾留意到从纽约大学校舍走出来的大批学生,除了手拎的乐器盒,学生的发型打扮和多孔耳洞也让他们显得与行人不一样。他看到我时,显然松了一口气。

梅斯克伦餐馆空间窄小,赭红窗帘和墙壁让人想起泥草屋的内部。炭火烘焙的咖啡豆香、贝贝尔香料的辛辣味,让人仿佛走入了一个远离曼哈顿的世界。我们蹲低坐到粗木三脚凳上,两人中间隔着编篓桌,托马斯·斯通后方的长镜让我能看见他的后脑勺,也可注意进出餐馆的人群。海报以大头钉固定在墙上,有刚达尔的城堡,有含笑露出编贝似健康牙齿的提格雷族妇人照片,有埃塞俄比亚裔祭司爬满皱纹的脸庞特写,有丘吉尔街的鸟瞰图,每一张海报皆有同样的标题:十三个月的阳光。我日后在美国造访的每一家埃塞俄比亚餐厅,都大肆依赖同样的衣航月历做装潢。

女服务生是个身材矮小、眉清目秀的阿姆哈拉人,替我们拿了菜单来。她叫安娜。我以阿姆哈拉语说,我带了自己的刀子来,饿得不得了,要是她能指点我牛被绑在哪里,我就可以开动了。她一听,手中的铅笔险些掉下去。她以圆盘将我们的餐点端来,托马斯·斯通露出诧异的神情,宛如忘记我们会直接用手指从共享的盘子里取食。更让他震愕的是,安娜(出生自亚的斯亚贝巴的迦班纳区一带,离失迷医院不算远)对我做出gursha动作:她撕下一片酸面饼,沾了咖喱后,用手指直接喂我吃。托马斯·斯通仓皇起身,询问洗手间的方向,以免她转过去对他做出相同的举动。

"圣加百列保佑,"安娜看着他走远,说,"我用habesha(阿姆哈拉语:指埃塞俄比亚或厄立特里亚)风俗吓坏了你的朋友。"

"他应该会了解的,他在亚的斯亚贝巴住过七年。"

"不会吧!真的?"

"千万别觉得他冒犯了你。"

"没什么啦!"她笑笑说,"我知道那种ferengi(阿姆哈拉语:外国人),在那里住了几年,可是对我们视而不见。不过别担心,你可以弥补他的不好,而且你比较帅。"

我大可替他说话,大可说他是我爸爸,可是我没有。我露出笑容,相信脸颊已经通红了,我没说话。

托马斯·斯通回来了,对食物要吃不吃的,不是很有兴趣。天花板喇叭循环播放的曲目中免不了有《缇西塔》,我注意他的表情,看看这首曲子对他是否有任何意义。没有。

在那里土生土长的人有个特征,手指绝对不会被咖喱染色,要拿起泡在酱汁里的鸡块或牛肉片,就利用酸面饼当夹子、当屏障。托马斯·斯通的指甲变红了。

倾听帝拉宏恩演唱《缇西塔》,置身于安全孤立的氛围中,闻着那率真不假的焚香,浓烈的记忆浮现了。我想起在失迷医院的早晨,雾气有形体、有重量,仿佛是天与地之外的第三种自然元素,却又在太阳高升时消失无踪。我想起萝辛娜的歌声与亚麦姿神秘的乳头,回忆起年轻的赫玛和戈什出门工作的情景,我们透过厨房窗户挥挥手。我看见那些幸福美好的年月,像崭新的硬币一般光亮,在阳光下熠熠生辉。

"你打算在圣母医院完成接下来四年的住院训练吗?"托马

斯·斯通冷不防开口说话，闯入我的白日梦。"假如你有兴趣搬去波士顿……"他的洞察能力原来如此低落，正当我准备谈论过去，他却想知道我的未来。

"我不想离开圣母医院，这间医院对我而言，具有与失迷医院相同的意义。我根本不想离开失迷医院或亚的斯亚贝巴，离开是不得已的。现在我不想离开圣母医院。"

换成其他人，大概都会问我不得不离开失迷医院的原因。那是我的错，假如他提出问题，我也许不会回答。也许他知道那件事情。

安娜收拾盘子时，以英语对托马斯·斯通说："还合你的口味吗？"

他说："好吃、好吃。"他没有好好看她一眼。当安娜和我注视他，他的脸红了起来。他又说了一声"谢谢"，好像希望这两个字有助于摆脱她。安娜从围裙口袋掏出两包湿餐巾放在桌上。

我对安娜说："老实说，好吃，不过咖喱可以再辣一点。"

她以阿姆哈拉语说："当然没问题。"这句含蓄的批评让她略微感到震惊。"不过食物再辣的话，像他这样的客人就不会碰了。而且我们用的是这里产的奶油，就算我们煮得更辣，吃起来也不会像家乡味，只有像你这样的人才会知道其中的差别。"

"你是说没有餐厅能吃到正宗的habesha（阿姆哈拉语：指埃塞俄比亚或厄立特里亚）食物？地道的风味？纽约所有的埃塞俄比亚餐厅都吃不到？"

她摇摇头。"这里没有，假如你有机会到波士顿，去示巴女王小馆看看。那间店在洛斯贝里区，很有名，就像我们的大使馆，楼上有个房间卖南北货，楼下供应家乡菜，用真正的埃塞俄比亚奶油煮出来的。埃塞俄比亚航空机员只替那间店带奶油，每一个埃塞俄比亚出租车司机都在那里用餐。在那里，你只看得见埃塞俄比亚人。"

托马斯·斯通旁观我们交谈，表情茫然。安娜走开后，他把手伸进口袋里,我以为他要找皮夹,没想到他拿出我留在他房间的书签,玛莉·普雷斯修女在上面给他留了几句话的那张书签。

我小心翼翼地将手擦干,才从他手中接过来。我知道我想念它,它似乎不该出现在编篓桌上,而是要存在银行金库里才对。在苦闷的旅途中,在他一无所知的远离埃塞俄比亚的逃亡记中,它是我的护身符。我看见她写的最后几行字:"另外,我还附带了一封我写给你的信,请你立刻读信。SMJP。"于是我抬起头。

托马斯·斯通在位子上局促不安,费劲地吞下口水,倾身靠向编篓桌。

"马里恩,这张书签……我想是夹在教科书里的吧?"

"对,教科书在我那里。"

他身子变得僵硬,两手卡在大腿底下,仿佛电流正通过他的身体。"你能不能……我可以请问……你有没有……书里有信吗?"

他看起来很无助,蹲坐在那里,像是到幼儿园参观的家长,膝盖就在下巴底下。

"我以为信在你那里。"我说。

"不在我这里啊!"他说,强调的语气惹得安娜朝我们看过来。

我说:"我很过意不去。"不过,我不确定自己为了什么觉得过意不去。"我以为你离开的时候把信带走了,把书连同里面的书签留下来。"

他片刻前还洋溢着期待的脸庞垮了下来。

"我几乎什么也没带走,"他说,"我走出失迷医院,除了身上穿的衣服,只带了办公室的一两样东西,我再也没有回去过。"

"我知道。"我说。

我说这句话时,他往后缩了一下。难怪他不愿探究我的过去,没有刀片能像怀恨的儿子所精挑的字眼那样刺伤人心。话又说回来,他当真这样看我吗?把我看成儿子?"可是你带走了手指?"我继续说。

"对……我只带走那个,东西在她的房间,我回那里去过。"他抬起头。

我说:"抱歉,我很希望信在我这里。"

"那书签呢?"他说,"你怎么拿到的?"

我叹了口气。安娜替我们端上咖啡,杯子小而无柄,感觉不够应付我为这男人说明一生故事的任务。"我当时必须赶紧离开埃塞俄比亚,政府当局在找我……事情说来话长,他们以为我跟某架埃塞俄比亚航空飞机的劫机案有关,他们以为我支持厄立特里亚人的运动,很可笑吧?你记得你的女佣萝辛娜吗?其中一个劫机者是萝辛娜的女儿,她叫作珍妮特。对了,萝辛娜已经死了,上吊自杀。"

"萝辛娜和珍妮特……"我开始说,"总而言之,我有一个小时的时间离开。要走的时候,我准备爬过医院的围墙,我对赫玛、院长、加布鲁和亚麦姿说再见,我对弟弟湿婆……"我停顿下来,我遇上了障碍。"湿婆,你的另一个儿子……"

斯通咽下口水,显示他难以接受,可是他必须知道,如果这是残酷的事实,他更要知道。

"我的儿子……"他努力吐出那两个字。

"你的儿子,你想知道他长什么样子吗?"他点点头,期盼我掏出皮夹。"看看你后方的镜子。"

他迟疑不决,好像这句话或许是玩笑、是诡计。他还是转过身去,我们的目光在镜中交会,我吃了一惊,因为我们之间的亲密冷不防超过我的预期。"湿婆和我长得一模一样。"

"他是怎样的人?"他提出问题,身子却没有转回来。

我叹了一口气,摇摇头,垂下眼光。他转回头来看我。

"湿婆……非常与众不同,我想他是天才,只不过不是一般的天才。他无法忍受学校,考试时,从来不以能让自己及格的方式作答,不是因为他不知道答案……他永远不了解为什么得照常规做事。不过他对医学的了解比我还深，在妇科方面绝对比我还深，他和赫玛一起研究瘘管，开刀技术非常好，他受过训练，不过不是在医学院学的，他的老师是赫玛。"假如斯通有兴趣的话，他要靠自己挖掘出这一切并不难，现在他起了兴趣。

"我们小的时候，我跟湿婆的关系非常亲密。"

斯通的眼睛并没有眨动，我无法把后来发生的详情告诉他，只有珍妮特和湿婆知道真相。

"他和珍妮特做了某件事情伤害到我，我无法原谅……"

"跟劫机有关的事情？"

"不是，不是，事情发生在很久、很久以前。总之，我当时非常气他，现在也是。不过他是我的弟弟，我的双胞胎弟弟，所以当我只有一个小时离开城市，当我对湿婆说再见的时候到了，欸！我们两个都觉得非常难过。"我忽然发现自己正在竭力保持镇静，我不能在托马斯·斯通面前落泪，这一点对我非常要紧。我掐掐大腿内侧。"当我对湿婆说再见时，他交给我两本书，一本是他的《葛氏解剖学》，那是他最宝贵的东西，像拖着毯子一样，走到哪里就抱到哪里。

"第二本是你写的书，里面夹着那张书签。我不知道他是怎么得到那本书的，不知道书在他手中多久了，我甚至不知道你写过一本书。那本书几乎没有被翻过，我想湿婆没读过那本书，绝对不像他爱读的《葛氏解剖学》那样翻过。他大概发现了书签，读过上面所写的字。你一定要了解湿婆这个人，他不会对书签或她指的那封信有好奇心，湿婆活在当下。我实在不知道他怎么拿到书，也不知道他为什么交给我。"

斯通闷声不吭，眼光落在我们之间的空篓，仿佛篓子代替与他的过去、与我们的过去有关的一切未知。他痛彻心扉的神情深深打动了我。"我可以问问他。"我主动说，我跟托马斯·斯通一样想知道。"我会去问他。"我说。

托马斯·斯通远在一个世界以外的空间。当他抬起眼睛，我明白他悲切的哀恸；在色泽加深的虹膜里，我看见了他的痛，纵然那柔弱的组织不应该会变色。这位传奇外科医生拥有近乎神秘的光环，他专心致志，他殚心竭力，他手艺精湛，这些都只是表面。他精心打造出外科医生的角色，为的是保护自我，却也打造出一间囚牢。任何时候他不小心从专业范畴走入私人领域时，他知道会面对什么：痛。

当他开口说话，嗓音中传达了疲惫与老态。"我以为信在你手中，而你以为我……"

"你想信里说了什么？"

"我恨不得我知道，"他唐突地说，"我愿意献出右手……"

我认识托马斯·斯通短短几个月以来，原先不得不对他抱持的怒气已经平息了。他告诉我童年的故事、母亲的辞世，这些应该足以让人谅解他，不过我想我还没准备好，我都还没原谅湿婆，又何必原谅托马斯·斯通呢？就算我宽恕他好了，我任性的个性也不会让他知道。不过，我跟他还有事情尚未了结。

我说："我有一件事情必须告诉你。"我从没想过我在此人面前会觉得羞愧。"一件戈什托我告诉你的事。"之前戈什的心愿在我看来不合情理，现在我凝视那瘦骨嶙峋的面容，明白戈什为何希望我对斯通伸出援手。戈什了解他，不过我没有戈什所估量的老成持重。

"戈什有个遗愿，我答应为他完成，但是我没有去做，我当作没这件事。我希望你能原谅我，也希望他能原谅我。戈什告诉我，假如我不这么做，他的人生就会有缺憾……他希望我来找你，让你知道他把你当作兄弟看待。"

说出这段话很不容易，因为我回想起戈什吃力的呼吸，回想起他的一字一句，同时也因为我此时看出这些话之于托马斯·斯通的影响。除了他的母亲，除了疗养院的罗斯医生，还有谁表达过对他的关爱？也许玛莉·普雷斯修女爱他，然而她是否有机会告诉他？如果她曾经说出口，他可曾听见？

"你始终都没有跟戈什联络，他很失望。不过他希望你明白，无论你这些年来不闻不问的理由是什么，他都可以接受。"戈什认为托马斯不曾回头的原因是羞耻，他说中了，因为此时羞耻让他的脸变了颜色。

"我很抱歉。"斯通说。我不知道他是在对我说话，或是对戈什说话，或者对全世界说话。这句话虽然不够，不过也该是时候说出口了。

即使餐馆内有其他客人，我再也感受不到他们的存在，纵然屋内放着音乐，我也听不见。

我审视我的父亲，如同研究摆在眼前的化验样本。我看见那抹笑容极力想留在他的脸庞上，结果失败了，随之浮现的是惶恐的愁容。假使当年这样的人尝试抚养我们，假使当年他带我们离开埃塞俄比亚，那我们只能靠上帝了。尽管尝透了悲伤失落，要我以失迷医院的过去交换与他在波士顿的生活，那是绝对不可能的，我应该感谢托马斯·斯通离开埃塞俄比亚啊！他过迟察觉自己对玛莉·普雷斯修女的爱，她将是他带往坟墓的谜团与深深的痛惜，而最大的憾恨莫过于他不知道她在那封信中说了什么。

"我会写信给湿婆，"我说，"我会问信的事情。"

我想我了解托马斯·斯通的自我封闭。经历了珍妮特的背叛，我完全不想再对女人产生如此浓烈的感情，除非我能得到书面保证。我邂逅了一名从麦加来的医学院学生，比起我的初恋，她像是天使，心地善良，大方而美丽，仿佛超脱了自我，仿佛她的存在还次于对包括我在内的世界万物的兴趣。我迟缓无声的回应肯定将她推离我身边，致使我失去了与她共度未来的机会。我难过吗？难过。我很蠢吗？很蠢。不过，我也觉得松了一口气，失去她，我便能不受她的伤害，而她同样也不会受到我的伤害。在那方面，我与坐在对面的男人有共通之处。我想起停止运作的手表，这种手表一天至少会显示两次正确的时间。他买单，我随他站起来，到了餐厅门口，我们把手插在口袋里，我在原地等着。

"人生之苦，至死方休。"[62]他说。我还没能分辨他脸上是笑容或悲容，他已经点点头走远了。

第四十八章 · 五根手指

每个月的第一个周日刚过子夜时,我会打电话到赫玛的小屋。这时是亚的斯亚贝巴时间周一上午七点,这个时段电话费最便宜。赫玛还没接电话之前,亚麦姿和加布鲁会先登场,有时候院长也来,因此这通电话依然又长又贵。自从赫玛接生了门格斯图的——抱歉,是门格斯图同志的小孩,我们便再也不用担心秘密警察偷听我们的电话。除此之外,他们忙着应付真正的敌人。门格斯图——是埃塞俄比亚社会党军事委员会主席,是反提格雷与厄立特里亚地区武装斗争署的总指挥官。出自门格斯图的善意,尤其是他妻子的善意,失迷医院的药物必需品不会被扣留在海关仓库里,也不需要贿赂任何人。

那个星期天,我拨了赫玛的电话号码,想象我在失迷医院的家人望着时钟,捧着咖啡杯,等候来自他们皆未曾踏上的大陆所打来的电话。亚麦姿接起电话,加布鲁靠过去,两人忽然变得又害羞又忸怩,他们那一头的谈话包括再三反复的"Endemenneh? Dehna-ne-woy?"("你好吗?身体好吗?")一直来来回回直到两位教父与教母确信他们的lij(阿姆哈拉语:孩子)安然无恙为止。他们告诉我,他们在祷告中提到我,还为我斋戒禁食。"祈祷我会早日见到你,愿上帝看顾你,保佑你健康。"我说。院长刚好相反,随便闲聊,想到什么说什么,好像我们在她办公室外面走廊上偶遇。

第一次见到托马斯·斯通的情景，我已经向赫玛描述过了。她听我说，没有发表意见。当听到她的儿子闯入托马斯·斯通的公寓时，她必然露出了微笑。我并未为了她好而略去某些信息，托马斯·斯通无疑不再是我们小时候对她的威胁了。我告诉她，我把书签当成名片摆在斯通的书桌上，这时我从赫玛的沉默中判断，她完全不知道湿婆有一本《随机应变的外科医生：热带地区的手术精要》。从这一点，我猜测赫玛曾经尽全力想把这本书从医院驱离，后来也从院长口中得到证实。她根本不希望我或湿婆见到他的著作，更遑论让我们看见他的照片。

她接过电话。我说："妈，我跟托马斯·斯通一起吃过晚餐。这是一年多以来，我头一次吃到酸面饼。"她得知戈什留了口信给斯通，心底很不高兴。我知道，因为她没有吭声。我把戈什希望我转达斯通的话一字不差地告诉她，我听见她蒙着手帕狠狠哼了一声。这条口信所透露出的斯通个性，少于它所显露出的戈什个性与无私。我问她知不知道书里所附的书签或信函，她不知情。

"也许湿婆知道，"我说，"我能跟他说话吗？"

她高喊他的名字，这声召唤我打小听了无数次。我听见湿婆的回应，从回音判断，这句应答出自我们童年的房间。在等待期间，我听见赫玛询问院长有关书签的事情，她回答："不知道耶！"我于是明白，这是她第一次听说有张书签。

湿婆始终无法自在地拿着话筒。他很好，瘘管的研究进行得非常顺利，他不知道有什么失踪的信。

"湿婆，你记得那张书签吗？上头提到一封信？"我继续问。

"记得。"

"可是你说书里没有信。"

"里面没有信。"

"湿婆，你怎么拿到那本书的？"

"戈什给我的。"

"什么时候的事情？"

"他快要走的时候有很多事情想跟我说，这是其中一件。他说，在我们出生的那一天，他从托马斯·斯通的住处拿走了那本书，他一直保留着，他希望我收下。"

"那是你第一次看见那本教科书？第一次看见托马斯·斯通的照片？"

"对。"

"戈什有没有提到玛莉修女……我们母亲写给斯通的信？"

"他没有说。"

"他提到他为什么希望你把书收下吗？"

"没有。"

"你看见书签和上面提到一封信的时候，回头去问过他吗？"

"没有。"

我叹了口气，问到这里已经可以不用再问了，不过既然都提到了，那就说下去吧！"为什么没有？"我问。

"要是他希望把信放在我这里，他就会把信给我了。"

"湿婆，你为什么把书给我？"

"我希望你拥有它。"

湿婆的语气中没有丝毫不悦，口吻与我们开始谈话时没有差别，我不知道他是否听出我腔调中的恼怒。湿婆说得没错，要不就是没有信，要不就是信在戈什那里，而他判断信应该早就毁了。

我准备说再见，我再傻也不会期待弟弟问我健不健康、快不快乐。然而，他吓了我一跳，说："你们的开刀房是怎样的？"他想知道手术室的规划、高压锅和更衣间的距离、每个房间外面是否有水槽，还是大家共享一个刷手区。我详细回答他的问题，说完之后又等了一会儿,而他再度让我吃了一惊。"马里恩,你什么时候要回家?"

"唔,湿婆……我还要当四年的住院医师。"

他以这种方式来表达他对所发生的一切感到的歉意吗?表达他对我的想念吗?我希望他想念我吗?我没有把握,所以只说:"我不知道回家安不安全,如果安全的话,那我想大约一年以后……不如干脆你来这里玩?"

"我能去参观你们的开刀房吗?"

"当然可以,我们在美国叫它手术室,不说开刀房。我可以安排让你去参观。"

"好,我会过去。"

赫玛回到电话线上。她聊天的兴致正浓,不肯让我挂电话。我听着她轻快的声音,心荡神移,回到了失迷医院的岁月,宛如人就坐在印度总理尼赫鲁照片底下的电话旁,朝房间另一头看去,戈什的肖像就供奉在他多年来聆听根德牌收音机的位置上。

挂断电话后,我的情绪相当低落——我回到了布朗克斯,墙上空无一物,只有一张装框的"圣泰瑞莎的狂喜"。原先一直悄然无声的传呼机响起,回应传唤就等于把牛轭套回脖子。其实,我乐于接受外科住院医师的奴役生活,面对无尽的工作,处理让人专注于当下的紧急事件,沉浸于鲜血、脓汁和泪水之中,人在这些液体中融化了自我的一切痕迹。在让自己筋疲力尽的情况下,我觉得融入了这里,我觉得自己是美国人,罕有时间想家。于是四个星期过去了,打电话到失迷医院的时间又到了,打这些电话对赫玛是否也一样辛苦呢?我很想知道。

我们通话之后,赫玛在来信中提到,她问过巴伽利、亚麦姿,甚至汪汪·康纳德,看看他们是否听说戈什或修女留了一封信下来,不过没有人知道。她告诉我,湿婆申请出境签证准备来找我,不过政府延迟不发签证,要求他提供保证书,证明他在埃塞俄比亚没有欠债,而且我也没有他应该要负责的债务。她说她会提醒湿婆继续处理签证事宜,我和她都明白言外之意:湿婆已经没兴趣了。

我写信给托马斯·斯通,告知他玛莉·普雷斯修女的信函依旧下落不明,他始终不曾回信感谢我的辛劳。

在接下来的四年中,我偶尔会碰见托马斯·斯通,他有时前来主持会议,有时巡房进行床边教学。他十分令人钦佩,正如我所推测的,他技巧精炼、行事严谨,而且对自己的学门无所不通。他拥有某种洞察力,唯有精读外科文献与长年的实践,才可能培养出那样的洞察能力。与其和他共进晚餐,我更加宁愿在那样的情况下与他相处。他大概也有同感,因为他再也不曾来电或来访。

我北上波士顿,分别参加了三次长达一个月的轮组实习:美容外科、泌尿科与移植外科。工作内容引人入胜,充满挑战,每次我都忘记身在他附近所引发的焦虑。在最后一次轮组实习中,我跟他一起工作,繁忙程度超乎我的想象。在那段期间,有回他曾提议一起用餐,不过由于移植外科加护病房的工作量大,我实在无法在晚间九点前离开,即便是不用值班的晚上也是,因而我请他原谅我无法答应。我想,他松了一口气吧!

一九八六年,实习的第五年,我完成了住院总医师的受训阶段,留下来担任迪帕克的助手,同时准备专科执照考试。我勉强开始欣赏美国外科漫长而艰难的训练制度,当你快要脱离苦海时,就能变得比较容易欣赏。我相信我的技术足以胜任普通外科的每种重大手术,而我也知道自己的不足。我在圣母医院不曾见识过的病况非常少,更重要的是,我有信心照顾术前、术后与加护病房中的病患。

同样在一九八六年,弟弟出了名,把《纽约时报》的特别报道拿给我看的是迪帕克。看见湿婆的照片,见到照片中酷似自己的面容，我心头大大震动了一下。不过，他的头发比较短，差不多算是小平头，而且没有完全占据我鬓角与太阳穴的灰发。这张图像立刻引发了悲苦，牵动了遭受背叛之痛的回忆，还有——嫉妒。湿婆占有我的初恋与唯一爱过的女孩，替我夺走了她的贞操；现在，他成了我的地盘、我所看的报纸的头条新闻。我循规蹈矩，努力做该做的事情，而他不顾法纪，结果看看我们的差别。如果上帝公正不偏，会准许这种事情吗？我承认，过了半晌我才能阅读那篇报道。

根据《纽约时报》的报道，湿婆是世界级的专家，是罹患阴道瘘管妇女的主要代言人，是世界卫生组织瘘管预防运动背后的天才，这个运动"与西方处理这些议题的惯用手段相差甚远"。《纽约时报》翻拍"导致瘘管的五大过失"的彩色海报，海报上有一只五指展开的手。我细细观察那张照片，看得出来那是湿婆的手。掌心有个坐着的女人装出泄气的模样，这个模特儿是实习护士班长吗？

这张海报以四十种语言印刷，发送到亚洲与非洲的大街小巷。村落助产士学会伸出一只手来细数五大过失。第一，年纪轻轻就结婚，也就是童养媳。第二，缺乏产前照护。第三，延迟过久才承认分娩不顺（这时胎儿的头颅已经塞在产道的一半，开始对母体造成损害），必须施行剖腹生产。第四，能够施行剖腹生产的医疗单位太少、距离太远。假设母亲存活（胎儿绝对保不住），最后一个过失是丈夫与公婆所犯下的：由于瘘管渗流又发出恶臭（有的从膀胱渗入阴道，有的从直肠渗入阴道），他们把妇人逐出家门。自杀是这种故事常见的结局。

文章上说："罹患瘘管的妇人设法前来寻找湿婆·普雷斯·斯通。她们搭乘客运，在其他旅客将她们赶下车之前，能坐多远就坐多远。她们有人走路来，有人骑驴子来，来的时候往往拿着一张纸，纸上只以阿姆哈拉语写着：'失迷医院'或'瘘管医院'或'斯通开刀'。"

湿婆·斯通不是医生，"而是技术熟练的门外汉，在他担任妇科医生的母亲带领下,进入了此一领域"。

下一回与赫玛通话时,我请她为我向湿婆道声恭喜。"妈,"我说,"你应该在那篇报道中得到更多赞扬,没有你,湿婆不可能做他在做的工作。"

"你错了,马里恩,这的确都是他的努力,我对瘘管的兴致不高,这种病状适合像湿婆这样个性专注的人,手术前、后和手术过程中都需要持续的关心。你应该看看他花了多少时间思索每一个病例,预先考虑每一个问题。他可以想象出瘘管的立体画面。"湿婆在他的工场制作出新器械、研发新技术。报道提到院长为募款所做的努力与对募款的迫切需求,大量捐款于是涌进医院,院长打算盖罹患瘘管妇女专属的新院舍。"湿婆已经画出平面图好几年了,建筑会是V字形,两边厢房会在三号开刀房连接。"三号开刀房将全面整修改建,打造出两间手术间,中间是共享的刷手区。

那一天深夜,我重读《纽约时报》的报道。这回又从头读到尾时,我感觉肚里有种空虚感。撰文者大大方方地表现出对湿婆的赞赏,让人感觉她放弃了为文的严谨态度、平日的公正口吻,因为这个人比这个主题更令她心动。她在文末引述了弟弟的一句话,湿婆·普雷斯·斯通说:"我做的事情很简单,我修补破洞。"没错,湿婆,不过你也制造破洞。

我自己也有成就,只是没有那样大张旗鼓。我通过了美国外科医学会的笔试,过了几个月后,按照指定,前往波士顿的卡普里广场饭店接受面试。在两位面试官面前度过劳累的一个半小时之后,我完成了考试。我知道自己表现得很好。

外面阳光明媚,庞然的灰石是基督教科学派教堂,泰然坐落于倒影重重的长池尾端,教堂后方是一片蓝天。我在医院的五年来,不管日夜都在工作,看不见天空,感觉不到脸上的阳光。我有股冲动想穿着全身衣物涉水而过,或者放声高呼胜利,结果,我只以冰淇淋甜筒满足自己,坐在倒映出景色的水池边享受。

我打算前往机场,然后搭乘机场巴士返回纽约。不料,我发现司机百分之百是个埃塞俄比亚人,用共通的语言向他打招呼,并想出另一个主意。没错,他当然知道洛斯贝里区的示巴女王小馆,他非常荣幸能载我过去。

"我叫梅斯方。"他一边说,一边看着后视镜对我咧嘴而笑。"你是谁?你做什么的?"

"我叫斯通。"说着,我把安全带扣上,不过我并不担心,在这一天我不可能会遇到坏事。"我是外科医生。"

第四十九章·女王行动

那条街的街角有个垃圾堆积场,四面高墙与带刺铁丝网立刻让人联想起凯却乐监狱,从栅门可见一条套在锁链上睡着的巨犬。接着,出现一排空地,从灰烬煤烟可大略得知曾经存在的建筑物。看样子,梅斯方准备把出租车开往街尾唯一的房舍,其余的房子都破落颓败,这幢屋子却从困境中挺了过来。车道从马路中央开始延伸,仿佛铺路机铺到这里时刚好用完了柏油,屋主只好自己动手。房子的楼板有高有低,屋顶板漆成了黄色,阶梯、栏杆、柱子、门扉、露台,甚至排水管也漆成同样的金丝雀黄。一直行未上漆的轮轴撑起下陷的前院走廊一角,外面停了四辆出租车,全都是黄色。

发酵蜂蜜的气味引起我味蕾的制约反应。一个绷着脸的索马里人在门口迎接,带领我们从前门平台走到六道阶梯底下的餐厅内。我们见到六七个男人在野餐桌前,坐在长凳上用餐,那片空间还能再容纳十来个人。木板地上铺了清新的牧草,在亚的斯亚贝巴的住家或餐厅就是这种做法。

我们洗好手坐下来,一名丰满的女子立刻走上前来,欠身祝福我们身体健康,然后在我们面前摆上水,还有装在两只小烧瓶中的金黄色蜂蜜酒。她左眼的角膜是乳白色的,梅斯方说她名叫塔仪杜。一位年纪更轻的女子跟在她身后,用托盘端来了酸面饼,上面盛着丰盛的羊肉、扁豆和鸡肉。

"喏?"梅斯方看着手表说,"我来这里吃饭,所花的时间比帮车子加油还短,而且更便宜。"我吃了起来,狼吞虎咽的模样仿佛经历过饥荒。纽约的那位女服务生是第一个告诉我示巴女王小馆的人,她说得没错,这里的口味非常地道。

后来,透过开往屋外陡斜庭院的边窗,我看见一辆雪佛兰白色克尔维特跑车迅速开来,一条穿着高跟鞋的匀称美腿伸出来,皮肤是咖啡牛奶色,指甲油的颜色则是甘地所谓的"他妈的红色"。一头小羊不知打哪出来,绕着那双优雅的脚蹦蹦跳跳。

没过多久,一名迷人的埃塞俄比亚裔妇人小心翼翼地步下楼梯,留心不让高跟鞋卡住。她转头对那名索马里人说:"那个男孩真蠢,怎么让小羊在这个时间出来呢?我早晚会开车把羊碾过去。"她金褐色的头发上染了一道道的红颜色,剪成不对称的活泼发型,露出脖子来。一袭白色衣裙,外面罩了栗紫色的细条纹休闲外套。

她八成就是女王。她朝我们的方向欠个身,继续朝厨房隔壁的办公室走去,冷不防却打住了脚步,仿佛看见幻影,转过头来瞪眼凝视。我身着西装,领带松了,难道看起来跟这里格格不入吗?在永援圣母医院的疆界内,各色人种都有,我并不觉得自己比病患或其他员工更像是外国人,而我吸引了她的注意,也招惹了其他在场者的目光,我再次感觉自己像是 ferengi(阿姆哈拉语:外国人)。

女王捧着脸颊说:"赞美上帝,赞美上帝之子。"她将有色眼镜推到额上,露出一双惊愕瞪大的眼睛。我看看身后,她会不会是在跟别人说话呢?她的表情先是迷惑,然后变成了喜悦,齐贝似的白牙也露了出来。她说:"小弟弟,你不知道我是谁?"她走过来,人还未到,身上的玫瑰香油气味已经飘过来了。

我站起来,依然摸不着头绪。

"我每天都替你祷告,"她用阿姆哈拉语说,"不要告诉我,我改变了很多?"

我屹立在她面前,说不出话来。当我一开始认识她的时候,她是个母亲,而我年纪还小。

"琪洁?"我终于说出话来。

她朝着我冲来,亲吻我的双颊,伸直手臂抓着我,好更清楚瞧瞧我,然后再度将我拉过去碰撞她的脸颊,一下又一下。"天啊!感谢圣母圣徒,你好吗?真的是你吗?Endemenneh? Dehna ne woy?(你好吗?身体好吗?)你过得好不好啊?会是你吗?感谢上帝,你在这里……"

在美国六年了,只有在那一瞬间,身在那栋黄色屋子里,投入她的怀抱中,踩在新鲜牧草上,我才头一回觉得自己能够无拘无束地站在这片土地上,感觉戒心放下了,肚子和脖子的肌肉也松弛了。这里有个来自我的过去的人,有个与我来自同一条马路的人,有个我相当喜爱而且始终觉得与之相连的某个人。就像她一样,我热烈亲吻她的两颊,谁会先停下来?那可不会是我。

塔仪杜从厨房凝视,还有两名女子自楼上的围栏看过来,一起用餐的客人也停下来旁观。他们跟我们一样,流落在异乡,对于重逢场景再了解不过,这种时刻就像是老家的一砖一瓦顺着河川飘了过来。

"你在这里做什么?"琪洁说,"难道你不是过来看我的吗?"

"我来这里吃东西,我根本不知道!我在纽约住了六年,今天才到这里来,我现在是医生,外科医生。"

"外科医生!"她倒抽了一口气,往后踩了几步,双手揪着心脏,然后她亲吻我的手腕外侧,先亲一边,再换亲另一边。"外科医生,你这孩子真勇敢,真勇敢。"她转向我们的观众,以唱诗班领唱者的口吻说着阿姆哈拉语。"哈啰!你们不会相信的,他还小的时候,我的宝宝快死了,你们猜是谁带我到医院里我该去的地方?就是他。谁叫他当医生的爸爸来替我的宝宝看病?就是他。当我的宝宝在鬼门关前挣扎时,是谁陪着我?除了他还会有谁?当我的宝宝死掉时,只有他陪在我身旁,没有人帮我,要是你们懂就好了……"泪珠流下她的脸庞,屋里的气氛顿时从重逢的欢乐转为深沉的哀伤,仿佛这两种情绪总是相连在一起。我听见男人唉声叹气表示同情,塔仪杜擤了擤鼻子,轻轻擦抹她完好的那只眼睛,而那两名女子无所忌讳地流下了眼泪。琪洁低着头,说不出话来,一时被情绪压倒了。终于,她挺直肩膀抬起头来,张嘴勇敢地微笑,又说:"我永远、永远忘不了他的仁慈,即使到了今天,我睡觉前都还会替我孩子的灵魂祷告,然后我会为这个孩子祷告。我当时住在他家对面,看着他长大成人、念医学院,现在他当上了外科医师。塔仪杜,把每个客人的餐钱都退回去,今天是节日,我们的兄弟回家了。来,告诉我,你们这些不信神的,还有人需要上帝存在的其他证据吗?"她的眼睛宛如钻石闪闪发光,双手掌心向上朝天花板伸去。

其后的两三分钟,我严肃地与屋内的每个人握手。

后来,我与琪洁坐在楼上客厅的沙发。她踢掉了高跟鞋,把脚抬起来塞在臀部底下,依然握着我的手,更屡屡抚摸我的脸颊,兴奋地说她看见我开心得不得了。

我本来计划当天下午返回纽约的,可是琪洁坚持把梅斯方打发走。"你可以搭晚一点的飞机。"她说。

"你确定我在这里叫得到出租车?"我假装认真地说。

她顿了一下,然后仰头哈哈大笑。"嘿,你变了!以前你好害羞哦!"

透过窗户,我看见金属丝围出的宽广羊圈,里面有六七只小山羊,更后面则是鸡舍。有个男孩子坐着抚摸一头羊,他的头形长而窄,看似心不在焉。"那是我表弟,"琪洁说,"你可以看见他额头有产钳的印子,他有些问题,不过喜欢照顾动物。我们在梅斯克伦日庆祝'十字架节',到时你应该过来,我们会把羊宰了,在户外煮来吃。到时候你会看见的不光是出租车,还有警车,他们从洛斯贝里区和南城分局过来吃东西。"

琪洁说她晚我几个月离开亚的斯亚贝巴,酒吧有个在军队当下士的客人想娶她。"他算哪根葱,不过在革命的时候,连士兵也很有势力。"她婉拒他的殷勤,结果被诬告参与帝国主义活动,进了监牢。"两个星期后,我用钱打通关节出来了。我在凯却乐监狱期间,他们把我的房子没收充公,那人过来看我,假装跟我被捕毫无关系,他说假如我嫁给他,一切都会回到我们手中,当时国家就被他那种无赖统治着。我本来就藏着一笔钱,我从来都不眷恋过去,于是我走了。

"到了喀土穆,我为了得到美国大使馆的庇护,等了一个月。我到汉金家当仆人,他们是英国人,待人很好,我靠着照顾他们的孩子学会了英语,那是我在喀土穆时期唯一的一件好事。我不在乎波士顿寒冷的气候,因为每一个寒冷的日子都提醒我,离开喀土穆是多美好的事情。

"马里恩,到了这里,我努力工作,在'超速超商'工作,往往排两个轮班,还有五天晚上在停车场工作,我一直存钱一直存钱,成了波士顿第一个开出租车的埃塞俄比亚女人。我对这个城市了如指掌,我还替埃塞俄比亚人找工作:超商补货小弟、泊车小弟、出租车司机、旅馆礼品部柜台小姐。我借钱给埃塞俄比亚人收利息,塔仪杜以前在酒吧帮我工作,她来了以后,我就租下这间屋子,由她负责做菜。然后我把房子买下来。现在,天啊!好多事情要做:磨画眉草、烙酸面饼、清理鸡肉、炖煮咖喱、打扫屋子,要三四个人手才够。埃塞俄比亚人到我家门口,像刚出生的小羊,所有家当都绑在床单里,手里还拿着X光片,我尽量帮他们忙。"

"你果然是示巴女王。"

她咧开嘴，脸上露出顽皮的笑容。她改用英语说话，一种我从没听她说过的语言。她说："马里恩，你知道在亚的斯亚贝巴我为了养孩子不得不做什么工作，后来到了苏丹，我甚至做过比那还要低劣的工作，跟bariya差不多。"她用俚语说"奴隶"这个字。"在美国，他们说你可以成为任何人，我相信这句话，拼命工作，所以当他们说'示巴女王'时，我心想：是啊！从bariya变成了女王。"

我告诉琪洁，我仓促离开亚的斯亚贝巴的那一天曾经见到她，见到她从飞雅八五〇轿车下来。"今天看见你的脸之前，我看到了什么？你的美腿从车内伸出来，我在亚的斯亚贝巴见到你的最后一眼，也是你的美腿从车内伸出来。当时我想跟你说再见，不过我没办法。"

她哈哈大笑，并且觉得难为情，把裙子往下拉。"我知道珍妮特离开后，你也立刻消失了，"琪洁说，"没有人知道你是不是参与了劫机。"

"真的？有人以为我是厄立特里亚的游击队员？"

她耸耸肩。"我认为你跟那件事情毫无瓜葛，不过我见到珍妮特时，她怎么也不肯说出任何事情。"

我听了一头雾水。"你怎么可能遇到珍妮特？我离开的那天，她也离开了，所以我才必须去……你在喀土穆碰到她？"

"马里恩，不是，我在这里遇见了她。"

"你在美国遇见了珍妮特？"

"我在这里见到她，就在这栋屋子……噢，老天，你不知道啊？"

我觉得空气离开了肺腔，身体底下开了一个地洞。"珍妮特？她不是还跟着厄立特里亚人在奋战吗？"

"不对不对不对，那女孩以难民身份来这里，就跟我们其他人一样。有人带她来这里，她怀里还抱着孩子，一开始表现得好像不认得我，我还得提醒她。"琪洁的表情转为严厉。"是这样的，马里恩，我们来到这里以后,大家便都是一样的。厄立特里亚人也好、阿姆哈拉人也好、奥洛莫族的人也好,管你是大人物还是bariya,你在亚的斯亚贝巴所拥有的任何地位都失去意义,到了美国,你从零开始。在这里最成功的人,是那些在亚的斯亚贝巴无足轻重的人。珍妮特来了这里,却还以为自己很特别,与我们其他人不一样——"

"是什么时候的事情?"

"两年前,也许是三年前。她说她跟你失去联络,不知道你去了哪里,好像不知道你从亚的斯亚贝巴逃走了。"

"什么?她在撒谎,"我说,"帮我逃亡的是厄立特里亚人,她是他们的明星……他们伟大的女英雄,她一定知道的。"

"马里恩,也许她不信任我。我对她的认识根本不像我对你的了解,我从来没跟她交谈过半句话。人会改变的,离开故乡时,就像被拔出土壤的植物,有人变得强悍,不会再开花。我记得她告诉我她在战场上生了病,我想她对战斗也觉得累了吧!她有个孩子,她在纽约认识的什么女人有工作要给她做,还提议替她照顾小男婴,所以我不必替她做什么。"

我喊了声"天啊",往后倒进沙发。我很庆幸先前不知道这件事,很高兴我不知道她在纽约。"她人还在那里吗?"

"她不在那里。"琪洁吞吞吐吐,好像不确定是否要把剩下的故事告诉我。"传闻很多,我听到的是……她认识了一个男人,他们结了婚,发生了一些事,她差点杀死那男人,我不知道确切的原因或情形,我只知道她在坐牢,小孩让给别人收养……"琪洁看到我震惊的表情。"对不起,我以为这一切你都知道……我可以去查查看她是不是还在牢里。"

"不用了!"我摇摇头。"你不了解,我根本不想再见到她。"我说。除了往她脸上吐口水外,我想自己并不想见到她。

"可是她是你妹妹啊!"

"别说了！你不要说那种话。"我愤怒地说。

我们默默无语地坐着，假使琪洁觉得我的反应出人意料，我也不能怪她。我必须暂缓几分钟，让心里的骚动逐渐平息下来。

"琪洁。"我总算开口了，也伸手握住她的手。"对不起，我必须解释，珍妮特不是我妹妹，她是我一生中最爱的人。"

琪洁大惊失色。"你爱上自己的妹妹？"

"她不是我妹妹！"

"抱歉、抱歉，当然不是。"

"琪洁，那是重点吗？她是我妹妹，她不是我妹妹，不管怎样，我以前都是爱她的，我不能改变对她的感觉，我们本来在医学院毕业后要结婚的……"

"发生了什么事情？"

"我亲弟弟背叛了我，珍妮特背叛了我。"事情实在难以说出口。"他们当了对方的枕头。"我以阿姆哈拉语的表达方式来说明。

我发现自己刚刚告诉琪洁我从未对任何人说过的事情，就连赫玛我也不曾吐露。在餐厅时，我曾差点脱口而出，不过我还是没有告诉托马斯·斯通。说出来心里也舒坦多了。我一五一十地托出：我被诬赖，珍妮特的下体遭到损毁，萝辛娜逝世，赫玛怀疑我有责任。在永援圣母医院六年，我交了一票好朋友，迪帕克、甘地和许多医学院学生，这个故事我谁都没说过。

琪洁捂住嘴，眼底流露出震惊和同情。过了一会儿，她放下手，难过地摇摇头说："你弟弟想跟我上床。"看见我下巴掉下去，她笑得合不拢嘴。"哎呀！你们两个那时候年纪轻，十四五岁吧！不过也不算小了。湿婆非常直率，'跟你睡觉要多少钱？'"

想到这句话的大胆，她呵呵笑了起来，朝着窗外望过去，心头想起了悠邈的时光。

"他做了？"我终于开口问，喉咙很干，说一句话就像把胃里的蜂蜜酒点着了火。她不知道她的答案对我来说有多重要。

"做什么?"

"跟你上床?"

"哎哟,宝贝,没有啦!"她捏捏我的脸颊。"你应该看看自己的表情,没有没有。"我把憋住的那口气吐了出来。"你不知道吗?如果是你问我,答案就会不一样了。假如你问了……我欠你人情,马里恩,我还是欠你。"

我确定自己脸红了,脑海中珍妮特的画面如出现时一样迅速消失了。"琪洁,你什么也没欠我,对不起,我怎么也不该问你那个……那是私事,是你自己的事情。"

"马里恩,你一定有很多、很多女朋友,纽约的外科医生耶!有多少护士跟你共枕过,嗯?你要去哪里?你为什么站起来?怎么了?"

"琪洁,时候不早了,我最好——"

她坚决地将我拉下去,我险些跌到她身上。她抱住我,体香与香水扑进我的鼻孔,我的目光落在她的喉咙、下巴、胸脯上。在永援圣母医院的医师宿舍里,我曾在许多夜晚想起她,怎么也想不到我居然能确确实实地触摸着她。我是个考到专科执照的一般外科医生,现在却觉得自己像是冒着青春痘的少年。

"你脸变得好红!你没事吧?哎呀,我的妈……你还是处男,是不是?"

我羞怯地点点头。"你怎么哭了呢?"我问。

她只是摇摇头,一面盯着我的脸庞,一面抹抹眼睛,最后终于捧着我的脸颊说:"我哭,因为这实在太感人了。"

"这不是感人,琪洁,这叫作蠢。"

"才不,才不蠢。"她说。

"我本来要把自己保留给珍妮特的,我知道,这种做法很可笑,不过后来她和湿婆……于是我埋首苦读。那件事情最令人痛苦的是,我依旧爱着她,而湿婆并不爱她。我爱她,当她差点死掉的时候,我觉得我要负责任。你能相信吗?湿婆跟她上床,而我竟然觉得自己要负责任?后来,她和她的朋友偷了飞机,又一次背叛我。她从来没担心过我、赫玛或湿婆可能会遇到什么事情。不过起码在那一刻,在我离开埃塞俄比亚的那一天,我不再受制于她。我来了这里以后,努力要忘掉她,希望她在那场愚蠢的战争中死掉,她那场该死的战争。琪洁,现在我发现她在这里,也许我应该离开这个国家,到巴西去,或去印度,我不想和那个女人在同一块大陆上。"

"马里恩,别说了,不要说蠢话,你喝了多少蜂蜜酒?这是一个庞大的国家,你是个大人了,把她忘了吧!想想你现在的成就,想想她现在的下场,她在坐牢呢!"她摸摸我的头发,然后将我拉到她胸前。"你是女人梦寐以求的那种男人。"

我的性欲来了。我人生中没有事情可以瞒得过她的眼睛,即使想瞒也瞒不了,我的羞耻、我的秘密、我的尴尬,全都无法遮掩。

她亲吻我的唇,一开始是短暂轻触的探索,然后是悠缓的深吻。我感觉到肾上腺素大量分泌,未加利用而囤积的雄激素存货宣告它们可以使用。我心想,原来事情就要这样发生了,在我通过外科专科考试的这一天,再适合不过了,我伸手抱她。

她叹了口气往后退,把我身体推直,然后整理头发。她神情严肃,像是临床医生在详细体检后要宣布一己的看法。

"我的马里恩,等等,你守了这么多年,这不是小事,我希望你回家去,等你把事情想清楚了,假如你要我,我会在这里,你可以再来这儿,我们也可以到别的地方去,一起去旅行。或者我去纽约,我们订一间漂亮的酒店房间。"她看出我脸上的失望与拒绝。"别难过,我这么做都是出于对你的喜爱。你拥有这么珍贵的东西,你得好好想想要怎么将它交出去。假如你不给我,我能够了解,假如你选择我,我会觉得很有面子,我尊重你的决定。好了,我叫出租车来载你,去吧!宝贝,跟上帝去吧!没有人能替代你的。"

出租车在繁忙车阵中艰难行进,缓缓穿过通往罗根机场的隧道。我心想,这就是我的人生。我已经切除了往昔的癌细胞,将它割了下来;我已经通过高原,往下走入荒野,横渡了海洋,双脚稳稳站在新的土地上;我当过学徒,积累了经验,刚刚当上了掌舵的船长。可是,当我往下一望,那双老旧污秽、沾了烂泥的拖鞋不是早在旅程的起点就埋了,怎么会还牢牢穿在我的脚上呢?

第五十章·划开肌腱

而今有了外科主治医师的收入,我在皇后区买了房子,这排房子每栋都有两间公寓,我的公寓位于边间。一侧老虎窗的窗顶如眉成峰,从窗子往外看去,是独享的景色:一片楔状的土地百叶斑斑,其中的枫树枝叶扶疏。在夏天,我把茉莉花盆栽放在小露台,另外在小花园种了生菜色拉的食材。等冬天来临,我把茉莉花搬进屋内,空洞的铁丝笼留在外面,像在追悼大地所提供的多汁血红西红柿。我油漆墙壁、修补屋顶板、安装书架。我被迫从非洲离开,想满足筑巢的冲动,找出自己在美国的幸福。六年过去了,我也应该回埃塞俄比亚看看,不过不知为何,总是无法放开心回去一趟。

某日我从冰淇淋店出来,一名身形修长、打扮优雅的黑人女子掠过身旁,皮大衣在脚踝上方飘扬着。我为她拉开门,她快步走过时,一股强烈的不安涌上我的心头。她转头看看我,脸上有笑。另一个晚上,我从在新泽西州举办的创伤研讨会开车返家,途中经过曼哈顿岛,有个行人吸引了我的目光,她正好从荷兰隧道附近一处雨棚下走出来,仿佛汽车头灯点亮的鬼魂与地上水潭反射的倒影。她在雨中迅速对我亮出乳头,否则就是我想象她这么做。我再度感到不安,像暗示有什么着火了,可是没有人知道哪里失火。我绕着街区开了一圈,她却已经不见了。

回到家,我准备隔天的工作。完成了第五年的住院训练后,我可以自行开业或者到其他教学医院工作,不过我忠心耿耿地留在圣母医院。圣安东尼奥市的布鲁克国军医学中心、华盛顿特区的华特里德陆军医疗中心都派了几位资深外科住院医师过来,在和平时期,我们提供最接近战区的情境让他们磨炼技术。我是圣母医院创伤中心的主任,我们很幸运有了新增的资源与额外的人员。我没有理由不快乐,可是那一晚炉栅内生起了火,我感到烦躁不安,仿佛不采取某些措施,我便会瘫痪无力。

那个周末,我决定生活需要与工作无关的一面,我详读《纽约时报》,寻找活动、读书会、开幕活动、戏剧演出、演讲等有趣的事情,强迫自己在周六出门,接着周日也出去。

隔周的星期五,我下班回家后,将公文包与邮件放到书房内,接着走进厨房,点上蜡烛、摆好餐具,把剩菜热了。上周日,我根据《纽约时报》上的食谱做了砂锅鸡,现在还有最后一份。

有人敲门。

我心慌起来。

我是不是邀了谁过来晚餐,却忘记了呢?除了迪帕克来过一次,没有人上家里来过。会是琪洁从波士顿来了吗?由于我没打电话给她,所以她决定干脆采取主动吗?我曾经拿起话筒十几次,然后又失去勇气。会是托马斯·斯通在敲门吗?我还没告诉他我住在哪里,不过他可以轻易从迪帕克那里问出来。

我从门上的窥孔看出去。

在凸面广角画面中,我看见了眼睛、鼻子、颧骨、嘴唇……我的大脑把这些五官调来换去,重新排列出一张脸、一个名字。

不是斯通、迪帕克或琪洁。

我不会认错这个人。

她转身要离开,往下走了两步阶梯。

我大可看着她走远。

我打开门,她站在原处动也不动,身体朝着马路,脸庞转回来面向门。她比我记忆中还要高,也许是因为她变瘦了。她仔细看了看,确定是我之后,便把目光往下移至我左手肘附近的一点。这么一来,我得以随心所欲地打量她,决定是否将门摔上,让她吃个闭门羹。

她的头发洗直变平了,没有发带或蝴蝶结的装饰,甚至也没有好好梳理。颧骨完好如初,比以往更凸出,仿佛要更妥切衬托她最美丽的特征:那对偏斜的杏眼。纵然没有上妆,她的脸庞依然惊艳。时值夏天,她却穿着羊毛长外套,系紧了腰间,并且紧抱着自己,仿佛她觉得冷。她站在那里动也不动,像是小动物被发现闯入了肉食动物的地盘,呆若木鸡,无法活动。

我走下台阶,伸手将她的脸往上扳。她的眼珠跟眼皮像以前常玩的玩偶一样往下转,皮肤摸起来冰凉凉的,眼睛外侧边缘垂直的伤疤现在成了干硬的纹路,我回想萝辛娜的刀片划下刀痕那一天,想起它们皮开肉绽,填塞了深色的血液。我用力将她的下巴再往上抬,她依然不肯正视我的眼睛,我想要她看看我身体上的伤疤,一道是她和湿婆一起背叛我,一道是她变得比厄立特里亚人更像厄立特里亚人,导致将我驱离故乡的劫机事件发生。我想要她看看我从冷静外表下透出来的愤怒,我想要她感受我肌肉内澎湃的血流,瞧瞧我的手指如何弯曲盘绕,渴望一把抓住她的气管。还好她没有看过来,因为她要是看了还敢眨眼,我会往她的颈动脉咬下去,我会把她吃了,她的骨头她的牙齿她的头发,不会让她还有残肉剩骨留在马路上。

我抓着她的手肘带她进屋,她像要上绞刑台的妇人跟上来。走进玄关,我把门锁上时,她像生了根似的固定不动站在脚垫上。我带她走进餐厅改造成的书房,推她坐到脚凳上。她坐在凳子边上,我低头瞪她,她没有移动。她开始咳嗽,一咳就是十五秒才结束。她拿起一团捏皱的卫生纸到嘴边。我看着她看了好久,正准备开口说话,咳嗽又开始了。

我到厨房烧水准备冲茶,等待之际把头靠在冰箱上。我为什么这么做?这一分钟想杀人,下一分钟在泡茶?

她始终未曾改变姿势。当她从我手中接过杯子时,我看见她朴实碎裂的指甲、洗衣妇般皱巴巴的皮肤。她将衣袖往下拉,接着换手拿杯子,将另一边的衣袖也拉下来,好将双手都遮住。她脸上流下两行泪水,双唇往后拉扯,脸部表情变得狰狞。

我曾经期许自己能坚定面对这样的表演。

"对不起,我在厨房工作。"她低声说。

"在你对我做了这一切之后,居然为了手的粗细向我说对不起?"

她眨眨眼睛,不发一语。

"你怎么找到我的?"

"琪洁叫我来的。"

"为什么?"

"我出狱时打电话找她,我需要……帮忙。"

"难道她没告诉你,我不想见到你?"

"她说了,不过她坚持在帮忙之前,我得先来见你。"她头一回正眼对着我。"而且我也想见你一面。"

"为什么?"

"来告诉你,我很抱歉。"没几秒钟后,她就撇开了视线。

"那是你在监狱学到的吗?避免跟人眼神接触?"

她呵呵笑起来,在那瞬间我很怀疑,凭她这么丰富的见识和作为,她是否已经不会受到愤怒的影响。她说:"有一次我因为看人家而被刺伤。"她用下巴指指身子左侧。"他们把我的脾脏拿出来。"

"你在哪里坐牢?"

"奥巴尼。"

"现在呢?"

"假释出狱,每星期都得去见保释官。"

她放下杯子。

"琪洁还说了什么?"

"说你是外科医生。"她环顾书房,架上摆满了书,"说你做得很不错。"

"我会在这里只有一个原因:我不得已而必须逃亡,被人逼得像小偷一样半夜离开,你晓得是谁逼我的?是谁伤了赫玛的心?是某个对我们家而言就像是女儿的某个人。"

她不停地前后摇晃身子。"继续说下去,"她挺直了后背说,"我罪有应得。"

"还在扮演你的烈士角色啊?我听说你上那架飞机时,头发里藏了把枪,梳了一颗爆炸头!你是厄立特里亚独立运动的戴薇丝[63],对吧?"

她摇摇头,过了良久才说:"我不知道我是什么,我不知道我是谁,是我的那个人认为她必须做件大事。"她最后两个字带有轻蔑之意。"了不起的事情,为了赛穆以,为了我。他们答应过我,你和我们的家人都会平安无事。劫机事件一结束,我就明白这件事有多愚蠢,与了不起压根扯不上边,我是个超级大傻瓜,就这样。"

她喝了茶,起身站起来。"如果可以,原谅我吧!你应该过得更幸福。"

"闭嘴,给我坐下。"我说。她照着我的话做。"你以为这样就行了?说句对不起,然后一走了之?"

她摇摇头。

"你有个孩子?"我问,"战场上生下的娃娃吗?"

"他们给我们的避孕药没有用。"

"你为什么去坐牢?"

"我一定什么都要告诉你吗?"

她又咳起来,咳完之后开始发抖。但是屋里很温暖,我都流汗了。

"你的孩子怎么了?"

她的五官皱成一团,嘴唇往两侧拉开,肩膀开始颤动。"他们把孩子从我身边带走,把孩子送走让人领养,那个害我落到那种地步的男人,我咒他不得好死,不得好死。"她抬起头来。"马里恩,我是个好妈妈——"

"好妈妈!"我哈哈大笑,"你要是个好妈妈,现在就可能怀着我的孩子。"

她噙着眼泪笑了起来,仿佛我刚刚这句话很好笑,仿佛她刚想起我曾经梦想两人成婚,带着孩子住在失迷医院。她颤抖起来,一开始我以为她不是在哭就是在笑,没想到竟然听到她牙齿格格打战。当我离开阿斯马拉一路走到苏丹去时,在脑海里演练着台词,自此以后演练过无数、无数次。我猜测万一遇见她时,她可能提出的每一个借口,我已经准备好了冷嘲热讽。可是这种打着哆嗦、沉默不语的对手不在我的想象中,我伸手探探她的脉搏,一分钟一百四十下,不久前冰凉的肌肤现在摸起来像在燃烧。

"我……得……走……了。"说着,她摇摇摆摆地站起来。

"不行,你留下来。"

她显然身体不适。我给她三片阿司匹林,带她到主卧房的浴室里,打开莲蓬头,热气冒出时,我帮她脱下衣服。先前我把她看成肉食动物巢穴内的动物,现在则觉得自己像为孩子解衣的父亲。她开始冲澡,我立刻将她的内衣、衬衫扔进洗衣机清洗。我扶她走出淋浴间,她的双腿硬邦邦的。我擦干她的身体,让她坐在床沿,拿我冬天的棉绒裤给她穿上,又替她盖好被子。我让她吃了几匙砂锅鸡，又喝了茶，在她喉咙、胸口与足跟抹了维克斯伤风凉膏，赫玛总是这样照顾我们。我还没把毛袜套上她的脚趾，她已经睡着了。

我有什么感觉？一次牺牲惨重的胜利，一场发烧狂热的胜利，我塞进她腋下的体温计显示三十九点五摄氏度。她睡觉的时候，我把湿衣物抱进干衣机，将她的牛仔裤塞入洗衣机。我把砂锅鸡收起来，然后独自坐在书房内，打算读点东西。我大概打起了瞌睡。几个小时后，我听见冲马桶的声响。她在床上，被子掀到一旁，睡衣和袜子都脱了，人裹在浴巾里，手拿毛巾抹额头，她的高烧已经减缓了。她挪过去让出空间给我。

"你希望我现在离开吗？"她说。

在那个问句中，我感觉她在操控大局，因为只有一个可能的回答："你在这里睡吧！"

"我在发烧。"她说。

我到浴室换上四角内裤和T恤，从衣柜里取出毯子，准备往书房走去。

"留下来陪我？"她说："拜托啦。"

我没想过该怎么回答那种问题。

我爬上床，手朝着灯伸过去，她说："请不要关灯。"

我一躺下，她便贴到我身上，她闻起来有我的体香剂和洗发精的味道，还有，维克斯伤风凉膏。她抬起我的手臂，挤进我的肩窝，带有湿气的躯体依偎着我。她拿手指轻触我的脸孔，极为小心翼翼，仿佛担心我会咬人。我想起多年前的那个夜晚，我在食物储藏间发现她一丝不挂。

"那是什么声音？"她惊讶地问。

"干衣机的响铃，我洗了你的衣服。"

我听见她吸了吸鼻涕，然后哭了起来。"我配不上你。"她抬起头说。

"没错。"

我注视她的眼睛，想起了右眼虹膜上的小斑点，以及斑点四周那一圈雾茫茫，那里曾经被火花打中过。还在，现在颜色更深了，看起来像是与生俱来的瑕疵。我的手指沿着她的唇移动，然后是鼻子，当我这么一摸，她便阖起了眼皮，泪水从眼底涌出来。她绽放出我们纯真年代的那种微笑，我将手拿开，她张开眼睛，眼神亮铮铮的。她在犹疑之间亲吻了我的唇。

没有，我并没有忘记。在那个当下，我对她的怒气远远不及我对时间推移的愤恨，时间竟然夺走了如此精妙绝伦的幻觉，在转瞬间便将它带走了。而当时，我想要幻想她是属于我的。

她再度吻我，我尝到她泪水里的盐分。她对我感到抱歉吗？我不能接受，绝对不能接受。忽然之间，我压到她身上，拉开床单，扯下她的浴巾，尽管笨手笨脚，不过我心意已决。她吃了一惊，脖子的肌肉像电缆绷紧，我抱住她的头吻她。

"等等，"她低声说，"你不是应该要……"

不过，我已经进入了她的身体。

她往后畏缩。

"珍妮特，我不是应该要怎样？"我一面说，一面横冲直撞，我的骨盆天生就懂得必要的动作。"这是我的第一次……"我好不容易说了出口，"我怎么会知道什么该做、什么不该做。"

她的瞳孔放大。知道我这一点，她很高兴吗？

这下她明白了。

这下她可明白了，在这个世界上，也是有人会信守承诺的，她始终没空在他临终前去探望的戈什就是这样的人，我希望她明白这一点后会觉得羞愧，会觉得害怕。结束后，我依旧压在她身上。

"我的第一次，珍妮特……"我轻柔地说："不要以为那是因为我在等你，是因为你毁了我的人生。你本来可以靠我就好，套一句这里的人说的话，我就像存在银行里的钱，再稳当不过了。结果你干了什么好事？你把一切都搞砸了。我本来想为你创造美好的人生，珍妮特，我实在不明白，你有赫玛和戈什，你有失迷医院，你有我，我爱你，绝对胜过你对你自己的爱。"

她在我身子底下流泪，良久之后温柔地爱抚我的头，想要亲吻我。她说："我得去洗手间。"

我不理会她，我又有了感觉，再次开始往她体内移动。

"马里恩，拜托啦。"她说。

我没有离开她的身体，直接抱着她翻身躺下，让她翻转上去，处于我的上方，她的乳房在我上方摇荡。

"你需要尿尿？尿啊！"我说，呼吸越来越急促。"你以前也做过那种事。"

我揪住她的肩膀，用力将她抱进怀里。我闻到她的高烧，闻到血液、性爱和尿意的气味。我又高潮了。

于是我放开手，让她溜了下去。

星期六上午，我睡到很晚才醒来，醒来时发现她回到我的臂弯中，正在凝视我。我又占有她。我无法想象，我怎会长久以来不许自己享受这种欢愉。

苏醒时已经是下午两点，我听见她在厨房的声响。我去了浴室，回到床上时才发现床单上的血。我把床单拆下抱去洗衣机。

她拿了两杯咖啡、一份砂锅鸡和两根汤匙来给我。她又开始发烧，睡袍不够暖和，牙齿颤得咯咯作响，人还干咳了几回。我从她手中接过咖啡，她的睡袍敞开着。她看着我重新铺床单。

"对不起，"她说，"因为结疤的地方，所以我会流血……我只要……我只要做爱都会流血……萝辛娜给我的礼物，所以我永远会想到她，当我做——"

"会痛吗？"

"一开始会。还有,如果做很久也会痛。"

"那发烧呢?你这情形多久了?你照过X光吗?"

"我不会有事的,"她说,"是重感冒,希望不会传染给你,我吃了在你柜子里找到的止痛药。"

"珍妮特,你应该——"

"真的啦,我不会有事的,医生。"

"告诉我,你为什么坐牢。"

她敛去笑容,摇摇头。"拜托,马里恩,不要这样。"

于是我明白这个故事对我不会有好处,我知道我一定要听。后来我们两人在书房坐着,我坚持要她说出来。

他是个知识分子,常常煽动纷争,像她一样,是遗弃了理想目标的厄立特里亚人。让他保持匿名就好,故事已经够痛苦的了。只要说他赢得了她孩子的心就够了(孩子的父亲在抗争中捐躯了),然后又赢得了她的心,这都是在纽约的事情,在她来了这里之后的事情。她觉得人生才刚开始,他们结婚,一年内她怀了他的孩子,然后怀疑起他对她不忠。她查出那个女人的行踪,找到他们幽会的公寓闯进去,躲进女人的衣柜,在里面等了大半天的工夫,快到傍晚时,那对情侣来了。她的丈夫和白人情妇在床上吵吵嚷嚷,卖力寻求对彼此肉体的认识,珍妮特盘算着是否要宣布自己的存在。

"马里恩,"她说,"我站在衣柜里,那女人放在篮内的腰带就在我脚边,像蛇一样,我脑中浮现出一切经历,从赛穆以死掉之后到那时我所经历过的一切。

"我设法来了美国,结果我做了什么?我人生头一次为了最不值得的人付出了所有的爱。我爱他,你刚才是怎么说的?爱他甚过于爱自己,我为了这个没用的男人放弃了一切。站在衣柜里,我明白了一点,假如我打算报复,就必须愿意失去自己的生命。在我的人生中，只有一个男人值得我做出这种牺牲，马里恩，那个人就是你。年轻的时候我太傻，不明白那一点，我太傻了。

"他不值得，可是当时我无法阻止自己。马里恩，你看，因为爱他，事情又重演了，我想要做出伟大的事情，我想他注定会成为伟大的学者、伟大的知识分子，而我的伟大在于跟他在一起。

"我头一回明白谁是无产阶级，无产阶级是我，无产阶级一直是我，现在我必须为无产阶级行动。我手里拿着刮胡刀。

"我开始用最轻柔的声音唱歌，我看得见他们，他们却看不见我。

"我打开衣柜的门，打算对他做一件事：我要割开他的肌肉，就像割开指甲花的叶柄。当你全心全意爱一个人，毫无保留把自己全给了出去，然后筋疲力尽，你才有办法那样做。你懂这种感觉吗？"这种感觉，我再明白不过了。"否则，我会这么跟她说：带走他，让他留在你身边，他走了最好。结果我却朝他们扑过去。

"我割伤他们，情况不如我原本预期的严重，他们逃走了，我待在那里等警察，感觉好像拿下了一直扣在手腕上的手铐，我一直在寻找崇高与伟大，当时我找到了。当我的人身自由结束的那一刻，我解脱了。"

她看见我聆听故事时的表情，露出了笑容。

"马里恩，珍妮特死在牢里，已经没有珍妮特这个人了。当他们把你活着的孩子带走，你死了，在肚子里发育的孩子也死了，再也没有重要的事情了，所以我死了。"

我心里有个微弱的声音想说：珍妮特，你有我啊！不过这次我破例不说，反而考虑起自己，拯救自己。

我怜悯她，我从来没有感受过这样的怜悯：一种比爱更美好的感觉，因为它释放了我，让我不再受制于她。我对自己说：马里恩，她找到了她的伟大之处，起码在痛苦中找到了，当人拥有了伟大，谁还需要其他的东西呢？

第五十一章·无奈之择

回头想想，我的病就是在那个周日早晨开始发作的。在那清冽的一刻，我在渺无声息的屋子醒来，我知道我独自在屋里，她已经走了。四十三天后，第一次反胃的战栗到来，如波涛奔腾而至，仿佛远处有座维苏威似的火山崩塌到了海洋里。接着，一团古老的雾气，一团恩托托山区的薄霭，里面充满着变化的形体和动物的声响，忽然袭击我。到了第四十九天，我失去了意识。

多么奇异的一件事情，生命居然取决于决心开门或不开门的琐事。某个星期五，我带领珍妮特进入屋子，两天后，她不告而别离开了，结果一切都改变了。她在餐桌中央摆了一只纸风车状的十字架，我想是给我的礼物吧！那面她以项链戴着的圣碧瑾十字饰牌原本是她父亲的，在那之前则属于名叫达尔文的加拿大士兵。

她前夫的故事像难治的流感拖延不去。我坚持倾听这个故事，发现珍妮特原来有能力付出忘我的爱，只是对象不是我。不过，在家与她相处时，我发现我们暂时处于势均力敌的状态，仿佛又像小孩子在玩扮家家酒或扮演医生的游戏，或者，这是我的错觉。

每晚下班后，我两步做一步赶回家，希冀发现她在我家门廊上等候。我在纱门内贴了张给她的黄色便利贴，告诉她钥匙留在好心的邻居福尔摩斯那里，要她当成自己家别客气。当我瞥见字条，心就往下一沉，进屋后立刻忍不住把字条拿回来，检查我的的确确在上头写了字。我承认，我甚至在门边留了一小截铅笔，怕的就是她有意写几句回应的话。

到了星期五，也就是我第一次硬拉她进我家的一周之后，那张黄色方形纸条大吼：傻瓜！短短一截的铅笔说：天底下第一名大傻瓜。我把纸撕了，将铅笔抛到马路上去。

我不气珍妮特，至少她始终如一。我是气我自己，因为我还爱着她，无论如何，我爱着我们亲密共处的那个梦。我的感情既无道理又荒谬，我无法改变它，教人好心痛。

那天晚上，我坐在书房里，陈年苏格兰威士忌在四小时内喝下肚的量比我一年内买来的还要多。我重新回想起我们最后的谈话。她蜷曲窝在我现在坐着的椅子上，穿着我现在穿着的睡袍。我端着茶走向她，这是傻瓜的招牌动作，这是你应该可以借以认出我们的病征之一。

她研究了我的书房，认真看了我包罗各种领域的少量藏书。她说："马里恩，从你的形容听来，你爸爸在波士顿的公寓……跟这里很像。"

"别乱说，"我说，"这些书架是我自己整理的，上面有一半的书跟外科无关，外科才不是我的人生。"

她没有辩驳，我们默默无语地坐着。我一度看见她的眼光掠过我们之间的地毯，合成纤维上坐着一个赤裸裸的闯入者，这位神秘而沉默的男子身上带有剃刀的割伤。他的存在浇熄了我们对话的兴致。

当我宣布我要上床睡觉时，她说她马上就会跟过来。她面带微笑，我不相信她。我以为我再也不会见到她，没想到我错了，她和我一起躺进被窝里，我们做爱，温柔缓慢地做爱。就在那瞬间，我心想她总算要留下来了——而其实那是她的道别。

她离开两周后,我觉得我跟屋子不和,发现书房让人有压迫感。我到厨房取出晚餐,晚餐是个铝箔包,上面有我亲笔写的"星期五"标签。好几周前的周末,我把煮好的菜冷冻,分了几等份包装好,这是最后一份了。现在,我觉得这种冷冻食品的分类方式证明了我脑部真实的混沌。

谢天谢地,有我的好邻居索尼·福尔摩斯在。他听见我发狂,听见我用头撞冰箱。索尼生性好奇,包打听的个性出于真心诚意,非常美式的作风,加上他七十岁了,也不会刻意掩藏。他注意到我有客人来访(百年难得一见的事情),听见床头板的喧闹,接着是漫长的无声。

我还没讲完故事,他便快速提出诊断分析说:"你需要雇用保安公司。"索尼相信"九型人格",这是一套耶稣会会士创造的人性分类法,将人类分成不同人格类型。他是第一类,固执自信而可靠,他把我归成第三类或第四类,还是第二类呢?不管,反正就是不会跟第一类争辩的那类。

"我需要什么?"我说。

"私家侦探。"

"索尼,我要那个干吗?我又不想再见到她。"

"或许是这样没错,可是你需要做个了结,如果她在坐牢或住院呢?如果她拼命想回到你身边却没办法呢?"

崇高的动机,只要这一点,第二类人格就能继续痴迷下去。我采取了他的建议。

法拉盛东岸调查公司的经营人原来是个认真的金发年轻人,他叫艾波比,是福尔摩斯的前任妹婿。艾波比随即确认珍妮特没有返回中途之家,也没有去她洗碗的纳森小馆。她没有向保释官报到,没有打电话给琪洁。艾波比一下子就查出这些事实,甚至知道珍妮特在监狱时曾被诊断出肺结核,她服药治疗,不过出狱之后没有按照"都治计划"[64]报到服药。咳嗽、高烧,十之八九是她的结核病复发了。令人不安的消息是,假如她的确忽然出现了,还有州政府健康局和保释官排在我前面等着见她,我排第三个。她将被送回监狱。如果我们希望拿到她完整的病历数据,艾波比在监狱的门路也办得到,艾波比说他擅自叫对方去做了。我担心这会侵犯了她的机密。"在这种情况下,知识就是力量。"艾波比补了这么一句,说服了我,任何引述戈什喜爱的名言佳句者都可以信赖。"你出钱求知,"他继续说,"我认为我们应该知道更多真相。"

"现在该怎么做?"我问艾波比。我不是问他接触结核病的问题,那一点我可以处理。

艾波比避开我的眼光。他的脸颊和鼻尖布满了搐动的血管,只要受到一丁点激怒就会泛红。他的病症是酒糟性痤疮,不要误认为是造成许多青少年困扰的一般性青春痘。有一天,艾波比的鼻子会变成酒红色的球状,脸颊增生出红肉。他生性腼腆,问题于是更严重,因为陌生人会误以为他的外表是酗酒的结果。我付钱要他告诉我我的未来,却在这一点上知道了他的未来。

艾波比清了清喉咙说:"斯通医生,是这样的。"他的鼻子开始泛红,肯定暗示了我不会喜欢他必须说的话。"在下建议您最好检查银器、清查财产,确认没有东西遗失。"

我望着他看了老半天。"艾波比先生,可是对我来说唯一重要的东西,就是遗失的那件东西啊!"

"是,是,没错没错。"他说。

他口吻中的同情告诉我,他经历过我这样的痛苦,像我们这样的人,多似蚁群。

至于接下来短短几周内的事件,我记得有一晚听见刺耳的电话铃响而醒来,茫然拿着话筒,不确定自己是在圣母医院,还是回到了失迷医院了。我身为后备创伤顾问医师，却无法理解电话另一头的住院医师想要什么，在三更半夜的对话前十秒钟，这种情况并不少见，来电者可以理解。不过，我们继续讲下去，我脑中的浓雾还是不肯消散。我挂上电话，把电话线从插座拔下。隔天早上，我的心智清楚了，身体则无法从床铺下来，人虚弱无力，想到食物就想吐。我翻过身回到梦乡。

也许就在那一天，也许是两三天之后，有个男人出现在我床沿，探了探我的脉搏，呼唤我的名字。是我圣母医院的前住院总医师、现在的同事——迪帕克·耶舒达。我死命抓住他的手，请他不要离去，我一定是认清了自身所处的危险。

"我没有要走，"他说，"只是把窗帘拉起来。"

我记得自己把获知的消息悉数告诉他，在我说话的同时，他检查我的身体状况，拉下我的眼睑，只有在请我往下看脚或喊一声"啊"时打断过我。他问我屋里有没有听诊器，我说："你在开玩笑吧？我是外科医生哪！"然后我们便哈哈笑了起来，那是我屋内欠缺多时的陌生声音。他触诊我右侧肋骨下方不远处时，我喊了声"哎哟"，心里觉得很好笑。我听见他对着电话嘀嘀咕咕。从头到尾，我都没有放开他的手。

三个面熟的男人抬了担架过来，把我裹在棉绒套里，搬到外面的马路旁边，然后抬上了救护车。我记得我想说话，说他们动作优美，说他们有天生的魅力，说这种像育儿袋里的小袋鼠的感觉好奇妙。我抱歉这些年来都没有察知他们的技术。

迪帕克陪同我乘车。到了圣母医院，他走在轮床边，我们经过走廊上和电梯里一张张震惊的员工面孔。他将我推进永援圣母医院加护病房，在刺眼的荧光灯下，我的眼睛发出黄光，只是我并不知情。我的皮肤也是黄的。每扎一针，我便流出大量的血。护士想藏起集尿袋，不让我看见那不祥的茶色尿液，没想到太迟了，我看到了。这是第一次，我觉得害怕得不得了。

脑中越来越大的肿瘤让我极度困倦，我死撑着保持意识，撑到我请迪帕克靠过来。"不管发生什么事情，"我低声说，"都不要把我从圣母医院送走，假如我一定会死，没办法在失迷医院过世，那我想死在这里。"

在某一刻，我察觉到托马斯·斯通来到床边仔细观察我，不过流露出的不是医者的挂念，而是我非常熟悉的惊呆表情，那是孩子遭受不幸的父母的神情。约莫在这个时候，我失去了意识。

事后，我得知拍给赫玛的电报上写着：速来，马里恩病危，托马斯·斯通。又，勿耽搁。她没有耽搁。她打电话给支持她的终身总统同志夫人，对于赫玛必须赶到儿子病榻前的需求，夫人是再了解不过的了。美国大使馆马上核发了签证，当天晚上，赫玛和湿婆已经在经由开罗转往法兰克福的旅途上了，接着搭乘德国汉莎航空，飞越了大西洋。赫玛不止一次抽出电报，仔细研究其中的字母，想寻找带有希望的排列组合。在格陵兰岛上空，她对湿婆说："也许它是说托马斯·斯通快死了，不是马里恩。"

湿婆斩钉截铁地说："不对，妈，是马里恩，我可以感觉得到。"

纽约时间晚间十点，他们飘然走进加护病房。一名头发花白、身着枣红色纱丽的妇人，尽管有着黑眼圈，那张脸依然引人侧目。与她同行的是一名身形高大的年轻人，看一眼就知道那是她的儿子、我的同卵双胞胎弟弟。

他们在我的玻璃隔间外放慢了脚步，疲累的旧世界旅者凝视着新世界病房的光辉。我在那里，前来美国深造的儿子成了医生，在精巧而浪费、万物可丢又有利可图的美国品牌高效医界工作，这里经费不成问题，点菜不必看价格，风格本质与他们在失迷医院的所作所为有如天壤之别。不料，他们现在必然觉得美国医学突袭我，如同老虎突袭了驯兽师,所以我躺在那里,连接到蓝灰色呼吸器上,被病床后方控制台的监视器禁锢了,昏迷不醒。塑料管、导尿管、电线绳缆入侵我的身体,头骨甚至还突出钉子一样的硬钢绳。

他们看见托马斯·斯通坐在房间靠窗的一侧,脑袋笨拙地靠在病床安全围栏上休息,眼睛闭着,仿佛睡着了。在他送出电报后的七十二小时内,我的病情加剧。托马斯·斯通张开眼,陡然察觉他们来了,于是站起身。他邋遢不洁,手脚僵硬,穿着借来的手术服,不知何以人看起来缩小了几号。他露出宽心却又忧心的神情,眉宇间的皱纹爬至眼睛,蓬乱白发下的脸庞憔悴而无血色。

两个旧日同事兼斗士,最后一回碰面是在产房,在我出生且母亲逝世不久之后,那也是斯通最后一次见到湿婆,当时湿婆在三号开刀房,被紧抱在赫玛怀中。

床边桌和呼吸器挡住了路,赫玛走不到床边,从斯通所站的位置绕过来,目光一直停留在我身上。

"托马斯,他为什么'病危'?"赫玛说,提出了电报中最让她灰心的两个字。她口吻像专业人士,仿佛正在询问同事患者的病状,这种口气让她在内心动荡不安之际装出冷静的模样。

"肝昏迷。"托马斯以同样的态度回答,庆幸她选择以疾病行话来交谈,这条退路甚至让他们能将儿子简化成病情诊断结果。"他得了猛爆性肝炎,血液氨含量非常高,肝脏几乎停止运作。"

"病由是什么?"

"病毒性肝炎,B型肝炎。"

斯通放下病床栏杆,他们两个人站到我身旁,赫玛伸手从后面抓起纱丽的末端,也就是越过肩膀那一截,将布拉到嘴边。

"他看起来贫血,不光只有黄疸。"最后她好不容易说出口,坚持以医学用语来形容我的脸色苍白和皮肤蜡黄。"血红素含量多少?"

"九,这是输了四个单位的血之后的含量,他肠道出血,血小板数很低,而且身体没有制造凝血因子,胆红素是十二,到今天肌酸酐才有四,昨天是三……"

"请问这是什么?"湿婆指着我的头骨问。他站在托马斯·斯通对面,两人中间隔着床。

"颅内压监测器,植到脑室内,他有脑水肿,他们给他注射迈尼妥,并且调整了呼吸器设定,好让脑压可以降下来。"

湿婆露出怀疑的表情。"植到他的脑子里,通过大脑到脑室,这样只是测量?不是治疗?"

托马斯·斯通点点头。

"怎么开始的?"赫玛问。

当托马斯·斯通讲述一连串事件时,湿婆拆除了床边桌,发现病床和呼吸器之间有闲置的空间,于是又把他那一侧的病床围栏放下,以软骨功艺人缓慢而有效的方式移动,溜进了软管电线底下。迪帕克进来,刚好看见湿婆躺到我身旁、将头抵住我的头那一幕。他躺在那里,看起来既危险又自然无比。迪帕克只能瞪眼,另一方面,又注意到我连续三天只往上升的颅内压监测记录数值开始往下降。

迪帕克自我介绍后,肝胆肠胃科医生威努·梅塔也随即出现在门口,由于爬楼梯而气喘吁吁。我在圣母医院当外科住院医生时,威努是内科住院医生,他专攻肝胆肠胃科之后,加入威郡某家赚钱的医院,由于做得不快乐,又回圣母医院来担任受薪医生。

他说:"医生伯母,我是威努·梅塔。"他先双手合十以印度传统方式打招呼,然后两手紧握住赫玛的手。"这位一定是湿婆。"他说。看见湿婆在我床上,他神色自若。"我知道,只是因为我能打包票另一个绅士是马里恩。"他转回头看着赫玛。"伯母,这一定让你大受打击,我们在场的每个人也有一样的感受,我们整个世界都翻过来了!马里恩是我们的一分子。"他突如其来改以方言表达情绪,赫玛听了嘴唇颤抖起来。

　　看一眼威努,你就会明白,他为他准许出院的病人购买日常杂货的故事是真的。我见过他延长病人住院期,为的是避免她面对家中某些疯狂事件。他是每个职员最好的朋友,时时替我烤蛋糕、饼干,我总在母亲节时送他卡片,他收到后乐不可支。

　　"医生伯母,马里恩被送来后,他们立刻叫我过来。"威努继续说下去。"肝脏学是我的专业,这里到处是B型肝炎,带原者多得不得了,有人滥用注射性药物,有人出生时就从母体感染到,在远东地区来的移民身上常常发生。无症状的肝硬化,甚至由于病毒所导致的肝癌,这类病患怎么看也看不完。不过,急性猛爆性B型肝炎?在我行医生涯中只遇到过两个这么严重的病人。"

　　赫玛直接开口问:"威努,跟我说真话。"她以印度妈妈的口吻面对这个恨不得立刻扮演侄儿角色的年轻医生。"我儿子是酒鬼吗?"

　　我想这是个合情合理的问题,我七年多没见过她,她知道我有这样的基因,她知道我变成了什么人、什么德行吗?

　　"伯母,我打包票他不是!"威努回答,"不是,他不是,你有一个难能可贵的儿子。"

　　赫玛严峻的表情缓和下来。

　　"不过,伯母,"威努继续说,"在过去几周……伯母,请不要会错意……根据他邻居的说法,马里恩心情不好,常常喝酒。"

　　在我家里,迪帕克找到不久前才开出的敌痨克星处方笺,这种药物用于预防肺结核。很多人都知道,敌痨克星也容易造成严重肝炎,用药治疗两周之后,一般要检查肝酵素,假如有任何肝脏损伤的征兆,才能知道要停止用药。

　　"伯母,我的推测是,马里恩兄主动开始服用敌痨克星,处方是一个月前开的,他应该要抽血检查肝功能,他大概没有检查,毕竟他是外科医生,可怜的兄弟,哪知道这些细节呢?要是他来找我商量就好了！我会很荣幸能够照顾他，再怎么说，马里恩兄曾经尽心尽力医治我的疝气。

"不管怎样，伯母，我亲自去了曼哈顿一趟，到西纳山医学院，开车把世界第一的肝脏专家载过来，我的专科就是他训练出来的。我说：'教授，这不是肝炎患者，生病的人是我自己的兄弟。'他同意酒精和敌痨克星是病因，不过我们现在的首要之务无疑是治疗B型肝炎。"

"预后如何？"赫玛说："有没有人可以告诉我？"这是一个母亲要知道的最基本事情。"他的情况会好转吗？"

威努朝迪帕克和托马斯·斯通看过去，两个男人都不愿意说话，归根结底，这个病是威努的专攻领域。

"只要告诉我，他能活下来吗？"赫玛厉声说。

"病情肯定十分危急。"威努说。他在忍泪，这个事实告诉了她一切。

赫玛一听恼了，喊了一句："拜托噢！"然后转头看向托马斯·斯通，又看着迪帕克。"这是肝炎，我了解肝炎，我们在非洲见识过肝炎所造成的伤害。可是……这里，这是美国哪！在这样富裕的地方，在这样有钱的医院——"她双手一挥，往所有机器扫去。"在美国这里，面对肝炎，你们能做的一定不光是绞着手，说病情十分严重吧！"

她说到"有钱"时，他们必然退缩了一下，比起有钱医院最先进的加护病房，比方说托马斯·斯通在波士顿所服务的机构，我们的加护病房有的只是基本的架子而已。

"伯母，我们什么都做了，"迪帕克以更加柔和的口吻说，"血浆交换也好，任何世上有人能替这种病所做的事情，我们在这里都做了。"

赫玛露出怀疑的神情。

"伯母，我们还祷告，"威努也补充说，"修女组团夜以继日地祷告了两天，坦白说，我们需要那样的奇迹出现。"

湿婆躺在那里，静静倾听每一个字。

赫玛站在原处，低头看着我不省人事的躯壳，抚摸我的手，摇摇头。

医生宿舍已经为他们准备好了一个房间，威努说服两人去休息，还准备了轻食当晚餐：印度煎薄饼和咖喱扁豆泥。赫玛疲倦得无法争论。

隔日上午，赫玛以一袭橘色纱丽现身，看样子休息过了，却又仿佛在一夜之间老了几岁。

托马斯·斯通不偏不倚还在她离开时的那个位置，视线朝她后方的门口望去，似乎在期待湿婆，不过湿婆没来。

赫玛又站到我床边，急于想见见日光下的我。前一晚，她感觉一切太不真实，仿佛在病床上的不是我，而是所有嘈杂机器转化为肉体的延伸部位。不过，现在她看到了我，看见我起伏的胸膛、浮肿的眼睛、被呼吸管扭曲变形的嘴巴。是真的，她无法自已，忍不住开始默默流下眼泪，忘了托马斯·斯通在一旁，也或许她并不在乎。直到斯通迟疑地送上手帕，她才注意到他的存在。她一把从他手中抢下手帕，好像他太慢才拿出来了。

赫玛说："感觉好像是因为我才会发生这种事情。"她擤擤鼻子。"我知道听起来感觉太自我中心，不过失去了戈什，然后看见马里恩这个样子……你不了解，我好像辜负了他们大家，好像是我让这种不幸降临在马里恩身上。"

要是她当时转身，可能会看见托马斯·斯通微微动了一下，看见他用指关节推揉太阳穴，仿佛想将自己抹煞掉。他说话了，以粗哑的嗓音说话。"你……你和戈什绝对没有辜负他们，是我，我辜负了你们大家。"

赫玛心里一定这么想：他说出口了，这句话既是道歉也是感谢，迟来多年的一句话。有趣的是，她在这一刻并不在乎，那已经不再重要了。她甚至没有往他的方向看去。

湿婆走进来，即使见到托马斯·斯通，也没表示发现他的存在。他的眼睛只看我，只看他的兄弟。

"你去哪里了？"赫玛说："究竟有没有睡觉啊？"

"我去楼上的图书馆，在那里睡了一会儿。"湿婆仔仔细细地看了我一回，然后研究起呼吸器装置和挂在床上的输液袋标签。

"我有一件事情没问威努，"赫玛对斯通说，"马里恩怎么会染上B型肝炎？"

斯通摇摇头，似乎表示他不知道，可是赫玛并没有看着他的方向，斯通不得不开口说话。"大概……大概是手术过程中自己划伤了表皮，这是外科医生的职业风险。"

"也可能是经由性交感染。"湿婆对托马斯·斯通说。托马斯·斯通结结巴巴表示同意。赫玛单手叉腰，怒气冲冲地看着湿婆，不过没有机会开口，因为湿婆还没把话说完。"妈，珍妮特去过马里恩家，她六个星期前去过那里，她生病了，住了两晚后就消失不见。"

"珍妮特？"赫玛说。

"等候室有两个人你得见一见，一个是埃塞俄比亚来的妇人琪洁，她以前住在失迷医院对面，很多年前戈什替她的婴儿看过病，马里恩在波士顿又遇到她。另一个人是福尔摩斯先生，他是马里恩的邻居。他们想跟你说话。"

到了十点左右，赫玛获悉了来龙去脉。珍妮特因为肺结核而病倒，不过艾波比弄到了监狱病历，病历透露了我们先前不知道的真相：珍妮特也是B型肝炎的潜伏性带原者。她在厄立特里亚战场上时，由于消毒不当的针头、输血或刺青而染上了B型肝炎（这是监狱医生的假定）；她也可能经由性交感染。我们发生关系时，珍妮特很容易出血，而我也大量接触了她的血液，所以接触到病毒。B型肝炎的潜伏期与湿婆的假设吻合：从她来访到我病倒正是六个星期。

赫玛在等候室里来回踱步，一头咒骂珍妮特，一头痛惜我这么愚蠢，经过了她害我们遭受的一切，我居然还让她再度靠近我。假如珍妮特这时刚好出现，我应该会为她的性命感到忧心。

当天下午，迪帕克和威努一同巡房，告知最新的化验结果：我的肾功能逐渐衰退；肝脏在正常情况下应该提供凝血因子，现在则完全不制造了；假使还有任何存活的肝细胞，它们也没有显示恢复健康的丝毫迹象。他们没有半点好消息能够传达。他们离开时，湿婆跟着走了。托马斯·斯通与赫玛留下来，静悄悄地待在我静止的躯壳旁。从现在开始，是守护的竞赛，是直到生命尽头的守夜祈祷，没有任何指望了。身为医者的两人心中明白，一定要说有什么不一样的话，那就是亲身的历练让他们更难以接受实情。

到了中午，加护病房护士传呼迪帕克和威努参加斯通家族会议，他们来到小会议室，看见赫玛与湿婆坐在托马斯·斯通的对面。

赫玛相当疲累，头搁在手上，手肘抵着桌面，抬眼看两位身着白袍、与儿子同辈的年轻医生。"你们找我们？"她不耐地问威努和迪帕克。

迪帕克一脸茫然。"我没有说要开会啊！"他转头看看威努，威努摇摇头。

"是我说的。"湿婆说。他前方摆了一叠影印文件，黄色横格便

567

条簿上满是他笔迹工整的注释。赫玛察觉他语气中带有权威,面对我恶劣的预后,似乎没有人能展现出这样的行动、干劲和进取心。"我召开会议,因为我想谈谈肝脏移植。"

迪帕克发现与湿婆面对面坐着,很难不感觉自己正在对我说话。他说:"病发不久,我们就考虑过移植手术,其实斯通医生和我讨论过将马里恩转院到麦加……我是说转院到波城综合医院,也就是斯通医生服务的医院。在东岸,没有谁比斯通医生的团队做过更多移植手术,不过我们决定不采取这个做法,理由有两个。首先,如果肝脏正遭受猛爆性B型肝炎的破坏,我们了解移植手术通常是不会成功的,即使我们找到适当血型、适当大小的大体捐赠肝脏,移植手术也成功了,我们都得使用高剂量类固醇及其他药物才能抑制免疫系统,以免它排斥新肝脏,那么一来,B型肝炎细胞就能大显身手,损害新的肝脏,那么我们会回到目前的状况。"

"没错,这我明白,"湿婆说,"不过假如移植百分之百吻合的器官呢?不光是同样血型、六种人类白血球抗原和其他根本不会测量的抗原统统都吻合呢?那么就不需要使用免疫抑制药物吧?是吧?都不需要,不用类固醇、不用环孢素,什么都不用。你同意吗?"

"从理论上来说,是这样没错,不过……"迪帕克说。

"假如你从我身上取肝,就会得到百分之百吻合的器官,"湿婆说,"他的身体会以为那是自己的器官,绝对不会认为是异物。"

屋内的空气被吸走了,几秒钟内无人开口,湿婆看见赫玛的神情,很快解释说:"妈,我是说取走我一部分的肝脏,留下足够的肝脏给我,切下一片给马里恩。"

"湿婆他……"帮湿婆道歉的话语已经到了赫玛的嘴边,这方面显然不是湿婆的专业,也不是她的领域。不过她又改变了主意,面对他人以为不可为的情况,她很了解儿子的顽强立场。"不过,湿婆，有人做过这种手术吗？移植部分的肝脏？"

湿婆将一份文章迅速放到她面前。"这是去年的文章，迪帕克·耶舒达和托马斯·斯通所写的评论，讨论活体肝脏捐赠的成功移植机会。妈，这种手术还没有在人体上做过，不过你什么都先不要说，看看我在第三页所画线的部分，上面说：'近乎一百条狗的成功经验，受赠者的生命得以维持，捐赠者的性命也不会受到危及，从技术角度而言，显示我们可以在人体身上执行此项手术。健康捐赠者所承担的风险是显著的道德阻碍，不过我们相信大体器官紧缺问题会迫使我们往前迈步。时机已经来临，活体捐赠移植将克服器官短缺的问题。另外，取得大体肝脏的许可，摘除器官再送至所需地点，这两项工作都耗时过久，而且会损害到大体肝脏，活体捐赠移植也能消弭这样的问题。活体捐赠肝脏并移植，是必然且必要的下一步。'"

湿婆不是照着朗读，而是依照记忆一个字一个字背出来。赫玛并不讶异，不过桌旁的其他医生都大吃一惊。赫玛以湿婆为荣，想到自己总把湿婆过目不忘的天赋当作天经地义。她知道他可以画出他朗诵的那一页，在白纸上复制，每一行的起头结尾就跟原文一样，小至标点、页码、订书针痕迹、影印的污痕都能一一重现。

湿婆知道他暂时缓和了赫玛的情绪，便对托马斯·斯通和迪帕克两位外科医生说："请容我提醒你们，墨雷所完成的第一起成功的肾脏移植手术，就是垂死的病人自同卵双胞胎兄弟那里得到健康的肾脏。"

托马斯·斯通看样子受到了冲击，于是迪帕克开口说话。"湿婆，我们也在文章中说明了，"迪帕克说，"这牵涉道德和法律——"

湿婆插嘴。"对，我知道，不过你们也说了，'第一批捐赠者极有可能是父母或手足，因为这样的捐赠者动机纯净，并且乐意承受风险'。"

迪帕克和托马斯·斯通犹如被告，刚刚被意外的目击者戳破了不在场证明，检察官准备对招架不住的他们使出最后一击。

没想到，攻击来自另一个源头。赫玛说："托马斯，告诉我实话，在过去四天，既然这是你关注的领域——"她把手指聚拢敲敲那篇文章，"看见湿婆躺在双胞胎哥哥身边，活体捐赠手术的念头难道没有在你的脑海中出现过？"

假如她预料他会如坐针毡，吞咽困难，这下肯定大吃一惊。斯通泰然自若地看着赫玛，过了半晌略微点个头，动作轻微得几乎让人无法看出来。"我想到了墨雷的双胞胎，没错，我是想到了，不过又想到所有的危险……我就不考虑这个方法，这比切除肾脏还要困难千万倍，从来没有人做过。"

"我从来没想到！"威努·梅塔轻声说："夫人，我早该想到的。湿婆，谢谢你，对任何罹患急性B型肝炎的病患来说，肝脏移植只会提供病毒养分，不过如果是百分百吻合的话……当然，湿婆，争议点其实在于你所承受的风险。"

弟弟已经有所准备，说话时也不瞄笔记，虽然问题由威努提出，但他主要对着托马斯·斯通陈述意见。"斯通医生，你根据切除肝脏创伤患者一片或多片肝脏的经验，估计对我、也就是捐赠者而言，死亡风险应该低于百分之五，而严重并发症的风险，例如胆汁泄漏和出血，你说在其他方面健康的捐赠者身上应该不会超过百分之二十。"湿婆把一张纸推到迪帕克和托马斯·斯通面前。"昨晚我抽了血，肝功能的结果一切正常。你们看得出来，我不是B型肝炎等疾病的带原者，我不喝酒，也没有服用可能伤害肝脏的药物，这些事情我从来没做过。"湿婆等候托马斯·斯通的回应。

"年轻人，你对我们所写的文章了解比我还深，"斯通说，"很可惜，那些是估计，完全是猜测。"他把两只手放到桌上。"我们不知道在人体进行会有何种结果。"

托马斯·斯通说完了，迪帕克温和地补充说明。"假如我们失败了，我们会失去健健康康走进来的你，也会失去马里恩，更不用说我们以后会站不住脚，职业生涯可能就此结束。而且就算成功，我们也会受到严重的批评。"

假若他们以为湿婆会就此罢休，他们可不了解弟弟的个性。赫玛对他这个儿子有了一番新的认识。"我明白你们的勉强，假如你们立刻答应，我也不会认为你们是多了不起的外科医师。不过，假如你们能做这个手术，假如机会还算可以，即使是只有百分之十拯救马里恩性命的机会，夺走我生命的机会不到百分之十，而你们决定不动手术，那么依照我的看法，你们辜负了马里恩，辜负了赫玛和我，辜负了医疗科学，辜负了你们自己。你们辜负我哥哥，不光是以医生的身份，而且还是以朋友、以父亲的身份辜负了他。假如你们动手术，而且成功了，那么你们不光救了我哥哥，也让外科进步了十年，现在就是时候。"他直视父亲的眼睛，然后直视迪帕克。"你们或许永远不会再有这种机会，假如你们在匹兹堡的对手面对同样的情况，他们会怎么做？难道他们不会大胆行事吗？"

起诉停止，该是时候让桌子另一侧的人提出响应。

"对，大胆行事。"斯通说。他打破了冗长的沉默，喃喃细语着，仿佛说给自己听。"可是他们不是为自己的儿子开刀，对不起，湿婆，我没有办法想象这样的情景。"他把桌子一推，将手放在椅子扶手上，仿佛打算要离开。

"托马斯·斯通！"赫玛的声音像巴帕牌手术刀刀片一样锐利，将他死死钉在座椅上。"托马斯，过去我要求过你一次，"她说，"跟这两个男孩子有关的事情，结果你一走了之。这一次你要是转身走开，不管是我或戈什都没有办法帮这两个孩子。"斯通脸色发白，坐回椅子上。赫玛的嗓音变了调。"托马斯，你以为我希望让湿婆承受他无法克服的风险吗？你以为我想失去我的儿子吗？"

571

她镇定下来,呼噜呼噜朝着手帕擤擤鼻涕,然后说:"托马斯,请从你的脑中排除他们是你儿子的概念,这是外科问题。你能处在最有利于协助他们的地位,正好因为他们从来就不是你的儿子,他们从来没有阻拦你,他们从来没有放慢你的研究速度、你的职业历程。"她的口吻不带仇恨。"斯通医生,这两个是我的儿子,他们是我收到的礼物。痛苦、心碎,假如会有心碎的话,都是我的,是那份礼物所附带的。我是他们的母亲,请把我说的话听进去,这与你儿子没有关系,按照你必得为病患所做的决定下决心吧!"

仿佛过了天长地久之后,迪帕克将放在靠湿婆那侧桌面的黄色便条本拉过去,翻到空白的一页,取下笔盖对湿婆说:"告诉我,为什么你愿意让自己承受风险?"

湿婆难得一次没有准备好回答。他闭上眼睛,将手指搭成尖塔状,好像要将他们的脸庞挡掉。看到他这样,赫玛感到忐忑不安。他张开眼睛时露出了哀伤,仿佛是抵达美国之后头一回觉得难过。他说:"马里恩总以为我怎么也不会回头看,他认为我总是只为自己行动。他是对的,假如我冒生命危险捐出部分肝脏,他会吓一大跳,这是缺乏理性的行为,不过……看见哥哥可能会死,我回顾了过去,我觉得很后悔。

"如果我快要死了,如果马里恩有机会能够救我,他会逼迫你开刀。那是他的行事风格,我以前怎么也不了解,因为这缺乏理性,不过我现在懂了。"他看了赫玛一眼,继续挑起责任。

"来这里以前,我没有理由去想这一切,可是到了他的床边……我明白假如他出了状况,那我也会出状况,假如我爱自己,我就爱他,因为我们是一体的。对我来说,这是值得承担的风险,对于其他人而言,除非他们爱他,否则不会觉得值得。我是唯一百分之百相配的人,我想做这件事情。假如我不去做,我会无法接受我自己;假如你们不去试试看,我想你们会无法忍受自己。这是我的命运,我的殊荣，也是你们的。"

赫玛原本沉着镇定，这时把湿婆拉到身边，亲吻他的额头。

迪帕克拿着笔，却一个字也没写。他把笔放下。

在那一刻，他们完全明白了，他们将进行前所未有的工作。

湿婆对迪帕克说："你说你一开始排除器官移植手术计划，还有第二个理由，是什么？"

迪帕克说："马里恩昏迷之前，要我答应不要将他转去其他医院。这间医院对他有特别意义，这不只是我们外国医学院毕业生受训的地方，当其他地方不欢迎我们时，这里欣然接受我们，这是我们的家。"

赫玛叹口气，把头埋进双手。在他们努力到这个地步时，另一个阻碍出现了。

"我们可以在这里进行。"托马斯·斯通轻声说。他一直聆听湿婆说话，纹丝不动，那双沉着的蓝眼现在熠熠发光，生气勃勃。他把椅子往后推，人站了起来，举止果断。"开刀就是开刀。如果有器具和人手，我们就能在这里或任何地方进行。很幸运，分割肝脏的世界级专家就坐在我隔壁。"说着，他把手放在迪帕克的肩膀上。"而工具方面，许多是他设计的，也都在这里，必须立刻消毒。我们有很多事情要准备。赫玛，万一你和湿婆随时改变主意，说一声就行了。湿婆，从现在开始，请完全不要进食和饮水。"

他走过湿婆的椅子时，抓住我弟弟的肩膀用力一握，然后走了。

第五十二章·一对不成双的器官

夜里，波城综合医院来的直升机降落在永援圣母医院的停机坪上，运来了特殊器械，以及波城综合医院高效肝脏移植计划的关键人员。圣母医院手术房外往往是长长一条的凄凉景象，可能有空担架或携带式X光机放在那里，而技师正在抽烟、喘口气；现在，这里像战役初期的军队总部，架起了两面大黑板，一面标明捐赠者，另一面标明受赠者，各自列出必须完成的工作，任务旁则有核对方块。永援圣母医院团队由迪帕克担任第一外科医生，负责捐赠者（即湿婆）的手术，波城综合医院工作人员由托马斯·斯通担任第一外科医生，处理受赠者（我）的手术。圣母医院团队穿蓝色手术服，波城综合医院人员穿白色，为了更进一步避免错误，前组人马的帽子和手术上衣以黑色马克笔写了大大的D，代表捐赠者（donor），而后面一组写有代表受赠者（recipicent）的R。肾上腺素分泌让无共同点的两组团队精神奕奕，一个纽约布朗克斯区的成员爱开玩笑，甚至还建议波士顿多彻斯特区的组员，他们两队应该叫作白鬼队和老乡队。只有托马斯·斯通与迪帕克·耶舒达同时参与两队，两人互相协助。

半夜，两间手术室以病人模型仿真演练，发现了几项关键的技术性小问题：波城综合医院来的麻醉医师必须更熟悉圣母医院的机械配置；必须任命一名"表演指导者"负责计时，让两组人马的活动能齐头并进，此人也是唯一有权限传达R组给D组，或D组给R组的信息，更重要的是，他要将信息全数记录下来。两面新黑板搬来，每间手术室各放一张，需要打钩确认的任务写在上面。永援圣母医院暂时不收急诊，请创伤病患改道送至邻近市镇的其他医院。清晨四点，真枪实弹的时间到了。

托马斯·斯通在外科医生更衣间吐了，圣母医院工作人员认为这是恶兆，可是波城综合医院员工要他组团员安心，表示脸色苍白、汗流浃背的斯通预告顺利的开刀结果（其实他们从没见过他如此苍白虚弱，他俯卧在长椅上，身旁放了呕吐桶）。

由于两家参与的医院出动大批人力，要保住施行手术的秘密并不容易。有两家电视台人员把车停在圣母医院外面；早报的截稿时间已经过了，不过报社编辑准备就这场具历史价值的器官移植的道德问题发表意见，他们可以等着看结果再表态。

无论是创造历史，或者保守秘密，外科医师群根本都还没想到那里去。迪帕克坐在长凳上，与身体不适的斯通相隔一排衣物柜，靠着复习肝脏分解手术图解，尽量不去注意同事引人反胃的作呕声。

在清晨四点二十二分，湿婆先服用丹祈屏镇定锭，而后注射必托生麻醉剂，接着一根管子穿入他的气管，捐赠者手术于焉展开。托马斯·斯通和迪帕克预计需要四到六个小时的时间。

假如扑通扑通的心跳是纯粹的剧场、是胸腔内跳跃的器官，性好嬉闹、喜怒无常、活泼又外向，那么位于横膈膜底下的肝脏是具象的绘画，迟钝麻木且沉默寡言。肝脏制造胆汁，少了胆汁，人体无法消化脂肪；肝脏也会以肝糖形式储存过量的葡萄糖。它运作不形于色，默默代谢药物与化学物质的毒素，制造凝血蛋白与运输蛋白，清除人体新陈代谢系统所产生的废弃物：氨。

肝脏表面柔滑光亮，单调而不起眼，中间一道沟将其分为左、右两叶，右叶肝脏较大，左叶肝脏较小，除此之外，组织面没有明显的裂痕。意外的是，外科医生居然会谈论肝脏的八个结构"切片"，仿佛它们是独立的单位，像橘子瓣的小切块。要是把这些切片拉开，你会发现绽肉的表面渗出血液、胆汁，还会看见一名毫无生气的病患。尽管如此，切片的概念让外科医师能界定肝脏区域的范围，肝脏有整套的血液与胆汁导管，所以是半自动单位，是工厂中的子工厂。

进出肝脏的血管有四组。第一是门静脉，它输送所有离开肠子的静脉血液至肝脏，将餐后富含脂肪及其他营养的血液送至工厂加工。肝动脉将含氧量丰富的血液，从心脏经由主动脉送到肝脏。肝静脉负责将肝脏过滤用毕的血液，经腔静脉送回心脏。所有肝细胞形成的胆汁在细小的胆管汇集，胆管合并增大，最后形成一般胆管，将胆汁全数送入十二指肠。过量的胆汁储放在胆囊内，胆囊不过是胆管气球状的分支，为了配合肝脏朴实低调的风度，塞在看不见的地方，就在肝脏突出处底下。

迪帕克站在右侧，划开了手术切口。第一步骤要移除湿婆的胆囊，然后专心致志处理进入肝脏的血管，也就是肝门脉。他切开右肝动脉，接着划开门静脉右分支与右胆管。为了让右叶肝脏分离，他也必须切穿肝组织，并从肝静脉与腔静脉连接的肝脏后方将肝静脉切断。肝脏后方隐晦不明，如果那里出血，外科医生就要"拜会上帝"了。如果由于癌症而切除一叶肝脏，夹紧肝门脉——也就是采用品氏阻流法——应该就足以控制出血。不过，迪帕克无法采取这个做法，因为会危及他们切下的肝叶的功能。在我得到肝叶之前，肝叶会由于受阻而失去大半功能。今日我们有超声波，甚至射频"剥离器"，让切开肝脏的工作更为容易，出血量也更少；不过迪帕克当时在托马斯·斯通的协助下，必须以钳子碾压、"以手指折断"，才能让肝脏组织分离，同时还要避开重要血管或胆管。迪帕克担心资深工作伙伴托马斯·斯通，他似乎心思涣散，迪帕克没见过他这样，压根不晓得他正拼命不去回想他徒劳无功想挽救玛莉·普雷斯修女的画面和记忆，以及他打算碾碎胎儿头骨的危险举动。

　　捐赠者手术顺利进行。上午九点，我被推进手术室，到了九点三十分，就在湿婆的右叶肝脏切离下来时，波城综合医院团队在我腰间划下长长一道切口，高度在肋骨架以下、肚脐眼以上。此时托马斯·斯通还没加入。他们开始松动我的肝脏，剪去韧带和托带。

　　托马斯·斯通将湿婆被切下的右叶肝脏拿到边桌，以比内心更稳定的双手拿起威大保存液冲洗门静脉。同一时间，迪帕克确认湿婆的残余肝脏（主要是他的左叶肝脏）的绽肉切边没有胆汁泄漏，检查四处是否有疏忽的出血点，重复清点海绵和器械两次，然后将湿婆的肚子缝合。一个月内，湿婆的肝脏会再生到原本的大小。

　　然后，托马斯·斯通和迪帕克换上干净的手术袍和手套，到我身边完成肝脏切除手术。由于我的凝血功能低弱，体内出现了大量细小的出血点，尤其是肝脏后方，因为他们让肝脏与横膈膜分离。我需要大量输血，也必须输注血小板。他们仔细分辨出胆管、肝动脉和门静脉加以保护。就在午后一点，我多年来在肋骨架底下保护、重达两千克的伙伴离开了我，横膈膜右侧底下出现大开口，留下了反常的空隙。

　　连接湿婆的肝脏，更正确地说是连接他的右叶肝脏，过程吃力而艰辛，必须一丝不苟地控制好出血点，才能看清楚手术处。托马斯·斯通在迪帕克的协助下缝合脉管，动脉连动脉、胆管连胆管、静脉连静脉，使用的剪刀与持针钳是为了显微手术而特别设计。两位外科医生戴着头灯与放大镜，熟练穿拉着比人发更细微的缝线。迪帕克决定给我湿婆的右叶肝脏，其中一点好处是它能更自然地安放于横膈膜的拱顶以下，而血管进入肝脏的肝门处可以更自然调整朝向腔静脉。这么一来,外科医生的任务也简单了一点。

D组的其余人员将湿婆送进恢复室,然后在更衣间等待,没料到心情反而沉闷起来,事情不在自己所能控制的范围以内,导致精神紧绷,简直难以忍受。

焦虑的赫玛由威努陪伴,在等候室看时钟。起初,她感谢有个健谈的伴侣,不过后来就连他也无法转移她的注意力。她不停地想起戈什,不知道他会不会责备她让湿婆冒如此大的风险。是一石在手……还是"一鸟在手"呢?吃着碗里,看着锅里……他会叹息着说出符合现在情况的格言。

手术室的消息透过那名表演指导者传出来,他在手术每一阶段都大声呼喊,现在赫玛则恨不得他别再喊了,因为尖锐的语调每每让她心头一惊,害她往最坏的地方想去。她想听见他们已经完成湿婆的手术,却只听见"他们开始了"或"门脉血管脱离了"等消息。总算,她听到了上述的消息,也立刻见到了湿婆,他在恢复室,已经醒了,不过虚弱无力,痛得直往后缩。她开心到觉得天旋地转,伸手抚摸湿婆的头发,知道不管戈什身在何方、转世化身为什么,也同样松了一口气。

湿婆逐渐聚焦的眼睛提出问题。"对、对,"赫玛说,"他们现在正把你的肝叶移入马里恩的体内,迪帕克说你捐出来的部分看起来非常健康。"

她不能久留,人也没有返回等候室,反而决定溜去礼拜堂。单面彩绘玻璃窗允许稀疏的光线流入,沉重的门在她身后关上后,她必须以手摸寻长椅,才能小心翼翼地坐到丝绒垫长凳上。她恭恭敬敬地以纱丽末端盖住头,眼睛正在适应光线时,被吓得魂飞魄散,居然看见有个身影跪在祭坛附近。她心想:见鬼了!她随即想起为马里恩祈祷的祷告团,她们在礼拜堂内二十四小时祈祷。心跳恢复后,赫玛往后仰靠,观察那颗蒙了面纱的头,僵挺的圣衣坎肩往后落下，与打折的祭袍分离了。赫玛领悟到一件事，她不断恳求能想到的每一位神祇，不知何以却忘记向玛莉·普雷斯修女求助。这个疏失引起她强烈而可笑的恐慌，血液直往脖子上冲。哎呀！请别把那点当成处罚我儿子的理由。她绞着手，局促难安，为了疏漏而自责。请原谅我，修女，不过要是你明白压力有多大，要是时间还不算太迟，请保护马里恩，请帮助他渡过难关。

她感觉到了回应，那回应清楚得犹如一句声息或一下触探：一开始，她的额头松开，接着胸口平静下来，她知道她的话已经被听见了。谢谢，谢谢你。赫玛说。我保证会通知你最新消息。

她回等候室去，人累得简直就要虚脱，只能狐疑斯通和迪帕克怎么还能打直腰杆。从等候室的窗户看去，大地看似几乎都是天空和水泥，没有真正的泥土可言，地面上没有大自然清楚表露的痕迹，只有朝着那方向落下的太阳。十分古怪，但这是她儿子过去六年所经历的景色。

到了晚间七点，托马斯·斯通出现在她身旁，点点头，然后露出笑容。见到难得一见的这个表情，她知道手术很顺利。他不发一语，她也一时说不出话来，泪水顺着脸颊滚落。她端详斯通的脸庞，佩戴放大镜和头灯的地方出现了沟痕，另外，上面也有忧虑和工作所刻出的深纹。她惊觉他变得这么老了，他们两人都变得这么老了。假使他们没有共同点，至少他们还有这个相似的地方：两人经历了这么些年依旧站在这里，她两个儿子还活着，而她也必须承认，在某种程度而言，那也是他的儿子。

托马斯·斯通坐下来，更确切地说，他倒到沙发里。赫玛从威务的美食冰桶拿出果汁和三明治硬塞到斯通手中，他不抗议，配着一罐水把果汁喝下去。喝起第二罐时，体内的生气似乎才开始有所动静。他消瘦的脸鼓起来。"从技术而言，一切都进行得很顺利，"他说，"马里恩的新肝脏，也就是湿婆原本的肝叶，在我们完成吻合手术之前就已经开始制造胆汁了。"他又露出笑脸,嘴角则因为害羞而扭歪,语气中有自豪。他说,胆汁是极有价值的征象。

"我们本来很恐慌,"他继续说,"马里恩的血压一度陡降,没有理由可以解释。我们抢先补充输液和血液,不过他的心跳飙快到一分钟一百八十下,我们注入大量的输液,一下试这个方法,一下试那个方法……结果突然间,血压上升回来了。"赫玛正要问发生的确切时间,但决定不多此一举,因为她已经知道了。她闭上眼睛感谢修女的说情,张开眼睛时,托马斯·斯通正目不转睛地看着她,好像他都懂得。她觉得自己与他紧紧扣在一起,对他抱着满心的感激;她还不至于能够拥抱他,不过却伸手寻找他的手。

"好了,我得走了。"一分钟后他对赫玛说,"由于动手术时,马里恩的病情十分严重,他将经历一段情况不稳的时间,不过起码他有了正常运作的肝脏。他的肾脏还是没起作用,他需要洗肾,可是我相信那只是肝肾症候群,新移植的肝脏可以解决问题。"他对她隐瞒了某些事情,没有告诉她,当手术室情况仿佛十万火急时,他仰头望着天花板祈祷,祈祷的对象不是某个天主,不是蜘蛛,而是玛莉·普雷斯修女,他要求弥补一生的过错。

医院人员欢欣鼓舞。首先,他们自己人到鬼门关前走了一趟,而且现在还活着。其次,圣母医院写下了历史的一页。举办感恩弥撒的礼拜堂人山人海,赫玛与威努坐在前排座席,有些群众都被挤到回廊上去了。

永援圣母医院外停了一台又一台的新闻采访车,有国际媒体,也有美国媒体。之前,世上每一起肝脏移植的来源都是即将断气的人体,也就是取自脑死的病人。活体捐赠,捐赠者将一半的肝脏给了同卵双胞胎兄弟,这是天大的新闻。媒体还不甚了解,此次的技术突破对先天胆道闭锁(也就是缺乏胆管)的婴儿具有最深的意义,创伤死者所捐赠的成人器官非常罕见，儿童捐赠者更是百年难得一见，斯通与迪帕克开启了道路，让父母能够捐赠部分肝脏拯救幼子。

到了第二天，记者经过搜寻打探，已经把湿婆与他瘘管外科医生的名气连接在一块了，"我做的事情是修补破洞"。第三天，他们把托马斯·斯通封为"疏远的父亲"。也许早晚他们会挖出玛莉·普雷斯修女的故事，不过这大概会迫使记者必须前往亚的斯亚贝巴揭发花絮轶事。

我在第五天苏醒，第一个记忆是从海底浮上来，眼睛依然吸饱着水，嘴巴、喉咙感觉塞了潜水设备之类的东西。我无法说话。我冲破水面，明白自己还在圣母医院的加护病房，可是谁说什么我都听不见。我看见赫玛和斯通，找寻湿婆的身影，我记得我心里想，他决定不从亚的斯亚贝巴过来，我很失望。

十二个小时后，在第五天的深夜（纵使在加护病房永远都是薄暮），我浮出水面，并且永远留在水面上。看见赫玛在那里，她的出现原来不是我的想象，我松了一口气。

她留在我身边，握住我的手。我渴望她的触摸，害怕又要沉入全然的漆黑，失去重返水面的希望。我模模糊糊地短暂浅眠了几回。黑夜变成白昼，新的喧嚣活力随之而至，房内来来往往的活动变多了。

在第七天，我清醒的时间够长，赫玛得以说明惊人的消息：湿婆的肝脏有一半在我体内。对身体不适的患者，每一件事起码都要解释两次，因为你可以推测你所说的话他们有一半没听进去。赫玛把话重复了至少十次，直到她拿《纽约时报》给我看，让我看看我和湿婆的照片，我才相信了。

"湿婆正在复原，"赫玛说，"他没事，不过你得了肺炎，右肺附近有积水，这就是你继续使用呼吸器的原因。但是你的状况越来越好，迪帕克说你明天可以拆除呼吸器了。你的新肝脏运作良好，肾脏已经恢复原状了。"这不是我想象中与赫玛重逢的情景，不过她的表情、欢心和宽慰是无价的。她几乎不曾离开我身旁。

那天稍晚，我头一回看见迪帕克和斯通时，努力克制住情绪。我知道我应该觉得感恩。我偶尔觉得我们外科医师戴上口罩，是为了掩藏欲望，方便隐瞒侵犯他人身体的意愿。病人只会记得麻醉医师说："好好睡一觉吧！"唯有靠着失忆症的保证，我们才能成为外科医师。他们站在我面前，他们是井然有序破坏我身体的作案者，他们为了我的性命，拿湿婆的生命做赌注，鉴于这样的野心和自大，两人害羞谦逊的事实看起来像是骗人的。只有在那一刻，我感谢有根讨厌的管子穿过喉咙、夹在声带之间，否则我会对他们说出听起来像是忘恩负义的话：还好湿婆平安无事，否则我不会对你们善罢甘休。

过些时候，我又醒来，忘了有管子存在，准备要说话，导致自己觉得快要窒息了，慌张起来，挣扎过程中启动了呼吸器的警铃。我害怕护士会断定我"抵抗呼吸器"，这么一来，医生可能会嘱咐以静脉注射箭毒。那种药品是从亚马逊部落的毒标枪发展而得，能麻木全身肌肉，让人跟死亡一样静止不动，呼吸器因此能畅通无阻地执行任务。注射箭毒后，假如没有同时服用强效镇静剂，那你就只能求老天帮忙了，因为你的神思清醒、精神警戒，可是肌肉无法抽动，连眨眼睛也不能。即使我无忧无虑地为无数病患施打过箭毒（和镇静剂），想到那样瘫痪禁闭的状况，还是觉得非常可怕。而今我成了病患，我的诅咒正是我了解太多事实。

由于赫玛的协助和安抚的口吻，我尽力冷静下来，让机器把空气打入我体内，于是护士撤退了。当我觉得舒服一些时，提笔写了几个字：湿婆好不好？

她不必回答，因为就在此时，我的另一半在托马斯·斯通的带领下进来了。

弟弟，我七年未曾相见的弟弟，看来憔悴瘦削，完全不像《纽约时报》上的照片。看见我的倒影独立于我活动，我觉得一阵晕眩。湿婆穿着医院病袍，一只手掌小心翼翼地贴在肚子上，另一只手推动前方的点滴架，利用它当拐杖。弟弟不爱笑，多数笑话说给他听也是白讲，可是他看见了我，像把动物园管理员锁起来的黑猩猩，笑得合不拢嘴。

我想说：你啊！你这只猴子。我迫不及待朝他的手伸去，我们手指交扣。你应该多笑，你笑起来好看，看看额头附近的皱纹都不见了，耳朵也往后放松了。我觉得有液体流下太阳穴，他的眼眶也满盈了。我捏捏他的手指，用我们的摩斯密码传达我心中所想。他点点头，那意思是：你什么都不用告诉我。他极其谨慎地弯身靠过来，我纳闷他想做什么，绝对不是亲我……他的头当一声碰上我的头。这突然而奇特的动作造成了冲击，时光倒转，我们回到了小男孩时代，这是再温柔不过的铁头功。我因此笑了起来，讨厌的管子摩擦我的喉咙内部，我只好停止大笑。

我指着湿婆的肚子，他把袍子往旁拉开，我看见部分的切口，不过有引流管通过的纱布垫挡住了其他部位。我对他扬扬眉毛，问他会不会痛，他说：只有呼吸时才会。我们两人都笑了起来，也由于疼痛而必须中断笑声。斯通站着旁观这场无声的对话，大为惊奇，脸上露出了奇妙的表情。

我完全不知道，湿婆在康复过程中出现了并发症，由于胆汁感染必须服用抗生素。我也不知道，他右手臂接受输液的静脉凝结了血块，他正在服用抗凝血剂，血块逐渐分解。

我握着他的手久久不放，心满意足地看着他，以手指传达我对他的感谢，不过他持续不把我的感谢当一回事。我伸手拿笔，赫玛把便条本放在我面前，我写着：人的爱心没有比这个大的[65]——

他不让我把句子写完，抓着笔说：换作是你，你也会做同样的事情。我不能肯定，可是他点点头，你会的。

那天晚上，迪帕克将我右肺附近的积水抽走，让我呼吸时肺能往右边扩张。接着，他抽走喉咙里讨厌的管子，我的第一句话是"谢谢你"。那台丑陋的蓝色机器离开了房间，我又沉沉睡去。

隔日早晨充满了小小的奇迹。我能转头往窗外看去，看见了天空。这个动作拉扯到手术伤口，我能喊出一声"哎哟"。赫玛不在这里，加护病房静悄悄的，护士爱蜜莉亚开朗愉快得反常。我以为才刚天亮。"我们要去楼下照X光。"说着，她解开我的束缚，动手准备让病床的轮子滚动。

到了放射科，我被抬进甜甜圈似的机器做计算机断层扫描。可是非常奇怪，他们扫描我的脑部，而不是我的肚子。一定是搞错了，可是没错，是迪帕克的嘱咐，上面写着："计算机断层扫描头部，包括有造影剂及无造影剂。"

回到房间，到了中午，还是不见赫玛、斯通或湿婆的踪影。爱蜜莉亚说他们立刻就会过来。

物理治疗师辅助我在床边站立短短几秒的时间，我感觉双腿像是果冻棒。我在协助下走了几步路，筋疲力尽地坐到椅子上，头昏眼花，仿佛跑完了马拉松。我在那里打起瞌睡，吃了少量我能吃的食物，午餐后又走了几步路，甚至已经可以站直尿尿了。护士帮我回到床上。回想起来，他们好像都很高兴离开我的病房。

下午两点，托马斯·斯通在病房门口出现，眼眶多了黑眼圈。他局促不安地坐在床沿，摸摸我的手，双唇开启了。

"等等，"我说，"什么都先别说。"我看向窗外的云朵，望向远方的烟囱，此刻，世界是完整的，可是我知道他一旦说话，它便不再无缺了。

"好，"我说，"湿婆怎么了？"

"他脑部大量出血，"他以粗哑的嗓音说，"昨天晚上发生的事情，差不多在我们离开你房间的一个小时之后。当时赫玛跟他在一起，他突然痛苦地抱住头……然后，才几秒钟，他就……失去意识了。"

"他走了吗？"

托马斯·斯通摇摇头。"他是因为动静脉畸形才出血，脑皮层有海绵状的血管纠结，他大概一直都有这个问题……他服用抗凝血剂溶解手臂的血块……本来一周内我们会停药。"

"他在哪里？"

"在这里，在加护病房靠呼吸器呼吸，有两位神经外科医师来看过他了。"他摇摇头。"排空出血是不可行的，他们认为已经来不及了，也认为他已经脑死了。"

其后他说了什么，我大部分都没听进去。我记得，他说我的计算机断层扫描显示我的血管也有类似的蜘蛛网状血管纠结，不过范围较小，而且没有出血，我想这也算是奇迹吧！因为我得到湿婆的肝脏之前，全身上下都在出血。

过了两三分钟，赫玛、迪帕克及威努进房间来，于是我明白，斯通被他们委托担任透露消息的代表。

可怜的赫玛，我应该想办法安抚她，只是我悲痛欲绝，内疚得无以复加。我觉得好累好累。他们坐在我的病床四周，流泪的赫玛弯身把头搁在我的大腿上。我希望他们离开，我闭上眼睛一会儿，醒来时，有位护士进来平息点滴输液泵的声响。房内没有其他人，我请她协助我走进浴室，然后坐在扶手椅上，希望能恢复力气。

当我醒来时，托马斯·斯通在椅子旁，回答了我无声的询问。他说："他无法自行呼吸，没有瞳孔反应，也没有其他生理反应。他已经脑死了。"

我说我想看看他。

我的父亲用轮椅沿着走廊将我推到湿婆躺卧的地方。赫玛陪在他身旁,眼睛红肿。她转过来看我时,我为了活着而觉得难堪,惭愧自己竟成了她的悲伤起因。

湿婆看起来像是睡着了,现在换他炫耀那根从头颅伸出来的长钉子:颅内压监测器。气管内管让他的嘴歪了,下巴也朝上转成不自然的角度,胸膛由于呼吸器而起起伏伏,成了我目光停留的一点,我的"假如"随着升降的节奏一一出现:假如我没有来美国,假如我没有见到琪洁,假如我没有为珍妮特打开门……

赫玛用轮椅推我回房,协助我躺回床上。

我对她说:"当初要是你和湿婆把我埋了,结局就比现在幸福,你这时候应该带着心爱的儿子在返回失迷医院的路上了。"

这句话愚蠢,而且毫无教养,是我为了减轻自己的痛苦和罪恶感,从潜意识蹦出来要伤害她的原始冲动。不过,即使我有所期待,她也没有反击我。悲伤到了某种程度,会超过人类表现情感的能力,人反而会不可思议地心平气和,她,已经到达那个境界。

"马里恩,我知道你以为我偏爱湿婆……也许我是偏心,我只能说对不起,身为母亲的人对子女会付出同样多的爱……可是有时候某个孩子需要帮更多的忙、更多的关心,才能勉强在这世上生存,湿婆需要那样的关怀。

"马里恩,我还有一件事必须对你说抱歉。珍妮特受伤,接受了割礼,还有接下来发生的一切,我本来以为你要负责,所以对你有意见。我们来这里时,湿婆把一切都告诉我了。儿子,我希望你可以原谅我,我是一个愚蠢的母亲。"

听到这个消息,我无言以对,当我不省人事时,还发生了什么事情呢？

外面的警报汽笛越来越靠近，有辆救护车往圣母医院开来了。

"他们希望拿下湿婆的呼吸器，"赫玛说，"我不能忍受他们那么做，只要他还在呼吸，就算是呼吸器替他呼吸，对我来说他就还是活着。"

隔天上午，护士让我坐到淋浴间，协助我完成第一次的沐浴，然后我穿上干净的病袍，请她用轮椅推我到湿婆的房间。

离他房间有段距离时，我说："在这里停下来。"因为我从半开的房门看见托马斯·斯通坐在湿婆的床边，就像人家告诉我他曾经坐在我的床边一样。他的手指贴在湿婆的手腕上量脉搏，测好心跳之后，手还继续留在那里。我很想知道他在想什么。我足足观察他十分钟之久，他才起身走出来，眼神苦恼，眼睛红通通的。他朝另一个方向走开，没有看见我。

我转动轮椅跟在他后面，喊了一句"斯通医生"，而我生命的每一条纤维都想大喊：爸爸！

他朝我走来。"斯通医生，"我说，"想必手术……是他唯一的机会，难道神经外科医师不能伸进去把纠结的血管打结，清除他脑中的血块吗？就算机会不大，姑且试试看又怎样？这是他唯一的机会。"

他考虑了半晌。

"年轻人，他们说里面的问题是——抱歉这么形容，像潮湿的卫生纸一样黏稠，血液跟大脑混在一块，压力非常高，他们告诉我，甚至只是碰碰他，也会让他出血更严重。"

我不想接受这个说法。"你不能做吗？你和迪帕克不能做吗？你做过颅骨钻孔，我做过颅骨钻孔，有什么好怕会失去的？拜托，给他一个机会吧！"

他等了很久，久到连我也听出自己提议中的荒谬。父亲把手搭在我的肩膀上，口吻温和，就像对资浅同事而非儿子说话。"马里恩，不要忘记第十一戒，"他说，"不要在病患大限之日动刀。"

我回到自己的病房，托马斯·斯通把湿婆的计算机断层扫描图拿过来。看见面积庞大的白色污点（血在计算机断层扫描图上的影像），我受到很大的震撼。面积牵涉两个脑半球，并且溢洒到了脑室，大脑被压缩在头颅坚硬的边界内。我知道，无药可救了。

由于脑部动脉瘤或杂乱的血管畸形，湿婆不可能捐赠出心脏或肾脏，以免那些器官也出现了类似变化。

赫玛不希望拔掉呼吸器时人在现场，我说由我来陪他吧。我要求在湿婆走的时候与他单独相处。

赫玛先说了再见。

威努陪她走出来时，我人在病房外面，看见母亲拿纱丽末端盖着头，垂下肩膀，离开还在呼吸的孩子，这一幕令人心碎。她肯定觉得自己好像抛弃了他。加护病房的每一双眼睛都朝她看去，没有一双是干的，她披着纱丽摇曳微光的身躯沿着走廊往静思堂走去。

在迪帕克的协助下，我爬到湿婆的床上。当时是晚间八点。我躺到他身旁，除了呼吸管与点滴管，其他东西都已经拆除了。迪帕克撕下把气管固定在湿婆脸颊的胶带，看见我点个头，便从湿婆的点滴管注射吗啡。假使湿婆的大脑还有任何区块是活着的，我们不希望他感到痛苦、恐惧或窒息。迪帕克关掉呼吸器，解除机器立即发出的尖锐抗议，把气管内管从湿婆口中抽出，然后离开了房间。

我躺在那里，头靠着湿婆的头，一根手指贴在他颈动脉的脉搏上。他的身体温温的，管子拔出之后，他再也不曾呼吸，面容表情毫无变动。他的脉搏规律跳动了将近一分钟，然后暂停，仿佛刚刚明白它的终身伴侣肺脏已经停止活动了。他的心跳速度加快，不过跳动微弱,在我的手指底下悸动最后一次,停止了。我想到了戈什。在所有的脉搏类型中,这是最罕见也是最常见的,这是每一种脉搏都拥有的双面特质:消失的潜能。

我闭上眼睛紧贴着湿婆,轻轻搂着他,他的头骨撑着我的头骨,由于我的泪水而湿了。即使在我们相隔一块大陆的时候,我也从没感到身体这么脆弱过,仿佛他死了,我自身的生理也改变了。温度急速离开他的身体。

我轻轻摇晃湿婆,硬是把头抵住他的头,想起自己曾经好久好久只能以这样的姿势入眠。我心如死灰,不愿离开这张床。昌恩双胞胎一个走了,另一个在几个小时内也走了,健全的那个本有机会与死去的兄弟分离,可是他婉拒了他人的提议,这我再了解也不过。就让迪帕克给我一剂致死的吗啡,让我的人生就这样结束吧!让呼吸停止,让脉搏变弱而后消失,让我和弟弟以在子宫开始生命的相同拥抱离开人世吧!

我想象湿婆收到电报后来找我,冒着危险拯救我。我会为他做出同样的事情吗?也许他见到我的时候,心里与我现在有着同样的感受:我们之间可能发生什么并不重要,然而要是对方出了事情,人生也不值得再过下去,生命很快就会结束了。

他的身体持续在我的怀抱中失去热度,仿佛我将热吸走,我将热吸取过来。我记得我们两人接力跑上山坡,抱着没有生气的冰冷孩子往急诊室去,家长尾随在我们身后。现在他是那个没有生气的孩子。

几分钟过去。

到了最后,湿婆的皮肤冰凉而扎手,难受的分离划出生人与死者的界线,我们相连的血肉脱离了,我不得不领悟出新的道理,以新的角度看待我们所面对的急遽自然耗损,我意会到:

湿婆和我成了一体，我们是湿玛双胞胎。

即使海洋隔开我们，即使我们自以为是两个个体，我们还是湿玛双胞胎。

他是浪子，我是昔日的童男；他是天才，学识唾手可得，我则为同样的专业挑灯夜战；他是闻名遐迩的瘘管手术专家，我不过是又一个创伤外科医师。假使我们交换角色，对天地人事毫无影响。

命运与珍妮特共谋扼杀我的肝脏，不过湿婆波及了珍妮特的命运，从而关系到我的命运。我们的一举一动原来休戚相关。不过，在高超又胆大的器官重组的手术下，湿玛双胞胎现在重新调整。我们有四条腿、四只胳膊、四颗肾脏等器官，可是肝脏不是两颗，而是缩减成一颗。接着，因果及蹇运让我们继续缩减下去，逼迫我们让出更多东西：在湿婆的那侧，我们失守让步，几样器官停止运作，不错，他那一侧所有的器官大概都死了，可是我们保住他的半片肝脏，而且这半片生命力旺盛。我们现在必须进一步俭省，再平分成两半，强硬时机要采取强硬手段：两条腿就够了，眼睛、肝脏也是一双就足矣。我们要靠着半片肝脏、一颗心脏、一副胰脏、两条胳膊运作……尽管如此，我们依然是湿玛双胞胎。

湿婆活在我的体内。

就说我是为了继续活下去才编出如此牵强的构想吧……好吧！它能让我活下去，它给我安慰，它擦干我的泪水，协助我松开抱住我们将要摒弃之皮囊的四肢。那间病房适合机器运转，每一架机器却都静悄悄的，百叶窗全部拉上，而我的身旁有具冰冷的尸体。在怪诞的阒寂中，我感觉湿婆正在盼咐我。他从下沉的船划桨过来，告诉我要这么想，这完全就是湿婆的逻辑。生为一体，突然分离，我们又回到了一体。

人群聚集在外面，起初我想他们是心狠手辣的迎尸队伍。不过，他们无法了解刚刚发生的事情，所以我不怪他们，他们的同情并没有错。托马斯·斯通在那里，迪帕克在那里，威努在那里，许许多多的护士和护理员也来了，他们是我的朋友，在成为我的照顾者之前，是我圣母医院的家人。我握了握每一只手，感谢他们为我们两个所做的一切。我相信，他们会告诉你，我的举止泰然自若，与他们所预期的相差万里。我把托马斯·斯通留到最后，握了他的手之后，还听从了无理的直觉——我相信这是湿婆的直觉，绝对不是我的——这个直觉告诉我去拥抱他，不要接受他的拥抱，而是主动去拥抱他，让他知道身为一名父亲，他的作为原来是他应当的所为，他永驻于我们内心，我们因他的医术而存活下来。他紧抱着我不放，仿佛人就要溺死了，我明白自己做了尴尬却又正确的决定，或者应该说，这是湿婆所做的决定。

我缓缓沿着走廊往静思堂走去。那地方的名字好听，其实是我们选择告知坏消息的地方，里面有桌有椅、有沙发、有大片观景窗，墙上挂着十字架，不过没有电视或杂志，只有一扇结实的隔音门。不知道有多少次，我以创伤外科医生的身份走上这条路？我往往在门外流连，心知我的消息将要带来一场毁灭。门后有父母手足，有配偶子女，即使我必须告知的消息将冲击他们的每一次祷告，我是否尊重了在房内等候者的感受与尊严？我记得每一次这种碰面的情景，我记得每一张脸在房门打开时露出了希望与牵挂。

我找到了赫玛。她的手在身前交叉，眼睛看向窗外，凝望毗连医生宿舍的"无情战地"住宅计划的灯光，也注视更远处桥梁的模糊轮廓。她背对着我，还没见到我，就从窗玻璃上发现我的倒影。可是，她和我曾经来此会见的每一个人都不一样，她没有立刻转身，反而如雕像站着，目不转睛地看着我在窗上的倒影。我停在原处不动，让门开着没关。我在窗玻璃上看见她的眼睛睁大，眉毛扬起。

她面对我的凝望良久，然后露出诧异的神情……仿佛她见到的人不是她盼望的那一位。

"妈，我们来了。"我说。

一听我的声音，她歪斜着头，一只手举到下巴，手指紧紧相连排列整齐，若有所思地贴着脸颊，一举一动都夸大了。她细瞧我的脸庞、我的倒影，好像一名村姑在井边打水，发现身后站着人，惊讶之余，也看穿了这位高大含笑的降凡神仙的意图。

接着，仿佛这是一场舞蹈，我们都是舞者，她踩着悠缓的步伐转身面对我。

我往她的方向移动。"我们来了。"我又说了一次，朝着她伸出双手。"妈，我们现在可以回家了。"

这句话在她耳里听来一定非常奇怪，甚至是不该说的话。纯然活在眼下，只往前看，绝对不留恋过去，是典型的湿婆作风。"我们来了。"我说。

她走进我的怀抱。

我们紧紧抱住她。

第五十三章·她来了

在一个美丽的早晨，就在湿婆动移植手术后的三周，赫玛和我离开了永援圣母医院，托马斯·斯通坚持护送我们。我们走到外面，踏入空气中，空气之凉爽，让我觉得一个咳嗽或喷嚏都会让它像玻璃一般粉碎。我们道别时，永援圣母医院的砖墙正面闪耀着露珠。医院近来成了聚光灯的焦点，市府特别专款来了，急诊室的整修开始了，喷泉里那位高阶神职人员因此不再倾斜，调酒棒没了，厚厚一层鸟大便没了。擦亮的铜像显得乐观进取，看似遭人阉割，与我度过人生过去七年的环境扞格不入。

黄色出租车加速开过白石大桥，往肯尼迪机场驶去。太阳几乎还没升起，高速公路却挤满了车潮，孤独的驾驶在薄饼厚的金属中与彼此隔离，在这样的速度下，金属只能提供防护的假象。我们仿佛重返飞机队形的飞行员，赫玛若有所思地看着外面，正如我七年前抵达时一样，我好奇她能否听见超级集体意识的嗡嗡声，听见阻挡这一切陷入混沌的超生物体。

对于我们家而言，一九八六年是不幸的一年，赫玛相信一切与数字多少有关，因为数字"一"里有"诞生"，数字"八"中有"天数"。一九八六年有个不好的开始，"挑战者号"宇宙飞船在一月二十八日爆炸（月份是"一"，而且又有数字"八"）。接着，切尔诺贝利核电厂灾变悲剧[66]发生，刚好就在挑战者号不幸事件的八十八天后；与这样的规模相比，双胞胎之一在某月十八号死亡，几乎没有受到谁的注意。

八天之后，又一起死亡与我们有关。邻居福尔摩斯与侦探社的艾波比一同来通知我，就在我逐渐恢复体力之际，珍妮特在加耳维斯敦的监狱医院去世了。珍妮特的儿子被德州一户人家收养，她前去寻找他。当她被人搭救时，住在离海堤几个路口远的地方，于纸板搭起的陋棚底下勉强维生。她全身上下只剩骨头，在监狱的医务所只活了两天。据称她死于肺结核所引发的肾上腺衰竭，我则有更深的了解。她追寻伟大，每次掌握时又从未发现它的存在，于是继续在他处寻求，却始终不明白成就伟大或保有伟大所需的努力——这才是她的死因。我没有脸说，当消息传来时，我觉得轻松起来，唯有她的死亡才能确保我们不会继续为了残留的生命而让彼此心碎。

在国际班机离境大厅，我听到片段的孟加拉国国语、阿拉伯语以及塔加拉语，一名男子要前往尼日利亚首都阿布贾，以刮耳的洋泾浜抗议英航行事不公，因为他怎么可能超重两公斤呢？在这种背景下，少了白袍及手术袍的托马斯·斯通看似刚刚抵达的外国人。

说再见的时候到了。他问："马里恩，你会回来吗？"

我只知道一件事，当赫玛将湿婆的骨灰安葬在戈什与玛莉·普雷斯修女之间，我希望人在她身边。失迷医院后墙旁边的洞穴听得见小溪潺潺，那里迅速成了家族墓地。我也要回去探望院长、亚麦姿和加布鲁，我知道有我在，他们更容易得到安慰。此外，我还没有好好想过我的未来。

"我当然会回来，"我说，"我有房子、车子，还有工作……"

"小心饮食……"他说。这是他嘱咐我保护他完成的手艺品的方法。

我感觉好得不得了，其他接受移植的病患必须努力不让身体排斥救命的器官，他们服用可体松，因而引发白内障、糖尿病、髋部骨折等副作用。我很幸运，一颗药也不用吞。假如不把肋骨底下的刺痛算在内，我觉得自己无痛无病，而且我认为那阵刺痛带来的不是痛苦，而是希望：表示湿婆的半个肝脏正在逐渐增大，最后将完全占领它的新家。

"那你呢？"我还没找到能够自在称呼父亲的方法，在医院我叫他"斯通医生"，在这样的时刻则什么都不喊。"你还有工作要回去做吗？"我取笑他。自从我病倒以后，他还没去过波士顿。

他悠悠的笑容反而凸显了脸上的悲伤。他认为湿婆的死是冲着他来的，宛如命运不曾忘记他一度打算毁灭湿婆，所以当他开刀拯救湿婆的时候，自己最初的意图辜负了他。

父亲不打算与我握手，湿婆过世之后，我们唯一的拥抱就受用一生了。我们点个头就算分开了。

不过，赫玛以双手执起托马斯·斯通的手。我错过了他们在我床边的重逢，这时则像八卦的小孩子留神旁观。

赫玛说："托马斯，不准再这样下去！"她责骂他颓唐的神态。"你尽了力，你听见我说的话没？你为了你的儿子已经尽心尽力了，世界上没有人能做到你所做的。托马斯，假如戈什在这里，他会说一样的话，他一直都十分以你为荣。他会说：'继续做你的工作，因为你的工作非常重要。'"她放开他的手，轻轻拍了最后一次，然后转身走开。

后来飞机倾斜越过皇后区上空，朝开阔的水面飞去，我思索赫玛对斯通所说的临别之语，她的道歉埋藏在其中，她抱歉这么多年来在心中将他塑造成怪兽。她拍拍他的手然后走开，这是她释放自己的方法。

意航载着我们来到罗马，由于衔接班机出了机械问题，临时计划滞留十四个小时。这倒给了我一个主意，赫玛和我随即又坐上出租车驶过高速公路，只是这次我们是要前往罗马市区。我们像逃学的小孩。

要说动赫玛，只需三言两语。我们住进第一流的哈斯勒饭店，曾有人告诉我这是罗马最棒的饭店。雄伟的建筑俯瞰西班牙台阶，日落时，从屋顶可见天空红霞勾勒出远处圣彼得大教堂的轮廓。

每天早上我们出门观光，没两下就返回旅馆吃中餐，然后睡长长的午觉。到了晚上，我们在西班牙台阶底下的大街小巷闲逛，最后永远选择露天咖啡馆用晚餐。"非常熟悉的感觉，对不对？"赫玛说："这些菜单用打字机打出来油印，意式蔬菜汤和炖菜，侍者的白衬衫、黑裤子、白围裙……"我明白她的意思，意大利人把这一整套都带到了埃塞俄比亚，就在富美家美耐板圆桌上方张悬的洋伞底下。晚餐过程中，赫玛神色安宁，就像我在圣母医院意识到她在床边时所见到的神情。"但愿戈什可以跟我们在一起，他会非常享受这些事物。"她含笑说。

到了第四天早上，我们让门房说服，参加了旅馆导游带领的私人游览。我们想参观什么？我们说，给我们惊喜，带我们到少有人去的地方，去不需要走太多路或排队的地方。

首先，他带我们去离饭店十分钟车程远的胜利圣母教堂。教堂建筑朴实无华，坐落于车水马龙的大街，正面外观却是精工细琢，仿佛被胡乱贴到朴素的石箱正面。导游说教堂约在一六二四年建造，一开始献给圣保罗，后来改献给圣母马利亚。教堂内部不大，比起圣彼得大教堂则犹如只有豆儿大，低矮拱顶底下是咫尺长的中殿，两旁科林斯风格[67]的高柱紧贴着墙壁，隔出了三处仅能算是壁龛的"礼拜堂"，每一处都有供私人祈祷的围栏与点蜡烛的地方。我们走到中殿底，导游往左边转去，伸手一指。"这是柯纳洛礼拜堂，我就是希望带你们来看看这里。"他说。

我的眼睛花了短短几秒将眼见的景象传达给大脑，大脑则用了更长的时间才相信。眼前所飘浮的蓝色大理石雕塑是贝里尼的"圣泰瑞莎的狂喜"。我想请导游安静下来,告诉他:别说了,这件雕塑作品我很熟。可是,其实我认识的只是一张成了月历的图片,母亲后来将那张图片以图钉固定在高压锅间的墙上。戈什取下那张年久的纸片为我裱框,防止纸张状况继续恶化,它大概在上面有三十年的岁月。那张图片对我而言是整个世界,却始终无法安然挂在我美国住家的墙壁上,看似观光客才买的无比廉价的便宜货。我把它装入行李,随着我踏上这次的旅途,打算将它放回我知道它唯一能自在存在的地方:高压锅间。

我朝赫玛看去,她的脸庞发出红光,她懂了。什么天意带领我们来到这个地方?一定是戈什在宣布他的存在。虽然戈什不曾来过罗马,但你能指望他知道贝里尼的"圣泰瑞莎的狂喜"就在饭店几分钟路程远处,他就是那样的人。戈什带我们来到这里,引导我们来到这个场所,他要我们看的不是大理石雕出的圣泰瑞莎,而是要看活生生的玛莉·普雷斯修女,因为在我眼中,那就是这个人像的模样。妈妈,我来了。

我们点了蜡烛,赫玛跪下,火焰在她脸庞投下摇曳的光辉,她的嘴唇在蠕动。她信奉各式各样的神祇,相信转世投胎、死而复活,她认为这些方面没有矛盾抵触之处。我对于她的信仰与大方不胜佩服,一个印度教徒居然在天主教堂点蜡烛给圣衣会修女。

我也跪了下来,对上帝、玛莉·普雷斯修女、湿婆和戈什说话,对我以肉体及精神所携带的一切存在说话。感谢你让我活着,让我看见大理石雕刻而成的理想。我觉得浪静风恬,意识到前来这里让回路变得完整,现在受阻的水流将要流动,而我将得以安歇。假如"狂喜"代表圣灵突然强行入侵凡夫俗子,那么我刚刚经历了狂喜。

母亲说话了。

我当时不知道,她还有更多话要说。

第五十四章·万家灯火

我们降落时,已是黄昏时分。我离开亚的斯亚贝巴七年了,失迷医院的白色建筑边棱看起来变圆了、磨损了,好像从考古挖掘处出土,但没有修复的古物。

出租车开到湿婆的工具棚时,我请司机让我下车,并告诉赫玛继续走,因为剩余的路我想步行。

车子一开走,我便站在那里倾听,树叶干燥的沙沙声像是小孩的手在箱里筛选铜板,这声响对我不再具有任何威胁。我找到塌陷弯折的水泥路缘,这里曾经拦下一辆摩托车,然则没能留住它的骑士。我往下张望他跌落之处的树林暗处,这里再也无法让我感到恐惧。我所有的鬼魂都消失了,他们追求的报应都强行应验了,我没有东西可以献出,也没有事情足以令我害怕。我的目光越过树林眺看城市,天空是疯狂画家的油画布,艺术家似乎画到一半,便决定不要蔚蓝色了,反而在调色板上泼洒了赭黄、绯红和漆黑。城市亮了起来,光彩炫丽,不过一大朵一大朵薄雾模糊了我的视线,遮了这里、掩了那处,仿佛许多小型战役掀起的团团烟雾。

我朝着房子爬上山坡,难以计数的记忆在此时浮上心头。湿婆与我以两人三脚方式赛跑,好及时赶上晚餐;我们两个与珍妮特带着学校课本走回家;赛穆以骑摩托车上来,在最后一百米靠着原先的动力滑行。我看见前方有人聚集在出租车和赫玛四周,接着院长、加布鲁和亚麦姿与车辆分离，天空中最后的余烬衬出了他们的剪影，他们在等我。

院长找我去急诊室时，我才回来三天。有位少女腹部被牛角抵穿，正在我们眼前大量出血，恐有生命危险；假如我们将她送往他处，这孩子大概会没命。我立刻送她进三号开刀房，找出了出血处，接下来就是例行工作：切除受损的肠道，清洗腹膜腔，进行肠道造口手术。不过，这件工作对我的影响绝对不只如此，我觉得自己站到神圣的土地上，站在托马斯·斯通、戈什和湿婆各自持着手术刀所站过的同一位置。手术结束后，我转身要离开，迂回绕过了地板上的提桶线缆，抬头一看，在新安装的玻璃上看见了湿婆。这面玻璃分隔三号开刀房与其簇新的同伴：四号开刀房。这一幕让我惊得透不过气来。我想起谋杀咕啾噜的小狗一事，促使湿婆打破多年的沉默，而他说的第一句话是：如果有人杀了我或是马里恩，你会忘记吗？

我对我的倒影说：不会的，湿婆，我们永远不会忘记你。在说出那句话的同时，我想我决定好了自己的未来。

在湿婆摆在房内的私人物品中，我找到一把钥匙，钥匙挂在形如刚果的钥匙圈上。湿婆的工具棚有辆外观奇异的摩托车，备有短而宽阔的鲜红色挡泥板、泪滴形的红色油箱、在美国被称为"大猩猩吊手"的高车把，还有漂亮的镀铬轮子。赫玛说，湿婆在几年前买了这辆二手机车，持续不断修修改改。她说，他只有在深夜没有车辆时才会骑乘。母牛乳房似的引擎看来非常面熟，我脚一踢，发动了车子，引擎低沉的隆隆声泄漏了它的真实身份。

我一周进手术房三次，而当返回纽约的机票即将过期，我什么也没做。

湿婆的肝脏年复一年在我体内完美地运作。B型肝炎免疫人血球蛋白注射液有效,病毒潜伏不动,血液检验证明我不是带原者,我不会感染任何人。院长坚持这是奇迹,我不得不同意。

一九九一年,我回来五年了,我如同孩提时期站在医院的栅门旁,旁观提格雷族解放阵线与其他自由斗士进城。他们身穿机能型衬衫、短裤和凉鞋,与我在厄立特里亚所遇见的游击队同样装束,弹药带在胸口交叉,步枪提在手上。他们并没有列队行进,可是面孔流露出相信一己理想之人所拥有的纪律与自信。没有打劫、没有混乱,唯一抢夺的人是终身总统同志,他掏空国库,带着战利品逃去了津巴布韦,总统穆加贝收容了他。门格斯图是可鄙的人物,是国家的祸害,至今没有人能找到一句好话来形容他。亚麦姿说,所有遭他杀害的民众灵魂聚集在一处球场,等候欢送他前往地狱。

每天晚间上床前,我检查院长的状况,她由于年迈,身子抖得非常厉害,背也打不直了,可是对生活的喜乐态度依然不改。我们一起喝杯热可可,我为她买的小型留声机在背景播放她唯一的黑胶唱片,那是一张巴哈的音乐。她始终听不厌《荣耀颂》,这首曲子永远会使我联想起她。我陪她坐着时,她总是带着笑容看过来,宛若一直知道我将返回自己一度断绝关系的土地。院长长久以来希望上帝在她祷告或睡梦中召唤她,而祂应许了她的请求。在一九九一年,终身总统逃离后的几个月,我发现她坐在椅子上,唱片依旧在留声机上转动,而就在前一天上午,她监督他们栽种了新培育的变种:湿婆香叶蔷薇,也已正式向英国皇家科学院注册登记了。在我看来,全城无论贫富好像都出席了她的葬礼。亚麦姿说,通往天国的道上排列了感谢院长的灵魂,她的宝座就在圣母马利亚旁。

亚麦姿和加布鲁退休了,在院区内为他们新盖的舒适房间安身,随心所欲地消磨时间,我想我不该为他们把时间用来斋戒祷告而吃惊。

湿婆·斯通瘘管手术研究院由赫玛担任有名无实的院长，规模日益扩大，经费也越加充裕。赫玛每日工作，年轻热情的妇科医生前来受训，继续为目标而努力，他们来自国内各地，也有人来自其他非洲国家。许多年前我曾造访她房间的实习护士班长，在湿婆的指导下成了娴熟的助手，现在更在赫玛的鼓励下，成了自信的外科医生，独当一面，适合扛起训练来此学习医治瘘管的年轻医师的辛苦责任。我坚持要知道她的本名，她勉为其难地告诉我，她叫娜伊玛。不过，这个名字她从来不用，即使对她自己而言，她也变成了"实习护士班长"。

我仔细研读院长的文件，发现这么多年来提供湿婆的工作不多不少资金的匿名捐赠者，不是别人，正是托马斯·斯通。现在他设法引导其他捐赠者和基金会支持失迷医院。

我得等到二〇〇四年，玛莉·普雷斯修女的信息才传到我这里。事情发生在公历新年后不久，在这个时节，门诊中心周遭的合欢树吐出紫、黄两色的花朵，医院飘溢着香兰的芬芳。

在两名病患之间的空当，我走进了高压锅间。那张贝里尼的"圣泰瑞莎的狂喜"图片看来有些歪斜，我把相框扳正时发现挂钩松了，取下框子准备压紧挂钩，又发觉厚纸衬底有一角脱胶了。由于高压锅的缘故，房间一直是潮湿的，看来湿气削减了胶水的黏性。我想把衬底再黏回去，结果发现一张薄纱般的信纸，它折好藏在衬底后面，蓝色笔迹线条穿透了纸背。

我把信抽出来。

我往后跌坐到椅子上，双手毫无颤抖，那张脆弱的纸条却莫名地摇动着。

由于年代久远，信纸看来褪了颜色，几乎成了透明，有粉碎成灰的危险。我和戈什一样，用了半晌工夫决定是否要阅读一封写给他人的私密信函。我很肯定，这就是母亲在我出生不久前写的那封信，后来到了戈什手中，又在我二十五岁时到了我的手上；我将它带去美国，然后又带回来。有二十五年的时间，我未曾察觉我拥有它，直到今天。小时候，我仰头凝视这张图片时总是要问："妈妈，你什么时候来呢？"

她总算来了。

第五十五章·胎衣

亲爱的托马斯：

昨夜，上帝告诉我，我必须向你坦诚我甚至不曾对上帝坦诚的事情。多年前在亚丁港，上帝抛弃了我，于是我也背弃了祂。我遭遇了任何女人都不该遭遇的事情，我无法原谅伤害我的男人，我无法原谅上帝。死，也比我所忍受的痛苦更轻松。不过，我来到这里，来到了失迷医院，我穿着修女的装扮来到，为的是不让世人发现我的悲痛和羞辱。

《杰里迈亚书》第十七章说："人心比万物都诡诈，坏到极处，谁能识透呢？"我带着诡诈来到埃塞俄比亚。

可是，我们的工作改变了我，我本来想担任你的助手，直到我吐出最后一口呼吸为止。而今，事情又改变了。

几个月前，你着魔似的，我想办法要安抚你，现在我怀了孩子。不要责怪自己。

我的身体很难瞒过院长和其他人的眼睛，好多次我想告诉你，始终不知道要怎么说出口。不过，我现在很害怕，我的时间快到了，昨晚蠕动变得剧烈，于是我心想，假如托马斯希望我留下呢？我不该以我来到失迷医院与你身旁的方式离开，我不能有所隐瞒、有所欺骗，所以我写了这封信。

我曾经逃到失迷医院隐瞒我的羞耻，同样地，我必须逃离失迷医院，免得它蒙受我所造成的羞耻。你收到这封信时如果来找我，我将明白你希望我留在你身边。不过，不管你怎么做，我的爱将永远不变。

玛莉笔
九月十九日

最后一台手术的病患罹患十二指肠溃疡，我进行了普通的迷走神经切除术和胃空肠造口术。我必须专心笃志才能完成这起手术，才能不让心思涣散。总算，我拿着信走回家，感觉像是不曾爬过这条小径。

她是爱他的，她对他的爱如此之深切，甚至让她从亚丁港奔至他身边。她来到失迷医院时所带来的血污，告诉了我她无法诉说的事情。她顺利来到医生面前，来到了她在远离印度的船只上所相识的男人面前。多年以后，她对他的爱浓烈到她准备要离开他的地步，而就在迫在眉睫的关头，她决定写信告诉他，然后等候他的出现，或者是不出现。

而托马斯·斯通果真来了，她一定知道他的到来。当他抬她起身，抱着她奔走，从他眼睛落入她脸庞的每一滴泪水，她都解释为是他的爱情证明。他不是因为信才出现，他根本没有收到信。他来了，因为有一部分的他知道自己做过什么，明白自己必须去做什么；有一部分的他了解自身的感受。

我想象母亲去世后，戈什前往托马斯·斯通的住处寻找他，在斯通的书桌上看到新版教科书和书签，除此之外，还有这封也许一眼就会注意到的信。托马斯·斯通自始至终都没有见过教科书或信函，因为前一晚他睡在医院办公室的躺椅上，他经常如此。母亲逝世之后，他也没有返回住处。为什么戈什不干脆直接把信寄给托马斯·斯通呢？托马斯一直没有来信，也没联络过，戈什起初没有住址。不过多年过去，戈什大概可以找出斯通的下落，毕竟艾利·何瑞斯始终认识他们两人。也许戈什觉得受到打击，因为斯通杳无音讯，甘愿遗弃老友，留下老友照顾自己的孩子，自顾自逃离了过去。又过了几年，戈什或许仔细思量过此信之于斯通的影响，也许把信送去反而会对他造成伤害，也许会突然导致又一次的崩溃，或者，如赫玛向来的恐惧，斯通可能会回来讨回孩子。斯通也可能完全无法了解或相信信里所说的一切。

接着，死亡逼近了，这点必然影响了戈什身为信件持有人的良心。如果信的内容能够拯救斯通呢？能让他心安呢？尽管太迟了，假使这封信能使斯通对儿子做出合宜的表现？假使戈什对斯通曾经有任何的愤慨，在这时都已灰飞烟灭了。

所以，戈什最后将教科书与书签交给湿婆，而把信给了我，却又不让我知道。一个临终之人的深谋远虑真让我惊讶不已，他将信埋藏在装框图片内，把一切留给命运决定，完全就是戈什的作风！我什么时候会碰上托马斯·斯通？我什么时候会找出这封信？假如我找到了，我会把信交给它原本的收信人吗？无论我选择怎么做，戈什都相信我，那也是爱的表现。他已经走了超过四分之一个世纪之久，依旧还在教导我领悟只能源自真爱的信赖。

我喊了一声"湿婆"，仰头望天，天空的星子正在为夜间表演暖身。我回想起仓促逃离失迷医院的那一夜，湿婆是怎样把父亲那本《手术精要》、那张书签托付给我。母亲于书签上写下寥寥数语，那是我们任何人唯一能得知居然有封信存在的指引。许多年前，我在电话中问过他："湿婆，你为什么把书给我？"他不知道，只能说："我希望你拥有它。"我们知也好，不知也罢，人世的生活取决于我们每一个行动、我们每一次疏失。

回到住处，我坐下来把信摊开放在大腿上，以颤抖的手拨下托马斯·斯通的电话号码。此时父亲年逾八十,担任荣誉教授一职。迪帕克说,老人家的视力越来越差,不过触觉极为灵敏,可以在黑暗中进行手术,尽管如此,他几乎不再动刀,只是常常在场协助。托马斯·斯通曾因《随机应变的外科医生:热带地区的手术精要》一书遐迩闻名,现在他的名气来自他率先完成一起突破性的移植手术,我就是那场手术成功的证据,湿婆的死亡却是参与者风险的佐证。世界各地的外科医生学会了这种手术,让许多天生缺乏有用胆汁引流系统的幼儿,由于父母捐赠了部分肝脏,留下了性命。

从听筒中,我听见了悬于大地上方阔空的阒静,接着那片苍穹传来了天涯处的电话响铃,尖锐的召唤是这样轻快,是如此有效。我拨打亚的斯亚贝巴的电话号码时,听见的是模拟讯号懒散的咔嗒声,是粗糙的铃声,与现在所闻的声响截然不同。我想象公寓里的电话颤音和回响,我曾经去过那里,还留着大门没关上,让它像沙丁鱼罐头一样敞开,这么一来,托马斯·斯通便能得知他的儿子抵达了他的世界。

我想象母亲提笔写信,一辈子就浓缩在这张仿羊皮纸的单面上。她大概在痛苦来袭的那个傍晚,把信连同夹了书签的教科书送了过去,夜里她的情况恶化,悠悠陷入了休克,隔天便殒命了。然而,在这之前,托马斯·斯通来到了她身边,这正是她在等待的动作。他做了该做的事情,而这五十年来他却不知道自己做了该做的事情。

托马斯·斯通在第一声铃响后就接起电话,尽管此时是波士顿的三更半夜,我仍怀疑他是否全然清醒着。

"喂?"父亲的语气利落机敏,仿佛他预料到这样的打扰可能发生,仿佛他已经准备好聆听情况,可能是有人创伤或脑部大出血,出现了可捐赠的器官;可能是有个孩子天生胆道闭锁,这种一万人中才出现一个的病例,假如不做肝脏移植,孩子便会夭亡。我所听到的嗓音的主人，运用九根手指所掌握的医术及经验，挽救人类同胞的性命，并将那样的能力授予另一世代的实习医生和住院医生——这是他命定的工作，除此之外，他一无所知。"我是斯通。"他说。他的声音听起来非常近，仿佛他就在我的身边，仿佛根本没有事物分隔我们的两个世界。

谢辞

小说纯属虚构，所有的人物皆为捏造，失迷医院亦然。某些历史人物真有其人，例如塞拉西皇帝、独裁者门格斯图。埃塞俄比亚曾经企图发生政变，不过发生的时间比我所描述的政变早了五年。上校与他弟弟是大略根据真实政变领导者而刻画，他们遭捕的详情、上校受审及吊死前的言论，来自公开的报道，特别是以下资料：理查·格林费尔德的《埃塞俄比亚：新政治历史》、约翰·H.史宾赛的《绝境中的埃塞俄比亚：塞拉西统治期的个人账户》、艾德蒙·J.凯勒的《埃塞俄比亚大变革：从帝国到人民共和国》。一位名为约翰·梅利的了不起医生被土匪射杀后身亡，不过他与院长的对话是我的想象。朱鹭等等酒吧为虚构场所。鹿鸣学校是想象的，任何与我一流母校（罗勃斯老师与泰晤士老师曾经鼓励我写作）的相似处都是无心插柳。

以下的资料、书籍与人士提供了无价的帮助。已故的纳吉布·马哈福兹是埃及杰出妇科医生暨瘘管手术专家，他精彩的回忆录《一名埃及医生的人生》，提供了出生一幕、"苍白窒息""在母亲子宫晦蒙处"等说法的灵感，"铜器"的点子也得之于此书。塔加妮的文章描写她在非洲参与转胎妈妈教室和瘘管治疗的经历，我们之间的通信也给予我莫大的协助。我参考瘘管手术先锋韩林医生夫妻所出版的作品，就读医学院时我碰到过他们，也非常关心他们的工作成果。最近，我有机会拜访那间"河畔医院"，凯萨琳·韩林医生动人的回忆录也叫《河畔医院》。小说中任何瘘管手术都与韩林夫妻无关。已故的伊安·希尔爵士的确是医学院院长，我在书中提到他的名字，以及布雷什威特的尊名，表达二者提供我机会而致上的敬意。在二十世纪六十与七十年代，埃塞俄比亚航空的劫机未遂事件是史实，其中一位自诩劫机犯者是我医学院的学姐，她与劫机伙伴在该次攻击中丧命。埃塞俄比亚前总统梅莱斯·泽纳维是医学院小我一届的学弟，他成了游击队战士，最后带领武装部队推翻了门格斯图。机组保全人员的英勇行为、机师绝妙的飞行技术，这都是千真万确的，就我的看法，埃航依然是我搭乘过最安全、最优秀的国际航线，机上组员的周到与尽心皆无与伦比。虱虫传染的回归热是已故的彼得·培林及已故的查尔斯·莱特汉的研究成果，我有幸在学生时代与两位前辈一起替病人看诊。

有关亚维拉的圣泰瑞莎的资料，以及贝里尼雕塑作品的描述，我参考了凯萨琳·玛德葳所写的《亚维拉的泰瑞莎：灵魂的发展》。在参观过罗马的原始作品之后，我依然认为玛德葳的描述深刻透骨。文中引述的每一句圣泰瑞莎的言论、有关信仰神恩的观点、玛莉·普雷斯修女临终朗诵"求主垂怜"、难以理解的香甜气息，皆根据玛德葳对泰瑞莎一生的描写。"上天的喁喁细语"则是H. M. 史杜菲尔的用语，被玛德葳引用在书中。

"多亏有你，我才得以见到晨光。"出自梅尔文的《致李凯文医师》一诗，此诗最早刊登在杂志《纽约客》，忍者出版社的坎培尔准备了限量版的诗文印画，其中一幅由梅尔文签了名，就挂在我的办公室内。我的友人医生作家伊森·坎宁最早邀请我参加太阳谷作家节（Sun Valley Writers Festival），从而介绍我认识涂利与在该场合聚会的其他杰出人士，我对他感激不尽。

"她的鼻子如笔尖锐"出自《亨利五世》第二部，这句台词让我相信莎士比亚拥有敏锐的临床观察力，这一点我于《再论伤寒症》一文中描述过，该文章刊载在一九八五年《美国医学期刊》第七十九期第三百七十页。

伊雷克·翰森精彩的《与穆罕默德的机车游：前进也门与红海》、罗施毕的《吃朵天堂花：独游埃塞俄比亚与也门》，两书生动无比的描述加深了我对亚丁港的个人印象，并强化我坐在阿拉伯茶聚会中的记忆。头顶闷烧炭炉的女人与手推车运人的画面出自翰森的书。

意大利占领时期、亚维德镇的描写、意埃两国冲突的许多观点、不择手段求胜的欲望（"倾力求胜！"），这些信息得之于保罗·索鲁的好书《暗星萨伐旅》及诸多其他来源。

"打直肩膀，好面对讨厌的景象"，改写自梅里尔的诗作《着火的查理斯》中的一句（ *Noone but squared/The shoulders of his unloveliness* ）。

比利斯·卡诺虔让我参考他《金色传奇：阿比西尼亚印象》一书的早期版本，协助我了解西方对于埃塞俄比亚的概念如何形成。

我与无数大英国协的医学院学生佩服《贝氏与艾氏外科精要》一书，我以《贝氏与艾氏外科精要》为本，捏造出斯通所写的教科书，其中袋熊和阑尾的故事便是参考这本书而得。在我学生时代，汉弥尔顿·贝利的九指照片在我心中留下深刻的印象，除此之外，斯通一角与贝利毫不相干，贝利在退休前只在英国行医。

"下定决心一定小心谨慎，以免再度犯下大错。让病人致死的，往往是在仓促中用来改正第一个错误的第二个错误决定。""有钱人的过错用金钱掩饰，医生的过错则用泥土掩藏。"这两句话出自沙因《给外科医师的箴言佳句》。除了这两句话，我还有许多外科见解受惠于沙因，他是独行其道的医生、教学认真的老师、许多一流外科教科书的作者，也是散文家，更是朋友。他阅读我的初稿，并且介绍我加入"外科网"（SURGINE）的外科医生社群，我喜欢参与社群的深思讨论，也从中学习受惠，尤其是关于男子结扎术细节，这些细节有助我描述一连串重要的对话。邝凯伦与我分享她身为创伤医生的经验（以及她丈夫的经历），在我写作初期与末期也仔细阅读过文稿，她深思熟虑的长篇电子邮件非常珍贵，我无法对她充分表达我的感激与欣赏。另外，感谢艾德·萨兹坦、杰克·皮考克、史都华·李维兹和法兰兹·席尔德。我在田纳西州担任住院总医师时认识了汤玛斯·史塔哲，至今依然继续来往。他诚然是外科医师中的外科医师，创新的工作成果更让肝脏移植不再只是假想，我在书中提到他以示敬意。托马斯·斯通在小说中与他为同时代人物。法兰西斯科·西嘉诺，德州大学圣安东尼奥分校医学院院长，好心让我旁观他为小孩施行肝脏移植手术。圣安东尼奥的杰出团队在葛林·哈尔夫的领导下，让肝脏移植手术几乎成为一般性工作，并且继承了史塔哲的医术。直到这一两年，我们还是可以说，世上每一个肝脏移植医生都接受了史塔哲或与史塔哲同时受训者的训练。

"分娩、交配、死亡，归根结底，这就是全数的事实……我出生为人，一次的经历便足矣。"这段话部分引述了T. S.艾略特的《史威尼论争》。

"生命比悲剧更悲"与"不光是我们的行为，我们的疏忽也会造就我们的命运"出自印度学家吉谟的《国王与尸体》，此书由乔瑟夫·坎贝尔编辑。

"他们认为瘟疫是赢得永生、找寻救赎的途径，是上帝指引他们的确实途径。"这段话出自加缪的《瘟疫》。

殁世的卡普钦斯基在我自以为熟稔的都市与国家的观点上，令我受惠良多。多数居民知道皇帝宫廷及宫殿、卫生局经费、阿姆哈拉人的特点、摩托车护送队、文书大臣、宫殿阴谋等细节，有些实情更是直接见证。不过，卡普钦斯基拥有独特的才情，以局外人的角度，在他绝伦的好书《皇帝》中让我们更加了解这些事情。

"毒蛇再弯曲，也还能挺直钻进蛇穴中。"这句改写自已故大师A. K.拉玛奴詹编辑之《论湿婆》中的敬神诗。

有关圣衣会的信息，我要感谢拉札罗、伊连·劳欧与无可比拟的莫德修女。据我所知，马德拉斯市的伊格摩区没有圣衣会修道院。

美军驻阿斯马拉电台的东非摇滚节目详情来自Kagnew电台的官方网站。

从阿斯马拉逃难的场景，我感谢卡玛尼，他是我医学院的学长，那段勇敢的路程是他曾经跋涉过的路途；他阅读了草稿，提出多处修正与建议。我深受汤玛斯·克里尼的精彩小说《到阿斯马拉》影响，书中描述了克里尼曾经造访过的厄立特里亚游击队营区，现在他依然为厄立特里亚人持续奋斗。我要郑重声明，我对埃塞俄比亚及厄立特里亚的喜爱不分上下，我在两地都有亲爱的友人。

"仿佛我给了他一个人能够赠予他人的最佳礼物。"此句改写自瑞蒙·卡佛的诗集《通往瀑布的新路》中《医生说的话》。

关于肺结核疗养院的场景，我受惠于尚·梅森的演讲"疾病论述：病患在'痨病大学'的写作"，在二〇〇二年于根兹维的佛罗里达大学举办之"精神分析与叙事医学研讨会"中，我有幸聆听到这场演讲。

"但愿英国贵族只在苏格兰医师的相伴下小心离开人世，正如我相信没有人不是在苏格兰医师的陪伴下谨慎步入人间。"据说是苏格兰杭特医生兄弟的哥哥威廉常用的祝酒词，我改写成甘地的祝酒词。

"人生之苦，至死方休。"根据历史学家希罗多德，这是雅典的索伦告诉富裕的利底亚国王克里索斯的话。当医学之父奥斯勒听见爱子里微尔在法兰德斯去世时，也引用了这段话。描写"良好的护理判断能力"的教科书是虚构的，这句话改写自奥斯勒的格言。

有关埃塞俄比亚人的身心病，我要感谢友人里克·霍得斯，他是内科医师、作家及正人君子，他在埃塞俄比亚的生活本身就是一则故事。感谢奥姆门精彩的记忆，包括他在亚的斯亚贝巴的学童时期、记者生涯与军变期间等的回忆。奥姆门与我分享了一封来自基夫勒的电子邮件，让我对凯却乐监狱有深刻的了解。我的父母分享了他们的记忆，母亲更为了我而写下大量笔记，我将此书献给他们。

　　这本小说的写作时间横跨数年，在这些年间，我参考了许多作品，希望多数已经列在参考书目中，如果忽略了任何人或资料来源，请给我改正的机会。珍妮特送给马里恩"湿礼"一景，灵感来自某本小说或短篇故事的类似情节，我想不起作者大名。同样地，我也希望将亚丁港的隐喻（死气沉沉，同时又像尸体上的蛆）归功至原始资料来源。

　　我感谢圣安东尼奥市优秀的咨询委员会，让我们能够建造医学人文中心，更感谢我与委员培养出的私人友情。网球球伴兼友人史提夫·华特曼在担任院长期间，邀请我加入德州大学圣安东尼奥分校。伊迪丝·麦克亚利丝特是我的老师和教练，启发、鼓舞我，比谁都了解我需要不被打扰的私人时间，就算我在私人时间会走开也没关系；来生重新为人时，我渴望当一个像她那样的人。对于佛兰夫妻及茱蒂·麦克卡特给我的支持与爱，我无法以言语充分表达感激之情。能够担任佛兰特聘讲座教授与西嘉罗特聘讲座职位，是我莫大的荣耀（佛兰和西嘉罗都是医术高超的内科医生）。麦克卡特依旧是我的指导和良心，我对她智慧的欣赏与日俱增。感谢UTHSCA（德州大学圣安东尼奥分校医学院）、感谢西嘉罗的大家族、比尔·亨利希、罗伯·克拉克、詹·派特森、雷·费柏、汤姆·梅耶思、拉玛默西、黛博拉·凯雀、已故的大卫·薛曼与其他无数的人，他们让UTHSCA成为特别的工作地点。也感谢位于厄尔巴索的德州理工大学，这部小说从那里开始。感谢西肯塔基大学民俗学系的布兰迪博士，她专精的领域包括医学荣誉学会、《医者的信仰》、祈祷及服装，我总是能仰赖她的研究。米雪儿·史坦奴也协助我进行研究，我非常感谢。

我的周三晨间兄弟伙伴给了我爱和信心,并且要我负起责任。感谢蓝狄·汤森、贝克·邓肯、奥立佛·纳达、杜·柯桑、盖·波定,尤其是杰克·威隆,也感谢他们的妻子,特别是你,黛!"人的爱心没有比这个大的……"

我的邻居暨同事,泌尿科医师汤姆·罗山斯基提供我男性结扎术情节的建议,还有其他外科方面的议题,我对他感激不尽。瑞狄和盖比·贾西亚协助我仔细思索与B型肝炎相关的议题。

卡纳夫妻是我最要好、交往最久的朋友,阅读及聆听本书的许多段落,这些年来也读过我过去的每一本书,他们持续给予我爱和支持,我知道他们在的地方就是我的家。

感谢约翰·厄文这些年来的友情,我从两人的通信及他的出版作品中受益无穷。

斯坦福大学医学院院长瑞夫·霍维兹为我打造了一个家,我非常感激他的远见、他与妻子给予的友情。我感谢哥哥乔治、嫂嫂安、凯拉丝一家和海伦·宾等人,他们在我梦想来到这里的多年前,介绍我认识了斯坦福的魅力。

我美丽的妻子席薇亚花了很多时间输入我写在文稿上的修正,这些年来她做过多次这样的工作。除了崔斯坦、约伯和史蒂芬之外,她比任何人更得忍受我缺席社交活动,并且在我创作此书期间承受我的情绪起伏。Gracias mi amor; con los años que me quedan...(西班牙语:以余生感谢吾爱……)

我的经纪人玛丽·伊凡斯还没见过我本人,就把我第一则短篇故事卖给《纽约客》。自一九九一年在爱荷华州开始,她便一直相信我。她独具慧眼,提出明智的忠告,让我走上作家一途,她的情谊让我成为更好的人。罗宾·迪赛尔参与了我的第一本书,有幸能同她再合作这部小说,她反复重读故事多次,与它、与我相处了无数的时间,我对她感激不尽。我常常认为,她在工作上所表现的宽厚、热情、谦卑和卓越能力,也是我最佩服的医者同样拥有的特质。我也感谢迪赛尔能干的助理莎拉·萝思芭,尤其感谢桑尼·梅塔对这部小说的热忱、对我写作的坚定支持。

医学是苛求的情人,不过她忠贞大方又不藏本色,给予我替病人看诊、在床畔指导学生的殊荣,从而赋予我一切所为的意义。和戈什一样,我每年在毕业典礼上重申对她的誓言:以阿波罗、阿斯克雷皮斯、海吉尔和潘娜西亚诸神[68]为证,余将对她忠心不贰,因为她是万物的起源……凡患结石者,余不施手术。

亚伯拉罕·维基斯

于加州斯坦福

二〇〇八年六月

附录·注释

1. 作者双亲。
2. 古罗马诗人奥维德（Ovid）之语。
3. 毕达哥拉斯是古希腊哲学家及数学家，最早提出地球是绕着某中心打转的球状天体之理论，但未曾提出该中心为太阳的猜测。
4. Bernini，十六世纪西班牙人，圣衣会（即主角母亲所属教派）改革的发起者。
5. Transverberation，神学用语，描述圣人看见如天使等天国人物以长矛或刀剑刺穿己身的奇迹。
6. Madras，印度东南部泰米尔纳德邦（Tamil Nadu）的首府，现已更名为金奈（Chennai）。
7. 一九四二年在印度发起的全民运动，期许英国殖民势力完全撤离印度。
8. Doubting Thomas，即 Thomas the Apostle，基督的十二门徒之一，由于起先不相信基督复活，而被冠以"多疑"。
9. Richard of St. Victor，十二世纪时，在巴黎（当时的欧洲知识中心）影响力最大的神秘主义神学家之一。
10. 出于《路加福音》。译文中出现的圣经经文，一概引用《圣经和合本》之中译。
11. Lazarus，基督使之复活的麻风乞丐。
12. 阿拉伯茶（Khat）含有兴奋物质，食用者咀嚼叶片，也有制成香烟状吸食或冲泡成茶饮用。
13. Saladin，十二世纪领导阿拉伯人击退十字军的民族英雄，在阿拉伯世界中，撒拉丁的地位崇高无比。
14. 即将九九表扩充至十九乘法表。
15. Amharic，埃塞俄比亚的官方语言，使用人口约有九百万。
16. 英国探险家大卫·李文斯顿多次入非洲探索，在第三度进入非洲寻找尼罗河源头时失踪，英裔美籍记者史丹利组队前往搜救，十个月后终于找到了李文斯顿。

17. 印度种姓制度中最高阶层，概略分成四个阶级，分别为婆罗门、刹帝力、吠舍、首陀罗，最低阶层则是贱民。
18. Net ball，一种节奏快速的球类活动，以女子参与居多，无篮板，篮筐只可容纳足球般大小的球。
19. Bharatnatyam，以几何图形为舞踏基础架构的印度传统舞蹈。
20. 原文 Balls，亦有"胆量"之意，一语双关。
21. Queen of Sheba，据信是公元前十世纪左右的女王，统治的国土包括今日的埃塞俄比亚、厄立特里亚和也门。
22. 画眉草（tef）是埃塞俄比亚高原上独特的原生谷类，民众认为苔麸是上帝送给埃塞俄比亚人一生最美的祝福，而埃塞俄比亚也是世界上唯一将苔麸作为食用作物的国家。传统的酸面饼（injera）是埃塞俄比亚的主食，味道带酸，食用时撕成小块，直接以手拿取，充作餐具舀食配菜。
23. Prester John，传说中信奉基督教的东方统治者。
24. Berbere，埃塞俄比亚料理中常见的组合香料，包括当地生产的红辣椒、姜、芫荽、众香子（allspice）、芸香果（rue berries）与香辣椒（ajwain）。
25. 印度教中，守护神毗湿奴曾十次化身降凡显圣，罗摩为其第十次化身的名字。
26. 印度三大神之一，具地、水、火、风、空、日、月、祭祀八种化身，具有创造与毁灭的力量，也主掌了重生与破坏。
27. 《新约》中耳熟能详的神迹故事，基督用五块饼、两条鱼让上万人吃饱。
28. Lion of Judah，此图案旧时常出现在埃塞俄比亚的旗帜、钱币等处，现在依然是该国的象征。
29. 倡议种族自尊和经济自给，并以在非洲建立独立的黑人国家为宗旨。

30. 医者保证遵守行医道德准则的誓词。
31. Timkat，埃塞俄比亚东正教的节日，在每年的一月十九日（如遇上闰年，则是二十日）。
32. 此指英国现任女王伊丽莎白二世，她在父亲乔治六世溘逝当日登基。
33. Ark of the Covenant，犹太人和基督教徒心目中至高无上的圣物，传说内有上帝亲手书写的"十诫"，然而真正下落不明。
34. 作者是英国作家艾略特（George Eliot）。
35. 埃及东正教所使用的十字，由两个等长的粗线在中央直角交叉，上下左右突出的四点各有三个尖头。
36. Rangoli，印度常见的艺术形式，利用各色细粉在地上做出繁复多彩的吉祥图纹，多见于住家大门外。
37. Lord Venkateswara，印度教守护神毗湿奴的化身之一，"歼恶大神"为译者照梵文字面意义所译。
38. Tigrinya，埃塞俄比亚北部使用的闪族语言。
39. Fasika，阿姆哈拉语，复活节之意。
40. Meskerem，埃塞俄比亚历法的第一个月。衣历一年分为十三个月，一月到十二月各有三十天，第十三个月只有五天，一年同样是三百六十五天，四年一闰。衣历的开始时间比公历晚七年八个月。
41. Raga，印度古典音乐中的传统曲调。
42. A-Level是英国中学最后两学年课程，主要是帮助学生准备顺利进入英国各大学的学士课程。
43. 英国学年以三大节日分成三学期：米迦勒节学期（Michaelmas Term）从十月初至十二月初；四旬斋学期（Lent Term）从一月中至三月中；复活节学期从四月底至六月中。
44. 刚果于一九六〇年六月获得独立，国民军在七月叛变，刚果总统要求联合国秘书长派遣联合国军队前来支持。由于刚果内部冲突变得更加严重,联合国安全理事会于一九六一年授权使用武力作为防止内战的最后手段。

45. 劳来(Stan Laurel)与哈台(Oliver Hardy)是二十世纪六十年代大受欢迎的喜剧演员组合。

46. 胞衣英文为afterbird,因此两兄弟误以为是一种小鸟(bird)。

47. 这对连体双胞胎出生于一八一一年,死于一八七四年,当时的科技无法使两人分开。

48. 根据埃塞俄比亚日历,圣诞节落于一月七日。光明节(Diwali,或译"排灯节")是印度教、锡克教和耆那教的节日,约落于公历十月中到十一月中之间。教徒以各式灯火装饰屋子,象征光明战胜黑暗、邪不胜正。

49. Spear of Longinus,根据《圣经》,耶稣被钉在十字架上时,士兵朗基努斯持长枪刺伤祂的腹部,而当耶稣的血流至朗基努斯的眼睛那瞬间,他受到了感化。

50. 十九世纪中期,由于欧洲势力侵入,索马里被瓜分为五部分,由英、义、法、埃塞俄比亚以及英属肯尼亚分别占领。一九四八年时,英国将奥加登一地交由埃塞俄比亚统治,种下索、埃两国世仇之种子。

51. 板球试验赛遵从国际板球比赛形式,赛程通常长达五天,每日至少进行六小时,中间还包含午餐、午茶等休息时间。

52. 球赛开始时所使用的新球由于坚硬且光滑,反弹和摇摆程度较大,对击球员而言较难面对。

53. Johnny Carson,美国知名节目主持人,主持收视长红的"今夜秀"达三十年之久。

54. 动物名,节肢动物门,典型的藤壶呈倒杯状,往往附于海滨岩石或木桩上。

55. Ellis Island，位于纽约港，在二十世纪上半叶为数以百万计的移民进入美国的门户，曾是全美最繁忙的移民单位。
56. 美国医学院常以小狗做手术仿真对象。
57. 除英语外，印度的官方语言。
58. 圣公会的精神领袖。
59. 英语中的"手术室"（theater）亦有剧场之意。
60. Rummy，基本玩法是组成三四张同点的套牌或三张以上的同花顺。
61. 源自中古世纪开始流传的基督民间传说，一名犹太人因嘲笑受难的耶稣，被罚在世上流浪，直至耶稣再次降临。
62. 希腊古谚。
63. Angela Davis，美国政治社运人物，积极参与二十世纪七十年代的民权运动。
64. Directly Observed Therapy（DOT），肺结核防治策略，由医护或训练过的关怀员每日亲自关怀病人，并在其目视下使病人服下每一颗应服的药，以提高治愈率。这种观察治疗的方式是世界卫生组织认为目前最有效的防治策略。
65. 出自《约翰福音》第十五章第十三节，完整的诗文如下：人为朋友舍命，人的爱心没有比这个大的。
66. 由于意外事件，引发反应炉连锁爆炸，大量辐射尘冲入云霄，造成人类史上最严重的核能灾变。
67. Corinthian，源自古希腊的神柱形式之一，柱头有数片卷曲花叶装饰。
68. Apollo、Asclepius、Hygieia、Panaceia等几位希腊神和医疗健康有关。